風之名

The NAME of the WIND

弒君者三部曲：首日

Kingkiller Chronicles, Day 1

派崔克・羅斯弗斯

Patrick Rothfuss

洪慧芳——譯

獻給我的母親，感謝她讓我對書產生熱情，為我敞開通往納尼亞、帕恩行星、中土世界的大門。

也獻給我的父親，感謝他教我想做什麼，就從容把它做好。

謝辭

……感謝讀過我最初手稿的所有讀者，你們人數眾多，多到無法一一唱名，但我對每一位都心懷感激。正因為有你們的鼓勵，我才能繼續創作。因為有你們的指教，我才能持續進步。要不是有你們，我不會贏得……

……未來作家比賽。要不是有他們的比賽，我永遠也不會遇到同期入選的益友以及……

……凱文・安德森。要不是有他的建議，我永遠也不會遇上最佳經紀人麥特・拜勒（Matt Bialer）。要不是有他的指引，我永遠也無法把作品賣給DAW出版社的編輯暨社長貝琪・沃罕（Betsy Wollheim）。要不是有她，就不會有諸位手中的這本書。或許會有類似的小說，但不會是現在這本。

……最後，我要感謝我的高中歷史老師波哈吉先生。一九八九年，我對他說，我會在第一本小說裡提到他的名字，我履行了這個承諾。

《風之名》精彩好評

這部作品讓我聯想到勒瑰恩、喬治．馬丁和托爾金等人之作，但羅斯弗斯沒有半點模仿；與他個人景仰的作家們一樣，羅斯弗斯屬於運用傳統故事元素的老派說書人，但他有著自己的腔調。這麼多年來，我第一次被一部奇幻新作深受吸引。這本書必然會是部經典之作。——《泰晤士報》（*The Times*）

《哈利波特》迷渴望一部令人興奮的新作品，《風之名》的問世讓大家不必空等了。三部曲的首部故事，描述一位孤兒成為傳奇，充滿音樂、魔法、愛情與失落。羅斯弗斯栩栩如生且迷人的第一部作品，令人驚奇。——亞馬遜網路書店（amazon.com）

《風之名》是一部充滿機智、幽默和危險的故事，……這部史詩之作與眾不同、令人耳目一新，故事主要以第一人稱敘述，營造出一種親密自在的感覺，無需讀者自行深入挖掘故事角色的內心曲折，從中獲得感動。……羅斯弗斯詩意的文字，和他筆下所描繪的、那個讓人強烈移情的化外之境，都足以讓我們將羅斯弗斯與托爾金相提並論。——邦諾書店（B & N）

喬治．馬丁和吉列．伍爾夫這些作家是老調新彈的老手，讓奇幻作品有著偉大文學巨著的深刻和人性；羅斯弗斯所做的，則是用我們最熟悉的三部曲形式，重新講述我們最熟悉的故事。由第一部的成績看來，羅斯弗斯確實使故事又鮮活起來，引人注目。故事以一種有趣的方式談論魔法，增加了情緒衝擊和知性刺激。第二部快端出來吧！——《軌跡雜誌》（*Locus Magazine*）

羅斯弗斯的第一部小說開啟了三部曲，故事不只是人類的歷史，也是一個極力排除邪惡的世界，受到邪惡威脅的故事。羅斯弗斯挖掘角色的性格變化，同時也探究傳奇和真實之間的關係，真相其實就存在故事裡。故事敘述優美，並堆疊上一個個未來的故事形象，這部細節豐富的英雄「自傳」，高度推薦給所有的圖

書館。——*Library Journal*重點評論

羅斯弗斯這部突出的奇幻之作，也是三部曲的第一本，其原創性不在那個未命名的想像世界，而是作者精確地描繪出那個世界。……這是一部多數作家夢想完成的，帶著自信、豐富的新人之作。奇幻世界有了一顆新星。——《出版人週刊》（*Publishers Weekly*）

羅斯弗斯的處女作，也是「弒君者三部曲」的第一本，其成績不負上市前的空前聲勢，甚至比出版社所宣傳的更優秀。奇幻迷開始讀《風之名》，必須準備好完全脫離外在世界，全然沉浸於這部原創性強、令人心醉沉迷，以魔法、愛情和冒險為主題的小說裡。——*Strange Horizons*

絕非一般充滿無聊追尋和誇張情節的奇幻故事，而是一部完美佈局的成人故事，其中有幽默、行動，時不時則有著魔法。——《舊金山記事報》（*San Francisco Chronicle*）

偶然發現到有人（羅斯弗斯）是用這種手法寫作，這種經驗很稀有、也極富樂趣。不僅是因為他的書寫語言符合我認為奇幻寫作絕對必要的準確性，也因為文字間流露真正的音樂性……真是享受！——勒瑰恩，《地海傳奇》作者

我要說這部作品具備了所有我對於小說的期待：真實的角色、讓人信服的事件，而且是一個引人入勝的故事。本書我最喜歡的一點是，其中的魔法完全根源於書中設定的世界，一切都不像是編造出來的，而且從頭到尾保有完美的一致性。……我闔上這部小說，感覺自己像是和一位令人興奮的新朋友，共同經歷了一段旅程，而不光是獨自坐在桌前看著書本上的文字。——羅蘋・荷布，《刺客正傳》系列作者

這部故事講述的正是「故事」——包括神話、傳奇、酒館趣聞軼事，以及我們在夜深人靜時的自我欺騙等等，和故事背後的駭人真相。這是克沃思的故事，他是一個追尋傳奇真相的男人，在追尋的過程中，自己變成了另一則傳奇。克沃思生氣勃勃、與眾所期待的英雄同樣真實：勇敢又害羞，聰明又無知，謙虛又高傲，有時所有特質會全部顯現。《風之名》帶著溫暖、悲傷，還有些許幽默，是給成人看的《哈利波特》。

——大衛・列文，雨果獎得主

雖然比起《哈利波特》系列，它的故事黑暗許多，但它仍是部成長小說，講述童年、上學、和一個男孩變成傳奇英雄的訓練過程。將近七百頁的小說，沒有一字是多餘的。羅斯弗斯的書寫沒有灌水。他正是我們一直期待的偉大奇幻新秀作家，這是一本令人驚奇之作。——歐森·史考特·卡德，雨果、星雲獎得主，《致命兒戲》（*Ender's Game*）作者

這是一部令人興奮的新人小說，也是一部聰明的奇幻作品。羅斯弗斯很清楚知道自己在做什麼。我一開始閱讀《風之名》，就沒法把它擱下，暫時停止閱讀時，就會一直想著那個世界、那些人物，擔心接下來會發生什麼。——舟·沃頓，世界奇幻文學獎（WFA）年度最佳長篇小說《尖牙與利爪》（*Tooth and Claw*）作者

《風之名》不僅有奇幻讀者喜愛的一切元素，魔法祕密與遠古惡魔等等，更兼具幽默、恐怖、寫實的特色。本書就像這領域的所有傑作一樣，奇幻佈局精采萬分，但真正讓小說不凡的，是作者對真實、一般事物、抱負與失敗、藝術、關愛、失落的描寫。——泰德·威廉斯，《紐約時報》暢銷書《影行》（*Shadowmarch*）作者

《風之名》是這些年來罕見的佳作，適合奇幻小說熱愛者與入門者，它讓想像力無限馳騁，撼動人心。在派崔克·羅斯弗斯的生花妙筆下，讀者將體驗奇幻之旅的最高潮，我自己也一直不想從中抽離。——西恩·威廉斯，《紐約時報》暢銷書《血債》（*The Blood Debt*）的作者

這是一部偉大小說、百分百的佳作，閱讀性高且迷人。我要讚美年輕的派崔克，他的第一部作品很棒。讚！——安·麥考菲利，《帕恩行星的龍騎士》（*The Dragonriders of Pern*）作者

古典奇幻的新起點

微光（批踢踢實業坊-TRPG版版主／奇幻小說譯者）

我讀了一個故事，一個藏在風中，一個關於名字的故事。

一則在顛沛流離、磨難與危機之中的傳說，一首史詩的原點，當英雄還只是個毛頭小夥子的不凡瑣事。

派崔克．羅斯弗斯的《風之名》就是這樣的一個故事。

我想英雄史詩一直是個歷久不衰的主題，從《奧德賽》到《貝奧武夫》，從《時光之輪》的蘭德．亞瑟到《迷霧之子》的紋；或許有些人會覺得《迷霧之子》怎麼可以算是英雄史詩？但我這麼比喻自然是因為這個故事與《迷霧之子》間有其近似之處。

就是在那恢弘的架構與繁複的世界之下，這依舊是個關於人的故事，講述著英雄在隱微之時，如何一步步從男孩／女孩開始成長與茁壯。

雨果獎的得主大衛．列文說得好：「這是克沃思的故事，他是一個追尋傳奇真相的男人，在追尋的過程中，自己變成了另一則傳奇。克沃思生氣勃勃、與眾所期待的英雄同樣真實：勇敢又害羞，聰明又無知，謙虛又高傲，有時所有特質會全部顯現。《風之名》帶著溫暖、悲傷，還有些許幽默，是給成人看的《哈利波特》。」

我很難想出比這更適切的評語，於是厚著臉皮把這句話再次陳述一遍。

主角克沃思有著眾多名號，「無血」克沃思、「祕法」克沃思、「弒君者」克沃思；不同地方的人們又以自己的語言稱呼這樣一位不尋常的人物，如梅卓、瑞希。他的豐功偉業無數，更是吟遊詩人譜寫曲目的最佳題材。

這樣的英雄卻年紀輕輕就隱居在一處平凡小鎮中，經營一間生意清淡的旅店，化名寇特。他寧願站櫃台之後，聽著村民圍在爐火邊天南地北的把酒話桑麻。

於是我懷著好奇心，就這樣跟著作者平實的文字，走入克沃思的生活與過去，在那些輝煌耀眼功績之下的故事。一個聰穎倔強、永不服輸的孩子，自幼跟著父母的巡迴馬戲團遊歷四方，以篷車為家，在戲劇、樂曲、雜耍中成長。作者更勾勒出一幅獨特的巡迴劇團生活，由各式各樣的人們組成的豐富大家庭。

而在旅途中結識的老術士阿本希，更成了克沃思的啟蒙恩師與忘年之交。阿本希不僅只是開啟了克沃思對於知識追求之窗，對他傾囊相授，這對六旬老翁與十二歲男孩間的師生情誼讀來讓人備感真摯。也是這位恩師啟發了他追尋風之名的夢想，想進入傳說中的大學院，像阿本希一樣成為一位祕術士。

而英雄歷劫，在危難與挫折中，年輕的克沃思飽嚐辛酸，度過人生的低潮，但也在城市的陋巷暗處學會很多旁人一輩子也領悟不到的事情。這倒有點像是孔夫子曾說：「吾少也賤，故多能鄙事。」但克沃思也好幾次靠著這些鄙事才能度過難關，化險為夷。

不少作家給予此書成人版《哈利波特》或黑暗版《哈利波特》的稱譽，多少因為本書的重心便是落在克沃思進入大學院求學的經歷與過程。大學院是作者一手打造出的祕術學園，其中的大書庫更是諸國中藏書最豐富最巨大的地方，有著一輩子也讀不盡的書冊典籍。

大學院的有趣精彩之處不遜於《哈利波特》中的霍格華茲，處處又能與世界本身的特色相呼應，絲毫不顯突兀或勉強。性格各異而獨特的八位大師主宰了學院中的各種事務，入學考試、學年考試決定了學生下學期的學費金額，大師們不吝於以較低的學費鼓勵優秀的學生，對於只想鍍個金返鄉的暴發戶，也毫不客氣要上大筆學費。

阮囊羞澀的克沃思是如何通過考驗，說服大師們讓他以獎學金入學？在求學之餘還得時時為了下學期的學費著落打算，更有貼近現實之感，寫出天才也常為五斗米折腰的苦處。

這個聰明又無知、驕傲又謙虛的主角在大學院中如何結交好友、樹立敵人、獲得師長的賞識與憎惡，每一段都讓人意猶未盡，恨不得能加入這所學院，與克沃思同窗為友。本書中獨樹一格的共感術也在此詳細闡釋，雖不是閃電火球齊飛，卻合乎情理並與整個世界相合，讓人覺得這樣的法術可能確實存在。

綜觀諸多奇幻作品，也少有能將奇幻的校園生活寫得如此真切可愛，精彩與刺激並存。當然，其中也少不了情竇初開的青澀戀曲，隨父母自幼練習魯特琴的克沃思，靠著他的琴藝結識了這輩子最重要的女性，而這段戀情也將主角引領到另一個階段。

講了這麼多似乎有些破壞閱讀樂趣之嫌，但其中細微精彩之處絕對值得細讀品味。

說起來「漫遊者文化」會找上我讀這本書還頗為意外，除了讓人有些受寵若驚外，令我意外的是「漫遊者」竟開始涉足於奇幻領域；從自家書架上數來「漫遊者」的書可不算少數，舉凡《餡餅的祕密》、《上帝之柱》，以及《南方女王》和《聖堂密令》等一堆阿圖洛．貝雷茲－雷維特的作品，絕對可算是「入得廚房，出得廳堂」（就是放在書櫃上好看，出手借給朋友也少有抱怨的）。

這樣一間出版社願意出版奇幻小說，對於眾多台灣奇幻讀者肯定是一大福音，至於為何從《風之名》著手？據說是一則恍若天啟的神祕故事。（佛曰不可說～）

《風之名》是「弒君者三部曲」的第一部，也是作者派崔克．羅斯弗斯的啼聲初試之作，更是「漫遊者」初涉奇幻的第一本書。

羅斯弗斯出生於威斯康辛，大學足足念了九年，先念了化學工程後來又轉念心理學，最後才以英國文學學士畢業。但在他廣泛選修哲學、中世紀史、東方戲劇學、人類學、社會學等課程之中，《風之名》的雛形已逐漸形成。

但《風之名》最初想要出版時卻處處碰壁，直到他將作品的部分改編成短篇參賽並獲獎，讓羅斯弗斯有機會可以參加一個在洛杉磯舉辦的寫作班。在寫作班中他認識了著名科幻作家凱文．安德森，安德森則將自己的經紀人介紹給羅斯弗斯認識；而善於挖掘新銳作家的經紀人麥特．拜勒在讀過《風之名》初稿後，便立即將他網羅旗下；他驚嘆於羅斯弗斯將奇幻與文學元素巧妙融合的功力，羅斯弗斯也不負眾望順利擠身於暢銷奇幻新銳作家之列。

這位笑容可掬、留著一大圈灰色落腮鬍，宛如奇幻故事中矮人般的作家更展現出驚人的實力，甫一推出作品便好評不斷，獲得二〇〇七年鵝毛筆獎「奇幻與科幻」類，並在該年榮登獨立書商協會暢銷榜第十名、美國亞馬遜網路書店編輯特別推薦、《出版人週刊》年度選書「科幻／奇幻／恐怖類」等等，也是美國亞馬遜網路書店暢銷奇幻小說。

或許有人會覺得，國外很暢銷國內讀者未必喜歡，那些得獎或入選似乎也沒什麼了不起的。但如果換一些大家更熟悉的人物呢？《風之名》也獲得眾位奇幻大師的聯名推薦：包括娥蘇拉．勒瑰恩（《地海傳奇》作者）、羅蘋．荷布（《刺客正傳》系列作者）、凱文．安德森（《沙丘魔堡》前傳作者）、歐森．史考特．卡德（雨果、星雲獎得主，《戰爭遊戲》作者）等前輩大師的一致好評。

在這些推崇與紀錄之後，我想來講點比較不一樣的東西：像我這樣的奇幻老讀者會怎麼看《風之名》。精彩有趣的故事是一本好小說的必要條件，但一本好奇幻有時候不僅止於此。

當你翻開這本故事的前幾十頁，你會看到一個非常古典的開場，隱姓埋名的英雄隱居在小鎮的旅店中，化身為一個平凡無奇的旅店主人，過著平靜無波的生活。但總是會有一場意外、一名不速之客打破了他的平靜。

故事隨之開始訴說英雄童年的故事，他的過去、他的危難與轉機，以及他如何一步步成長。

古典沒有什麼不好，甚至在都會奇幻當紅的現代，這類宛如《時光之輪》與《魔戒》的古典奇幻簡直是稀有產物，更遑論是講得出一個好故事的古典奇幻。初看《風之名》時，有點讓我想起在看《天觀雙俠》時的感覺，那種懷念又帶了些許熟悉，令人想到古典奇幻的美。

而《風之名》不單只是懷舊，它有著繁複翔實到令編輯頭疼的世界，精彩有趣的巡迴馬戲團，與世界相合獨樹一格的共感魔法，別具風味的大學院；當然，還有我們永遠不會忘記的，一個好故事與鮮活的人物。

共感術的設定也非常新鮮有趣，他結合了薩滿信仰中的共感巫術，與科學計算的能量傳導。你可以透過共感術將手中的稻草與桌上的蠟燭連結，然後將自己的熱能傳導給稻草，再藉由共感連結讓蠟燭自己點燃。一場主角在學院中與同學進行的共感術對決，更是令人印象深刻的一段，最特別的是，你會覺得這是一種真實可能存在的術法，只是早被世人所遺忘。

《風之名》不是緊張刺激的好萊塢動作大片，也不是什麼新穎前衛的藝術電影，但它用心營造每個細節、刻畫每個橋段，於是自有其紮實細膩、匠心獨運的一面。

身為一部古典的作品，也永遠存在著遠古的敵人，黑暗宛如山雨欲來，更有無數的謎團等待著後續的故事來解答。（拜託作者大人請快推出下一部吧～）

最後，我想邀請你一同來探尋這首史詩的原點，這個藏在風中、關於名字的故事。

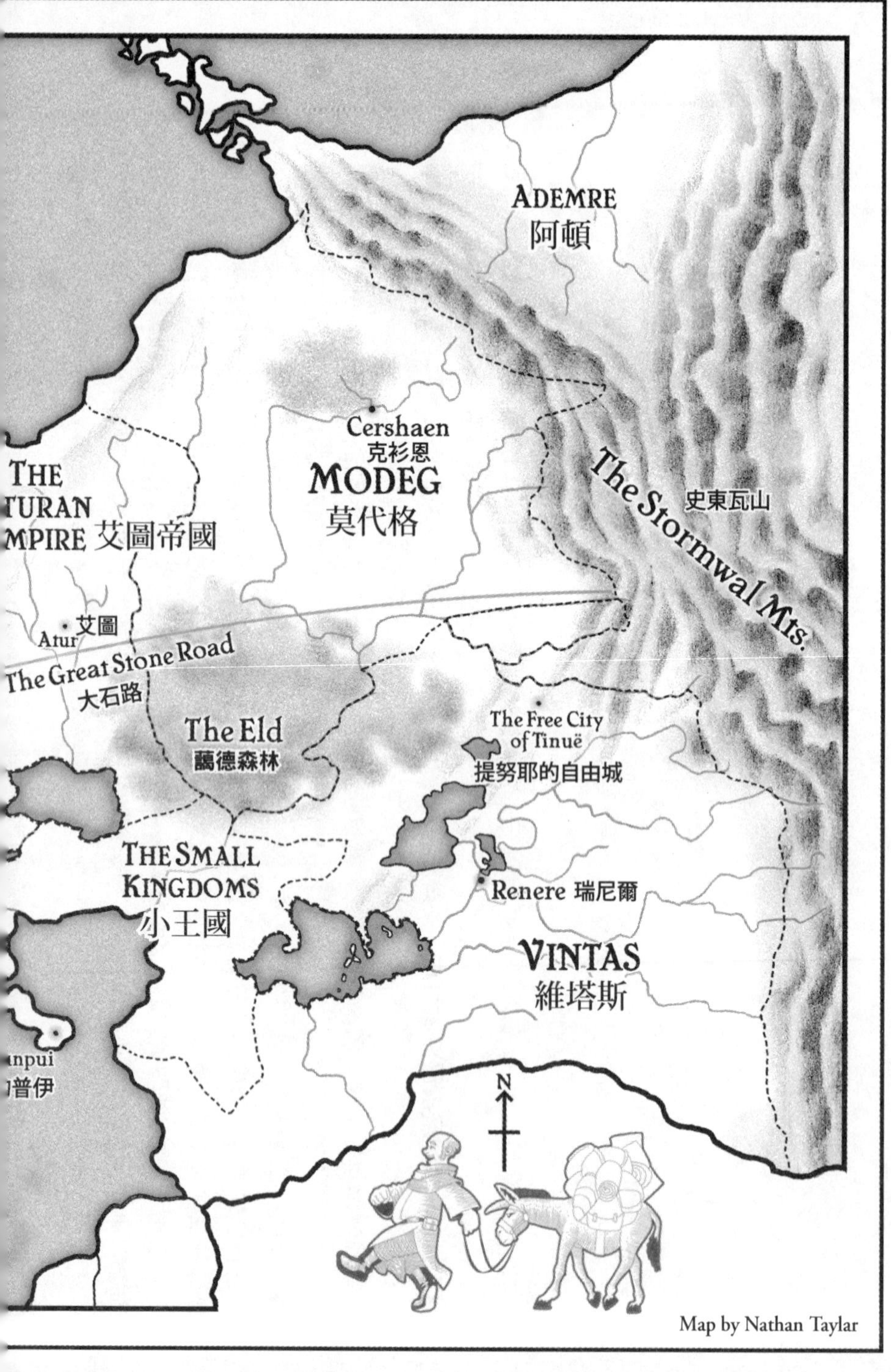
ADEMRE
阿頓
Cershaen
克衫恩
MODEG
莫代格
The Stormwal Mts.
史東瓦山
THE
TURAN
MPIRE 艾圖帝國
艾圖
Atur
The Great Stone Road
大石路
The Eld
藹德森林
The Free City
of Tinuë
提努耶的自由城
THE SMALL
KINGDOMS
小王國
Renere 瑞尼爾
VINTAS
維塔斯
npui
普伊
N
Map by Nathan Taylar

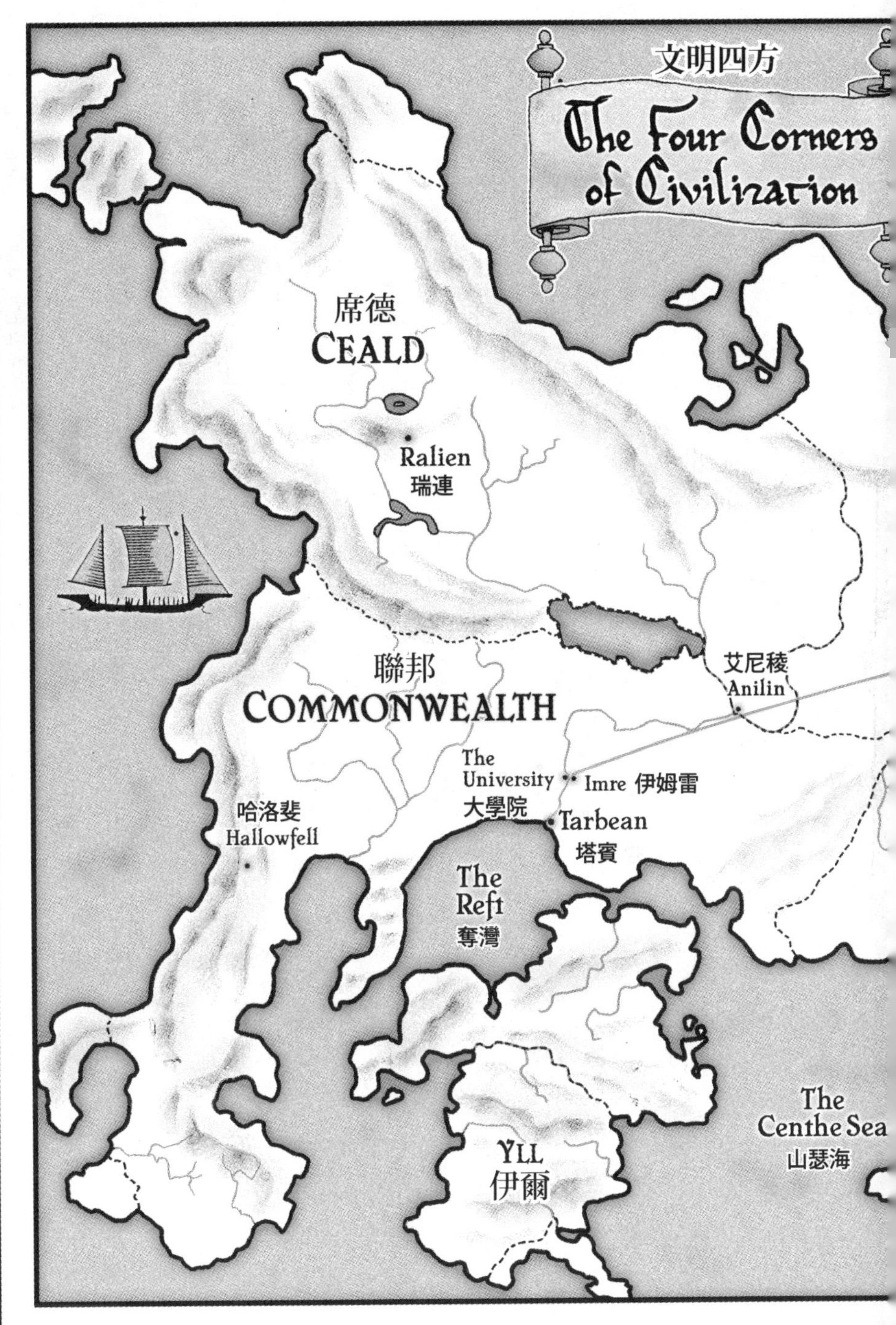
文明四方
The Four Corners of Civilization
席德
CEALD
Ralien
瑞連
聯邦
COMMONWEALTH
艾尼稜
Anilin
The University
大學院
Imre 伊姆雷
Tarbean
塔賓
哈洛斐
Hallowfell
The Reft
奪灣
YLL
伊爾
The Centhe Sea
山瑟海

序幕　萬籟俱寂

夜幕再次降臨，道石旅店的周遭一片寂靜，這股寂靜源自三處。

最顯而易見的寂靜，是一種萬物皆空的空蕩感。如果有風，風會在林間嘆息，讓掛鉤上的旅店招牌嘎吱作響，像秋風掃落葉般把那股寂靜吹上街去；如果有人群，即使只是旅店裡的三兩人影，他們也會以談笑聲打破寧靜，傳出夜晚酒吧裡該有的嘈雜喧鬧聲；如果有音樂……這裡當然不會有音樂。事實上，上述一切都不存在，四下寂靜依舊。

道石旅店裡，兩名男子窩在吧台一角，悶著頭喝酒，以免正經地談起惱人的消息。偌大的空蕩之中，他倆刻意沉默的舉動又為周遭添了一抹陰鬱的寂靜，兩者相互雜揉，形成對比。

第三股寂靜並不容易察覺。仔細聆聽個一小時，你可能漸漸在腳下的木質地板，以及吧台後方粗製龜裂的酒桶上感覺到它。這股寂靜同時存在於柴火熄滅許久、但餘溫猶存的漆黑石砌壁爐裡；在以白色亞麻布沿著吧台紋理來回緩慢擦拭的動作裡；也在立於那頭、為燈下光可鑑人的桃花心木上蠟的男人手裡。

這男人有一頭火紅的頭髮，眼眸烏黑深邃，動作熟悉靈巧，帶有一種沉穩的篤定感。

他是道石旅店的老闆，是第三股寂靜的根源。這麼說很貼切，因為三股寂靜中以他為最，把其他的寂靜感都籠罩於內，如秋末般深廣，如河水打磨光滑的巨石般沉重，那是等候死亡的男人耐心沉潛的聲音。

1 惡魔之地

伐日[1]夜，道石旅店的常客又齊聚一堂。五個人雖稱不上是一大群，但如今道石能湊到五位就算多了，那年代就是那幅光景。

老馬還是一如往常，負責講古、給建議，吧台邊的男人啜飲著啤酒聆聽。年輕的旅店老闆站在門後方的暗處，微笑地聽著熟悉的故事細節。

「至尊塔柏林醒來時，發現自己困在高塔中，他們沒收了他的寶劍，剝奪了他的工具：鑰匙、硬幣、蠟燭都不見了，但那還不是最糟的……」老馬刻意停頓，製造氣氛：「……因為牆上的燈火竟然閃著藍焰！」

葛拉罕、傑克、謝普自顧自地點頭，這三個一起長大的朋友，向來都是聽著老馬講古，也不把他的建議當回事。

老馬凝視著這三名聽眾中最晚加入、也最專注的那位，他是鐵匠的學徒。「孩子，你知道那是什麼意思嗎？」大家都把鐵匠的學徒喚作「孩子」，儘管他比那裡的每個人都高出一個手掌寬。小鎮就是這樣，在他長滿鬍子或因故把人打得鼻青臉腫以前，他可能一直都是大家眼中的「孩子」。

那男孩慢慢地點頭說：「是祁德林人。」

「沒錯，」老馬語帶讚許地說：「是祁德林人。大家都知道藍焰是他們的標誌，現在塔柏林……」

「但他們是怎麼找到他的？」男孩打斷老馬的話：「他們有機會殺了他，為什麼不下手？」

「別急著打岔，故事結束前，你就會知道一切答案。」傑克說：「就讓他來說吧。」

---

1 故事中沒有「週」，只有旬。一旬共十一天，分別是旬一到旬七，接著是伐日（Felling）、奪日（Reaving）、燃日（Cendling）、悼日（Mourning）。一個月有四旬，一年有八個月加上最後七天的大悼日（High-Mourning）。

「傑克，沒必要這樣。」葛拉罕說：「孩子只是好奇，你只管喝你的酒。」

「我早就喝光我的酒了，」傑克抱怨：「我需要再來一杯，但老闆還窩在後頭忙著剝老鼠皮。」他拉大嗓門，用空杯敲著桃花心木吧台。「喂，我們渴死了！」

旅店老闆端著五碗燉肉與兩條溫熱的圓麵包走了出來，為傑克、謝普、老馬添滿啤酒，俐落地張羅著。這些人享用晚餐時，故事也就先擱著。老馬以老光棍慣有的狼吞虎嚥方式，一下就把燉肉掃得一乾二淨，他吃完麵包，正要回頭講古時，其他人還在吹涼熱騰騰的燉肉。

「現在塔柏林需要逃離這裡，他環顧四周，卻發現牢房沒有牢門，也沒有窗戶，四周都是平滑的硬石，那是沒人掙脫過的牢房。」

「但塔柏林知道萬物之名，所以萬物都聽命於他。他對石頭說：『碎裂！』石頭就應聲而碎，石牆如紙張一般撕裂。塔柏林從洞口可以看到藍天，呼吸芬芳的春日氣息。他站到牆邊，往下看，毫不猶豫地踩進半空中……」

男孩瞪大雙眼：「不會吧！」

老馬一本正經地點點頭：「所以塔柏林就這樣墜落了，但他沒有絕望，因為他知道風的名字，所以風也聽命於他。他對風發號施令，風就托起他的身子，如吹起的薊子冠毛般，讓他緩緩落地，像母親輕拂般，輕柔地幫他站穩地面。」

「塔柏林到了地面後，摸了一下他們刺他的地方，發現自己竟然毫髮無傷，這可能是一時命大，」老馬故意輕敲鼻翼：「又或者和他戴在襯衣下的護身符有關。」

「什麼護身符？」男孩嘴裡還有滿口的燉肉，就迫不及待地問。

老馬坐在凳子上，身體往後仰，很高興抓到這個細說分明的機會。「幾天前，塔柏林在路上遇到一個匠販，雖然塔柏林也沒有多少食糧，他還是和那老人一起分食晚餐。」

「這是明智之舉，」葛拉罕低聲對男孩說：「大家都知道：『匠販會雙倍報恩。』」

「不對，不對。」傑克嚷嚷著：「要這樣說才對：『匠販之見，抵雙倍善念。』」

這時，旅店老闆當晚第一回出聲，「其實你們都少說了一大半。」他站在吧台後方的門口說。

傲慢侮辱，三番回堵。

大方施捨，雙倍以還，

簡單交換，一來一往，

匠販有債必償，有恩必報，

吧台邊的人看到寇特站在那裡都很訝異。這幾個月以來，他們每個伐日夜晚都來道石旅店，之前寇特從不插話，其實他也插不上什麼話，他搬來鎮上才一年左右，跟大夥兒還不熟。鐵匠的學徒從十一歲就住在這裡，大家每次提到他，還是會說「那個雷尼許的小孩」，彷彿雷尼許是某個海外國度似的，而不是三十哩外的小鎮。

「我就聽過那麼一次。」寇特顯然很尷尬，刻意說點話打破沉寂。

老馬點點頭又清清嗓子，繼續說故事：「這個護身符價值多達一桶皇家金幣，但匠販因塔柏林的善舉，只象徵性地收他鐵幣、銅幣、銀幣各一。那護身符如冬夜般漆黑，摸起來如冰霜般冰冷，但只要掛在塔柏林的脖子上，就可倖免於惡魔等邪惡事物的傷害。」

「現在我也肯花大錢買那樣的東西。」謝普鬱鬱不滿地說。今晚聚會中，他喝得最多，但話最少。大家都知道上個燃日夜晚他的農場出事了，但大夥兒是好朋友，他們都知道別逼問他詳情比較好，至少別那麼早問，等大家喝茫一點再說。

「是啊，誰不想呢？」老馬謹慎地說，喝下一大口酒。

「我不知道祁德林人是惡魔，」男孩說：「我聽說……」

「他們不是惡魔，」傑克堅定地說：「他們是最初拒絕泰魯所選路徑的六個人，他詛咒他們只能在絕境中徘徊……」

「傑克．沃克，現在是換你講古嗎？」老馬嚴聲責問：「如果是換你講，我就讓你講個夠。」

兩人怒目而視好一會兒，後來傑克終於移開眼神，低聲喃喃幾句應該是道歉之類的話。

老馬回頭回應孩子：「那就是祁德林人神祕的地方，」他解釋：「他們來自何方？他們做了罪大惡極的事後又往何處去？他們是出賣自己靈魂的人嗎？是惡魔？還是幽靈？沒人知道。」老馬輕蔑地看了傑克一眼：「雖然傻瓜都宣稱他們知道……」

這時故事引發了更多的爭論，大家七嘴八舌地討論祁德林人的本性、機靈者會注意到他們存在的哪些徵兆、護身符能不能幫塔柏林防範強盜、惡犬或落馬等等。話題愈聊愈熱絡時，前門砰地一聲大開。

傑克往門那邊看過去。「卡特，你來的正是時候，快來告訴這個傻瓜，惡魔與狗的差異，大家都知……」傑克話說一半就停了，他衝到門口，「我的老天，你怎麼了？」

卡特站到燈下，臉色慘白，身上血跡斑斑，胸前緊抱著老舊的鞍氈，鞍氈的樣子看起來很怪，彷彿捆著一堆生柴。

幾個朋友看到都連忙跳下椅凳、衝了過去。「我沒事，」他一邊說，一邊慢慢走向交誼廳，他瞪大著眼，眼神驚魂未定，彷如受驚的馬匹，連聲說：「我沒事，沒事。」

他把整捆鞍氈放在最近的桌子上，鞍氈重重地碰撞桌面，好像裡面裝滿石頭一樣。他的衣服交錯著又直又長的切痕，灰色上衣除了塞進褲子裡的部分以外，都裂成鬆散的碎布垂掛著，還沾染了暗紅色的血漬。

葛拉罕試著扶他就座：「老天，卡特，坐下來吧，你怎麼了？先坐下。」

卡特硬是不肯，他搖頭說：「我說過，我沒事，我沒傷得那麼重。」

「他們有幾人？」葛拉罕問。

「一個，」卡特說：「但不是你們想的那樣……」

「媽的，卡特，我跟你說過了，」老馬既憤怒又驚慌，以那種只有至交好友才會激起的反應脫口而出：「這幾個月我一直警告你，不要單獨外出，連到貝登都不行，外頭不安全。」傑克抓住老馬的手臂，要他冷靜。

「你就坐下來吧，」葛拉罕說，他還是想讓卡特就座：「我們幫你換下那件襯衫，清洗一下。」

卡特搖頭：「我沒事，只是有點割傷，那大部分都是奈莉的血跡，它撲到奈莉身上，在小鎮兩哩外，過了老石橋的地方殺了她。」

大家聽到這個消息，都靜了下來，鐵匠的學徒同情地把手搭在卡特的肩上，「太可憐了，奈莉溫馴得跟羊一樣，你帶她來裝馬蹄鐵時，她不咬人也不亂踢，是鎮上最聽話的馬，真要命，我……」他聲音漸弱：「真要命，我也不知道該說什麼了。」他無助地望向四周。

老馬終於設法掙脫傑克，「我警告過你，」他重複說道，手指著卡特：「最近有些人為了一點錢就會要你的命，更別說是馬匹與馬車了，你現在要怎麼辦？自己拉車嗎？」

氣氛變得有點僵，傑克和老馬兩人怒目而視，其他人則一時語塞，不知該如何安慰朋友。

在一片寂靜中，旅店老闆的舉止也格外小心。他兩手端滿東西，俐落地繞過謝普，開始在附近的桌上擺放物品：一盆熱水、一把大剪刀、一些乾淨的紗布、幾個玻璃瓶、縫合傷口的針線。

「他早聽我的話，就不會發生這種事了。」老馬嘟囔著，傑克試著讓他平息下來，但老馬對他置之不理。「我只是實話實說，奈莉死了真的很可惜，但是他最好現在就聽話，否則也會完蛋，遇到那種人不可能兩次都命大。」

卡特忿忿地抿著嘴，伸手去拉血跡斑斑的鞍氈邊緣，裡面包的東西立刻翻了出來，掛在布上。卡特更用力地一扯，東西如一袋扁平的河石般匡啷倒放在桌上。

那是如車輪般大的蜘蛛，黑如石板。

鐵匠的學徒一驚，踉蹌後退，不慎撞倒桌子，幾乎跌坐於地。老馬的臉色一垮，葛拉罕、謝普、傑克則是嚇得說不出話來，驚聲躲開，雙手掩臉。卡特抽搐般往後退了一步，屋內頓時一片死寂。

旅店老闆蹙眉低語：「牠們還不可能爬到這麼西部的地方。」

要不是因為太安靜，大家不可能聽到他說什麼，這下大家都聽到了，他們全把目光從桌上的蜘蛛移開，轉而靜靜地凝視著紅髮老闆。

傑克首先出聲：「你知道這是什麼東西？」

旅店老闆的眼神看起來很疏離，「斯卡瑞爾。」他心不在焉地說：「我以為山上……」

「斯卡瑞爾？」傑克打斷了他的話：「老天，寇特，你見過這東西？」

「什麼？」紅髮老闆頓時抬起頭，彷彿突然記起自己身在何方：「噢，不不，我當然沒見過。」眼看他是現場唯一和那邪物僅隔一步的人，他謹慎地稍稍後退。「我只是聽人說過而已。」大家盯著他看，「你記得兩旬前來過這裡的商人嗎？」

他們都點頭，「那混蛋竟然半磅鹽就收我十分錢。」老馬反射性地說，他已經為這件事抱怨過上百遍了。

「要是我早點買些鹽就好了。」傑克喃喃自語，葛拉罕靜靜地點頭贊同。

「他真是下流的賊頭。」老馬脫口說，覺得用慣用的字眼罵一罵，心裡也舒坦多了，「缺鹽時，我可能還願意付兩分錢，但收我十分錢簡直是搶劫。」

「路上多點這怪物，你就不會嫌貴了。」謝普冷冷地說。

大家再次把目光集中到桌上的東西上。

「那商人告訴我，他們聽說這東西是在麥爾肯附近出沒。」寇特連忙解釋，觀察他們每個人端詳桌上東西的表情。「我以為他只是想哄抬物價。」

「他還說了什麼？」卡特問。

旅店老闆若有所思地停了半晌，然後聳聳肩說：「我沒聽到整個來龍去脈，他只在鎮上停了幾個小時。」

「我討厭蜘蛛。」鐵匠的學徒說，他一直站在離桌十五呎遠的地方，「把牠蓋上。」

「那不是蜘蛛，」傑克說：「牠沒眼睛。」

「也沒嘴巴，」卡特指出：「牠是怎麼吃東西的？」

「牠吃什麼？」謝普冷冷地說。

旅店老闆持續打量那怪物，他湊近身子，伸出一隻手，其他人則是進一步拉開和桌子的距離。

「小心，」卡特說：「牠的腳跟匕首一樣銳利。」

「比較像剃刀。」寇特說，他細長的手指拂過斯卡瑞爾不甚起眼的黝黑軀殼，「感覺又滑又硬，像陶器一樣。」

「不要亂動牠。」鐵匠的學徒說。

旅店老闆小心翼翼地移動身子，抓起牠一隻又長又滑的腳，想用兩手扳斷它。「不像陶器。」他改口說。他把怪物放到桌邊，卯足全力壓著牠，喀的一聲拔下牠的腳。「比較像石頭。」他抬頭望著卡特。「這些裂痕是怎麼來的？」他指著軀殼表面上的細紋。

「牠攻擊奈莉時造成的。」卡特說：「牠從樹上跳下來，在奈莉身上爬，用腳劃破她的身體。牠動作太快，我甚至沒來得及回神搞清楚發生了什麼事。」卡特在葛拉罕的力勸下，終於陷坐到椅子上。「奈莉被馬具拌住，遭到攻擊，斷了幾條腿，然後牠轉而攻擊我，在我身上爬來爬去。」他雙手抱住血跡斑斑的胸部，全身顫抖。「我設法把牠扳開，死命地踩牠，牠又爬到我身上……」他聲音漸弱，臉色慘白。

旅店老闆一面自顧自地點頭，一面撥弄著那怪物。「裡面沒有血，也沒器官，灰灰的一坨。」他用手指戳了一下，「像蘑菇一樣。」

「老天，拜託你就不要再碰牠了。」鐵匠的學徒央求。「有時候你殺了蜘蛛，牠還會抽動。」

「你看看你們，」老馬嚴聲斥責：「蜘蛛不會大得跟豬一樣，你們也知道牠不是蜘蛛。」他環顧四周，和每個人一一目光相接。「這是惡魔。」

他們盯著那個被支解的怪物。「噢，拜託！」傑克說，一如往常般提出異議：「又不是……」他做出難以細說分明的手勢，「牠不可能是……」

大家都知道他在想什麼，這世上當然有惡魔，但是他們就像泰魯的天使一樣，就像英雄與國王一樣，是屬於故事裡的，遠在天邊。至尊塔柏林召喚火焰與閃電以摧毀惡魔，泰魯親手斬除他們，把呼天搶地的他們流放到無名虛界。但你的兒時玩伴不可能在往貝登的路上踩死這種東西，這太荒謬了。

寇特撥著紅髮，打破沉默，「有個確定的方法，」他說，伸手進口袋。「用鐵或火。」他掏出一個鼓脹的小皮包。

「還有上天的名字。」葛拉罕指出：「惡魔害怕三樣東西：冰鐵、明焰、上天的聖名。」

旅店老闆抿著嘴，那表情並非不悅。「那當然。」他一邊說，一邊把皮包裡的東西都倒在桌上，撥弄那些雜亂的硬幣：有沉重的大銀幣、輕薄的小銀幣、銅幣、破爛的半分錢、鐵幣。「誰有鐵板？」

「就用鐵幣吧，」傑克說：「那是好鐵。」

「我不需要好鐵。」旅店老闆說：「鐵幣裡含碳太多，幾乎稱得上鋼了。」

「他說的沒錯，」鐵匠的學徒說：「只不過那不是碳，我們是以焦煤煉鋼，焦煤和石灰。」

旅店老闆恭敬地對孩子點點頭：「小師傅，這方面你最在行了，畢竟那是你的本業。」他修長的手指終於在一堆硬幣中找到一枚鐵板，他撿起那鐵板說：「找到了。」

「它能做什麼？」傑克問。

「鐵可以殺惡魔。」老馬的語氣不大篤定：「但這隻怪物已經死了，可能無法發揮效用。」

「有一種方法可以辨識。」旅店主人和他們一一對望了一眼，彷彿在打量他們一樣。然後他毅然走回桌邊，他們又退得更遠了。

寇特把鐵板壓在那怪物的軀體側邊，結果發出短促清脆的碎裂聲，就像松木在烈火中劈啪作響一樣，眾人大驚，看到那漆黑的東西還是動也不動，才鬆了一口氣。老馬和其他人相視苦笑，就好像男孩被鬼故事嚇到一樣。等屋內開始瀰漫花朵腐爛與毛髮燃燒的刺鼻甜味時，他們又笑不出來了。

旅店主人啪的一聲把鐵板放在桌上，「我想，這樣就確定牠是惡魔了，現在我們要怎麼辦？」他一邊說，一邊用圍裙擦手。

幾個小時後，旅店老闆站在道石的門口，放眼望著暗夜。旅店窗子投射出來的燈光，落在泥土路及對門的鐵匠坊門上。這條路不寬，人車也少，感覺不像其他路那樣是通往某處的。旅店老闆深深吸了一口秋夜的空氣，不安地四處張望，彷彿等待什麼事情發生。

他自稱寇特，來這裡時特地小心挑了這個名字。從前，他多半為了尋常的理由更換名字，也有幾次是基於不尋常的理由。名字對他來說一點都不重要。

他抬起頭，看到無月的深邃夜幕上閃爍著萬點繁星，每個星辰他都認得，都知道它們的來由和名字，他對它們瞭若指掌。

寇特低下頭，不自覺地嘆息，接著轉身進門。他鎖上店門，拉上大窗，彷彿刻意讓自己遠離星辰和它們形形色色的名字。

他有條不紊地拖著地板，每個角落都不放過。他擦洗桌面與吧台，耐著性子俐落地做事，忙了一小時後，水桶裡的水還是乾淨得很，讓女士洗手都沒問題。

最後他拉張凳子坐在吧台後方，開始擦拭兩大酒桶間的一堆瓶瓶罐罐。在這方面，他就不像做其他事情那麼俐落了，很快就可以明顯看出，那擦拭不過是想觸摸與握住東西的藉口。他甚至哼了點小調，不過他自己也沒察覺，否則他一定會打住的。

他用修長的手轉動瓶子時，那熟悉的動作緩和了臉上一些疲累的線條，讓他看起來更年輕，一定還不滿三十歲，甚至離三十歲還有好幾年的感覺。這年紀對旅店老闆來說算滿年輕的，對臉上那麼多歲月痕跡的人來說也是如此。

寇特爬上樓梯，打開房門。他的房間簡樸，近乎單調。中央有個黑色的石砌壁爐，一對椅子，一張小桌，除此之外，就只剩一張窄床和床尾一個深色的大櫃子，牆上毫無裝飾，木質地板上也沒鋪什麼。

走廊上傳來腳步聲，一名年輕人端著熱騰騰的燉肉走進房裡，胡椒的香味四溢。他膚色黝黑，樣貌迷人，笑容可掬，眼神機靈。「你好幾旬沒忙到這麼晚了。」他一邊說，一邊把手中那碗燉肉端給寇特，「今晚一定有精彩的故事吧，瑞希。」

瑞希是旅店老闆的另一個名字，幾乎就像綽號一樣。聽到有人這樣叫他，他不禁苦笑，坐進爐火前的椅子。「巴斯特，那你今天又學到了什麼？」

「主人，我今天學到為什麼大情聖的視力比大學者好。」

「為什麼？」寇特問，語氣有點逗趣。

巴斯特關上門，回來坐上第二張椅子，面向他的老師和爐火。他一舉一動中有股奇怪的優雅氣息，彷彿隨時要翩翩起舞。「瑞希，因為內容豐富的書都是在光線幽暗處發現的，但美女通常在陽光下，所以在外頭唸書比較不傷眼力。」

寇特點頭，「但是天資聰穎的學生可以把書拿到外頭讀，這樣既可增廣見聞，又不用擔心有損寶貴視力。」

「瑞希，我也這麼想，因為我也是天資聰穎的學生。」

「當然。」

「但是我在陽光下發現適合閱讀的地方時，美女就走過來了，讓我無法讀書。」巴斯特語畢，一臉得

意。

寇特嘆了一口氣：「所以我猜你今天都沒讀《瑟穹酊闋》吧？」

巴斯特設法裝出慚愧的樣子。

寇特望著爐火，想板起面孔卻做不來，「巴斯特，希望那美女像樹蔭下的和風一樣可人，這方面我不是好老師，還好我不是，現在我並不想上很長的課。」兩人一陣沉默。「卡特今晚遭到斯卡瑞爾的攻擊。」

巴斯特臉上的笑容頓時消失，表情震驚，臉色慘白。「斯卡瑞爾？」他半站起身，彷彿要衝出房門似的，然後尷尬地皺眉，逼自己坐回椅子上。「你怎麼知道的？誰找到他的屍體？」

「卡特還活著，他把斯卡瑞爾帶來了，只有一隻。」

「沒有『只有一隻』斯卡瑞爾這回事，」巴斯特淡淡地說：「這點你也知道。」

「我知道，」寇特說：「但事實上就是只看到一隻。」

「他殺了那隻嗎？」巴斯特說：「那可能不是斯卡瑞爾，或許……」

「巴斯特，那是斯卡瑞爾，我看到了。」寇特一本正經地看著他。「他今天算是命大，就這樣。不過他還是傷得很重，縫了四十八針，我幾乎把縫補傷口的腸線都用完了。」寇特端起那碗燉肉。「萬一有人問起，就說我祖父是商隊護衛，他教我如何清洗與縫補傷口。他們今晚嚇到沒問我，但明天他們其中幾位可能會起疑，我希望他們不要想太多。」他對著碗吹氣，一股熱氣撲上他的臉。

「你怎麼處理那軀體？」

「我沒對牠做什麼。」寇特強調：「我只是旅店老闆，那不是我的角色能勝任的事。」

「瑞希，你不能放任他們覺得事情就這樣算了。」

寇特嘆氣說：「他們向祭司提起這件事，他為了完全錯誤的理由，做了所有正確的事。」

巴斯特正想張嘴說話，寇特在他沒來得及說出口前就繼續說：「有，我確定那洞挖得夠深，我也確定火中放了山梨木，確定他們掩埋牠之前先用大火燒了很長一段時間，也確定沒人拿了一部分的殘體做紀念。」

他皺起眉頭，兩眉連成一線。「我不是白癡。」

巴斯特明顯鬆了一口氣，坐回椅子上。「瑞希，我知道你不是，我只是不放心這些人在沒人指導的情況下亂搞。」他停下來思考了一下，「我還是不明白為什麼只有一隻。」

「或許他們翻山越嶺時都死了。」寇特猜測：「死到只剩一隻。」

「不可能。」巴斯特不認同。

「或許是幾天前的暴風雨吧。」寇特指出：「真正的『翻車暴雨』，就像我們以前劇團說的那樣，那風雨可能把其中一隻吹到脫隊了。」

「瑞希，我覺得你第一個講法還比較可信一些。」巴斯特尷尬地說：「三、四隻斯卡瑞爾行經這小鎮就像……就像……」

「就像溫熱的刀子切奶油一樣，易如反掌？」

「像好幾把溫熱的刀子刺殺好幾十位農民還差不多。」巴斯特冷冷地說：「這些人無法自衛，我敢打賭全鎮連六把劍都湊不齊，當然，劍也拿斯卡瑞爾沒輒就是了。」

兩人沉默陷入長考。過了一會兒，巴斯特坐立不安地問：「有任何消息嗎？」

寇特搖頭：「今晚沒提到什麼消息，他們還在講故事時，卡特一來就打斷了。我想，這樣也好，他們明晚還會再來，這樣我就有事情做了。」

寇特漫不經心地拿著湯匙撥著燉肉。「我應該向卡特買斯卡瑞爾才對。」他若有所思地說：「他可以拿那些錢去買匹新馬，大家會從各地來觀賞，我們的生意也會有起色。」

巴斯特露出瞠目結舌的表情。

寇特用拿著湯匙的手示意他放寬心。「我說笑的，巴斯特。」他擠出一絲無力的微笑：「不過，那樣做應該會不錯。」

「瑞希，那怎麼可能『不錯』！」巴斯特強調：「大家真的會從各地來看。」他嘲諷地說。

「那生意就會不錯。」寇特澄清：「忙一點不錯。」他又用湯匙戳弄燉肉。「任何事情都會不錯。」

他們坐了許久，寇特沉著臉面對手上端的燉肉，眼神疏離。「巴斯特，待在這裡一定讓你覺得很糟。」他終於說了：「你一定覺得無聊死了。」

巴斯特聳聳肩：「鎮上有幾位少婦，也有幾戶人家的女兒。」他像小孩般露齒而笑：「我通常會自己製造一些樂趣。」

「那就好。」接著又是一陣沉默，寇特又舀起一匙肉，咀嚼後吞嚥入腹。「他們覺得那是惡魔。」

巴斯特聳肩：「最好是啦，或許他們最多只能想到那樣而已。」

「我知道，其實是我鼓勵他們往那邊想的，但你知道那意味著什麼。」他和巴斯特目光相接：「接下來幾天，鐵匠生意會大好。」

巴斯特刻意面無表情地說：「噢。」

寇特點頭：「巴斯特，如果你想走，我也不會怪你。比起待在這裡，你還有更好的地方可以去。」

巴斯特露出震驚的表情：「瑞希，我不能走。」他張開嘴巴又閉上，如此重複了好幾次，不知該說些什麼。「還有誰能教我？」

寇特笑了，當下他的臉龐顯現出他的確很年輕。撇開臉上疲累的線條及旅店老闆的沉著表情，他年紀看起來並沒有比他的深髮同伴大。「是啊，還有誰呢？」他用湯匙指著門，「你去讀書或糾纏別人的女兒吧。我相信比起看我用餐，你還有更有意義的事情可做。」

「其實……」

「惡魔退散！」寇特嘴裡還有半口燉肉，他改換腔調很重的泰姆語：「Tehus antausa eha!」

巴斯特突然大笑，以單手做出下流的手勢。

寇特吞下那口肉，改換語言：「Aroi te dennaleyan!」

「噢，拜託！」巴斯特語帶責備，笑容也不見了：「那實在太丟臉了。」

「土石為證，我發誓放了你！」寇特把手指放入旁邊的杯子，若無其事地把水滴彈向巴斯特的方向，「消除魔法！」

「用蘋果汁？」巴斯特從襯衫前面擦掉一顆水珠時，故意裝出好氣又好笑的表情。「這最好別留下污漬。」

寇特又吃下一口晚餐。「拿去泡一泡，如果沒辦法消除，我建議你用《瑟穹酊闋》裡的多種溶劑配方，我想是在第十三章裡。」

「好吧。」巴斯特起身，以他奇怪的優雅姿態走向門口。「需要什麼就叫我。」他關上門離去。

寇特慢慢用餐，用一塊麵包抹淨最後的燉肉汁。他一邊進食，一邊望向窗外，或者說試圖看清窗外。在燈火照耀下，窗戶宛如一面鏡子，迥異於屋外的漆黑。

他的眼睛不安地看著房間四周，房間中央的壁爐和樓下的壁爐都是用同樣的黑石砌成的，寇特對這個小小的手藝成就頗為自豪。床很小，比兒童床稍大一些，摸一下就會發現它幾乎沒什麼床墊。

觀察敏銳的人可能會發現他刻意避免注視某樣東西，就好像你在正式餐會上，刻意不和老情人四目相交；或深夜在擁擠的啤酒屋裡，和死對頭正好相向坐著，卻刻意不看對方一樣。

寇特試著放鬆，卻徒勞無功。他心煩意亂，在座位上惴惴不安，目光不經意停留在床尾的櫃子上。

那是楉木做的，一種罕見的沉重木材，漆黑如碳，光滑如亮光玻璃，香料商與鍊金術士都把它列為極品，拇指般的大小價值即媲美黃金，用它來製作櫃子可說是奢華之至。

這櫃子封了三層，有鐵鎖、銅鎖、還有一道看不見的鎖。今晚櫃子使房裡洋溢著一股柑橘與淬鐵的香氣，那氣息隱約到幾乎無法察覺。

寇特的目光落在櫃子上時，他並沒有迅速轉移視線，沒有偷偷看往一旁，假裝那東西不在那兒。看到櫃子的當下，他臉上因日常的簡單樂事而慢慢撫平的線條又再度出現了，擦拭瓶瓶罐罐與閱讀所帶來的安心感頓時消失，腦中只留下空虛與痛苦，臉上時而浮現強烈的渴望，時而出現無限的悔恨。

之後這些情緒都消失了，取而代之的是旅店老闆疲倦的臉，回歸那位他自稱是寇特的人。他又不自覺地嘆了一口氣，起身。

過了很久，他才行經那櫃子，上床就寢；上了床，他也躺了很久才入睡。

就像寇特猜的，他們隔晚又回到道石旅店用餐與飲酒。他們有一搭沒一搭的說著故事，一下子就沒勁了，今晚大家真的都沒什麼心情。

晚上時間還早時，大夥兒的話題談到增加進口，他們聊到鎮上流傳的謠言，大部分的謠言都令人心煩。悔悟王正和瑞沙維克的叛軍僵持不下，這情勢令人擔憂，但大家也只是隨口聊聊。瑞沙維克離這裡很遠，就連他們之中最博學多聞的老馬，也難在地圖上指出它的位置。

他們自顧自的討論戰爭，老馬預估農作收割後會課徵第三次的稅，沒人爭辯，不過大家也不記得以前曾一年課稅三次。

傑克覺得這次收成應該不錯，所以第三次課稅還不會拖垮大多數的農家。貝特里一家除外，他們本來就過得很辛苦。歐瑞森一家也是，他們家的羊一再離奇消失。還有瘋子馬丁可能會比較慘，他今年只種大麥。有點腦袋的農人都種了豆子，豆子是戰爭中唯一受惠的物資，因為豆子是軍隊的糧食，豆價也跟著水漲船高。

酒過幾巡後，大家開始說出心裡比較擔憂的事。如今路上常出現逃兵與投機者，連短程旅途都不安全了。路況一直以來都很糟，就像冬天總是很冷一樣。大家抱怨歸抱怨，只能自個兒多小心，繼續過日子。

但這次不一樣，過去兩個月，路況糟到大家都不想抱怨了。上次來的商隊有兩台馬車，四名護衛。商人光是半磅鹽就要價十分錢，一條糖也要賣十五分錢。他沒賣胡椒、肉桂、巧克力，不過的確有一小包咖啡，但竟然要兩大銀幣。一開始大家都說他定價太離譜，他堅持不變時，大家就開始起鬨，咒罵他。

那是兩旬（二十二天）前的事了，之後就再也沒什麼大型交易，不過大家嫌貴也是原因。大家雖然擔心第三次課稅就快到了，但眼看著自己的積蓄，大家還是希望當初多買了一些東西，以免今年提早下雪。

今晚沒人提到昨晚的事，沒人提及他們一燒再燒的東西，當然其他人都議論紛紛，鎮上傳聞鬧得沸沸揚揚。卡特的傷勢讓大家對那傳聞半信半疑，不過也就僅止於此。有人提到「惡魔」，不過大家都只是笑笑，隨口說說。

焚燒那怪物前，僅六個人看到那東西。其中一人受傷，其他人還喝了酒，祭司也看到了，但眼見惡魔本來就是他的工作，對他來說，有惡魔才有生意。

當然，旅店老闆也看到了，但他不是當地人，他不會知道這小鎮上土生土長的人都深信不移的事實：故事在此傳述，但發生在他方，這裡並非惡魔之地。

況且，現在不自找麻煩，情況就已經夠糟了。老馬和其他人都知道沒必要再談論那件事。想說服大家相信，無疑是讓自己成為眾人的笑柄，就像那個長年在房子裡掘井的瘋子馬丁那樣。

不過，他們每個人都向鐵匠買了一片沉甸甸的冷鍛鐵，大家都絕口不提心裡在想什麼。他們只是抱怨路況愈來愈糟，談論商人、逃兵、徵稅，鹽不夠撐過寒冬等等。他們回想起三年前夜不閉戶的日子，更別說是鬥上門了。

聊到這裡，氣氛急轉直下，雖然他們都沒說出自己內心的想法，但當晚最後劃下陰鬱的句點。這些日子以來每晚大多是如此，那年代就是那幅光景。

2 美好的一天

這樣完美的秋日在故事裡是如此常見，在現實世界裡卻是如此罕見。天氣和煦乾燥，正適合小麥或玉米田熟成。道路兩旁的樹木正值換色時節，高大的白楊木轉成米黃，伸出路肩的漆樹也染上一抹鮮紅，只有老橡木似乎還不肯放開夏天的尾巴，樹葉依舊勻稱地金綠混雜。

話說回來，如果沒有遇上五、六個當過兵的人，手持獵弓把你洗劫一空，這天就太美好了。

「長官，她已經稱不上是一匹馬了。」編史家說：「只比拖板車好一點而已，一下雨，她就……」

那人快手一揮，打斷他的話：「聽好，小子，只要是有四隻腳和至少一隻眼睛的東西，皇家軍隊就肯買；如果你瘋到騎著木馬上街，我還是會把它搶走。」

他們的首領給人一種頤指氣使的感覺，編史家猜測，他不久前應該是個低階的軍官。「你下來就對了，」他板著臉說：「我們拿了東西就走，你也可以繼續走你的路。」

編史家從馬匹上下來，他以前也被搶過，知道何時多說無益。這些傢伙擅長行搶，不會浪費精力虛張聲勢。他們其中一位仔細打量馬匹，檢查馬蹄、馬齒、馬具。另兩人迅速翻查他的鞍袋，把他全數的家當都攤在地上：兩條毯子、連帽斗篷、皮革背包、塞滿食糧的厚重行囊。

「都在這了，隊長。」其中一人說：「另外還有大約二十磅的燕麥。」

隊長蹲下身，打開皮革背包往裡瞧。

「裡面除了紙筆外，沒其他的東西。」編史家說。

隊長轉頭往肩後瞧：「所以你是書記？」

編史家點頭說：「長官，那是我謀生的工具，對您沒有實質效用。」

那人仔細看了背包，發現他講的沒錯，就把它擱在一旁。接著，他把行囊裡的東西倒在編史家那件攤開的斗篷上，漫不經心地撥動那些東西。

他拿走編史家大部分的鹽和一對鞋帶。接著，他拿起編史家在線林鎮買的上衣，那是染成寶藍色的精緻亞麻布做的，質料太好，不適合穿著趕路，編史家連穿的機會都還沒有。他沮喪地嘆了口氣。

隊長把其他東西留在斗篷上，站起身來。換其他人輪流挑編史家的東西。

隊長大聲地說：「詹斯，你只有一張毯子吧？」

其中一人點頭。「你就拿他的一條走吧，冬天結束前，你會需要第二條毯子。」

「長官，他的斗篷看起來比我的新。」

「那就拿走，留下你的。威金斯，你也是，如果你要拿走他的火絨箱，就留下你那個舊的。」

「長官，我的不見了。」威金斯說：「不然我就給他了。」

整個過程異常平和，他們拿走他所有的針（只留一根）、兩雙不成對的短襪、一包乾果、一包糖、半瓶酒、一對象牙骰子，留下他其他的衣服、肉乾、吃一半的過期黑麵包，沒動他的皮革背包。

那些人重新裝好他的行囊後，隊長轉向編史家說：「把錢包交出來吧。」

編史家交出錢包。

「還有戒指。」

「這裡頭幾乎不含銀。」編史家一邊拔下戒指一邊咕噥著。

「你脖子上掛的是什麼？」

編史家解開上衣的鈕釦，露出一個串在皮繩上的普通金屬環。「長官，就只是個鐵環。」

隊長走近他，拿起鐵環在指間搓了幾下，又放它盪回編史家的胸前。「那你就留著吧，我不是那種干預人家宗教信仰的人。」他說，接著就把錢包裡的東西倒在一隻手上，一邊用手指翻著那些錢幣，一邊發出驚喜聲。「書記比我想的好賺嘛。」他開始點算分給弟兄的金額。

「能不能留個一兩分錢給我？」編史家說：「夠我吃幾頓熱食就好？」

那六人轉身看著編史家，彷彿不敢相信剛剛聽到的話。

隊長大笑：「老天，你還真帶種！」語氣中帶著幾分不得不佩服的意味。

「你看起來滿明理的。」編史家聳聳肩說：「況且人總是需要吃點東西。」

隊長首次露出微笑。「我可以理解那種感覺。」他拿出兩分錢在手上晃了一下，放回編史家的錢包。「就因為你帶種，給你一對銅板。」他把錢包丟還給編史家，把那件好看的寶藍色上衣塞進自己的鞍袋。

「謝謝長官。」編史家說：「你可能會想知道，你弟兄拿走的那瓶東西，是我用來洗筆的甲醇，萬一喝下去就糟了。」

隊長微笑點頭：「你們看到善待別人的結果了吧？」他一邊上馬一邊對著弟兄說：「書記先生，幸會。你現在上路的話，天黑前還可以抵達修院長淺灘。」

編史家等到再也聽不到他們走遠的馬蹄聲時，重新裝好行囊，確定一切都收拾妥當。然後他拉下一隻靴子，抽出內層，拿起塞在鞋尖深處的一捆硬幣。他把其中一些硬幣放進錢包，接著鬆開長褲，從好幾層衣服底下取出另一捆硬幣，也把其中一些放進錢包裡。

關鍵在於錢包裡要裝適量的錢幣。放太少，行搶的人會失望，會想要進一步翻找；放太多，他們會很興奮，可能會變得更貪心。

第三捆硬幣塞在那條黑麵包裡一起烘烤，只有最飢不擇食的行搶者才會對那條過期的麵包感興趣。他暫時先不去動它，還有墨水瓶裡的銀幣。多年來，他把那銀幣當成幸運符，從來沒有人發現過。

他不得不承認，這可能是他遇過最客氣的搶匪。他們不動粗，手腳俐落，也不太機靈。丟了馬匹和馬鞍的確很難過，但是他可以到修院長淺灘再買新的，買了以後還是有足夠的錢舒服度日，直到他完成這趟愚行，在特雷亞會見史卡皮為止。

編史家突然感到內急，於是穿過路邊鮮紅色的漆樹叢去解放。他重新穿好褲子時，矮樹叢裡突然有個黑影從附近的灌木裡竄出來。

編史家踉蹌後退，驚聲尖叫，後來才發現那不過是隻拍翅離去的烏鴉罷了。他忍不住為自己的大驚小怪發笑。打理好衣服後，他穿過漆樹叢，回到路上，拂去黏在臉上令人發癢的無形蜘蛛絲。

編史家背起行囊與背包時，感到無比輕鬆。最糟的狀況已經發生了，但沒有想像的糟。微風穿梭樹間，吹得白楊葉有如金幣般灑落在滿是車輪凹痕的泥土路上，這是個美好的一天。

3 木與字

寇特漫不經心地翻著書，想藉此忽視旅店空蕩蕩的寂靜感。這時門打了開來，葛拉罕倒退著走進房間。

「剛做好。」葛拉罕小心翼翼地在桌子間穿梭。「本來我昨晚就要拿來的，但後來我想『再上最後一層油，擦一下，讓它乾了』再說，還好我做了，老天，這是我做過最美的東西。」

旅店老闆的眉宇間原本擠出一小條線，當他看到葛拉罕手中捧的扁平物體，不覺喜上眉梢。「啊！是掛板！」寇特尷尬地微笑，「葛拉罕，真抱歉，事情過了那麼久，我差點忘了。」

葛拉罕有點不解的看著他說：「即使路況沒那麼糟，光是從阿爾炎大老遠運來木頭，四個月並不算久。」

「四個月。」寇特附和，他看到葛拉罕在看他，連忙接著說：「殷殷期盼某樣東西時，感覺就像一輩子那麼久。」他試著展露欣慰的微笑，看起來卻像苦笑。

事實上，寇特看來無精打采，不是病懨懨的，而是有氣無力，臉色蒼白，就好像植物移植到錯誤的土壤裡，缺乏生氣，開始枯萎似的。

葛拉罕也發現異狀，旅店老闆的動作沒以往那麼俐落確實，聲音也沒以前深厚，連眼神都不像一個月前那樣明亮了。他的眼珠似乎黯淡了些，不像以前那樣有如浪花般耀眼，如草地般翠綠，現在看起來就像水草、綠色玻璃瓶的瓶底一樣。以前他的髮色是鮮豔的火紅色，如今看來就只是紅色，只是普通的紅髮而已。

寇特拉開外面那層布，往裡瞧。那木頭是深灰色的，配著黑色的紋理，像鐵片一樣沉重。木頭上刻著一個字，字的上方有三個深色的木樁。

「愚」，葛拉罕唸：「好怪的劍名。」

寇特點頭，小心不露出任何表情。「我欠你多少錢？」他平靜地問。

葛拉罕想了一會兒：「扣掉你預付的木頭成本……」他眼中閃過一絲狡獪，「大約是一銀三。」

寇特給他兩枚銀幣，「不用找了，那木頭不好施工。」

「的確是。」葛拉罕語帶幾分自滿：「就像用鋸子鋸石頭一樣。我試過鑿子，它跟鐵塊一樣硬，好不容易切好後，卻沒辦法把它烤成炭。」

「我注意到了。」寇特語帶一絲好奇，用手指撫摸著字在木頭上印下的深色溝槽。「你是怎麼辦到的？」

「這個嘛，」葛拉罕沾沾自喜地說：「花了半天徒勞無功後，我把它拿去鐵匠坊，和孩子設法用熱鐵烤它。花了我們兩個多小時才把它烤黑。它完全沒冒煙，但發出老皮革與苜蓿的臭味，詭異極了，這究竟是什麼木頭，怎麼燒都燒不起來？」

葛拉罕等了一會兒，但旅店老闆好像沒聽到他問話似的。「你要我把它掛在哪裡？」

寇特回神，環視了一下房間。「我想，這留給我來就好了，我還沒決定要放哪裡。」

葛拉罕留下一把鐵釘，道別離去。寇特一直待在吧台，漫不經心地摸著木頭和那個字。沒多久，巴斯特從廚房裡出來，由寇特的肩後瞧。

接著是好一陣子的沉默，彷彿為死者默哀致意一樣。

後來，巴斯特終於打破沉默：「瑞希，我可以問一個問題嗎？」

寇特綻露一絲笑容：「當然可以啊。」

「棘手的問題也行嗎？」

「那些問題通常是唯一值得問的。」

他們又沉默地盯了吧台上的東西好一陣，像是要牢牢記住那個字一樣：愚。

巴斯特心裡掙扎了一下，張口，又一臉失落地閉口，一再重複那樣的動作。

「你就說吧。」最後寇特說。

「你在想什麼？」巴斯特語帶困惑與關切地問。

寇特等了好一會兒才回答：「巴斯特，我通常會想太多。我最大的成就都是出現在停止思考、憑直覺判定的時候，即使我做的事情毫無正當的理由。」他沉思微笑：「即使有很好的理由叫我不該那麼做。」

巴斯特摸著臉龐：「所以你是在避免事後質疑自己？」

寇特猶豫了一下：「你可以那麼說。」他坦承。

「瑞希，我可以那麼說。」巴斯特自鳴得意地說：「相反的，你都會把事情沒必要的複雜化。」

寇特聳聳肩，又把目光移回那塊掛板上。「我想，現在我只能幫這東西找個地方掛著。」

「就掛在這裡？」巴斯特語帶驚恐。

寇特奸笑，氣色恢復了一些。「當然。」他說，似乎很樂見巴斯特的反應。他若有所思地看著牆壁，噘起嘴。「不然你是放在哪裡？」

「我房裡。」巴斯特坦承：「床底下。」

寇特漫不經心地點著頭，依舊端詳著牆壁。「去拿來吧。」他順手一揮，巴斯特一臉不悅地匆匆離去。

吧台裝飾著閃閃發亮的瓶子。巴斯特回來時，一手拎著黑色的劍鞘輕甩著。寇特站在兩大橡木桶間清空的櫃臺上，正要把掛板掛在其中一個橡木桶的上方。他停下動作，驚愕地大喊：「巴斯特，小心點！你現在是帶著一位淑女，不是在跟鄉下姑娘跳農村舞。」

巴斯特走到一半停下腳步，乖乖改用雙手捧著那東西走到吧台。

寇特把一對釘子釘到牆上，纏上一些鐵絲，將掛板穩穩地掛上牆。「把它舉起來好嗎？」他語氣有點耐人尋味。

巴斯特用雙手把東西舉高給他，看起來就像是侍從將寶劍呈送給身穿亮甲的騎士一樣。但是現場並沒有騎士，只有旅店老闆，一個身穿圍裙，自稱為寇特的人。他從巴斯特手中接下那把劍，筆直地站在吧台後方的櫃臺上。

他不賣弄玄虛地抽出那把劍，在屋裡的秋光下，那劍呈現暗暗的灰白色，看起來像把新劍，沒有凹痕或生鏽，暗灰色的表面沒有醒目的刮痕。雖分毫無損，卻是把老劍。雖然明顯看來是一把劍，卻不是一般熟悉的形狀，至少不是這小鎮居民熟悉的樣子。它看起來像是鍊金術士冶煉了十二把劍，等冶爐冷卻後，這把劍就躺在爐底，是一把最純的劍。這把劍修長雅緻，如湍流下的銳石一般鋒利致命。

寇特拿著劍一會兒，手沒有抖動。

接著他把劍放上掛板，灰白的金屬劍身和背後深色的楉木形成對比。劍柄雖看得見，但因顏色夠深，幾乎和後方的木頭融為一體。下方的暗底黑字似乎是在斥責似的：愚。

寇特從櫃臺上爬了下來，他和巴斯特就這樣並肩站著，沉默地往上看了一下。

巴斯特打破沉默：「滿醒目的。」彷彿對此事實感到惋惜，「不過……」他聲音漸小，想找合適的字眼，顫抖了一下。

寇特拍他的背，語氣異常開朗：「不用為我煩惱。」他現在看起來比較有元氣了，彷彿做點事讓他補充了活力，「我喜歡這樣。」他肯定的說，並把黑色劍鞘掛在掛板的其中一個木樁上。

接著還有該辦的事情。要把瓶子擦乾歸位，然後料理午餐，餐後的廚餘也需要清理。在愉悅和忙碌之下，興高采烈的氣氛在屋裡持續了好一會兒。兩人一邊做事一邊閒聊。他們好像做了很多事情，不過卻可以明顯看出，他們都不願把手邊快完成的工作做完，彷彿都怕工作一結束，屋內又會再次瀰漫著寂靜。

接著，怪事突然發生了。大門打開，一陣噪音如輕浪般湧入道石旅店。客人魚貫而入，一邊講話一邊卸下行囊，他們自個兒選好桌子坐了下來，把大衣披掛在椅背上。一位上衣有重金屬環的男子，解開身上的配劍，把劍往牆邊擱著；有兩、三人的皮帶上配著刀子，還有四、五人要求店家送酒過來。

寇特與巴斯特觀察了一下，便俐落地張羅了起來。寇特開始笑著為大家上酒，巴斯特則是衝到外頭，看有沒有馬匹需要拴入馬廄。

十分鐘內，旅店變成一個全然不同的地方，吧台不時傳出錢幣聲響，大淺盤上裝滿乳酪與水果，廚房放上大銅鍋燉煮食物。客人把桌子合併，以便他們十二人湊在一起。

那夥人進門時，寇特就認出他們了。其中有兩男兩女是車夫，因為經年累月在外奔波，看來飽閱風霜，能有一晚不必餐風露宿，他們的臉上堆滿笑意。另外有三位護衛，眼神冷酷，渾身散發著鐵味。還有一位挺著啤酒肚的匠販，面帶笑容，露出他僅剩的幾顆牙。另外兩名年輕人，一個髮色棕黃，另一位是深色髮，他們穿著體面，講話得體，是聰明的旅人，知道和一群人同行可求自保。

入住流程持續進行了一兩個小時，他們對住宿的價格討價還價，為了誰跟誰同房的問題討論了老半天。他們從馬車或鞍袋裡取出少量的必需品帶入房內，提出沐浴的需求。旅店幫他們燒了熱水，並提供乾草餵馬，寇特也為所有的油燈都加滿了油。

匠販匆匆出門，趁天還沒黑，牽著他的兩輪騾車在鎮上街道穿梭。孩子們都圍上來討糖吃，央求他說故事，討鐵板兒。

當孩子們眼看他不會給任何東西後，大都對他失去了興趣。他們圍成一圈，把一名男孩圍在裡頭，就著一首年代久遠的兒歌打拍子，開始唱道：

爐火變藍不得了，
如何好？如何好？
門外跑，躲著好。

孩子們笑鬧著，圍在中間的男孩想衝出圓圈，其他的孩子把他推回圈內。

「匠販來嘍——」老人的聲音如鐘聲般響亮，「補鍋、磨刀、柳枝尋水、代切軟木。母葉草、城裡流行的絲綢圍巾、書寫紙、蜜餞。」

他這麼一喊，又吸引了孩子的注意，他們又湧回他的身邊。他在街上走時，孩子就跟著他遊街唱著：

「皮革條、黑胡椒、細蕾絲與亮彩羽。小匠販今晚來，明兒走，徹夜不眠休。太太來呦，小姐來呦，小布巾與花露水，通通都有喔。」隔沒幾分鐘，他停到道石旅店的門外，擺好磨刀輪，開始磨刀。

大人開始圍到老人身邊時，小孩又回去玩他們的遊戲。一名女孩站在圓圈的中央，用一隻手遮住雙眼，想抓住其他跑走的小孩，孩子們一邊打拍子一邊唱著：

蒙起眼睛黑壓壓，
去哪呀？去哪呀？
四面八方，在這呀。

匠販依序和每個人交易，有時一次和兩、三人做生意。他以利刀交換鈍刀和一枚小硬幣，販賣剪刀針線、銅鍋、瓶瓶罐罐，婦女們買這些東西回家後都會迅速藏好。他也賣鈕釦、肉桂粉、鹽包，提努耶的萊姆、塔賓的巧克力、艾盧的拋光牛角……

大家交易時，小孩還是一直唱著：

有無看到無臉人？
到處移動如鬼魂，
有何打算，這夥人？
祁德林人，祁德林人。

寇特猜測那些旅人已同行一個月左右，習慣一起上路，但還沒熟到為小事爭吵。他們渾身散發著塵土與馬匹的味道，對他來說卻有如香氣一般。

最棒的是多了喧鬧聲，皮革嘎吱作響，男人談笑風生，爐火燒得霹哩啪啦，女人賣弄風情，有人甚至踢倒了椅子。道石旅店在靜謐許久後，第一次這麼熱鬧。即使這其中蘊藏著寧靜，也因為太過隱微而難以察覺，或說是隱藏得太好。

寇特享受著身處其中的感覺，他一直沒停下動作，就像看著一台大型的複雜機器。有人點酒時，他就立刻奉上，適時適度地交談聆聽，為笑話大笑，愉悅地和人握手；一手掃起吧台上的錢幣，彷彿他真的很需要那些錢似的。

到了唱歌時間，大家把自己最愛的歌曲都唱遍了，卻仍意猶未盡。寇特從吧台後方帶著他們打拍子。他頂著一頭火紅的頭髮，唱著〈匠販之歌〉以及很多大夥兒從未聽過的詩歌，大家都不以為意。

幾個小時後，交誼廳裡洋溢著溫暖、歡樂的氣氛，寇特跪在爐邊添柴火，這時有人在他身後說話。

「克沃思？」

旅店老闆轉身，帶著有點困惑的微笑，「什麼？」

「是寇特。」寇特以一種母親對待孩子、旅店老闆應付醉客的寬容口吻回應。

是其中一位穿著體面的旅人，他猶疑了一下。「你是克沃思。」

「無血克沃思。」那人就像頑固的醉漢般不願放棄：「你看起來很面熟，我卻一時想不起來。」他驕傲地笑著，用手指輕敲鼻子，「後來我聽到你唱歌，就認出是你了，我聽你在伊姆雷唱過一次，就淚流不止，我在那之前和之後都沒聽過像那樣的歌，令我傷心欲絕。」

那年輕男子講的話愈來愈混亂，但他始終一臉認真，「我知道可能不是你，但我覺得應該是，即使……但誰還有你這樣的頭髮？」他搖搖頭，想把話講清楚，卻依舊含混。「我看到你在伊姆雷殺他的地方，就在噴泉邊，圓石全都碎了。」他皺眉，強調那字眼，「碎了。他們說沒人修補得了。」

那名棕髮男子又停了一下，瞇起眼想看個仔細，他似乎對旅店老闆的反應很訝異。

紅髮老闆笑著說：「你是說我看起來像克沃思？那個克沃思？我也一直這麼想，我旅店後方還有一幅他的版畫，我的助理還為此取笑我，你可以跟他重複你剛對我說的話嗎？」

寇特把最後一支柴火丟入火爐，站起身來，但他移步離開火爐時，一隻腳扭了一下，讓他重重跌落在地，也推倒了椅子。

幾位旅人連忙過來，不過寇特已經自己站起來了，他揮手請大家回座。「沒事沒事，我還好，抱歉驚動各位了。」他笑著回應，但他顯然受傷了，臉部表情因疼痛而僵硬，整個身體靠在椅子上撐起來。

「三年前夏天，我穿過古藹林時，膝部中箭，此後膝蓋就不時出狀況。」他皺著眉，傷感地說：「這是讓我放棄外頭好日子的原因。」他輕撫著扭曲的腳。

一名護衛說：「要是我，就會敷個膏藥，不然會腫得厲害。」

寇特又摸一下腳，點頭說：「我想你說的對。」他轉頭對著在壁爐邊稍微搖晃身子的棕髮男子說：「孩子，可以幫我一下嗎？」

那男子默默點頭。

「只要把煙道關起來就好了。」寇特指向壁爐。「巴斯特，可以請你扶我上樓嗎？」

巴斯特連忙過來，把寇特的手臂放在他肩上，他們穿過門，上樓梯，每走一步，寇特都緊緊靠著他。

「膝部中箭？」巴斯特低聲問：「你真的覺得稍微跌一下很丟臉嗎？」

「幸好，你跟他們一樣好騙。」他們一離開大家的視線，寇特就嚴聲說道。又爬了幾階樓梯後，他開始低聲咒罵，他的膝蓋顯然沒有受傷。

巴斯特先是瞪大雙眼，隨即恢復正常模樣。

寇特在樓梯頂端停下腳步，揉揉雙眼，「他們其中一人知道我是誰。」寇特皺眉，「可疑份子。」

「哪一個？」巴斯特既擔心又生氣地問

「綠色上衣，棕黃頭髮，壁爐邊最靠近我的那位。下點藥讓他昏睡，他已經喝了點酒，睡著沒人會起疑。」

巴斯特馬上想到：「給他吃『耐眠』嗎？」

「不，用『漫卡』。」

巴斯特一聽頗為訝異，但只是點點頭。

寇特挺直身子說：「巴斯特，你聽仔細。」

巴斯特眨了眨眼，點頭。

寇特簡潔扼要地說：「我是來自瑞連的有照護衛，成功保衛商隊時受了傷，三年前的夏天右膝中箭，一位感恩的席德商人資助我開旅店，那人名叫迪歐蘭。我們是從柏維斯啟程的。你就不經意地提起這些，記好了嗎？」

「我聽仔細了，瑞希。」他一本正經地回應。

「去吧。」

半小時後，巴斯特端了一碗東西到主人的房間，向他報告樓下一切順利，請他放心。寇特點頭，簡單表示當晚他想獨自靜靜，不想受擾。

巴斯特關上門後，表情擔憂，站在樓梯頂層一會兒，思考他能做些什麼。

巴斯特在煩惱什麼，實在很難說。寇特並沒有什麼明顯的改變，只不過，他的動作或許慢了一點，原本他眼裡燃起的些許火花，如今也黯淡了，幾乎看不見，或許本來就不存在也說不定。

寇特坐在爐火前，呆呆地用餐，就好像只是在體內找個地方存放食物似的。吃完最後一口後，他茫然地坐著，不記得吃了什麼，也不記得滋味如何。

爐火啪的一聲，讓他眨了眨眼，環顧房間。他低頭看著交疊在大腿上的手掌，過了一會兒，他舉起手，張開手掌，好像用火取暖一樣。他的手線條優美，手指修長纖細，他專心地盯著手指，彷彿希望手指能自己做點什麼。接著他又把手放回大腿上，一隻手掌輕輕托著另一手，繼續盯著爐火瞧。他面無表情，動也不動，一直坐到爐火熄了，只剩微微發亮的炭燼。

他脫衣準備就寢時，火爐突然閃出火光。那道紅光閃過他身體、背部、手臂的模糊線條，所有疤痕都是平滑的銀色，像是身上的閃電，微微地勾起記憶。火焰閃光一時間照亮了所有新舊傷痕，那些傷疤都是平滑的銀色，只有一道除外。

火光閃一下就熄了，一股睡意朝他襲來，彷如空床上的愛人正召喚著他。

隔天一早，旅人就離開了。巴斯特負責招呼他們，解釋他主人的腳腫得嚴重，無法一大早就下樓來。大家都明白了，只有棕髮的商人之子聽得一頭霧水，他因宿醉得厲害，幾乎什麼也聽不懂。護衛相視而笑，無奈地翻白眼，匠販則是趁機訓誡飲酒應該適量。巴斯特建議了幾個不是很輕鬆的宿醉化解法。

他們走了以後，巴斯特負責打理旅店，沒多少事，因為店裡沒半個客人，大多時候他都在想辦法自尋樂趣。

午後，寇特下樓，看到巴斯特在吧台上用厚重的皮面精裝書壓碎胡桃。「早安，瑞希。」

「早安，巴斯特。」寇特說：「有什麼事嗎？」

「歐瑞森家的孩子過來問我們需不需要羊肉。」

寇特點頭，就好像他早就想到這件事似的，「你訂了多少肉？」

巴斯特扮鬼臉說：「瑞希，我討厭羊肉，那肉吃起來像濕手套一樣。」

寇特聳聳肩，朝門口走去，「我得出去辦點事，幫我看一下店好嗎？」

「當然好啊。」

在道石旅店外，通往鎮中心的泥土路上空無一人，空氣凝重。天上是一整片單調的灰雲，雨看起來要下不下。

寇特走到對街鐵匠坊的門口，鐵匠理著平頭，鬍子又厚又密。寇特看著他小心用一對螺絲釘穿過鐮刀片的固定環，把刀片穩穩地固定在彎曲的木柄上。「哈囉，卡雷布。」

鐵匠把鐮刀靠在牆邊，「寇特老闆，能為您效勞嗎？」

「歐瑞森家的孩子也來過你這兒嗎？」卡雷布點頭。「他們的羊還是離奇失蹤嗎？」寇特問。

「有些不見的羊後來其實找到了，但被撕得一蹋糊塗，幾乎就像切絲一樣。」

「遇到狼嗎？」寇特問。

鐵匠聳聳肩。「這時節不大對，但還會是什麼呢？熊嗎？我猜他們是人手不夠，想賣掉沒辦法好好看顧的羊隻。」

「人手不夠？」

「為了節稅，他們無法再雇工人了。他家的大兒子今年夏初加入皇家軍隊，目前在莫那特對抗叛軍。」

「是莫納拉斯。」寇特客氣地糾正。「如果你再碰到他家的孩子，請轉告他，我願意買一隻半的羊。」

「好的。」鐵匠露出會意的表情，「還有其他事嗎？」

「嗯，」寇特看往別處，突然覺得不太自在，「我剛剛在想，你有沒有多餘的鐵棒。」他說話時沒看著鐵匠，「不必太精緻，只要是普通的生鐵就夠了。」

卡雷布咯咯笑，「我不知道你會來，老馬等人前天來我這裡。」他走到一個工作台，掀起一片帆布。「我多做了幾支，以備不時之需。」

寇特拿起一支約兩呎長的鐵棒，隨意地甩著：「你真精明。」

「我是吃這行飯的。」鐵匠沾沾自喜地說，「還需要其他東西嗎？」

「其實，」寇特把鐵棒輕鬆地放在肩上說：「還有一件事。你有多餘的工作裙和一套鍛鐵手套嗎？」

「應該有。」卡雷布猶豫地說，「為什麼這麼問？」

「旅店後面有片老刺藤，」寇特把頭往道石旅店的方向一點，「我想拔掉它，以便明年闢個菜園，但我不想把自己弄得皮開肉綻。」

鐵匠點頭，作勢請寇特跟他到店面後方。「我有一套舊的。」他一邊說，一邊翻出一雙厚重手套和僵硬的皮革圍裙，兩者都有焦黑處，也有一些油漬。「看起來髒髒的，但我想可以避免你受傷。」

「這些要多少錢？」寇特問，伸手掏錢包。

鐵匠搖頭，「一個銅幣就算很多了，這些對我或我兒子來說都沒用了。」

寇特給他一枚銅幣，鐵匠把銅幣塞進粗麻袋。「你確定你現在要做嗎？」鐵匠問：「已經好一陣子沒下雨了，等春天融雪後，土地會比較軟些。」

寇特聳聳肩，「我祖父總是告訴我，秋天最適合根除你不想再見到的惱人東西。」寇特模仿老人的抖音。「『春天充滿生息，夏天他們又氣勢太旺，秋天……』」他往周遭看了一下變色的樹葉。「『秋天正是時候，秋天時，一切都累了，等著死去。』」

那天下午稍後，寇特叫巴斯特去補眠，他在旅店裡無精打采地走動，做些昨晚留下的瑣事，都沒有客人上門。夜幕低垂時，他點上燈，開始無聊地翻書。

秋天應該是一年最忙碌的時節，但近來旅人稀少，寇特也深知冬天有多漫長。

他提早打烊，以前他從沒這麼做過，也無心打掃，反正地板不需要拖。他沒清洗桌面和吧台，今天都沒用到。他擦拭了一兩支瓶子，鎖上門，就上床去了。

沒人發現有何異狀，除了巴斯特以外，他看著主人，在一旁擔心、等候著。

4 紐沃爾途中

編史家走在路上，昨天他腳步蹣跚，今天雙腳無處不痛，緩步前進也沒有用。他在修院長淺灘和雷尼許找過馬，開出離譜的高價，卻連一匹最弱的馬也買不到。在這類小鎮上，大家都沒有多餘的馬可賣，尤其現在又是接近秋收的時節。

他辛苦地走了一個白天，入夜之後仍然不得休息，滿是凹痕的泥土路在夜裡更是路況不明，容易絆倒。摸黑走了兩小時後，編史家看到樹林間閃著亮光，便放棄當晚走到紐沃爾的念頭，決定找個農場借宿。

他離開道路，踉蹌地穿過樹林，朝亮光走去。但那火光比他想得還遠、還大。那不是從房子透出的燈火，也不是營火的火花，而是在老屋廢墟裡燃燒的大火堆，那裡僅有兩面搖搖欲墜的石牆，有個人縮在那兩面牆組成的牆角。他穿著厚重的連帽斗篷，把自己包得緊緊的，彷彿現在是寒冬，而非涼爽的秋夜。

編史家看到小炊火的上方放著一個鍋子，心中燃起希望。但是他靠近時，卻聞到柴煙中混雜著一股臭味，像是燃燒毛髮與花朵腐爛的味道，編史家當下就決定，不管那人的鐵鍋裡煮著什麼，他都不想碰。不過，有個地方可以靠近火堆，還是比縮在路邊好多了。

編史家踏進那圈火光照射的地方，「我看到你的火……」那人迅速站起來，兩手握著一把劍，他馬上閉了嘴。不，那不是劍，是根又長又黑的棍棒之類，形狀太勻稱，不像是生火用的木柴。

編史家走到一半，僵在原地，「我只是想找個地方睡覺。」他馬上說，一隻手無意識地抓住脖子上掛的鐵環。「我不想惹麻煩，不會打擾你吃飯。」他退後一步。

那人鬆了一口氣，放下棍棒，用棒子磨著石頭，發出吱吱嘎嘎的摩擦聲。「老天，這麼晚了，你在這裡幹嘛？」

「我本來要去紐沃爾，結果看到你的火光。」

「你在夜裡看到奇怪的火光，就這樣跟著走進林裡？」頭罩斗篷兜帽的男子搖頭，「你乾脆過來這裡吧。」他示意要編史家靠近一點，編史家看到他戴上厚厚的皮手套。「唉，你是一輩子運氣都那麼糟，還是把厄運都留到今晚了？」

「我不知道你在等誰。」編史家說，後退一步，「但我相信你寧可獨自一人。」

「閉嘴，聽好。」那人厲聲說：「我不知道我們有多少時間。」他低頭擦著臉，「老天，我從來不知道要對你們這些人透露多少。如果你不相信我，你會覺得我瘋了；如果你真的相信我，你會恐慌，反倒毫無用處。」他抬起頭，看到編史家並沒有移動。「該死的傢伙，過來！如果你走回去，等於是找死。」

編史家回頭望向森林黑暗處，「為什麼？那裡有什麼？」

那人發出一聲苦笑，惱怒地搖頭。「要我坦白講嗎？」他不經意地把頭髮往後撥，同時掀開蒙頭斗篷。在火光的映照下，他的頭髮紅得不可思議，雙眼呈可怕的鮮綠色。他看著編史家，上下打量他。「惡魔。」他說，「外形是巨大黑蜘蛛的惡魔。」

編史家鬆了一口氣，「世上沒有惡魔這回事。」從他的語氣可以聽出，他以前講過同樣的話很多遍了。

紅髮男子發出不敢置信的笑聲，「這麼說，我們都可以回家了！」他狂妄地笑著看編史家，「聽好，我猜你見多識廣，值得尊重，在多數情況下，你是對的。」他的表情轉趨嚴肅：「但今晚，此時此地，你就錯了，大錯特錯。等你搞清楚時，你就不會想要站在火的那邊了。」

那人篤定的口吻，讓編史家聽得直打冷顫，覺得自己很蠢，便悄然往火的另一邊移動。

那人迅速打量他，「我想你沒帶任何武器吧？」編史家搖頭，「其實也無所謂，即使有劍，也幫不了你多少。」他把一支沉重的木柴遞給編史家，「你可能打不到牠們，但你可以試試，牠們爬得很快。萬一有一隻爬到你身上，就躺下，用身體壓牠，在上面滾動。抓到一隻，就把它丟入火中。」

他再次拉上斗篷兜帽，迅速說：「如果你有額外的衣服，就把它穿上。如果你有毯子，可以包……」

他突然停住，往火堆四周掃視。「背對著牆壁。」他突然說，用兩手舉起鐵棍。

編史家往火的另一頭看，某個黑色的東西在樹間移動。牠們出現在火光下，在地上爬：黑色多腳、大如車輪。其中一隻動作比其他的還快，牠衝向火光，像倉促移動的昆蟲一般，速度時快時慢，令人不安。

編史家還來不及舉起木柴，那東西就繞過火堆，像蟋蟀一樣迅速跳到他身上。黑色的東西攻擊編史家的臉和胸膛時，他剛好舉起雙手。牠冰冷堅硬的腳亂扒一通，想鉤住東西，他覺得手臂背後傳出一陣劇痛。他踉蹌移步，發現腳後跟卡在凹凸不平的地面上，不由得往後倒，兩手用力揮動。

編史家倒下時，往火堆看了最後一眼。更多黑色的東西從黑暗中匆匆爬出，牠們的腳拍打著樹根、石頭、樹葉，發出窸窸窣窣的快節奏。在火的另一邊，穿著厚重斗篷的男子手握鐵棍，動也不動，默不出聲地等著。

編史家往後倒下，黑色的東西爬在他身上，他的後腦杓撞上後方石牆之際，一股悶悶的爆炸感傳遍他的頭，整個世界慢了下來，轉趨模糊，接著漆黑一片。

編史家睜開眼時，看到一堆怪怪的黑色物體和火光。他的頭抽痛著，手臂後方有多條痕跡明顯的疼痛傷口，每次他一吸氣，身體左邊也會隱隱抽痛。

花上好一段時間集中精神後，世界逐漸由模糊中聚焦。穿斗篷的男子坐在旁邊，他已經沒戴手套了，厚重的斗篷破爛地垂掛在身上，除此之外，他似乎毫髮無傷。他戴起兜帽，掩蓋著臉龐。

「你醒了？」那人好奇地問，「那很好，要是傷了頭就麻煩了。」他的兜帽掀開了一些。「你能說話嗎？你知道你在哪嗎？」

「知道。」編史家口齒不清，彷彿連說個字都要費很大的力氣。

「那更好，能答第三個問題就表示沒事了。你覺得你可以站起來，幫我個忙嗎？我們需要把這些屍體燃燒埋葬。」

編史家稍微移一下頭，突然覺得頭暈想吐。「怎麼了？」

「我可能打斷了你幾根肋骨。」那人說：「沒辦法，其中一隻爬在你身上。」他聳聳肩，「很抱歉傷了你，我已經幫你縫好手臂的割傷，應該會癒合得不錯。」

「牠們都走了？」

兜帽男子點了一下頭。「斯卡瑞爾不會撤退，牠們就像飛出蜂窩的黃蜂，會一直攻擊到死為止。」

編史家一臉驚恐：「有一整窩這種東西？」

「老天，不是。這裡只有五隻，不過我們還是得把他們燒了埋好，以防萬一。我已經砍了我們需要的木材：白蠟樹與山梨木。」

編史家發出有點歇斯底里的笑聲，「就像兒歌唱的一樣：

我來教你怎麼弄，

挖個十乘二的洞，

備好梣木、榆木、山梨木……」

「沒錯。」兜帽男子冷淡地說，「兒歌裡藏的東西會讓你大感意外，雖然我覺得我們不需要挖到十呎，但有人要幫忙，我不會拒絕……」他意有所指地逐漸降低音量。

編史家移動一隻手，輕輕去摸後腦杓，然後看了一下手指，發現手上沒血跡，他很訝異。「我想我沒事。」他一邊說，一邊用手肘撐起身子，坐起來。「有沒有……」他的眼神閃爍，整個人一癱，像沒骨頭似的往後一倒。他的頭撞到地，彈了一下，就稍微偏向一邊、擱在地上靜止了。

寇特耐心地坐了好一會兒，看著那名不省人事的男子。編史家除了胸膛緩緩起伏外，一動也不動，此時寇特僵直地站了起來，在他身邊蹲下。寇特翻開他一邊的眼皮，再翻開另一眼，對看到的情況哼了一聲，似乎覺得不太意外。

「我想你大概是不會再醒來了吧？」他語氣中不抱多大的希望。他輕拍編史家蒼白的臉頰，「不太可能……」一滴血滴到編史家的額頭，之後很快又一滴。

寇特挺直身子，不再挨近編史家，盡量擦掉那血跡，卻愈擦愈糟，因為他的手本來就沾滿了血。「抱歉。」他茫然地說。

他深深嘆了一口氣，掀開兜帽，他的紅髮壓扁貼著頭，半張臉佈滿乾掉的血跡。他慢慢脫掉扯爛的斗篷，下面是件皮製的鐵匠圍裙，上面滿是刮痕。他也脫掉了圍裙，圍裙下是件普通的灰色上衣。他的肩膀和左臂滿是又濕又黑的鮮血。

寇特撥弄了上衣的釦子一下，最後還是決定不要脫了。他小心翼翼地站起身來，揀起鐵鍬，忍著痛開始慢慢挖洞。

5 紙條

寇特把編史家軟趴趴的身體橫擱在受傷的肩膀上走回家，回到紐沃爾時已是三更半夜。鎮上家家戶戶都熄了燈，寂靜無聲，道石旅店卻是燈火通明。

巴斯特站在門口，幾乎是氣得跳腳。他看到有人走近時，便衝到街上，憤怒地揮著一張紙。「紙條？你溜出去，就只留給我一張紙條？」他嘶聲怒吼：「我是什麼？碼頭邊的娼妓嗎？」寇特轉身，聳肩把編史家軟趴趴的身體交到巴斯特的手裡。

巴斯特輕而易舉地把編史家抱在身前，「巴斯特，我知道你只會跟我吵吵而已。」「那紙條還隨便寫，『你看到這張紙時，我可能已經死了。』那是哪門子的紙條？」

「你應該要到早上才會看到那張紙的。」寇特疲累地說，他們開始走回旅店。

巴斯特低頭看他抱著的人，彷彿第一次發現手中的東西一樣。「這是誰？」他稍微晃了那人一下，好奇地看他一眼，接著就像麻布袋似的輕鬆把他甩放到肩上。

「不幸在錯誤時間剛好走在路上的倒楣鬼。」寇特輕蔑地說，「不要太用力晃他，他可能有點腦震盪。」

「你究竟是溜出去做什麼？」他們走進旅店時，巴斯特質問。「如果你要留紙條，至少應該告訴我什麼……」在旅店的燈光下，巴斯特看到寇特沾滿血跡與泥土的慘白模樣，頓時目瞪口呆。

「你要擔心的話，請便。」寇特冷冷地說，「實情就像你看到的那麼糟。」

「你出去獵殺他們，對吧？」巴斯特嘶聲道，接著他又瞪大眼，「不對，你留下卡特殺死的那隻斯卡瑞爾的部分殘骸了，我真不敢相信，你竟然對我說謊，對我！」

寇特嘆了一口氣走上樓梯，「你是因為謊言生氣？還是因為沒逮到我說謊而生氣？」他一邊問一邊往上走。

巴斯特氣急敗壞地說：「我生氣，是因為你覺得你不能相信我。」

他們就這樣停下對話，先打開二樓許多空房間裡的一間，幫編史家脫下衣服，放上床，蓋好棉被。寇特把編史家的背包與行囊放在一旁的地板上。

走出房間關上門後，寇特說：「巴斯特，我相信你，但我希望你平安無事，我知道我可以自己處理。」

「瑞希，我可以幫忙的。」巴斯特帶著受傷的語氣，「你知道我會幫忙的。」

「巴斯特，你還是可以幫我。」寇特一邊說，一邊走進他的房間，頹坐在他的窄床邊。「我需要縫補一些傷口。」他開始脫掉上衣，「我也可以自己來，不過肩膀上方和背部比較難縫到。」

「瑞希，別再說了，讓我來。」

寇特指向門說：「我的醫療用品在地下室裡。」

巴斯特嗤之以鼻：「謝謝，我會用我自己的針。坦白講，你那些凹凸不平的鐵針，縫起來一點也不俐落。」他打顫，「用溪水與石頭磨針，你們未免也太落伍了。」巴斯特衝出門外，沒關上門。

寇特慢慢脫下上衣，乾掉的血液將衣服緊黏在傷口上，扯開時讓他臉部痛得糾結，只得咬緊牙根吸氣。巴斯特拿著一盆水回來幫他清洗傷口時，他又恢復一副不以為苦的表情。

擦洗掉血漬以後，出現一條長得嚇人的直割痕，在寇特的白皮膚上綻露出紅色的傷口，就像被理髮師的剃刀或玻璃碎片割開一樣。割痕總共約有十幾道，大多是在肩上，有幾道在背上與手臂上。有一道是從頭頂開始畫下頭皮，直達耳後。

「瑞希，我以為你不會流血。」巴斯特：「因為你有那些無血之類的稱號。」

「巴斯特，傳說的東西不能盡信，那都是騙人的。」

「你的傷勢沒我想的那麼嚴重。」巴斯特擦拭著雙手。「按理講，你原本可能會掉隻耳朵。那些東西的傷勢也跟攻擊卡特的那隻一樣嗎？」

「我看不出來。」寇特答。

「牠們總共有幾隻？」

「五隻。」

「五隻？」巴斯特大驚，「另一個傢伙殺了幾隻？」

「他引開了其中一隻一會兒。」寇特大方地說。

「老天，瑞希！」巴斯特說，他一邊搖頭，一邊把比腸線還細的東西穿過骨針。「你真是命大，你應該已經死兩次了！」

寇特聳聳肩說：「巴斯特，這又不是我第一次命大，我已經很擅長和死亡擦身而過。」

巴斯特開始縫補傷口，「這會有點刺痛。」他的手異常溫柔，「瑞希，坦白講，我也不明白你怎麼有辦法活那麼久。」

寇特再次聳肩，閉上眼說：「巴斯特，我也不明白。」他的聲音聽來疲累而低沉。

幾小時後，寇特房間的門開了一小縫，巴斯特往裡頭窺探，只聽到緩緩規律的呼吸聲。他輕輕地走到床邊站著，彎下腰看著熟睡的人。巴斯特看著他臉頰的顏色，聞著他的鼻息，輕輕觸摸著他的額頭、手腕、喉頭。

巴斯特拉了一張椅子坐到床邊，看著主人，聽著他的呼吸。過了一會兒，他伸手把他臉上散亂的紅髮撥到後方，就像媽媽對熟睡中的孩子那樣。然後他開始輕輕哼歌，曲調輕快而奇怪，像首催眠曲：

眼見凡人出世，日後漸衰，不亦怪哉，

明知他們明亮的靈魂易燃，風兒可隨意吹拂，我該不該為你增火，你那閃光預示著什麼？

巴斯特的聲音漸弱，動也不動地看著主人呼吸時的胸膛起伏，度過破曉前的漫漫黑夜。

6 回憶的代價

編史家下樓到道石旅店的交誼廳時，已是隔天傍晚。他把皮革背包夾在一隻手臂下，面色蒼白，腳步不太穩。

寇特坐在吧台後方翻著書，「啊，我們的意外訪客，頭還好嗎？」

編史家舉起手摸摸後腦杓，「動太快時會有點抽痛，但還行。」

「那不錯。」寇特說。

「這是……」編史家遲疑了一下，環顧四周。「這裡是紐沃爾嗎？」

寇特點頭，「事實上，你就在紐沃爾的中心。」他大手一揮說，「蓬勃的府城，眾人的家園。」

編史家凝視著吧台後方的紅髮男子，他倚靠著桌子以便撐住身體。「老天！」他屏息問：「真的是你，沒錯吧？」

旅店老闆一臉疑惑：「抱歉，你說什麼？」

「我知道你會否認。」編史家說：「但根據我昨天看到的……」

旅店老闆舉起一隻手，請他靜一靜。「在我們討論你可能撞壞腦袋以前，先告訴我，到提努耶的路況如何？」

「什麼？」編史家問，他生氣地說：「我不是要去提努耶，我是……噢，即使不看昨晚的事，路況也滿糟的，我在修院長淺灘外被搶，之後就一直是靠雙腳步行。不過既然你在這裡，這一切都值得了。」編史家瞥見掛在吧台上的劍，深深吸了一口氣，表情變得有點不安。「請聽清楚，我不是來這裡惹麻煩的，我不是為了緝拿你的懸賞金而來的。」他勉強一笑，「我也不是你的對手……」

「很好。」旅店老闆打斷他的話，抽出一塊白色的亞麻布，開始擦拭吧台，「你又是誰？」

「你可以叫我編史家。」

「我不是問我可以叫你什麼。」寇特說：「你叫什麼名字？」

「我叫德凡，德凡．洛奇斯。」

寇特停止擦拭，抬起頭。「洛奇斯？你是不是與公爵有關……」寇特聲音漸弱，自顧自點頭。「沒錯，你一定是。你不是隨便哪個編史家，而是那個編史家。」他緊盯著那個禿頭男子，上下打量著他。「我這樣說對不對？大名鼎鼎的本尊。」

編史家稍微放鬆了一些，顯然對於自己稍具名氣很高興。「我之前不是故意不報名字，我已經好幾年沒把自己當成德凡，老早就把那名字忘了。」他意味深長地看著旅店老闆，「我想你也知道一些箇中原因……」

寇特不理那暗示。「幾年前我讀過你的書：《龍蜥的交配習慣》。對腦子充滿想像力的年輕人來說，那本書真是令人大開眼界。」他低頭，又用白布沿著吧台的紋理擦拭，「我承認，後來得知那種龍不存在時，我滿失望的，那對男孩來說是個沉痛的啟示。」

編史家微笑，「坦白說，我自己也有點失望，我去尋找傳奇，結果卻發現是隻蜥蜴，牠是很吸引人，但畢竟還是蜥蜴。」

「而如今你在這裡。」寇特說：「你是來證明我不存在嗎？」

編史家緊張地笑：「不，不是，我們聽到一個謠傳……」

「『我們？』」寇特打斷他的話。

「我一直和你的老友史卡皮周遊各地。」

「他收你為徒了？」寇特自言自語：「當史卡皮的徒弟，感覺如何？」

「其實比較像是伙伴。」

寇特點頭，依舊面無表情。「我原本猜他會是第一個找到我的人。造謠者，你倆都是。」

編史家的笑容變僵，忍住原本快講出來的那些話，努力恢復沉穩的態度。

「所以我能為你效勞嗎？」寇特把乾淨的亞麻布擱在一旁，露出他當旅店老闆的最佳笑容。「要不要吃點什麼或喝點東西？住個一晚？」

編史家遲疑了一下。

「我這裡什麼都有。」寇特揮手泛指吧台的後方。「老酒，順口白酒？蜂蜜酒？黑麥啤酒？還是來點水果甜酒！梅子酒？櫻桃酒？綠蘋果酒？黑莓酒？」寇特依次指著酒瓶。「別客氣，你一定想喝點什麼吧？」他一邊說，嘴巴笑得愈開，牙齒露出太多，愈看愈不像和善的旅店老闆。在此同時，他的眼神也愈變愈凶惡。

編史家目光下移，「我原本想……」

「你想！」寇特不以為然地嘲諷他，收起偽裝的笑容。「我很懷疑你真的想過，不然你早想到……」他停了一會，「你來這裡是陷我於多大的危險。」

編史家臉紅了，「我聽說克沃思天不怕地不怕。」他激動地說。

旅店老闆聳聳肩。「只有祭司和傻瓜才是天不怕地不怕，我向來跟老天的關係不是挺好。」

編史家皺眉，知道這其中有陷阱，他得繼續保持冷靜，「我格外小心，除了史卡皮外，沒人知道我要來。我也沒跟任何人提到你，沒想到真的會找到你。」

「這真是讓我十分安慰。」寇特諷刺地說。

編史家顯然很沮喪：「我得先承認，我來這裡可能是一個錯誤。」他停了一下，給寇特反駁的機會，但寇特不發一語。編史家小小嘆了一聲，繼續說：「但木已成舟，你難道不考慮……」

寇特搖頭說：「那是很早以前……」

「還不到兩年。」編史家提出異議。

「而且我也不是過去的我了。」寇特沒停下來，繼續說。

「過去的你究竟是什麼？」

「克沃思。」他簡單地說，不願再多做解釋。「現在我是寇特，經營旅店，那表示啤酒是三鐵幣，住宿一晚是一銅幣。」他又開始用力地擦拭吧台。「就像你說的，『木已成舟』，謠傳會自己發展下去。」

「但是……」

寇特抬起頭，編史家瞬間看穿他眼神表面的憤怒，看到背後的痛苦，血肉交織，彷彿傷口太深、難以癒合。接著寇特移開目光，但怒氣仍在：「你能用什麼補償我憶起往事的代價？」

「大家都以為你死了。」

「你還是不懂，對不對？」寇特搖頭，覺得又好氣又可笑。「那正是重點所在。你死了，大家就不會再找你了，宿敵不會想要一清宿怨，也不會有人來找你說個明白。」他尖酸地說。

編史家不肯就此罷休，「有些人說你是虛構人物。」

「我是虛構人物。」寇特從容地說，做出誇張的手勢。「我是很特別的虛構人物，還會自創故事。關於我的最佳謊言，都是我自己編的。」

「他們說你從來沒存在過。」編史家客氣地更正。

寇特無所謂地聳聳肩，他的笑容在不知不覺中逐漸消失。

編史家察覺到他的弱點，繼續說：「有些故事還說，你不過是個沾滿鮮血的殺手。」

「那也是我。」寇特轉身擦拭吧台後方的櫃臺。他再次聳肩，不過沒像之前那麼泰然自若了。「我殺過人，也殺過比人還可怕的東西，他們個個都是罪有應得。」

編史家緩緩搖頭，「傳聞說的是『刺客』，而非『英雄』。祕法克沃思和弒君者克沃思是兩個很不一樣的人。」

寇特停止擦拭吧台，轉身面對牆壁，他點了一下頭，沒有往上看。

「有些人甚至說有新的祁德林人，一種新的暗夜恐怖力量，髮色如血般鮮紅。」

「重要人物就會知道差異在哪了。」寇特這麼說，彷彿想要說服自己，但他的語氣聽來疲倦而絕望，毫無說服力。

編史家輕笑，「當然，目前是如此。但你們應該都知道，真相與幾可亂真的謊言之間、歷史與引人入勝的故事之間，差異有多麼細微。」編史家停了一會兒，讓寇特聽進他的話。「你知道在歲月荏苒下，哪個會勝出。」

寇特面對牆壁，雙手平放在櫃臺上，頭略低垂，彷彿扛了千斤重，不發一語。

編史家知道自己贏了，急切地往前一步，「有些人說有個女人……」

「他們知道什麼？」寇特的語氣就像骨鋸般銳利，「他們知道發生了什麼事？」他講得很小聲，小聲到編史家得屏息聆聽。

「他們說她……」屋裡變得異常寧靜，編史家的喉嚨突然發乾，講不出話來。寇特面牆站著，身軀僵硬，咬牙切齒沉默不語，拿著乾淨白布的右手緩緩握拳。

離他八吋遠的一個瓶子就這樣碎了，空氣中瀰漫著草莓的味道，還有玻璃的碎裂聲。強大的寂靜中參雜了小雜音，但這已足以把寂靜化為尖銳的細片。編史家發現自己全身發冷，他突然意識到自己正在玩的遊戲有多麼危險。他茫然地想到，所以這就是說故事和身處在故事裡的差別：恐懼。

寇特轉身，「他們能知道什麼關於她的事？」他輕聲問。編史家看到寇特的臉時，不由屏住了呼吸。旅店老闆平靜的表情，就像是碎掉的面具，藏在面具底下的臉彷彿備受折磨，眼神一半在這個世界裡，一半在其他地方，回憶著。

編史家想起他聽過的一個故事，眾多傳聞中的一個。那個故事提到克沃思如何去追尋他內心的渴望。他必須騙過一個惡魔才能找到。但是當他找到時，卻得打敗天使才能保有那份渴望。我相信那個故事，編史家心想。之前那只是一個故事，但現在我相信了，這就是殺了天使的人才有的臉龐。

「他們能知道什麼關於我的事？」寇特質問，語氣中帶著冷冷的怒氣。「他們能知道什麼關於這件事的

任何訊息？」他做了一個簡短激動的動作，那動作似乎涵蓋了一切東西，破酒瓶，吧台，整個世界。

編史家為發乾的喉嚨嚥下口水，「那都只是他們聽說的。」

啪嗒，啪嗒，破瓶子裡的酒開始以不規則的韻律，啪嗒啪嗒地流到地面。「啊——」寇特發出長嘆。啪嗒，啪嗒。「你很聰明，用我最擅長的技巧來對付我，扣押我的故事，就像押制人質一樣。」

「我會說出真相。」

「除了真相，沒什麼制得了我。世上有什麼東西比真相更嚴苛？」他臉上閃過一絲苦笑。有好一會兒，只有酒滴落地板的細微聲響，打破整個屋子的寂靜。

最後寇特走進吧台後方的門，編史家尷尬地站在空房間裡，不知道他是不是該走了。

幾分鐘後，寇特拿著一桶肥皂水回來，看也不看編史家，開始有條不紊地小心清洗酒瓶。寇特洗掉瓶底的草莓酒，把酒瓶一一放在他和編史家之間的吧台上，彷彿那些酒瓶可以保護他一樣。

「所以你尋找一個虛構人物，卻找到了真人。」他語調平淡地說，頭也沒抬。「你聽過故事，現在你想要事情的真相。」

編史家大大鬆了一口氣，把背包放在桌上，對於自己的手微微顫抖感到訝異。「不久前我們聽到你的消息，就只是一些謠傳，我其實沒料到……」編史家暫停了一下，突然覺得尷尬，「我以為你比較老。」

「我是比較老。」寇特說，編史家一臉疑惑，但他還沒來得及說話，旅店老闆就繼續說：「什麼原因讓你來到這世上的偏僻角落？」

「我和貝登布萊特伯爵有約。」編史家說，稍微自我吹捧一下。「三天後，約在特雷亞。」

旅店老闆擦拭到一半停下來，「你預期四天內抵達伯爵的領地？」他悄悄地問。

「我進度落後了。」編史家坦承，「我的馬在修院長淺灘附近被劫。」他望向窗外陰暗的天空，「但我願意犧牲一些睡眠，我明早就走，不打擾你了。」

「我也不想耽誤你的睡眠。」寇特諷刺地說，他的眼神又變冷酷了，「我可以一口氣說完整件事。他清清喉嚨，「『我巡迴表演，周遊各地，談情說愛，迷失方向，信賴別人，反遭背叛。』把這句話寫下來，若是覺得對你沒用，就把它燒了。」

「你不需要這樣。」編史家馬上說，「如果你願意，我們可以用一整晚的時間，還有早上的幾個小時，說個清楚。」

「你還真有心。」寇特喝斥，「你要我在一個晚上說完我的故事？沒時間讓我平心靜氣下來？沒時間準備？」他抿著嘴，「你還是去見你的伯爵吧，我才不甩你。」

編史家連忙說：「如果你確定你需要……」

「對，我確定。」寇特猛力把一瓶酒放到吧台上，「我肯定我會需要比那還長的時間，你今晚也不會聽到，真正的故事需要時間準備。」

編史家緊張地皺眉，用手梳弄頭髮。「我可以利用明天聽你的故事……」他看到寇特搖頭，聲音漸弱。他停頓了一下，又開始說，彷彿是對自己說的一樣。「如果我在貝登買到馬，明天我整個白天都可以聽你說，還有大半個晚上和後天的一點時間。」他揉著額頭，「我討厭夜晚趕路，但……」

「我需要三天。」寇特說：「我很確定。」

編史家臉色發白：「但……伯爵。」

寇特輕蔑地揮手。

「沒人需要講三天。」編史家肯定的說，「我訪問過歐倫．威爾西特。注意喔，是歐倫．威爾西特。他八十歲，但人生有如活了兩百年般精采，如果再算進謊言，可能相當於五百年，他找上我。」編史家特別強調，「他才講兩天而已。」

「那是我的提議。」旅店老闆簡短的說，「我要做，就會把它做好，否則乾脆別做。」

「等等！」編史家突然喜形於色，「我剛剛一直倒著思考這件事。」他說，為自己的不知變通搖頭，「我其實可以先去拜訪伯爵再回來，到時你要多少時間都沒問題了。我甚至可以帶史卡皮一起來。」

寇特以極其不屑的表情看著編史家：「你憑什麼以為你回來時我還會在這裡？」他不敢置信地問，「而且，你怎麼會以為自己可以在獲知一切之後，還隨心所欲地踏出這間旅店？」

編史家整個人僵住了，「你……」他嚥了一下口水說：「你是說……」

「故事要講三天。」寇特打斷他的話：「從明天開始，那就是我要說的！」

編史家閉上眼，用手抓臉，伯爵一定會很生氣，不知道要怎麼做才能再次博得他的歡心，但是……「如果那是聽到故事的唯一方法，我願意接受。」

「很高興聽你這麼說。」旅店老闆稍微露出了一點笑容，「拜託，講三天真的那麼不尋常嗎？」

編史家恢復正經的表情，「三天真的很不尋常，但話說回來……」他做了一個手勢，彷彿要顯示那些話很多餘，「你是克沃思。」

那個自稱寇特的男子原本低頭擦拭著瓶子，他抬起頭來，臉上露出滿意的笑容，眼裡亮起光芒，他看起來更高大了。

「是的，我想我是。」克沃思說，語帶堅定。

7 故事源起與萬物之名

陽光灑進道石旅店，清爽的光線，正適合一切初始。磨坊主人一早啟動水車之際，陽光穿過了磨坊；鐵匠做了四天的冷鐵加工，今日再次開爐，陽光也照亮了冶爐。那陽光照著拴在馬車上的馱馬，以及利光閃閃的鐮刀，在秋日一早，準備好展開新的一天。

在道石旅店裡，陽光落在編史家的臉上，觸及那兒的開端，一張空白的頁面正等著他寫下故事的初章。那陽光也穿過吧台，在有色玻璃瓶上映照出成千上百道七彩光芒，又照向牆上的那把劍，彷彿在搜尋決定性的起點。

但是陽光觸及那把劍時，卻看不到開端。事實上，劍只反射出老早以前打磨的隱約光澤。編史家看著那把劍，想起這雖然是一日之始，卻已入晚秋，氣溫日降。那劍散發著智識，意義深長：相較於季節之末與一年終了，拂曉不過是個小小初始罷了。

編史家聽到克沃思說話，但沒聽清楚，他把目光移開那把劍，問道：「抱歉，你剛說了什麼？」

「大家講故事時，一般是怎麼開頭的？」克沃思問。

編史家聳聳肩說：「大多是直接對我說他們記得什麼，之後我再按順序記錄事件，篩除不必要的枝節，釐清與簡化內容。」

克沃思皺眉：「我覺得那樣不可行。」

編史家尷尬地笑，「說故事的人各不相同，他們比較希望自己的故事保留原狀，也比較希望聽眾能聚精會神地聆聽，所以我通常是先聽，事後再做記錄，我幾乎可以一字不忘。」

「幾乎一字不忘還不適合我。」克沃思把一根手指壓在唇上，「你寫字能有多快？」

編史家會意地微笑，「比人說話還快。」

克沃思頗為驚訝：「我倒想見識見識。」

編史家打開背包，取出一疊精緻的白紙和一瓶墨水。他小心擺好這些東西後，用筆沾好墨，一臉期待地看著克沃思。

克沃思坐在椅子上，身子向前移，劈哩啪啦說了一串：「我是，我們是，她是，他是，他們會是。」編史家舞動墨筆，當著克沃思的面，迅速在紙上書寫，「我，編史家，以此聲明，我既不會閱讀，也不會書寫。仰臥，不敬，寒鴉，石英，漆器，艾哥里昂，林達盧索蘭喜亞：『有個來自費頓的年輕寡婦，堅守婦道，她入告解室，透露迷念……』」克沃思又把身子往前傾了一些，以便觀看編史家書寫，「有意思……噢，你可以停筆了。」

編史家再次微笑，用一塊布擦筆。他的紙上寫了一行難以理解的符號。「那是密碼之類的？」克沃思說出內心的疑惑，「你寫得很工整，想必不會浪費很多紙張。」他把那張紙轉向自己，更仔細觀察上面寫的東西。

「我從來不浪費紙。」編史家自豪地說。

克沃思點頭，沒有抬頭看。

「『艾哥里昂』是什麼意思？」編史家問。

「啥？喔，沒什麼意思，我掰的，只是想看不熟悉的字會不會減緩你的速度。」他舒展身子，把椅子拉近編史家。「你教我怎麼讀這些字以後，我們就可以開始了。」

編史家一臉疑惑，「這很複雜……」他看到克沃思皺眉，嘆口氣說：「好吧，我試試看。」

編史家深深吸了一口氣，開始寫一行符號，一邊說：「我們說話約用五十個音，我為每個音設計了一個符號，由一兩個筆劃組成，這些都是代表聲音，所以我也可以抄寫我完全不懂的語言。」他指出，「這些是不同的母音。」

「全都是垂直線。」克沃思凝視著紙說。

編史家停了一下，不太高興。「嗯……沒錯。」

「那子音就是水平線囉？然後母音和子音會像這樣結合起來。」克沃思拿起筆，在紙上寫下幾個自創的符號。「聰明，這樣一來，你一個字就不必寫兩三劃以上了。」

編史家靜靜看著克沃思。

克沃思沒注意到他，他一直注意著紙。「如果這是發『盎』音，那這些一定是發啊音。」他指著編史家寫下的一群字母。「啊、耶、唉，凹。那這些就是喔了。」克沃思自顧自點頭，把筆塞回編史家的手中。「讓我看看子音長什麼樣子。」

編史家漠然地寫下子音，一邊寫一邊唸出聲音。過了一會兒，克沃思拿起筆，自己寫完子音清單，請錯愕的編史家看到錯誤就幫他更正。

克沃思寫子音清單時，編史家看著他邊寫邊念，從頭到尾大約花十五分鐘，都沒有出錯。

「這系統超有效率！」克沃思讚嘆，「非常有邏輯，你自己設計的嗎？」

編史家停了很久都沒說話，他凝視著克沃思面前寫的幾行字，最後他不理會克沃思的問題，問道：「你真的一天就學會泰瑪語嗎？」

克沃思淺淺一笑，低頭看著桌子。「那是很久以前的故事，我差點忘了，其實是花了一天半的時間，一大半不眠不休。你怎麼會問這個？」

「我在大學院聽到的，原本一直不太相信。」他低頭看克沃思在他的密碼紙上寫的工整筆跡，「全部嗎？」

克沃思一臉狐疑：「什麼？」

「你學會整套語言了？」

「當然沒有。」克沃思不耐地說：「只有一部分，的確是大部分，但我覺得你不可能完全學會任何東西，語言就更不用說了。」

克沃思搓揉著雙手：「現在你準備好了嗎？」

編史家甩甩頭，彷彿在清理腦袋一樣，他擺好一張新的紙，點頭。

克沃思伸手先阻止編史家動筆，他說：「我以前從來沒講過這個故事，我猜以後也不會再說一次了。」克沃思把身體前傾，「在我們開始之前，你必須先記得，我是艾迪瑪盧族，我們是講卡路提納燒毀前的故事，在沒有書籍記載，也沒有音樂可演奏之前。第一把火點燃時，我們盧族正在閃爍的光圈裡編造故事。」

克沃思對編史家點頭說：「我知道你以收集故事與記錄事件聞名。」克沃思的眼神轉趨冷酷，如碎玻璃般銳利，「即便如此，也不要擅自更改我說的一字一句。如果我看似迷失，看似偏離，切記，真實的故事鮮少直線到底。」

編史家嚴肅地點頭，試著想像一小時就破解他自創密碼的頭腦，那頭腦可以一天學一種語言。

克沃思溫和地微笑，環視屋內，彷彿要記住一切。編史家用筆沾墨，克沃思低頭看著合掌的雙手，緩緩做了三次深呼吸。

接著他就開始說了。

「就某種意義來說，一切是從我聽到她唱歌開始的。她的聲音與我的成雙交揉，彷彿描繪著她的靈魂：如火焰般狂野，如碎玻璃般尖銳，如苜蓿般甜美潔淨。」

克沃思搖頭，「不，一切是從大學院開始的。我去那裡學故事中常提到的魔法，像至尊塔柏林的魔法，我想學風之名，我想掌控火與閃電，我想得知成千上萬種問題的答案，讀取他們的檔案。但我在大學院裡發現的，卻和故事裡描述的截然不同，讓我深感失望。」

「但我想，真正的開始在於促使我踏入大學院的原因；黃昏時突然出現的火，眼睛如井底之冰的男人，血與燃燒毛髮的味道，祁德林人。」他兀自點頭，「對，我想，那是一切的開端，從很多方面來說，這是一個關於祁德林人的故事。」

克沃思甩頭，彷彿想擺脫某種晦暗的想法，「但我想，我得回顧更早之前的事，如果這是類似個人傳記的東西，我可以騰出時間好好的說。如果大家因此記得我，即使不是讚譽，至少內容還有些精確。」

「但是，萬一我父親聽到我用這種方式講述故事，他會怎麼說呢？『從頭開始。』很好，既然要說，就好好的說。」

克沃思把身子往前傾。

「一開始，就我所知，世界是阿列夫從無名虛無中幻化出來的，他為萬物命名。又或者，有些版本的故事是說，他找到萬物早已擁有的名字。」

編史家小聲地噗哧一笑，但他沒有抬頭，也沒停止書寫。

克沃思自己也笑了，他繼續說：「我看到你笑了，很好，為了簡單起見，我們就假設我是創始的中心。這麼一來，我們就可以略過無數沉悶的故事：帝國興衰、英勇傳奇、悲慘情歌。我們就直接跳到唯一真正重要的故事。」他笑開了嘴，「我的故事。」

我名叫克沃思，聲音近似「闊特」。名字很重要，因為他們透露出許多攸關該人的訊息，我用過的名字比任何人都多。

阿頓人叫我梅卓，這字在不同語言中各有不同的意義，可以是「火焰」、「雷」或「殘木」。

如果你看過我，「火焰」之名顯而易見，我有一頭火紅的頭髮。如果是在兩百年前出生，我可能會被當成惡魔燒死。我蓄短髮，但頭髮總是散亂難理。放著不管，頭髮就會豎起，彷彿頭頂著火焰一般。

至於「雷」，我想是因為我有宏亮的中低音，兒時受過許多舞台訓練。

我從沒把「殘木」當回事，不過如今回想起來，我想那名稱至少有些預言的意味。

第一位導師叫我穎兒，因為我天資聰穎而且自知甚詳。初戀情人叫我杜拉托，因為她喜歡那名字的發音。有人叫我沙地卡、巧指、六弦。也有人叫我無血克沃思、祕法克沃思、弒君者克沃思。那些都是我付出代價所贏得的稱號。

但我的成長過程中，家人叫我克沃思。父親曾告訴我，那有「去理解」的意思。

當然，我還有過許多別的稱呼，這些名字大多粗鄙，但多數名符其實。

我曾從沉睡的古塚諸王身旁劫走公主；曾焚燬特雷邦城；和菲露芮安共處一晚，仍神智清楚、全身而退；我被大學院退學時，年紀比多數人入學時還小；我夜半走在連白天都沒人敢提起的路上；我曾和眾神交談；與女子相戀；寫過讓吟遊詩人流淚的歌曲。

你可能也聽過我的二三事。

8 盜賊、異端與娼妓

如果這是類似個人傳記的東西，我們就得從頭開始說起，從我的本質，看真正的我是什麼模樣。為此，你必須記得，我在成為任何人之前，我是艾迪瑪盧族。

一般認為，所有的巡迴表演者都是盧族，其實不然。我的劇團不是那種在聚會中心耍寶賺小錢，為了裹腹而載歌載舞的窮困劇團。相反的，我們是宮廷表演者，是灰綠大人的御用劇團。我們下鄉表演比較像是當地的大事，而不是和冬至慶典與索林納德比賽一起舉辦的活動。我們的劇團通常至少有八輛旅行車，遠超過二十幾人以上的表演者：有演員、體操表演者、樂師、魔術師、雜耍者、小丑。他們都是我的家人。

我父親是世上數一數二的演員與樂師，母親有過人的文采，他們俊俏美麗，都有深色頭髮與自在的笑聲。他們是徹頭徹尾的盧族，其實這麼說就夠了。

除此之外，或許值得一提的是，我母親加入劇團以前是貴族。她告訴我，父親用甜美的音樂與甜言蜜語，引誘她離開「悲慘沉悶的地獄」。我想她指的是三岔地，我很小的時候，我們曾去那裡拜訪過親戚一次。

我父母從未正式成婚，我的意思是說，他們沒有特地去教堂正式結為連理，我一點都不以為意。他們認為他們已經結婚了，覺得沒必要對官方或上天宣告這件事，我尊重他們的決定。實際上，他們似乎比我見過的正式夫妻都還要滿足與忠實。

我們是為灰綠大人效勞，他的名號讓我們得以跨入許多原本不接納艾迪瑪盧族的地方。為此，我們穿戴他的代表色：綠色與灰色，幫他將聲名遠播各地。每年我們會在他的莊園裡待上兩旬，娛樂他和王親。

那是一段愉快的童年，我在無數的慶典中成長。我們在鄉鎮間長途奔走時，父親會說一些精采的獨白劇給我聽。他大多是憑著記憶講述，聲音宏亮到四分之一哩外的路上都聽得到。我還記得我會跟著唸，銜接後半句。父親會鼓勵我自己試試特別精采的段落，我因此學會欣賞優美的文字。

母親會和我一起編歌。其他時候，爸媽會把浪漫的對白演出來，我則是跟著讀書裡的對話。當時就像玩遊戲一樣，沒想到他們是巧妙地藉此機會，讓我在耳濡目染下學習。

我從小就充滿好奇心，愛問問題，學習欲旺盛。在雜技表演者與演員的教導下，這也難怪我從小到大並不像多數孩子那樣畏懼學習。

當時的路況比較安全，但謹慎的旅人還是會為了安全起見，跟著我們劇團一起上路，他們為我提供了補充教育。有一位跟我們同行的訴訟士，他大概是醉得厲害或過於自大，沒發現他是在對一個八歲小孩說教，我從他身上學到聯邦法律的一些入門知識。還有一位獵人名叫拉克里斯，他和我們同行了近一季，我從他身上學到了山林野外的知識。

我從高官顯貴的娼妓口中，得知莫代格宮廷裡的齷齪勾當。就像父親說的：「實話實說，直言不諱，但是見到娼妓，都要以淑女稱呼，她們的日子已經夠苦了，客氣待人錯不了。」

赫特拉散發著淡淡的肉桂香，我九歲時，覺得她好迷人，但不太清楚為什麼。她教我不該私下做我不願公開談論的事，告誡我不要說夢話。

另外還有阿本希，我第一位真正的老師，他教我的東西比其他人教我的加起來還多。要不是他，就不會有今天的我。

我請你們不要對他有成見，他是好意的。

「你們得移開。」鎮長說，「到城外紮營，只要不鬧事或順手牽羊，沒人會找你們麻煩。」他意味深長地看了我父親一眼。「然後明天就離開，走你們該走的路，不用表演了。表演引起的麻煩比表演本身的價值還多。」

「我們已經拿到許可了。」父親說，從外套的內層口袋抽出一張折疊的羊皮紙。「事實上，我們是奉命表演的。」

鎮長搖頭，他並不想看我們的授權狀。「表演就容易發生喧鬧。」他堅定地說，「上次表演期間就有人大吵大鬧。喝太多，太亢奮，有人拆下表演廳的門，摔爛桌椅。表演廳是歸全鎮所有，修理費用都得由全鎮承擔。」

我們的旅車開始吸引眾人圍觀，崔普在玩拋接雜耍，馬力恩和他的妻子即席表演木偶劇，我則是從旅車後方看著父親。

「我們當然不想得罪你們或你們的主子。」鎮長說，「但是鎮公會已無力再承擔一次像上次那樣的晚會表演。為了表示我的善意，我願意補貼你們每人一點小錢，二十分錢之類的，讓你們離開，不要再為我們添麻煩了。」

要知道，二十分錢對一些勉強糊口的流浪劇團來說，可能是一筆不小的數目，但是對我們來說，卻形同侮辱。他應該為我們晚上的表演付四十分錢，還要免費提供表演廳、豐富的一餐，以及旅店住宿。我們會客氣地婉拒住宿招待，因為他們的床一定很糟，我們旅車裡的床還不錯。

父親驚訝或受辱時，總是不動聲色。「打包收拾！」他回頭大喊。

崔普把拋接石塞進不同的口袋，沒順便要個花樣。木偶劇的笑話開到一半，突然停了下來，木偶收進箱內，幾十位圍觀鎮民齊聲哀嘆。鎮長看起來鬆了一口氣，拿出錢包，取出兩銀錢。

「我一定會讓我們男爵知道您的慷慨大方。」鎮長把銀錢放進父親手中時，父親小心翼翼地說。

鎮長突然僵住，「男爵？」

「灰綠男爵。」父親停了一下，看鎮長臉上有沒有頓悟的表情，「東部濕地、席爾蘭旁邊的胡敦布朗、懷迪康丘的領主。」父親遙望四周的地平線說：「我們還在懷迪康丘裡吧？」

「是沒錯，」鎮長說：「但席瑪蘭鄉紳……」

「噢，我們是在席瑪蘭的封地裡啊！」父親驚呼，他環顧四周，彷彿才剛弄明白自己的方位。「人瘦瘦的，留著小鬍子？」他用手指劃過下巴。鎮長漠然點頭，「他人不錯，歌喉又好，去年冬至我們為男爵表演時見過他。」

「是啊。」鎮長意味深長地停了一下，「我可以看一下你們的授權狀嗎？」

我看著鎮長讀那張授權狀，他看了好一會兒，因為父親並未特地提起男爵的主要頭銜，例如蒙特隆子爵、崔立斯頓領主。結果是：席瑪蘭鄉紳的確掌控這個小鎮與小鎮周邊的土地，但席瑪蘭是直接效忠灰綠大人的。打個更具體的比方，灰綠大人是船長，席瑪蘭是刷洗甲板、向船長敬禮的水手。

鎮長折起羊皮紙，把它還給我父親，「我明白了。」

就這樣，我還記得鎮長沒道歉，也沒付我父親更多的錢，我還滿驚訝的。

父親也楞了一下，接著說：「鎮長，這個鎮是您的管區，不過我們會在這裡或城郊表演。」

「你們不能使用表演廳。」鎮長堅決地表示：「我不會再讓那裡受損了。」

「我們可以在這裡表演。」父親指著市集廣場，「這個空間就夠了，這樣一來，大家也可以留在鎮上。」

鎮長猶豫了一下，但我幾乎不敢置信。我們有時候會因為當地建築不夠大，而選擇在草地上表演。我們有兩台旅車就是為了那種臨時狀況而設計的，可以用來充當舞台，但是在我十一歲的記憶中，我們被迫在草地上表演的次數可說是屈指可數，我們從來沒在城郊表演過。

還好這次我們沒必要這樣。最後鎮長終於點頭同意，比手勢要我父親靠過來一點，我溜出旅車，靠近偷聽到他最後的話：「……這裡的人都是虔誠的教徒，別表演粗俗或異端邪門的東西。上個劇團來時，惹了一堆麻煩，發生兩場鬥毆，有人晾的衣服不翼而飛，布藍斯登家的女兒也被搞大肚子了。」

我聽了很憤怒，等著父親嚴詞糾正鎮長，告訴他只做巡迴表演的劇團和艾迪瑪盧族的差異。我們不偷東西，也從來沒讓一群醉漢破壞我們的表演現場，讓情況變得那麼失控。

但父親沒做那樣的反應，他只是點頭，走回旅行車，比出手勢，於是崔普又開始玩拋接雜耍，木偶又從箱中出來表演。

父親繞過旅車時，看到我站在那邊，半藏在馬匹身後。「從你的表情看來，我猜你聽到全部的內容了。」他苦笑說，「孩子，別在意了，鎮長可能風度不太好，卻相當坦白。他不過是把其他人內心潛藏的想法說出來罷了。我們到比較大的城鎮表演時，你知道我為什麼要叫大家兩兩一組嗎？」

我知道真相，但是對小男孩來說，這還是令人難以承受的屈辱。「二十分錢。」我氣憤地說，「他以為他在救濟我們嗎？」

那是以艾迪瑪盧族的身分成長，最難熬的一件事。我們不管走到哪裡都是陌生人，很多人當我們是匠販與乞丐，有些人覺得我們不過是竊賊、異端與娼妓。遭人無端指控的感覺很糟，但是被沒讀過書或未曾離開出生地二十哩的老粗看不起，那感覺更糟。

父親笑著摸我的頭。「孩子，你就可憐可憐他吧。明天我們就走了，但是他卻得和他那討人厭的個性相處一輩子。」

「他是個無知的蠢人。」我惡毒地說。

父親把手牢牢地放在我肩上，暗示我已經說得夠多了。「我想，這就是太靠近艾圖的結果，明天我們會往南：草比較綠，人比較好，女人也美些。」他把手放在一隻耳後，貼近旅車，用手肘輕推我一下。

「我聽得到你說的每句話。」母親從裡頭溫柔地說。父親咧嘴而笑，對我眨眨眼。

「所以我們要表演什麼？」我問父親，「聽清楚，不要有粗俗的東西，這裡的人都是虔誠的教徒。」

他看著我問：「你會選什麼來表演？」

我想了好一會兒，「我會從『明域系列』中挑點東西出來表演，例如《路徑的鍛造》之類的。」

父親扮個鬼臉，「那齣劇不太好。」

我聳聳肩，「他們分不出差別，況且裡面全是泰魯，沒人會抱怨那內容粗俗。」我仰望天空，「我只希望不要演到一半就下起雨了。」

父親仰頭看雲，「會下雨。不過，還有比在雨中表演更糟的事。」

「像是在雨中表演，卻只收到鐵幣之類的？」我問。

鎮長匆匆走向我們，額頭閃著汗水，還有點氣喘吁吁的，彷彿剛跑完步。「我和幾位鎮議會成員討論後決定，如果你們想用表演廳，就讓你們用。」

父親的肢體語言表現得完美，可以清楚看出他不高興，卻因為太客氣而沒說什麼，「我當然不想造成您的麻煩……」

「不會不會，不麻煩，事實上，我堅持你們去表演廳。」

「好吧，如果您堅持。」

鎮長微笑並匆匆離去。

「那樣稍微好一些了。」父親嘆氣，「還不需要勒緊褲帶。」

「每個人頭進場半分錢，沒錯，沒頭不用錢。先生，謝謝。」

崔普正忙著收票，確定每個人都付錢觀賞表演。「每個人頭進場半分錢，不過從尊夫人容光煥發的樣子來看，我應該收你一個半人頭的錢才對，這當然不關我的事。」

崔普是劇團中最伶牙俐齒的一位，最適合做這份工作，確定沒人以花言巧語矇騙進場或強行闖關。崔普穿著灰綠相間的小丑服，他亂講什麼話都沒人會在意。

「哈囉，這位媽媽，小小孩不收錢，但是萬一他開始哭鬧，妳最好趕快當場餵奶或帶他出去。」崔普繼續連珠炮似的說話：「沒錯，半分錢。是的，先生，腦袋空空還是要買全票。」

觀察崔普工作一向很有趣，不過目前我的注意力大多放在一台貨車上，那台車在二十五分鐘前才開進鎮上的另一端。鎮長和那台車的老人起了爭執，然後氣沖沖地離去。現在我看到他帶著一位高個兒，手裡拿著長棍，往貨車的方向走去。若我沒猜錯，那高個兒應該是巡官。

我壓抑不了好奇心，也往那台車的方向移動，盡量藏好身子。等我靠得夠近時，鎮長和老人又在吵了，巡官就站在一旁，一臉焦躁不安。

「……告訴過你，我沒執照，我不需要執照，沿街叫賣需要執照嗎？匠販需要執照嗎？」

「你又不是匠販。」鎮長說，「別想蒙混過關。」

「我沒有要蒙混成什麼過關。」老人喝斥，「我是沿街叫賣的匠販，不僅如此，我也是祕術士，你這個大驚小怪的蠢蛋。」

「那正是我的意思。」鎮長固執地說，「這裡的人都是虔誠的教徒，我們不想和最好別碰的邪惡東西牽扯上，我們不想招惹你這種麻煩。」

「我這種？」老人說，「你對我這種人了解多少？這一帶可能已經五十年沒出現過祕術士了。」

「我們就喜歡這樣，請掉頭順著你來的路回去。」

「即使因為你這個笨蛋，害我要在雨中過夜，我也絕不離開。」老人氣呼呼地說，「我要住宿或在街上做生意，也不需要你同意。現在離我遠一點，否則我就讓你親眼看看我這種東西是什麼樣的麻煩。」

鎮長的臉上先是閃過恐懼，接著他氣急敗壞，往肩後對巡官比了一個手勢，「你晚上就因流浪與恐嚇行徑待牢房好了。明早如果你學會講話客氣一點，我們就放你上路。」巡官往貨車走去，一手小心拿著長棍。

老人一步也不退讓，舉起一隻手，貨車前方的角落出現一道暗紅色的光。「夠了。」他語帶威嚇地說：「否則可能會弄得很難看。」

我驚訝地楞了一下，後來發現那奇怪的光是來自一對共感燈，就裝在老人的車上。我以前在灰綠大人的藏書室裡看過，這種燈比煤氣燈亮，比蠟燭或油燈穩，幾乎可以永遠發亮。它們也非常昂貴，我敢打賭這小鎮上沒人聽過這種燈，更別說是看過了。

燈火開始增強時，巡官走到一半，停下腳步。但是後來似乎什麼也沒發生，於是他咬著牙，繼續往貨車走。

老人的表情愈來愈不安，「等等。」貨車發出的紅光開始消失時，他說：「我們可不希望……」

「閉嘴，你這隻老狐狸。」巡官說，他抓起祕術士的手，彷彿要把他的手伸進爐灶裡似的。當他發現啥事也沒發生時，他露出微笑，變得愈來愈大膽。「別以為我不會痛扁你一頓，讓你再也無法搞妖術。」

「湯姆，幹得好！」鎮長說，一臉慶幸，「把他帶走，我們再找人來駕這輛貨車。」

巡官咧嘴而笑，扭轉老人的手臂，祕術士的腰部一彎，發出短促的疼痛叫聲。

我從躲藏的地方，看到祕術士的表情在瞬間從不安轉成疼痛，又變成憤怒，我看到他的嘴部在動。

突然之間，莫名其妙吹起一陣強風，彷彿襲來一場無預警的風暴。風吹著老人的貨車，先是掀起兩輪，然後整個翻倒，四輪朝上。巡官踉踉蹌蹌，跌倒在地，好像被神拳打中一樣。即使我躲在近三十呎外，風還是強到讓我不得不向前一步，就好像背後有人硬推著我。

「滾開！」老人怒喊：「不要再找我麻煩了！否則我會讓你的血沸騰，讓你充滿如冰似鐵的恐懼！」他的用字遣詞似曾相識，我卻想不起來在哪聽過。

鎮長和巡官抱頭鼠竄，臉色慘白，一臉驚恐如驚弓之鳥。

風像突然來襲時一樣瞬間消失，整場風暴持續不到五秒。鎮上人民大多聚集在表演廳附近，除了我、鎮長、巡官，還有老人那兩隻靜靜戴著挽具、絲毫不受干擾的驢子之外，我猜應該沒人看到。

「你們這些惡人給我滾離這塊土地。」祕術士看著他們離去，自言自語。「以我之名，我下令你們這麼做。」

我終於明白他的用字為何似曾相識了，他是引述《戴歐尼卡》裡驅魔場景裡的台詞，知道這齣劇的人不多。

老人走回貨車，開始唸唸有詞，「我要把你變成夏日奶油，我要把你變成擁有祭司靈魂的詩人，我要讓你填滿檸檬蛋奶餡，把你推出窗外。」他脫口喊出：「混帳！」

他的怒氣似乎就這樣消失了，他疲倦地大嘆一口氣。「那已經夠糟了。」老人喃喃自語，一邊揉著被警官扭過的肩膀。「你覺得他們會帶一群暴民回來嗎？」

一時間，我以為老人是在對我說話，後來才發現他是在對驢子說話。

「我也覺得不會。」他對牠們說，「但我也曾猜錯，我們就待在城邊，來看看最後剩下的燕麥好嗎？」

他爬上貨車後方，下車時拿了一個大桶子，還有一個快空的麻布袋。他把麻布袋裡的東西倒進桶子裡，似乎對結果感到很沮喪。他先拿起一把，再用腳把桶子推向驢子。「別那樣看我。」他對牠們說，「大家都配量不足。況且，你們還能吃草。」他一邊撫摸著其中一隻驢子，一邊吃著他手裡那把粗燕麥，偶爾停下來吐麥糠。

我突然覺得很難過，這個老人獨自上路，沒人可以聊天，只能跟驢子說話。我們艾迪瑪盧族雖然也已經夠辛苦了，但至少我們還有彼此相伴，這個老人卻是孤伶伶的一人。

「驢兒，我們偏離文明太遠了，需要我的人不信任我，信任我的人卻請不起我。」老人往錢包一探，「我們還有一分半的錢，選擇有限，是選今晚淋雨，還是明天挨餓？我們不做生意了，所以只能兩者擇一。」

我悄悄繞過建築物的邊緣，去看老人貨車的車身上寫著什麼，上面寫著：

阿本希：非凡祕術士
書記、探礦、藥師、牙醫
售珍品稀貨、治疑難雜症
尋找失物、修補萬物
無占星、無春藥、無罪惡

我從躲藏的建築物後方走出來時，阿本希立刻注意到我。「哈囉，我能為你效勞嗎？」

「你把『症』寫錯了。」我指出。

他一臉驚訝，「那其實是個笑梗。」他解釋：「我也釀點東西。」

「喔，酒。」我點頭說，「我懂了。」我把手抽出口袋，「你可以賣我一分錢的東西嗎？」

他似乎覺得又逗趣又好奇，「你想要什麼？」

「我想要一些萊希寧。」上個月我們演過《美男子費翎》十幾次，讓我滿腦子都想著陰謀與暗殺。

「你預期有人會毒死你嗎？」他說，表情有點吃驚。

「不是，我只是覺得等到需要解藥時才買，可能已經來不及了。」

「我想我可以賣你一分錢的量。」他說，「那大約是你這樣的體型喝一次的份量，但它本身是危險的東西，只能解某些毒，萬一你在錯誤的時間服用，反而會傷身。」

「噢。」我說，「我沒想到會那樣。」在劇中，那是大家口中的萬靈丹。

阿本希若有所思地抿抿嘴，「你能同時回答我一個問題嗎？」我點頭，「那是誰的劇團？」

「可以說是我的。」我說，「不過，也可以說是我父親的，因為他負責編排節目及指引車隊行進的方向。不過，劇團也是灰綠大人的，因為他是我們的贊助人，我們是灰綠大人的御用劇團。」

老人露出開心的表情，「我聽過你們，很優秀的劇團，備受好評。」

我點頭，覺得沒必要故作謙虛。

「你覺得你父親可能有興趣找幫手嗎？」他問，「我不敢說自己是演員，但有我在還滿方便的，我可以幫你們調製不含鉛、汞、砷的化妝顏料與胭脂。我也可以幫忙做燈火，迅速、乾淨又明亮，還有多種顏色。」

這不需要多做考慮，蠟燭昂貴又容易受氣流影響，火把骯髒又危險，劇團的人從小就知道化妝顏料的可怕，當你每隔三天就需要把毒素塗抹在臉上時，等你二十五歲早就瘋了，很難成為經驗豐富的老藝人。

「我這麼說可能有點逾越權限了，」我一邊說，一邊伸手和他握手，「不過，請讓我第一個歡迎你加入我們。」

如果這是一份完整又誠實記載我個人生平事蹟的故事，我覺得我應該提一下，我邀阿本希進劇團的原因，不全然是為了眾人之利，優質的化妝顏料與乾淨的燈火對劇團來說的確是利多於弊，我也覺得老人獨自一人上路很可憐。

但在這一切原因的背後，其實我還受到好奇心的驅使。我看到阿本希做了讓我難以形容的事情，感覺又怪又神奇。我指的不是他用共感燈耍的戲法，我看得出來那只是表演技巧，是為了讓無知的鎮民刮目相看的把戲。

但是後來他做的動作不一樣，他呼喚風，風就來了，那是魔法，真正的魔法，是我在至尊塔柏林的故事裡聽說的那種，是我從六歲起就不相信的那種魔法，現在我不知道該相信什麼了。

所以我邀他加入劇團，希望能找到問題的答案。雖然我當時並不知道，其實我是在找風之名。

9 與阿本希同車

阿本希是我第一個碰到的祕術士。對小男孩來說，他是個既奇怪又有意思的人物。他博學多聞，植物學、天文學、解剖學、鍊金術、地質學、化學等各類科學，無所不通。

他體格壯碩，眼睛閃閃發亮，目光敏捷。他的後腦杓有一束深黑色的頭髮，卻沒有眉毛（這是我印象最深刻的地方）。其實他有眉毛，卻因為一直練鍊金術而燒掉了，眉毛永遠處於再生狀態，所以看起來總是一臉又驚訝又滑稽的樣子。

他語氣溫和，常笑臉迎人，從來不會為了突顯自己的智慧而貶抑別人。他咒罵時就像瘸腿的酒醉水手一樣，但他只會咒罵他的驢子。那兩隻驢子分別叫阿法與貝塔。阿本希趁人不注意時，會餵牠們吃蘿蔔與糖塊。他特別喜愛化學，我父親說，他從來沒認識比阿本希更會用蒸餾器的人。

他加入我們劇團的第二天，我就習慣去搭他的貨車。我問他問題，他就回答我。接著他會點歌，我就用從父親車上借來的魯特琴彈給他聽。

他偶爾也會跟著哼唱，他有宏亮的男高音，卻總是唱著唱著就走音了。每次走音後，他常停下來取笑自己。他人品不錯，一點都不自大。

阿本希加入劇團不久，我就問他當祕術士是什麼感覺。

他若有所思地看著我，「你認識過祕術士嗎？」

「我們曾付錢請過一位，請他在路上幫我們修故障的車軸。」我停下來思考，「他載著一車魚往內地走。」

阿本希比了一個不以為然的手勢，「不對不對，孩子，我是指祕術士，不是在旅道上來來回回、幫肉品保鮮的冷凍術士。」

「那有什麼差別？」我問，察覺他似乎希望我提問。

「嗯，」他說：「那可能要解釋很久……」

「我多的是時間。」

阿本希打量著我，我一直在等那個神情，那神情好像在說：「你聽起來不像你外表那麼小。」我希望他很快就了解這點，被當成小孩看待的感覺很煩，即便你就是小孩。

他深深吸了一口氣，「某人懂一兩樣把戲，並不表示他就是祕術士，他們可能知道如何接骨或解讀古維塔語，甚至懂一點共感術，但……」

「共感術？」我盡可能客氣地打斷他的話。

「你可能會稱它為魔法。」阿本希勉強地說，「其實不是。」他聳聳肩，「即使你懂共感術，也稱不上是祕術士。真正的祕術士得經過大學院奧祕所的洗禮。」

他一提到奧祕所，我腦中又湧現二十幾個新的問題。你可能覺得問題還不算多，但是加上我腦中一直念念不忘的五十幾個問題，我整個腦子都快爆炸了。我得靠很大的意志力才能保持沉默，等候阿本希繼續說下去。

不過，阿本希也注意到我的反應，「所以你聽過奧祕所囉？」他似乎覺得很有意思，「告訴我，你聽到了什麼。」

我正需要這種小小鼓勵讓我借題發揮，「我聽一位怒火谷的男孩說，萬一你的手臂斷了，大學院可以把它縫回去，這是真的嗎？有些故事是說，至尊塔柏林到那裡學萬物之名。那裡有個藏書室，藏書千冊，真的有那麼多嗎？」

他回答了最後那個問題，其他問題講得太快，他來不及回應。「其實不只千冊，十萬冊，比那還多，多到你永遠都讀不完。」阿本希的語氣顯得有些傷感。

書多到我讀不完？不知怎的，我不太相信。

阿本希繼續說：「你看到和旅隊同行的人，那些幫食物保鮮的術士、探礦者、算命師、江湖郎中，都不是真的祕術士，就好像旅行表演者並不一定都是艾迪瑪盧族一樣。他們可能懂一點鍊金術、一點共感術、一點醫術。」他搖頭，「但他們不是祕術士。」

「很多人假裝他們是，穿起長袍，裝腔作勢，欺騙無知、容易上當的人。但是我教你怎麼判斷真的祕術士。」

阿本希從頭上抽出一片東西，交給我。那是我第一次看到奧祕繫德，看起來很不起眼，只是個扁平的鉛片，上面印有陌生的字跡。

「那是真正的『繫斯』，你也可以稱它為繫德。」阿本希有點得意地解釋，「這是唯一確認某人是不是祕術士的方法，你父親請我先出示繫德，才答應讓我跟著劇團同行，那表示他閱歷豐富，見聞廣博。」他故意若無其事地看著我，「不舒服，對不對？」

我咬著牙點點頭，我一接觸到那東西，手就麻了。我好奇地端詳它正反面的記號，但沒隔幾秒，我整隻手已經麻到肩膀，好像我整晚壓在手上睡一樣。我心想，再拿久一點，會不會全身都麻了。

我沒機會知道，因為貨車剛好撞上路面凸起，我因為手麻，差點就讓阿本希的繫德滑落到貨車的踏板上。他快手接了起來，塞回頭上，咯咯地笑。

「你怎麼受得了？」我問，一邊揉著手，想讓手恢復一點知覺。

「只有其他人才會感到麻痺。」他解釋，「對它的主人來說，只會覺得暖暖的。這就是用來區分祕術士，以及有探找水源或預測氣候天賦者的方法。」

「崔普也有類似的絕活。」我說，「他擲骰子時總是能擲出七點。」

「那不大一樣。」阿本希笑著說，「不是任何無法說明的東西都是天賦。」他的身體又往椅背下滑了一些。「或許那是最好的。幾百年前，大家看到某人有天賦時，他就完了。泰倫教徒會說那些天賦是惡魔之兆，他們會燒死有天賦的人。」阿本希的心情似乎難過了起來。

「我們有一兩次必須把崔普從監獄裡救出來。」我說，想緩和對話的氣氛，「但沒人真的想燒死他。」

阿本希露出疲憊的微笑，「我猜，崔普有一對巧妙的骰子或巧妙的技巧，可能連玩牌也很有一套。謝謝你即時告知我這點，不過天賦是全然不同的東西。」

我受不了這種自覺高人一等的看法，「崔普又不能靠欺騙拯救自己的性命。」我的語氣比我原本想表達的尖銳一些，「劇團裡每個人都能分辨骰子真假，崔普特別會擲七點，不管是用誰的骰子，他都能擲出七點。他和人打賭，擲出七點，即使撞到桌子，那桌上剛好放了骰子，一樣能擲出七點。」

「嗯。」阿本希點頭，「請接受我的道歉，那的確聽起來像是天賦，我想見識見識。」

我點頭，「拿你的骰子去，我們好幾年沒讓他玩了。」我突然想到，「可能現在已經辦不到了。」

他聳聳肩，「天賦不會那麼容易就失去。我在史滔普成長時，認識一位有天賦的年輕人，他對植物極其在行。」阿本希把視線轉移到我看不到的東西上，笑容也消失了。「別人種的蕃茄還在爬藤時，他的蕃茄已經紅了。他的南瓜比較大也比較甜，他的葡萄還不用裝瓶就開始變成酒了。」他聲音漸小，遙望遠方。

「他們燒死他了？」我好奇地問，盡往壞處想。

「什麼？沒有，當然沒有。我沒那麼壞。」他故意裝出不高興的表情，「後來發生乾旱，他離開家鄉，他可憐的母親傷心欲絕。」

我們沉默了一會兒。我們的車子前面還有兩台車，我聽到泰倫與珊蒂在排練《豬農與夜鶯》的台詞。

阿本希似乎也隨性地聽著。泰倫講到費恩的農場獨白時卻忘了詞，於是我又轉頭面對阿本希，「大學院裡教演戲嗎？」我問。

阿本希搖頭，覺得這問題很有意思，「教很多東西，但沒教演戲。」

我看著阿本希，發現他也看著我，眼神閃亮。

「你可以教我那些其他的東西嗎？」我問。

他微笑，我們就這樣說定了。

阿本希開始為我簡介各門科學，雖然他最愛的是化學，但他仍主張通才教育。我學會使用六分儀、羅盤、計算尺、算盤。更重要的是，我學會不用這些儀器測量。

一旬內，我就能辨識他車上的任何化學物質。兩個月內，我已經會蒸餾出濃到不能喝的酒精、包紮傷口、接骨、從病徵診斷數百種疾病。我學會製作四種春藥、三種避孕藥、九種陽痿藥、兩種暱稱為「處女幫手」的催情藥。阿本希把最後一種藥的用途講得很含糊，我對那藥的效用多所存疑。

我學了十幾種毒藥與迷幻藥的調配法，還有一百種藥品與萬靈丹，有些真的有效。我的藥草知識多了一倍，理論多於實務。阿本希開始叫我阿紅，我叫他阿本，一開始是故意的，後來變成我們對彼此的暱稱。

直到現在，過了那麼多年，我才明白阿本希多麼細心地栽培我，幫我為大學院的教育預做準備。他做得很隱約巧妙，每天在一般課程中融入一兩次小小的腦力訓練，我必須熟練後才能繼續學其他的東西。他教我不用棋盤下提拉尼棋，在腦中追蹤棋子。有時候，他會突然停止對話，要我複述前幾分鐘講的一切，一字不漏。

那樣的訓練已經超越我為了演戲而練習的簡單記憶，我的腦袋學會用不同的方式運作，變得更強大。那就像是劈柴、游泳或做愛一天後的感覺，你感到精疲力竭，全身無力，近乎魂遊天外。這個感覺也很類似，只是換成我的心智受訓練，從精疲力盡逐漸擴展，由軟弱無力激發出潛能。

我似乎進步得愈來愈快，就好像水開始沖蝕沙石堆成的水壩。我不知道你是否了解等比數列，但那是最好的比喻。自始至終，阿本希都一直幫我做腦力訓練，我原本以為他是想整我才那麼做的。

10 珥拉與一些石頭

阿本舉起一塊比他的拳頭稍大一些的髒卵石，「我若放開石頭，會發生什麼事？」

我想了一下，上課時出的簡單問題很少是簡單的，最後我答了最明顯的答案：「可能會落下。」

他揚起眉毛，過去幾個月，他一直忙著教我課程，沒時間意外燒掉眉毛。「可能？孩子，你的語氣聽起來像詭辯家，不都是會落下嗎？」

我對他吐舌頭，「別想要誤導我，那是謬論，你自己那樣教我的。」

他咧嘴而笑，「好吧，說你覺得它會落下，這樣有沒有好一點？」

「有道理。」

「我要你相信，我放手時，石頭會落下。」他嘴笑得更開了。

我試了，這就像做頭腦體操一樣。過了一會兒，我點頭說：「好了。」

「你有多相信？」

「不是很信。」我坦承。

「我要你相信這石頭會飄走，你的信念必須強大到可以移山倒樹。」他停頓了一下，似乎想改變策略。「你信神嗎？」

「泰魯嗎？不是很信。」

「這樣還不夠，你相信你父母嗎？」

我淺笑，「有時候，我現在又看不到他們。」

他哼了一口氣，拿出阿法與貝塔發懶時，他用來趕牠們的響棒。「你相信這個嗎，穎兒？」他只有在我特別頑固時，才會叫我穎兒。他伸出棒子讓我看。

他閃著心懷不軌的眼神，我決定不做沒必要的冒險了，我回答：「相信。」

「很好。」他用棒子拍打貨車的車身，發出清脆的聲響。阿法的一隻耳朵一聽到聲音，轉了一下，不確定那聲音是不是衝著牠來的。「我就是要那樣的信念，那叫珥拉：馬鞭信念。我放開這個石頭，它就會飄走，無拘無束。」

他要弄一下響棒，「別信你那些微不足道的信念了，否則我會讓你遺憾你曾經喜歡過那些東西。」

我點頭，我用已經學會的技巧釐清思緒，努力去相信，於是我開始流汗。

大概過了十分鐘，我再次點頭。

他放開石頭，石頭掉落了。

我開始頭疼。

他撿起石頭，「你相信它飄起來了嗎？」

「不相信！」我生氣地說，揉著太陽穴。

「很好，它沒飄起來。千萬不要騙自己去理解不存在的事情，這是很微妙的道理，共感術不適合意志不堅的人。」

他又拿出那石頭，「你相信它會飄起來嗎？」

「它沒飄！」

「沒關係，再試一次。」他搖動石頭，「珥拉是共感術的基石，如果你想把意志強加於世界上，你就必須掌控你相信的東西。」

我試了又試，那是我學過最難的玩意兒，幾乎花了我整個下午的時間。

最後阿本已經可以放開石頭，而我仍堅信它不會掉落，即使證據剛好相反。

我聽到石頭落地砰的一聲，我看著阿本，平靜地說：「我辦到了。」心裡頗為自豪。

他用眼角看我，彷彿不太相信我，卻又不想承認。他用一隻手指的指甲漫不經心地戳著那石頭，然後聳聳肩，又把石頭舉起來。「我要你相信，我放開石頭時，石頭既會落下，也不會落下。」他咧嘴而笑。

那夜，我很晚才睡，流了鼻血，露出心滿意足的微笑。我把那兩個不同的信念輕輕地放在心上，讓它們不協調的鳴唱哄我入睡。

能夠同時想兩個不同的東西，除了很有效率以外，就好像可以跟自己唱和聲，那變成我最愛的遊戲。練習兩天後，我已經可以唱三重唱。沒多久我已經可以做類似掌中藏牌與拋接刀子的頭腦體操。

還有很多其他的課程，不過都沒有像珥拉那麼重要。阿本教我「石心」，這種腦力訓練讓你先撇開情緒與偏見，清楚思考你希望的任何事情。阿本說，精通「石心」的人連去姊妹的喪禮也不會流下一滴眼淚。

他也教我一種名叫「探石」的遊戲，那遊戲的重點是運用部分腦力，把一顆想像的石頭藏在想像的房間裡，然後再運用另一部分的腦力，想辦法把石頭找出來。

其實那就是在教你掌控腦力。如果你真的會玩探石，就能培養出共感術所需的堅定珥拉。

不過，能同時思考兩件事雖然方便，訓練的過程卻令人洩氣，有時甚至令人煩躁不安。

我記得有一次我找了近一小時都找不到石頭，只好問另一部分的大腦，我把石頭藏在哪了，結果卻發現我連藏都沒藏，我只是在等著看我會找多久才放棄罷了。你曾經同時對自己感到又好氣又好笑嗎？別的不說，至少那是一種很有意思的感覺。

還有一次我尋求提示，結果反倒開始譏笑自己。這也難怪，很多祕術士看起來都有點古怪，甚至瘋瘋癲癲的。就像阿本希說的，共感術不適合意志不堅的人。

11 鐵之縛

我坐在阿本貨車的後方，那是個很棒的地方，放了上百個瓶子與包裹，瀰漫著上千種味道。對當時幼小的心靈來說，我覺得那裡比匠販的車子有趣，但今天並非如此。

前一晚下了大雨，路上泥濘積水，由於劇團並沒有特定的行程要趕，我們決定等一兩天，讓路乾了再走。那情況很常見，正好讓阿本有時間教我進一步的課程。我坐在阿本貨車裡的木製工作台邊，聽他上我已經懂的課，對於浪費時間聽這些，我覺得很不耐煩。

我的念頭一定是太明顯了，因為阿本希嘆了一口氣，坐到我身邊，「跟你預期的不一樣，是吧？」

我放鬆了一些，知道他的語氣意味著講課暫停，他拿起桌上的幾枚鐵幣，若有所思地在手上晃動，叮噹作響。

他看著我，「你只學一次就會拋接東西了嗎？一次拋五球？還有拋刀子？」

我一想起這個就臉紅了，崔普一開始甚至沒讓我試三顆球，他只讓我拋接兩顆，我還漏接了幾次，我一五一十地告訴阿本希。

「好。」阿本說，「先把這個技巧學好，你就可以學下一個。」我以為他要站起來繼續上課，但他沒有。

他伸手給我看那幾枚鐵幣，「你對這些知道多少？」他晃著那些鐵幣，噹啷作響。

「哪方面？」我問，「物理面、化學面、歷史面……」

「歷史面。」他咧嘴而笑，「穎兒，讓我見識見識你對歷史細節的理解。」我問過他穎兒是什麼意思，他聲稱那有「聰明人」的意味，但看他吐出這詞時嘴角一扭，我滿懷疑的。

「很久以前，人……」

「他叫赫爾卓，兒子名叫赫爾汀和赫爾達，你想知道他們整個家系嗎？還是要我直接切入重點？」我瞪他。

「他叫什麼名字？」

我故意嚴肅地皺眉：「約兩千年前，一位首領統一在夏爾達山丘陵地流浪的游牧族。」

「多久以前？」

「抱歉。」他馬上正襟危坐，裝出全神貫注的樣子，把我們兩個都逗笑了。

我繼續說：「赫爾卓最後掌控了夏爾達一帶的丘陵地，那表示他掌控了那些游牧族，他們開始栽種作物，放棄游牧的生活形態，漸漸開始……」

「切入重點？」阿本問，他把鐵幣拋到我面前的桌上。

我盡量不予理會，「他們掌握遼闊大地裡唯一可輕易開採的豐富礦藏，不久，他們也變成最善於冶煉那些金屬的工人，他們善用這個優勢，獲得龐大的財富與勢力。」

「在這之前，以物易物是最常見的交易方式，有些大城會鑄造自己的貨幣，但在這些城市之外，那些貨幣只值金屬的重量。金屬條比較適合以物易物，但整條金屬又不便攜帶。」

阿本裝出無聊學生的表情，但兩天前他又燒了眉毛，所以效果打了折扣。「你不會是要講代幣的優點吧？」

我深呼吸，決心在阿本念我時，不要理他。「這些不再流浪的游牧族，如今稱為席定人[2]，他們是最早建立統一貨幣制度的民族，把鐵條切成五塊鐵幣。」我開始把十塊鐵幣，組成兩條鐵條，以茲說明。它們看起來就像金屬鑄塊，「十鐵幣相當於一銅幣；十銅幣……」

「夠了。」阿本插嘴，嚇我一跳。「所以這兩枚鐵幣，」他把一對鐵幣拿到我的面前，「可能來自同一

2 席德人因階級的不同，分為席定（Cealdim）與席達（Cealdar）。

條鑄鐵，對吧？」

「其實，他們可能是個別鑄造的……」他瞪著我看，我聲音漸弱，「沒錯。」

「那麼，它們之間還是有關聯吧？」他再次瞪我。

我其實不認同，但也明白現在最好別打斷，「是的。」

他把兩個鐵幣放在桌上，「所以你移動一個鐵幣時，另一個應該也會移動，對吧？」

為了繼續討論，我認同他的說法，然後伸手去移動一個鐵幣。但是阿本搖頭，擋住我的手，「你需要先提醒它們，事實上，你必須先說服它們。」

他拿出一個碗，倒進一滴樹脂，他拿一個鐵幣沾樹脂，把另一個鐵幣黏在上面，說了幾個我不認得的字，慢慢拉開兩個鐵幣，兩個鐵幣之間連著幾絲樹脂。

他把其中一個鐵幣放在桌上，把另一個鐵幣放在手上，接著又喃喃說了其他的字眼，然後放鬆。

他舉起手，桌上鐵幣也跟著升起。他揮舞著手，那枚鐵幣也跟著懸空擺動。

他把目光從我身上移到硬幣上。「共感術法則是最基本的魔法，那法則主張，兩物件的相似度愈高，共感連結愈強。連結愈強，就愈容易交互影響。」

「你的定義是一個迴圈。」

他放下鐵幣，用抹布擦掉手上的樹脂，卻擦不太掉，原本教課的正經表情笑了出來。他想了一下，「看似沒什麼用對不對？」

我猶豫地點點頭，上課時常碰到這種陷阱題。

「你是不是比較想學如何呼喚風？」他眼神逗弄著我。他低語一個字，貨車的帆布頂沙沙作響。

我面露貪心的笑容。

「穎兒，很遺憾。」他也露出貪心的笑容，但又多了一點殘酷，「你需要先學字母，才能寫作；需要先學指法，才能伴唱彈奏。」

他抽出一張紙，在上面寫下幾個字。「訣竅在於腦中堅守著珥拉，你需要相信它們是相連的，你需要知道它們是那樣。」他把紙遞給我，「這是發音的音標，這是平行移動的共感縛，你拿去練習吧。」他看起來比之前更凶狠，蒼老，毛髮花白，沒有眉毛。

他離開去洗手，我用石心法釐清腦袋，不久我就沉浸在全然的平靜中。我用樹脂把兩個鐵幣黏在一起，腦中專注地想著珥拉（馬鞭信念），讓兩個鐵幣相連。我唸著那些字，把鐵幣拉開，說出最後一個字，開始等待。

沒有力量湧現，沒有閃過熱流或冷流，也沒有靈光乍現。

我很失望，至少是石心狀態下還能失望的程度。我舉起手中的鐵幣，桌上的鐵幣也跟著上升。那是魔法，無庸置疑。但我卻興奮不起來。我之前一直在期待……我也不知道我在期待什麼，但不是期待這個。

當天剩下的時間，我都在實驗阿本教我的簡單共感縛，我學到幾乎任何東西都可以連在一起，鐵幣與銀幣、石頭與水果、兩塊磚、土塊與驢子。我花了兩小時才明白樹脂並非必要。我問阿本時，他坦承那只是幫忙專心的道具。我想，他知道我自己悟出這點時還滿驚訝的。

就讓我迅速說明一下共感術吧，因為你們這輩子可能只需要概略知道這東西是怎麼運作的就夠了。

首先，能量是無法創造或消滅的。你拿起一個鐵幣，另一個鐵幣也從桌面升起時，你會覺得手上那鐵幣有如拿起兩個鐵幣那麼重，因為你其實就是拿起兩個。

那是理論。實際上，你會覺得好像拿了三個鐵幣。共感連結都是不完美的，兩個物件愈不一樣，就會失去愈多能量。你可以把它想成通往水車的渠道出現孔隙。好的共感連結漏洞很少，會用到大部分的能量。差的連結滿是漏洞，你投入的心力大多無法用到你想做的事情上。

例如，我試著讓一隻粉筆與一瓶水相連，兩者之間沒什麼相似處，所以即使那瓶水可能只有兩磅重，我拿起粉筆時，卻感覺它有六十磅重。我發現最好的連結是折成兩半的樹枝。

我了解這一點點共感術後，阿本又教我其他數十種共感縛，一百種傳送力量的小技巧。每一種都像是一個龐大語言裡的不同字彙，我才剛開始學習怎麼說這語言而已。這過程通常很乏味，還只是其中一小部分而已。

阿本也持續教我一點其他領域的知識，歷史、算數、化學等等。不過，他不管教我什麼共感術，我都馬上就學會了。他慢慢傳授他的密技，要我證明我已經熟練一項以後，才肯教我下一項。不過，我這方面的領悟力似乎遠比我吸收知識的天份還強，所以我從來不需要等很久，就可以學新東西了。

我並無意暗示這個過程一直很順利，讓我如此積極學習的好奇心也常害我惹上麻煩。

一晚，我為父母生火時，母親發現我吟誦著前一天學到的歌謠。我不知道她就在我身後，我用一根木材推著另一根時，她偷聽到我隨口唸道：

拉克雷斯夫人有七品，
全數留在黑衣底，
一是環兒，戴不上，
二是利嘴，非毒罵，
良人蠟燭一旁兒，
有扇門戶沒把兒，
沒鎖沒蓋盒子裡，
良人石子裝在底，
夫人守著一袐密，
睡不著，夢不盡，

不出遊，路照行，
夫人真愛打謎語。

我聽過一個女孩玩跳格子時唸過這首歌謠，我只聽過兩遍，卻始終沒忘。那就像多數童謠一樣，聽過就難以忘記。

母親聽到我這麼唱，走過來站在火邊對我說：「親愛的，你剛剛唱什麼？」她語氣中沒有怒意，但我感覺得出來她不太高興。

「我在費羅斯聽過的東西。」我含糊帶過，因為他們通常禁止我和鎮上小孩一起溜出去。父親對劇團的新成員說，不信任很快就會變成不對盤，所以進城時不要單獨行動，要客氣有禮。我把一些比較大的木柴放進火堆裡燃燒。

母親沉默了半晌，我本來希望她就此罷休，但她說：「哼這東西不太好，你好好想過那是在唱什麼嗎？」

我其實沒想過，聽起來好像是毫無意義的歌詞，但我一回想，卻發現裡面有明顯的性暗示。「我明白了，我之前沒想過。」

她的表情稍微和緩了一些，伸手摸我的頭髮，「孩子，每次哼唱什麼，都要想一下內容。」

我似乎躲過了一劫，但我又忍不住追問：「那和〈儘管他苦苦等候?〉有什麼不同?就像費恩向佩瑞爾夫人詢問帽子時唱的：『我聽很多男人提過，我想親眼看看，試戴一下。』很明顯可以聽出他其實是在講什麼。」

我看到她緊閉著嘴，不是生氣，但也不太高興。接著，她的表情突然變了，「你跟我說差別是什麼。」她說。

我討厭這種陷阱題，那差別很明顯：前者會讓我惹上麻煩，後者不會。我等了一會兒才搖頭，表示我仔細思考過了。

母親蹲到火前，幫手取暖。「差別在於……幫我去拿一下三腳營火架好嗎？」她輕輕推我一下，我跑到車子後面拿，她繼續說：「差別在於，一個是對某人說話，一個是講某人閒話。第一種可能流於無禮，第二種永遠是八卦。」

我拿了三腳營火架回來，幫她放在火堆上。「而且，佩瑞爾夫人只是虛構的角色，拉克雷斯夫人是真有其人，她可能會覺得很受傷。」她抬頭看我。

「我又不知道。」我心虛地抗議。

我一定是裝可憐裝得很成功，因為她抱住我，吻了我一下。「孩子，這沒什麼好難過的，只要以後記得想想你在做什麼就好了。」她用手摸摸我的頭，笑得像太陽一樣燦爛。「我想，如果你可以為今天的晚餐找一些甜莓回來，就可以同時獲得拉克雷斯夫人和我的原諒了。」

可以逃過懲罰，又能到路邊樹叢玩一會兒，什麼藉口對我來說都好。她幾乎還沒講完，我一溜煙就不見了。

我也應該聲明一下，我和阿本在一起的時間，大多是我自由活動的時間，我在劇團裡還有負責的任務要做。必要時，我得上台扮演年輕的騎士侍從，幫忙繪製場景，縫製戲服。晚上我得幫馬兒徹底梳洗一番。舞台上需要打雷效果時，我就在後台晃動錫片。

不過，我並沒有因為失去自由活動的時間而覺得可惜，幼時的無限精力與旺盛的求知慾，讓接下來那年變成我記憶中最快樂的歲月。

12 組合拼圖

夏天快結束時，我不經意聽到一段對話，把我從無憂無慮的狀態中搖醒。小時候我們很少想到未來，年幼無知讓我們得以過著多數大人無從享受的快樂生活。我們開始煩惱未來，也就是我們把童年拋諸腦後的時候。

某天夜晚，劇團在路邊紮營。阿本希剛教我新的共感術讓我練習：變熱轉換恆動定律，或是類似的誇張名稱。

那技巧滿難捉摸的，但上手以後就類似組合拼圖一樣，花了我約十五分鐘的時間，不過從阿本希的口氣聽來，我猜他預期至少要三、四個小時才能熟練。

所以我去找他時，除了想學下個東西，也為了小小炫耀一番。

我在爸媽的車子裡找到他，在沒看到他們之前，我就聽到三人的對話聲。他們只是在低語，遠遠只聽到音調，聽不清楚在講什麼，但我接近時，清楚聽到三個字：祁德林。

我聽到時，突然停下腳步。劇團裡每個人都知道父親正在編寫一首歌，過去一年多，每次我們到小鎮上表演，他都會向當地人蒐集一些老故事與民謠。

有好幾個月，他都是問關於藍瑞的故事，後來他又開始蒐集精靈的老故事，妖怪與蹣步人的傳奇，接著便開始問有關祁德林人的問題。

那是好幾個月以前的事了。過去半年來，他比較常問祁德林人，比較少提及藍瑞、莉拉等其他。父親著手創作的歌曲大多在一季內就完成了，但這首歌卻一寫就寫了一年多。

必須附帶一提的是，父親在準備好演奏新歌之前，從來不會透露歌曲的一字半調，只有我母親知道內容，因為她總是參與製作。巧妙的曲調出自父親之手，畫龍點睛的歌詞則是出自母親的巧思。

當你等上幾句或一個月才聽到完成的歌曲時，期待感會讓歌曲聽起來別有一番風味，但是等了一年，興奮感就逐漸變調了。而今過了一年半，大家的好奇已到達頂點。爸媽在車子裡寫歌時，若有人剛好在附近徘徊又靠得太近，有時還惹來一頓指責。

我小心翼翼地移近爸媽的火堆，偷聽是個糟糕的習慣，不過我後來養成的習慣比這還糟。

「……關於他們的不多。」我聽到阿本說，「不過我願意試試看。」

「很高興能和有學識涵養的人談這個主題。」父親厚重的中低音和阿本的高音形成對比，「我厭煩了那些迷信的鄉民，而且……」

有人為火堆添了柴火，發出劈啪聲，害我沒聽到父親後面講的話，於是我迅速移動到車子的長影下。

「……為了寫這首歌，就好像在追蹤鬼魂一樣，要拼湊出整個故事難如登天，我真希望當初沒著手去寫。」

「別這麼說。」母親說，「這會是最棒的作品，你也知道的。」

「所以你覺得其他故事都是從同一個原始故事衍生出來的。」阿本問，「藍瑞有歷史根據？」

「所有的跡象都這麼顯示。」父親說，「這就好像看著十二個孫子，發現其中十人有藍眼睛一樣，你知道祖母也有藍眼睛。我以前做過，這方面我滿在行的，我用過同樣的方式創作〈牆之下〉，不過……」我聽到他嘆氣。

「有什麼問題嗎？」

「這個故事比較久遠。」母親解釋，「比較像是在看他們的玄孫。」

「他們又散佈在天涯海角。」父親抱怨，「而且，我好不容易找到一個時，他還有五隻眼睛：兩綠、一藍、一棕、一黃綠，接著碰到的卻只有一隻眼睛，眼睛還會變色。那要我怎麼歸納出結論？」

阿本清清喉嚨，「這個比喻聽起來的確滿惱人的。」他說，「不過你可以盡量問我有關祁德林的事，這些年來我聽了很多故事。」

「我需要知道的第一點是，他們究竟有多少人。」父親說，「多數故事都是說七人，但連人數都矛盾不一，有的說三人，有的說五人，《菲瓦德之殞》中則是多達十三人：艾圖的教區裡各有一人擔任大祭司，主神殿裡又追加一人。」

「這點我可以回答。」阿本說，「他們有七人，這是可以確定的，其實這跟他們的名字有關。祁是七的意思，祁德林意指『七個人』。」

「我都不知道這點。」父親說，「祁。那是什麼語言？伊爾語嗎？」

「聽起來像泰瑪語。」

「你耳朵真尖。」阿本對母親說，「其實是泰姆語，比泰瑪語早約一千年。」

「那事情就單純多了。」我聽到父親說，「我應該一個月前就問你的，我原本以為你不知道他們為什麼會有那樣的作為。」我從父親的口吻可以聽出他原先毫無預期會獲得答案。

「那是真正神祕之處，對吧？」阿本笑著說，「我想那是讓他們聽起來比故事裡的其他妖怪更可怕的原因。幽靈想報仇，魔鬼想要你的靈魂，蹣步人又餓又老，他們都沒那麼可怕。我們了解的事，就可以試著去掌控。但祁德林人就像晴天霹靂一樣，只有毀滅，毫無緣由。」

「我的歌一定會有。」父親堅定地說，「我想，這陣子以來，我已經找出他們的緣由了。我從零碎的故事中拼湊出全貌，但最麻煩的是，比較難的部分做好了，剩下的小細節卻衍生了一堆麻煩。」

「你覺得你知道緣由了？」阿本好奇地問，「你的理論是什麼？」

父親輕笑，「噢，阿本，不行，你還是得和其他人一起等著聽成品。我已經為這首歌投入太多的心血，我可以聽出阿本的聲音裡有些失望，「我想，這只是為了讓我繼續和你們同行，所想出來的精心策不能在完成前就透露主旨。」

略。」他抱怨，「我要等聽到黑暗內幕後才能離開。」

「那就幫我們完成吧。」母親說，「祁德林人的跡象是另一個我們無法確定的訊息，大家都覺得他們出現時，會出現預警的跡象，至於是什麼標記，則是眾說紛紜。」

「我想想……」阿本說，「當然，藍焰是明顯的標記，但我不太確定那是祁德林人獨有的。有些故事裡，藍焰是惡魔的標記，有的則是和精靈或魔法生物有關。」

「那也可能是礦坑中冒出的瘴氣。」母親指出。

「是嗎？」父親問。

她點頭，「看到燈火冒出藍色煙霧時，就知道空氣裡有沼氣了。」

「天啊！煤坑裡有沼氣。」父親說，「趕快把燈吹熄，讓周遭變得漆黑，否則讓它一直燃燒，整個礦坑都會炸成碎片，那比惡魔還可怕。」

「我得承認，有些祕術士偶爾會用準備好的蠟燭或火把，唬弄好騙的鄉民。」阿本說，故意清清喉嚨。

母親笑著說：「阿本，別忘了你是在跟誰講話，我們從來不會因為一點表演技巧就對某人抱著成見。事實上，下次我們演出《戴歐尼卡》時，正需要藍蠟燭呢。如果你剛好有幾支，就可以派上用場了。」

「我來想想辦法。」阿本忍俊不禁地說，「至於其他的標記……其中一人應該有類似羊的眼睛，或是沒眼睛或黑眼睛，我聽過一些那樣的講法。我也聽過祁德林人出現時，植物會死，木腐鐵鏽，磚頭碎裂……」他停頓了一下，「不過，我不知道那是好幾個跡象，還是全屬同一個。」

「你開始看出我碰上什麼麻煩了。」父親哀怨地說，「另外還有一個問題是，他們都有一樣的標記，還是各不相同。」

「我跟你說過了。」母親惱怒道，「每人各有一個標記，那是最合理的。」

「那是我妻子最愛的理論。」父親說，「但說不通。有些故事裡，藍焰是唯一的標記。有的說動物會發瘋，但沒有藍焰。還有的是說，有黑眼睛的人、動物發瘋，外加藍焰。」

「我已經教過你怎麼理解了。」她說，語帶不耐，顯示他們之前已經為此討論過。「這些跡象不一定要一起出現，他們可能三、四人一起現身，如果其中一人讓火光轉為暗淡，看起來會跟他們全部都讓火變暗一樣，那就可以解釋那些故事的差異了。他們會因為出現的人數不同，而使標記的數目與狀態各不相同。」父親喃喃低語。

「阿爾，尊夫人真聰明。」阿本大聲說，化解緊張的氣氛，「你願意以多少錢出售？」

「可惜，我還需要她幫我做事，不過如果你有興趣短租，我想我們可以討論……」傳出捶打身體的聲音，接著是父親低沉的苦笑聲。「你還有想到其他的標記嗎？」

「他們摸起來應該是冰冷的，不過這究竟是怎麼知道的，我就不清楚了。我聽說他們周遭的火燒不起來，但這種說法又和藍焰互相矛盾，可能……」

風勢轉強，吹著樹木，樹葉的沙沙聲蓋過了阿本的聲音，我趁那聲音又溜近他們一些。

「……『受影子羈絆』，無論那意味著什麼。」我聽到這些字眼。

阿本咕噥著說：「這我也說不上來。我聽過一種講法是說，因為他們的影子投射的方向不對，是朝光線的方向。另一種說法是，其中一位人稱『束影者』，叫做『束影者某某』之類的。可惡，要是我能想起那名字就好了……」

「說到名字，那是另一個我有疑問的地方。」父親說，「我收集了二十幾個名字，希望你能指點一下，最……」

「阿爾，其實……」阿本打岔，「你不要講出他們的名字比較好，我是說人名，你可以寫在泥土上，或是我去拿一塊石板來。你不說出來，我會比較放心一點。就像俗話說的，寧求穩當，以免遺憾。」

出現一陣明顯的沉默，我偷偷移動到一半，一隻腳離地不敢放下，以免他們聽到我。

「你們兩位別這樣看我。」阿本暴躁地說。

「阿本，我們只是覺得很意外而已。」母親溫和地說，「你看起來不像會迷信的那種人。」

「我不迷信。」阿本說，「我是小心，那是不同的。」

「當然。」父親說，「我從來不會……」

「阿爾，這話還是留著對付錢的客人說吧。」阿本打斷他的話，語氣中流露出明顯的惱怒。「你是個好演員，所以沒展現出來。不過我很清楚有些人覺得我瘋瘋癲癲的。」

「阿本，我只是沒料到而已。」父親語帶歉意地說，「你是受過教育的人，我很受不了每次我提到祁德林人，就有人連忙去摸鐵或倒掉啤酒。我只不過是在重組故事，又不是去招惹黑暗魔法。」

「嗯，請聽我把話說完。我很喜歡你們兩位，不希望被你們當成老糊塗看待。」阿本說，「此外，稍後我想跟你們談某件事情，我需要你們正視我說的那件事。」

風勢持續增強，我利用那風吹起的雜音，掩蓋我最後移近的腳步聲，我貼近爸媽車子的角落，從樹葉後方隱約地窺探。他們三人圍坐在營火邊，阿本坐在樹樁上，縮在他破舊的棕色斗篷裡。爸媽坐在他對面，母親依著父親，兩人一起披著一大件毯子。

阿本拿起陶壺加滿皮革杯，把杯子交給母親。他說話時呼出白色霧氣，「艾圖人對惡魔有什麼看法？」他問。

「恐懼。」父親輕拍著太陽穴，「宗教潛移默化了他們的思想。」

「維塔斯的人又怎麼想呢？」阿本問，「他們有不少人是泰倫教徒，他們也這麼想嗎？」

母親搖頭，「他們覺得有點可笑，他們覺得惡魔只是一種象徵性的比喻。」

「那麼維塔斯人晚上怕什麼？」

「妖精。」母親說

父親則是同時說出：「卓格。」

「你們說得都對，端看你們是在哪個國家說的而定。」阿本說，「在聯邦這裡，大家則是覺得這兩種想法都很可笑。」他比著周圍的樹木說，「不過這裡一到秋季，他們就變得格外小心，以免引起踹步人的注意。」

「世界本來就是這樣運作的。」父親說，「優秀的表演者理當了解觀眾的好惡，投其所好。」

「你還是覺得我腦袋不太正常。」阿本打趣地問道，「聽著，如果明天我們抵達畢仁，有人告訴你林中有蹣步人，你相信他們嗎？」父親搖頭，「如果有兩個人對你這麼說呢？」他還是搖頭。

阿本把身體前傾，「如果有十二個人都一本正經地告訴你，野外有蹣步人，會吃……」

「我當然不會相信他們。」父親語帶惱怒，「那太可笑了。」

「那當然。」阿本附和，他舉起一隻手指，「但真正的問題在於：你會走進樹林嗎？」

父親坐著不動，想了一會兒。

阿本點頭，「即使你不相信全鎮半數居民所說的，但若你不顧他們的警告，你就是傻瓜。如果你不怕蹣步人，你怕什麼？」

「熊。」

「盜匪。」

「對劇團的人來說，那是很理智的恐懼。」阿本說，「怕鎮民不認同你們。每個地方都有一些迷信的思想，每個人也都會覺得別處的迷信很可笑。」他嚴肅地看著他們，「但你們聽過有關祁德林人的打油詩或詼諧故事嗎？我敢打賭你們沒聽過。」

母親想了一會兒後搖頭，父親喝了一大口飲料後才跟著搖頭。

「我的意思不是說祁德林人就在某處，會像晴天霹靂那樣出現，但每個地方的人都怕他們，那通常是有理由的。」

阿本咧嘴而笑，傾倒他的陶杯，把最後一點啤酒倒在地上。「而且名字是很奇怪的東西，危險的東西。」他用銳利的眼神看著他們，「我知道這點是真的，因為我受過教育，即使我也有點迷信……」他聳聳肩，「那是我的選擇，我老了，你們得遷就我一下。」

父親沉思地點頭，「奇怪，我從來沒注意到大家對祁德林人的看法一致，我早該看出這點才是。」他搖頭，彷彿是要讓腦袋清醒。「我想，我們可以稍後再談名字，你剛說你想跟我們談什麼？」

我原本準備在被逮到之前溜走的，但阿本接下來說的話，讓我在移步前就愣住了。

「你們身為父母，可能比較難看得出來，不過你們家的小克沃思滿聰慧的。」阿本重新倒滿杯子，拿陶壺給父親，但他婉拒了。「事實上，用『聰慧』還不足以形容。」

母親捧著杯子，望著阿本，「阿本，跟那孩子相處一點時間的人都可以看得出來。我不知道為什麼有人會特別提起這點，尤其是你。」

「我覺得你還不了解這個狀況。」阿本說，他伸長腿，幾乎都快伸進火堆裡了，「他學魯特琴多快？」

父親似乎對突然換了話題有點訝異，「很快，怎麼了？」

「他那時幾歲？」

父親若有所思地拉了一會兒鬍子。在沉靜之中，母親的聲音就像長笛一般，她說：「八歲。」

「回想一下你學琴的時候，你還記得那時你幾歲嗎？還記得當時碰到的困難嗎？」父親持續拉著鬍子，但看上去陷入了沉思，眼神落在遙遠的某處。

阿本繼續說：「我肯定他學每個和弦與指法時，都是別人示範一次，他一看就會，從不疑惑，也沒抱怨過。當他真的犯錯時，絕不會有第二次，對吧？」

父親看起來似乎有點煩躁不安，「通常是這樣沒錯，但他的確碰過困難，就像其他人一樣，E和弦，他在升降E和弦方面吃了不少苦頭。」

母親溫和地打岔，「親愛的，我也記得，不過我覺得那是因為他的手小，那時他還很小……」

「我肯定，那一定沒有拖住他太久。」阿本平靜地說，「他的手靈巧極了，我母親可能會說那是魔法師的手指。」

父親微笑，「那是遺傳自他母親，手指纖細但有力，正適合刷洗鍋罐，女人對吧？」

母親拍他，然後抓起他的一隻手，張開讓阿本看。「他是遺傳自他父親，優雅、溫和的手，正適合引誘年輕貴族的女兒。」父親開始掙脫，但她不理他，「當他開始獵豔時，憑著他的眼睛和這雙手，這世上沒有女人躲得過他。」

「親愛的，是追求。」父親溫和地更正。

她聳聳肩，「語義上都是追逐，等比賽結束時，我想我比較可憐那些逃掉的貞潔烈女。」她又依靠回父親的身上，把他的手放在她的大腿上。她稍微側著頭，他回應了暗示，靠過去親了一下她的嘴角。

「阿門。」阿本說，舉杯致敬。

父親用一隻手摟著母親，緊緊抱了她一下，「阿本，我還是不太明白你想講的重點是什麼。」

「他學每件事都那樣飛快，幾乎都不會出錯。我敢說你唱給他聽過的歌，他每一首都記得，他比我更清楚我車上有什麼東西。」

他拿起陶壺，拔起塞子，「不光是記憶而已，他是理解，我原本打算教他的東西，有一半他都自己融會貫通了。」

阿本幫母親斟滿杯子，「他才十一歲，你見過他這個年紀的孩子講話像他一樣嗎？這有很大一部分是因為生活在這個啟蒙的環境裡。」阿本指著馬車，「不過在多數十一歲小孩的心底，他們想的多半是打水漂、如何抓住貓尾巴要牠旋轉這類的事情。」

母親笑聲如鈴，但阿本的表情一臉正經，「夫人，這是真的。我教過年紀較長的學生，他們能有他一半的資質就謝天謝地了。」他咧嘴而笑，「如果我有他的手，還有他四分之一的機智，我不用一年就發達了。」

一陣靜默之後，母親溫和地說：「我記得他還很小、學著走路的時候，總是在觀察，眼睛骨碌碌地閃閃發亮，看起來好像想把世界盡收眼底一樣。」她的聲音些微抖動，父親伸手過去摟著她，她把頭靠在他的胸膛上。

接著是一段更久的無言，我正要溜走時，父親開口了，「你建議我們怎麼做？」他的語氣混合了些許的關切與人父的驕傲。

阿本溫和地笑，「沒什麼，就只是希望你在時機成熟前，先思考一下你能提供他什麼選擇。他會留名於世，成為數一數二的佼佼者。」

「哪方面的佼佼者？」父親低語。

「任他選擇，他如果留在這裡，我相信他會是下一個伊利恩。」

父親微笑，伊利恩是劇團的偶像，那是史上唯一真正知名的艾迪瑪盧人，我們最古老、最棒的歌曲都是出自他之手。

而且，如果你相信那些故事，伊利恩還改造了魯特琴，他是魯特琴大師，把易碎又笨重的古老宮廷式魯特琴，轉變成如今我們劇團用的七弦魯特琴，有些故事還宣稱伊利恩的魯特琴有八弦。

「伊利恩，我喜歡那個想法。」母親說，「君王遠自千里而來，聽我的小克沃思彈奏。」

「他的音樂可以終止酒吧鬥毆與疆界戰爭。」阿本微笑。

父親興致勃勃地說，「他腿上的狂野女人對他袒胸露背。」

大家楞了半晌，後來母親語帶諷刺緩緩地說，「我想你原本是要說『野獸對他俯首稱臣』吧[3]。」

「是嗎？」

阿本清清喉嚨繼續說，「如果他決定成為祕術士，我相信他二十四歲時就會獲選為御用人選。如果他想經商，我相信他這輩子可以擁有大半個世界。」

父親的眉毛揪在一起，阿本微笑說，「別擔心最後一項，他的好奇心太強，不適合經商。」

阿本停了一下，彷彿在仔細思考接下來的措辭，「大學院會收他入學的。當然，他不用念太久。十七歲是最小的入學年齡，不過我相信……」

我沒聽進阿本後面說的話，大學院！我對大學院的憧憬，就像多數小孩對幻界的憧憬一樣。我幻想那是

---

3 此處故意玩弄文字遊戲，把上一句的乳房（breasts）解為野獸（beasts）。

一個跟小鎮一樣大的學校，有十萬冊藏書，裡面的人知道我所有問題的答案……

我又回神注意他們時，裡頭一片安靜。

父親看著依偎在他懷裡的母親，「女人，你覺得呢？妳是不是十二年前碰巧和某個迷路的神睡過？那或許可以解開我們難以理解的小疑惑。」

她開玩笑地拍他，臉上出現深思的表情，「我想起來了，有一晚，十二年前，有個男人走向我，用親吻和歌曲擄獲了我，他奪走我貞操，偷走了我的心。」她停了一下，「但他不是紅髮，所以不會是他。」

她壞心眼地看著有點尷尬的父親，然後吻了他，他也回吻了。

那是如今我喜歡回憶他們的方式。當時我滿腦子想著大學院，溜離了現場。

13 插曲——血肉之軀

道石旅店裡一片寧靜，籠罩著房內桌邊僅有的兩個人。克沃思停止敘述，看起來像是低頭凝視著交叉的手，但實際上他的眼神飄忽疏離。當他終於抬起頭，看到編史家坐在對面，筆懸在墨台上時，他似乎還很驚訝。

克沃思回神吐出一口氣，示意編史家擱筆。編史家順從地先用乾淨的布擦拭筆尖，再把筆擱下。

「我需要喝一杯。」克沃思突然說，彷彿自己也很驚訝。「最近我不太說故事，覺得喉嚨異常乾燥。」他俐落地起身，開始繞過一堆空桌，往空蕩的吧台走去。「你想喝點什麼，我幾乎什麼都有，黑麥啤酒、白酒、香料蘋果汁、熱巧克力、咖啡……」

編史家揚起眉毛，「如果你有熱巧克力，來一杯不錯，沒想到這麼偏僻之處還有這種東西……」他客氣地清清喉嚨，「嗯，我是指這麼罕見的東西。」

「道石旅店裡什麼都有。」他隨手一比空蕩的屋子，「就是沒有客人。」他從吧台底下取出陶壺，放在吧台上，發出空洞的聲音。他嘆了一口氣後，大喊：「巴斯特！幫我拿點蘋果汁過來好嗎？」

通往房間後面的門口傳來含糊的回應聲。

「巴斯特。」克沃思責罵，似乎音量太小，對方沒有聽到。

「自己下來拿，你這懶蟲！」聲音從地下室吼來，「我正在忙。」

「你雇用的助手嗎？」編史家問。

克沃思把手肘倚在吧台上，自顧自微笑。

過了一會兒，門口傳來硬底靴爬上木梯的回聲，巴斯特走進廳裡，喃喃低語。

他打扮簡單，黑色長袖上衣紮進黑褲子裡，黑褲子紮進黑色軟皮靴裡。五官立體細緻，可說是漂亮，有雙湛藍的眼睛。

他拿著一壺東西走向吧台，走起路來有著一種奇怪但不會使人不快的優雅。「一位客人？」他埋怨道，「你就不能自己拿嗎？害我不得不擱下《瑟穹酊闋》，你近一個月來一直嘮叨我念那本書。」

「巴斯特，你知道大學院怎麼處置那些偷聽老師對話的學生嗎？」克沃思意有所指地說。

巴斯特把一隻手放在胸前，開始聲明自己是無辜的。

「巴斯特……」克沃思嚴肅地看著他。

巴斯特閉上嘴，表情看起來好像正想要做些解釋，但後來肩膀一垂：「你是怎麼知道的？」

克沃思噗哧一笑：「你逃避那本書已經很久了，你要不是突然變成非常認真的學生，就是在做什麼不良的勾當。」

「大學院怎麼處置偷聽的學生？」巴斯特好奇地問。

「我完全不知道，我從來沒被逮過。我想，要求你坐下來聽完我的故事，應該就是足夠的懲罰了。但我自己卻忘了，」克沃思指著交誼廳的方向說，「我們忽略了客人。」

編史家看起來一點都不覺得無聊，巴斯特一進大廳，編史家就好奇地看著他，隨著他們主僕倆的對話進行，編史家的表情更是愈來愈疑惑與專注。

平心而論，我們是該提一下巴斯特。他給人的第一眼感覺，是個滿有魅力的年輕人，但他有些地方不太一樣。例如他穿黑色軟皮靴，至少那是你正眼看到他的樣子，但如果他站在某個光影下，你碰巧從眼角餘光瞥見他，你會看到全然不同的東西。

如果你有能力明辨雙眼真正看到的東西，你可能會注意到他的眼睛有點怪。如果你的大腦具有罕見的能力，不受個人預期所蒙騙，你會注意到那雙眼睛格外不同，相當奇妙。

也因此，編史家一直凝視著克沃思這位年輕的徒弟，試圖判斷他究竟哪裡不同。他們師徒講完話時，編史家凝視的眼神已經不只是專心、可說是近乎無禮地盯著。巴斯特從吧台一轉過身，編史家的眼睛明顯瞪大，原本已經蒼白的臉，頓時又失去一些血色。

編史家把手伸進上衣裡，拉下脖子附近的某樣東西，把它放在他和巴斯特之間伸手可及的桌上。這一切動作在半秒內完成，但他的眼睛都沒移開吧台邊的深髮青年。編史家用兩隻手指把幣型金屬穩穩地放在桌上時，他的表情平靜。

「鐵。」他說，聲音聽來有種奇怪的回音，彷彿是下達命令，要人服從。

巴斯特彷彿肚子被打了一拳，彎下腰，齜著牙，發出介於咆哮與尖叫的聲音。他以忽快忽慢的不自然速度移動著身子，縮起一隻手放在頭的側邊，繃緊身子，像是要跳起來一樣。

這一切都發生在他發出驚叫的時候，但克沃思用修長的手抓住了巴斯特的手腕，巴斯特沒注意到，也或許是不在乎，逕自往編史家的方向一撲，卻就這樣被扯住，彷彿克沃思的手是牽制他的枷鎖一樣。巴斯特激烈掙扎，想掙脫克沃思的手，但克沃思就站在吧台後方，伸長著手臂，像鋼鐵或石頭般動也不動。

「停住！」克沃思的聲音就像律令般撼動了空氣，一切靜默了下來，他厲聲道：「我不准我的朋友互鬥，在沒有爭鬥下，我所失去的就已經夠多了。」他的眼睛看著編史家，「把你下的縛咒解開，否則我自己來破解。」

編史家心頭一震，他的嘴巴無聲地動了一下，從放在桌上的那片幣狀金屬縮回微微顫抖的手。

巴斯特瞬間鬆開緊繃的身子，有好一會兒他就像碎布娃娃般，無力地癱掛在克沃思的手腕下。巴斯特虛弱地站起來，靠在吧台上。克沃思仔細端詳他好一會兒以後，才放開他的手肘。

巴斯特癱坐到凳子上，目光一直沒離開過編史家，他小心翼翼地移動，像身上有敏感傷口的人一樣。巴斯特的樣子也變了，那雙看著編史家的眼睛雖然還是湛藍色的，但現在看起來全是一個顏色，就像寶石或森林深處的池塘一樣，他的軟皮靴也變成優雅的腳蹄。

克沃思以老大姿態示意編史家向前，然後轉身隨手抓了兩個厚玻璃杯與一支瓶子，他放下杯子，巴斯特與編史家則是不安地看著彼此。

「聽好，」克沃思生氣地說：「我可以理解你們的行徑，但這不表示你們任一方做的事就是對的，所以我們乾脆整個重來一次。」

他深深吸了一口氣，「巴斯特，我跟你介紹一下，這位是德凡・洛奇斯，又叫編史家。人人都說他是優秀的敘事者、記憶者、故事記錄者。若我沒記錯，他也是奧祕所的傑出校友，至少是詮士[4]，也是全世界知道鐵之名的四十人之一。」

「不過，」克沃思繼續說，「儘管有這些讚譽，他似乎有點不知世事，從他對有幸第一次目睹的人物展開近乎自殺式的攻擊，即可見一斑。」

編史家在介紹過程中，一直毫無反應地站著，他端詳著巴斯特，彷彿他是一條蛇。

「編史家，我跟你介紹一下巴斯塔斯，瑞蒙之子，暮光與泰維斯・魅爾的王子，是我教到最聰明的學生，也可以說是我不幸教過唯一的學生。他是幻魅師、酒吧侍者，更是我的朋友。」

「他在過去一百五十年的歲月裡，更別說是我個別指導他的近兩年裡，迴避學習一些重要的知識，第一件就是：攻擊有能力施展鐵之縛的奧祕所校友，乃是愚蠢之舉。」

「是他攻擊我！」巴斯特抗議。

克沃思冷靜地看著他，「我並沒有說那是不當的，我說那是愚蠢的。」

「我原本可以贏的。」

「很可能，但你也可能會受傷，他也可能受傷或死亡。你還記得我介紹過他是我的客人嗎？」

巴斯特沉默不語，仍是一臉敵意。

「好了。」克沃思輕快地說，「我已經介紹你們認識彼此了。」

「幸會。」巴斯特冷冷地說。

---

4 大學院裡級數之一，最低的是穎士（E'lir），接著是詮士（Re'lar）和菁士（El'the），最高是祕術士。

「幸會。」編史家回禮。

「你們兩個沒理由不結為朋友。」克沃思語帶諷刺地說，「那不是朋友互相問候的方式。」巴斯特與編史家動也不動地瞪著彼此。

克沃思音量漸小，「如果你們不停止這樣愚蠢的舉動，現在兩位都可以走了。你們其中一位會帶著一丁點故事離去，另一位可以去找個新老師。我唯一不能容忍的事，就是任性的愚蠢。」

克沃思的音量突然變小，讓他倆不再相互瞪眼了。當他們轉頭看他時，吧台邊彷彿站了一位全然不同的人。原本開心的旅店老闆不見了，換成一位凶惡的人。

他好年輕！編史家心中驚嘆，看起來應該不滿二十五歲。我之前怎麼沒看出來？他可以像折斷點火棒那樣輕易地降服我，我怎麼會誤以為他是旅店老闆，即使只是那麼一瞬間？

接著他看到克沃思的眼睛，那雙眼睛已經變成深綠色，深到近似黑色。*我就是來看這個人的，*編史家心想，*這個人就是為君王提出建言，靠智慧踏上古道的人。這就是在大學院裡同時遭到讚許與詛咒的人。*

克沃思先後盯著編史家與巴斯特看，他們都無法正眼看他太久。一陣尷尬後，巴斯特伸出手，編史家只遲疑了一下，就像把手伸深入火裡一般，迅速伸手出去。

結果什麼事也沒發生，兩人似乎都有點意外。

「很驚訝吧？」克沃思諷刺地說，「握起來有血有肉，幾乎可以相信那是某個人的手。」

兩人臉上露出罪惡感，他們放開彼此的手。

克沃思把綠色瓶子裡的東西倒入杯裡，這個簡單的動作讓他為之一變，他又逐漸變回原本的樣子，剛剛那個站在吧台後的綠眼人幾乎已不見蹤影。編史家看著旅店老闆一手拿著抹布，內心感到一陣失落。

「好了。」克沃思把杯子推向他們，「拿著這些飲料，坐到那張桌子邊，聊一聊。等一下我回來時，我不想看到你們其中一個人死了，或是房子起火了，可以嗎？」

編史家拿起杯子往桌子移動時，巴斯特露出尷尬的笑容，他尾隨著編史家，快坐下來時，又回吧台拿剛剛的瓶子。

「不要喝太多。」克沃思踏入後面的房間時警告他們，「我不希望你們聽故事時帶著醉意咯咯笑。」

克沃思進入廚房時，桌邊的兩人開始有一搭沒一搭地緊張交談。幾分鐘後，克沃思拿了乳酪、一條黑麵包、冷雞肉、臘腸、奶油與蜂蜜出來。

克沃思端出大淺盤，像旅店老闆那樣忙著張羅食物，他們移到比較大的桌子就坐。編史家偷偷地觀察克沃思，很難相信這個哼著歌、切著臘腸的人，和幾分鐘前在吧台後方的可怕綠眼人是同一位。

編史家收著紙筆時，克沃思看著窗外太陽的角度，露出沉思的表情。最後他轉頭對巴斯特說：「你剛剛聽到多少故事？」

「瑞希，幾乎都聽到了。」巴斯特微笑，「我的耳朵很靈。」

「很好，那我們就不必回頭重說了。」他深深吸了一口氣。「我們繼續說故事吧，你們做好心理準備，故事要開始轉折了，變得更深，更暗，如山雨欲來一般。」

14 風之名

冬天是劇團巡迴表演的淡季，阿本善用這段時間，終於開始認真教我共感術。不過，就像一般常見的情況，尤其是對小孩子來說，期待本身總是比實際體驗更令人興奮。

我實在不該說我對共感術失望才對，但是坦白講，我是很失望，我預期的魔法不是那樣。共感術很有用，那是無庸置疑的。阿本運用共感術為我們的節目製作燈光，共感術可以在不用打火石下生火，或不用麻煩的繩索與滑輪就能舉起重物。

但是我第一次見到阿本時，他不知怎的呼喚了風。那不單是共感術而已，而是故事裡的魔法，那是我最想知道的祕密。

春雪融化已過好一陣子了，劇團行車穿越森林與聯邦西部的土地。我也和往常一樣，搭著阿本的貨車，坐在貨車的前方。夏天感覺就要來臨了，萬物蓬勃，綠意盎然。

我們安靜地走了約一小時的路，阿本一邊打著瞌睡，手上鬆握著韁繩，這時貨車撞上石頭，把我們兩個從白日夢中搖醒。

阿本坐直身體，用他一貫「來解個謎題吧」的口吻對我說：「如何燒開一壺水？」

我環顧周邊，看到路邊有個大圓石，我指著說，「那個石頭在太陽底下曬，應該是熱的。我會把它和壺中的水縛在一起，用石頭的溫度把水燒開。」

「用石頭就水不是很有效率。」阿本訓我，「只有十五分之一的機率能把水加熱。」

「但行得通。」

「我承認，不過那方法很馬虎，你可以做得更好，穎兒。」

接著他開始對阿法與貝塔吼叫，這顯示他真的心情不錯。雖然我覺得他指責驢子的事，連驢子也不願去做，尤其是特別乖的貝塔，不過兩隻驢被他這樣亂罵，倒也像平常一樣平靜。

吼到一半，他停下來問道：「你如何抓下那隻鳥？」他指著在路邊麥田上方飛翔的老鷹。

「我可能沒辦法，牠又沒對我怎樣。」

「假設的情況。」

「我是說，假設的情況下，我不會做。」

阿本咯咯笑，「穎兒，我懂了。精確地說，你不會怎麼做？請詳細說明。」

「我會請泰倫把牠射下來。」

他若有所思地點頭，「好，好。不過，這是你和鳥之間的事情。那隻老鷹，」他憤恨不平地指著說，「說了對你母親不敬的話。」

「啊，那麼我的正義感就會要求我為母親辯駁。」

「沒錯。」

「我有一根羽毛嗎？」

「沒有。」

「泰倫抓住……」我看到他否定的神情，就把後面的話吞下去了，「你每次都出這種難題。」

「這是我從一位聰明的學生那兒學來的討厭習慣，他總是想太多。」他微笑，「如果你有一根羽毛，你會怎麼做？」

「我會把羽毛和鳥縛在一起，塗上肥皂水。」

阿本皺起禿眉，「怎麼樣的縛法？」

「化學，可能是二次催化。」

他停下來深思，「二次催化……」他搔搔下巴，「分解讓羽毛平滑的油脂嗎？」

我點頭。

他抬頭看老鷹，「這點我倒是沒想過。」他語帶佩服地說，我把那當成一種稱許。

「不過，」他回頭看我，「你沒有羽毛，你要怎麼把老鷹抓下來？」

我想了幾分鐘，但想不出什麼東西。我決定試著把這個問題轉變成不同的課程。

我隨口說：「我會呼叫風，讓風把鳥吹下來。」

阿本精明地看著我，他完全知道我在想什麼，「穎兒，你要怎麼做到呢？」

我感覺他可能終於準備好告訴我冬天以來一直對我保守的祕密了，同時我也想到一個點子。

我深深吸了一口氣，說出把我肺中的空氣和外頭空氣縛在一起的字眼。我把珥拉穩穩地固定在腦中，把拇指與食指放在我噘起的唇上，從中間吹氣。

我的背後輕吹起一陣風，吹亂了我的頭髮，使貨車車頂的防水布鼓脹了一會兒。那可能只是湊巧，不過我可以感覺到我的臉上洋溢著雀躍的笑容，我對著阿本得意地笑了一下，阿本一臉不敢置信。

接著我覺得有東西擠壓我的胸膛，好像潛入深水裡一樣。

我試著吸一口氣，卻做不到。我有點疑惑，一直嘗試。那感覺就像我剛剛直挺挺地倒下，把所有空氣都從肺部排出體外。

在慌忙中，我很快就明白我做了什麼。我全身冒冷汗，瘋狂地抓阿本的上衣，指著我的胸膛、脖子，還有張開的嘴巴。

阿本看著我，臉色從震驚轉成蒼白。

我發現一切靜止得可怕，一片草都沒動，連車子的聲音都減弱了，彷彿在遠方。

我腦中充滿恐懼，壓過了一切的想法，我開始抓住喉嚨，扯開我的上衣，耳朵裡充滿心跳的噗通聲。我開口想吸入空氣時，緊繃的胸腔卻傳來陣陣的刺痛。

阿本以我從沒見過的速度，連忙從扯爛的衣服抓住我，從車子的座位上彈起，跳到路邊的草地上，把我拋向地面。那力道之大，如果我肺中還有空氣，應該全都摔出來了。

我盲目地扭動身子，淚流滿面，我知道我快死了，覺得眼睛又熱又紅，我瘋狂地用冰冷麻痺的手抓地。

我聽到有人大喊，但感覺很遙遠，阿本蹲在我旁邊，但他身後的天空愈來愈暗。他看起來幾乎是心不在焉，彷彿在聆聽我聽不到的東西。

然後他看著我，我只記得他的眼睛，那眼神看來疏離，充滿可怕的力量，冷淡而不帶感情。

他看著我，張開嘴，呼喚風。

這時劃過一道閃電，我的身體一顫，那閃光是黑色的。

接著我只記得阿本扶我站起來，我隱約知道其他車子也停下來了，有些人好奇地盯著我們。母親下了車，阿本走上前，笑著說些話，要她放心。我聽不清楚他講了什麼，因為我專注地深呼吸，吸氣吐氣。

其他車輛繼續前進，我默默地尾隨阿本回他的貨車。他故意在車邊走來走去，檢查綁著防水布的繩索有沒有拉緊。我鎮定下來，盡力幫忙，等著劇團最後一台車輛駛過。

我抬頭，看到阿本的眼神充滿怒意，「你剛剛在想什麼？」他厲聲道，「嗯？是什麼？你究竟在想什麼？」我從來沒看過他那樣，他整個身子因為憤怒而揪成一團，氣得顫抖。他抬起手臂要打我……卻又停住了。過了一會兒，他把手放了下來。

他有條不紊地檢查最後幾條繩索後，便爬上車。我不知該做什麼，也跟著他上車。

阿本抽動韁繩，阿法與貝塔開始拉動車子，現在我們是車隊中的最後一台。阿本眼睛往前直視，我摸著前方扯裂的上衣，氣氛沉靜而緊繃。

事後回想起來，我發現自己做的事愚蠢極了。當我把呼吸和外面的空氣縛在一起時，我就沒辦法呼吸了。我的肺沒有強大到足以移動那麼多的氣體，我可能要有像鐵匠風箱那樣的肺才夠，那和想要喝下一整條河或搬移山脈的妄想沒什麼兩樣。

我們在這樣尷尬的氣氛中默默地走了兩小時，直到正午，阿本才終於深深吸了一口氣，大嘆一聲，把韁繩交給我。

我轉頭看他時，第一次發現他有多老。我一直知道他快六十歲了，但從來沒看過他露出這樣的老態。

「克沃思，我剛剛跟你母親撒了謊，她看到最後發生的情況，很擔心你。」他一邊說，目光還是一直看著我們前方的車子，「我告訴她，我們是為了表演，在練習一樣東西。她是個好女人，我實在不該對她說謊的。」

我們就這樣沉默不語，一路痛苦地走下去，不過離天黑還有幾個小時的時候，我聽到前方有人喊：「灰石！」我們的車駛進草地時，車身顛簸，也把阿本從沉思中搖醒了。

他環顧四周，看到太陽仍高掛天際，「我們為什麼那麼早就停下來休息？有樹倒在路上嗎？」

「灰石。」我指著前方車子頂端隱約可見的石板。

「什麼？」

「我們偶爾會在路邊看到這類石板。」我再次指著路邊小樹頂端隱約可見的石板。那石板像多數的灰石一樣，大致切成長方形，高約有十二呎。石板周圍停放的車子和絫實聳立的石板一比，顯得微不足道。「它們也叫作『立石』，但我看過很多都不是直立的，而是平放著。我們每次看到這種石頭，除非是在趕路，否則都會停下來一天。」

「我聽過其他的稱法，叫『道石』。」阿本平靜地說，他看起來又老又累。過了一會兒，他問我：「為什麼看到這種石頭，你們就會停下來一天？」

「我們一直以來都是這樣，就順便停下來休息。」我想了一下，「我想，那些石頭應該是有好運的意思。」我希望我有更多的訊息可以繼續聊下去，阿本似乎對這話題產生了興趣，但我想不出來我還能說些什麼。

「我想應該是那樣沒錯。」阿本引導阿法與貝塔到遠離石頭的某個點，遠離其他的車輛。「吃完飯後回來，或者晚一點過來，我們需要談談。」他轉身不看我，開始把阿法從車子鬆開。

我從來沒看過阿本的情緒那麼低落，我擔心我破壞了我們之間的感情，轉身跑向爸媽的車子。

我看到母親坐在剛升起的火前，慢慢加樹枝把火生大。父親就坐在她旁邊，按摩著她的脖子與肩膀。他們聽到我跑步接近的聲音，都抬起頭來。

「今晚我可以和阿本一起用餐嗎？」

母親抬頭看著父親，然後又看向我，「親愛的，你不該去麻煩人家的。」

「是他邀我的。如果我現在去，可以幫他生今晚用的火。」

母親扭動肩膀，父親又開始按摩了起來。她微笑對我說：「好吧，但不要纏著他到凌晨。親我一下。」她伸出手臂，我上前抱著她，親了她一下。

父親也親了我一下，「把上衣脫下來給我，你媽煮晚餐時，我就有點事做了。」他幫我脫掉上衣，摸著扯裂的布邊，「這衣服也裂得太誇張了。」

我結結巴巴地解釋，但他揮手要我別說了。「我知道，我知道，都是為了練得更好。下次小心一點，不然我就叫你自己縫了。你的箱子裡有件新的衣服，去拿來穿吧，順便幫我拿針線過來。」

我衝到車子後面，穿上新衣。我翻找針線的時候，聽到母親唱著：

傍晚夕陽西下時，
我從高處留意你的身子，
你返家時間已過多時，
但我的愛意恆常不止。

父親對唱：

傍晚日光漸暗時，
我終於踏上歸途，
風吹過柳稍嘆息，
請別讓爐火滅熄。

我從車子裡鑽出來時，母親整個身子後仰，父親摟著她的腰，吻著她。我把針線放在我上衣的旁邊，等候著。那看起來是個深情的吻，我認真地看著，隱約知道未來我可能也會想要親吻女子。有機會的話，我想好好地吻一下。

過了一會兒，父親注意到我，他把母親拉直站好，「窺探大師，看戲要收半分錢。」他笑著說。「孩子，你還在這裡做什麼？我跟你賭那半分錢，你一定是想問什麼問題吧？」

「我們碰到灰石時，為什麼要停下來？」

「孩子，這是傳統。」他煞有其事地張開手臂說，「還有迷信，反正傳統和迷信是同一回事。我們是為了求好運而停下來的。再者，大家也喜歡這種意外的假期。」他停頓了一下，「我曾經知道一些關於灰石的詩句，那詩是怎麼說的……？」

古道邊之立石，
猶如夢中引石，
引你入幻界瑤池，

如山丘或溪谷鋪石，
灰石引你往……什麼『爾』。

父親停了一兩秒，望向空地，抿著嘴唇。最後他終於搖頭說：「我想不起來最後一句是什麼了，我真討厭詩句，這種沒搭配音樂的字句，怎麼有人記得住？」他口中無聲地唸唸有詞，額頭因為專心而擠出一條條的皺紋。

「什麼是引石？」我問。

「那是洛登石的古稱。」母親解釋，「它們是流星裡蘊藏的鐵，會把其他的鐵都吸過來，幾年前我在珍寶館裡看過一次。」她抬頭看著父親，父親依舊口中喃喃自語，「我們在派勒瑞森看過，對吧？」

「嗯？啥？」那問題將他從沉思中喚醒，「對，派勒瑞森。」他又抿著嘴唇，皺眉，「孩子，忘記其他事情時，千萬要記得，詩人是不會唱歌的音樂家。文字得要先進入大腦，才能感動人心，有些人的大腦又特別小，不好找。但是聆聽音樂的人不管腦子多小或多固執，音樂都可以感動人心。」

母親發出有點不淑女的哼聲，「菁英主義者。你不過是年紀大了。」她誇張地嘆一口氣，「真是可悲，下一個消失的就是記憶力了。」

父親裝出生氣的姿態，但母親不理他，她對我說：「讓劇團看到灰石就停在一旁的唯一傳統是懶惰。那首詩應該是這樣念的：

不論何季上路，
我都在找理由停步，
洛登也行，鋪石也好，
都能停步歇腳。

父親走到她身後，眼裡閃著一絲微光。「我老了？」他用低沉的口音問，又開始幫她按摩肩膀，「女人，我要證明妳錯了。」

母親挖苦說：「老爺，就讓我看看你怎麼證明吧。」

我決定讓他們自己去討論，自個兒蹦蹦跳跳地往阿本的車子走，我聽到父親在後面喊著：「明天午餐後練音階好嗎？還有《廷柏頓》的第二幕？」

「好。」我跑了起來。

我回到阿本的車子時，他已經解開阿法與貝塔，正幫牠們徹底梳洗。我開始生火，在堆成塔狀的樹枝與樹幹堆邊圍上乾樹葉，我生好火後，轉身看阿本坐的地方。

我們又陷入沉默，阿本說話時，我幾乎可以看出他在謹慎選擇措辭：「你對你父親的新歌了解多少？」

「關於藍瑞的歌嗎？」我問，「不是很了解，你也知道他的習慣，他要等完成後才讓人聽，連我都不能先聽。」

「我不是說那首歌本身。」阿本說，「而是那首歌背後的故事，藍瑞的故事。」

我想了一下去年父親蒐集的幾十個故事，試著理出一點頭緒。「藍瑞是一個王子。」我說，「或是一個國王，一個重要的人物，他想比世界上任何人都強大，所以他出賣靈魂換取力量，但後來出了點問題，我想，後來他瘋了，或是再也睡不著，或……」我看到阿本搖頭時，停了下來。

「他沒出賣靈魂。」阿本說，「那是胡扯。」他深深嘆了一口氣，感覺整個人都消沉了。「我完全做錯了，先別管你父親的歌了，我們等他完成後再談吧。了解藍瑞的故事，或許可以讓你懂一些東西。」

阿本深深吸了一口氣，換一種方式再試一次，「假設你有一個輕率的六歲小孩，他會造成多大的傷害？」

我停頓一下，不確定他要我給出什麼答案，直接了當地回答可能是上策，「不太多吧。」

「假設他二十歲，還是一樣輕率，他有多危險？」

我決定還是回他明顯的答案，「還是不多，不過比之前多。」

「要是你給他一把劍呢？」

我頓時明白他的用意了，我閉上眼說：「更多，多很多。阿本，我懂了，我真的懂了。有力量沒關係，愚蠢通常也是無害的，但力量加上愚蠢卻很危險。」

「我從來沒說『愚蠢』。」阿本糾正我，「你很聰明，這點我們都知道，但你可能思慮輕率，聰明但輕率是最可怕的。更糟的是，我還教你一些危險的東西。」

阿本看著我生的火，撿起一片葉子，口中唸唸有詞，看著樹枝與引火物中央冒出小小的火苗。他轉頭看著我說：「你做這麼簡單的事，都可能害死你自己。」他苦笑，「想找風之名也是如此。」

他開始說些別的事，然後停下來，用雙手揉著臉。他大大嘆了一口氣，讓他看起更洩氣了。他把手拿開時，露出一臉倦容，「你幾歲？」

「下個月滿十二歲。」

他搖頭，「這實在很容易讓人忘了，你的樣子一點也不像十二歲。」他用棍子撥動著火堆，「我十八歲開始上大學院，二十歲才跟你現在懂的一樣多。」他凝視著火堆，「克沃思，很抱歉，今晚我需要獨自靜一靜，我需要好好想一下。」

我靜靜點頭，走到他的車子，拿出三腳營火架、茶壺、水和茶葉，把那些東西拿回火堆旁，靜靜地放在阿本身邊。我轉身離去時，他仍凝視著火堆。

我知道爸媽並沒有預期我一下子就回去，我往森林裡走，我自己也需要好好想一想。我欠阿本一個反省，我希望我可以做更多的彌補。

整整過了一旬，阿本才又恢復他往常開懷的樣子。即使他恢復了往日模樣，我們之間的感覺還是變了。我們仍是很親近的朋友，但中間隔了點什麼，我可以意識到他刻意抽離。

課程進度則是幾乎停擺，他不再教我初階鍊金術，只讓我學化學。他拒絕教我任何符咒術，此外，他只教我一點點他覺得安全的共感術。

我對於課程的延緩感到生氣，但我按捺住心中的不滿，覺得我如果展現出可靠謹慎的樣子，他最終會放鬆立場，讓一切恢復往常的樣子。我們是一家人，我知道我們之間的任何疙瘩終究都會撫平的，只是需要時間而已。

我萬萬沒想到，我倆相處的時間竟然很快就結束了。

15 宴別

我們在哈洛斐停了好幾天，因為那裡有優秀的馬車師傅，我們的車子差不多都需要做點維修了。我們等候車子維修的時候，阿本遇上令他難以抗拒的對象。

她是一位相當富有又年輕的寡婦，在我幼小的眼光看來，她也很有魅力。他們對外的說辭是，她需要找人教她年幼的孩子。但是看過他倆走在一起的人都知道這套劇本背後的真相。

她前夫是釀酒師，兩年前不幸溺斃，她極盡所能地獨自經營釀造廠，但她其實不懂釀酒專業，沒辦法好好經營。

大家也都看得出來，沒人比她更適合擄獲阿本的心了。

後來劇團更動了計畫，在哈洛斐又多待了幾天。我十二歲的生日也快到了，我們決定一塊辦慶生會與阿本的送別會。

想了解那是什麼情況，你得先明白，沒有什麼比劇團的人相互賣弄技藝更精采的了。優秀的藝人會努力讓每次的表演都看起來很特別，但你得記得，他們為你做的每場表演，和他們為其他數百位觀眾演出的內容一模一樣。即使是最認真的劇團，偶爾也會有差強人意的演出，尤其是他們覺得馬虎也無妨的時候。小鎮、鄉下旅店等地方的人分不出表演的好壞，但同劇團的表演者則可一眼看出。

試想，你如何娛樂已經看過你表演上千次的人？你得拋棄老套，耍弄新招，抱最樂觀的希望。當然，大失敗與大成功都一樣有娛樂效果。

我記得當晚溫馨感人，也摻雜了一些感傷。大家盡情地演奏小提琴、魯特琴與打鼓，盡興地舞蹈與歡唱，我敢說我們歡樂的程度媲美你能想到的任何妖精狂歡派對。

我收到不少禮物，崔普送我一隻皮柄的腰刀，他說每個男孩都該有一件可以弄傷自己的東西。珊蒂送我一件她做的斗篷，到處都有小口袋，可放男孩的寶物。爸媽送我一把魯特琴，以光滑的黑木製成，美極了。我當然得現場演奏一曲，阿本陪著我唱。我因為還不熟悉那樂器的琴弦，滑了幾個音，阿本也走音了一兩次，不過那感覺很棒。

阿本開了一小桶他專為「如此良機」釀造多時的蜂蜜酒。我記得那酒嚐起來就像我當時的感受，甜中帶苦，鬱鬱難歡。

有好幾人合作寫了〈終極釀造家阿本之歌〉，父親嚴肅地吟唱，好像在唱莫代格王族的歌曲一樣，還用小豎琴自己伴奏，大家笑到肚子都疼了，阿本笑得比任何人都誇張。

當晚某個時候，母親拉著我轉大圈跳舞，她的笑聲就像風中流動的音樂一般，她的秀髮與裙子在我身邊旋動，她散發著那種母親獨有的氣息，令人安心。那氣息以及帶著笑意的飛快親吻，比所有娛樂加起來，更能撫慰我內心因阿本別離而感到的隱隱作痛。

珊蒂想為阿本跳一支特殊的舞蹈，但阿本必須進她的帳棚才能看到。我從沒看過阿本臉紅過，但他這次臉漲得通紅。他猶豫了一下，當他婉拒時，可以明顯看出他內心掙扎極了。珊蒂可愛地嘟嘴抗議，說她為此練習了很久。最後她拖著阿本進帳棚，他們進去時，整個劇團都歡呼叫好。

崔普與泰倫表演鬥劍，驚險萬分，泰倫說著戲劇的獨白，崔普則是一味搞笑（我敢說崔普一定是即興發揮的），他們對打的範圍遍及整個營區。在鬥劍的過程中，崔普還刻意弄斷了劍，躲進女人的衣裙裡，拿臘腸當劍揮，表演精采萬分的特技，他沒受重傷真是一大奇蹟。不過，他的褲底的確裂了。

戴克斯想做驚人的噴火表演，自己卻燒了起來，還得靠人把他弄熄，他只燒焦了鬍子和傷了點自尊而已。阿本為他送上一杯蜂蜜酒，提醒他「不是每個人都適合留眉毛」，這話又讓他迅速活躍了起來。

爸媽一起唱了〈賽維恩．崔立亞爵士之歌〉，這首歌就像多數名曲一樣，是伊利恩所寫的，一般認為這是他的顛峰之作。

那首歌很美，再加上我以前只聽過父親演奏過整首曲子幾次，這次聽來格外動人。這首歌相當複雜，父親可能是劇團中唯一能精采演奏這首曲子的人。他雖然沒有表現得很明顯，但我知道連他都覺得表演起來很吃力。母親用輕快柔和的聲音唱和聲，他們換氣時，似乎連火焰都變小了。我的心跟著曲調起伏，他們天衣無縫的和聲以及曲子的悲愴內容，讓我感動得熱淚盈眶。

沒錯，聽完那首歌我就哭了。那次之後，每次聽到那首歌，我都會哭，就連大聲說出那故事，都會讓我的眼眶湧上淚水。我覺得，聽那故事而不感動的人都欠缺人性。

爸媽唱完歌後，大家頓時靜了下來，每個人都擦著眼淚，擤著鼻子。過了一會兒等大家恢復情緒後，有人大喊：「藍瑞！藍瑞！」

其他人也跟著大喊：「沒錯，藍瑞！」

父親苦笑搖頭，他從來不在完成歌曲前先唱出部分。

「好啦，阿爾！」珊蒂大喊，「你已經醞釀夠久了，就先透露一點嘛。」

他再次搖頭，還是笑著，「還沒好。」他彎下身，小心把魯特琴放入琴箱中。

「讓我們稍微聽聽看嘛，阿爾。」這次是泰倫大喊。

「是啊，看在阿本的面子上。他聽你咕噥那首歌那麼久了，卻聽不到，這樣不太公平吧……」

「……也懷疑你在車子裡如果不是在創作，不知道跟你妻子在做什麼……」

「唱啦！」

「藍瑞！」

崔普很快就群集了整個劇團的人一起叫囂煽動，父親努力堅持了近一分鐘，終於彎下腰，再度從琴箱中取出魯特琴，大夥兒齊聲歡呼。

他一坐下，大家都馬上靜了下來。即使剛剛才彈過琴，他還是調了一兩條琴弦，伸直又彎曲一下手指，

試彈了幾個音。接著他開始奏起輕柔的歌曲，輕柔到我還沒意識到歌曲開始，就已經聽得入神。接著，父親隨著旋律的起伏高唱：

諸位入座側耳聽，
聽我唱個老故事，
一個早已遺忘的故事，
一個關於男人的故事。
高傲藍瑞，氣蓋山河，
鋼鐵寶劍，懸掛在側，
聽他如何打鬥、失敗、捲土重來，
再次失敗，在影子下遇害，
是愛擊敗了他，
對祖國的愛，對妻子莉拉的愛，
在她聲聲呼喚下，
聽說他從死亡之門再起，
重生伊始，即喚愛妻名字。

父親吸了一口氣，暫停下來，他張著嘴，彷彿要繼續唱下去，隨即不懷好意地咧嘴而笑，彎下身收好魯特琴。聽眾群起騷動，大聲抗議，但大家都知道他們能聽到那麼多已經很幸運了。有人在此時彈起舞曲，抗議聲也因此漸漸平息。

後來爸媽一起共舞，母親把頭靠在父親的胸膛上，兩人都閉上了眼，他們看起來是如此的滿足。如果你可以找到像那樣的人相擁，和你一起闔上眼、忘卻世間煩憂，你就是幸運的，即使只有一分鐘或是一天都好。即便過了這麼多年了，他們隨著音樂緩緩搖擺的姿態，依舊是我心中對愛的想像。

後來，阿本和我母親一起跳舞，他的舞步沉著從容，兩人的舞姿美極了。阿本灰髮蒼老，身材發福，面帶皺紋，眉毛燒了一半。我母親纖細窈窕，清新亮眼，在火光的映照下皮膚白皙光滑。兩相對照，彼此互補。想到我可能再也無法看到他們在一起了，就令我心痛。

這時東方的天色漸白，大家紛紛湊上前互道珍重。

我不記得我們離開時我對阿本說了什麼，我知道那些話是如此的微不足道，但我想他明白我的心意。他要我承諾，不要惹上任何麻煩，亂耍他教我的東西。

他稍微彎下身，擁抱我，然後搔搔我的頭。頭髮被他撥亂了，我也毫不在意。我半回敬他，也伸手去撫平他的眉毛，那是我一直想做的事。

他一臉驚訝，再次給我一個擁抱後站開一步。

爸媽承諾，將來有機會再來此地時，會指引劇團回到鎮上，劇團的人都說他們不需要指引。但即使我年紀還小，我也明白事實是什麼，我可能要等好久、好幾年才能再見他一面了。

我不記得當天上午啟程的情況，但我還記得當時我試著入睡，滿心孤單，有股苦樂參半的沉痛感。

當天下午醒來後，我發現身邊放著一個包裹，用麻布包著，捆著麻線，附了一張鮮豔的紙，上面寫著我的名字，就像小旗子般在風中搖著。

我打開包裹，認出是一本書的裝幀，那是《修辭與邏輯》，是阿本用來教我辯論的書。那是他十幾冊藏書中，唯一我沒讀完的一本，因為我討厭這本書。

我打開書，看到封面內頁寫著：

克沃思，

在大學院裡，好好為自己論辯，讓我為你感到驕傲。

謹記你父親的歌，提防愚行。

友　阿本希　筆

阿本和我從沒討論過我上大學院的事，當然我夢想有一天能到那裡，但我遲遲沒有和父母討論那個夢想。去大學院就讀，就表示我得離開他們、劇團，以及我所知道的一切。

坦白講，那感覺很恐怖。到一個地方安定下來，不單是待個一夜或一句，而是好幾個月、好幾年，不再表演，不再和崔普翻跟斗，或在《三分錢許願》裡扮演刁蠻的貴族兒子，不再搭馬車，不再和大家一起歌唱，那會是什麼樣子？

我從沒說出口，但阿本應該都猜到了，我再次看著他的題字，承諾我會盡力做到。

16 希望

後續幾個月，爸媽盡力彌補阿本不在的空缺，找其他劇團人員充實我的生活，避免我鬱鬱寡歡。

在劇團裡，年齡和其他一切都沒有多大的關係。只要你力氣足以裝馬鞍，你就裝馬鞍。你的手夠靈巧，就來耍拋接。如果你一臉白淨，又穿得下戲服，就由你來扮演《豬農與夜鶯》裡的雷希爾夫人，事情通常都是那麼單純。

所以崔普教我如何說笑與翻跟斗，珊蒂教我六個國家的宮廷舞步，泰倫用他的劍柄比對我的身高，覺得我的身高已經足以開始練基本劍術了，但他強調我還不能實際擊劍，不過光練基本劍術就夠我上台表演一番了。

這個季節的路況不錯，所以我們迅速穿越聯邦北行，一天走十五、二十哩路，尋找新的城鎮表演。阿本不在以後，我比較常和父親一起駕車，他開始給我正式的舞台訓練。

當然，我早就懂很多東西了，但之前學的都比較零碎雜亂。父親系統化地教我演員這行的真正訣竅，如何藉由口音與姿勢的小小改變，展現看似笨拙、狡猾或愚蠢的感覺。

母親教我上流社會的言行舉止，我們偶爾會待在灰綠男爵的宅院裡，所以我對這些東西已略知一二。我覺得我不必記下說話方式、餐桌禮儀、貴族的複雜等級，就已經有足夠的教養了。最後，我這樣告訴母親。

「誰在乎莫代格的子爵位階高於維塔斯的矛爵[5]。」我抗議，「誰又在意一位叫『大人』，另一位稱『閣下』？」

「他們在意。」母親堅稱，「你為他們表演，就要儀態莊重，學習明哲保身。」

5 Spara-thain，本書自創的貴族位階，是個軍事頭銜，階級類似公爵，Spara源自矛（spear）。

「爸就不用擔心該用哪支叉子，誰比誰大。」我抱怨。

母親皺眉，瞇起雙眼。

「誰的位階比誰高。」我不情願地修正我剛剛說的話。

「你父親懂的比表面裝的多。」母親說，「他不知道的事情，也因為他有極大的魅力，而得以輕鬆混過，那是他的處事之道。」母親摸我下巴，把我的頭轉向她。她有一雙綠色的眼睛，瞳孔邊有圈金色的光環。「你只想得過且過嗎？還是想讓我以你為榮？」

這問題只能有一個答案。我開始認真學習後，發現這不過是另一種演戲，另一種劇本，母親還用韻文幫我記憶禮儀中比較荒謬的部分，我們一起寫了一首帶點情色的小曲，名叫〈大祭司總在皇后下〉，我們為此笑了整整一個月，她嚴禁我在父親面前唱這首歌，以免某天他在錯誤的對象面前表演，惹上大麻煩。

「樹！」前面隱約傳來叫喊聲，「三重橡！」

父親原本正朗誦著劇裡的獨白給我聽，他停了下來，煩躁地嘆了一口氣。「我們今天就只能走到這裡了。」他抱怨，望著天際。

「我們要停下來嗎？」母親從車裡問道。

「又有一棵樹橫倒在路上。」我解釋。

「可惡。」父親說，把車開到路邊的空地上，「這不是國王的道路嗎？看起來整條路好像只有我們在走，那場暴風雨都已經結束多久了？有兩旬了吧？」

「還不到。」我說，「才十六天。」

「樹還倒在那裡擋路！我真想開一張帳單給官方，為我們砍下與拖離道路的每棵樹請款。這棵樹又要耽誤我們三小時了。」車子逐漸停止時，他跳下車。

「我覺得不錯啊。」母親說，從車子後方繞到前頭，「這讓我們有機會來點熱食。」她意味深長地看了父親一眼，「一天結束時，勉強隨便抓點東西吃，實在令人沮喪，身體需要補充更多的東西。」

父親的心情似乎好了許多，「說的也是。」他說。

「親愛的，」母親叫我，「你可以幫我找些野生鼠尾草來嗎？」

「我不知道這一帶有沒有長。」我語氣中帶點適度的不確定。

「去找一下無妨。」她婉轉地說。她用眼角看著父親，「如果你能找到足夠的量，就抱一堆回來，我們可以曬乾備用。」

通常，我能不能找到我想找的東西都不是很重要。

我習慣傍晚時離開劇團到處晃晃，爸媽準備晚餐時，我通常會去跑腿辦點事，不過那只是我們離開彼此一會兒的藉口。上路時很難保有個人隱私，爸媽和我都需要一些隱私，所以我花個一小時撿一大把柴火，他們也不會在意。如果我回來時他們還沒開動，那也很正常。

我希望他們好好把握那幾個小時，不要浪費在點爐火與切菜等等瑣事上。我希望他們像平常那樣一起唱歌，希望他們回到車上纏綿，之後躺在彼此身邊細語呢喃。我希望他們在一起，忙著關愛彼此，直到終日。

這只是個小小的希望，其實沒什麼大不了的，反正他們都死了。

但我還是如此希望著。

當天傍晚，我獨自在林裡消磨時間，玩著小孩子用來娛樂自己的把戲，那是我人生中最後幾個無憂無慮的幾小時，是我童年的最後片刻，我們就略過這段時間不談吧。

我回到營地時，太陽正開始西沉，我看到屍體如破爛的玩偶般散落四處，空氣中瀰漫著血腥與毛髮燃燒的味道。我因震驚與恐懼而發楞，漫無目的地走著，不知所措。我們也略過這段時間不談吧。

事實上，我想完全跳過當天傍晚發生的一切。如果那一段對整個故事來說毫無必要，我想就此省卻你的負擔。但是這段太重要了，這是故事的轉折點，就像是開啟門扉的鉸鏈。就某方面來說，這正是故事的開端。

所以我們就好好來說吧。

傍晚的空氣中散佈著陣陣煙霧，四處一片寂靜，彷彿劇團的人都在聆聽著什麼，屏息等候著什麼。風撩撥著樹葉，把一陣煙像低矮的雲層般吹向我。我走出森林，穿過煙霧，朝營地走去。

我從煙霧中走出來，揉著燻痛的雙眼，環顧四周，看到崔普的帳棚半塌在那裡悶燒，防水帆布斷斷續續地燒著，嗆鼻的灰煙就盤旋在靠近地面的寧靜暮色中。

我看到泰倫躺在他的馬車旁，手中握著斷劍，他平常穿的灰綠色衣服染成一片血色。他有一隻腳怪異地扭著，穿過皮膚露出的斷骨顯得格外的慘白。

我站著，目光離不開泰倫，他那灰色的上衣、鮮紅的血漬、白色的骨頭。我凝視著，彷彿我在了解書中的圖表一樣。我的身體逐漸僵麻，感覺整個腦袋像糖漿般濃稠得難以思考。

有一小部分的我知道，我處於極度的震撼中，一再對我複述這個事實，我用阿本教我的技巧不予理會，我不想思考我看到的狀況，我不想知道這裡發生了什麼事，我不想知道這一切意味著什麼。

不知過了多久，一縷灰煙打斷了我的視線，我茫然地坐到最近的火堆邊，那是珊蒂的火，正燉煮著一小鍋東西，在一片混亂中顯得異常熟悉。

我把焦點放在鍋子上，一個正常的東西。我用一支棒子翻動著內容物，看到東西煮熟了，很正常。我把鍋子拿開火堆，放在珊蒂屍體旁的地上。她的衣服破爛地掛在身上，我試著幫她把頭髮撥離臉龐，結果手上沾滿了黏稠的血跡。火光映照著她空洞的眼睛。

我站起來，漫無目的地四處張望，崔普的帳棚現在整個燒了起來，珊蒂的馬車有一輪壓在馬力恩的營火上。所有的火焰都帶了點藍色，讓現場看起來如幻似夢，離奇詭異。

我聽到聲音，盯著珊蒂的車子邊緣，看到幾個不熟悉的男女圍坐在火邊，那是我爸媽生的火。我感到一陣暈眩，伸手抓著馬車的車輪以站穩身子。但我一抓，原本用來固定車輪的鐵片就碎了，變成砂狀鐵鏽散落。我抽開手，輪子發出咯吱聲，開始裂開。車子開始崩解時，我往後退，木頭就像老樹樁腐敗一樣，整台車化成碎片，碎落一地。

現在我完全看到了那個火堆，其中一個男子往後翻了個跟斗，站起來時手裡拿劍，他的動作讓我想起從瓶子裡流到桌面上的水銀：俐落滑順。他的表情專注，但身體放鬆，就好像他剛站起來伸展身子一樣。他的劍白皙高雅，揮動時劃過空氣，發出刺耳聲響，讓我想起嚴冬中最冷的天氣裡，萬物皆止，連呼吸都有種痛楚感的寂靜。

他離我約二十多呎遠，但我可以在逐漸黯淡的暮色中清楚看見他的樣子，我對他的記憶就像我對母親的記憶一樣清晰，有時更有過之無不及。他的臉龐瘦尖，如瓷器般完美無瑕，他的長髮及肩，髮色如霜，微微捲曲，垂落在臉龐兩側。他是蒼白如冬季般的生物，整個人冷若冰霜，白如冬雪。除了眼睛。那雙眼睛黑如羊眼，但沒有瞳孔。他的眼睛就像那把劍一樣，都沒有反映出火光或暮色。

他看到我時，鬆懈了下來，放下劍尖，露出皓齒笑著，那是夢魘的表情。我原本緊緊裹著如厚毯般的困惑感，頓時好像被貫穿似的，好像有雙手探入我的胸膛，緊抓著不放，那可能是我有生以來第一次真的感到害怕。

火堆邊，有個留著灰鬍子的禿頭男子笑道：「看來我們錯過了兔崽子。辛德，小心點，他的牙可能很利。」

那個名叫辛德的傢伙把劍收入劍鞘，發出樹木因負荷不了冬雪而折裂的聲音。他隔著距離跪了下來，他的動作仍讓我想起水銀的移動。現在他的目光和我平視，黑色無光的眼睛下，逐漸透露出關切的表情，「孩

子，你叫什麼名字？」

我站在那裡不發一語，像隻受驚的小鹿般僵在原地。

辛德嘆氣，眼睛看了一下地面，他再度抬起來看著我時，我看到凹陷的眼睛裡透露出憐憫的眼神。

「年輕人。」他說，「你的父母究竟在哪裡？」他凝視了我一下，然後回頭對著火邊的其他人問。

「有誰知道他父母在哪裡？」

有些人冷冷地笑了，好像聽到特別精彩的笑話一樣，其中有一兩人還大笑出聲。辛德回頭看我，憐憫的神情如碎裂的面具般剝離，只剩臉上那如夢魘般的笑容。

「這是你父母生的火嗎？」他語氣中帶著恐怖的愉悅感。

我茫然地點頭。

他的笑容緩緩消逝，面無表情地盯著我看，語氣平靜而冷酷：「有人的父母一直在唱完全錯誤的歌。」

「辛德。」火堆的方向傳來一個冷淡的聲音。

他的黑眼因為惱怒而瞇了起來，「什麼？」他厲聲道。

「你讓我愈來愈受不了了，這傢伙沒做什麼，就給他個痛快吧。」那冷淡的聲音講到最後幾個字眼時，好像很難說出口似的。

那聲音是來自一位沒和其他人坐在一起的男子，他坐在火堆邊緣的影子下。雖然天空還亮著傍晚的餘暉，他和火堆之間也沒有隔著什麼東西，但那影子就像濃稠的黑油般圍著他。火堆燒得劈啪作響，火苗生動地舞著，帶著一點藍焰，但閃爍的火光都沒靠近他。他頭部周圍的影子更濃密，我可以隱約看到類似祭司穿的深色蒙頭斗篷。但是影子下的東西是如此深邃，就好像半夜往井裡窺探一樣。

辛德稍微看了一下影中男子，接著又移開目光。「海力艾克斯，這不干你的事。」他喝斥。

「你似乎忘了我們的目的。」影中男子說，冷淡的語氣變得更加銳利，「還是你的目的跟我的不同？」他最後幾個字說得很小心，彷彿意有所指。

辛德傲慢的神情轉瞬消失，有如水從桶中一洩而空。「不，」他說，轉頭面對火堆，「當然不是。」

「那很好，我可不希望我們長久的交情就此結束。」

「我也是。」

「辛德，對我重述一次我們之間的關係吧。」影中男子說，他隱忍不發的語氣裡蘊含著深深的怒意。

「我……我為您效勞……」辛德做出安撫怒氣的手勢。

「你是我手裡的工具。」影中男子輕聲打斷他的話，「就只是這樣而已。」

辛德的表情露出一絲反抗，他停頓了一下，「我……」

影中男子溫和的聲音變得像瑞斯頓的鋼條一樣堅硬：「縛拉！」

辛德如水銀般的優雅頓失，他搖晃著，身體突然痛得僵直。

「你是我手裡的工具。」那冷酷的聲音重複說道，「說！」

辛德霎時氣得咬牙，接著抽動身子吶喊，聲音聽起來比較像受傷的動物而不是人，他喘著氣說：「我是你手裡的工具。」

「海力艾克斯大人。」

「我是你手裡的工具，海力艾克斯大人。」他顫抖著跪倒於地。

「辛德，誰對你的名字瞭若指掌？」這句話裡的語氣透露著強忍的怒意，像師長陳述遭到遺忘的教訓一樣。

辛德用顫抖的手環著自己的腰，弓起背，閉上眼，「是您，海力艾克斯大人。」

「誰讓你遠離艾密爾？歌者？賽斯？遠離所有能傷害你的東西？」海力艾克斯客氣地問，好像真的很想知道答案似的。

「是您，海力艾克斯大人。」辛德痛苦地回答。

「你又是為誰的目的效勞？」

「您的目的，海力艾克斯大人。」他哽咽地吐出這幾個字，「您的目的，別無其他。」緊繃氣氛消失，辛德的身體突然鬆了開來。他撲倒在地，汗珠從臉龐滑落，如雨滴般啪嗒啪嗒滴落在地，他的白髮無力地散落在臉邊。「主人，謝謝您。」他努力地喘著氣說，「我不會再忘了。」

「你會的，你太愛耍弄你的殘酷小把戲，你們都是。」海力艾克斯蒙著兜帽的臉轉而一一看著坐在火堆旁的人。他們不安地移動身子。「還好我今天決定跟你們一起來，你們都脫序了，沉溺於奇思異想。你們有些人似乎忘了我們是在尋求什麼，想達成什麼。」圍坐在火堆旁的其他人顯得侷促不安。

影中男子又回頭看著辛德，「不過我原諒你們了，或許不做這些提醒，被遺忘的可能是我。」最後那句話語帶諷刺，「現在，結束這……」他蒙著兜帽的臉緩緩揚起看著天空，冷酷的聲音也跟著漸小。沉默的氣氛中流露著期待。

坐在火堆邊的人個個動也不動，表情專注，一起偏著頭，彷彿都在看幽微天色中的同一點，好像想捕捉風中的某股味道。

我突然覺得有人注視著我而感到緊繃，空氣中出現微妙的轉變。我把注意力集中在那上面，很高興那能讓我抽離一會兒，不必清楚思考這一切，即使只有短短的幾秒鐘。

「他們來了。」海力艾克斯平靜地說。他站起來，影子像一股黑霧般從他身上湧出，「非常迅速，朝我而來。」

其他人從火堆邊站起，辛德也連忙站起來，搖搖晃晃地往火堆走了五、六步。

海力艾克斯展開手臂，他周圍的影子如花朵般綻放。接著，其他人都從容轉身，往海力艾克斯的方向跨一步，跨入他周圍的影子。不過，他們放下腳步時，速度變慢，變得輕柔，就好像他們是沙做的，風吹著他們漸漸消失。只有辛德回頭，夢魘般的眼神中露出一絲怒意。

然後他們都不見了。

後面的事我就不再贅述了。諸如，我是如何跑到每個人的身邊，用阿本教我的方式，瘋也似的確定大家是否還留有一絲生息；如何挖掘墳墓未果；如何胡亂扒著泥土，直到我的手指都受傷流血了；如何找到我父母……

我是在深夜最黑暗的時刻才找到我們的馬車，我們的馬沿著路把車子拖了近一百碼才死。車裡的一切看起來是如此正常，整齊而寧靜。車子後方充滿了爸媽的味道，一時間讓我相當錯愕。

我點燃車子裡的每一盞燈和蠟燭，那光線毫無撫慰感，但那是真真實實的金色火焰，沒半點藍色。我拿下父親的魯特琴，躺在爸媽的床上，把琴擺在身邊。母親的枕頭散發著她的髮香與擁抱的味道。我並不打算入睡，但睡意卻讓我沉沉地睡了。

我咳著醒來，周圍一切都著了火，當然是蠟燭燒起的。我因驚嚇而毫無感覺，把一些東西放入袋子裡。我動作遲緩，漫無目的，看著我燃燒的床墊，毫無恐懼地抽出床墊下阿本送的書，現在區區一點火有什麼好怕的？

我把父親的魯特琴放進琴箱裡，感覺好像在偷竊一樣，但我想不出來還有什麼東西能讓我想起他們，他倆的手都摸過這把琴成千上萬次了。

接著我離開馬車，走進森林，直到東方天際泛白。鳥兒開始鳴叫時，我停下腳步，放下袋子，拿出父親的魯特琴，緊抱在懷裡，接著我開始彈奏。

我的手指疼痛不已，但我還是繼續彈奏，一直彈到手指流血，沾滿了琴弦，直到陽光穿進林裡，直到手臂都疼了。我一直彈，努力不去回想，直到我又沉沉入睡。

17 插曲——秋日

克沃思伸出手請編史家停筆，然後轉向他的學生，皺著眉，「巴斯特，不要再用那樣的眼神看我。」

巴斯特好像快哭出來似的，「噢，瑞希。」他哽咽，「我不知道發生了那樣的事。」

克沃思晃動手掌，像是在空氣裡使著手刀，「巴斯特，你不知道很正常，沒必要小題大作。」

「但瑞希……」

克沃思嚴厲地看著學生：「巴斯特，又怎麼了？我該哭泣、扯頭髮嗎？詛咒泰魯和他的天使嗎？捶胸頓足嗎？不，那樣的戲碼太不入流了。」他的表情緩和了一些。「我很謝謝你的關心，但這只是個故事，甚至還沒講到最糟的部分。況且，我說這故事不是為了博取同情。」

克沃思起身，把椅子推回桌子，「而且這都是很久以前的事了。」他做出不在乎的手勢，「時間是最好的療癒良方。」

他搓著雙手，「我去找點足夠的柴火來，方便我們撐過夜晚。看這天候，應該會變冷。我不在時，你可以準備幾條麵包，預備烘烤，試著靜下心來。如果你再淚眼汪汪地看著我，我就拒講後面的故事了。」

語畢，克沃思就走到吧台後面，穿過廚房，到旅店後方的房間去了。

巴斯特用力地揉揉眼睛，看著主人離去，「他只要有事忙，就沒事了。」巴斯特輕聲說。

「你剛說什麼？」編史家反射性問道。他尷尬地在座位上移動身子，好像想站起來，但他想不出什麼客氣的理由告退。

巴斯特友善地微笑，再次展露出人類的湛藍色雙眼，「我聽到你是誰，又知道他要講故事時，相當興奮。最近他的心情一直很低沉，鬱鬱寡歡，就只是坐著沉思，什麼事也不做。我相信回想起往日美好時光可以……」巴斯特扮鬼臉，「我講得不是很好，之前很抱歉，我沒有想清楚。」

「不不……」編史家結巴地說，「是我不好，我的錯，很抱歉。」

巴斯特搖頭，「你只是驚訝，只是想把我綁起來而已。」他的表情變得有點痛苦，「那的確是不舒服，感覺就像兩腿之間被踢了一下，不過是全身都痛，讓人覺得噁心、虛弱，不過就只是感到痛苦而已，你其實沒傷到我。」巴斯特看起來不好意思，「我原本想做的，就不只是傷害你而已了，我可能在還沒停下來思考以前就把你殺了。」

趁著兩人還沒陷入尷尬的沉默，編史家說：「我們何不承認他所說的：我們都是盲目的傻瓜，這件事就到此為止？」編史家真情流露地苦笑，「和睦相處？」他伸出手。

「好。」他們握手，比稍早前展現出更多的真誠。巴斯特往桌子中央伸出手時，袖子往上縮，露出手腕處的傷痕。

巴斯特連忙把袖口拉回原位說：「那是剛剛他抓我時留下來的，他比外表看起來的還要強壯，不要跟他提起這件事，只會讓他自責。」

克沃思從廚房走到戶外，關上門。他環顧四周，看到這是溫和的秋日午後，而非故事裡的春日林間，似乎有點意外。他握住平底手推車的把手，把車子推向旅店後方的柴堆，雙腳踩著落葉，嘎吱作響。

往樹叢走的不遠處，堆著冬天用的木材。一捆捆綁好的橡木與白蠟木堆成歪斜的高牆，隔在樹幹之間。克沃思把兩捆柴火丟進手推車裡，柴火碰到手推車的底部，發出類似啞鼓的聲音。接著他又丟進兩捆，他的動作精準，面無表情，目光悠遠。

他持續把柴火裝進手推車裡，動作愈來愈慢，像機器逐漸停止運轉一樣。最後他完全停了下來，站著好一會兒，像石頭般動也不動。這時他的情緒終於一湧而上，即使四下無人，他仍掩面靜靜流淚，沉痛無聲的啜泣如一波波的浪潮，衝擊著他的身體。

18 通往安全地帶的路

或許大腦的最大功能是因應傷痛，古典的思考學主張人腦有四扇門，每個人都會根據個人的需求穿梭其間。

第一扇門是睡眠。睡眠讓我們得以抽離世界與現實中的所有傷痛。睡眠幫我們度過時間，讓我們可以和傷害我們的東西保持距離。人受傷時，常會失去意識。同樣的，衝擊性的消息也常讓人一聽就昏厥過去。這是大腦自我保護的方式，藉由穿過第一扇門，讓自己不受痛苦的傷害。

第二扇門是遺忘。有些創傷深到難以癒合，或深到無法迅速癒合。此外，很多記憶實在太痛苦了，無法癒合。所謂「時間可以療癒一切傷口」其實是錯的，時間可以療癒多數的傷口，剩餘的傷口則是藏匿在這扇門後。

第三扇門是瘋狂。有時候大腦受到太大的打擊，導致它隱藏在精神失常下。雖然看似無益，實則不然。有時候現實除了傷痛，別無其他，為了擺脫那痛苦，大腦必須脫離現實的枷鎖。

最後一扇門是死亡，這也是終極的手段，人死後就再也沒有東西傷得了我們了，大家是這麼說的。

家人遇害後，我徘徊到森林深處，走走睡睡。我的身體需要睡眠，我的大腦用第一扇門減輕傷痛。我把傷口蓋起來，等待合適的癒合期。有部分大腦為求自保，乾脆停止運作——也可以說是入睡了。

大腦沉睡時，前一天許多痛苦的片段轉進了第二扇門，不完全是如此，我沒忘記那天發生的事，但那記憶變得不太鮮明，彷彿穿過濃霧觀看一樣。我想記得時，還是可以從記憶中喚起死者的臉龐，還有那個黑眼男，但我並不想記得。我摒除那些想法，讓它們在大腦不常用的角落裡積聚灰塵。

我作夢時，不是夢到血跡、無神的雙眼、毛髮燃燒的味道，而是夢到比較溫和的東西。慢慢地，傷口也開始麻痺了起來……

我夢到小時候和我們劇團同行的獵人拉克里斯，我和其貌不揚的拉克里斯一起在森林中遊走，他靜靜地穿過矮樹叢，我製造的聲響則比受傷的公牛拖著翻覆的牛車還大聲。

經過好長一段愉快的靜默時光，我停下來看一株植物，他靜靜地走到我身後說：「賢者之鬚，從邊緣可以辨識出來。」他從我身後伸手輕觸葉子的邊緣，那的確看起來很像鬍鬚，我點頭回應。

「這是柳樹，嚼它的樹皮可以減輕疼痛。」那味道苦澀，口感有點沙沙的。「這是癬根草，別碰那葉子。」我沒碰。「這是毒莓，小漿果變紅時可以食用，但是顏色從綠變黃或變橘時，千萬別吃。」

「你想靜靜地走時，腳步要這樣放。」那走法走得我小腿好疼。「想無聲分開樹叢，不留下穿越的痕跡時，你可以這麼做。這個地方可以找到乾木材。沒帶帆布時，你可以用這種方法避免雨淋。這是父根草，可以吃，但味道不好。這些，」他指著說，「是直竿草和橘紋草，千萬別吃。上面有小瘤的是波倫草，只有在剛吃下直竿草之類的東西時才能吃，它可以幫你吐出胃裡的一切。」

「這是裝陷阱活逮兔子的方法，這樣做就可以了。」他把繩子先往一方繞圈，再繞到另一方。

我看他綁繩子時，發現那人不再是拉克里斯，而是阿本希。我們坐在車子上趕路，他正在教我如何打水手結。

「結繩很有意思。」阿本一邊打結一邊說，「繩結可以是一條繩子裡最強韌或最脆弱的部分，完全看人的打結技術而定。」他舉起手，讓我看他手指間纏繞的複雜樣式。

他的眼睛閃閃發亮：「有沒有問題？」

「有沒有問題？」父親問，我們才因為遇上灰石而停下來不久，他坐著幫魯特琴調音，終於要彈他的歌曲給母親和我聽了，我們等那首歌等了好久。「有沒有問題？」他背靠著大灰石，又問了一次。

「碰到道石的時候，我們為什麼要停下來？」

「主要是因為傳統，但有些人說那些石頭是標記古道……」父親的聲音又變成了阿本希的聲音，「……安全之路。有時是通往安全地帶的道路，有時卻是通往危險的安全道路。」阿本希把一隻手伸到石頭邊，好像在感受火的溫度一樣。「不過它們蘊含了力量，只有傻瓜才會否認。」

然後阿本希就不見了，聳立的石頭則不只一個，而是好幾個，我從來沒在一個地方看過那麼多塊立石。它們在我周圍圍成兩圈。有一塊石頭橫擺在另兩塊石頭的上方，形成龐大的拱門，下方出現厚影。我伸手去摸……

然後我就醒了，腦中充滿了上百種根莖類與漿果的名稱、四種生火方式、九種用樹和繩索做成的陷阱、乾淨水源地的尋找方式，我用它們掩蓋了腦中新增的痛楚。

我不太去想夢中的其他事情，阿本希從來沒教我打水手結，父親也沒完成他的歌曲。

我盤點了一下身邊的東西：帆布袋、小刀、一球線繩、一些蠟、一枚銅幣、兩枚鐵板兒、阿本希送我的《修辭與邏輯》，再加上我的衣物和父親的魯特琴，除此之外，我一無所有。

我起來找飲用水，「找水優先。」拉克里斯教過我，「其他的東西缺個幾天無妨。」我觀察地勢，循著一些動物的足跡走。我在一些樺樹間找到山泉匯集的小池時，可以看到樹後方的天際泛紫，逐漸進入黃昏。我雖然很渴，還是很小心，只喝了一小口。

接著，我從樹洞與樹蓬收集乾柴，設了一個簡單的陷阱，找到好幾株母葉草，把它的汁液塗抹在破皮流血的手指上，那刺痛感幫我轉移了注意力，不再去想手指是怎麼受傷的。

等候汁液變乾時，我第一次隨意地環顧四周，橡樹與樺樹爭搶著生長空間，樹蓬下的枝幹形成多樣的光影，一條小水道從池子流出，流過一些石頭，往東而去。這景致可能看起來很美，但我沒去注意，我沒法注意。對我來說，樹木幫我遮風避雨，矮樹叢是養分來源，池子反射著月光，只讓我想起我很渴。

池邊也有一塊很大的方石，如果是在幾天前，我會認出那就是灰石，現在我只覺得睡覺時可以靠著它，剛好可以幫我擋風。

穿過樹蓬，我看到星星出來了，那表示我從開始找水到現在，已經過了好幾個小時。既然那水喝了沒事，我判斷那應該是安全的，所以又好好地喝了許多。

喝了水後，沒讓我覺得更清醒，反倒讓我發覺自己有多餓。我坐在池邊的石頭上，從母葉草的梗拔下葉子，吃了一片。吃起來粗粗的，好像紙片，味道苦澀。我把其他葉子也吃了，還是很餓，我又喝了一些水，便躺下來睡覺，即便那石頭又冰又硬，至少我裝作不在乎。

醒來後，我喝了一些水，去檢查我設的陷阱。當我看到有一隻兔子在線繩裡掙扎時，我很訝異。我取出小刀，記得拉克里斯教過我如何宰殺兔子，但我又想到血，以及血流到手上的感覺，我感到一陣噁心，吐了出來。我割開線繩，放走兔子，走回池邊。

我又喝了一些水，坐在石頭上，覺得有點頭暈，心想會不會是因為太餓了。

過了一會兒，我的腦袋清醒了，責怪自己的愚蠢。我發現一棵枯木上長了架狀菌，便摘下菌菇，拿到池裡清洗了一下，吃那些菌菇裹腹。那口感沙沙的，味如泥土，但我還是把能找到的菌菇都吃下肚了。

我又放置了一個可以殺死動物的新陷阱，接著，我聞到空氣中有股即將下雨的味道，便返回灰石，設法為魯特琴做個遮蔽。

19 指與弦

一開始，我幾乎就像機器人一樣，不加思索地做著一些動作，只為了繼續活下來。

我吃下逮到的第二隻兔子，也吃下第三隻。我發現一片長滿野草莓的地方，也四處挖掘根莖類。第四天結束時，我已經有生存下去所需要的一切：石頭堆起的火坑、魯特琴的遮蔽處。我甚至儲備了一小堆的食糧，以備不時之需。

我還有一項我不需要的東西：時間。我打理好當下的需求後，發現自己無事可做，我想就是這個時候，大腦有一小部分慢慢地甦醒了。

不過，別誤會，我依舊不是原來的我，至少和一句之前的我不是同一個人。我做每件事都是全心投入，讓自己沒有心思去想起過往。

我愈來愈瘦，衣衫襤褸，睡時任憑日曬雨淋，躺在柔軟的草地、潮濕的泥土或尖石上，卻毫不在意。只有在下雨時，我才會注意到周遭的一切，因為下雨我就無法拿出魯特琴彈奏，令我格外難過。

我當然彈了魯特琴，那是我唯一的慰藉。

第一個月結束時，我的手指長出硬石般的厚繭，我可以一彈就彈好幾個小時，憑記憶重複彈奏所有的歌曲。我也彈一些依稀記得的曲子，盡可能填補忘掉的那些部分。

最後，我已經可以從醒來一直彈到入睡。後來我不再彈已知的曲子，開始自編自彈。我以前就編過曲子，也幫父親編過一兩節歌曲。但現在我全心全意地創作，有些歌至今我還記得。

沒多久，我開始彈……該怎麼說呢？

我開始彈一些歌曲以外的東西。陽光曬暖草地，微風輕拂時，有種特殊的感覺。我會一直彈，直到彈出那感覺為止。我會一直彈到那聲音聽起來像「溫暖的草地」與「涼爽的微風」。

我只是彈給自己聽的，但偏偏我又特別挑剔，我還記得花了近三天才掌握了「風搖樹葉」的感覺。

第二個月結束時，我幾乎可以輕易彈出我看到的任何感受：「日落雲後」、「鳥兒啜飲」、「蕨葉露珠」。

第三個月時，我不再往外看，開始往內心探索。我學會彈奏「與阿本希同車」、「與父親在火邊同唱」、「看珊蒂起舞」、「天候佳時踩著落葉」、「母親微笑」……的感覺。

彈奏這些東西當然令人心痛，但那種痛就像纖弱的手指撥弄著魯特琴弦一樣，會流點血，但我希望手能早點結繭。

接近夏末時，有條琴弦斷了，沒法修理，我整天悵然若失，不知該做什麼。我的腦袋還是麻痺的，大多在沉睡的狀態，我用以往剩下的一點機靈解決問題。在明白我無法製作琴弦，也找不到新弦以後，我又坐下來，開始學著只用六條弦彈奏。

一旬之內，我彈六弦的感覺已經媲美以前彈七弦的效果了。三旬之後，我在彈「等候降雨」時，一條弦又斷了。

這次我毫不猶豫，直接拔掉那條無用的弦，開始重新學習。

我彈「收割」彈到一半時，第三條弦斷了。我試了近半天，明白斷三條弦真的太多了。所以我把一隻鈍刀、半捆線繩、阿本的書裝進破爛的帆布袋裡，扛起父親的魯特琴，開始上路。

我試著哼唱「晚秋樹葉隨同冬雪飄落」、「結繭手指與四弦魯特琴」，但哼歌的感覺畢竟和彈奏不同。

我打算先找一條路，沿著它走到小鎮。我不知道我離哪個地方有多遠，哪個方向有城鎮，或那些城鎮叫什麼名字。我只知道我在聯邦南部的某處，但確切的地點則和其他的記憶糾結在一起，封藏了起來，我並不想追憶。

天氣幫我下定了決心，涼爽的秋日逐漸多了冬日的寒意，我知道南部天氣比較暖和，所以在沒有更好的計畫下，我朝南走，盡量趕路。

接下來的一旬極其煎熬，我攜帶的一點食物很快就吃光了，我得在飢餓時，停下來找食糧。有時候我找不到水，找到時又沒東西可以盛裝攜帶。小徑通到了較大的道路，之後又連到更大的馬路。我的腳底都破皮，長了水泡，有幾晚更是特別的寒冷。

路上有些旅店，但我除了偶爾從馬槽偷點水喝以外，都是敬而遠之。我也經過幾個小鎮，但我需要找比較大的地方，小鎮農民並不需要魯特琴弦。

最初，每次我聽到馬車或馬匹接近的聲音，我都會拐進路邊藏起來。從家人遇害以來，我都沒和其他人交談過。我變得更像野生動物，而不是十二歲的男孩。但最後路實在太大了，人車都多，害我躲藏的時間比走路的時間還長，我終於鼓起勇氣面對來往的人車，當我發現幾乎沒人注意到我時，我鬆了一口氣。

一早，我上路不到一個小時，就聽到有輛馬車從我後方行駛過來。那條路的寬度足以讓兩台馬車並行，但我還是走到路邊的草地上。

「嘿，小子！」後方有個粗啞的男聲喚著我，我沒回頭。「嗨，小子！」

我沒回頭，繼續往草地走，偏離路邊更遠了。我兩眼一直盯著腳下的地面瞧。

馬車緩緩來到我旁邊，那男子用比剛剛大兩倍的聲音大喊：「小子！小子！」

我抬起頭，看到一位飽經風霜的老人，在陽光照射下瞇著眼。他看起來介於四十到七十歲之間，馬車旁邊坐了一個肩膀寬大、其貌不揚的年輕男子，我猜他們是父子。

「小子，你聾了嗎？」老人講「聾」時，聽起來像「楞」。

我搖頭。

「所以你是啞巴？」

我再次搖頭說：「不是。」跟人說話的感覺很奇怪，我的聲音聽起來怪怪的，因為很久沒用而顯得生疏。

他瞇著眼看我，「你要進城嗎？」

我點頭，不想再說話。

「上來吧。」他往車子後方點點頭，「山姆不會介意拖你這樣瘦小的東西。」他輕拍騾子的臀部。

答應比跑開簡單，再加上我腳底的水泡因為鞋子的汗水而刺痛不已，我往他敞開的貨車後方走去，爬上車，身後拖著魯特琴。那車子後方約有四分之三裝滿了大麻袋。有幾顆表面凹凸不平的圓南瓜滾出打開的袋子，在地上亂滾。

老人甩動韁繩，喝的一聲，騾子便不情願地加快了速度。我揀起幾顆滾出來的南瓜，把它們塞進打開的袋子裡。老農夫回頭對我笑著說：「小子，謝謝。我叫塞司，這位是傑克。你可能想坐下來，不過顛簸得厲害時，可能會把你摔出車外。」我坐在其中一袋東西上，突然繃緊了身子，不知會碰到什麼情況。

老農夫把韁繩交給兒子，從袋中取出一大條黑麵包，隨意撕下一大塊，沾上厚厚的奶油，遞給我。

這個不經意的和善舉動，讓我胸口疼了一下。我已經半年沒吃麵包了，那麵包鬆軟微溫，奶油香甜。我撕下一塊，塞進帆布袋裡，留著以後再吃。

安靜地過了約一刻鐘，老人半轉著身說：「小子，你彈那東西嗎？」他指著我的魯特琴琴箱。

我把琴箱緊緊抱在胸前，「它壞了。」

「啊。」他失望地說，我以為他會叫我下車，但他笑著對他旁邊的男子點頭說：「那只好換我們來娛樂你了。」

他開始唱〈匠販之歌〉，這是一首比老天還古老的飲酒歌。他兒子也跟著唱了起來，他倆粗獷的歌聲形成簡單的合音，讓我內心跟著抽痛，想起其他的馬車，不同的歌曲，還有那遺忘大半的家。

20 握起刺痛的拳頭

約莫中午時，車子轉進一條新路，這條路像河一樣寬，鋪滿圓石。一開始只有四、五名旅人，一兩台馬車。但是對長久以來都獨自一人的我來說，這已經算很多人了。

我們逐漸往城內走，路邊從低矮的房子變成高聳的店家與旅社，巷道與推車店也取代了樹木與菜園。整條大馬路愈來愈擁擠，無數的推車與行人熙攘往來，眾多的貨車與馬車川流不息，偶爾還會看到有人騎馬經過。

路上有馬蹄聲，呼喊聲，啤酒、汗水、垃圾、焦油的味道，我不禁思索這是什麼城市，我以前是否來過，在發生那件事之前……

我咬緊牙，逼自己想別的事。

「快到了。」塞司提高音量以壓過喧鬧聲。最後大馬路通到了市場，車子開上鋪道，發出如遠方打雷的聲音。周遭充滿討價還價與爭論聲，遠方某處傳來小孩尖銳的哭鬧聲。我們的車子又漫無目的地走了一會兒，塞司終於在書店前找到一處空曠的街角。

塞司停車，他們清除路上障礙時，我跳下車。基於某種默契，我開始幫他們把一袋袋的東西卸下車，堆在一旁。

半小時後，我們在成堆的袋子邊休息。塞司看著我，用一隻手遮著蔭，「小子，你今天進城做什麼？」

「我需要魯特琴弦。」我說，這時我才發現我不知道父親的魯特琴到哪去了。我瘋狂地四處尋找，不在車內，也沒靠在牆邊，或是放在南瓜堆裡。我的胃糾成一團，後來我才發現琴箱在一些鬆開的麻袋下方。我走過去，用顫抖的雙手把它揀起來。

老人笑著看我，拿給我一對剛卸下的南瓜。「這是古藹林這一帶最棒的南瓜，帶兩個回家，你媽媽應該會很開心吧？」

「我沒辦法。」我結巴地說，從腦中推開以手挖土的記憶以及毛髮燃燒的味道。「我……我的意思是說，你們已經……」我聲音漸弱，把魯特琴抱得更緊，站開了兩三步。

他更仔細地看著我，就好像第一次見到我。我想起自己現在衣衫襤褸、飢腸轆轆的模樣，突然覺得很難為情。我抱著魯特琴，又退後了幾步。農人把手放了下來，笑容逐漸消失。「啊，小子。」他輕聲說。

他放下南瓜，然後轉向我，用有點認真的口吻說：「我和傑克會一直在這裡賣東西，直到日落。如果你在那之前找到你想找的東西，歡迎你和我們一起回農場。我妻子和我有時會需要幫手，我們很歡迎你加入。傑克，你說是不是？」

傑克也看著我，他坦白的臉上露出憐憫的表情。「是啊，老爸。我們離開前，媽是那麼說的。」

老農夫仍用認真的眼神看著我，「這裡是臨海廣場。」他指著腳下說，「我們天黑前都會在這裡，之後可能還會再待一會兒。如果你想搭我們的車，可以回來這裡。」他的眼神變得有點擔心，「你聽懂了嗎？你可以跟我們一起回去。」

我持續一步步地後退，不知道我為什麼會那麼做。我只知道如果我跟他走，就得解釋，就得想起一切。做什麼都比開啟那扇記憶的門好……

「不不，不用了，謝謝。」我結巴道，「你們已經幫了我那麼多，我沒事的。」我被身後圍著皮圍裙的人一推，嚇了一跳，轉身就跑。

我聽到他們其中一人在我背後喊著，但聲音淹沒在人群中。我不斷地跑，感到胸口格外沉重。

塔賓是個大城，無法在一天內從城的一端走到另一端。即使你沒迷路或陷在錯綜複雜的街道與死巷裡，也沒辦法一天走完。

事實上，塔賓太大了，遼闊至極，人山人海，樓多屋雜，道路寬大如河，夾雜著尿騷味、汗臭味、煤煙味、焦油味。我若是頭腦清醒，絕不會到這種地方。

想著想著，我就迷路了。我太早或太晚轉彎，為了繞回去，我又抄了兩棟高樓之間的狹窄分隔道，那條小徑蜿蜒，就像想找乾淨的河床而切過溝渠的河川一樣。牆邊堆滿了垃圾，占滿建築間的空隙與側門道。我轉了好幾個彎後，聞到東西死掉的腐臭味。

我拐個彎，倚著牆跌跌撞撞，看不到路，痛苦得眼冒金星，這時我覺得有幾隻粗暴的手抓住了我的手臂。

我睜開眼，看到一位比較年長的少年，體型約我的兩倍，黑髮，眼神粗蠻。臉上的泥垢讓他看起來好像留了鬍子，使他年輕的臉龐看起來格外凶狠。

另兩名男孩把我拉到牆邊，其中一位扭著我的手時，我叫了出來。比較年長的那個男孩聽到我的慘叫聲，他笑了，撥動頭髮。「阿孬，你在這裡幹嘛？迷路了嗎？」他的嘴愈笑愈開。

我想抽離，但其中一名男孩扭著我的手腕，我喘著氣說：「不要。」

「派克，我想他迷路了。」我右邊的男孩說。我左邊的男孩用手肘猛力地敲我的頭，害我整個腦袋天旋地轉。

派克大笑。

「我想找木匠坊。」我囁嚅地說，受到一點驚嚇。

派克變得一臉凶殘，抓住我的肩膀，「我問你了嗎？」他大吼，「我說過你可以講話嗎？」他用額頭撞我的臉，我聽到啪的碎裂聲，接著感到一股爆炸性的疼痛。

「嘿，派克。」那聲音似乎來自一個不可能的方向，一隻腳推動我的魯特琴琴箱，推翻了箱子。「嘿，派克，你看這個。」

琴箱翻倒在地，砰的一聲，派克往那聲音的方向看，「阿孬，你偷了什麼？」

「我沒偷。」

抓住我手臂的其中一位男孩大笑，「是啊，是你叔叔送你的，好讓你拿去賣錢，買藥給你生病的祖母。」他再次大笑，我則是努力壓抑著眼眶的淚水。

我聽到開琴箱鎖頭時傳出的三個喀嗒聲，接著是魯特琴被拿出箱子時的特殊鏗鏘聲響。

「阿孬，你要是把這玩意兒弄丟，祖母會難過死了。」派克平靜地說。

「泰魯有眼！」我右邊的男孩興奮地喊，「派克，你知道這值多少錢嗎？可以賣到金幣耶，派克！」

「不要亂用泰魯的名字。」我左邊的男孩說。

「什麼？」

「『僅於最緊要時刻，才喚泰魯大名，因泰魯評斷一切想法與言行。』」他背誦。

「這東西要是沒值二十銀幣，我就讓泰魯灑泡尿在我身上好了。我們至少可以從狄肯那裡拿到六銀幣，你知道你有那麼多錢可以做什麼嗎？」

「要是你再繼續那樣說話，你就沒機會做任何事了。泰魯會看顧我們，但得罪了祂，祂也會懲罰我們。」第二名男孩的聲音虔誠而恐懼。

「你上教堂時又打瞌睡了吧？那麼容易被洗腦。」

「我要把你的手打結。」

「你媽是一分錢就肯接客的妓女。」

「林，別扯到我媽。」

「而且還是一分鐵幣。」

這時，我已經設法忍住眼眶的淚水，我可以看到派克蹲在巷子裡，他似乎對我的魯特琴相當入迷，我那把美麗的魯特琴。他握著琴時，眼神如痴如醉，一直用髒污的手來回轉著那把琴端詳。一股恐怖的感覺逐漸透過模糊的害怕與痛苦朝我襲來。

隨著我身後的聲音愈來愈大，我開始感受到內心的強烈怒氣，緊繃起身子。我沒辦法和他們打鬥，但我知道，只要我拿了魯特琴，跑到人群裡，就可以甩開他們，恢復安全了。

「……反正她一直接客一直做，現在做一次應該只剩半分錢吧，所以你才會那麼笨，你腦袋瓜沒被撞凹算是走運了，不要太難過，難怪你那麼容易被宗教洗腦。」第一位男孩得意洋洋地說。

我只覺得右邊出現一股緊張的氣氛，我也跟著緊繃了起來，準備跳開。

「不過，還是謝謝你的忠告，我聽說泰魯喜歡躲在一大坨馬糞後面，然後……」

突然間，我兩隻手臂都鬆開了，一名男孩把另一名壓在牆上，我兩三個箭步衝向派克，抓住琴頸，用力一抽。

但派克的動作比我預期的還快、還強大，我並沒有抽回魯特琴，而是被派克猛地一拉，停在原地，派克也站了起來。

我的挫折感與怒氣完全湧了上來，我放開魯特琴，衝向派克，死命地抓他的臉和脖子。但他是街頭打鬥的老手，不可能讓我靠近他致命的部位。我有一隻指甲在他的臉上刮出一道血痕，那血痕從耳朵劃到下巴。接著他反扣住我，抓著我撞上牆邊。

我的頭撞到了磚頭，要不是派克把我按在斷壁頹垣上推擠，我就癱倒在地了。我喘著氣，這時才發現我一直在尖叫。

派克渾身都是汗臭與酸油味，他用力推我撞牆時，把我的手壓在身體兩側，我隱約知道他一定是把我的琴丟在地上了。

我再次喘著氣，盲目地扭動身子，頭又撞上了牆壁。我把臉轉向他的肩膀，奮力一咬，感覺到牙齒咬穿了他的皮膚，嚐到血的味道。

派克尖叫，猛地掙脫我，我深深吸了一口氣，胸口一陣撕心裂肺地疼痛。

我還沒來得及移動或思考，派克又抓住我。他抓著我撞牆，一次，兩次。我的頭前後搖晃，從牆壁上彈

了回來。接著他抓住我的喉嚨，旋轉我的身體，奮力丟到地上。

這時我聽到一陣雜音，一切似乎都停了。

劇團遇害之後，我有時會夢到爸媽還活著唱歌。在夢中，他們的死是一場誤會，他們只是在排練一齣新戲罷了。這讓我得以從經常壓垮我的極度悲哀中，暫時獲得一些抒解。我擁抱他們，他們笑我太傻想太多了。我和他們一起歌唱，一時之間，世事如此美好，棒極了。

但我總會醒來，發現自己獨自在黑暗中，躺在森林的池邊。我在這裡做什麼？爸媽到哪去了？

然後我憶起一切，就像扯開傷口一樣。爸媽都死了，只剩我孤伶伶的一人。那短暫抒解的龐大壓力又整個壓回我身上，比之前更難承受，因為我沒有心理準備。接著，我會躺著，凝視黑夜，覺得胸口疼痛，呼吸困難，深知一切再也無法恢復了。

派克把我丟向地面時，我的身體已經太過麻痺，幾乎無法感受到魯特琴就壓在我下面。魯特琴發出類似夢境消逝的聲音，讓我的胸口又感受到那種噁心、吸不到空氣的痛苦。

我環顧四周，看到派克大聲喘氣，抓著肩膀。一個男孩跪在另一個男孩的胸口上，他們不再扭鬥了，兩人驚愕地看著我。

我茫然地看著我的手，細長的木片穿過皮膚，雙手佈滿了鮮血。

「小混蛋咬我。」派克靜靜地說，彷彿不太相信發生了什麼事。

「從我身上滾開！」躺在地上的男孩說。

「我就說你不該說那些話的，你看發生了什麼事。」

派克表情扭曲，滿臉漲紅，「他咬我！」他大吼，猛然往我的頭一踢。

我試著閃開，避免進一步破壞魯特琴。他那一踢，踢到了我的腎臟，讓我再次撲倒在琴上，把琴壓得更碎了。

「這下你知道開泰魯玩笑會發生什麼事了吧？」

「閉嘴，不要再跟我扯泰魯。從我身上滾開，搶走那東西，那可能對狄肯來說還值點錢。」

「看你幹的好事！」派克繼續對我咆哮，踢我側身，讓我身體翻轉了半圈。我的視線開始變暗，讓我得以暫時抽離，我甚至覺得這是不錯的解脫。不過身體在沒觸碰下，依舊痛得厲害，我把滿是鮮血的手握成刺痛的拳頭。

「這些旋鈕看起來還沒壞，是銀的，我相信我們還是可以拿這個換點錢。」

派克又抬起腿，我想伸手去擋，但手臂抽筋，派克往我肚子踢了一腳。

「去把那東西拿來……」

「派克，派克！」

派克又踢了我肚子一腳，我虛弱地吐在鋪石上。

「你們住手！都城守衛隊！」一個新的聲音大喊，瞬間周遭靜止了一下，之後響起一陣啪嗒啪嗒的快步聲。不久，沉重的靴子聲經過，聲音逐漸往遠方消失。

我只記得胸口疼痛，就昏過去了。

有人翻我口袋，讓我從昏迷中醒了過來，我吃力地想張開眼，卻做不到。

我聽到一個聲音喃喃自語：「救你一命就只能得到這些？一個銅幣和幾個鐵板兒？只夠晚上喝幾杯？沒用的小混帳！」他深深一咳，一陣酸臭的酒味朝我襲來。「尖叫成那樣，要不是你叫得跟女孩子一樣，我才不會大老遠跑過來。」

我想說點什麼，但吐出的卻是一陣呻吟。

「你還活著，了不起。」我聽到他哼的一聲站起來，沉重的靴子聲漸漸遠去，周遭靜了下來。

過了一會兒，我發現我可以睜開眼了，視線很模糊，感覺鼻子比頭的其他部分還大。我輕輕推了一下，斷了。我想起阿本教我的方法，把兩手分別放在鼻子兩側，猛然把鼻子轉回原位。我咬著牙，以免痛得叫出聲來，眼眶泛滿淚水。

我強忍住眼淚，發現我可以清楚看見街道，不再像剛剛那樣模糊了，於是鬆了一口氣。我袋子裡的東西都散落在身旁的地上：半卷線繩、小鈍刀、《修辭與邏輯》，以及農夫給我當午餐的麵包碎片，感覺那是好久以前的事了。

是啊，農夫。我想起塞司和傑克，軟麵包塗奶油，搭車時的歌唱，他們提供一個安全場所、一個新家的提議……

突然想起這些，讓我感到一陣恐慌。我環顧巷弄四周，頭因為突然晃動而感到疼痛。我翻找垃圾時，發現一些極其熟悉的木片，我默然地盯著那些木片，周遭的世界在不知不覺中暗了下來。我抬頭瞥見頭頂一道狹長的天空，看到天色泛紫，已近黃昏。

已經過多久了？我連忙收拾東西，特別小心收起阿本的書，然後一拐一拐地朝我希望是臨海廣場的方向走去。

我找到廣場時，最後一點暮色已從空中消失了。幾台馬車慢慢地在兩三名顧客間穿梭，我在廣場的街角一帶拼命拐著腳走來走去，瘋也似的尋找那位說要載我的老農夫，尋找那些凹凸不平的南瓜蹤影。

當我終於找到塞司停放車子的那家書店時，我喘著氣，搖搖欲墜，到處都看不到塞司與車子的蹤影。我跌坐在他們車子駛離的空地上，感覺到我剛剛迫使自己不予理會的十幾處疼痛。

我一個個找出那些疼痛的地方，肋骨有好幾根痛得厲害，但我無法判斷它們是斷了，還是軟骨裂了。我頭移動得太快時，會覺得頭暈想吐，可能是腦震盪吧。我的鼻子斷了，挫傷與擦傷的地方多到難以計數，我也餓了。

最後一點是我唯一可以解決的，我拿出當天稍早留下的麵包塊來吃，雖然不夠，但聊勝於無。我從馬槽喝了一點水，因為太渴，根本不在意那水又鹹又酸。

我考慮離開，但是以我現在的狀態，需要走好幾個小時。況且，城外除了綿延數哩的收割農田外，也沒有其他東西等著我。沒有樹可以遮風，沒有木頭可以生火，沒有兔子可以捕捉，沒有根莖類可以挖掘，沒有石楠叢可以當床。

我餓到胃揪成一團。在這裡，至少我可以聞到某處烹煮著雞肉，我原本想要去找那味道，但我頭暈目眩，肋骨疼痛。或許明天有人會給我一點東西吃吧，現在我太累了，只想睡一覺。

路邊鋪石已經毫無日曬的熱度，風勢漸大，我移到書店門口避風。我快睡著時，書店主人開門出來踢我，叫我滾開，否則他要叫警衛兵來。我盡快地跛著腳走開。

後來，我在巷子裡發現一些空木箱，於是我在箱邊蜷起我那傷痕累累又疲憊的身子，閉上眼，試著不去想被愛你的人圍著、溫暖入睡是什麼感覺。

那是我在塔賓待了近三年的第一個夜晚。

21 地下室、麵包、桶子

午餐時間剛過，應該說，如果我有東西吃，那應該是吃完午餐後不久。我在商人圓環行乞，目前為止，討到兩頓踢（一腳來自警衛兵，一腳來自傭兵），三次推擠（兩名車夫、一名水手），一串和某種奇怪器官有關的咒罵新詞（也是那水手罵的），一口職業不明的糟老頭吐的口水。

還有一個鐵板兒，不過我覺得能討到錢純粹是因為機率，而非慈悲善念，連盲豬偶爾也可能找到橡樹果。

我已經住在塔賓近一個月了，前天第一次嘗試偷竊就出師不利，我伸手進肉販的口袋就被逮了，他狠狠往我側臉揍了一拳，害我到今天站起來或迅速移動時都頭昏腦脹。第一次當偷兒就遭到教訓，我決定今天還是乖乖行乞，今天成果還算不錯。

我的胃因飢餓而揪成一團，一鐵板兒能買的過期麵包也無法填飽肚子。我正考慮往其他街道移動時，看到一名男孩跑向對街一位年紀比我小的乞丐。他們興奮地交談了一會兒，便迅速離開。

我當然跟了過去，可能是以前留下的好奇心作祟吧。況且，讓他倆在中午離開熙來攘往的街角，鐵定有什麼值得我去瞧瞧的事情。可能是泰倫教徒又在發送麵包，水果貨車翻了，或警衛兵正在執行絞刑，那些都值得我花半小時過去瞧瞧。

我跟著他們穿梭蜿蜒的街道，後來看到他們轉個彎，迅速走下一列樓梯，進入一棟燒毀廢墟的地下室。我停下腳步，原本微弱的好奇頓時因為戒心而消失了。

過了一會兒，他們再次出現，手上分別拿著一塊黑麵包。我看著他們推著彼此，有說有笑地信步而過。年紀小的那名男孩不到六歲，看到我在看他們，還對我揮手。

「還剩一些。」他滿口麵包地喊，「不過最好快點過去。」

我念頭一轉，小心翼翼地往樓下走去。底下有幾塊破門留下的爛木板，走進地下室，我可以看到一個小小的通道，通往一個微亮的房間，一位雙眼冷酷的小女孩從我身邊擠過，連頭也沒抬起，她手中也抓著一塊麵包。

我穿過破門，踏進冰冷又潮濕的陰暗屋內。走了十幾步，我聽到低沉的呻吟聲，讓我僵住了腳步。那呻吟近乎動物的聲音，但我的耳朵判斷是人的喉嚨發出來的。

我也不知道我預期會看到什麼，但真的看到時，還是出乎我意料之外。兩盞點著魚油的老舊燈，在深色石牆上映照出模糊的影子，屋內有六張兒童床，每張床上都有人。兩名嬰兒一起包著毯子，躺在石地上，另一名嬰兒蜷縮在一堆破布裡。一個年紀與我相仿的男孩坐在幽暗的角落，頭靠著牆。

有個男孩在床上稍微動了一下，好像在睡夢中活動似的，但那動作很不自然，很勉強，似乎很緊繃的樣子。我靠近細看，看到了真相，他被綁在床上，他們全都是。

他在繩子底下掙動著，發出我剛在走廊聽到的聲音，現在聽起來更清楚了，是長長的呻吟聲：「啊啊啊啊啊吧吧吧吧吧。」

一時間，我只能想到我聽過有關吉比亞公爵的故事，那故事描述他和手下如何綁架與折磨人民二十年，直到後來教會介入，才終止一切。

「怎麼了怎麼了？」另一個房間傳來一個聲音，那語調有點奇怪，好像不是在問問題似的。

床上的男孩突然抽動身子，「啊啊啊吧吧吧。」

一個男人從走廊走了出來，在破爛的袍子上擦著手，「怎麼了怎麼了？」他用同樣不是質問的語調重複一次。他的聲音聽起來又老又累，但充滿耐心，就像沉重的石頭或母貓待小貓那樣，不是我預期吉比亞公爵那種人會有的聲音。

「怎麼了，怎麼了？乖，乖，泰尼。我沒走，只是暫時離開一下，我來了。」他光著腳，腳在地板的石磚上發出啪嗒啪嗒的聲音。我覺得身上的緊繃感逐漸消失，這裡不管發生什麼事，都不像我原本想的那麼邪

惡。

男孩看到老人走近時，就停止掙動了，「伊伊伊啊。」他說，拉著綁住他的繩子。

「怎麼了？」這次聽起來像是個問題了。

「伊伊伊啊。」

「嗯？」老人環顧四周，第一次看到我。「喔，哈囉。」他回頭看床上的男孩，「泰尼今天好聰明，還叫我進來，告訴我有客人來了！」泰尼露出笑容，發出刺耳的呼吸聲。雖然那聲音聽起來不舒服，但顯然他是在笑。

那位光腳男人轉頭過來看我，「我不認得你，你以前來過這裡嗎？」

我搖頭。

「我還有一些麵包，只放了兩天，如果你幫我提點水來，你想吃多少都行。」他看著我，「這樣好嗎？」

我點頭，房裡除了那些床外，只有一扇門附近放著桌椅和空桶子，桌上堆了四大條圓麵包。

他也點點頭，接著小心翼翼地往椅子移動。他的動作謹慎，彷彿跨出腳步很痛似的。

他走到椅子後，癱坐下去，指著門邊的桶子說：「門外有個抽水幫浦與水桶，不用匆忙，這不是比賽。」他一邊說，一邊不經意地蹺起腿，開始揉其中一隻腳。

血液循環不良，我那長久沒用的部分大腦判斷。很可能會感染，導致極度不適。腿應該抬起來，按摩，浸泡柳樹皮、樟樹、竹芋熬煮的溫熱汁液。

「水桶不用裝太滿，我不希望你因此受傷或水濺出來，這邊已經夠濕了。」他把腿放回地上，彎腰抱起一位開始在毯子裡不停掙動的嬰孩。

我在裝水時，偷偷看了那男人幾眼。他有一頭灰髮，但除了髮色和走路緩慢小心的樣子以外，他其實不老。或許四十歲，可能還少一點。他穿著長袍，縫縫補補的地方多到我猜不出來長袍的原始顏色或樣子。雖然他衣衫襤褸的程度跟我差不多，卻比我乾淨。不過不是真的乾淨，只是比我乾淨而已，那其實不難。

他名叫查比斯，那件補丁的長袍是他唯一的衣服。他醒的時候，幾乎都是在這個潮濕的地下室裡，照顧沒人想理的、毫無希望的人，他們大多是小男孩。有些孩子像泰尼一樣，需要綁著，才不會自殘或滾下床。有些則像兩年前發燒燒壞腦子的賈斯賓，需要綁著才不會傷害別人。

查比斯有點中風，跛腿，罹患緊張性精神症，身體痙攣，他以公平與無盡的耐心照顧每一個孩子。我從沒聽過他抱怨什麼，就連永遠腫脹的光腳也沒提過，那雙腳一定常讓他疼痛不已。

他盡力幫我們這些孩子，有額外的食物就分給我們。我們為了換點東西吃，會幫他提水、擦地、跑腿、幫忙抱小孩，讓他們別哭。他要我們做什麼，我們都會去做。沒食物可吃時，我們總是可以喝點水，看到他疲累的微笑，有人把我們當人看待，而不是當我們是穿著破布的動物。

我有時候會覺得，好像只有查比斯一人想照顧塔賓這一帶孤苦無依的孩子。為了報答他，我們就像動物一樣默默地愛戴著他。要是有人敢動查比斯一根汗毛，應該會有上百名咆哮的孩子在街頭把他撕成碎片吧。

最初幾個月，我常去他的地下室，後來去的次數就漸漸少了。查比斯和泰尼是不錯的夥伴，我們都覺得不需要多說話，那滿好的。不過其他流浪的孩子讓我有種說不出的緊張，所以我只有在亟需幫助，或有什麼東西想要分享時，才偶爾去那裡。

雖然我不常過去，但是知道這鎮上還有個地方不會被人亂踢、追打或吐口水，就令人放心。當我自個兒待在屋頂上，知道這世上還有查比斯和那個地下室時，總是讓我覺得好過一些。那幾乎就像一個可以回去的家一樣，幾乎。

22 惡魔時節

我在塔賓的最初幾個月，學到很多東西。

我知道哪間旅店與餐廳會丟棄最好的食物，也學到食物要爛到什麼程度，才會讓人吃了不舒服。

我得知碼頭附近有牆圍起的建築物是泰魯堂，泰倫教徒有時候會發放麵包，要我們禱告才准我們拿走麵包，我並不介意禱告，那比乞討簡單多了。有時候穿灰衣的祭司會希望我進教堂裡禱告，但我聽過一些謠言，每次他們要我進去，不管我麵包拿到手沒，我都會跑開。

我學會躲藏。在老舊的製革廠頂端，三片屋頂連接的地方，我有個祕密基地，可以遮風避雨。我把阿本的書包在帆布裡，藏在斜樑下。我把它當成聖物一樣，很少摸它。那是我過去唯一留下來的實跡，我很用心地保存。

我也得知塔賓很大，沒親眼見過，你不會懂它有多大，它就像一片汪洋，我可以告訴你其中的浪濤，但你要親自站在岸邊，才能依稀知道一點它的規模。你要到汪洋的中央，才會了解它有多大，唯有四周一望無際都是海洋時，你才會明白自己有多麼渺小，多麼脆弱。

塔賓之所以分成上千個小區域，幅員廣大是原因之一，每個區域各有它的特色，包括下旋區、畜販場、洗濯區、中城、蠟油區、釀酒區、塢濱、瀝青道、裁縫巷……你可能一輩子住在塔賓，卻不認得全部的地區。

不過按最實際的目的來分，塔賓分成兩區：海濱與山區。海濱居民貧困，多為乞丐、盜賊、娼妓。山區居民富裕，多為法務官、政客、交際花。

我剛到塔賓兩個月時，第一次想到山區行乞。冬季鎮上天寒地凍，冬至慶典讓街上變得比平常危險。

對此，我還滿震驚的。小時候每年冬天，我們劇團都會為某個城鎮規畫冬至慶典，我們會戴上惡魔面具，在大悼日那七天驚嚇鎮上居民，大家都玩得很開心。父親扮演的黯坎尼斯是如此逼真，大家都以為我們對他施展了什麼魔法。更重要的是，他雖然樣子嚇人，卻很小心，我們劇團負責慶典時，從來沒有人受傷過。

但是塔賓不一樣，噢，慶典的組成份子都一樣，還是有人戴著誇飾的惡魔面具，在鎮上祕密行動與惡作劇；也有黯坎尼斯戴著傳統的黑面具，製造比較大的麻煩。雖然我沒見過泰魯，但我相信那個戴銀色面具的泰魯是在比較安全的地帶閒蕩，扮演他的角色。正如我說的，慶典的組成份子都一樣。

但他們的慶祝方式不同。首先，塔賓太大，一個劇團無法提供足夠的演員扮演惡魔，就連一百個劇團也不夠，所以聘請專業劇團雖是比較明智與安全的作法，但他們不花錢請劇團來扮演，而是讓塔賓的教堂販售惡魔面具牟利。

所以大悼日第一天，鎮上會出現上萬名惡魔亂竄，等於有上萬名業餘的惡魔得以隨心所欲地惡作劇。這看來似乎是小賊趁機打劫的大好機會，其實正好相反。海濱的惡魔數目一定最多，絕大多數的人表現得中規中矩，一聽到泰魯的名字就逃跑，惡作劇時也有分寸，不過很多人還是玩得過火，大悼日的最初幾天比較危險，我通常都會躲起來以策安全。

不過，接近冬至時，情勢就和緩下來了。大夥兒因為面具遺失或厭倦遊戲，街上惡魔的數目逐漸減少。扮演泰魯的人也鬆懈下來了，不管他有沒有戴銀色面具，他不過就是一般凡人，要在七天內跑遍塔賓幾乎不可能。

我選大悼日的最後一天到山區行乞，冬至那天的氣氛總是特別熱鬧，氣氛熱鬧時，行乞的成效也比較好。最棒的是，惡魔數量明顯大減，走在街上安全多了。

中午過後不久，我就出發了，由於完全找不到麵包可偷，我飢腸轆轆。我還記得往山區走時，我還有點興奮。或許有部分的我想起以前和家人是怎麼過冬至的：當天結束後，即可享有熱呼呼的食物與溫暖的被窩。也或許是因為鎮上為了慶祝泰魯的勝利，把長青樹的樹枝堆在一起燃燒，那味道讓我也感染了過節的氣氛。

節。

那天我學到兩件事：我得知乞丐為什麼會一直待在海濱；不管教堂是怎麼告訴你的，冬至都是惡魔的時節。

我從一條巷子裡鑽出來，馬上因為山區氣氛和我居住的地區迥異而大感驚訝。

在海濱，商人用甜言蜜語哄騙顧客，希望引誘他們進店裡消費。萬一引誘不成，他們也會不惜訴諸激烈的言詞：咒罵或甚至公然威脅顧客。

這裡的店主則是緊張地搓著手，鞠躬哈腰，極其客氣，音量從不提高。經過海濱亂象的洗禮，我在這裡就像是誤闖了正式的宴會，人人穿著新衣，乾乾淨淨，大家似乎都參加某種複雜的社交舞會似的。

不過，這兒也藏了一些鬼怪。我觀察街道時，發現對街小巷裡潛伏了兩個人，他們的面具看來不錯，顏色鮮紅，模樣凶狠。其中一個面具張大了嘴，另一個面具露出白色的獠牙，他們都穿著傳統的黑色連帽長袍，那才是標準的穿法，海濱有很多惡魔連服裝都隨便穿。

這兩個惡魔溜出來跟蹤一對穿著體面的年輕男女，他們正手牽手在街上散步。惡魔小心翼翼地在他們身後跟了近百呎，其中一位惡魔突然搶走那男子的帽子，把它塞進附近的雪堆裡。另一位惡魔突然上前，把那名女子抱離地面，她驚聲尖叫，男子則是和惡魔搶著手杖，顯然對整個情況不知所措。

幸好，他的女伴鎮靜了下來，大喊：「泰魯！泰魯！Tehus antausa eha！」

那兩個戴紅色面具的人一聽到泰魯的名字就畏縮了，轉身逃走。

大家都為此喝采，一位店家的老闆幫那名男子取出帽子，整個事件和平落幕，讓我驚訝不已。顯然在優質地區，連惡魔都比較客氣。

看到這種情況，讓我勇氣倍增，我觀察群眾，尋找最佳的下手對象。我走近一名年輕女子，她身穿粉藍色的連衣裙，裹著白色的皮裘，留著金色長髮，捲髮優美地垂在臉旁。

我走到她面前時，她低頭看我，停下腳步。我看到她一手遮住嘴巴，驚訝地倒抽一口氣。「女士，施捨一下。」我伸出手，故意微微地顫抖，我的聲音也抖了，「拜託。」我盡量裝出又卑微又無助的樣子，在薄薄的灰雪上來回搓動著雙腳。

「可憐的孩子。」她輕輕一嘆，小聲到我幾乎聽不到。她摸索著身邊的皮包，目光離不開我，也或許是不願從我身上離開。不久，她往皮包裡瞧，拿出一樣東西。她拉著我的手握住那東西時，我可以感覺到硬幣冰冷與踏實的重量。

「女士，謝謝。」我不自覺地說，低頭看到指間閃出的銀光。我打開手指，看到一枚銀分，完整的一銀分。

我目瞪口呆，一銀分值十銅分，或五十鐵分。而且，那夠我半個月每晚都吃得飽飽的。一鐵分就夠我在紅眼旅店睡一晚，兩鐵分就可以睡在夜晚火堆餘燼的爐邊，我還可以買條破毯子，躲在屋頂，溫暖過冬。

我抬頭看著那名女子，她仍以憐憫的眼神看著我，她不知道這枚硬幣對我的意義，「謝謝妳。」我嘶啞地說，我想起在劇團時說過的一句話，「願妳未來好事連連，運途平順。」

她對我微笑，可能還說了點什麼，但我覺得脖子附近有股奇怪的感覺，好像有人盯著我看。想在街頭混，一定要養成對某些事情的敏銳感，否則會過得很慘。

我環顧四周，看到一位店家的老闆正在跟守衛說話，指著我的方向。那不是海濱守衛，他鬍子刮得乾乾淨淨，英姿挺拔，穿著縫有金屬飾釘的黑色無袖皮上衣，手拿著外包黃銅的棍棒，那棒子跟他的手臂一樣長。我無意中聽到那老闆說的隻字片語。

「……顧客，他要買巧克力……」他再次往我的方向指，說了一些我聽不到的話。「……付你？沒錯，或許我應該提……」

守衛轉頭往我的方向看，和我四目交接，我轉身就跑。

我轉進我看到的第一個巷弄，我的鞋底太薄，在薄薄的積雪上滑行。我轉進第一條巷子分出的第二條巷子時，聽到後方傳來重重的靴子聲。

我找地方鑽，尋覓藏身之處的時候，胸口呼吸急促，但我對這一帶又不熟，沒有成堆的垃圾可以鑽入，也沒有燒毀的建築可以爬越，我感覺到結凍的砂礫薄片劃開了我薄薄的鞋底，我逼著自己繼續跑，但整隻腳疼痛不已。

我拐過第三個彎時，跑進了死巷，爬牆爬到一半時，發現有隻手抓住我的腳踝，拉我下來。

我的頭撞上鋪石，守衛拉著我的手腕與頭髮，把我從地上拉了起來，我感到一陣天旋地轉。「你這小子滿聰明的嘛。」他喘著氣，熱氣傳到我臉上，他散發著皮革與汗水的味道。「你年紀夠大了，應該要知道跑是沒用的。」他生氣地搖晃我，抓我的頭髮。周遭巷弄好像都傾斜了，我叫了出來。

他粗魯地把我壓在牆上，「你也應該知道你不該來山區才對。」他搖晃我，「你是傻瓜嗎？」

「不是。」我摸著冰冷的牆，頭昏腦脹地回答，「不是。」

我的回答似乎激怒了他。「不是？」他怒斥，「你找我麻煩，我可能會被記上一筆，如果你不是傻瓜，就是欠缺教訓。」他把我的身體轉過來，將我推倒在地。我在泥濘的雪地上滑行，手肘撞到地板，手臂整個麻了。原本抓住一個月食物、溫暖毯子、乾燥鞋子的那隻手張了開來，那個寶貴的東西就這樣不翼而飛，落地時，連個叮噹聲都沒有。

我幾乎沒注意到它不見了。冷風颼颼，他的棒子打在我腿上，砰的一聲。他對我咆哮：「別來山區，懂嗎？」他又舉起棒子打了我一下，這次是打在肩胛骨上。「超過休耕街的一切，是禁止你們這些賤民進入的，懂嗎？」他反手打我一巴掌，我的頭滑過冰雪覆蓋的鋪石，我嚐到血的味道。

我的身體蜷縮成一團，他低頭對我嘶聲說：「磨坊街和磨坊市場是我負責的地方，所以你－千－萬－別－再－來－了。」他每講一個字就用棒子敲我一下，「懂嗎？」

我躺在泥濘的雪地上顫抖，希望這一切結束，希望他就這樣離開。「懂嗎？」他踢我肚子，我感到體內有東西撕裂似的。

我大叫，可能模糊不清地說了什麼，他看我沒起來，再次踢我，然後就走了。

我想，我昏了過去或茫然地躺在那裡。等我再度恢復意識時，已是黃昏，冷得刺骨。我在泥濘的雪地與潮濕的垃圾上爬行，用凍到麻痺、幾乎無法運作的手指摸索著銀幣。

我有一隻眼睛腫得睜不開，嘴裡嚐到血的味道，最後一絲光線消失時，我仍持續尋找。連整條巷子一片漆黑時，我還是一直在雪地上摸索，雖然我內心深處很清楚，即使我碰巧摸到那硬幣，我的手指也會因為太麻而感受不到。

我倚著牆站起來，開始走路。腿部受傷，讓我走得更慢。每走一步，就有一股疼痛感從腳下傳來。我試著以牆當拐杖，支撐一些重量。

我走回海濱，這個比其他地方更像我家的地區。我的腿因為天寒地凍而逐漸麻痺，雖然理性的我為此感到擔心，但務實的我卻很高興疼痛的部位少了一處。

離我的祕密基地還有好幾哩路，我的跛行速度又慢，中間我應該是跌倒過，但我不記得了，我只記得我躺在雪裡，覺得輕鬆多了。我感到睡意就像一張厚重的毯子蓋在我身上，像死亡一樣。

我閉上眼，還記得街頭四下無人的沉寂感。我凍到毫無感覺，努力讓自己保有適度的恐懼感。在精神錯亂下，我想像死亡是一隻大鳥，有著一雙火影翅膀，盤旋在我上方，耐心地觀望，等著我……

我睡著了，那隻大鳥把燃燒的翅膀圍在我身邊，我想像一種香甜的暖意。接著牠把爪子伸進我體內，把我撕開……

不，那只是有人把我轉過身，讓我感受到肋骨的撕裂感而已。

我朦朧地睜開眼，看到一個惡魔站著看我。我在腦筋混亂與容易輕信一切的狀態下，看到戴著惡魔面具的男子，就這樣嚇醒了，不久前感受到的舒服暖意頓時消失，全身無力又沉重。

「沒錯，我就跟妳說了，這裡有個小孩躺在雪裡！」惡魔扶我起來。

現在我清醒了，發現他的面具是全黑的，那是黯坎尼斯，惡魔之王。他扶著我不穩地站著，拍掉我身上的雪。

我從沒腫的那一眼看到附近站了另一個人，戴著青綠色的面具。「快點……」另一個惡魔催促，她的聲音從成排尖牙的後方傳來，聽起來很空洞。

黯坎尼斯沒理她，「你還好吧？」

我想不出要如何回應，所以我專心保持平衡，那人則是持續用他深色長袍的袖子幫我拍除積雪。我聽到遠處傳來號角聲。

另一個惡魔緊張地往路的遠端瞧，「被他們趕上就糟了。」她緊張地嘶聲說。

黯坎尼斯用戴著深色手套的手指撥掉我頭髮上的雪，然後停頓了一會兒，貼近我的臉，他的黑色面具在我的模糊視線下奇怪地靠近。

「你快凍死了。」黯坎尼斯說，開始用手摩擦我的手臂與雙腳，想幫我促進血液循環。「你得跟我們一塊走。」

「守衛兵。」我設法吐出低啞的聲音。說話時，我嚐到血的味道。

「老天，有人把這小孩打得半死，更何況今天是冬至。」

號角聲又響了，這次聲音更近，隱約夾雜了群眾的聲音。

「別傻了。」另一個惡魔說，「他那個樣子根本不可能在鎮上跑來跑去。」

「他這個樣子也不能待在這裡。」黯坎尼斯喝斥，他繼續粗略地按摩我的手臂和雙腳，我的四肢漸漸恢復知覺，大多是刺痛感，有點像不久前我漸漸睡去時的溫熱感多加了痛苦的感覺。他每次摸到我受傷的地方時，我就感到一股刺痛戳著我，但我的身體已經累到無法畏縮了。

青綠面具的惡魔靠了過來，一手搭在她朋友的肩上，「蓋瑞克！我們現在得走了，其他人會照顧他的。」她試著拉朋友離開，卻拉不走。「別人看到我們和他在一起，會以為他是我們打的。」

黑面男子咒罵了一句，接著點頭，開始伸手進袍子底下翻找東西。「不要再躺下去了。」他語氣急迫地對我說，「到裡頭去，到可以暖和身子的地方。」群眾的聲音已經近到我可以聽到個別的人聲夾雜著馬蹄聲與木輪咯吱作響聲。黑面男子伸出手。

我等了一會兒才注意到他手上拿了什麼，一塊銀幣，比我丟掉的一銀分還貴重[6]，這金額多到我難以思考，「拿去吧。」

他是黑暗的象徵，黑色連帽斗篷、黑面具、黑手套。黯坎尼斯站在我面前，手上拿著閃著月光的耀眼銀幣給我。我想到《戴歐尼卡》劇中，塔瑟斯出賣靈魂的情節。

我拿起銀幣，但我的手麻到感覺不到。我必須低頭確定手指抓住了它。我想像我可以感受到一股暖流往手臂蔓延，我更用力去感覺，對著黑面男子露齒而笑。

「連我的手套一起拿走吧。」他脫下手套，把它們推到我胸口。我還沒來得及向他道謝，青面惡魔就把我的恩人拉走了。我看著他們兩個離開，在塔賓的月色下，他們的黑色長袍在灰黑色的街道上，就像是一道逐漸消失的黑影。

不到一分鐘，我就看到慶典遊行的火炬從附近的街角過來，上百位男女歌唱、喊叫的聲音像浪潮般朝我湧來。我趕緊後退讓路，直到我覺得背後靠到牆壁為止。接著我虛弱地向旁邊滑動，最後我躲進一個凹入的門口。

我從那裡觀看遊行，一群人走過，又叫又笑。泰魯高高在上地站在四匹白馬拉的馬車背後，他的銀色面具閃耀著火炬的光芒，他的白袍白淨無暇，袖口與衣領都圍著白毛。身穿灰袍的祭司在馬車旁隨行，敲著鐘，吟唱著。他們很多人帶著懺悔祭司的沉重鐵鏈。人聲與鐘聲，吟唱與鐵鏈，混合成一種音樂。眾人的目光都集中在泰魯身上，沒人注意到我站在門口的陰影下。

6　銀幣（Silver Talent）是席德幣，世界通用幣。銀分（Silver Penny）、銅分（Copper Penny）、鐵分（Iron Penny）則是聯邦幣。

過了近十分鐘，人群才完全經過。我等到大家都走光了才出來，開始小心翼翼地走回家。我走得很慢，但手中握的硬幣讓我更加堅強。我每走十步左右，就檢查一下我那麻痺的手是否還緊抓著那枚銀幣。我想戴上他送的手套，卻又怕銀幣掉入雪中不見蹤影。

我不知道走了多久，走路讓我的身體暖和了一些，不過我的腳依舊像木頭般沒什麼知覺。我轉頭往肩後看時，發現我的足跡每隔一步就留下一些血跡，那帶給我一種奇怪的安心感，流血的腳比凍僵的腳好。

我在第一家我認得的旅社前停了下來：笑面人旅店。旅社裡充滿了音樂、歌唱、慶祝的氣氛。我避開前門，繞到後面的巷子，有兩位女孩子偷懶在廚房門口聊天。

我跛著腳走向她們，倚著牆當楞杖，她們一直沒注意到我接近，比較年輕的那位看到我時倒抽了一口氣。

我又走近一步，「妳們能幫我拿點食物和毯子來嗎？我可以付錢。」我伸出手，看到手顫抖的程度，連我都嚇了一跳。銀幣上沾了血跡，因為剛剛碰到了我的臉。我的嘴裡感覺有傷口，連說話都會痛，「拜託。」

她們嚇得靜靜地看著我一會兒，然後兩人面面相覷，比較年長那位作勢叫另一位進去，年輕的女孩不發一語地溜進門內。那位年紀較大的女孩可能約十六歲，她靠近我，伸出手。

我給她錢幣，讓手臂沉重地落在身體一側。她看了錢幣一下，再次凝視了我很久，便溜進門內。

從敞開的門口，我可以聽到旅店熱絡忙碌的聲音：低語對話聲，夾雜著笑聲，瓶瓶罐罐清脆的碰撞聲，以及木杯放到桌上的砰然響聲。

另外還有魯特琴的彈奏聲，輕柔地穿梭在這一切聲音之間，那聲音很隱約，幾乎被其他噪音掩蓋了，但我聽起來就像母親可以辨識孩子遠在十幾個房間外的哭聲一樣。那音樂就像是家庭、友誼、溫暖關係的記憶，讓我的胃揪成一團，牙也痛了起來。一時間，我的手不再因為寒冷而疼痛，而是渴望音樂穿梭其間的熟悉感。

我拖著腳慢慢移動，慢慢沿著牆移開門口，直到我聽不到那音樂為止。之後我又移了一步，我的手又因為寒冷而痛了起來，胸口也因為肋骨斷了而疼痛不已，不過這些痛苦比較單純，比較容易承受。

不知道又過了多久，那兩位女孩才回到門口。比較年輕的女孩遞給我一條毯子，裡面包了東西。我把它們摟在疼痛的胸口，它們的重量似乎和尺寸不成比例，感覺沉重許多，不過由於我的手有點發抖，也難以辨別。年紀較大的女孩拿出一個裝了錢的小錢包，我也拿了，還因為抓得太緊，讓凍傷的手指都疼了。

她看著我說：「你需要的話，可以進來待在火堆的角落。」

年輕的女孩立刻點頭說：「納提不會介意的。」她上前拉我的手臂。

我猛然甩開她的手，差點跌倒，「不要！」我想大喊，結果發出來的卻是微弱的嘶啞聲，「不要碰我。」我的聲音顫抖，雖然我也無法判斷我是生氣還是害怕。我搖搖晃晃地靠著牆，聲音聽來模糊，「我沒事的。」

年輕的女孩哭了起來，她的手無力地放在身旁。

「我有地方可以去。」我的聲音嘶啞，轉身離去。我儘速離開，除了逃避人以外，我不知道自己想逃離什麼。那也是我學到的另一個啟示，或許我學得太透徹了：人代表著苦難。我聽到身後傳來幾聲嗚咽聲，我覺得自己好像走了很久，才走到街角。

我走回我的藏身之處，兩個建築的屋頂在第三個突出的屋頂下相接，我不知道我是怎麼爬上去的。

毯子裡包著一整瓶的香料酒，一條剛出爐的麵包，以及一塊比我拳頭還大的火雞胸肉。在下雪轉成下冰雨時，我用毯子裹住自己以避寒風。我身後的煙囪磚頭是暖的，棒極了。

第一口酒入口時，如火焰般灼燒著我嘴裡的傷口，但第二口就沒那麼痛了。麵包鬆軟，火雞肉還是溫熱的。夜半鎮上所有的鐘開始鳴響時，我醒了過來。大家跑上街大叫，為期七天的大悼日終於過了，冬至過了，新的一年就此展開。

23 燃燒的輪子

當晚我一直窩在那個祕密基地，隔天睡到很晚，醒來發現身體僵直，痛不欲生。既然還有一些食物和一點酒，我就一直待在原處，不冒著摔下樓的危險到街頭行乞了。

這天毫無陽光，濕冷的寒風吹個不停，冰雨吹打進突出的屋頂下。我身後的煙囪雖然溫暖，卻不足以烘乾毯子或趕走濕透我衣服的冰冷水氣。

我早早就喝完了酒，也吃完了麵包。之後的時間，我大多是在啃火雞骨頭，用空酒瓶把雪溫融以便飲用，但這兩件事都成效不彰，結果我吃下好幾口泥濘的雪，害我全身顫抖，嘴裡還留下焦油味。

雖然遍體鱗傷，下午我還是沉沉入睡了，睡到晚上才醒來，整個人充滿暖意。我掀開毯子，移開現在燒得太燙的煙囪，又睡到天快亮時，才全身顫抖、濕答答地醒來。我感到頭暈，腦子不太清醒，於是我又縮回煙囪旁邊，整天就這樣昏昏沉沉地忽睡忽醒，因為發燒而睡得很淺。

在發燒得神智不清，又幾乎全跛之下，我不記得我是怎麼爬下屋頂的。我也不記得我是怎麼走過蠟油區與板箱區之間約兩哩的路程。我只記得我跌落通往查比斯地下室的樓梯，手裡緊抓著錢包。我躺在那裡顫抖與冒汗時，隱約聽到他光腳踩踏在石板上的聲音。

「怎麼了，怎麼了。」他輕輕地扶我起來，「乖，乖。」

我高燒了好幾天，都是查比斯細心地照顧我。他幫我蓋好毯子，餵我吃東西，當我高燒不止時，他用我帶來的錢去買又苦又甜的藥水。我發燒時不斷夢到過世的雙親、祁德林人、一位眼睛空洞的男人，並從睡夢中呼喊，查比斯總是在一旁幫我把臉與手擦濕降溫，耐心地低語：「怎麼了，怎麼了，乖，乖。」

我醒來時頭腦清楚，身體也涼快多了。

「嗚嗚嗚雷雷雷。」泰尼從他綁住的床上大喊。

「怎麼了，怎麼了，乖，乖，泰尼。」查比斯放下一位嬰兒，又抱起另一位，那嬰兒用又大又黑的雙眼骨碌碌地望著四周，但好像沒力撐起自己的頭。房裡一片寧靜。

「嗚嗚嗚雷雷雷雷雷。」泰尼再次呼喊。

我咳了一下，想清一清喉嚨。

「你旁邊的地上有個杯子。」查比斯說，一手摸著手中嬰兒的頭。

「嗚嗚嗚嗚嗚……嗚嗚雷雷雷……伊伊伊伊啊！」泰尼大叫，叫聲中穿插著奇怪的氣音，那噪音驚動其他床上的人，他們不安地在床上扭動著。窩在角落那位年紀較大的男孩把手放到頭的兩側，開始呻吟，前後搖晃身子，一開始只是緩緩晃動，後來愈搖愈激烈，頭都撞到牆上露出的石頭了。

在他傷害自己之前，查比斯就趕到他的身邊，用手抱著他。「乖乖，龍尼，乖乖。」男孩的搖晃減緩了，但沒有完全停下來。「泰尼，你知道不該發出那些噪音的。」他一本正經地說，但不嚴厲。「你為什麼要惹麻煩？龍尼可能傷了自己。」

「嗚啦伊。」泰尼輕聲地說，我可以察覺他的聲音裡有一絲悔意。

「我猜他想聽故事吧。」我說，我這麼說連我自己都很訝異。

「啊啊啊。」泰尼說。

「泰尼，你真的那麼想嗎？」

「啊啊啊。」

沉默了一會兒，「我不知道任何故事。」他說。

泰尼倔強地悶不吭聲。

我心想，每個人都知道故事吧，至少都知道一個。

「嗚嗚嗚雷雷！」

查比斯環顧安靜的房間，彷彿想找個藉口似的。「嗯。」他勉強地說，「我們已經很久沒講故事了，對吧？」他低頭看著懷裡的男孩，「龍尼，你想聽故事嗎？」

龍尼猛力地點頭，後腦杓幾乎快撞上查比斯的臉頰了。

「你要不要乖乖地坐好，讓我來講個故事？」

龍尼幾乎馬上停了下來，查比斯緩緩地放開手臂，站了開來。他看了好一會兒，確定男孩不會傷害自己後，就小心翼翼地走回他的椅子。

「嗯，」他輕聲低語，同時彎下腰抱起他剛剛放下的嬰兒。「我有故事嗎？」他輕輕地對著張大眼的小嬰兒說，「我沒有耶，我還記得嗎？我想我最好要想一個出來。」

他坐了好一段時間，對著懷裡的嬰兒哼著曲子，臉上浮現深思的表情。「對了，當然有故事。」他坐直身體，「我要開始講囉。」

這是很久以前的故事，遠在我們還沒出生以前，也遠在我們的父親還沒出生以前，是好久好久以前的事了，可能有四百年了吧。不，更久，可能有上千年了，不過可能沒那麼久也說不定。

那個時候時局不安，人民飢苦，飢荒與大瘟疫盛行，還有很多戰爭與其他的壞事，因為無人能加以遏止。

不過，這個時期最糟的事，是惡魔四處橫行。有些惡魔小而麻煩，他們使馬兒的腳不良於行，使牛乳酸臭，但還有很多惡魔比他們還糟。

有些惡魔會潛入人體，讓人生病或發瘋，但這還不是最糟的。有些惡魔像大野獸，在人還活著大呼小叫時，就抓來生吃，但他們也不是最糟的。有些惡魔會偷人皮，把人皮像衣服一樣穿在身上，但連他們都不是最糟的。

有一個惡魔比其他惡魔都還可怕，他是黑暗吞噬者黯坎尼斯。不管他走到哪裡，影子都掩蓋著他的臉。就連螯過他的蠍子，也會因為觸碰了他而腐壞至死。

創造世界的萬物之神泰魯關照著世人，他看到惡魔荼毒生靈，吞噬我們的身體，於是他拯救了一些人，不過只有一些而已。因為泰魯很公正，他只救值得救的人。在那個年代，為自己著想而行善的人都不多了，為別人著想的人就更少了。

泰魯對此相當不悅，因為他創造世界，就是希望這裡成為大家生活的樂土，但他的教會腐敗，神職人員劫貧又不遵守他訂定的規範……

不，等等，那時還沒有教會，也還沒有祭司，只有男男女女，有些人知道泰魯是誰，但連知道的人裡，也有些人是邪惡的，所以他們請求天神泰魯協助時，泰魯都不太想幫他們。

不過，泰魯經過多年的觀察與等待，看到一位心地善良的女子，她名叫佩瑞兒，從小她母親就教導她認識泰魯，她雖然窮困，仍竭力敬拜泰魯。佩瑞兒雖然過得很辛苦，但她只為他人禱告，從來不為自己禱告。

泰魯觀察她好幾年，他看到她生活困苦，在惡魔與壞人肆虐下，屢逢不幸與苦難，但她從來不咒罵泰魯的名字或停止禱告，她總是尊重與善待他人。

所以有一天晚上，泰魯進到她的夢中，站到她的面前。泰魯看起來好像全身都是由火或日光組成的一樣，他以光芒耀眼的姿態現身，問她知不知道他是誰。

「當然知道。」她說，她看起來很冷靜，因為她覺得這只是個怪夢，「您是泰魯大人。」

他點頭，問她知不知道他為什麼來找她。

「您是來幫我鄰居黛柏拉的嗎？」她問，因為她睡前就是幫黛柏拉祈禱的，「您是來觸摸她先生羅梭的手，讓他變成更好的人嗎？他對待黛柏拉的方式不對，男人不該對女人動手，關愛時除外。」

泰魯知道她的鄰居，他知道他們是邪惡的人，做了邪惡的事。全村的人除了佩瑞兒以外，每個人都是邪惡的，其實全世界的人都是。泰魯這樣告訴她。

「黛柏拉一直對我很好。」佩瑞兒說，「即使我不喜歡羅梭，他還是我的鄰居。」

泰魯告訴她，黛柏拉和很多男人通姦，羅梭天天飲酒，連悼日也喝。不，等等，那時還沒有所謂的「悼日」，反正他就是喝很多的酒就對了。有時他會發酒瘋，打老婆，直到她站不起來，或甚至叫不出聲。

佩瑞兒在夢中沉默了好一會兒，她知道泰魯說的都是實話，但佩瑞兒雖然心地單純，並不愚笨，她也懷疑過鄰居做了泰魯說的事，即使現在她確定了，她還是很關心她的鄰居，「您不幫她嗎？」

泰魯說，他們夫妻倆正好是彼此的懲罰，他們都是邪惡的，邪惡的人都該受罰。

佩瑞兒很坦白，或許她覺得自己在作夢，又或許她醒著時，也會說一樣的事情，因為她是說出內心的感受，「這世界充滿困難的抉擇、飢餓與孤苦，並不是他們的錯。」她說，「當惡魔變成世人的鄰居時，您期待他們做什麼？」

泰魯雖然聽到了佩瑞兒的睿智言論，他還是告訴她，人類是邪惡的，邪惡者就該受罰。

「我想您不太知道身為凡人是什麼樣子。」她說，「如果可以，我還是會幫助他們。」她堅定地說。

我就成全妳吧，泰魯對她說，並伸手觸摸她的心。泰魯觸摸她時，她覺得自己就像一盞大金鐘，第一次發出聲響。她睜開眼，知道那不是普通的夢。

所以，當佩瑞兒發現自己懷孕時，她並不訝異，三個月後，她便產下一個眼瞳全黑的小男嬰，幫他取名為曼達。曼達出生隔天就會爬了，兩天內已經會走路。佩瑞兒很驚訝，但她不擔心，因為她知道這個孩子是天神的贈禮。

不過，佩瑞兒很聰明，她知道大家可能不會懂，所以她把曼達留在身邊，朋友與鄰居來訪時，她都請他們離開。

但這麼做無法持續太久，因為小鎮藏不住祕密。大家都知道佩瑞兒未婚，雖然當時私生子也很常見，但大家都沒看過兩個月內長大成人的孩子。大家擔心她可能是和惡魔一起生的，害怕那是惡魔的孩子。在那黑暗時代，那樣的事情並非前所未聞，大家都很害怕。

所以大家在第七旬的第一天聚在一起，在鎮上鐵匠雷耿的領導下，一起往佩瑞兒和兒子同住的小屋走去。「讓我們看那男孩！」雷耿大喊，但屋裡毫無回應。「把男孩帶出來，讓我們確定他只不過是個人類的小孩。」

屋內還是毫無反應，雖然群眾裡有很多男人，但沒人想踏進可能有惡魔小孩的房子裡。所以鐵匠再次大喊，「佩瑞兒，把小曼達帶出來，否則我們就燒了妳的房子。」

這時門打開了，一名男子走了出來，沒人認得他是誰，因為曼達雖然才出娘胎七旬，看起來已像十七歲的青年。他英挺地站著，髮色與眼珠如黑炭般墨黑。「你們所謂的曼達，就是我。」他用低沉有力的聲音說，「找我有什麼事嗎？」

他的聲音讓屋裡的佩瑞兒大吃一驚，因為這不僅是曼達第一次開口說話，她也認出那聲音和幾個月前夢裡聽到的聲音一樣。

「你說我們認為你是曼達，這是什麼意思？」鐵匠問，緊握著鐵鎚，他知道有些惡魔長得很像人，或是披上人皮，就好像人藏匿在羊皮下一樣。

那個不是小孩的孩子又說了：「我是佩瑞兒的兒子，但我不是曼達，我也不是惡魔。」

「那就來摸摸我鐵鎚的鐵吧！」雷耿說，因為他知道所有的惡魔都怕兩樣東西：冰冷的鐵與乾淨的火。鐵匠伸出沉重的鐵鎚，鐵鎚在他手上抖動，但沒人因此覺得他不夠勇敢。

那位自稱不是曼達的人往前一站，把雙手放在鐵鎚的鎚頭上，沒發生什麼事。佩瑞兒從屋子的門口看到這光景，突然哭了起來，因為她雖然相信泰魯，但有部分的她依舊像母親一樣擔心著孩子。

「我不是曼達，雖然那是我母親叫我的名字。我是泰魯，萬物之主，我是來拯救你們，帶你們脫離惡魔與你們內心的邪惡。我是泰魯，是我自已的孩子。讓邪惡的人聽到我的聲音就開始顫抖吧。」

他們的確都顫抖了，但其中有些人不願相信，他們說他是惡魔，還威脅他。他們口出惡言，語帶威脅，有些人還丟石頭，詛咒他，對他和他母親吐口水。

後來泰魯生氣了，他原本想殺了全部的人，但佩瑞兒衝上前，把手放在他肩上勸阻他，「你還冀望什麼？」她輕聲問，「對這些和惡魔為鄰的人，你還冀望什麼？再好的狗被踢久了也是會咬人的。」

泰魯思索她的話，明白她是睿智的。所以泰魯仔細打量雷耿，窺探他的內心深處，他說：「恩耿之子雷耿，你包養了一名情婦。有些人來為你效勞，你卻欺騙他們或侵佔他們的東西。雖然你禱告得很大聲，卻一點都不相信我（泰魯）創造了世界，會看顧所有的世人。」

雷耿一聽，臉色蒼白，鐵鎚掉落在地。因為泰魯所言句句屬實，泰魯看著現場所有的男女，一一透視他們的內心，說出他看到的狀況。他們全都是邪惡的，雷耿還算是其中比較不那麼糟糕的人。

接著泰魯在泥土路上畫一條線，就畫在他和其他人之間。「這條路就像人生的蜿蜒之道，有兩條並行的路徑可走，你們都已經走過那邊的路了，現在你必須選擇，是要繼續待在你們那條路徑，還是跨到我這邊來。」

「這兩路徑不是一樣嗎？他們不是都通往同一個地方嗎？」有人問。

「沒錯。」

「這路通往何方？」

「死亡。世上萬物，除了一個以外，都不免一死，那是萬物運作的方式。」

「那麼，選擇走哪一邊又有什麼關係？」雷耿問。雷耿人高馬大，是少數比黑眼泰魯更高的人。但是過去幾小時，他看到與聽到的一切讓他震撼不已，「我們這邊的路上有什麼？」

「痛苦。」泰魯以冷酷的語氣說，「懲罰。」

「你那邊呢？」

「為了你做過的事，現在痛苦，現在受罰。」泰魯以同樣的語氣說，「那是無可避免的，但我也在這裡，這是我的路。」

「我如何跨過去？」

「懊悔，悔悟，然後跨到我這邊來。」

雷耿跨過那條線，站到神的旁邊。接著泰魯彎下腰，撿起雷耿剛剛掉落的鐵鎚，但他沒有把鐵鎚交還給雷耿，而是像抽鞭子一樣，用鐵鎚敲他。一次，兩次，三次。第三次打得雷耿跪地啜泣，痛得大叫。但第三次後，泰魯就把鐵鎚放在一邊，蹲下來看著雷耿的臉龐。「你是第一個跨過來的。」他講得很小聲，只有鐵匠聽得到，「這是很勇敢，很難的事，我以你為榮。你已經不再是雷耿了，現在你是造路者，名叫威瑞斯。」接著泰魯展開雙臂擁抱他，他的觸摸讓脫胎換骨成威瑞斯的雷耿減了大半的疼痛，但不是全部，因為泰魯說過懲罰是無法避免的。

接著其他的人一一跨過那條線，泰魯依序用鐵鎚敲他們，但是每位男男女女跪下時，泰魯都會蹲下來對他們說話，賦予他們新的名字，平撫他們部分的傷痛。

很多男女的體內潛藏著惡魔，鐵鎚一碰，惡魔就尖叫逃離。泰魯和這些人說話時，會說久一點，他最後擁抱他們時，他們都很感激。有些人因為恐怖東西不再常駐體內，而高興地手舞足蹈。

最後，有七人還待在線的另一邊，泰魯問他們要不要跨過來，問了三次，他們三次都回絕。泰魯問了三次後，他跳過那條線，對他們一一猛力出擊，把他們打倒在地。

但他們不全是人，泰魯對第四位猛力一擊時，發出淬鐵聲與燃燒皮革的味道。因為第四個不是人，而是披著人皮的惡魔，他露出真面目時，泰魯抓起惡魔，親手掐碎他，詛咒他的名字，把他趕回惡魔所屬的黑暗外界。

剩下的三人也被泰魯擊倒在地，他們都不是惡魔，不過有些人被泰魯一打，體內的惡魔就逃離了。泰魯痛擊他們後，沒對那六位沒跨過線的人說話，也沒蹲下來擁抱他們以減輕他們的傷痛。

隔天，泰魯著手完成他展開的行動，他走訪各城鎮，提供每個城鎮的人他前一天給過的同樣選擇，結果總是一樣，有些人跨過線，有些人留在原地。有些不是人，而是惡魔，他一一加以毀滅。

但有一個惡魔逃過泰魯的重擊，他是黯坎尼斯，臉籠罩在影子裡，聲音宛如刀過割人心。

每次泰魯停下來讓大家選擇路徑時，黯坎尼斯都才剛到當地扼殺作物、在井裡下毒，他讓居民謀殺彼此，夜裡從床上偷走孩子。

過了七年，泰魯的腳已走遍世界，趕走折磨我們的惡魔，只剩一個還在。黯坎尼斯持續逍遙在外，他犯了上千個惡魔的惡行，所到之處無不加以摧毀與掠奪。

所以泰魯追擊，黯坎尼斯逃逸，沒多久泰魯只落後惡魔一旬的路程，後來落後兩天，接著只差半天。最後他已經近到可以感受出黯坎尼斯經過的寒意，也可以偵察到黯坎尼斯曾經駐足下手的地方，因為那些地方都留下冰冷的黑霜。

黯坎尼斯知道有人在追擊他，他來到一個大城市，這位惡魔之主召喚他的力量，把城市摧毀成廢墟，他這麼做是希望能拖延泰魯，以便脫逃。但「步行之神」只暫停該地，指派祭司關懷廢墟的人民。

黯坎尼斯逃逸了六天，摧毀了六大城。但第七天，泰魯在黯坎尼斯摧毀第七個城市以前趕到，拯救了第七個城市。這也是為什麼七是幸運數字，是我們慶祝「旬七」的原因。

如今黯坎尼斯被泰魯緊追在後，他一心只想逃脫。第八天，泰魯並沒有停下來睡眠或進食，所以在伐日終了時，泰魯逮到了黯坎尼斯，他跳到惡魔的身上，用鐵鎚重擊，黯坎尼斯像石頭般倒下，不過泰魯的鐵鎚也碎了，散落在路上的塵土中。

泰魯帶著惡魔軟弱無力的身體，走了一整個長夜，在第九天的早上，到了艾圖城。大家看到泰魯帶著惡魔毫無意識的軀體時，以為黯坎尼斯已經死了。但泰魯知道沒那麼簡單，光是刀刃或重擊是無法置他於死地的，沒什麼牢獄關得了他。

所以泰魯把黯坎尼斯帶到鐵匠鋪，他需要鐵，大家把自己擁有的鐵都拿來了。第九天泰魯完全沒有休息，也沒有進食，他工作了一整天，在十人幫忙操作風箱下，冶煉大鐵輪。

泰魯工作了一整晚，第十天早上曙光乍現時，他最後一次敲打鐵輪，終於製作完成。那輪子是以黑鐵冶煉而成，立起來比人還高，有六支輪輻，每一支都比鐵鎚的握柄還粗，輪框也有拇指到小指那麼寬，總重和四十個男人差不多，摸起來冰冷。它的名稱很可怕，沒人說得出口。

泰魯把圍觀的人聚集起來，從中挑了一位祭司。接著他要求大家在城中央挖個大坑，直徑十五呎，深二十呎。

太陽升起時，泰魯把惡魔的軀體放在輪上。黯坎尼斯一接觸到鐵，便開始在睡夢中翻動，但泰魯把他緊緊地綁在輪上，釘上鎖鍊，把鎖鍊封得比什麼都緊。

接著泰倫後退，大家看到黯坎尼斯又動了一下身子，彷彿在討厭的夢境中受到干擾一樣。接著黯坎尼斯猛然一搖，完全醒了，在鎖鏈下用力地掙扎，身體向上弓起。鐵觸碰到他的皮膚時，感覺像刀割針刺，像冰霜凍裂般疼痛，像上百隻牛蠅螫刺一樣。黯坎尼斯在輪上扭動，隨著鐵灼燒、螫咬、冰凍他的身體，他開始嚎叫。

對泰魯來說，那聲音聽起來如悅耳的音樂，他在輪子旁邊的地上躺了下來，好好地睡了一覺，因為他已經相當疲累。

他醒來時，是第十天的夜晚，黯坎尼斯仍綁在輪上，已不再像落入陷阱的動物般掙扎與嚎叫。泰魯彎下身，用力掀起輪子的一邊，讓輪子靠在附近的樹旁。他一走近，黯坎尼斯就以大家不懂的語言咒罵他，作勢要抓人啃咬。

「這是你自找的。」泰魯說。

當晚有慶祝活動，泰魯叫一些人去砍了十二株長青樹，用它們在挖好的深坑底下點營火。鎮民在燃燒的營火邊唱歌跳舞了一整晚，他們知道全世界最後一個、也是最危險的惡魔終於抓到了。

黯坎尼斯整晚都被綁在輪上，像蛇一樣動也不動地盯著他們看。

第十一天的早上來臨時，泰魯第三次、也是最後一次走到黯坎尼斯身邊，惡魔看起來很疲累，彷如野獸。他的皮膚發黃，瘦如皮包骨，但周遭仍罩著一股有如黑色斗篷般的力氣，他的臉藏在影子裡。

泰魯說：「黯坎尼斯，這是你最後一次開口的機會，說吧，我知道你還有力氣。」

「天神泰魯，我不是黯坎尼斯。」那瞬間，惡魔的聲音令人同情，聽到的人都為之悲傷。但接著傳出像淬鐵的聲音，輪子像鐵鐘般響起，黯坎尼斯一聽到那聲音，身體痛苦地弓起，隨著輪響聲漸漸消失，他的身體從手腕綁住的地方無力地癱掛著。

「闇黑者，別再耍花樣了，不要說謊。」泰魯嚴厲地說，眼神如鐵輪般黑冷。

「你還想怎樣？」黯坎尼斯嘶聲道，聲音如石頭相互刮擦般刺耳。「折磨我，粉碎我，你到底想要我怎樣？」

「黯坎尼斯，你氣數將盡，但你還是可以選擇你要走哪一邊。」

黯坎尼斯大笑，「你想把你給牲口的選擇也給我是吧？好，我就跨到你那邊，我後悔……」

車輪聲再響，宛如一盞大鐘，鳴聲又長又深。黯坎尼斯再次猛力撞擊鎖鏈，他哀嚎的聲音撼動天地，粉碎了方圓半哩內的所有石頭。

輪子與哀嚎聲都漸漸消失後，黯坎尼斯攤在鎖鏈上喘息與顫抖。「黯坎尼斯，我跟你說過，不要說謊。」泰魯冷酷地說。

「那我就選我的路！」黯坎尼斯尖叫，「我不後悔！如果我能再次選擇，我只會改變我跑的速度，你們這些人就像我們吃的牲口一樣！給我半小時，我就可以把你們啃咬下肚，讓這些傻盯著我的可憐鄉民嚇得發瘋。我會喝他們小孩的血，沐浴在女人的眼淚中。」他可能又說了更多，但是他在鐵鏈下掙扎時，呼吸急促。

「好吧！」泰魯說，往輪子靠近。一時間，他看起來好像要擁抱黯坎尼斯似的，不過他只是伸手抓住輪子的輪輻。接著，他使勁把輪子舉到頭頂上，伸直手臂，走向深坑，把黯坎尼斯丟入坑內。

前一晚，十二株長青樹在坑裡不斷燃燒，清晨火焰已熄，僅留下厚厚的灰炭，風吹過時發出微微的火光。

輪子平行丟進坑裡，黯坎尼斯就綁在上頭。輪子下坑後，陷入熱煤數吋，坑裡爆出火花與灰燼。鐵輪縛住、灼燙、啃咬著黯坎尼斯，把他固定在煤堆上。

雖然黯坎尼斯並未直接接觸火焰，但坑內熱度太強，把他的衣服烤得焦黑，沒起火即已破碎。惡魔在束縛下猛力扭動，反而讓輪子更深陷於炭堆中。黯坎尼斯大叫，因為他知道連惡魔都可能因火或鐵而喪命。雖然他力氣很大，還是被綁著燃燒。他感到下面的鐵輪愈來愈燙，燻黑了他手臂與雙腳的皮膚。黯坎尼斯大叫，他的皮膚開始冒煙與燒焦，但他的臉仍藏在影子裡，那影子就像黑色的火舌般從他頭上升起。

黯坎尼斯逐漸安靜下來，現場只剩下汗水與血水從惡魔手腳上滴落炭堆的嘶嘶聲。有好一段時間，一切都靜止不動。黯坎尼斯使勁地拉扯綁住他的鎖鏈，好像要扯到肌肉與骨頭和肌腱都分離似的。

接著出現如鐘裂開的尖銳聲響，惡魔的手扯開鐵輪的束縛。因灼熱而發紅的鎖鏈往上拋起，落在洞穴邊觀望者的腳邊冒煙。唯一的聲音是黯坎尼斯的突然狂笑，彷如碎玻璃一般。

一瞬間，惡魔的第二隻手也掙開了，但是在他進一步掙脫之前，泰魯就飛撲進坑裡，力道之大，讓鐵輪都發出了巨響。泰魯抓住惡魔的手，把它們壓在輪上。

黯坎尼斯怒吼，不敢相信眼前的景象，他雖然被壓回燃燒的輪子上，也知道泰魯的力氣大於他掙脫的鎖鏈，但他看到泰魯整個人燃起火焰。

「愚蠢！」他嚎叫，「你會和我一起死在這裡，放我一條活路，讓我走，我不會再找你麻煩了。」鐵輪並未發出聲音，因為黯坎尼斯真的嚇壞了。

「不，」泰魯說，「死亡是給你的懲罰，你得受罰。」

「愚蠢！瘋子！」黯坎尼斯用力扭動都沒有用。「你和我一起在火焰裡燃燒，你會跟我一起死的！」

「塵歸塵，土歸土，這肉身也會燃成灰燼，但我是泰魯，是我自己的兒子，也是我自己的父親。我是過去，也是未來，如果我要犧牲，也只為我自己犧牲而已。如果有人需要我，用適切的方式召喚我，我會再來審判與懲罰。」

泰魯緊抓著燃燒的輪子，惡魔的威脅或叫聲都沒讓他移動半吋。所以黯坎尼斯就這樣離開世間，名叫曼達的泰魯也隨他而去。他們兩人都在艾圖的坑裡燒成灰燼。那是泰倫教的祭司身穿灰色長袍的淵源，也是我們知道泰魯關心我們、看顧我們的原因，讓我們免受……

查比斯突然停止故事，因為賈斯賓開始嚎叫，在繩子的束縛下扭動。在沒有故事吸引我注意之下，我又悄悄陷入無意識狀態。

從此以後，我一直抱著一個疑惑，無法完全忘懷。查比斯是不是泰倫教的祭司？他的長袍又破又髒，但很久以前可能是灰色的。他的故事有部分講得零零落落，但有部分卻頗為莊嚴恢弘，就好像從遺忘大半的記憶中背誦似的，那是出自講道文嗎？是從閱讀《道之書》得來的知識嗎？

我從來沒問過，雖然後續幾個月我常順道去他的地下室，我再也沒聽過查比斯講起其他的故事。

24 黑影

我在塔賓的期間持續學習，雖然學到的大多是痛苦、不快的教訓。

我學會如何乞討，那是很實際的演技應用，只不過是面對難纏的觀眾罷了。我表現得很好，但海濱一帶本來就窮，討不到錢就得挨餓受凍一整晚。

透過危險的不斷摸索嘗試，我發現巧妙割開皮夾與扒竊的方法，扒竊方面我尤其擅長，各種鎖和門栓都可以迅速破解，我把敏捷的手指應用到雙親或阿本希永遠也想不到的地方。

我也學會躲開微笑時露出的牙齒異常潔白的人，玳能樹脂會漸漸漂白牙齒，所以吸食玳能樹脂上癮的人如果活得夠久，久到足以讓牙齒變成全白，那表示他們已經賣光值得賣的東西。塔賓到處都是危險人物，但是沒有比吸食玳能樹脂上癮的人更危險的了，他們滿腦子只想取得更多的樹脂，為了搶你兩分錢，都可能要你的命。

我也學會用破布綑綁成鞋子湊合著用，有雙真正的鞋子變成我的夢想。最初兩年，我的腳似乎永遠都是冰冷或受傷的，有時是又冰又痛。但第三年，我的腳已經如老皮一般，可以赤腳在街頭的粗糙石地上跑好幾個小時，也沒什麼感覺。

我學會不對他人的協助抱有任何期待，在塔賓的危險地帶，呼喚求助反而會吸引見獵心喜的掠奪者。

我睡在屋頂上，舒適地窩在那三個屋頂交會的祕密基地。樓下巷道傳來刺耳的笑聲與砰然的腳步聲，讓我從沉沉的睡夢中醒來。

那啪嗒啪嗒的腳步聲停了下來，撕布聲之後又傳來更多的笑聲。我偷偷移到屋頂邊緣，窺探下方的巷道。我看到幾個將近成年的大男孩。他們穿得跟我一樣，又破又髒，約有五、六人。他們出入陰影中，就像影子一樣，因為跑來跑去而胸膛明顯起伏，我在屋頂上都可以聽到他們的喘息聲。

他們追逐的目標在巷道中央：一個小男孩，頂多八歲，一個年紀較大的男孩押著他。那小男孩裸露的皮膚在月光下顯得蒼白。接著又傳出撕布聲，小男孩微弱地叫了一聲，抽咽了起來。

其他人在一旁觀望，交頭接耳，露出冷酷貪婪的笑容。

我也曾在夜裡被追趕過好幾次，幾個月前也被抓過。我往下看，意外發現自己手中竟然握著沉甸甸的紅磚，準備往下丟。

我停住手，回頭看我的祕密基地，那裡有條破毯子和半條麵包，藏了一點急用金（為時運不濟而預存的八分鐵幣），還有最重要的：阿本的書。我在這裡很安全，萬一我用磚頭打中他們其中一人，其他人在兩分鐘內就會衝上屋頂，即使我逃離了，也沒地方去。

我放下磚頭，回到已經變成我家的祕密基地，蜷縮在突出屋頂底下的掩蔽處，我搓著毯子，咬緊牙關，試著忽視下方傳來的低語聲，以及不時穿插其間的刺耳笑聲與無助啜泣。

25 插曲——渴求理由

克沃思示意編史家停筆，他伸伸懶腰，手指交錯，放在頭上。「我好久沒想起那件事了。」他說，「如果你很想知道我為什麼會變成大家口中傳述的克沃思，我想，你可以從那兒看。」

編史家皺起前額，「你這麼說是什麼意思？」

克沃思停了很久，低頭看著自己的手，「你知道我這輩子被痛扁過幾次嗎？」

編史家搖頭。

克沃思抬起頭，露齒而笑，無所謂地聳聳肩，「我也不知道，你可能會覺得那種事情應該會深植在我腦中，覺得我應該會記得自己斷過多少根骨頭，縫過多少針，包過多少繃帶。」他搖頭，「其實我都不記得了，但我記得那個在黑暗中啜泣的小男孩，這麼多年來還是記得一清二楚。」

編史家皺眉，「你自己也說你束手無策。」

「我可能有，」克沃思認真地說，「但我沒去想。我做出選擇，後悔到今天。骨頭會癒合，悔恨卻會恆久留在你心裡。」

克沃思把身體推離桌子，「我想，關於塔賓的黑暗面，我已經說得夠多了。」他起身，把手往頭頂一伸，大大伸了一個懶腰。

「瑞希，為什麼？」巴斯特突發一問，「為什麼那麼糟，你還待在那裡？」

克沃思自顧自點頭，彷彿他早就預期到這個問題，「巴斯特，我還能去哪呢？我認識的人都死了。」

「不是每個人，」巴斯特堅稱，「還有阿本，你可以去找他的。」

「巴斯特，哈洛斐在幾百哩外。」克沃思疲累地說，一邊往屋內的另一端漫步，移至吧台的後方。「幾百哩，沒有父親的地圖指引；幾百哩，沒有馬車可搭或睡在裡頭。沒人幫忙，沒有錢，沒有鞋，我想，不是不可能走到，但是對一個頓失雙親而不知所措的孩子來說……」

克沃思搖頭，「在塔賓，至少我還可以行乞或偷竊，夏天我設法在森林裡生存，勉強活了下來，但冬天怎麼辦？」他搖頭，「我會餓死或凍死。」

克沃思站在吧台邊，裝滿杯子，開始從幾個小容器裡抓取一小撮香料，然後走向大石砌成的壁爐，臉上一副深思的表情，「當然，你說的沒錯，任何地方都會比塔賓好。」

他聳聳肩，面向爐火。「但我們都是容易習以為常的生物，太容易就深陷於窠臼中，或許我還覺得那樣的際遇是公平的，那是祁德林人來襲時，我沒能在場幫忙的懲罰；是我該和全家人一起死、卻苟活下來的懲罰。」

巴斯特張開嘴巴，又閉上嘴，皺著眉頭，低頭看著桌面。

克沃思往肩後看，淺淺一笑，「巴斯特，我沒有說那是理性的。情緒本身就不是理性的東西，我現在不會那樣想了，但我當時是那麼想的，我還記得。」他回頭面向爐火，「阿本把我的記憶訓練得又清楚又鮮明，有時我得格外小心，才不會傷了自己。」

克沃思從爐火中拿了一顆燙熱的石子，放進他的木杯裡，傳出嘶嘶聲，屋內洋溢著燒灼丁香與肉豆蔻的味道。

克沃思用長柄湯匙攪拌著蘋果酒，一邊走回桌邊。「你們也必須記得，當時的我腦子不太正常，大多仍處於震驚的狀態，也可以說是沉睡著。我需要有某件事或某人把我喚醒。」

他對編史家點頭，編史家不經意地甩了一下寫字的那隻手，放鬆肌肉，接著扭開墨水瓶。

克沃思往座位後方一靠，「我需要有人提醒我忘卻的事，需要離開那裡的理由，過了幾年我才遇到有人那麼做，」他笑著看向編史家，「那就是我遇上史卡皮的時候。」

26 藍瑞的背叛

這時我已經在塔賓住好幾年了，三次生日都在不注意下錯過，這時我剛滿十五歲。我知道如何在海濱區生存，已經是熟練的乞丐與竊賊。手輕輕一碰，鎖鏈與口袋就為我而開。我知道哪個當鋪會在隻字不問下收買「叔叔給的」東西。

我還是穿得破破爛爛的，常常餓肚子，但已經擺脫餓死的危機。我漸漸累積急用金，即使嚴冬常迫使我花錢找溫暖的地方入睡，我已經存了二十幾分的鐵幣，那就像我的寶庫一樣。

我住得愈來愈習慣，但除了多存點急用金外，我的生活毫無目標，毫無驅動力。沒什麼值得我期待的。我整天就只是在尋找偷竊的目標和自我娛樂的方式。

不過，幾天前，這狀況在查比斯的地下室裡有了變化。我聽到一位小女孩以驚嘆的語氣說，有個說書人一直待在塢濱一家名叫「半旗」的酒吧裡。他似乎每天六點都會講一個故事，你點什麼故事，他都知道。她還說，他會讓人下注，如果他不知道你點的故事，他會給你一銀幣。

我當天一直思索著那女孩的話，我不太相信，卻又忍不住思考獲得一銀幣可以做什麼。我可以買鞋，或許買把小刀，給查比斯一點錢，剩下的還夠讓我的急用金倍增。

即使下注的部分是騙人的，我還是很感興趣，畢竟街上娛樂難求，我只能偶爾看流浪劇團在街角演默劇，或是在酒館邊聽到有人拉小提琴，多數真正的娛樂都需要花錢，那些得來不易的錢幣都太寶貴了，不能這樣揮霍。

不過還有一個問題，塢濱一帶對我來說並不安全。

我應該解釋一下，一年多前，我看到派克在街上走，那是我到塔賓的第一天在巷子裡遭受他和朋友的襲擊、弄壞我父親的魯特琴後，第一次見到他。

那天，我大多時候都小心翼翼地跟在他身後，保持距離，潛伏在暗處。最後他回到塢濱的死巷裡，一個類似我祕密基地之處。他的祕密基地是他自己用破板條箱拼湊起來抵擋風雨的。

我整晚都伏在屋頂上，等待他隔天早上離開。後來我進到他的窩裡，環顧四周，裡面很舒適，充滿幾年累積下來的小東西。他有一瓶啤酒，我把它喝了。還有半塊乳酪，我也吃了。我還偷了一件上衣，因為那件沒我的破爛。

進一步翻找後，我又看到許多零碎的物品，有蠟燭、一球線繩、一些彈珠。最令人驚訝的是幾塊帆布，上面有女人臉孔的炭筆畫。我得搜尋近十分鐘，才找到我真正想找的東西。藏在這一切之後的是一個小木盒，看來摸過無數回的樣子，裡面有一束白色緞帶綁好的乾燥紫羅蘭，一隻鬃毛快掉光的玩具馬，以及一縷金色捲髮。

我花了好幾分鐘才用打火用具升起火，紫羅蘭是不錯的易燃物，沒多久濃濃的煙霧就竄向空中，我站在一旁，看著派克摯愛的東西化為烏有。

但我沉浸在當下太久了，派克和朋友因為看到冒煙，衝進死巷裡，我被逮得正著。憤怒的派克攻擊我，他比我高六吋，比我重五十磅。更糟的是，他用細繩纏住玻璃碎片的一端，做成土製小刀，拿在手裡。

他用刀刺我的右大腿一次，我把他的手壓到鋪石上，碎毀那把土製小刀。他又給了我一個黑眼圈，打斷我幾根肋骨，後來我才設法踢中他的鼠蹊部，成功脫逃。我迅速離開時，他在我後方跛行，大吼他會為了我做的事殺了我。

我相信他會的。包紮好大腿後，我拿了所有的急用金，去買濃到足以讓嘴巴長水泡的五品脫便宜劣酒。跛行到塢濱，等著讓派克及他的朋友發現我。

沒多久他們就看到我了，我讓他和兩位朋友跟蹤我半哩，穿過裁縫巷，進入蠟油區。我一直走在大馬路上，知道他們不敢在光天化日、眾目睽睽下攻擊我。

但是我衝進邊巷時，他們懷疑我要逃走，連忙跟上，只是他們一拐彎，卻發現巷裡沒人。

派克想抬頭時，我正好從上方低矮的屋頂邊緣，把整瓶劣酒倒在他身上，那酒淋濕了他，濺滿他的臉與胸膛。他大叫，抓著眼睛跪倒在地。我點燃偷來的火柴，朝他丟下，看著它劈啪燃燒，亮起火光。

我內心充滿小孩特有的極度恨意，希望他著火變成一支火柱。他沒有，不過他的確著火了。他再次尖叫，身體搖搖晃晃，朋友猛拍著他，想幫他把火撲滅。我趁他們忙著滅火時離開。

那次之後，我已經一年沒見過派克。他沒試著找我，我也遠離塢濱一帶，有時還會特地多走好幾哩路，繞過當地，而不是從那附近穿過。那是一種休戰，不過我相信派克和他的朋友都記得我的長相，萬一他們發現我，一定會想報這個仇。

我考慮再三，覺得還是太危險了，即使可以免費聽故事又有機會獲得銀幣，還是不值得再和派克牽扯上，自找麻煩。此外，我會點什麼故事？

後續幾天，這問題一直在我的腦子裡打轉，我會點什麼故事？我擠向碼頭工人，還沒把手伸進他的口袋深處就被摑了一巴掌。點什麼故事？我在泰倫教教堂的對面街角行乞。點什麼故事？我偷了三條麵包，拿兩條去送給查比斯。點什麼故事？

我在屋頂的祕密基地躺下來，快要睡著時突然想到了，藍瑞！我當然可以請他講藍瑞的真正故事，那個父親一直……

我的心怦怦跳，突然想起迴避多年的事情：父親漫不經心地在車上撥著魯特琴，母親坐在他身邊唱歌。

我反射性的開始抽離那記憶，有如手碰到火時馬上抽離。

但我意外發現，這些記憶僅留下一點痛楚，而不是我預期的深沉悲痛。一想到可以聽到父親尋找的故事，那個他原本可能親自講述的故事，我的內心反而萌發出一股小小的興奮之情。

不過，我還是覺得為了聽故事而冒險到塢濱很荒唐，這些年我在塔賓辛苦學到的教訓，都叫我待在這世界熟悉的角落，這裡才安全。

我進入半旗酒吧時，第一眼見到的就是史卡皮。他年紀頗大，坐在吧台邊的高凳上，眼睛如鑽石一般，身體像個浮木稻草人。他身型削瘦，飽經風霜，手上、臉上、頭上都有濃密的白色毛髮。那毛髮的白色和他黝黑的皮膚形成強烈的對比，感覺好像身上濺滿浪花一樣。

他腳邊圍著二十個小孩，少數幾位年紀跟我差不多，大部分都比我小。他們是形形色色的奇怪組合，有像我一樣髒兮兮、沒穿鞋的街童，也有穿得還算體面、打扮得乾乾淨淨的小孩，他們可能還有爸媽和自己的家。

他們看起來都不太面熟，但我也不知道誰可能是派克的朋友。我在門邊找到一個可以倚著牆的地方，坐了下來。

史卡皮清清喉嚨一兩次，那聲音讓我聽了都渴了。接著他就像舉行儀式一般，憂鬱地往面前的陶杯裡望，小心翼翼把杯子倒叩在吧台上。

孩子們一擁而上，把錢幣放上吧台，我迅速數了一下：兩個半分鐵錢、九個鐵板兒、一個鐵幣，以聯邦幣來算，總共是三分鐵錢多一點。或許他已經沒讓人賭銀幣了。很有可能我聽到的謠傳是假的。

老人微微對店主人點點頭，幾乎看不太出來，「費羅斯紅酒。」他的聲音粗獷深沉，幾乎有催眠的效果。吧台後的禿頭收起銅板，熟練地往史卡皮的大陶杯斟酒。

「大家今天想聽什麼故事？」史卡皮沉聲說，聽起來像遠方的隆隆雷聲。

突然一陣安靜，我又覺得那像是一種近乎恭敬的儀式，接著所有小孩突然你一言我一語地爭著發言。

「我想聽妖精的故事！」

「……奧倫以及曼納特之戰……」

「對，奧倫．菲爾希特！有男爵出現的那個故事……」

「拉坦……」

「密爾塔雷尼爾！」

「伊利恩與熊！」

「藍瑞。」我說，幾乎是無意間脫口而出。

屋內再次靜了下來，史卡皮喝了一口酒，孩子們以我不太確定在哪看過的熟悉專注神情看著他。

史卡皮冷靜地坐在一片寂靜中，「我剛剛是不是聽到有人說藍瑞？」他的聲音如深色的蜜糖般緩緩流出。他直視著我，藍色的雙眼明晰而銳利。

我點頭，不知道接下來會怎樣。

「我想聽史東瓦旱地的故事。」一位小女孩抱怨，「還有像鯊魚一樣鑽出土的沙蛇，躲在沙丘底下、不喝水只喝血的旱人，還有……」她周邊的孩子從十幾個不同的方向拍她，她馬上靜了下來。

史卡皮又喝了一口酒，室內又迅速安靜下來。我看著小孩望著史卡皮的神情，突然明白他們讓我想起什麼了：不安地盯著鐘瞧的人。我猜，老人喝完酒時，他的故事也就講完了吧。

史卡皮又啜飲了一小口，放下酒杯，轉過凳子面向我們。「誰想聽一個人失去一隻眼，視力卻變得更好的故事？」

他的語氣或其他小孩的反應讓我覺得，這其實是個無須回答的反問句。「所以，我們就來講藍瑞和創始之戰吧，這是個很老很老的故事。」他的眼神掃過小孩，「坐好聽仔細囉，因為我要講一個曾經光芒耀眼的城市，很久很久以前，在很遠很遠的地方……」

很久很久以前，在遙遠的地方，有個城市名叫密爾塔雷尼爾，這裡是閃耀之都，坐落在高山之間，就像王冠上的珠寶一樣。

想像一個和塔賓一樣大的城市，但是每個街角都有個閃亮的噴泉、綠樹盎然、或美到讓傲慢的人看了都

想流淚的雕像。那裡的建築高聳優雅，由高山雕塑而成，高山由白石組成，即使夜幕低垂許久，白石依舊反射著陽光。

賽里多斯是密爾塔雷尼爾的統治者，他光看一樣東西，就知道它隱匿的名稱，了解它的作用。在那個時代，很多人都有這樣的能力，但賽里多斯是那年代最強大的命名者。

賽里多斯深受人民的愛戴，他的裁判嚴格而公正，沒人可以用謊言或矯飾左右他的判斷。他的眼力也相當好，可以解讀如奧祕天書般的人心。

那年代龐大的帝國上發生了可怕的戰爭，名叫創始之戰，帝國的名稱是厄根。雖然以前從沒出現過那麼龐大的帝國，或那麼可怕的戰爭，如今這些都只有在故事裡才聽得到了，就連質疑它們是謠傳的史書也老早就化為塵埃。

戰爭持續了很久，久到人民幾乎不記得何時天空沒瀰漫著焚城黑煙。帝國裡曾散佈了數百個蓬勃的城市，現在只剩廢墟，屍首遍野。到處都有飢荒和瘟疫。有些地方是如此令人絕望，連母親都無法鼓足希望為新生兒取名。不過還有八個城市仍在，他們是貝倫、安特斯、斐爾雷、提努沙、艾孟稜、雙子城穆里拉與穆瑞拉，最後一個、也是最大的一個是密爾塔雷尼爾，它是唯一絲毫未受好幾世紀戰爭波及的城市，由高山與勇敢的軍人防守。不過，密爾塔雷尼爾之所以能夠和平存在，真正原因在於賽里多斯，他用強大的眼力監視通往他摯愛城市的隘口。他的房間在全城最高的塔裡，讓他可以在攻擊造成威脅之前就先察覺。

其他七城沒有賽里多斯的能力，他們用其他的方法確保安全，用石頭與鋼鐵築起厚牆，依賴武器的力量與英勇的戰士，所以他們信賴藍瑞。

藍瑞從可以舉劍以來就開始出戰，他開始變聲時，已有一人力抗十二名成年男子的力量。他娶了名叫莉拉的女子，他對她的愛是比烈火更加猛烈的熱情。

莉拉聰明又可怕，力氣和藍瑞一樣大。藍瑞雖有寶劍與忠臣可以運用，但莉拉知道萬物之名，她的聲音足以讓人致命或遏止雷雨。

藍瑞與莉拉經年累月並肩作戰，他們讓貝倫免受突襲，讓該城倖免於強敵攻佔。他們召集軍隊，讓各城了解忠貞的必要。多年來，他們打退帝國的敵人，原本因絕望而麻木的人民開始重新燃起希望，他們希望和平，把那一絲希望寄託在藍瑞身上。

接著發生了「鐸拉森突岩的布拉克」，在當時的用語裡，布拉克意指「戰役」。這場規模龐大又可怕的戰爭當中，最主要、也是最慘烈的戰役就發生在鐸拉森突岩。他們在日光與月光下連戰了三天三夜，雙方都無法打敗對方，任一方都不願撤退。

對於這場戰役，我只有一點想說。鐸拉森突岩之役的死亡人數比目前世界上的人口還多。

藍瑞總是親赴戰火最激烈、最需要他的地方，他的劍從不離手或收入劍鞘。戰到最後，藍瑞在遍野的屍首中，全身沾滿了血跡，他獨自一人奮戰強敵，那強敵是隻覆蓋黑鐵鱗片的巨獸，呼出的氣體是可以把人悶死的一團黑霧。藍瑞奮力對抗巨獸，終於殺了牠。藍瑞雖然為己方軍隊帶來勝利，那勝利卻是用他的性命換來的。

戰役結束，倖存者把敵軍趕出石門後，他們發現藍瑞冰冷的屍體就躺在他斬除的巨獸附近。藍瑞死亡的消息迅速傳開，如同一件絕望的毯子，覆蓋了整個戰場。他們贏了戰役，扭轉戰局，但每個人都心灰意冷，原本珍惜的一絲希望變得忽隱忽現，漸漸消失。他們原本把希望寄託在藍瑞身上，但現在藍瑞死了。

在一陣沉默中，莉拉站在藍瑞的旁邊，呼喚他的名字。她的聲音是命令，是鋼與石，她叫他重生，但藍瑞還是死的，動也不動地躺著。

在一陣恐懼中，莉拉跪在藍瑞的旁邊，低語他的名字。她的聲音是召喚，是愛與渴望。她呼喚他重生，但藍瑞還是死的，冰冷地躺著。

在一陣絕望中，莉拉倒臥到藍瑞身上，嗚咽他的名字，她的聲音是呢喃，是回聲與空虛。她求他重生。但藍瑞還是死的，毫無呼吸地躺著。

藍瑞死了，莉拉斷斷續續地哭著，用顫抖的手撫摸他的臉，周圍的人都轉過頭，因為血洗的戰場還沒有

莉拉的悲傷那麼慘。

但藍瑞聽到了莉拉的呼喚，他聽到她的聲音後，從死亡之門轉過身，回到她身邊。他說著她的名字，把莉拉擁入懷裡安慰她。他張開眼，用顫抖的手盡力幫她擦拭淚水。接著他深深吸了一口充滿生機的氣息。

戰役的倖存者看到藍瑞動了，他們都大為驚嘆，他們長久以來對和平抱持的一絲希望，又在胸中如烈火般熊熊燃起。

「藍瑞與莉拉！」他們用如雷的聲音大喊，「主子的愛比死更強大！夫人的聲音喚他歸來！他倆一起打敗了死亡，夫妻同心，其利斷金。」

所以戰爭又繼續下去，但是有藍瑞與莉拉並肩作戰，未來看起來並不黯淡。不久，每個人都知道藍瑞如何死去，以及他的愛與莉拉的力量如何召喚他歸來。大家有記憶以來第一次可以公然地談論和平，也不會被人當成傻瓜或瘋子。

多年過後，帝國的敵人漸少，敵軍告急，連最憤世嫉俗的人也可以看出戰爭很快就要結束了。這時開始流傳繪聲繪影的謠言：莉拉病了，莉拉遭劫，莉拉死了，藍瑞逃離帝國，藍瑞瘋了。有些謠言甚至說藍瑞自殺，到冥府去找妻子了。謠言紛飛，沒人知道真相。

在一片謠言聲中，藍瑞抵達密爾塔雷尼爾，他獨自一人到來，配著銀劍，穿著黑鐵鎖鏈製成的鎖子甲，盔甲就像第二層肌膚般服貼，那是他用鐸拉森突岩殺死的野獸軀殼所做成的。

藍瑞請賽里多斯跟他一起走出城外，賽里多斯想了解藍瑞究竟面臨什麼困境，想給他一些安慰，便答應了。他們都是人民的領導者，以往就時常相互諮詢。

賽里多斯聽過謠言，他很擔心，也關切莉拉的健康，不過他更憂心藍瑞的狀況。賽里多斯很睿智，他了解悲傷可能讓人改變信念，熱情可能會讓好人變得愚蠢。

他們一起在山路上走，藍瑞在前方引導，他們來到可以眺望土地的山頂某處，密爾塔雷尼爾的輝煌高塔在黃昏的餘暉中閃閃發亮。

過了好一會兒，賽里多斯說：「我聽到關於你妻子的可怕謠言。」

藍瑞沒說什麼，賽里多斯從他的沉默知道莉拉已經死了。

又過了好一陣子，賽里多斯說：「雖然我不知道整件事的來龍去脈，密爾塔雷尼爾永遠歡迎你，我會提供朋友能給的任何幫助。」

「老友，你已經給我夠多了。」藍瑞轉身，把手放在賽里多斯的肩上，「希蘭克西，我束縛你，以石之名，如石不動。艾儒，我命令風，讓你舌如鉛重。賽里多斯，我喚你名，願你力氣盡失，眼力除外。」

賽里多斯知道這世上只有三個人的喚名技巧可與他匹敵：阿列夫、伊艾克斯、莉拉。藍瑞並沒有喚名的能力，他的力量在於揮劍。藍瑞要用賽里多斯之名束縛他，就好像小男孩用柳枝攻擊士兵一樣。

然而，藍瑞的力氣卻彷如千萬斤重的鐵鉗，重重地壓在他身上。賽里多斯發現他自己動彈不得，也無法說話。他站在那裡，像石頭般動也不動，只能驚訝著：藍瑞是從哪裡獲得那樣的力量？

賽里多斯既困惑又絕望，眼看著山上夜幕低垂，他驚恐地發現，有些逼近的暗影其實是朝密爾塔雷尼爾移動的大軍。更糟的是，警鐘並未響起，賽里多斯只能眼睜睜地站在那裡，看著大軍暗中逼近。

敵軍焚燒密爾塔雷尼爾並屠殺人民，情況慘烈。白牆燒得焦黑，噴泉湧著血水，賽里多斯無助地站在藍瑞身邊一天一夜，除了看著與聽著瀕死者的哀嚎，鐵器敲擊聲，石頭碎裂聲以外，什麼也不能做。

隔天曙光照著城裡焦黑的高塔時，賽里多斯發現他可以動了，他轉向藍瑞，這次他沒有錯看藍瑞，他看到藍瑞內心黑暗，精神混亂。但這時賽里多斯還是覺得魔法束縛著他。他的內心裡，憤怒與疑惑激烈交戰，他說：「藍瑞，你做了什麼？」

藍瑞持續眺望著密爾塔雷尼爾的廢墟，他肩膀前傾，彷彿扛著千萬斤的重物，他說話時語氣疲累：「賽里多斯，我算是好人嗎？」

「你是我們之中的佼佼者，我們覺得你完美無瑕。」

「但我做了這樣的事。」

賽里多斯無法鼓起勇氣看著他那廢墟之城，「但你做了這樣的事，」他附和，「為什麼？」

藍瑞停了一會兒，「我妻子死了，欺騙與背叛讓我做了這樣的事，但她的死是我造成的。」他吞嚥了一下，轉身眺望土地。

賽里多斯跟著他看，從高山上，他看到縷縷黑煙從下方的土地升起。賽里多斯驚愕地發現，密爾塔雷尼爾並非唯一遭毀的城市，藍瑞的聯軍已經摧毀帝國的最後一個堡壘。

藍瑞轉身說：「我是佼佼者。」藍瑞的容貌變得很可怕，悲傷與絕望毀了那張臉，「大家覺得睿智又正派的我，做了這樣的事！」他胡亂揮動著手，「想像一下，比我更糟的人內心深處必定藏了什麼邪惡的想法。」藍瑞面向密爾塔雷尼爾，突然湧現一股平和感，「對他們來說，至少一切結束了，他們安全了，不再受到日常無數邪惡的侵擾，不再承受命運不公的痛苦。」

賽里多斯輕聲說：「也不再有歡樂與驚喜……」

「沒有歡樂！」藍瑞以可怕的聲音大吼，石頭為之碎裂，尖銳的回音又傳回來切入石內。「這裡衍生的歡樂很快就被蔓生的野草所阻塞，我不是為了變態的樂趣而摧毀東西的怪物，我摧毀一切是因為我不想看到野草蔓生。」賽里多斯在藍瑞的眼中只看到空虛。

賽里多斯彎下身，撿起一片一端尖銳的碎石。

「你要用那石塊殺了我嗎？」藍瑞乾笑，「我要讓你了解，我不是因為瘋了才做這些事。」

「你沒瘋，」賽里多斯承認，「我看得出來你沒瘋。」

「或許，我希望你也可以加入我，和我一起做我想做的事。」藍瑞語帶極度的渴望，「這世界就像身負致命傷的朋友，迅速給他一帖苦藥只能減輕痛苦而已。」

「毀滅世界？」賽里多斯輕聲對自己說，「藍瑞，你沒瘋，控制你的是比瘋狂還糟的東西，我救不了你。」他摸著手中石塊的銳利尖端。

「朋友，你要殺了我來拯救我嗎？」藍瑞又笑了，笑聲恐怖而狂妄。他突然看著賽里多斯，空洞的雙眼裡充滿急切的希望，「你能嗎？」他問，「老朋友，你能殺了我嗎？」

賽里多斯施展眼力，凝視著朋友，他看到因悲傷而近乎瘋狂的藍瑞努力找過讓莉拉重生的力量。他因為深愛著莉拉，去尋找不該學習的知識，為了學會而付出可怕的代價。

但即使辛苦獲得了力量，他還是喚不回莉拉。沒有莉拉，藍瑞的人生就只是一個重擔，他獲得的力量就像一把灼熱的刀，擱在他心裡。為了擺脫絕望與痛苦，藍瑞曾自殺，選擇大家最後的避難所，試圖逃往死亡之門的另一端。

但是就像之前莉拉的愛曾經把他從那道門召喚回來一樣，這次藍瑞新獲得的力量把他從遺忘一切的狀態中拉回來，把他的魂魄燒回肉身，迫使他重生。

賽里多斯看著藍瑞，終於了解了一切。透過他的眼力，一切來龍去脈就像一幅幅灰暗的織錦畫，懸掛在藍瑞顫抖的身子上方。

「我可以殺了你，」賽里多斯說，藍瑞突然出現滿懷希望的表情，賽里多斯把目光移開他身上說：「一小時或一天吧，但是你還會再回來，就像洛登石把鐵吸附過來一樣。你的名字和力量一起燒進你體內了，我無力消除，就好像我無法丟一顆石頭打下月亮一樣。」

藍瑞頹下肩膀，「我原本期待你可以的。」他坦白說，「但我知道實情，我不再是你認識的藍瑞，我現在是一個可怕的新名字，我叫海力艾克斯，沒有門能阻擋我。我失去了一切，沒有莉拉，無法靠睡夢逃避，不能幸福地遺忘，甚至連發瘋都沒辦法了。死亡是我唯一的解脫，但我卻死不了。我只能期待這世界消失，艾魯[7]從天上殞落，那時我就能夠忘卻一切了。」藍瑞一邊說，一邊掩著臉，身體因痛苦無聲的啜泣而抖動。

賽里多斯眺望下方的土地，感到一絲希望，下方土地升起六團煙霧。密爾塔雷尼爾消失了，六個城市毀了，但不表示一切都沒了，還剩一個城市……

7 阿列夫在創造世界時，首先創造出三元素，其中一個變成太陽，一個變成月亮，另一個什麼也沒變出來，那就是艾魯（Aleu）。

雖然發生了這些事，賽里多斯同情地看著藍瑞，語帶哀傷地說：「一切都沒了嗎？真的毫無希望了嗎？」他把一隻手放在藍瑞的手臂上，「人生有其甘美之處，即使發生了這些事，只要你有心嘗試，我會幫你尋找。」

「不必了。」藍瑞說，他挺直身體，悲傷的臉部線條下表情莊嚴。「沒有什麼事是甘美的，我會灑鹽，以免痛苦的雜草蔓生。」

「很遺憾。」賽里多斯說，他也挺直身子。

接著賽里多斯以宏亮的聲音說：「我的眼力從未被蒙蔽，但我卻沒看出你內心的真相。」

賽里多斯深深吸入一口氣，「我被自己的眼睛所騙，下不為例……」他舉起石塊，把尖銳的那端刺向自己的眼睛。他的叫聲迴盪在石頭間，跪倒在地喘著氣說：「希望我以後別再如此盲目了。」

四周陷入一片寧靜，賽里多斯身上的魔力束縛也解開了。他把石頭丟向藍瑞的腳邊說：「以我血液的力量，我束縛你。以你自己的名字，讓你受到詛咒。」

賽里多斯說出藍瑞的全名，那名字一出口，太陽就暗了下來，風把石頭從山腰上吹起。

接著賽里多斯說：「這是我對你下的判決，讓你的臉永遠藏在黑影裡，像我摯愛的密爾塔雷尼爾的塌樓一樣黑。

「這是我對你下的判決，你的名字將背叛你，你將不得安寧。

「這是我對你和你的追隨者所下的判決，讓這一切持續到世界終了與艾魯從天上殞落為止。」

賽里多斯看著黑影圍繞到藍瑞身邊，不久就再也看不到他俊俏的臉龐，只能隱約看到鼻子、嘴巴與眼睛，其他全是無邊無縫的黑影。

接著賽里多斯站起來說：「你曾經耍詭計騙我一次，但不要再犯了。現在我看得比以前更清楚，力量也恢復了。我無法殺你，但我可以送你離開這裡。消失吧！知道你曾是正人君子，讓你現在看起來更顯得敗德可憎。」

即使賽里多斯這麼說，這些話說在嘴裡還是令他感到格外地難受。藍瑞的臉藏在比無星黑夜更加幽暗的黑影中，他就像風中的煙霧般，被吹得無影無蹤。

賽里多斯低頭，在土地上落下溫熱的血淚。

等史卡皮不再說話，我才發現我聽得多入神。他把頭往後仰，喝光陶杯裡的最後一口酒。他把杯子倒放在吧台上，沉沉地砰了一聲，象徵故事結束。

說故事期間，孩子們像石頭一樣專注不動，現在他們紛紛提出問題、表達意見或道謝。等孩子陸續離去時，史卡皮對吧台的店主人比了一個手勢，對方為他送上一杯啤酒。

我等最後一個小孩離去後，便走向他，他以那雙如藍鑽般的眼睛看著我，我支支吾吾地。

「謝謝，我想謝謝你。我父親會很喜歡那個故事，那是……」我停了下來，「我想給你這個。」我拿出半分鐵幣。「我不知道這邊的規矩，所以剛剛沒付錢。」我的聲音聽起來有點嘶啞，可能是因為這些話比我一個月講的話還多。

他仔細看著我，「這裡的規矩是這樣，」他說，用粗糙的手指作勢，「第一，我說話時，別插話。第二，如果你有閒錢，再給個小硬幣。」

他看著吧台上的半分錢。

我不想承認我多需要那半分錢，便改變了話題，「你知道很多故事嗎？」

他微笑，臉上的皺紋也變成微笑的一部分。「我只知道一個故事，但其中的小部分通常個別看來就像一個故事。」他喝了一口酒，「故事在我們的周遭滋長，在席定人的莊園宅邸裡，在席達人的工作坊裡，在史東瓦的大沙海上，在阿頓人的低矮石屋裡，都充滿了無聲的對話。而有時候……」他微笑，「有時候故事是在後街不起眼的酒吧裡滋長，像塔賓塢濱區這樣的地方。」他明亮的雙眼仔細地端詳著我，好像我是一本可讀的書似的。

「好故事一定都和事實有關。」我說，重複父親曾說過的話，主要是想找點話說，避免靜下來。和陌生人再次講話的感覺有點怪，雖然怪，但感覺不錯。「我想，這裡的事實和其他地方一樣多。這很可惜，其實世界可以少一點事實，多一點……」我聲音漸弱，不知道我想要多一點什麼。我低頭看我的手，發現我希望它們能乾淨一點。

他把半分錢移到我面前，我拿了起來，他微笑看我。他粗糙的手就像小鳥般輕輕停放在我肩上，「除了悼日以外，每天都有故事，六點鐘左右。」

我正要離開，又停了下來，「那是真的嗎?那故事。」我做了一個模糊的手勢，「你今天說的部分?」

「所有故事都是真的。」史卡皮說，「不過這個故事的確發生了，如果你是問這個的話。」他又緩緩喝了一口酒，再次微笑，雙眼閃閃發亮，「想要把故事說得好，你多多少少得說點謊。太多事實會混淆真相，太誠實會聽起來沒有誠意。」

「我父親也說過同樣的話。」我一提到父親，內心湧上一股混亂的情緒。直到我看到史卡皮的眼睛在看我，我才發現自己正緊張地往出口後退。我停下來，逼自己轉身，走出門外。「如果可以，我會來的。」

我從背後的聲音聽出他的笑容，「我知道。」

27 頓悟

我帶著笑意離開酒吧，忘了我還在危險的塢濱。知道很快又有機會聽到另一個故事，讓我覺得非常開心，我已經好久沒對任何事情抱著期待了。我回到熟悉的街角，行乞了三個小時，卻只討到一個鐵板兒，即便如此，也沒掃了我的興致。明天是悼日，但過了明天就有故事可聽了！

不過，坐在那裡時，我卻感到一絲隱約的不安慢慢襲來，覺得我好像忘了什麼會衝擊這個罕見的快樂。我試著不予理會，但那感覺整天跟著我，還延續到隔天，就像一隻看不見蹤影的蚊子，更別說是打死牠了。那天結束時，我確定我忘了某件事，和史卡皮講的故事有關。

你們聽這樣經過整理、好好講述的故事，當然很容易察覺。別忘了，我在塔賓過了近三年有如動物般的生活。部分大腦還在休眠狀態，痛苦記憶都藏在遺忘之門的背後累積塵埃，我已經習慣迴避它們，就像瘸子避免把重量壓在受傷的那隻腳一樣。

隔天幸運之神對我微笑，我設法從一台馬車後面偷了一捆破布，以四鐵幣轉賣給收買破爛的販子，我餓到顧不了明天，買了厚厚一片乳酪及一條溫熱的臘腸，接著又買了一整條新鮮的麵包與溫熱的蘋果派。最後，我突發奇想，到附近旅店的後門，花了最後一分錢買了一杯比較烈的啤酒。

我坐在旅店對街的麵包店台階上，看著人來人往，享用這幾個月以來最豐盛的一餐。不久，黃昏的餘暉消失，夜幕低垂，我因為喝了啤酒而整個人輕飄飄了起來。但是食物都下肚後，那討厭的感覺又回來了，而且還比之前更強烈。我皺眉，覺得有什麼可能會破壞這美好的一天而感到煩躁。

夜愈來愈深，對街的旅店燈火通明，幾個女人在旅店入口附近徘徊，她們輕聲低語，對路過的男人使著心照不宣的眼色。

我喝完最後一口啤酒，正要過街歸還啤酒杯時，看到閃爍不定的火炬光芒靠了過來。我往街頭看，看到

泰倫教祭司特有的灰色裝扮，決定等他經過再過馬路。悼日喝得醉醺醺的，又剛偷過東西，我想還是別接觸神職人員比較好。

他戴著兜帽，把火炬舉在前方，所以看不到他的臉，他往附近那群女人走去，那裡傳出低聲討論。我聽到硬幣獨有的叮噹聲，又進一步把身子往門口的暗影裡縮。

泰倫教祭司轉身，往他來的方向走去，我還是動也不動，不想引起他的注意，不希望在我昏昏沉沉時還得逃跑。不過，這一次火炬沒擋在我們之間，當他轉身往我這邊看時，我看不到他的臉，兜帽下方暗黑一片，只有影子。

他繼續走，不知道我在看，也或許是不在乎，但我還是待在原地，無法移動。那名戴兜帽的男子，臉龐藏在影子裡，那個樣子在我的腦子裡開啟了一扇門，記憶頓時湧現。我想起一個眼睛空洞的人與夢魘般的微笑，想起他劍上的血跡。辛德，他以寒風般的聲音說：「這是你父母生的火嗎？」

不是他，是他背後的人，那個靜靜坐在火邊的人，那個臉藏在影子裡的人，海力艾克斯。這就是我聽過史卡皮的故事以後，一直在我的意識邊緣徘徊卻怎麼也想不起來的東西。

我衝到屋頂上，用破毯子裹住自己，故事的片段和記憶漸漸地拼湊在一起，我開始接納令人難以忍受的真相，祁德林人是真的，海力艾克斯是真的。如果史卡皮說的故事是真的，藍瑞和海力艾克斯就是同一個人。祁德林人殺了我父母，還有整個劇團，為什麼？

其他記憶一一浮了上來，我看到那個黑眼的辛德蹲跪在我前方，他的聲音尖銳而冷酷，「有人的爸媽一直在唱完全錯誤的歌。」

他們因為我爸媽蒐集他們的故事而殺了他們，為了一首歌殺了整個劇團。我整晚坐著沒睡，滿腦子都想著這些事，我慢慢明白這些是事實的真相。

我當時做了什麼？我發誓我要找到他們，為了他們做的事殺了他們嗎？或許吧，但即使我真的那麼發誓了，我也心知肚明那是不可能的。塔賓教我了解了嚴酷的現實。殺死祁德林人？殺死藍瑞？我連要怎麼開始都不知道？偷月可能還容易一些，至少我還知道夜晚要往哪裡找月亮。

但有件事我可以做，明天我要問史卡皮故事背後的真相，雖然不多，但那是我唯一可以得到的訊息。我可能沒辦法復仇，至少當下不能，但我還對知道真相抱著希望。

夜半時分，我緊緊地抱著那希望，直到天明才沉沉睡去。

28 泰魯的監督

隔天，我在整點的鐘響下睡眼惺忪地醒來，我數了四次鐘聲，但不記得我中間睡了幾個小時。我眨眼驅除睡意，試著從太陽的位置判斷時間。大約六點，現在史卡皮正要開始講故事。

我穿梭於街道，赤腳拍打著粗糙的鋪石，踏過水坑，在巷弄間抄小路。我大口吸進潮濕、污濁的城市空氣，周遭一切都變得模糊了。

我幾乎是拼命衝進半旗酒吧，靠著門邊的後牆坐了下來。我依稀記得當時酒館裡比平常這個黃昏時刻的人還多。接著史卡皮的故事完全吸引了我，我全神貫注地聆聽他充滿抑揚頓挫的低沉聲音，看著他閃閃發亮的雙眼。

「……獨眼賽里多斯站出來說：『上主啊，如果我做這件事，我會有力量報復讓閃亮城市消失的敵人嗎？對於藍瑞和那些殺了無辜百姓又焚燬密爾塔雷尼爾的祁德林人，我有辦法破壞他們的陰謀嗎？』

阿列夫說：『不能，你必須撇開所有的個人恩怨，只獎勵或懲罰從今天起親眼見證的事。』

賽里多斯低頭鞠躬：『很抱歉，但我的心告訴我，我必須在這些事情發生以前就加以阻止，而不是等發生後再給予懲罰。』

有些盧亞克人低聲贊同賽里多斯的說法，走過去站在他身邊，因為他們記得密爾塔雷尼爾，對於藍瑞的背叛感到憤恨不平又難過。

賽里多斯走向阿列夫，跪在他前面，『我必須拒絕你的建議，因為我忘不了，但我會和身邊這些忠實的盧亞克人一起對抗他，我看得出來他們內心純正。為了紀念毀滅的城市，我們就叫艾密爾，我們會打敗藍瑞及他的追隨者，沒有什麼能阻擋我們追求至善。』

多數的盧亞克人都卻步了，他們害怕，也不希望介入這樣的大事。

但泰魯站出來說，『我最重視正義，我願意為了伸張正義、為你效勞，而拋開一切。』他跪在阿列夫面前，低下頭，展開雙手。

其他人也站了出來，包括高個齊瑞、迪亞、恩拉斯、季莎、勒凱特、伊梅特、歐達爾、闍丹等人。高個齊瑞是密爾塔雷尼爾灰燼中的倖存者；迪亞的臉和嘴像石頭一樣又硬又冰，她的兩任先生都捐軀沙場；恩拉斯不帶劍也不吃動物，從來沒人對他惡言相向；美人季莎在貝倫崩解前就有上百位追求者，她也是第一位懂得男人主動碰觸之意的女人。

勒凱特即使身處災難，依然經常談笑。伊梅特還是少年，每次唱歌與迅速殺敵時總會落淚；歐妲兒年紀最小，留著一頭閃亮的金髮，頭髮綁著緞帶，她從未見過死亡，仍勇敢站到阿列夫的面前；歐妲兒的旁邊站著闍丹，那名字有憤怒的意味，他戴著面具，有一雙熾烈如火的眼睛。

他們走到阿列夫的面前，阿列夫觸摸他們的手、眼睛與心臟。他最後一次觸摸他們時，他們感到一陣疼痛，背部長出了翅膀，可以帶他們到任何想去的地方。那是火影之翅，鐵鏡之翅，也是石血之翅。

接著，阿列夫說出他們的全名，把他們包圍在白火之中，那火跟著他們的翅膀起舞，他們變得動作矯捷，眼中閃爍著火焰，可以透視人心的最深處，他們的嘴裡充滿了火焰，唱著力之歌。接著，火焰如銀星般落在他們的前額，他們馬上變成正義、睿智的化身，耀眼得令人難以直視。後來火焰吞噬了他們，此後凡人的肉眼再也看不到他們了。

只有最強大的人才看得見，即使看到了，也非常危險，很難看得清楚。他們在世上伸張正義，泰魯是他們之中最偉大的——」

「我聽夠了！」說話的人聲音不大，但他可能是用喊的。史卡皮講故事時，有人打岔就像吃麵包時嚼到砂粒一樣掃興。

兩個穿黑色斗篷的男人從房間後面走向吧台，一位高大自傲，另一位矮小，戴著兜帽。他們走路時，我看到斗篷下擺隱約露出灰袍，是泰倫教的祭司。更糟的是，我還看到另兩人的斗篷下穿著胄甲。他們坐著的時候我沒看見，但是他們走動時，可以明顯看出他們是教會的護衛。他們表情冷酷，從斗篷的線條可以看出他們配了劍。

不只我看到而已，孩子們都紛紛走出門外，比較聰明的孩子會若無其事地離開，但有些還沒走到門外就跑了起來。有三個小孩一反常態留了下來。一位是上衣有緞帶的席德小孩，一位是赤腳的小女孩，還有我。

「我想我們都聽夠了！」比較高的祭司嚴肅地說，他很削瘦，眼眶凹陷，像是悶燒著半隱半現的煤炭一樣。仔細修剪的黑鬍鬚讓他的臉龐邊緣看起來像刀片般銳利。

他把斗篷交給戴著兜帽的矮祭司，斗篷底下穿著泰倫教祭司的淺色灰袍。脖子上掛著一串銀色鱗片，我看了心一沉，他不只是祭司，還是審判長，我看到另兩個小孩溜出門外。

審判長說：「在泰魯的監督下，我指控你是異端。」

「罪證確鑿！」第二位祭司從兜帽裡說。

審判長對傭兵作勢，「把他綁起來！」

傭兵動作粗魯迅速，史卡皮平靜地忍受這一切，不發一語。

審判官看著護衛開始綑綁史卡皮的手腕，接著稍微轉身，彷彿想把這個說書者從腦中抹去。他緩緩地環顧屋內，最後目光落在吧台後方穿著圍裙的禿頭男子身上。

「泰——泰魯保佑你！」半旗酒館的老闆突然結結巴巴地說。

「沒錯。」審判長簡短回道。他再次慢慢地掃視屋內，最後他把頭轉向第二個祭司說：「安東尼，像這樣的好地方會窩藏異端嗎？」

「審判長，凡事皆有可能。」

「啊！」審判長輕輕地說，緩緩環顧屋內，最後再次端詳著吧台後方的老闆。

「我請長官喝一杯吧？可以嗎？」老闆迅速提議。

現場一片沉默。

「我的意思是說……讓您和弟兄們喝。上等的法羅白酒如何？以示我的感謝。我讓他留下來，是因為他一開始講的故事還滿有趣的。」他勉強吞嚥口水，急著說，「但之後他就開始講一些邪門歪道，我不敢把他趕出去，因為他顯然瘋了，大家都知道對瘋子出手會觸怒上天……」他的聲音中斷，房間突然靜了下來。他吞嚥口水，我站在門邊都可以聽到他乾嚥口水的聲音。

「好大方。」終於審判長說。

「非常大方。」矮祭司附和。

「不過，烈酒有時會引誘人做壞事。」

「壞事。」祭司低語。

「我們有些弟兄發誓不受肉類引誘，我也必須拒絕。」審判長的語氣帶著虛偽的遺憾。

我設法和史卡皮四目交接，他淺淺一笑。我的胃揪成一團，這位年長的說書人似乎不知道他陷入什麼麻煩了。然而在此同時，我內心深處也有個自私的想法：要是早點來，找出需要知道的事，現在就不會那麼糟了，不是嗎？

老闆打破沉默，「你們能收酒桶的價錢，而不是拿走酒桶嗎？」

審判長停頓了下來，彷彿在思考。

「為了孩子們，」禿頭男懇求，「我知道您會把錢用在孩子身上。」

審判長噘起嘴，「好吧。」他停了一會兒說，「就為了孩子們。」

矮祭司語帶不快地說：「孩子們。」

老闆勉強露出苦笑。

史卡皮對我翻白眼和眨眼睛。

史卡皮的聲音如深色蜜糖般緩緩道出：「像你們這樣正派的聖職人員，應該可以找到比逮捕說書人，以及向老實人敲竹槓更好的事做吧。」

酒館老闆數錢的叮噹聲逐漸消失，整個房間似乎都屏住了呼吸。審判長刻意一派輕鬆地轉身背對史卡皮，側頭對著矮祭司說：「安東尼，我們似乎找到一個彬彬有禮的異端了，真奇妙！我們應該把他賣給盧族劇團，他某方面感覺就像隻會說話的狗。」

史卡皮對著他的背後說，「我又不是期待你們去找海力艾克斯與七人組，我常說：『大人成大業，小人搞謀略。』我想，麻煩的是，必須找夠雞毛蒜皮的事，讓你們這種人來做。不過，你們挺機靈的，可以撿垃圾或上妓院檢查床上有沒有跳蚤。」

審判長轉身，從吧台抓起陶杯，朝史卡皮的頭扔去，砸碎了杯子。「我在場時，給我閉嘴！」他嗓音變粗，「你懂什麼！」

史卡皮稍稍搖頭，彷彿在清醒腦袋一樣。一道紅色的血流下他如浮木般的臉，流到他如浪花般的眉毛上。「我想，那可能是真的，泰魯總是說……」

「別說祂的名字！」審判長大叫，氣得滿臉通紅，「你的嘴巴玷污了祂的名字，從你嘴裡講出來，就是一種褻瀆。」

「喔，拜託，厄勒斯。」史卡皮語帶責怪，彷彿對小孩子說話一樣。「泰魯恨你的程度，比討厭世上其他一切還多，而且是多出許多。」

整個屋子靜了下來，氣氛詭異。審判長的臉色鐵青，聲音冰冷顫抖：「上天寬恕你。」

史卡皮默默地看了審判長一會兒，然後開始大笑，是那種打從靈魂深處湧現、不可遏止的宏亮笑聲。

審判長把目光瞥向綁住說書人的其中一名護衛，那個面露凶光的人突然給了史卡皮幾拳，一拳打在腰際，一拳打在頸部後方。

史卡皮癱倒在地，整個屋子陷入靜默，他的身體撞擊地板鋪木的聲音，似乎消失得比笑聲的回音還快。審判長一比手勢，一名護衛從衣領抓起史卡皮，他就像破娃娃一樣懸晃著，雙腳拖地。

但史卡皮並沒有失去意識，只是受了驚嚇。他轉動雙眼，把目光鎖定在審判長身上。「寬恕我的靈魂。」他微弱地發出嘶啞聲，換作平常應該是輕笑聲吧。「你不知道那些話從你嘴裡吐出來有多好笑。」

史卡皮似乎是對著他面前的空氣說話，「克沃思，快跑。和這些人牽扯在一起沒什麼好處。上屋頂去，待在他們看不到你的地方一陣子，我在教堂裡有朋友，他們會幫我，但你在這裡什麼也不能做，快走。」

他說話時，並沒有看著我，一時間情況有點混亂。審判長又比了手勢，一位護衛從史卡皮的後腦杓打了一拳。他翻白眼，頭往前垂下，我溜出門外。

我聽從史卡皮的建議，在他們離開酒吧前就跑回屋頂。

29 腦中門扉

我爬上屋頂回到祕密基地後，把自已裹在毯子裡哭泣，哭得好像體內有什麼壞了，讓一切都湧了出來。等我哭累了，已是深夜。我躺在那裡看著天空，身心俱疲但無法入睡。我想到爸媽和劇團，很意外那些記憶沒以前那麼痛苦。

這麼多年來第一次，我用阿本教我的技巧安撫大腦，讓腦袋變得更敏捷。那感覺比我記憶中的還難，但我做到了。

如果你曾經整晚睡覺都不動，早上醒來時，身體會因此而僵直。如果你記得第一次舒展身體時，那種又痛又快活的感覺，或許你就可以了解這些年以來，我的大腦在塔賓的屋頂上甦醒是什麼感覺了。

那晚剩下的時間，我一一打開腦子裡的門扉。我在裡頭發現一些老早遺忘的事：母親為歌曲填詞，為上台練發音，三種安定神經與助眠的茶飲作法，魯特琴的音階指法。

還有我的音樂。距離我上次拿魯特琴，真的已經隔好幾年了嗎？

我花很多時間想祁德林人，想他們對劇團做了什麼，他們從我身上奪走了什麼。我想起血跡和焚燒毛髮的味道，覺得胸中燃燒著一股深沉的怒火。我承認那晚我有一些復仇的黑暗想法。

但是在塔賓的歲月，讓我認識了殘酷的現實，我知道報復不過是幼稚的幻想，我才十五歲，我能怎樣？

我的確知道一件事，是我躺著回想時浮現的，那是海力艾克斯對辛德說的話：誰讓你遠離艾密爾？歌者？賽斯？遠離所有能傷害你的東西？

祁德林人有剋星。如果我能找到他們，他們就可以幫我。我不知道誰是歌者或賽斯，但大家都知道艾密爾是教會騎士，是艾圖帝國的得力助手。可惜，大家也都知道艾密爾已經消失三百年了，艾圖帝國崩解時，他們就解散了。

但海力艾克斯提到他們時，彷彿他們仍存在。史卡皮的說法也和我以前聽到的不一樣，史卡皮提到艾密爾是從賽里多斯開始的，並非和艾圖帝國有關。顯然還有很多是故事沒提到的，我還需要知道更多的訊息。

我愈想，腦中就冒出愈多的問題。祁德林人顯然沒有殺死所有收集他們的故事或哼唱相關歌曲的人，每個人對他們的故事都略知一二，每個孩子也都唱過和他們的標記有關的淘氣童謠，是什麼因素讓我爸媽的歌如此不同？

我滿腦子問題，當然，我只能去一個地方。

我看著我貧乏的家當，我有一條破毯子，一個塞稻草後充當枕頭的麻布袋，一支容量一品脫、附瓶塞的瓶子，裡面裝了半瓶乾淨的水，一塊以磚頭壓著、在寒夜裡用來擋風的帆布，一對天然的鹽骰子，一隻穿不下的破鞋，但我想拿它來換點別的東西。

還有二十七分錢的鐵幣，那是我的急用金，幾天前感覺好像存了很多，但現在我知道永遠也不夠。

隨著太陽升起，我把藏在樑木下方的《修辭與邏輯》拿出來，我打開用來保護它的帆布片，看到它依舊乾燥完好，鬆了一口氣。我摸著皮革平滑的觸感，把書本拿起來貼近臉龐，聞到阿本車子後面的味道：香料與酵母，混雜著酸性物質與化學鹽的刺鼻味。那是我過往歲月最後一件留下來的具體東西。

我打開第一頁，讀著阿本三年多前的題字。

克沃思，

在大學院裡，好好為自己論辯，讓我為你感到驕傲。

謹記你父親的歌，提防愚行。

友 阿本希 筆

我點點頭，翻開那一頁。

30 破損本

門柱上的牌子寫著：**破損本**，我當它是個吉兆，便走了進去。

一名男子坐在桌子後方，我想他應該是老闆，個兒高䠷，頭髮稀疏，他從帳本中抬起頭來，表情有點不悅。

我打定主意不多說什麼客套話，直接走到他桌邊，把書交給他，「這本書可以換多少錢？」

他專業地翻閱那本書，摸摸紙感，檢查裝幀，聳聳肩說：「一兩個銅幣。」

「不止吧！」我生氣地說。

「它就只值你能賣到的價值。」他不帶感情的說，「我可以給你一個半銀幣。」

「給我兩銀幣，還有一個月後買回的權利。」

他大笑一聲，「這兒不是當鋪。」他一手把書推還給我，另一手拿起筆。

「二十天呢？」

他猶豫了一下，又粗略看了那本書一次，拿出他的錢包，取出兩大銀幣。我已經好久沒看過那麼多錢了。

他把兩銀幣放在桌上，推向我，我忍著沒馬上抓起，對他說：「我需要一張收據。」

這次他緊盯著我瞧了很久，我開始感到有點緊張，這時我才意識到自己的模樣，滿身經年累月的髒污，卻想為一本顯然是偷來的書討收據。

最後他又無所謂地聳聳肩，在一張紙上寫了一些字，並在底下畫一條線，用筆指著說：「在這兒簽名。」

我看到那張紙上寫著：

我在此簽名，證明我不會讀也不會寫。

我抬頭看老闆，他面無表情，我用筆沾墨，小心寫下「ＤＤ」，彷彿那是名字的起首字母。

他用手把墨搧乾，把「收據」推給我，他帶著一丁點笑意問我：「Ｄ代表什麼？」

「作廢（Defeasance）。」我說，「那表示讓某事不具約束力，通常是指合約。第二個Ｄ是指脆烤（Decrepitate），就是把人丟進火裡發出的劈啪聲。」他茫然地看著我，「在鈞普伊，脆烤是偽造文書的刑罰，我想亂擬收據應該是屬於那一類。」

我沒動手去摸銀幣或那張收據，氣氛沉默緊張。

「這裡又不是鈞普伊。」他說，一臉鎮靜。

「是沒錯。」我承認，「你很想污錢（defalcation），或許我應該加第三個Ｄ。」

他又狂笑了一聲，接著微笑對我說：「少爺，你說服我了。」他抽出一張新的紙，放在我前面，「你來寫收據，我簽名。」

我拿起筆寫：「本人同意，把裡面提有『致克沃思』的《修辭與邏輯》一書歸還給這張收據的持有者，換取兩銀分，只要他出示收據於——」

我抬頭問：「今天幾號？」

「旬五，三十八號。」

我已經沒有記日期的習慣了。在街頭，每一天都跟隔天差不多，只不過大家在旬六會喝多一點，在悼日會比較大方一點。

但如果今天是三十八號，我只剩五天可以去大學院，阿本以前告訴我，註冊只到燃日，萬一錯過了，下個學期還要再等兩個月。

我在收據上填好日期，劃一條線讓書商簽名，我把紙推向他時，他表情有點困惑，也沒注意到收據上寫的是「銀分」，而不是「銀幣」。銀幣價值大多了，那表示他同意以比買價還少的錢，把書賣還給我。

但是，當我想到這一切有多愚蠢時，我也不再得意了，因為不管是銀分、還是銀幣，我都無法在兩旬內攢夠錢，贖回那本書。如果一切順利，我可能明天就離開塔賓了。

這張收據雖然再也派不上用場，但它稍稍撫慰了我揮別兒時最後一樣東西的痛苦。我吹一吹那張紙，小心地把它折好，放入口袋，拿起兩銀幣。老闆抓住我的手時，我嚇了一跳。

他歉疚地笑著說：「很抱歉剛剛寫了那張借據，但你看起來好像不會再回來了。」他稍稍聳肩說：「喏！」他把一個銅幣塞進我手裡。

我想這人不是那麼壞，也對他微笑，一時間我對剛剛寫的借據感到有點愧疚，也對順手偷了三隻筆感到過意不去，不過那感覺只持續一下子而已。既然沒有什麼簡單的方法可以歸還那些筆，我離開時又偷了一瓶墨水。

31 貴族習性

那兩大銀幣給人一種篤定感，那和它們的實際重量沒什麼關係。曾經窮過好一段時間的人，都會懂得我的意思。我先買了一個好的皮包，掛在我衣服底下，緊貼著皮膚。

接著是好好吃一頓早餐：一盤熱騰騰的蛋和一片火腿，新鮮鬆軟的麵包，一旁搭配著大量的蜂蜜與奶油，一杯才剛擠不到兩天的鮮奶，總共花了五分鐵幣，那可能是我吃過最棒的一餐了。

坐在桌邊用刀叉進食的感覺很怪，坐在人群中的感覺也怪，有人幫我送上食物的感覺更怪。

我用最後一小塊麵包抹盡剩餘的早餐時，才發現我有個問題。

即使是在這個稍嫌不淨的海濱旅店裡，我還是引人注意。我身上穿的衣服，不過是挖個洞讓頭手鑽出來的粗麻袋，我的褲子是帆布做的，比我的身材大了好幾號，散發著煙味、油味、巷弄裡的污水味，褲頭是用垃圾堆裡撿來的繩子綁著。我全身髒污，赤著腳，臭氣沖天。

我該買套衣服，還是找個地方洗澡？如果先洗澡，之後還是得穿上那些舊衣服。但是，如果我現在這個樣子去買衣服，可能連店家都進不去，我也懷疑有人肯為我量身嗎。

旅店老闆來收我的盤子，我決定先去洗個澡，因為我全身聞起來像死了一旬的老鼠，連我都感到厭煩了。我抬起頭來對老闆微笑：「這附近哪裡可以洗個澡？」

「這邊就可以，只要兩分錢。」他上下打量我，「或者你可以打工一個小時交換，辛苦工作個一小時，我們的爐灶剛好需要刷洗。」

「我會需要很多水和肥皂。」

「那就打工兩小時吧，我還有碗盤需要洗。先刷爐灶，洗個澡，再來洗盤子，這樣好嗎？」

一個小時後，我肩膀酸痛，爐灶都刷洗乾淨了。他帶我到後面的房間，裡面有個大木桶，地上擺著一個火爐，牆上有掛鉤可以掛衣服，還釘了一塊錫片，充當鏡子。

他給了我一把刷子，一桶熱水，一塊肥皂。我一直擦洗身子，直到皮膚都痛了、紅了。旅店老闆又提了第二桶、第三桶水來。我心中暗自慶幸，還好我沒長蝨子，可能我已經髒到連蝨子都不願寄宿了。最後一次沖洗時，我看著丟在一旁的衣服，現在是我這幾年來最乾淨的時候，我實在不想再碰那些衣服，更別說穿上了。但是如果我洗那些衣服，他們只會愈洗愈破。

我擦乾身子，用粗製的梳子梳開我糾結的頭髮，現在頭髮似乎又比髒污時更長了。我抹掉鏡面上的霧氣，看到自己的樣子嚇了一跳。我長大了，至少比以前大了，不僅如此，我看起來還像某個貴族的兒子。我的臉瘦白，頭髮需要稍微修剪一下，不過目前直髮及肩，剛好是現在流行的樣子，就只差一套貴族的衣服而已。

於是我靈機一動，用毛巾裹著身子，從後門離開。我拿了皮包，把它藏在看不見的地方。當時快接近中午，到處都是人，我當然引來不少人的注目。我不予理會，快步向前，並不打算躲躲藏藏。我板起冷淡、不滿的表情，絲毫不露出一點尷尬。

我在一對父子身邊停了下來，他們正把粗麻袋裝上車，那兒子大概大我四歲，高我一個頭。我厲聲說：「小子，這兒哪裡可以買衣服。」我盯著他的上衣看，「體面的衣服。」我更正。

他看著我，表情看似疑惑，又有點生氣。他的父親連忙摘下帽子，站到他兒子前面，「閣下可以試試貝特里商鋪，他們只有一些簡單的樣式，不過離這裡才一兩條街而已。」

我臉色一沉：「附近就只有這家嗎？」

他目瞪口呆：「呃……可能……有一家……」

我不耐煩地揮手要他閉嘴：「在哪裡？我看你已經嚇傻了，你用指的就好。」

他一比，我便大步離開。我一邊走，想起我在劇團中曾扮演一個年輕侍從，那少爺名叫丹史提，脾氣任性，令人難以忍受，父親是個有頭有臉的人物。這角色正好，我把頭傲慢地傾向一邊，稍微改變了肩膀的姿態，也調整一下當時的心態。

我用力推開門，衝了進去，有個男人圍著皮質圍裙，我猜他就是貝特里，看起來四十幾歲，身型瘦削，禿頭。門推開時，撞上牆砰的一聲，害他嚇了一跳。他轉身看我，一臉狐疑。

「傻子，拿件袍子給我。被你和今天上街做買賣的一干蠢人緊盯著看，煩死了。」我一臉不悅地頹坐到椅子上。他動也不動，我憤怒地瞪著他說：「我沒說清楚嗎？我需要什麼還看不出來嗎？」我拉起毛巾的邊緣讓他看。

他站在那裡，瞠目結舌。

我壓低聲音，用威嚇的口吻說：「你要是不拿點什麼來讓我穿……」我站起來大吼，「我就拆了這裡！我會叫我爸把你的墓碑當成我的冬至禮物，叫他的狗爬上你的屍體。你知不知道我是誰啊？」

貝特里急忙離開，我往椅背一靠，在此之前我一直沒注意到店內還有一位客人，他見狀迅速離開，離開前還停下來對我稍稍行了屈膝禮。

我強忍住笑意。

接著一切異常順利，我讓他忙進忙出了半個小時，他送上一件又一件的衣服讓我試穿。他拿出來的每件衣服，我都會挑剔質料、剪裁與手工。總之，我徹頭徹尾就是一個驕縱的孩子。

其實我對那些衣服滿意得很，它們雖然樣式簡單，卻都做得很好。跟我一小時前穿的東西比起來，能穿乾淨的麻布袋就夠好了。

如果你沒在宮廷或大城市待過一陣子，就不會明白這偽裝對我來說為何如此容易了，且聽我細說分明。

貴族之子就像洪水或龍捲風一樣，是一股強大的自然破壞力。碰到這種災難，一般人只能咬著牙忍氣吞聲，努力降低損害。

貝特里明白這點，他在上衣與褲子做完記號後，就幫我把它們脫下來。我又穿回他給我的袍子，他馬上卯起來縫紉衣服，彷彿惡魔在一旁施壓一樣。

我又頹坐回椅子上，「你乾脆就明問吧，我看得出來你好奇的很。」

他從縫紉中暫時抬起頭來問：「您是指什麼？」

「我現在沒穿衣服的樣子。」

「喔。」他把線打結，開始縫褲子，「我承認我是有點好奇，但禮貌上，我不便刺探別人的事。」

「啊。」我點頭，佯裝失望，「這態度值得讚許。」

接下來安靜了好一段時間，只聽得到線拉過衣服布料的聲音，我感到坐立難安。最後，我還是繼續開口，彷彿他要我講一樣：「妓女偷了我的衣服。」

「真的？」

「她要我拿錢包換回我的衣服，那個賤貨！」

貝特里稍稍抬起頭，一臉真的很好奇的樣子，「您的錢包沒和衣服放在一起嗎？」

我一臉驚訝：「當然沒有！我父親說過：『紳士之手永不遠離錢包。』」我把錢包拿起來晃一晃，佐證我的論點。

我發現他想忍著笑意，這讓我覺得好過一些了。我折磨這傢伙近一小時，至少我給了他一個話題，可以拿來跟朋友說說。

「她告訴我，如果我想保有尊嚴，就把錢包交給她，穿著衣服回家。」我輕蔑地搖頭，「我跟她說：『放肆！紳士的尊嚴不在他的衣服。我要是為了面子，而把錢包交給妳，那才是交出我的尊嚴。』」

我露出深思的表情好一會兒，之後彷彿在自言自語，輕聲說：「這麼說紳士的尊嚴是在他的錢包裡。」我看著手上的錢包，停頓了好一會兒，「我想，前幾天我聽過父親說過那樣的話。」

貝特里笑了出來，連忙假裝咳嗽，接著他起身，甩開上衣與褲子。「好了，跟戴手套一樣合身。」他把衣服拿給我時，嘴角微微露出笑意。

我脫下袍子，穿上褲子，「我想，這樣我就可以回家了。貝特里，這樣你收多少錢？」我問。

他想了一下說：「一銀二。」

我開始綁上衣的帶子，不發一語。

「抱歉。」他連忙說，「我忘了我在為誰效勞了。」他吞了一下口水，「一銀幣就夠了。」

我拿出錢包，把一銀幣放在他手中，凝視著他的眼睛說：「我需要一些零錢。」

他抿起嘴，不過還是點點頭，找了我兩個銅幣。

我把銅幣塞好，把錢包緊緊綁在上衣底下，然後意味深長地看了他一眼，拍了一下錢包。

我看到他的嘴角又泛起了一絲笑意：「再會。」

我拿起毛巾，離開商店，在比較少人注視下，走回我剛剛吃早餐與洗澡的旅店。

我走向吧台時，旅店老闆問：「少爺，你需要些什麼嗎？」他微笑，把手擦在圍裙上。

「一疊髒碗盤和一條抹布。」

他瞇著眼看我，接著笑了起來：「我以為你光著身子從巷子裡溜走了。」

「沒完全光著。」我把他的毛巾放上吧台。

「之前你滿身泥巴，我可能還會打賭你的髮色是黑的，現在整個人看起來都不一樣了。」他靜靜地驚訝了一會兒，「你還要你的舊衣服嗎？」

我搖頭：「就丟了吧，其實燒了更好，而且別讓人不小心聞到那煙味。」他又笑了，「不過我的確還有其他的東西。」我提醒他。

他點頭，輕拍鼻翼，「沒錯，你等等。」他轉身，走進吧台後方的門內。

我環顧房內四周，現在我不再吸引異樣的眼光，整個房間看起來似乎不同了。粗石砌成的壁爐內，有個黑色的鍋子燉煮著東西，上漆的木頭與溢出的啤酒微微散發著酸味，交談的低語聲……

我對旅店一直有種特別的偏好，我想，那是因為我是在旅途中成長的。旅店是個安全的地方，像個安樂窩。當時我覺得相當自在，心想如果能開一間像那樣的旅店，應該滿不錯的。

「就這些。」旅店老闆放下三隻筆、一罐墨水，還有書店的收據。「你擁有這些東西和你光著身子溜走，這兩件事都讓我覺得一頭霧水。」

「我要去念大學院。」我解釋。

他一臉驚訝，「你年紀還沒到，不是嗎？」

他的話讓我心頭一驚，但我不去想它，「他們收各種學生。」

他客氣地點頭，彷彿那句話說明了我當初為什麼光著腳出現，還滿身散發著窮街陋巷的惡臭。他等了一會兒，看我是不是還會再細說分明，之後他幫自己倒了一杯酒。「我沒有惡意，不過你現在看起來不像是想要洗盤子的人。」

我開口想反駁，一小時賺一分鐵幣的工作是我不太想錯過的好差事，兩分錢就可以買一條麵包，去年我都不知道挨餓多少天了。

但我又看到我放在吧台上的手，那雙手白裡透紅，乾乾淨淨的，我幾乎快認不出那是我的手了。

當下，我知道我並不想洗碗，我有更重要的事情要做。我離開吧台，從錢包中拿出一分錢，我問：「哪裡最容易找到北上的車隊？」

「山區的畜販場，過了綠街的磨坊，再走四分之一哩。」

一聽到山區兩字，我又緊張了起來，但我點點頭，盡量不去想它。「你的旅店滿愜意的，如果我長大後也能開一家像這樣的旅店，那就太幸運了。」我遞給他一分錢。

他露出燦爛的笑容，把那一分錢還給我，「有你這樣稱讚，這兒隨時歡迎你回來。」

32 銅幣、鞋匠與人群

我走到街上時，離正午還有一個小時。太陽出來了，把腳下的圓石曬得暖暖的。市場的嘈雜在我周遭形成不規律的嗡嗡聲，我享受著腹飽身暖、一身潔淨的愉悅感。

但我的胃裡隱約有種不太舒服的感覺，就好像有人從後腦杓盯著你瞧一樣。那感覺一直跟著我，後來我直覺不太對勁，迅速溜進旁邊的巷子裡。

我靠著牆等候著，那感覺漸漸消逝，過了幾分鐘，我開始覺得自己很蠢。我信賴直覺，但有時直覺只是虛驚一場。我又等了幾分鐘，確定沒事，才走回路上。

那隱約的不安感幾乎馬上又浮現了，我不予理會，同時試著找出那感覺來自何方。但是五分鐘後，我整個人慌了，又轉進小巷裡觀察人群，看誰在跟蹤我。

沒人。我緊張地等了半個小時，躲進兩條小巷，才明白這究竟是怎麼一回事。

和人群一起移動的感覺很奇怪。

過去幾年，人群對我來說已經變成城鎮景色的一部分，我可能會用人群來躲衛兵或店主，我可能會穿過人群，到我想去的地方，我甚至可能和人群往同一個方向走，但我從來不是人群中的一份子。

我已經太習慣受到忽視，第一個商販想賣我東西時，我差點拔腿就跑。

我知道是什麼讓我覺得不對勁以後，那個不安感就消失大半了。恐懼通常是源自於無知，一旦我知道問題所在，那就只是個問題，沒什麼好怕的了。

我之前提過，塔賓主要分兩區：山區與海濱。海濱貧苦，山區富裕。海濱髒臭，山區清新。海濱多賊偷，山區多銀樓——抱歉，還是有竊賊。

我已經說過我上山區冒險的不幸經歷，所以或許你可以了解，當我前方的群眾剛好分開的瞬間，我看到了我在找的東西：一位守衛。我馬上鑽進最近的門裡，心跳得厲害。

我提醒自己，我已經不是幾年前那個被扁的臭小孩，我現在穿得體面，乾乾淨淨的，很自然地融入人群裡。只不過，我積習難改，努力壓抑內心深處的憤恨，但我無法分別我究竟是在氣自己、守衛，還是整個世界，或許都各有一點吧。

「我馬上就來。」門簾處傳來開朗的聲音。

我環顧店家，陽光穿過前面的窗戶，落在一個擁擠的工作台和幾十雙鞋上。我想，比起這家店，不小心闖進其他店可能更糟吧。

「我來猜猜看……」後方又傳來同一個聲音，一位髮色灰白的老人拿著一長條皮革，從門簾後方走了出來。他個兒矮小，駝著背，皺紋中堆滿了笑意，對著我微笑，「……你需要鞋子。」他笑得很靦腆，彷彿是在笑一雙老早就穿破的老靴子，卻因為穿起來太舒服而捨不得丟一樣。他低頭看我的腳，我也不自主地跟著看。

我當然是光著腳，我已經太久沒穿鞋了，老早就不再想鞋子的事，至少夏天都不會想起，冬天則會夢到。

我抬起頭，老人的眼睛閃閃發亮，彷彿不確定笑出來會不會讓客人掉頭就走。「我想，我需要鞋子。」我坦承。

他笑著帶我就坐，用手丈量我的赤腳。幸好街道是乾的，所以我的腳只沾了一點鋪石地面的灰塵。萬一是下雨天，兩腳可就髒得尷尬了。

「我們來看看你喜歡什麼款式，還有我這兒有沒有你的尺寸，如果沒有，我可以在一兩個小時內幫你做一雙，或改一雙合腳的鞋子。所以，你穿鞋是想做什麼？走路？跳舞？騎馬？」他坐在凳子上，把身體往後傾，從後方的鞋架上拿下一雙鞋。

「走路。」

「我想也是。」他熟練地把一雙長襪套到我的腳上，彷彿他的客人都是光腳來的一樣。他把我的腳塞進一雙有釦環的黑色東西，「這樣感覺如何？加點重量確定一下。」

「我……」

「有點緊，我想也是，沒什麼比鞋子夾腳更不舒服的了。」他幫我把它們脫下，又穿上另一雙，動作俐落。「這雙呢？」這雙是深紫色的，由絨布或毛氈製成。

「這雙……」

「不是你想找的？其實也對，這雙很快就穿破了。不過顏色還不錯，適合穿來追女孩子。」他又幫我穿上另一雙，「這雙呢？」

這雙是簡單的棕色皮靴，就好像他先幫我量腳後才做的一樣，我把腳踩在地上，感覺鞋子很服貼，我早忘了穿好鞋是什麼感覺。「多少錢？」我擔心地問。

他沒回答，而是站了起來，開始張望鞋架上的鞋子。「從腳可以看出一個人的很多事。」他沉思，「有些人笑著來這兒，穿著乾淨擦亮的鞋子，襪子也撲了粉。但是脫了鞋後，腳的味道卻很嚇人，那就是會藏匿事情的人，他們有見不得人的祕密，想把那些祕密藏起來，就好像把腳藏起來一樣。」

他轉身看我，「不過那是永遠行不通的，讓腳不再發臭的方法，是讓它們稍微通風，祕密可能也是一樣吧。不過，那我就不清楚了，我只懂鞋。」

他開始看工作台上堆積的東西，「有些宮廷裡的人來這裡，一邊搧著扇子，一邊抱怨最近的倒楣事，但他們的腳白裡透紅，細皮嫩肉，你可以推知他們從來沒有徒步走到哪裡，從來沒受過傷。」

最後他終於找到他要找的東西，拿起一雙類似我穿的那雙鞋。「找到了！這雙是賈各在你這個年紀時穿的。」他坐上板凳，解開我腳上那雙鞋的鞋帶。

他繼續說：「你那麼小的年紀，就有老厚的腳底，又是疤痕，又是硬繭的。像這樣的腳可以成天光腳在石子上跑，也不需要穿鞋。像你這樣的孩子，有這樣的腳只有一個原因。」

他把這番話當成問題一般，抬頭起來看著我，我點頭。

他微笑，把一隻手放在我肩上，「這雙穿起來如何？」

我站起來試試，這雙鞋因為有人穿軟過，感覺比新鞋更舒服。

「這雙鞋，」他搖晃手裡拿的鞋，「是新的，還沒走過一哩路，像這樣的鞋我是收一銀幣或一銀二。」他指著我的腳說：「而那雙是穿過的，我不賣二手鞋。」

他轉過身背對著我，開始哼歌，漫不經心地整理工作台，我一下就聽出他在哼〈離鎮吧，匠販〉。

我知道他想幫我，一旬前，我應該會迫不及待把握這個機會，但不知怎的，我現在覺得不該這樣。我靜靜地收起我的東西，在他的凳子上留下兩銅幣才走。

為什麼？因為自尊是個奇怪的東西，因為人應該以德報德，但最主要還是因為我覺得那是我該做的事，那就是足夠的理由了。

「四天。下雨的話，六天。」

若恩是我詢問北上伊姆雷相關訊息的第三個車夫，伊姆雷是最靠近大學院的城市。若恩是個壯碩的席德人，留著滿臉的黑鬍子，他轉身用席德語咒罵一位把布匹裝上車的人。他用母語說話時，聽起來像是岩石轟隆隆崩落一般。

他回頭過來看我，把聲音壓小了一些，「兩銅幣，不收零錢，如果車上有位子，你就可以搭，夜晚你也可以睡在車下，晚上和我們一起用餐，中午只吃麵包。萬一車子卡在路上，你要幫忙推。」

他又停下來喝斥那個人。現場有三台裝滿商品的貨車，第四台看起來極其熟悉，就像我幼年搭的移動屋。若恩的妻子蕾塔坐在那輛車的前面，她看著男人裝貨上車時的表情嚴肅，不過和站在一旁的女孩聊天時，她則是面帶微笑。

我想，那女孩應該也是乘客，年紀跟我差不多，或許大一歲吧，但那個年紀的孩子，大一歲感覺大很多。塔爾人有句俗話形容我那年紀的孩子：男孩長高，但女孩長大。

她穿著適合旅行的上衣與長褲，看起來年輕而不失莊重。她的舉止穩重，如果再大一歲，我可能會把她當成女人而非女孩看待。事實上，她和蕾塔說話時，看起來時而優雅端莊，時而天真活潑。她有一頭深色的長髮，還有……

總之，她很美，我已經很久沒見過美麗的事物了。

若恩隨著我目光望去，繼續說：「晚上每個人都要幫忙搭帳棚，大家輪流守夜。你守夜時萬一睡著，我們就會留下你離去。不管我妻子煮什麼，你都得跟著我們吃，抱怨的話，我們也會離你而去。你走得太慢，我們也會丟下你。你惹那女孩子……」他手摸過濃密的黑鬍子，「就糟了。」

為了讓他改變話題，我說：「馬車何時裝貨完畢？」

「兩小時。」他斷然地說，彷彿不准工人反駁。

一位站在馬車頂上的工人挺直了身子，用手遮陽，拉大嗓門，聲音蓋過廣場上馬聲、車聲與人聲，「孩子，別被他嚇跑了，他罵歸罵，其實人還不錯。」若恩用手指嚴厲地指他，那男人又回頭繼續工作。

其實他不說，我也相信，和妻子一起上路的男人通常都可以信賴。此外，他的價格頗為公道，今天就可以上路了。我馬上從錢包裡拿出兩銅幣，遞給若恩。

他轉向我說：「兩小時後出發。」他伸出粗大的手指強調，「你晚來，我們就先走了。」

我認真地點頭說：「Rieusa, tu kialus A'isha tua.」（謝謝你讓我跟你家人同行。）

若恩頓時揚起濃眉，又馬上恢復原來的樣子，迅速點個頭，像是稍稍鞠躬致意一樣。我環顧廣場，想知道這是怎麼回事。

「有人還真是出人意表。」我轉身看到剛剛從車上對我喊的那位工人。他伸手說：「我是戴瑞克。」

我和他握手，不知如何是好，我已經太久沒和人閒聊，感到陌生又遲疑，「我是克沃思。」

戴瑞克把手放到身後伸懶腰，臉部跟著扭成怪模怪樣，他比我高一個頭，二十歲左右，身材高大，一頭金髮。「你剛把若恩嚇了一跳，你去哪學的席德語？」

「一位祕術士教了我一些。」我解釋。我看著若恩走過去跟他妻子說話，那位深髮女孩看向我這邊，對我微笑。我連忙移開目光，不知道要怎麼應對。

他聳聳肩，「你去拿你的東西來吧，若恩喜歡嚷嚷，但脾氣不壞。不過，貨一裝好，他可是不等人的。」

我點頭，即使我根本沒有「東西」可拿，不過我的確需要去買點東西。大家都說，只要有錢，在塔賓什麼東西都買得到。大致上來說，這句話一點也沒錯。

我走下樓梯到查比斯的地下室，穿鞋子到他那裡感覺有點怪，我每次來，都習慣光腳踩在濕石板上。

我行經短廊時，一位衣衫襤褸的男孩捧著一小顆晚熟的蘋果，從裡面的房間走了出來。他看到我時，突然停下腳步，接著皺眉，瞇著眼，眼神充滿懷疑。他低下頭，粗魯地和我擦身而過。

我想都沒想，就把他的手從我的錢包上拍開，我轉頭看他，驚訝地說不出話來。他衝了出去，留下我站在那裡，滿頭疑惑，心煩氣躁。我們在這裡從來不偷彼此的東西，在街上大家各顧各的，但是查比斯的地下室有如我們的聖殿，就像教堂一樣，我們沒人想破壞這裡的聖潔。

我又走了幾步，進到房間裡，看到一切都很正常，鬆了一口氣。查比斯不在那裡，可能是去收集救濟的物資，以便照顧這些孩子。房間裡有六張嬰兒床，每一張都有人，還有更多小嬰孩躺在地板上。幾個髒兮兮的小孩站在放著一大堆籃子的桌邊，抓著晚熟的蘋果。他們轉頭過來盯著我瞧，表情冷酷，充滿惡意。

我才突然明白，他們都認不出我了。我現在乾乾淨淨的，穿得也體面，看起來就像一般男孩誤闖進這裡一樣。

就在這時，查比斯回來了，一隻手臂下夾著幾條麵包，另一隻手臂抱著一個啼哭的嬰兒。「阿里，」他叫著一位站在籃子邊的男孩，「來幫忙，我們來了新訪客，她需要換尿布。」

那男孩連忙過去，從查比斯的手中接下小孩。查比斯把麵包放在桌上的籃子邊，所有小孩都聚精會神地看著他。我的心一沉，查比斯連看都沒看我。要是他認不出我怎麼辦？要是他叫我走怎麼辦？我不知道我是不是受得了，於是我開始慢慢往門邊移步。

查比斯一次指著一個小孩說，「我想想，大衛，你把飲水桶倒空，刷洗一下，那水有點鹹了。他刷好後，納森可以從水泵打水，把它補滿。」

「我可以打兩次水嗎？」納森問，「我弟弟也需要一些食物。」

「你弟弟可以自己來拿麵包。」查比斯溫和地說，接著他更靠近看著那男孩，察覺到什麼似的，「他受傷了嗎？」

納森點頭，低頭看著地板。

查比斯一手放在男孩的肩榜上，「帶他過來，我們來照顧他。」

「他的腳受傷了。」納森脫口說，好像快哭出來似的，「太熱了，他沒辦法走。」

查比斯點頭，示意下一個小孩，「小傑，你幫納森扶他弟弟過來。」他們迅速衝了出去，「泰姆，既然納森不在，就換你來打水吧。」

「克沃思，你去買肥皂。」他拿出半分錢，「到洗濯區的瑪納商行買，如果你告訴她是誰要的，她會給你比較大塊的肥皂。」

我突然覺得喉嚨哽塞，他認得我，我無法解釋我內心有多麼安慰，查比斯是最像我家人的人，想到他可能不認得我，那感覺實在太可怕了。

「查比斯，我沒時間跑腿。」我猶豫地說，「我要走了，我要去內陸，去伊姆雷。」

「真的啊？」他問，他停了半晌，又更仔細地看了我一眼，「嗯，我想是的。」

當然，查比斯從來不看衣著，他只看到衣著裡的孩子，「我來這裡，是想讓你知道我的東西放在哪裡。蠟燭廠屋頂上有個三片屋頂會合的地方，那邊還放著一些東西，有一張毯子，一隻瓶子，我現在已經不需要了，如果有人需要棲身之處，那地方還不錯，很乾爽，沒人會到那上面去……」我聲音漸小。

「謝謝你，我會叫一個男孩過去。」查比斯說，「過來。」他走向前，生硬地擁抱我，他的鬍子搔著我的臉頰，「看著你們離開這裡，我總是很開心。」他輕聲對我說，「我知道你一個人也可以過得不錯，不過有需要時，你隨時都可以回來。」

旁邊嬰兒床裡的小女嬰開始扭動哀嚎，查比斯和我分開，轉身對她說：「怎麼了，怎麼了。」連忙過去照顧她，赤腳拍著地板，「怎麼了，怎麼了，乖，乖。」

33 星海

我肩上背著行囊回到畜販場，裡面裝著換洗衣物，一條麵包，一些肉乾，一皮囊的水，針線，打火用具，筆與墨。總之，就是聰明人上路可能會需要的一切。

不過，買的物資中最令我自豪的是一件深藍色的斗篷，那是我從舊衣商的推車上買來的，才三銅幣。這斗篷滿乾淨的，穿起來又溫暖，如果我猜的沒錯，應該只有一人穿過。

上路時，一件好的斗篷比其他家當加起來更有價值。萬一你沒地方睡，還可以拿它當床和毯子，幫你擋雨遮陽。如果你很精明，底下還可以藏各種有趣的暗器；如果不夠聰明，也可以藏一些較小的雜物。

但除了那些優點外，我推薦斗篷還有兩個原因。第一，很少有東西像舊斗篷的衣襬在微風中輕輕飄著那麼醒目。第二，最好的斗篷有無數個小口袋，那些口袋對我有難以抗拒的吸引力。

就像我剛說的，這件斗篷很不錯，它有幾個那樣的口袋。我在口袋裡放了線繩與蠟塊，一些乾蘋果片，一個火絨箱，一個裝著一顆彈珠的小皮包，一小包鹽，鉤針與腸線。

我盡量花掉小心攢存的聯邦幣，留下席德幣，以便上路時花用。聯邦幣在塔賓很好用，但席德幣才是世界通用的貨幣。

我回到車隊時，他們正好在做最後的準備。若恩像隻不安的動物在馬車邊徘徊，一再檢查一切。蕾塔嚴格地盯著工人，看到不滿意的地方就迅速指正。在我們啟程朝大學院前進以前，我也樂得被晾在一旁。

隨著車隊逐漸駛離，我彷彿慢慢卸下了內心沉重的負擔，沉迷於鞋底接觸地面的感覺，空氣的味道，以及靜靜吹拂春天麥田的微風。我發現自己除了快樂以外，毫無緣由地笑開了嘴。我們盧族本來就不會在一個

地方待那麼久，我深深吸了一口氣，差點就大笑出來。

旅途中我都獨自一人，不習慣和人打交道，若恩和雇工也願意放我獨來獨往。戴瑞克偶爾跟我開開玩笑，但他通常覺得我的想法過於保守。

另外就只剩一位乘客，戴娜。我們一直到第一天快趕完路時才說話，我和其中一位雇工同車，漫不經心地剝著柳枝的樹皮，我一邊動著手指，一邊端詳著她的側臉，欣賞她下巴的線條，以及頸部到肩膀的曲線。我在想，她為什麼獨自一人旅行，她要去哪裡。我沉思時，她轉頭往我這邊看，發現我凝視著她。

「你在想什麼？」她問，一邊撥弄著一縷頭髮。

「我在想妳在這兒做什麼？」我半坦白地說。

她看著我的眼笑著說：「騙人。」

我用一種演戲的老技巧讓自己不臉紅，盡量裝出不在乎的樣子聳聳肩，低頭看我剝的柳枝。幾分鐘後，我聽到她又繼續和蕾塔聊天，心中竟萌生一股失落感。

搭好帳棚，煮晚飯時，我在馬車附近閒晃，觀察若恩用來綁牢貨物的繩結，我聽到後方傳來腳步聲，轉身看到戴娜走過來。我的胃一揪，稍稍吸口氣鎮靜下來。

她在離我十二呎的地方停了下來，「你想出來了嗎？」她問。

「啊？什麼？」

「我為什麼在這裡。」她淡淡地微笑，「其實我這輩子也一直在想同一個問題，我想如果你有答案……」她扮鬼臉，露出期待的表情。

我搖頭，不確定這是什麼情況，聽不出話中的幽默。「我只能猜出妳是要到某個地方。」

她一本正經地點頭，「跟我猜的一樣。」她停下來環顧四周的地平線，風吹起了她的秀髮，她把頭髮撥回原來的樣子。「你剛好知道我要去哪裡嗎？」

我發覺自己臉上漸漸露出笑意，那感覺有點怪，微笑對我來說已經有些生疏，「妳不知道嗎？」

「我不太確定，目前我想到艾尼稜。」她墊起腳尖，又把腳底板放平，「但我也曾誤判。」

我們的交談陷入沉默，戴娜低頭看她的手，玩弄手上的戒指，把它轉來轉去，我瞥見上面有個銀色與淡藍色的石頭，她突然把手放到身體兩側，看著我：「你要去哪裡？」

「大學院。」

她揚起一邊的眉毛，看起來大了十歲，「那麼確定。」她微笑，突然又恢復了年輕的樣子，「知道自己要往哪去是什麼感覺？」

我想不出該怎麼回答，還好蕾塔剛好叫我們吃晚飯，我也就不用回答了。戴娜和我一起走向營火。

隔天一開始是簡短、扭捏的追求。我雖然很想接近她，又不想給人猴急的感覺，我先在戴娜周圍晃了一下，才找了某個理由接近她。

戴娜倒是落落大方，我們整天下來就像老朋友一樣談天說笑，我指出雲朵的不同類別，以及它們預告著什麼樣的氣候。她指出各種雲的形狀，有玫瑰、豎琴和瀑布。

我們就這樣過了一天，晚上大家抽籤排守夜的順序時，戴娜和我抽到前面兩班。我們沒有討論，就一起守夜了四個小時。我們在火堆旁輕聲對話，以免吵醒其他人，目光幾乎都集中在彼此的身上。

第三天也差不多，我們愉快地共度時光，不是一直聊天，通常是觀賞風景，聊些一時想到的話題。那晚我們停在路邊的旅店，蕾塔在那裡採買馬糧與一些補給品。

蕾塔早早就和她丈夫去休息了，她告訴我們，她已經請旅店老闆幫我們準備晚餐與床鋪。晚餐吃得不錯，培根與馬鈴薯湯，現烤麵包配奶油。床鋪是在馬棚裡，但比我在塔賓住的好多了。

休息區滿是煙味、汗味、溢出啤酒的味道，幸好戴娜問我要不要一起去散步。外頭是無風的春夜，暖和而寧靜，我們在旅店後方的樹林間一邊漫步一邊聊天。不久，我們走到一大片空地，中間有個池塘。

池邊有兩塊道石，銀色的表面和黑色的夜空與黑色的池水形成對比。一塊道石直立著，直指蒼穹，另一塊平放著，伸進水裡，如短石橋墩。

完全沒有風吹皺池水，所以我們爬上那塊平躺的石頭時，可以看到池裡映著繁星，天上與水面的星斗一模一樣。就好像我們坐在星海裡一樣。

我們聊了好幾個小時，直到深夜。我們都沒提起自己的過往，我感覺到有些事情她並不想談。從她避免問我問題的樣子來看，我想她也是這麼想。我們聊到我們愛做的幻想以及不可能的事情。我指著天空，告訴她星星與星座的名稱，她告訴我從未聽過的星斗故事。

我的目光總是會回到戴娜身上，她坐在我旁邊，雙手抱膝，皮膚比月亮還明亮，眼睛比天還廣、比水還深、比夜還黑。

我慢慢才發現，我不發一語地盯著她不知有多久，看她看得忘我，但她的表情看起來並不覺得困擾或好笑，彷彿她在端詳我的臉部線條，在等待似的。

我想牽她的手，用指尖輕拂她的臉頰。我想告訴她，她是我這三年來第一次見到的美麗事物，她對著手背打哈欠的樣子就足以令我屏息，我有時候會因為她甜美的聲音而聽得出神。我想說，如果她可以跟我在一起，我就不會再碰到什麼不幸了。

就在我屏息的瞬間，我差點就問她了，我覺得那問題在我胸口中沸騰，我還記得我深深吸了一口氣，卻又猶豫了……我能說什麼？跟我走嗎？待在我身邊？跟我去大學院？不，一股確定感突然像冰冷的拳頭一般，抓緊了我的胸口。我能向她要求什麼？又能給她什麼？什麼也沒有。我說什麼聽起來都很愚蠢，就像孩子的幻想一樣。

我闔上嘴，望向水面，離我幾吋的戴娜也這麼做，我可以感受到她散發的體熱，她身上有股風沙與蜜糖的味道，以及夏天大雨要來前空氣中的味道。

我們都不發一語，我閉上眼，她就在身邊的感覺，是我那時遇過最甜蜜、最鮮明的體驗。

34 還不知道

隔天早上，我只睡兩小時就睡眼惺忪地醒了。我匆匆坐上馬車，整個早上都在打瞌睡。直到快中午，我才發現我們又從昨晚的旅店多載了一位乘客。

他名叫喬森，目的地是艾尼稜。他舉止從容，笑容誠懇，看起來真誠，但我不喜歡他。理由很簡單，他整天都坐在戴娜旁邊，肆無忌憚地哄她，開玩笑說要戴娜當他的小老婆。戴娜似乎完全沒受前一晚熬夜的影響，看起來還是一樣明亮清新。

我整天裝得毫不在乎，卻暗自生著悶氣，充滿妒意。我太愛面子，不願加入他們的談話，只好獨自晾在一旁，整天悶悶不樂。我想忽略他的聲音，偶爾會想起昨晚戴娜身後的水面反射月光時，她看起來的樣子。

當晚我原本打算等大家入睡後，邀戴娜一起去散步。但我還沒去找她，喬森就從一輛馬車上拿來一只大黑箱，箱子邊緣有黃銅釦環。我一看到那箱子，心頭一沉。

喬森察覺到大家的期待（儘管不包括我），他慢慢打開釦環，故意裝出滿不在乎的樣子，拿出他的魯特琴。那是劇團的魯特琴，琴頸長而高雅，琴身渾圓，熟悉地令人心痛。喬森確定大家都注意他以後，便揚起頭撥動琴弦，停下來聽那聲音。接著，他自顧自點個頭，便開始彈奏。

他有不錯的男高音，手指也算靈活。他彈了一曲民謠，一首輕快的飲酒歌，還有一首旋律哀淒的慢歌，搭配我聽不懂的語言，但我猜那是伊爾語。最後，他演奏〈匠販之歌〉，大家都一起跟著唱，除了我以外。

我坐著動也不動，手指發疼，我想演奏而不是聆聽。「想」這字眼還不夠強烈，我渴望，渴望極了。我甚至想偷他的魯特琴，趁黑夜離去。

他以誇張的手勢結束演奏，若恩拍了幾下手，以吸引大家的注意，「睡覺時間到了，要是你起晚了……」

戴瑞克語帶戲謔地插嘴：「……我們就會被丟下。若恩老大，我們知道，太陽出來我們就準備好動身了。」

喬森大笑，用腳翻開魯特琴箱，但是他還沒把琴放進去以前，我對他喊：「我可以看一下嗎？」我試著壓抑聲音中的迫切感，試著讓它聽起來像是一時的好奇。

我恨我自己問那個問題，因為詢問樂手能否拿一下他的樂器，就好像問男人能不能吻一下他妻子一樣，不是樂手的人不會了解那種感覺。樂器就像伴侶、愛人一樣，陌生人常詢問能不能觸摸或拿一下，我明知這樣問很惹人厭，卻還是忍不住問了，「只要一下，可以嗎？」

我看到他身體變得有些僵硬，不太願意的樣子，不過維持表面和善和彈奏樂曲一樣，都是樂手的職責。「當然可以。」他打趣地說，雖然我看得出來那是裝的，其他人可能信以為真。他走向我，把琴拿給我，「小心……」

喬森往後站幾步，裝出一派輕鬆的樣子，但我看到他站的時候，兩隻手臂微微彎曲，好像準備好必要時就衝上前，從我手中抽走魯特琴的樣子。

我把琴翻轉過來，持平而論，這把琴沒什麼特別，我父親會覺得它只比柴火好一些些，我撫摸那木頭，把它摟在胸前。

我沒抬頭，輕輕地說：「很美。」聲音因情緒複雜而沙啞。

它很美，是我三年來見過最美的東西，比在城裡的垃圾坑裡住三年後，第一次見到的春田還美，比戴娜還美，幾乎是了。

我可以坦白地說，當時我還沒恢復我原本的樣子，我才脫離流浪街頭的日子四天，還不是那個劇團時期的我，也還不是你從傳說中聽到的那個人。塔賓的日子改變了我，我從中學到許多事情，若是沒有經歷這些，我相信我的生命應當會活的更輕鬆。

但坐在火邊，擁著魯特琴，我感覺到我因塔賓而衍生的那個冷酷、不快的自己開始崩解。就好像圈著冷卻鍛鐵的土模一樣脫落，留下乾淨、堅實的內在。

我一一撥動每根弦，撥到第三根弦時，那音有點偏了，我不加思索地稍稍調整一個弦鈕。

「呃，不要去動那些。」喬森想裝出不經意的語氣，「你會把音調偏了。」但我沒聽進去，歌手和其他人感覺離我相當遙遠，就像在深海底部一樣。

我觸摸最後一根弦，也稍稍調了音，彈了一個簡單的和弦，那琴聲輕柔精確。我移動一根手指，和弦變小調，那聲音總讓我覺得魯特琴是在說「sad」（悲傷）。我又移動手指，魯特琴發出兩個和弦，相互呼應。接著，我不知怎的，就開始彈了起來。

琴弦接觸手指的感覺很奇怪，就好像久別重逢、但忘了彼此有什麼共同點的朋友。我緩緩輕輕地彈，彈出只有在火堆周遭才聽得到的琴聲。手指與琴弦小心地交談，彷彿互訴衷曲一般。

接著我突然感受到內心什麼崩解了，音樂開始湧入寂靜中。我的手指巧妙地飛舞著，迅速彈出薄紗般的東西，傳進火堆照亮的光圈裡。音樂像微風吹著蜘蛛網一般飄動，像樹葉落地一般旋轉變化，感覺像三年的塔賓生涯在你內心留下空虛，像雙手因酷寒而凍到發痛一樣。

我不知道我彈了多久，可能是十分鐘或一小時，但我的手還不習慣持續彈奏，手一滑，音樂就像夢醒的瞬間那樣崩散了。

我抬頭看到大家動也不動，表情從震驚到驚奇都有，接著，彷彿我的凝視破解了魔咒一樣，大家都動了起來。若恩移動他的座位，兩位雇工面面相覷，戴瑞克看我的樣子，好像從沒見過我似的。蕾塔還是僵在那裡，手嗚著嘴，戴娜把臉埋在手裡，開始無助地暗暗啜泣。

喬森就只是站在那裡，一臉錯愕，面無血色，彷彿被捅了一刀。

我把魯特琴拿給他，不知該對他道謝，還是道歉好，他麻木地收下。過了一會兒，想不出來該說什麼，我留他們繼續待在火堆邊，自己走向馬車。

克沃思到大學院的前一晚是這樣過的：他以斗篷當毯子，也當床。他躺下時，後方是火堆，前方聚著如披風般的影子。他張著眼睛，這點是確定的，但沒人知道他看著什麼。

我們就暫時讓克沃思靜一靜，看他身後的火堆照出的光圈吧。每個人想獨處時，都需要靜一靜。要是碰巧他流了淚，我們就原諒他吧，畢竟他不過是個孩子，還不知道什麼是真正的悲傷。

35 各奔東西

天氣依舊晴朗，馬車駛進伊姆雷時，正值日落西山。我悶悶不樂，覺得很受傷，戴娜整天都和喬森搭同一台車，愛面子又愚蠢的我始終和他們保持距離。

馬車停止後，大家隨即動了起來。若恩把馬車完全停下來以前，就開始和一位戴絨帽、鬍子刮得乾淨的男子爭論，初步討價還價之後，十幾人開始卸下布匹、糖漿桶、咖啡麻袋。蕾塔嚴格地監督他們，喬森急忙去護他的行李，以免受損或遭竊。

我的行李比較好管，因為我就只有一個行囊，我把它從一堆布匹裡拿出來，走下馬車。我把行囊甩到肩上，環顧四周找戴娜的身影。

結果只看到蕾塔，「你在路上幫了我們不少忙。」蕾塔清楚地說，她的艾圖語說得比若恩好很多，幾乎沒有一絲席德腔，「能有人不用教就幫忙解下馬匹真好。」她拿出一個硬幣給我。

我毫不思索地收下，那是這幾年行乞養成的反射動作，就好像手碰到火會自動猛然抽回一樣，我把硬幣拿到手裡後才仔細瞧，那是一銅幣，是當初我付的旅費的一半。等我抬起頭，蕾塔已經往馬車方向走了。

我不知道該說什麼，看到戴瑞克坐在馬槽邊，我漫步過去。他抬頭看我時，一手遮著夕陽，「要走了嗎？我差點就以為你會跟我們一陣子。」

我搖頭：「蕾塔剛剛給我一銅幣。」

他點頭，「我不意外，大部分的人都是累贅。」他聳聳肩，「她也欣賞你的演奏，你有沒有想過當吟遊樂手？聽說伊姆雷正適合。」

我把話題拉回蕾塔，「我不希望若恩對她生氣，若恩似乎對金錢相當在意。」

戴瑞克大笑：「她就不在意嗎？」

「我當初是付錢給若恩。」我澄清，「如果若恩想還我一些錢，我想他會自己做。」

戴瑞克點頭：「那不是他們的習慣，男人不會把錢給出去。」

「那正是我的意思。」我說，「我不希望她惹上麻煩。」

戴瑞克揮動雙手，打斷我的話，「我解釋得不夠清楚。」他說：「若恩知道這件事，可能這還是他叫蕾塔做的，不過席德的男人不會把錢給出去，那像是女人家做的事。他們能夠避免的話，甚至不買東西，你沒注意到幾天前住旅店時，是蕾塔負責洽談房價與伙食嗎？」

他這麼一說，我的確記得，「但那是為什麼？」我問。

戴瑞克聳聳肩，「沒有為什麼，那只是他們的習慣，那也是為什麼有那麼多席德旅隊都是夫妻檔。」

「戴瑞克！」若恩的聲音從馬車後方傳來。

他嘆了一口氣起身：「他叫我上工了。」他說，「後會有期。」

我把那銅幣塞進口袋，思考戴瑞克說的話。我們劇團從沒去過夏爾德那麼北邊的地方，知道自己其實沒原本想的那麼熟知世事，這感覺令人不安。

我把行囊甩到肩上，最後一次環顧四周，心想或許我悄悄離開是最好的。我到處都看不到戴娜的身影，所以就這樣了。我轉身離開……

……卻發現她就站在我身後，她笑得有點尷尬，雙手扣在身後，如花朵般可愛，她自己完全沒有察覺。我突然喘不過氣來，把自己拋諸腦後，忘了煩惱，忘了傷痛。

「你還是要去嗎？」她問。

我點頭。

「你可以跟我們去艾尼稜。」她提議，「聽說那邊的路是金子鋪的，你可以教喬森演奏他隨身攜帶的魯特琴。」她微笑，「我問過他了，他說他不介意。」

我想了一下，一時間我差點就為了和她相處久一點，而把整個計畫拋諸腦後，不過那念頭一閃即過，我搖搖頭。

「別擺那張臉嘛。」她微笑地責怪我，「萬一你在這裡過得不是很順利，我會在那裡待一陣子。」她懷著希望說，聲音漸弱。

我不知道萬一我在這裡過得不順利，我能怎麼辦。我把希望全部寄託在大學院上。況且，艾尼稜又在數百哩外，我就只有身上一點東西，怎麼找到她？

戴娜一定是從我臉上看出了我的想法，她頑皮地笑著說：「我想，得由我去找你吧。」

我們盧人遊走四方，我們的人生充滿了無數的相逢與別離，中間偶爾會認識一些短暫、特別的朋友。也因此，我明白事實是什麼樣子，我可以在內心深處確切地感覺到：我再也見不到她了。

我還沒來得及說些什麼，她就緊張地往後看：「我得走了，要等我喔。」她轉身離開前，臉上又閃過頑皮的笑臉。

「我會的。」我從她身後說，「我會在道路交接處與妳相逢。」

她回頭看，猶豫了一下，接著揮手，往夕陽的方向跑去。

36 減銀兩

當晚，我睡在伊姆雷城外，躺在石楠花的軟床上。隔天我起得晚，到附近的溪邊洗澡，接著就往西邊的大學院前進。

我一邊走，一邊注意遠方，搜尋大學院的最大建築物。根據阿本的描述，我大概知道它的樣子：毫無特色的灰色方形建築，比四個糧倉堆起來還大，沒有窗戶，毫無裝飾，只有一對大石門，藏書十萬冊，那就是大書庫。

我來大學院的原因很多，那地方正是最核心的因素。我有許多問題，大書庫裡收錄了答案。其中最重要的，我想知道祁德林人與艾密爾的真相，我需要知道史卡皮的故事裡有幾分事實。

道路行經歐麥西河時，河上有座老舊的石橋，大家應該都知道那是什麼樣子，就是那種散佈在世界各地的老舊巨大建築，年代久遠，建造扎實，已經成為地貌的一部分，沒人想過是誰建的或為什麼。這座橋特別壯觀，長度超過兩百呎，橋寬足夠讓兩輛馬車交錯而過，橫跨歐麥西河切割岩石所形成的峽谷。當我走到橋頂時，我這輩子第一次看到大書庫，它就像巨大的灰石一般，從西邊的樹梢上聳入天際。

大學院位在小城的都心，不過老實講，我覺得稱它是城還有待商榷。它不像塔賓那樣有彎彎曲曲的巷弄與垃圾味，比較像佈滿寬廣道路與清新空氣的小鎮，小屋與商店之間隔著草坪與庭園。

不過，這個小鎮主要是為了因應大學院的特殊需求而成長的，如果仔細觀察，就會注意到這鎮上商家的小小差異。例如，這裡有兩家玻璃工坊，三家貨品齊全的藥鋪，兩家裝訂廠，四家書店，兩家妓院，多到不成比例的酒館，其中一家門口上還釘著大型的木板標示，上面寫著「禁止共感！」我在想，不懂祕術的訪客看到那警語會怎麼想。

大學院本身是由十五個建築物所組成，每棟建築外觀各異。龐樓有個圓形的中心，八個側廳往八個方向分散，型如羅盤。洞樓簡單方正，有彩色玻璃窗，玻璃上彩繪著泰坎的經典姿態：赤腳站在洞口，對著一群學生講道。主樓是最醒目的建築，佔地近一英畝半，看來就像許多不協調的小建築拼湊起來一樣。

我接近大書庫時，它那灰色無窗的表面讓我聯想到巨大的灰石，我實在不敢相信，等待了那麼多年，我終於到了這裡。我繞著它走，直到我找到入口那對敞開的巨大石門，門扉上刻著Vorfelan Rhinata Morie的字眼，我認不出來那是什麼文字，不像席德語……可能是伊爾語或泰姆語。這又是另一個我待解開的問題。

穿過石門是一個小前廳，裡面有比較常見的木門，我拉開木門，一股涼爽的風迎面拂來。屋內牆壁是毫無裝飾的灰石，點著微紅不閃爍的共感燈。裡頭有個大木桌，桌上攤開著幾本像大帳冊一樣的書籍。

桌子邊坐著一位年輕人，看起來像純種席德人，有著席德人典型的紅潤膚色、黑髮與黑眼珠。

「需要幫忙嗎？」他問，語帶席德腔的獨特顫音。

「我是為大書庫而來的。」我笨拙地回答，內心忐忑不安，手掌開始冒汗。

他上下打量我，顯然是在想我幾歲，「你是學生嗎？」

「快了，我還沒入學。」我說。

「你得先入學才行。」他一臉正經地說，「我只能讓名冊上登錄的學生入內。」他指著前方的名冊。

我的心一沉，顧不得掩飾我的失望了，「你確定我不能參觀幾分鐘嗎？我從大老遠來……」我看著兩扇通往後面房間的雙開門，一扇標示著「卷庫」，另一扇標示著「書庫」，桌子後方有個比較小的門標示著「館員以外止步」。

他的表情稍微緩和了一些：「沒辦法，會有麻煩。」他再次打量我：「你真的要入學嗎？」即使他的腔調很重，還是可以從他的語氣中聽出明顯的懷疑。

我點頭：「我只是先來這裡而已。」我一邊說一邊環顧空蕩蕩的房間，凝視關上的門，思考要用什麼方法說服他讓我進去。

我還沒想到，他就開口說：「如果你真的要入學，就要快點過去，今天是最後一天了，有時候他們中午就截止註冊了。」

我的心臟迅速地怦怦跳，我以為註冊會延續一整天：「他們在哪裡？」

「洞樓。」他指向外面的門，「直走，然後左轉，一棟矮樓……有彩色玻璃，前面有兩棵大樹。」他停頓了一下，「是楓樹吧？那字可以當樹名嗎？」

我點頭，迅速離開，在路上全速飛奔了起來。

兩小時後，我在洞樓裡，強忍著胃酸，爬上空蕩劇院的舞台。室內很暗，除了一大圈燈光照著主桌以外。我走到燈光的邊緣站著等待。九位大師逐漸停止交談，轉過來看我。

他們坐在新月型的大桌邊，那桌子架高了起來，所以即使他們坐著，仍是低頭看著我。他們表情嚴肅，從中年到老年都有。

沉靜了好一段時間，坐在桌子中央的人示意我向前，我猜他是校長。「來我們可以看到你的地方，沒錯，嗨，孩子，你叫什麼名字？」

「克沃思。」

「你為什麼在這兒？」

我直視著他的雙眼說：「我想念大學院，我想當祕術士。」我轉頭一一看著他們，有些人覺得我的話很逗趣，沒人看起來特別驚訝。

「你知道大學院是進修教育，而不是初等教育嗎？」校長說。

「是的，校長，我知道。」

「很好，」他說，「我可以看一下你的介紹信嗎？」

我毫不猶豫地回答：「抱歉，我沒有，那是必要的嗎？」

「要求保證人是我們的慣例。」他解釋，「最好是祕術士，他們的信告訴我們你懂哪些東西，以及你的優缺點。」

「我師承的祕術士名叫阿本希，但他從來沒給我介紹信，我可以自我介紹嗎？」

校長嚴肅地點頭說：「可惜，沒有證明，我們無法知道你真的跟祕術士學過。你有什麼東西可以佐證你的說法？或是有其他的信函嗎？」

「我們分開時，他送我一本書，並在裡頭簽名題字。」

校長微笑說：「那應該就可以了，你帶來了嗎？」

「沒有。」我的聲音中坦白地透露了一點辛酸，「我在塔賓典當了那本書。」

坐在校長左邊的修辭學大師賀姆聽到我的話，發出嫌惡的聲音，校長因此瞪了他一眼。「拜託，荷瑪。」賀姆說，一手拍桌，「這孩子顯然在撒謊，下午我還有要事得辦。」

校長狠狠地瞪他一眼：「賀姆大師，我還沒允許你發言。」他倆彼此互瞪了好一段時間，賀姆才臭著臉把頭轉開。

校長回頭看我，接著他的眼睛瞥見另一位大師的動作：「羅蘭大師，有什麼事嗎？」

一位瘦高的大師冷淡地看著我：「那本書叫什麼？」

「《修辭與邏輯》。」

「你在哪兒典當的？」

「臨海廣場上的『破損本』。」

羅蘭轉頭看校長說：「明天我要到塔賓去拿一些下學期的教材，如果那本書在那裡，我會把它帶回來，到時就知道這孩子講的是不是真的了。」

校長微微點頭：「羅蘭大師，謝謝你。」他往座位一靠，雙手在胸前交叉，「很好，要是阿本希寫了介紹信，他會在信中告訴我們什麼呢？」

我深深吸了一口氣：「他會說，我熟知前九十種共感縛，知道怎麼做雙重蒸餾、滴定、鈣化、昇華和沉澱溶液，精通歷史、辯論、文法、醫藥和幾何學。」

校長努力抑止笑意：「那滿多的，你確定你沒有遺漏什麼嗎？」

我停頓了一下，「他可能也會提到我的年齡吧。」

「孩子，你幾歲？」

「我叫克沃思。」

校長一笑：「克沃思。」

「我十五歲。」現場響起沙沙聲，大師們個個有了反應，彼此交換眼色，露出驚訝的表情或搖頭，賀姆還翻了白眼。

只有校長一動也不動，「他提到你的年齡時，究竟會怎麼說呢？」

我露出一絲笑容：「他會勸你不要在意我的年齡。」

氣氛陷入一陣沉默，校長深深吸了一口氣，往椅背一靠，「很好，我們有幾個問題想問你。布藍德大師，你先開始好嗎？」他朝新月型桌子的一端做了一個手勢。

我面向布藍德，他禿頭，身材胖胖的，是大學院的算術大師，「十三盎司相當於多少穀粒？」

「六千兩百四十粒。」我馬上回答。

他稍稍揚起眉毛，「我有五十銀幣，把這些錢兌換成維塔斯幣，再兌換回來，如果席定人每次兌換都收百分之四的手續費，我剩多少？」

我開始做乏味的貨幣換算，當我發現沒必要時，我笑了，「他如果誠實，是四十六銀幣與八鐵幣；如果不誠實，是四十六銀幣。」

他再次點頭，更仔細地看著我，「你有一個三角形。」他慢慢地說，「一邊七呎，另一邊三呎，一角六十度，第三邊多長？」

「那個角是那已知兩邊的夾角嗎？」他點頭，我闔眼一下子，又張開眼睛，「六呎六。」

他發出「嗯～」的聲音，表情驚訝，「夠好了。奧威爾大師，換你吧。」

我還沒把頭轉過去面向奧威爾，他就問問題了：「黑藜蘆有什麼藥性？」

「消炎、殺菌、輕微鎮靜、輕微止痛、清血。」我說，抬頭看著戴眼鏡、如祖父般的老人。「過量使用會產生毒性，對孕婦有害。」

「列舉手的組成結構。」

我按字母順序說出二十七塊骨頭，接著從大到小說出所有的手部肌肉，我一五一十地迅速列舉，在我舉起的手上一一指出它們的位置。

我回答的速度與精準度讓他們刮目相看，有些人隱藏得很好，有些則直接表現在臉上。重點是，我需要讓他們對我留下深刻的印象，我從以前和阿本的對話得知，想進大學院需要金錢或腦袋，你擁有其中一樣愈多，就愈不需要另一樣東西。

所以我靠作弊的方式，先從洞樓的後門溜了進來，假裝自己是個迷路的孩子，撬開兩道鎖，花一個多小時觀察其他學生的面試，聽了數百題問題與數千種答案。

我也聽到其他學生的學費有多貴，最少的學費是四銀幣與六銅幣，但多數的學費都是那個價錢的兩倍。有一位學生的學費高達三十銀幣，叫我去摘月亮都比湊到那個金額簡單。

我口袋裡有兩銅幣，沒辦法再多生出一分錢了，所以我得讓他們刮目相看。不僅如此，我也得智勝他們，令他們讚嘆不已。

我說完肌肉，開始要說韌帶時，奧威爾揮手要我停住，他問了下一個問題：「你何時幫病人放血？」

那個問題把我愣住了：「我要他死的時候？」我遲疑地問。

他自顧自地點頭說：「羅蘭大師，換你吧。」

羅蘭大師面色蒼白，似乎連坐著都高得有點詭異，「誰是第一位塔凡特斯王？」

「死後稱號嗎？菲達．卡藍西斯，不然就是他的弟弟查維斯。」

「艾圖帝國為什麼會崩解？」

我停頓了一下，這問題的範圍太大，讓我嚇了一跳，之前沒有一個學生被問過那麼大的題目。「嗯，」我慢慢回答，以便給自己多點時間整理思路，「原因之一是納圖大人高傲昏庸，另一個原因是教會反動，彈劾艾圖的一大勢力：艾密爾會，還有一個原因是軍隊同時出兵打三個戰爭，賦稅重擔使帝國各地叛亂頻傳。」

我觀察大師的表情，希望他覺得我回答足夠時，可以給個信號。「他們也貶低幣值，破壞貨幣鐵則的普遍性，又和阿頓人對立。」我聳聳肩，「不過，實際情況當然比這些還要複雜。」

羅蘭大師的表情依舊沒變，不過他點頭，「誰是史上最偉大的人？」

又一個我不熟悉的問題，我想了一下說：「伊利恩。」

羅蘭眨了一下眼睛，面無表情地說：「曼椎大師，換你吧。」

曼椎大師臉龐光滑，鬍子刮得乾淨，雙手染了五十種顏色，似乎全由指關節和骨頭構成的。「如果你需要磷，你會去哪裡拿？」

頓時，我覺得他的聲音跟阿本希好像，讓我聽得忘我，想都沒想就回答：「去藥鋪嗎？」坐在桌子另一端的大師笑了出來，我為自己的一時嘴快，咬了一下舌頭。

他對我淺淺一笑，我稍稍吸了一口氣，「除了藥鋪以外。」

「我可以從尿液中取得。」我迅速地說，「只要有窯爐和足夠的時間就行了。」

「想取得兩盎司的純磷，需要多少尿液？」他不經意地折著指關節。

我停下來思考，因為這也是新問題，「至少四十加侖吧，視尿液的品質而定。」

他停頓了許久，一一折著指關節，「對化學家來說，三項最重要的守則是什麼？」

這個阿本教過我，「標示清楚，測量兩次，他處進食。」

他點頭，笑容依舊淺淺地，「基爾文大師，換你吧。」

基爾文是席德人，他粗大的肩膀與濃密的黑鬍子讓我聯想到熊。「好。」他嘟噥著，把粗壯的手交叉在胸前，「如何製作不滅明燈？」

其他八位大師發出惱怒的聲音或動作。

「怎麼了？」基爾文看著他們問，不太高興，「這是我的問題，由我來問。」他把注意力又放回我身上，「你會怎麼做？」

「嗯，」我慢慢回應，「我可能會先做某種鐘擺，然後把它綁在……」

「胡扯，不是那樣。」基爾文咆哮幾個字，用拳頭搥桌面，每搥一次，手中就冒出紅光。「不准用共感術，我要的不是永明燈，而是永燃燈。」他再次看著我，露出好像要把我吃掉的牙齒。

「鋰鹽嗎？」我不加思索就問了，接著又變卦說：「不對，是鈉油，燃燒於密閉的……不對，可惡。」

我含糊地說了一些字眼後就閉嘴了。其他考生都不需要應付像這樣的問題。

他手往旁邊稍稍一指，打斷我的回答，「夠了，我們待會再說，艾爾沙．達爾大師，換你吧。」

我楞了一下才想到艾爾沙．達爾是下一位出題大師，我轉向他，他看起來就像許多粗俗艾圖劇裡不可或缺的典型惡法師。冷酷的黑眼睛，瘦削的臉龐，黑色山羊鬍。不過，表情倒是還算和善，「施展第一個平行動力縛時，是說什麼字眼？」

我流暢地說出那些字。

他似乎不覺得意外，「基爾文大師剛剛施展了什麼縛？」

「動力赤光縛。」

「什麼是會合週期？」

我表情古怪地看著他，「月亮的嗎？」這個問題和剛剛兩題似乎毫無關聯。他點頭。

「七十二又三分之一天左右。」

他聳聳肩苦笑，彷彿他原本預期最後一題會考倒我，「賀姆大師，換你吧。」

賀姆的雙手合成尖塔狀，他從手指上方看著我，「要提煉八盎司的白硫磺需要多少汞？」他傲慢地發問，彷彿我已經答錯了。

我事前靜靜觀察他們時，得知一件事：賀姆大師是他們之中最討人厭的混蛋。他看到學生不安就幸災樂禍，竭盡所能地擾亂他們，又愛問陷阱題。

還好，我看過他對其他學生出過這題，其實從汞是無法提煉白硫磺的。「嗯。」我假裝思考這個問題，賀姆自鳴得意的笑容愈來愈大，「假設你是指紅硫磺，大約是四十一盎司。」我對他露出明顯的笑容，把牙齒都露出來了。

「列舉九大謬論。」他喝叱。

「簡化、概化、循環、縮減、類比、錯誤因果、語義、無關……」我停頓了一下，想不起最後一個謬論的正式名稱。阿本和我戲稱它是阿孬，以末代君主納圖大人為名。我很氣自己想不起它實際的名稱，明明幾天前我才在《修辭與邏輯》上看過而已。

我的臉上一定是露出了怒意，因為我停下來時，賀姆瞪著我說：「所以你也不是什麼都懂嘛。」他一臉得意地往椅子背後一靠。

「如果我覺得沒什麼好學的，就不會來這裡了。」我諷刺地說，又連忙管好自己的嘴巴。坐在桌子另一端的基爾文大師暗自竊笑。

賀姆張開嘴，但他還沒說話，校長就用眼神止住他了。「那麼，」校長說，「我覺得……」

「我也想問一些問題。」校長右邊的人說，我聽不太出來他的口音是哪來的，不過也可能不是口音，而是他的聲音有一種特殊的共鳴。他說話時，桌邊的每個人都微微騷動了起來，然後又靜下來，好像風觸動樹葉一樣。

「命名大師。」校長以又敬又畏的口吻稱呼他。

伊洛汀看起來比其他人至少年輕一輪，鬍子刮得乾淨，眼睛深邃，中等身材，一般身高，外型沒什麼特別，除了坐在桌邊的樣子比較奇怪以外。他一會兒聚精會神地注視著某樣東西，但下一分鐘又露出無聊的表情，分心地望著天花板上方的樑木，就像一個被迫和大人一起列席的小孩一樣。

我感覺到伊洛汀大師在看我，是真的感覺到了，我壓抑住顫抖。「Soheketh ka Siaru krema'teth tu？」（你席德語說得怎樣？）他問。

「Rieusa, ta krelar deala tu.」（不是很好，謝謝。）

他舉起一隻手，食指向上指，「我舉起多少隻手指？」

我停頓了一下，主要是在思考，而不是懷疑那問題很怪。「至少一隻。」我說，「可能不超過六隻。」

他咧嘴而笑，把另一隻原本放在桌下的手也舉起來，那隻手有兩隻手指向上指，他搖晃那兩隻手讓其他大師看，像孩子一樣用心不在焉的方式搖著頭，接著他把手放到前面的桌子上，突然一本正經地問：「你知道讓女人愛上你的七個字嗎？」

我看著他，想判斷這題他講完了沒有，他沒再繼續問時，我直接答：「不知道。」

「這些字的確存在。」他向我保證，接著便滿意地往身後一靠。「語言大師，換你吧。」他向校長點頭。

「那似乎涵蓋了大部分的學術了。」校長彷彿是在自言自語一樣。我感覺好像有某件事困擾著他，但他太沉著了，我無法確切判斷是什麼。「我可以問一些比較不學術性的東西嗎？」

我別無選擇，只好點頭。

他仔細端詳我好一會兒，感覺好像有好幾分鐘。「阿本希為什麼沒幫你寫介紹信？」

我不知道該如何回應，不是所有巡迴藝人都像我們劇團一樣受到尊重，所以可想而知，不是每個人都尊重巡迴藝人。但我覺得在此情況下說謊並非上策。「他三年前離開我們劇團，之後就再也沒見到他了。」

我看到每位大師都在看我，我幾乎可以聽到他們在心算，從我的年齡倒推那時我幾歲。

「喔，拜託。」賀姆一臉厭煩地說，做出好像想站起來的動作。

校長不高興地看著他，要他閉嘴。「你為什麼想上大學院？」

我楞住了，那是我完全沒準備的問題，我能怎麼說？為了上萬冊藏書，你們的大書庫，我小時候曾經夢想在那裡讀書——這些都是真的，但太幼稚了。我想報復祁德林人——這太戲劇化了。變得很強大，沒人能傷得了我——這太嚇人了。

我抬頭看校長，發現我已經沉默了好一會兒。我想不出其他的理由，只好聳聳肩說：「我不知道，我想這也是我要找的答案。」

這時校長露出好奇的眼神，但他撇開那感覺說：「你還想說什麼嗎？」他也問過其他考生同樣的問題，但沒人把握這個機會說什麼。那問題幾乎就像隨口問問的話，是大師們討論考生學費之前的一種儀式。

「是的，請聽我說。」我說，校長聽了頗為訝異。「除了入學以外，我還有一項請求。」我深呼吸，讓他們都把目光停在我身上。「我花了近三年才到這裡，我可能看起來年紀很小，但是我和一些連嚐都嚐不出鹽和氰化物差別的富家子弟一樣適合到這裡就學，甚至比他們更適合。」

我停頓了一下，「不過，目前我的皮包裡只剩兩銅幣，到哪都找不到更多錢了，能賣的東西也都賣了。」

「如果學費超過兩銅幣，我就沒辦法入學；如果學費不到兩銅幣，我就可以天天到這裡上課，晚上努力謀生，半工半讀。我會睡在巷弄與馬棚裡，洗盤子換廚餘，乞討小錢買筆，竭盡一切所能。」我激動地說出最後幾個字，幾乎是用吼的。

「但是如果學校可以讓我免費入學，給我三銀幣讓我生活與購買學習所需的東西，我會成為你們前所未見的學生。」

現場頓時沉靜了半秒，接著爆出基爾文的大笑聲。「哈！」他大笑，「如果十個學生裡，有一個有他一半的熱情，上課就輕鬆多了。」他大力拍桌。

這一拍也讓大家開始用不同的語調討論了起來，校長往我的方向輕輕一揮，我趁機坐上光圈邊緣的椅子。

他們似乎討論了好一段時間，這時坐在那裡等一群老人討論我的未來，即使只是兩三分鐘，都會覺得像永恆一樣的漫長。他們沒有喊叫，不過揮手的動作倒是不少，大多是出自賀姆大師，他討厭我的程度似乎和我討厭他的程度一樣。

如果我能了解他們在說什麼，或許不會覺得那麼糟，但即使我耳朵很靈，還是聽不出來他們在說什麼。這時他們的討論突然停了，校長往我的方向看，作勢要我向前。

「請記錄下來，」他正式地說，「克沃思，父親是……」他停頓了一下，用探詢的眼神看我。

「阿爾利登。」我補充，過了這麼多年，這名字聽起來有些陌生。羅蘭大師把頭轉向我這邊，眨了一下眼睛。

「……阿爾利登之子，二月四十三日，為延續其教育，獲准入大學院進修。他證明他熟悉共感術的基本原則後，即可進入奧祕所。正式保證人是工藝大師基爾文，他的學費減三銀幣。」

我一聽，覺得有個巨大的黑色物體沉沉落在我心裡，三銀幣可能是我開學前再怎麼也賺不到的金額，到廚房打工、為了幾分錢幫人跑腿，可能都要一整年才存得到那麼多錢，還要運氣夠好才行。

我原本抱著孤注一擲的念頭，希望我可以靠著當扒手及時存到學費，但我知道那是異想天開，有那麼多錢的人通常不會把錢放在皮包裡。

這時有一位大師走向我，我才發現大師們都離席了。我抬頭看，發現是文書大師朝我走來。

羅蘭比我原先想的還高，超過六呎半。他臉長手長，看起來好像整個人都拉長似的。他看到我在看他時，問道：「你剛說你父親叫阿爾利登，是嗎？」

他冷靜地問，語氣中沒有一絲的遺憾或歉意，我突然覺得很生氣，他怎麼可以先遏阻我上大學院的雄心，接著又像道早安那樣一派輕鬆地詢問我父親的事。

「是。」我硬吐出回應。

「吟遊詩人阿爾利登嗎？」

我父親一直認為他是劇團人，從不以吟遊詩人或遊唱樂手自稱，聽他用那樣的說法稱呼他，讓我更加憤怒。我不願拉下臉回應，只點了一下頭。

我不知道他是否覺得我的回應無禮，他臉上並沒有表現出來。「我在想他是在哪個劇團表演的。」

我僅剩的一點忍耐頓時消失，「噢，你在想啊。」我用從劇團學到最惡毒的口吻回答，「或許你可以再想久一點，我現在也是一無所知，我想你可以稍微忍耐一下，等我賺到三銀幣回來後，或許你可以再問我一次。」我狠狠地看著他，好像要用眼睛灼燒他一樣。

他幾乎沒什麼反應，後來我才發現要讓羅蘭大師反應，就像要石柱眨眼一樣困難。

他原本看來有點困惑，後來稍微一驚，我瞪他時，他淺淺地笑，不發一語地遞給我一張紙。

我打開那張紙，上面寫著：「克沃思，春季班，學費：-3銀幣。」原來剛說的減三銀幣是負三銀幣。

一時間，我感到一陣解脫，就好像一股浪潮從我腳下襲來一樣，我突然坐在地上哭了起來。

37 興致勃勃

羅蘭帶我走過中庭，「我們主要是在討論那件事，」羅蘭大師解釋，他的聲音如石頭一般，不帶一絲感情，「你必須交學費，每個人都要交。」

我已鎮靜下來，並為我的無禮道歉，他平靜地點頭，提議陪我一起到收費處，以確定我的註冊「費」不會有問題。

「我們決定按你建議的方式准許你入學後……」羅蘭簡短但意味深長地停頓了一下，讓我相信事情沒有那麼簡單，「……碰到一個問題，以前沒有提供獎學金給註冊生的先例。」他又停頓了一下，「這是很特殊的情況。」

羅蘭帶我走進另一棟石砌建築，穿過走廊，走下一排樓梯。「哈囉，瑞姆。」

財務管事是一位暴躁的老人，當他知道他得給我錢，而不是收我錢時，又變得更暴躁了。我拿到三銀幣後，羅蘭大師帶我走出那棟建築。

我想起一件事，伸手進口袋，很高興有藉口可以轉換話題，「我有一張從『破損本』取得的收據。」我把那張收據遞給他，心想大學院的文書大師到店裡贖回髒兮兮的街童賣的書時，老闆不知會怎麼想。「羅蘭大師，你願意幫我做這件事，真的很感謝你，希望我向你尋求另一項協助時，你不會覺得我得寸進尺……」

羅蘭看了一下那張收據後，把它塞進口袋，專注地看著我。不，不是專注，也不是疑惑，他的臉上毫無表情，沒有好奇，也沒有惱怒，什麼都沒有。要不是他的眼睛還看著我，我會以為他已經忘了我在那裡。

「儘管提出來吧。」

「那本書，是我僅剩的……是我過去歲月唯一留下來的東西。我很希望有一天，等我有錢的時候，能從你手中買回那本書。」

他點頭，依舊面無表情。「那我們可以想辦法，你不用擔心，它會像大書庫裡的書一樣好好保存著。」

羅蘭舉起一隻手，對經過的學生做手勢。

一位棕髮男孩突然停住，緊張地走過來。他畢恭畢敬地對文書大師點頭，幾乎就像對他鞠躬一樣。「羅蘭大師，有什麼事嗎？」

羅蘭指著我說：「西蒙，這位是克沃思，他需要認識環境、選課等等，基爾文希望他上工藝課，其他的就依賴你的判斷，可以請你幫忙嗎？」

西蒙再次點頭，把頭髮撥開眼睛，「好的。」

羅蘭沒再多說些什麼便轉身離去，他大步走時，黑色的大師袍在身後飄起。

儘管西蒙看起來還小，不過他還是大我兩歲。他比我高，但臉龐仍很稚嫩，舉止也有點青澀。

「你有地方住了嗎？」我們開始走時他問我，「旅店的房間或其他地方？」

我搖頭，「我今天才到，我還沒想過入學以後的事。」

西蒙笑著說：「我知道那是什麼感覺，每個學期一開始，我還是會緊張地直冒汗。」他指向左邊一條沿途種滿樹木的寬大道路，「我們先到籠樓吧。」

我停下腳步，坦言：「我的錢不多。」我沒打算租一間房間，早已習慣露宿在外。我知道我得把三銀幣留下來買衣服、食物、紙張，付下學期的學費。我不能連續兩學期都靠大師們的大方資助。

「入學考試不是很順利嗎？」西蒙同情地問，同時抓著我的手肘，引導我走到另一棟灰色的大學建築。這一棟有三層樓高，很多窗戶，從中央輻射出好幾個側廳。「不要難過，我第一次也很緊張，嚇到尿褲子，打個比喻啦。」

「我沒那麼慘。」我說，突然意識到錢包裡的三銀幣，「但我想，我冒犯了羅蘭大師，他似乎有點……」

「冷淡？」西蒙問，「疏離？就像一支不露感情的石柱？」他笑了。「羅蘭永遠都是那樣，據說艾爾沙·達爾開出十金幣的獎金，給能把他逗笑的人。」

「噢。」我稍稍鬆了一口氣，「那就好，他是我最不想得罪的人，我很期待未來能經常待在大書庫裡。」

「只要好好珍惜書本就沒問題了，羅蘭大多時候都不露一絲感情，不過對待他的書可要小心。」他揚起眉毛，又搖頭，「他比母熊保護小熊還凶。事實上，我寧願被母熊抓走，也不希望被羅蘭看到我折書。」

西蒙踢一顆石頭，石頭滾到鋪石路上。「好，你在籠樓裡有幾種選擇。付一銀幣，整學期你就有一張床睡，還有用餐證。」他聳肩，「沒什麼精緻的設計，但可以遮風蔽雨。付兩銀幣可住兩人房，付三銀幣可住單人房。」

「什麼是用餐證？」

「一天在餐廳裡用三餐。」他指向草坪對面的一棟長型低矮建築。「只要你不太在意食物的產地，那裡的伙食還不難吃。」

我稍做了簡單的計算，一銀幣可享兩個月的伙食，又有個床鋪，不必忍受日曬雨淋，對我來說是不可多得的選擇，我笑著對西蒙說：「聽起來正是我需要的。」

西蒙點頭，同時打開籠樓的大門。「那就選多人一間的床鋪囉。走吧，我們去找舍監，幫你找個床位。」

非奧祕所的學生床鋪是在籠樓東側的四樓，離一樓的沐浴設施最遠。這裡就像西蒙說的，沒什麼精緻的設計。但窄床鋪著乾淨的床單，還有個附鎖的櫃子，可以擺放我一丁點的家當。

下鋪都有人睡了，所以我選房內最遠角落的上鋪。我從床鋪上方的窄窗眺望出去時，聯想到我在塔賓屋頂上的祕密基地，兩者類似的感覺反倒令我安心不少。

午餐是一碗熱騰騰的馬鈴薯湯、豆子、肥肉培根條，以及新鮮的黑麵包。餐廳的大木桌近乎半滿，坐了約兩百位學生。裡面充滿交談的低語聲，偶爾穿插著笑聲，以及湯匙和叉子碰觸餐盤的聲音。

西蒙帶我到這個長型餐廳的後面角落，我們走過去時，兩位學生抬起頭來看我們。

西蒙把餐盤放上桌時，一手指著我說：「各位，這位是克沃思，是我們最新的一年級新生。」他依序指著那兩人說：「克沃思，這兩位是奧祕所最糟糕的學生：馬內和威稜。」

「我見過他了。」威稜說，他就是大書庫那位深髮的席定人，「你真的是去註冊。」他說，語氣帶點驚訝，「我以為你是唬我的。」他伸手和我握手，「歡迎。」

「幸會。」馬內低語，上下端詳我。他至少有五十歲了，一頭亂髮，留著灰鬍子，表情有點散漫，好像幾分鐘前才剛睡醒。「是我自覺太老，還是他看起來太年輕？」

「都是，」西蒙開心地說，同時坐了下來，「克沃思，馬內在奧祕所待的時間比我們加起來的時間都長。」

馬內哼著鼻子說：「拜託好不好，我在奧祕所待的時間比你們任一個在世的時間都長。」

「而且還是低年級的穎士。」威稜說，他濃濃的席德腔讓人聽不出來是不是語帶諷刺。

「穎士萬歲！」馬內認真地說，「你們這些小子升上其他級數就會後悔了，相信我，升級只是更麻煩，學費更貴而已。」

「馬內，我們想拿到繫德。」西蒙說，「最好是在死前就能拿到。」

「繫德也是言過其實的東西。」馬內說，撕下一片麵包，浸入湯內。這種交談感覺很輕鬆，我猜是很常見的閒聊。

「你註冊的過程還好嗎？」西蒙急切地問威稜。

「七銀八。」威稜不滿地嘟噥。

西蒙一臉驚訝，「到底發生了什麼事？你是揍了他們其中一人嗎？」

「算術搞砸了。」威稜悶悶不樂地說，「另外，羅蘭問我采邑分租對莫代格貨幣的影響，基爾文得幫我翻譯，即使翻譯了，我還是答不出來。」

「我為你掬把眼淚。」西蒙淡淡地說，「前兩個學期你都贏我，我贏你是遲早的事，這學期我是五銀幣。」他伸出手，「你賭輸了，付錢。」

威稜伸手進口袋，挑出一銅幣給西蒙。

我看著馬內問：「你沒賭嗎？」

這個一頭亂髮的男人噗哧一笑，搖頭，「要贏我的機率不高。」他說，嘴裡還含著東西。

「說來聽聽吧。」西蒙嘆口氣說，「你這學期是多少？」

「一銀六。」馬內說，一臉得意。

大家還沒想到要問我的學費是多少以前，我說：「我聽說有人的學費是三十銀幣，學費常貴成那樣嗎？」

「你聰明一點，別升級就不用繳那麼多了。」馬內嘟噥。

「只有貴族，」威稜說，「那些不想在這裡讀書的混帳，我想他們是為了進來以後可以嫌東嫌西，才付高學費。」

「我不介意，」馬內說，「學校盡量收他們的錢，這樣我的學費就可以低一點。」

桌子另一端突然傳來餐盤匡啷放下的聲音，害我嚇了一跳。「我想你是在說我吧。」那餐盤是一位藍眼學生的，他長相俊俏，鬍子修剪整齊，有著莫代格人特有的高顴骨，衣著顏色繽紛柔和。臀部掛著一把刀柄鑲工精緻的小刀，那是我在大學院裡第一次看到有人配戴武器。

「薩伏依？」西蒙一臉震驚，「你在這裡幹什麼？」

「我也問我自己同樣的問題。」薩伏依低頭看長椅，「這地方沒有比較像樣的椅子嗎？」他坐了下來，動作中同時展現了優雅的禮儀和目中無人的傲慢，顯得有些格格不入，「很好，我看下次我是端木盤進食，一邊往肩膀後頭扔骨頭餵狗吧。」

「殿下，禮節規定，要從左肩扔喔。」馬內滿口麵包地笑著說。

薩伏依眼神充滿不悅，但他還沒開口，西蒙就說：「發生了什麼事？」

「我的學費是六十八塊莫代格幣。」他生氣地說。

西蒙一臉不解地問：「那很多嗎？」

「很多啊。」薩伏依語帶諷刺地說，「而且是無緣無故就收那麼多，他們問的問題我都答了，收那麼多錢根本是惡意的。曼椎不喜歡我，賀姆也是。再者，每個人都知道，他們敲詐貴族的金額是你們的兩倍，他們想把我們榨乾為止。」

「西蒙也是貴族出身。」馬內用湯匙指，「他的狀況似乎還好。」

薩伏依不屑地噴鼻息，「西蒙的爸爸是有名無實的公爵，效忠艾圖一位沒什麼威權的小王。我爸家族的貴族血統比半數艾圖貴族的血統都長。」

西蒙在位子上，身子變得有些僵硬，不過他並沒有從用餐中抬起頭來。

威稜轉身面對薩伏依，眼神轉趨冷酷，但是他還沒開口，薩伏依突然垂下頭，用一隻手搓著臉，「西蒙，抱歉，我不該這麼侮辱你。實在是因為……這學期本來應該比較好的，結果反而變得更糟，我的零用錢甚至不夠拿來付學費，沒人願意借我更多的錢，你知道那有多丟臉嗎？我得放棄金馬樓的房間，現在我住在籠樓的三樓，差點就住不起單人房，萬一我爸知道了，不知道他會怎麼說？」

西蒙滿嘴食物，聳聳肩，用湯匙比劃了一下，似乎是表達他對剛剛的話不介意。

「或許你去面試時，不要太招搖，情況會好一些。」馬內說，「去面試時，別穿得一身華服。」

「那是原因嗎？」薩伏依說，他一聽又火了，「我應該貶抑自己嗎？在頭上抹點灰，撕爛衣服嗎？」他愈講愈生氣，抑揚頓挫的外國腔也愈來愈明顯。「我才不要，他們沒有人比我優越，我不需要對他們卑躬屈膝。」

我們這桌頓時出現尷尬的沉默，我發現附近幾桌有不少學生在看好戲。

「Hylta tiam，」薩伏依說，「這裡我沒有一樣東西看順眼的。天氣陰晴不定；宗教未開化，假正經；娼妓無知無禮，令人難以忍受；語言含糊籠統，甚至沒有貼切的詞彙可以形容這地方有多惡劣……」

薩伏依愈說聲音愈小，到最後就好像自言自語。「我們的貴族血統延續了五十代，淵源比樹木或石頭都還長遠，我卻落到這步田地。」他雙手撐著頭，低頭看著他的餐盤。「大麥麵包！諸神保佑啊，人應該吃小麥才對啊。」

我一邊嚼著新鮮的黑麵包，一邊看著他，我覺得黑麵包好吃極了。

「我不知道我在想什麼。」薩伏依猛然脫口說，站了起來，「我受不了了。」他衝了出去，餐盤留在桌上。

「薩伏依就是那樣。」馬內隨口對我說，「人不壞，不過平常沒醉得那麼厲害。」

「他是莫代格人嗎？」

西蒙笑著說：「沒人比他更像莫代格人了。」

「你不該激他的。」威稜對馬內說。威稜濃厚的口音讓我聽不太出來他是不是在指責馬內，不過他那深色的席德人臉龐的確露出不悅之色。我猜，他和薩伏依同是外國人，所以他多少有點同情薩伏依在適應聯邦語言與文化時所碰到的困境。

「他的確過得滿辛苦的。」西蒙坦言，「還記得他上次得忍痛割捨僕役嗎？」

馬內滿嘴食物，雙手做出拉小提琴的手勢，還翻了白眼，一臉無動於衷、毫不同情的表情。

「這次他得變賣戒指了。」我補充，威稜、西蒙、馬內都好奇地轉過頭來看我，「他的手指上有比較白的紋路。」我解釋，把手舉起來示範。

馬內進一步地打量我，「哇！我們的新生看來挺聰明的。」他轉向威稜與西蒙，「小夥子，我的賭興來了，我押兩銅幣，賭我們小克沃思念不到三學期就擠進奧祕所。」

「三學期？」我驚訝地說。「他們告訴我，我只要證明我熟練共感術的基本原則就行了。」

馬內淺淺地對我微笑，「他們跟每個人都是這麼說的，他們升你為穎士以前，你必須先苦讀的一門課就是共感術原則。」他又一臉期待地轉頭回去看威稜與西蒙，「要不要賭賭看？兩銅幣？」

「我賭。」威稜不好意思地對我稍稍聳肩，「我賭這個沒有惡意。」

「你想修什麼課？」馬內問，一邊和他們握手打賭。

這問題倒是把我問倒了，「我猜，什麼都修吧。」

「你聽起來就像我三十年前一樣。」馬內笑著說，「你要從哪方面開始研究？」

「祁德林人。」我說，「我想盡可能了解他們的相關訊息。」

馬內皺眉，接著突然笑了出來，「嗯，我想，那不錯。西蒙是研究妖精和精靈，威稜對各種可笑的席德天神深信不疑。」他誇張地鼓起胸膛說，「我則是熱衷於小鬼和跚步人的研究。」

我感到我的臉因為不好意思而漲得通紅。

「拜託，馬內。」西蒙打斷他的話，「你是怎麼了？」

「我剛剛在一個想研究床邊故事的小男孩身上賭了兩銅錢。」馬內抱怨，用叉子指著我。

「他是指民間傳說之類的東西。」威稜轉頭看我，「你想到大書庫查嗎？」

「傳說是一部分。」我刻意模糊回應，以免把話說死，急著挽回面子，「我只是想知道，不同文化的傳說是不是都吻合泰坎的敘述七宗學。」

西蒙回頭看馬內，「看吧？你今天怎麼那麼神經質？你上次睡覺是什麼時候？」

「不要用那樣的語氣對我說話。」馬內抱怨，「前一個晚上我睡了幾個小時。」

「哪個『前一個晚上』？」西蒙追問。

馬內停頓了一下，低頭看餐盤，「伐日吧？」

威稜搖頭，用席德語喃喃自語了一些話。

西蒙一臉震驚，「馬內，昨天是燃日，你已經兩天沒睡了嗎？」

「可能吧。」馬內不確定地說。「每次碰到註冊，我就忘了時間，這段期間又沒課，時間表沒有用，而且我又忙著工藝館的研究專案。」他聲音漸小，用手揉臉，接著抬起頭來看我。「他們說的沒錯，我現在有點神經錯亂。泰坎的七宗學、傳說等等，對我來說太學術性了，不過是不錯的研究主題，我沒有惡意。」

我連忙說：「我不介意。」我對著薩伏依的餐盤點頭說：「可以麻煩你把那個推過來嗎？如果我們的貴族少爺不會再回來了，我想吃他的麵包。」

西蒙帶我去註冊課程後，我走了一趟大書庫，急著在夢想那麼多年後，到那裡參觀一下。

這次我走進去時，有個年輕男子坐在櫃臺，他拿筆輕敲著一張紙，紙上有很多反覆塗寫的文字。我走過去時，他皺眉，又槓掉其中一行字。他那臉還滿適合皺眉的，他的手看起來白嫩，他的潔白襯衫和鮮藍色的背心看起來都滿貴的，離開塔賓沒多久的部分自我一看到他，就想扒他的口袋。

他又輕拍了筆一下子，才生氣地大嘆一口氣，把筆放下。「名字？」他頭也沒抬地問。

「克沃思。」

他翻閱名冊，看了其中一頁，皺眉說：「你不在名冊裡。」他稍微抬頭瞄了一眼，又皺了一次眉頭，接著繼續低頭忙他的詩句。他看我一直沒有離開的跡象，彈了一下手指，好像趕蟲子一樣，「你可以滾了，不用客氣。」

「我才剛……」

安布羅斯再次擱筆，「聽好，」他慢慢地說，就好像在對傻蛋解釋一樣。「你不在名冊裡。」他用兩手

對名冊做出誇張的手勢，「你不能進去。」他指向裡面的門。「完畢！」

「我才剛註冊完……」

他受不了地舉起雙手，「那你當然不會在名冊裡。」

我從口袋掏出註冊單。「羅蘭大師親自交給我這個。」

「我管你是不是他親自背來的。」安布羅斯說，用力的拿筆沾墨，「不要再浪費我的時間了，我很忙。」

「浪費你的時間？」我質問，終於火了，「你知道我為了來這裡，經歷了什麼嗎？」

安布羅斯抬頭看我，他的表情突然變得有點想笑，「等等，我來猜猜。」他說，把手平放在桌上，站了起來。「你在土丘村，或是鳥不生蛋的家鄉，總是比其他孩子聰明，你的讀寫與算數能力讓當地人讚嘆不已。」

我聽到我後方的大門開了，又關了起來，但安布羅斯沒注意到，他走到櫃臺前，倚著櫃臺，「你爸媽知道你很特別，所以存了幾年的錢，幫你買了雙鞋，把粗布縫成襯衫。」他伸手搓摸我新衣服的布料。

「你走了好幾個月，坐在騾車後面顛簸了幾百哩路，最後……」他兩手大大一揮，「老天慈悲！你終於到了！興致勃勃，滿懷夢想！」

我聽到笑聲，轉身看到他激動發言時走進大書庫的兩男一女。「老天，安布羅斯，你是怎麼了？」

「該死的一年級新生！」安布羅斯一邊抱怨，一邊轉身走回櫃臺後方。「穿得破破爛爛進來，一來就一副這裡是他家開的一樣。」

那三人往標著「書庫」的門走去，他們上下打量我時，我努力壓抑滿臉的尷尬。「我們今晚還是要去伊歐利恩嗎？」

安布羅斯點頭說：「當然，六點鐘。」

「你不檢查他們是否在名冊裡嗎？」他們進入書庫把門關上後，我這麼問。

安布羅斯轉身面對我，他不友善地冷笑，「聽好，我免費給你一個小小的建議。你在老家可能很特別，在這裡就只是個多話的小鬼，所以尊稱我為詮士，滾回你床鋪，感謝你在老家祈禱的異教神祇吧，幸好我們不是在維塔斯。不然我爸和我會把你當成瘋狗拴在柱子上。」

他聳肩，「或者，你也可以不這樣，待在這裡，大吵大鬧，開始哭叫，最好是揮拳揍我。」他笑著說，「我會好好扁你一頓，把你攆出去。」他又提起筆，繼續寫他的東西。

我離開了。

你可能以為這次事件讓我心灰意冷，以為我有種被騙的感覺，以為我兒時對大學院的夢想就此幻滅。剛好相反，這件事反而讓我放心了不少。我本來覺得自己和這裡格格不入，直到安布羅斯用他特殊的方法，讓我了解到大學院其實和塔賓街頭沒啥兩樣，不管你到哪裡，人基本上都一樣。

況且，怒火讓人晚上更覺溫暖，受傷的自尊可以激勵人做出驚人之舉。

38 主樓的共感課

主樓是大學院裡最舊的大樓，幾世紀以來逐漸往四面八方擴建，納入周邊較小的建築與庭院，彷如一種野心勃勃的建築類青苔，想盡量拓展佔地面積。

那地方很容易迷路，走廊會突然出現轉彎，莫名其妙就無路可走，或是蜿蜒繞行。從一間教室走到另一間，即使兩地僅隔五十呎，很可能也要走上二十分鐘。經驗老道的學生當然知道捷徑，他們知道穿過哪個工作室或講堂可以直達目的地。

這裡至少有一個中庭是完全與周遭隔絕獨立的，必須爬過窗戶才能到。據說有些房間四面都用磚牆封死了，有的裡面還有學生，半夜他們的鬼魂會在走廊上出沒，哀嘆他們的命運，抱怨學校餐廳的伙食。

我的第一堂課是在主樓，幸好室友預先警告我主樓容易迷路，所以我雖然迷路了一會兒，還是提早抵達教室了。

終於找到第一堂課的教室時，我很訝異它的設計和小劇場很相似。座位是以一個升高的小舞台為圓心，圍成半圓形，層層往上排列。以前我們劇團到較大的城裡表演時，也是在類似的場所演出，想到這點讓我放鬆不少，於是我走到教室後方，找位子坐了下來。

看著其他學生慢慢走進教室，我覺得很興奮，大家都至少大我兩三歲。教室裡逐漸充滿不安的學生時，我在腦中複習前三十種共感縛。現在教室裡約有五十個學生，坐滿四分之三的位子。有些人帶了筆和硬皮筆記本，有些人帶了蠟板，我什麼也沒帶，但我不太擔心，我的記憶向來不錯。

這時賀姆大師進來了，他走上講台，站在一個石製的大講桌後方。他穿著深色的大師袍，看起來威風凜凜。他一進來，學生低語與移動的沙沙聲馬上鴉雀無聲。

「所以，你們想當祕術士？」他說，「想學床邊故事聽到的魔法，你們聽過關於至尊塔柏林的歌，猛烈的火海、魔戒、隱形斗篷、恆利劍、飛天藥。」他一臉作噁地搖頭，「如果那是你們想學的，現在就可以走了，因為這裡不會教，那是不存在的。」

這時，一位學生走了進來，他知道自己遲到了，迅速鑽進一個空位，但是賀姆還是看到他了。「嗨，真高興你決定來上這堂課，叫什麼名字？」

「傑爾。」男孩緊張地說，「對不起，我有點找不到……」

「傑爾，」賀姆打斷他的話，「你為什麼來這裡？」

傑爾楞了一下，接著勉強擠出：「為了學共感術原則？」

「我不喜歡上課反應遲鈍。明天，交一份報告過來，探討共感鐘的開發、它和以前使用諧和運動的鐘有什麼差異、以及它對精確計時的影響。」

那男孩在位子上扭捏了一下，「是，大師。」

賀姆似乎對這反應很滿意，「很好，所以什麼是共感術？」

這時另一位男孩抓著筆記本匆匆走了進來，他看起來年紀很小，我的意思是說，他看起來大我不到兩歲。他還沒就座，賀姆就叫住他。「嗨，那位同學。」他用過於禮貌的語調問，「你是？」

「大師，我叫貝佐。」那男孩尷尬地站在走道上，我認得他，他接受入學面試時，我在一旁偷看過。

「貝佐，你該不會碰巧來自伊爾吧？」賀姆奸笑。

「不是。」

「啊，」賀姆說，假裝有點失望，「我聽說伊爾族的人是用太陽的位置判斷時間，沒什麼準時概念。不過，既然你不是伊爾人，我想你應該沒有理由遲到吧？」

貝佐張開嘴動了一下，但沒有出聲，好像想提出理由，卻又覺得還是別說比較好。「是，大師。」

「很好，明天交一份報告過來，探討伊爾的陰曆和比較精確文明的艾圖曆有什麼差異，你現在應該已經熟悉艾圖曆了，坐下。」

貝佐不發一語地鑽進附近的位子，像隻挨了鞭子的狗。

賀姆索性不講課了，直接等著下一位遲到的學生進教室，所以一位女同學遲疑地踏進教室時，整個教室異常安靜。

那女孩約莫十八歲，女生在校內很少見，因為大學院裡的男女比率約十比一。

她進教室時，賀姆的態度軟化了，他馬上趨前迎接她，「噢，親愛的同學，我突然很慶幸我們今天的課還沒開始。」他牽著她的手肘，帶她走下幾個台階，到眼前第一個空位就座。

她顯然因為受到關注而覺得很不好意思，「對不起，賀姆大師。主樓比我想的還大。」

「別擔心。」賀姆溫和地說，「妳現在到了，那才是最重要的。」他熱心地幫她擺好紙和墨水以後，才走回台上。

回到台上後，看來他好像真的要講課了，但是他開始以前，又回頭看那女孩，「對不起，小姐。」她是教室裡唯一的女生，「剛剛忘了先請教妳的名字。」

「蕾雅。」

「蕾雅，那是蕾雅恩的簡稱嗎？」

「是的。」她微笑。

「蕾雅恩，把妳的腿交叉起來好嗎？」

他提出那要求的語調是如此誠懇，教室裡完全沒人發出一丁點竊笑聲。蕾雅一臉疑惑地把腿交叉起來。

「現在地獄門關上了，」賀姆用他平常粗啞的語調說，「我們就開始上課吧。」

於是他開始講課，整堂課都沒再理會蕾雅，我覺得沒被他盯住反倒幸運。

那堂課很漫長，整整上了兩個半小時，我專心聆聽，一心期待他會提到阿本希沒教過的東西，卻都聽不到。我很快就發現，賀姆雖然是上共感術原則，卻是教非常非常基本的東西，完全是在浪費我的時間。

下課後，我衝下教室階梯，就在他正要從矮門出去以前，趕上了他，「賀姆大師？」

他轉身看我，「喔，我們的天才神童，我沒注意到你來修我的課。對你來說，我不會講太快吧？」

我也知道這問題還是別坦白回答比較好，「大師，您把基礎課程講得很清楚，今天教的原則可以為班上其他同學奠下很好的基礎。」應對技巧是劇團人的一大專長。

我這樣捧他，他稍稍得意了起來，接著他湊近我問，「其他同學？」

「大師，基礎課程我好像都會了，我學過三大法則和十四項推論，還有前九十種……」

「好，好，我明白了。」他打斷我的話，「我現在很忙，我們可以等明天上課前再談。」他轉身，快步離去。

算了，聊勝於無！我聳聳肩，前往大書庫。如果我無法從賀姆的課上學到任何東西，乾脆自學好了。

這次我走進大書庫時，櫃臺坐了一名年輕女子。她美若天仙，留著一頭深色的長髮，有一雙晶亮的眼睛，當然是比安布羅斯好多了。

我走近櫃臺時，她對我微笑：「叫什麼名字？」

「克沃思，」我說，「阿爾利登之子。」

她點頭，開始翻名冊。

「那妳呢？妳的名字？」我隨口問。

「菲拉。」她答，沒有抬頭，接著自顧自點個頭，輕拍一下名冊，「有你的名字，可以進去了。」

前廳後方有兩扇雙開門，一扇標示著「書庫」，另一扇標示著「卷庫」。我不知道兩者有何差異，就朝「書庫」走去。那正是我想找的，堆滿書本的庫房，一堆堆巨大的書塔，書架綿延無盡。

我把手放在門把上，這時菲拉的聲音讓我停了下來。「抱歉，你第一次來，對吧？」

我點頭，手沒離開門把。我差點就進去了，現在又會發生什麼事？

「只有祕術士可以進書庫。」她語帶歉意地說，站起身來，繞過桌子走到另一扇門，「這兒，我帶你解說一下。」

我勉強鬆開門把上的手，跟著她走。

她用雙手拉開厚重木門的其中一邊，裡面是一個挑高的大房間，擺了幾張長桌，有十幾位學生分散在四處讀書，室內有數十盞不會閃爍的共感燈，照明充足。

菲拉把身子靠近我，輕聲對我說，「這是主閱覽室，多數基礎課程的必修書籍都可以在這裡找到。」她用腳撐開門，指向牆邊一長排的書架，上頭約擺了三、四百本書，我從來沒在一個地方看過那麼多書。

菲拉繼續輕聲說，「這地方很安靜，只能輕聲細語。」我也注意到這房間異常寧靜，「如果你找不到想看的書，可以到櫃臺填寫調閱單。」她指，「他們會幫你找書，再交給你。」

我轉身問她一個問題，這時我才注意到她和我靠得多近，可見我有多迷戀大書庫，連大學院裡數一數二的美女站得離我不到六吋，我也沒注意到。「他們找一本書通常需要多久？」我輕聲問，試著不凝視她。

「不一定，」她把長髮撥到肩膀後面，「有時我們比較忙，有些人比較擅長找某類的書。」她聳肩，幾縷長髮又盪了回來，擦過我臂膀，「通常不到一小時。」

我點頭，不能參觀整個大書庫，讓我有點失望。不過能進到這裡，我還是很興奮。總之，聊勝於無，「菲拉，謝謝。」我走了進去，她讓門在我身後關上。

但不久她又走了過來，「還有最後一件事，」她輕聲說，「這點雖然無需多做解釋，不過既然你是第一次來……」她一本正經地說，「書不能借出這裡，不能拿出大書庫。」

「喔，對。」我說，「那當然。」其實我並不知道。

菲拉微笑點頭，「我只是想確定一下，幾年前一位年輕人來這裡，他習慣從他父親的藏書庫拿書出去。我連羅蘭大師皺眉或提高音量都沒看過，但是他在街上看到那個年輕人手上拿著大書庫的書時……」她搖頭，彷彿她無法解釋當時看到的光景。

我試著想像面無表情的高個兒大師生氣是什麼模樣，但怎麼想也想不出來，「謝謝妳的提醒。」

「不客氣。」菲拉又轉身走回入口大廳。

我走向她剛剛指給我看的櫃臺，「我要怎麼請你們幫忙找書？」我輕聲問館員。

他拿出一大本手冊，裡面有一半寫滿了學生的名字和他們調閱書籍的請求。有些是寫確切的書名或作者，有些是寫要找的主題。其中有一行引起了我的注意：「貝佐——伊爾陰曆；艾圖曆的歷史。」我環視房間，看到那位在賀姆班上的男孩正埋首書中抄寫筆記。

我在借書手冊上寫上：「克沃思——祁德林人的歷史；祁德林人與其跡象（黑眼、藍焰等等）的報告。」

接著我往書架走，開始瀏覽，我看到其中有一兩本是以前和阿本希一起讀過的書。房間裡唯一會聽到的聲音，是偶爾傳來的振筆直書聲，或是如鳥兒輕拍羽翼般的翻頁聲。那寧靜不會讓人感到不安，反倒令我安心不少。後來我才知道大家戲稱那裡是「卷墓」，因為靜得像在地穴裡一樣。

最後，有一本書吸引了我的目光，名叫《龍蜥的交配習慣》，我把那本書帶到桌邊閱讀。我挑那本書是因為封面上有滿漂亮的龍浮雕，但是我開始翻閱後卻發現，那是針對幾個常見的迷思所做的學術探索。

書名篇是解釋龍的迷思為什麼十之八九都是從比較平凡的龍蜥演化出來的，我才看到一半，館員就出現在我身邊，「克沃思嗎？」我點頭，他交給我一本包著藍色布衣的小書。

我打開那本書，馬上就失望了，那是妖精故事集。我一邊翻閱，一邊希望能找到有用的東西，但裡面都是為了娛樂小孩的老掉牙冒險故事，就是你們都知道的那種：勇敢的孤兒智取祁德林人，獲得財富，娶了公主，從此過著幸福快樂的生活。

我嘆了一口氣，闔上書。其實我多少也預期到可能會有這種情況，在祁德林人殺害我家人以前，我也以為他們不過是童話故事裡的人物罷了，這種搜尋方式是無法得到什麼結果的。

我走到櫃臺後，想了好一會兒，才在調閱手冊上又寫了一行：「克沃思——艾密爾會的歷史；艾密爾的起源；艾密爾的作為」。我寫到那行最後端，沒換行寫，而是停下來抬頭看櫃臺後方的館員，「其實我想調閱所有和艾密爾有關的書。」我說。

「現在我們有點忙。」他指著房間說。我進來以後，這裡又來了十幾位學生，「不過，我們會盡快找些你要的書給你。」

我回桌，再次翻閱那本童話，最後還是放棄了，回頭繼續看剛剛那本龍蜥的書。這次等候調閱的時間比較久，我看到書中提到撒斯圭寧獸會夏眠的奇怪習性時，有人輕拍我的肩膀。我轉身，原本預期看到館員捧著一疊書，或是貝佐過來打招呼，結果看到羅蘭大師穿著深色的大師袍矗立在我身後，我嚇了一跳。

「來。」他輕輕地說，作勢要我跟著他走。

我不知道是什麼事，就這樣跟著他走出閱覽室。我們走到館員櫃臺的後方，走下一排階梯，到一間毫無特色的小房間裡，裡面有一張桌子和兩張椅子。大書庫裡有很多這樣的小房間，是專為祕術士設計的，讓他們可以獨自在裡頭研讀。

羅蘭把書庫的調閱手冊放在桌上，「我協助新來的館員做事時，注意到你調閱的書。」他說，「你對祁德林人和艾密爾感興趣嗎？」他問。

我點頭。

「這和你修課的老師要求的作業有關嗎？」

我突然想告訴他事實的真相，告訴他我雙親遇害的事，還有我在塔賓聽到的故事。

但上次我提起祁德林人時，馬內的反應讓我知道這麼做有多愚蠢，我沒見過祁德林人以前，也不相信他們存在這世上。那時如果有人宣稱他看過祁德林人，我會覺得他瘋了。

羅蘭充其量可能覺得我有幻想症，最糟的是可能覺得我是個傻孩子。我突然意識到我是站在一塊文明的基石上，和大學院的文書大師對話。

於是我產生了新的思考方向，老人在塢濱酒館裡講的故事頓時變得非常遙遠，也不重要了。

我搖頭說：「不是，這只是想滿足我的好奇心而已。」

「我很欣賞好奇心。」羅蘭說，語調毫無特殊變化，「或許我可以提供你一些訊息。艾圖帝國還很強盛的時候，艾密爾屬於教會的一部分。他們的信條是Ivare Enim Euge，大略可以翻譯成『為了大我至善』。他們是遊俠，也是制裁者，他們有司法權，可以同時在宗教法庭與世俗法庭裡擔任審判官。他們都享有法律豁免權，但豁免程度不一。」

這些我大多都已經知道了，「但是他們是從哪裡來的？」我問，那是我敢牽扯到史卡皮故事的極限了。

「他們是從巡迴法官演進而來的。」羅蘭說，「他們走訪各城鎮，把法治帶到艾圖帝國的小鎮。」

「所以他們是源自於艾圖帝國？」

他看著我說：「他們還能源自於哪些地方？」

我無法鼓起勇氣告訴他真相：一位老人的故事讓我懷疑，艾密爾的淵源可能比艾圖帝國還要久遠，我希望他們現在還存在世上某處。

羅蘭以為我的沉默就是回應，「我有個小小的提醒。」他輕聲說，「艾密爾是劇中的人物，小時候我們都會假裝自己是艾密爾，用柳枝當劍打仗，小男孩深受那故事吸引是正常的。」他和我四目交接，「但是，長大以後，當了祕術士，就應該把焦點放在現在，處理實際的東西。」

他凝視著我繼續說：「你還小，很多人會光用年紀來判斷你。」我吸了一口氣，但是他舉起一隻手，「我不是在指責你沉迷於男孩的幻想，而是建議你避免露出男孩幻想的樣子。」他面無表情地看著我，樣子還是一貫的冷靜。

我想到安布羅斯待我的方式，點點頭，感覺臉紅了起來。

羅蘭拿出一支筆，把我在調閱手冊上寫的那行字塗掉，「我很欣賞好奇心，」他說，「但是其他人的想法不見得和我一樣，我不希望看到你第一個學期就因為這些事，而惹上沒必要的麻煩。我想，對你來說，沒有那些額外的煩惱都已經夠辛苦了。」

我低下頭，感覺自己好像不知怎的讓他失望了一樣，「我了解了，謝謝大師。」

39 足夠的繩子

隔天我提早十分鐘去上賀姆的課，坐在第一排的位置。我希望上課前就能先和賀姆談談，以免我又浪費了一節課的時間。

可惜，他並沒有提早進教室，他從走廊的矮門進來，往上走三階，到高起的木頭講台上，這時教室已經滿了。他環視教室，找我在哪裡。「啊，對，我們的天才神童，起立好嗎？」

我不知道現在是怎麼回事，就站了起來。

「我有個好消息要告訴各位。」他說，「這位克沃思先生向我保證，他完全理解共感術原則了，他這麼說，就表示今天可以由他來上課。」他做了一個誇張的手勢，要我上台站到他旁邊。他狠狠地瞪著我笑：「克沃思先生？」

他當然是在嘲弄我，預期我會因此畏首畏尾地縮回位子上，覺得很丟臉。

但我這輩子遇過的威嚇也夠多了，所以我直接爬上台，和他握手。我用上台表演的嗓音對著同學說：「謝謝賀姆大師給我這個機會，希望我可以幫他闡述這門最重要的課程。」

賀姆自己主動玩起這個遊戲，這下子他不能認栽，說不玩就不玩了。他和我握手時，那眼神就像一匹狼盯著被趕上樹的貓一樣。他自顧自微笑，走下講台，坐到我剛剛離開的第一排位子上。他很有把握我不懂這些，所以願意讓這齣荒唐的鬧劇繼續演下去。

要不是賀姆的兩大缺陷，這次我也無法順利逃脫他設下的這陷阱。第一，他自以為是，就是不信我昨天跟他說的話。第二，他一直很想看我出糗。

講白一點，他已經給我足夠的繩子可以讓我上吊了，但是他顯然不知道，一旦綁好了繩圈，那圈子要套在誰的脖子上都一樣合適。

我面向全班，「今天我要示範共感法則的一個例子。不過，因為時間有限，我需要有人幫我準備。」我隨意點了一位學生，「可以麻煩你幫我拿一根賀姆大師的頭髮過來嗎？」

賀姆刻意用誇張的動作，大方地拔了一根頭髮。那位學生把那根頭髮拿給我時，賀姆露出一臉看好戲的表情，他認為我愈大費周章地準備，最後只會落得愈尷尬。

我善用這段小小的空檔，看了一下我能使用的道具有哪些。講台一邊放了一個火盆，我迅速翻了一下講桌的抽屜，看到裡面有粉筆、稜鏡、硫磺火柴、放大鏡、幾根蠟燭、幾個形狀古怪的金屬塊。我只拿出三根蠟燭，其他的沒碰。

我從那學生手中拿了賀姆大師的頭髮，認出那學生就是貝佐，亦即昨天被賀姆欺負的那個男孩。「貝佐，謝謝。可以麻煩你幫我把那邊的火盆搬過來，盡快把火升起嗎？」他把火盆搬過來時，我看到火盆還附了一個小風箱，太好了。貝佐把酒精倒到煤炭上，點火引燃火盆時，我對著全班講解。

「共感術的概念不是很容易理解，但是一切歸結到底，就是三個簡單的法則。」

「第一是類似法則，也就是說『相似性可提升共感力』。第二是同源法則，也就是『一個東西的一部分可以代表整體』。第三是守恆法則，也就是『能量無法摧毀或創造』。類似、同源、守恆，這就是共感三法則。」

我停頓了一下，聽著五十幾支筆沙沙地寫下我講的話。貝佐在我身旁努力地幫我踩風箱，我發現我漸漸喜歡上這種感覺。

「如果現在聽不太懂，不用擔心，示範過後應該就可以一清二楚了。」我低頭看到火盆溫熱得差不多了，便謝謝貝佐的幫忙，把一支金屬淺鍋放在煤炭上，把兩根蠟燭丟進鍋內熔化。

我把第三根蠟燭放在桌上的燭台上，用抽屜裡的硫磺火柴點亮那根蠟燭。接著，我把鍋子拿開火盆，把熔化的蠟油小心倒到桌上，形成拳頭大的軟蠟糊，接著又抬起頭來看著學生。

「運用共感術時，你通常是在改變能量的方向。共感連結是能量傳遞的方式。」我抽出蠟燭芯心，開始把蠟揉捏成一個人偶，「我剛提到的第一法則『相似性可提升共感力』，其實就是說，東西彼此愈是相似，它們之間的共感連結就愈強。」

我把那個粗略的人偶拿起來讓全班看，「這個，」我說，「是賀姆大師。」教室裡傳出陣陣的竊笑聲，「其實，這只是我用來代表賀姆大師的共感體。有沒有人要猜一下，為什麼這不是一個很好的代表？」

大家一陣鴉雀無聲，我刻意讓這靜默拖延久一點，大家毫無反應。昨天賀姆嚇壞了他們，現在他們反應有點慢。最後，教室後面終於有一位學生說：「尺寸不對嗎？」

我點頭，繼續環顧室內。

「他不是蠟做的。」

我點頭，「這人偶在形狀和比例上的確和他有點相似，卻是很糟的共感代表體，所以以它為基礎的共感連結會很薄弱，或許效率只有百分之一，我們可以如何改善？」

全場又安靜了一下子，不過時間比剛剛短。「可以把它變大。」有人說。我點頭，繼續等候。其他聲音說：「可以把賀姆大師的臉型刻在上面」、「畫上他的樣子」、「幫它穿上小袍」，大家都笑了。

我舉起手請大家安靜，很意外大家竟然馬上就靜下來了。「先不管實不實際，假設你依照剛剛的所有提議，做了一個六呎高、穿袍子、雕得維妙維肖的賀姆大師站在我旁邊。」我比手勢，「即使你盡了一切努力，你頂多只能期待效用百分之十或十五的共感連結，不是很好，一點都不好。」

「所以我們講到第二個同源法則。有一種比較簡單的理解方法是：『曾經一體，永遠一體』。多謝賀姆大師的大方贈與，我拿到他的一根頭髮。」我把它舉起，大模大樣地把它插在人偶的頭上，「這麼簡單的動作，我們就能得到效用百分之三十到三十五的共感連結了。」

我一直在觀察賀姆，一開始他有點小心謹慎，現在則是自鳴得意地笑著。他知道沒有恰當的縛咒和專注的珥拉，再多的蠟和頭髮都無法奏效。

我確定他把我當傻瓜以後，便指著蠟燭問他：「大師，你允許我示範看看嗎？」他大方揮了一個手勢以示允許，接著便老神在在地靠在椅子上，雙手抱胸。

我當然懂共感縛，我告訴過他了。我十二歲時，阿本也教過我珥拉：馬鞭信念。但是我沒使用那兩種技巧，我把人偶的腳放到蠟燭火焰中，人偶開始淌蠟、冒煙。每個人在座位上拉長身子觀察賀姆大師時，教室裡充滿屏息、緊繃的沉靜。

賀姆聳肩，假裝很驚訝，但他的眼神就像一副正要合起來捕抓獵物的陷阱，兩邊的嘴角得意地抽動著。他從座位上起身說：「我什麼都沒感覺到，你究……」

「一點也沒錯！」我突然爆出這一句，把大家的注意力再次拉回到我身上。「為什麼會那樣？」我一臉期待地環視教室。

「因為我剛提到的第三個守恆法則，『能量無法摧毀或創造，只會遺失或找到』。如果我把一根蠟燭放在賀姆大師的腳下，幾乎不會發生什麼事。再加上這個共感連結只能傳遞百分之三十的熱度，我們連那一丁點的效果都達不到。」

我停下來讓大家思考一下，「這是共感術的主要問題，我們從哪裡獲得能量？不過，這裡的答案很簡單。」

我吹熄蠟燭，用火盆把它重新點燃，喃喃低語幾個必要的字眼。「在蠟燭和比較大的火之間增加第二個共感連結……」我把大腦思緒分成兩部分，一部分把賀姆和人偶縛在一起，另一部分把蠟燭和火盆縛在一起。「就能得到我們想要的效果了。」

我隨性地把人偶的腳放到離蠟燭芯心約一吋的地方，那裡其實是火焰最燙的部分。

賀姆坐的地方傳來一聲驚叫。

我沒往他那邊看，持續用最平淡的口吻對全班說：「看來這次我們成功了。」全班都笑了。

我吹熄蠟燭，「這例子也正好可以說明，精明的共感師握有什麼樣的力量。試想，要是我把這尊人偶丟進火裡，會發生什麼事？」我把人偶拿到火盆上。

賀姆彷彿接到暗示似的，馬上衝上台。可能是我的想像，不過他似乎稍微跛著左腳。

「看來賀姆大師想從這裡接著授課了。」全班哄堂大笑，比上一次還大聲。「各位同學和朋友，謝謝大家，我粗略的講解就到此結束。」

這時我用了一個上台表演的技巧，有一種特殊的語調變化和肢體語言可以暗示觀眾鼓掌。我沒辦法解釋確切是怎麼做的，不過那動作都能達到慫恿大家鼓掌的效果。我向大家敬禮，在鼓掌聲中轉身面對賀姆，那掌聲雖然沒有到震耳欲聾那麼誇張，但可能也比他曾經獲得的掌聲還多了。

賀姆往我走近了幾步，我差點往後退。他一臉嚇人的表情，臉漲得通紅，太陽穴迸出了青筋，好像快爆炸了一樣。

至於我，以前的舞台訓練幫我維持鎮靜，我若無其事地回應他的凝視，伸手要和他握手。我看到他迅速瞄了一下還在鼓掌的全班同學，嚥下一口氣，勉強和我握手。那模樣看在我眼裡，實在爽快。

他把我的手握得又緊又痛，要不是我稍稍把人偶往火盆的上方移動，可能還會更糟。他的臉色以令人難以想像的速度，從赤紅色變成鐵青色，他握手時的手勁也有類似的轉變，我把手收了回來。

我再次向全班敬禮，頭也不回地離開教室。

40 掛在角上

賀姆下課後，我在課堂上做的事像野火般迅速傳遍了校園。我從學生的反應猜測，賀姆應該沒什麼人緣。我坐在籠樓外的石椅上，路過的學生對我微笑，有的對我揮手，有的笑著對我豎起大拇指。

我雖然喜歡這種成名的感覺，但內心逐漸產生一股不寒而慄的不安感。我已經和九位大師中的一位結怨了，我得趕緊弄清楚我身陷多大的麻煩才行。

餐廳裡的晚餐是黑麵包夾奶油、燉肉和豆子。馬內也在餐廳裡，他那頭亂髮讓他看起來有如一匹大白狼。西蒙與薩伏依漫不經心地抱怨著食物，對於燉肉是用哪種肉做的，做出種種可怕的臆測。我離開塔賓還不到一旬，這餐對我來說仍是人間美味。

不過，聽到朋友的談論，我馬上沒了食慾。

「別誤會我的意思。」薩伏依說，「你是真的很帶種，那點我永遠不會質疑，不過……」他用湯匙比劃，「他們會因此把你吊起來。」

「吊起來還算幸運。」西蒙說，「我的意思是說，我們現在講的是違紀行為，是吧？」

「那又沒有什麼，」我露出比實際更多的自信，「我只是稍微燙一下他的腳罷了。」

「有害的共感術就算是違紀行為。」馬內用他的麵包指著我，他那亂糟糟的灰眉毛嚴肅地拱了起來。「孩子，開戰要挑人，別惹那些大師，一旦你上了他們的黑名單，他們可以讓你的日子過得生不如死。」

「是他先惹我的。」我不滿地說，嘴裡滿口豆子。

一位男孩上氣不接下氣地跑來我們這桌，「你是克沃思嗎？」他問，上下打量我。

我點頭，我的胃突然一沉。

「他們要你現在去大師廳。」

「在哪裡？」我問，「我才剛來學校幾天。」

「你們誰可以帶他去嗎？」男孩問，環顧這一桌的人，「我得告訴傑米森，我找到他了。」

「我來帶他吧。」西蒙推開碗，「反正我不餓。」

那男孩轉身離去，西蒙站了起來。

「等等。」我用湯匙指著餐盤，「我還沒吃完。」

西蒙一臉焦慮，「真不敢相信你還在吃。」他說，「我都吃不下了，你怎麼吃得下？」

「我餓了，」我說，「我也不知道大師廳裡有什麼在等著我，我寧可吃飽了再去應付。」

「你要被『掛在角上』了。」馬內說，「這麼晚了他們還叫你過去，那是唯一的原因。」

我不知道他那樣說是什麼意思，但我也不想讓餐廳裡的每個人都知道我的無知，「他們可以等我吃飽了再說。」我又吃了一口燉肉。

西蒙坐回位子上，漫不經心地戳著食物。其實我已經不是很餓了，但是在塔賓餓了那麼久，現在吃到一半就被拉走，讓我覺得很不爽。

等西蒙和我終於起身時，平常鬧哄哄的餐廳突然靜了下來。大家看著我們離開，他們知道我要去哪裡。走到外頭後，西蒙把手插入口袋，往洞樓的方向走。「言歸正傳，你麻煩大了。」

「我以為賀姆會覺得很丟臉，不會張揚出去。」我坦言，「他們開除很多學生嗎？」我試著用開玩笑的口吻說。

「這學期還沒有人被開除。」西蒙尷尬地笑著說，「但開學才兩天，你可能會創紀錄吧。」

「這不好笑。」我說，卻發現自己都笑開了。不管發生什麼事，西蒙總是可以讓我發笑。

西蒙帶著我走，我們很快就到了洞樓，比想像中還快。我開門進去時，西蒙舉起手，猶豫不決地跟我道別。

我先和傑米森碰面，他負責監督大師們沒有直接管轄的一切事物：廚房、洗衣、廄舍、貯藏室。他有點神經質，長得跟鳥一樣，有著類似麻雀的體型和一雙鷹眼。

傑米森帶我到一個沒有窗戶的大房間，裡面有一張熟悉的新月形桌子，校長坐在中央，就像入學面試時一樣。唯一的差別是，這張桌子沒有墊高起來，大師坐下來時剛好和我的視線等高。

他們的眼神都不太友善，傑米森帶我到新月桌的前方，從這個角度來看，這下我明白『掛在角上』是什麼意思了。傑米森退回他自己的小桌子邊，拿筆沾墨。

校長兩手合成尖塔狀，沒說什麼開場白就直接切入正題，「三月二日，賀姆召集所有大師開會。」傑米森的筆在紙上沙沙作響，偶爾把筆伸進桌上的墨水台沾墨。校長繼續用正式的口吻說：「所有大師都到齊了嗎？」

「醫術大師。」奧威爾說。

「文書大師。」羅蘭說，他的臉上還是毫無表情。

「算數大師。」布藍德，心不在焉地折著指關節。

「工藝大師。」基爾文頭也沒抬地喃喃自語。

「鍊金大師。」曼椎說。

「修辭大師。」賀姆一臉凶惡，漲得通紅。

「共感大師。」艾爾沙．達爾說。

「命名大師。」伊洛汀還對我微笑，不是敷衍地動動嘴角，而是熱情地露齒而笑。我有點顫抖地吸了一口氣，想到現場至少還有一人不是那麼急著把我吊起來，讓我稍稍鬆了一口氣。

「還有語言大師。」校長說，「全員八人……」他皺眉。「抱歉，把剛剛說的槓掉。全員九人到齊。賀姆大師，請提出你的申訴。」

賀姆毫不猶豫地說：「今天，非祕術士的一年級生克沃思，惡意對我施展共感縛。」

「賀姆大師針對克沃思提出兩項申訴。」校長嚴肅地說，眼睛一直看著我，「第一項申訴：擅自使用共感術。文書大師，這種違紀行為適用什麼罰則？」

「因擅自使用共感術而導致傷害時，違紀的學生會被綁起來鞭打背部二到十次。」羅蘭說，彷彿是在唸食譜上的烹調方式一樣。

「你提議鞭幾下？」校長看著賀姆問。

賀姆停下來思考，「五下。」

我臉上血色頓失，我逼自己從鼻子慢慢做深呼吸，讓自己冷靜下來。

「有大師反對這項處分嗎？」校長環顧桌邊的大師，大家都不發一語，每個人的眼神都很嚴肅。「第二項申訴：違紀行為。文書大師？」

「鞭四到十五下，並從大學院退學。」羅蘭大師聲調平淡地說。

「提議幾鞭？」

賀姆瞪著我說：「八鞭。」

十三鞭加上退學，我全身冒冷汗，覺得反胃想吐，以前我知道什麼是恐懼。在塔賓，恐懼感向來離我不遠，恐懼讓人活下去，但我不曾像現在那麼絕望無助，不僅害怕身體受到傷害，也怕我一生就這樣毀了。我開始感到頭暈目眩。

「你了解這些針對你提出的申訴嗎？」校長嚴肅地問。

我深呼吸，「大師，我不是很清楚。」我討厭我聲音中的顫抖怯懦感。

校長舉起一隻手，傑米森見狀停筆。「非祕術士的學生若未經大師許可，擅自使用共感術，就算違法大學院的校規。」

他臉色一沉，「而且我們永遠，永遠，都明言禁止以共感術造成傷害，尤其是對大師。幾百年前，祕術士就是因為那樣的行為而遭到追捕迫害，我們這裡不許有那樣的行為。」

我聽出校長的語氣中帶著尖銳的批判，這時我才真正了解到他有多生氣。他深深吸了一口氣說：「現在你懂了嗎？」

我顫抖地點頭。

他對傑米森做了另一個手勢，傑米森再次提筆記錄。「克沃思，你了解這些針對你提出的申訴嗎？」

「大師，我了解了。」我盡可能平穩地說。周遭一切看起來似乎都太亮了，我的腳稍稍地顫抖。我試著強迫它們停下來，卻讓它們抖得更厲害。

「你有什麼想要辯駁的嗎？」校長簡略地問。

我只想離開，我覺得這些大師瞪著我的眼神讓我備感壓力，我的手又濕又冷，要不是校長又開始說話了，我可能會搖頭溜出這裡。

「嗯？」校長再次不耐地探詢，「沒有辯駁嗎？」

那話聽起來好耳熟，是阿本不斷訓練我辯論時，講了上百次的用語。我腦中響起他以前說過的話，他訓誡我：什麼？沒有辯駁？我的學生受到攻訐時，都必須有能力為自己辯駁。不管你這輩子怎麼過，你用機智自保的情況，永遠比用刀劍自衛的情況更多，放精明一點！

我深深吸了一口氣，閉上眼睛，集中注意力。過了好一會兒，我感覺到石心的冷靜感包圍了我，讓我不再顫抖了。

我張開眼睛，聽到自己的聲音說：「大師，我獲准使用共感術了。」

校長嚴厲地盯了我許久才說：「什麼？」

我把石心像一層靜心斗篷般披在身上，「無論是明示或暗示，我都獲得賀姆大師的許可了。」

座位上的大師各個一臉困惑，騷動了起來。

校長一臉不悅地說：「請說明清楚。」

「我上完第一堂課後，去找賀姆大師，告訴他我已經熟悉他上課闡述的概念。他告訴我，隔天我們會討論。」

「隔天他一上課，就宣布由我來講課，示範共感原則。我看到現場的素材後，就對著全班做我的老師第一次示範給我看的例子。」這當然不是真的，我之前說過，我的第一堂課是以幾個鐵幣當教材。剛剛那是謊言，不過是貌似可信的謊言。

從大師的表情看來，他們似乎之前都不知道這回事，我的石心心底稍稍鬆了一口氣，慶幸大師之所以那麼生氣，都是因為聽信賀姆盛怒下的片面之詞。

「你在全班面前示範？」我還沒繼續講，校長就先問了，他先瞄了一眼賀姆，再把目光移到我身上。我裝出無辜的表情，「就只是簡單的示範而已，那很不尋常嗎？」

「是有點奇怪。」他說，一邊看著賀姆。我再次感受到校長的怒氣，但這次似乎不是衝著我來的。

「我以為這可能是用來證明我已經熟悉教材，可以晉級其他課程的方法。」我無辜地說。這又是一個謊言，但仍是貌似可信的謊言。

這時艾爾沙．達爾說話了：「你的示範用了什麼東西？」

「蠟做的人偶，賀姆的頭髮，還有一根蠟燭。我其實可以舉其他的例子，但因為現場的素材有限，我以為隨機應變也是考驗的一部分。」我再次聳肩，「以現場的素材，我想不出來還有什麼其他的方法可以示範那三個原則。」

校長看著賀姆，「這男孩說的都是真的嗎？」

賀姆張開嘴巴，好像要反駁，但後來顯然想起全班都目睹了整個經過，所以他什麼也沒說。

「要命！賀姆。」艾爾沙．達爾突然脫口說：「你讓男孩做了一個類似你的人偶，然後再以『違紀行為』之名指控他？」他氣急敗壞地說，「受到折磨，是你活該。」

「穎士克沃思無法只用一根蠟燭傷他。」基爾文喃喃低語。他不解地看著自己的手指，好像腦中在思考什麼。「光用頭髮和蠟還不夠，或許血和肉體……」

「肅靜！」校長的聲音很小，還不算喊叫，但聽起來依舊充滿了威嚴，他瞪了一下艾爾沙．達爾和基爾文。「克沃思，回答基爾文大師的問題。」

「我為了示範守恆法則，在蠟燭和火盆之間下了第二個縛咒。」

基爾文還是低頭看著手，「蠟和頭髮？」他嘟噥著，彷彿對我的解釋不是很滿意。

我露出半疑惑、半尷尬的表情說：「大師，我自己也不是很懂，我應該頂多只能傳送百分之十的能量，應該不會讓賀姆大師起水泡才對，更不用說是灼傷他了。」

我轉向賀姆，「大師，我真的不是故意要傷你的。」我用最沉痛的聲音說，「我本來只是要稍微燙一下腳，讓你嚇一跳而已。那火燒不到五分鐘，我不知道剛點不久的火，只傳百分之十的火力也會傷到你。」我甚至稍稍絞扭著雙手，裝出憂心如焚的樣子，演得很好，我爸應該會很驕傲。

「真的燒到我了。」賀姆憤恨地說，「還有，那個該死的人偶到哪去了？給我馬上交回來！」

「大師，恐怕沒辦法，我已經把它毀了，隨便擱著太危險了。」

賀姆狡猾地看著我，「反正無所謂了。」他喃喃自語。

校長再次掌控會議，「現在情況大幅改變了。賀姆，你還要針對克沃思提出申訴嗎？」

賀姆瞪眼怒視，不發一語。

「我提議取消兩項申訴。」奧威爾說，醫術大師這時發出蒼老的聲音，倒是令人有點意外，「如果賀姆讓他在全班面前示範，就表示他認可了。如果你給他頭髮，還看他把頭髮插上人偶的頭，那就不是違紀行為。」

「我原本預期他做的時候會比較克制一點。」賀姆說，凶狠地瞪了我一眼。

「那不是違紀行為。」奧威爾堅持地說，從眼鏡瞪著賀姆，臉上如祖父般的線條凶巴巴地皺了起來。

「那算是輕率施展共感術。」羅蘭淡淡地打岔。

「這是提議取消前兩項申訴，改以『輕率施展共感術』取代嗎？」校長說，試著恢復正式的會議氣氛。

「贊同。」奧威爾說，依舊怒視著賀姆。

「大家都贊同這項提案嗎？」校長問。

每個人都異口同聲地說「贊同」，賀姆除外。

「有人反對嗎？」

賀姆依舊沉默。

「文書大師，輕率施展共感術的處罰是什麼？」

「如果輕率施展共感術導致他人受傷，犯規的學生應受鞭打背部的懲罰，最多七下。」我想知道羅蘭是背誦哪本書的規定。

「提議幾鞭？」

賀姆看著其他大師的臉，知道現在的局勢已經對他不利了，「我的腳到膝蓋的大半截都起水泡了。」他咬牙切齒地說，「三鞭。」

校長清清喉嚨，「有大師反對這項處罰嗎？」

「贊同。」艾爾沙·達爾和基爾文齊聲說。

「誰想緩刑？舉手表決。」

艾爾沙·達爾、基爾文、奧威爾都馬上舉手了，接著校長也跟著舉手，曼椎、羅蘭、布藍德、賀姆沒舉手。伊洛汀開心地對我笑，卻沒有舉手。我為了自己最近去大書庫，讓羅蘭留下不好的印象而感到自責。要不是那樣，可能就多他一票，讓緩刑通過了。

校長停頓了一下，之後說：「四票半[8]贊成緩刑，所以還是如期執行刑罰：明天三月三日正午，處以鞭刑

8 校長佔一票半。

三鞭。」

我當時還深處於石心狀態，只覺得有點好奇，心想公開遭到鞭刑會是什麼樣子。所有大師看起來都要起身離去，我趁著會議還沒正式休會，大聲地說：「校長。」

他深深吸了一口氣，又明顯地吐了出來，「什麼事？」

「我入學時，你說過，如果我證明我熟悉共感術的基本原則，即可進入奧祕所。」我幾乎逐字引述他以前說過的話，「這算是證明了嗎？」

賀姆和校長都張嘴回應，不過賀姆回應得比較大聲：「給我注意，你這個小鬼！」

「賀姆！」校長喝叱，接著他轉向我說，「光是簡單的共感縛，恐怕無法證明你已經熟悉基本的原則了。」

「雙重縛。」基爾文突然糾正。

這時伊洛汀開口，在座的每一位大師似乎都嚇了一跳，「我知道有些奧祕所的學生連雙重縛都做不出來，更遑論傳送足夠的熱度，『把一個人的腳到膝蓋處都燙出大半截的水泡』。」伊洛汀說話時聲音輕快，那聲音會在你內心深處穿梭，我都忘了那感覺了。他再次開心地對我微笑。

大家突然靜下來沉思了一會兒。

「的確。」艾爾沙．達爾坦言，他仔細地看著我。

校長低頭看著空桌一下子，接著他聳聳肩，抬起頭，露出令人意外的輕鬆微笑，「全體表決，認為一年級的克沃思輕率施展共感術，是熟悉共感術基本原則的證明，贊成的請舉手。」

基爾文和艾爾沙．達爾一起舉手，稍候奧威爾也跟著舉手，伊洛汀揮手，校長停了一下才舉手說：「五票半支持克沃思進奧祕所，提案通過，會議結束，泰魯庇佑我等愚人與孩子。」

賀姆拖著布藍德衝出房間，他們一出去，我聽到布藍德問：「你沒配戴防身的葛蘭嗎？」

「我沒戴。」賀姆怒斥，「不要用那樣的口吻對我說話，好像這是我的錯一樣。你乾脆去責怪那些在暗

巷裡遇刺的人沒穿冑甲好了。」

「我們都應該提防小心一點的。」布藍德安慰他，「你也知道……」這時門關了起來，隔離了他們的聲音。

基爾文起身，聳聳肩，舒展筋骨。他往我站的地方看，用雙手搔搔他的大鬍子，一臉深思的表情，接著大步走向我。「穎士克沃思，你學過符咒術嗎？」

我一臉茫然地問他：「大師，您是指神祕符號嗎？我還沒學過。」

基爾文若有所思地撥著鬍子，「不用花時間去上你選的基礎工藝課了，你明天中午來我的工作室。」

「基爾文大師，明天中午我有事了。」

「嗯，對。」他皺眉，「那下午一點好了。」

「基爾文，這男孩受完鞭刑後，可能得馬上和我們一干人見面。」奧威爾說，閃著促狹的眼神，「孩子，找個人在你被鞭完後，送你到醫護館，我們會幫你縫合。」

「謝謝大師。」

奧威爾點頭，走出房間。

基爾文看著他走出去後，轉身看著我說：「後天中午，到我的工作室。」從他的語調聽起來，他不是在問問題。

「基爾文大師，那是我的榮幸。」

他咕噥一聲回應，然後就和艾爾沙．達爾一起離開了。

現在就剩我和還在座位上的校長了。走廊的腳步聲逐漸消失時，我們凝視著對方。我讓自己脫離石心的狀態，對於剛剛發生的一切感到有點期待和害怕。

「大師，很抱歉，那麼快就惹了那麼多的麻煩。」我猶豫地說。

「是嗎？」他說，現在只剩我們兩個，所以他的表情也沒剛剛那麼嚴厲了。「不然你是打算等多久？」

「至少一句吧。」大難不死讓我開心地鬆了一口氣，我感覺到臉上不自覺地露出笑意。

「至少一句。」他低語，校長把臉埋進手中揉了一下，接著抬頭，露出苦笑，讓我有些驚訝。我發現他表情不嚴厲時，其實沒有特別老，可能還不到坐四望五的年紀。「你看起來不像明天要受鞭刑的人。」他說。

我把那件事拋諸腦後，「大師，我想我會復原的。」他露出奇怪的表情，我過了一會兒才發現那是我在劇團裡常看到的表情。他開口想說話，但是還沒說出口，我就搶先說了：「大師，我不像我看起來那麼小。我知道這點，我只是希望其他人也能知道。」

「我想他們很快就會知道了。」他又盯著我看了好一會兒，才撐著桌面站了起來。他伸出一隻手說：「歡迎進奧祕所。」

我嚴肅地和他握手，接著我們就各自離開了。我自己走出那棟建築，看到外頭已是深夜，有點驚訝。我大大吸了一口甜美的春天空氣，覺得我又逐漸展露出笑顏。

後來有人摸我肩膀，我驚跳了足足有兩呎高，一邊嗥叫、一邊胡亂地抓咬著，差點就這樣壓在西蒙的身上，那是我在塔賓自衛的唯一方法。

他往後退了一步，看到我臉上的表情嚇了一跳。

我試著緩和怦怦直跳的心臟，「西蒙，對不起，我只是……想在我身邊製造一點噪音而已，我很容易受到驚嚇。」

「我也是。」他顫抖地低語，一手擦著額頭，「不過，這也不能怪你，任誰被『掛在角上』，都會變成那樣，結果怎樣？」

「我將受到鞭刑，然後進奧祕所就讀。」

他好奇地看著我，想看我是不是在開玩笑。「我是該說抱歉？還是恭喜？」他不好意思地笑著看我，「我該送你繃帶，還是請你喝啤酒？」

我笑著回他：「兩個都要。」

等我回到籠樓的四樓時，我沒遭到退學又獲准進奧祕所的消息已經先一步傳遍了宿舍。少數室友鼓掌迎接我，看來賀姆很不受學生的歡迎。有些室友一臉崇拜地向我道賀，貝佐還特別走出來和我握手。

我才剛爬上床鋪坐下來，向貝佐解釋單頭鞭和六尾鞭的差異時，三樓的舍監就來找我了。他要我收拾行囊，因為奧祕所學生的宿舍是在西側。

我把所有的家當裝進行囊中，還是剛剛好裝一袋，所以沒花多少時間。舍監帶我離開時，一年級的同學紛紛向我道別。

西側的床鋪和之前睡的很像，也是狹長的床鋪成列排列著，但這裡不是上下鋪，每個床位除了置物櫃外，各有一個小衣櫥和書桌，沒什麼精緻的設計，不過肯定是比之前的好。

最大的差別在於室友的態度，他們有的沉著臉，有的瞪著我，多數人故意對我視而不見，態度冷淡，和剛剛非奧祕所的室友對我的熱烈歡迎，有如天壤之別。

這箇中原因很容易理解，多數學生來大學院念了好幾個學期才能進奧祕所，每個人都是辛苦慢慢升上來的，但我不是。

這裡的床鋪只有四分之三有人睡，我選了後面角落的床位，遠離其他的人。我把多的一件襯衫和斗篷掛在衣櫥裡，把行囊放進床尾的置物櫃裡。

我躺下來盯著天花板看，我的床位於其他學生的燭光與共感燈的光環外。我終於成了奧祕所的一份子，就某方面來說，這裡是我從小一直想進來的地方。

41 友之血

隔天早上，我很早就起床了。梳洗完後，我到餐廳吃早餐。到中午被鞭以前，我都沒事做，所以我在大學院一帶漫無目的地漫步，經過了幾家藥鋪和酒行，欣賞修剪整齊的草坪和花園。

最後我走到一個寬敞的庭院，坐在石椅上休息。我內心焦躁不安，無法思考什麼有意義的東西，就只是呆坐在那裡，享受當下的天氣，看著風沿著人行道上的鋪石吹動幾張紙屑。

沒多久，威稜走了過來，自顧自地坐到我身邊。他那席德人特有的深髮與深色眼睛，讓他看起來比我和西蒙都大，不過他還是有一點男孩的靦腆模樣。

「緊張嗎？」他以帶著喉音的席德腔問我。

「其實我盡量不去想它。」我說。

威稜咕噥了一聲，我們都沉默了一分鐘，看著學生來來往往，有幾位暫時停下腳步，指著我對話。我很快就對他們的注視感到厭煩，「你現在在做什麼？」

「坐著。」他簡單地回答，「呼吸。」

「聰明，我明白你為什麼會進奧祕所了，你等一下那小時有事嗎？」

他聳聳肩，看著我想講什麼。

「你可以告訴我奧威爾大師在哪裡嗎？他叫我待會……過去一趟。」

「當然可以。」他說，指著庭院的一個出口，「醫護館在大書庫的另一邊。」

我們繞過完全沒有窗戶的大書庫，威稜指著說：「那就是醫護館。」那是個奇形怪狀的大建築，看起來像比較高的主樓，但不像主樓那樣綿延擴散。

「比我想的還大。」我若有所思地說，「都是用來教授醫學的嗎？」

他搖頭，「他們大多是在醫療病患，從來不會因為病人付不出錢就拒絕讓他們就醫。」

「真的嗎？」我又看了一次醫護館，想著奧威爾大師，「真令人訝異。」

「你不必事先付款。」他澄清，「等你康復後，」他停頓了一下，我聽出他其實是在暗示：如果你康復了，「你才付款。如果你沒現金，你就一直工作到……」他停頓。「sheyem這個字該怎麼講？」他問，往兩側伸出手臂，手心向上，手臂像天平般上下擺動。

「秤重？」我猜。

他搖頭，「不，是Sheyem。」他強調那個字，並讓兩手等高。

「喔，」我學他的姿勢，「平衡。」

他點頭，「你一直工作到你把欠醫護館的債抵銷為止，很少人在沒抵銷之前就離開的。」

我苦笑一聲，「那不意外，祕術士握有你幾滴血，你逃跑也沒用。」

最後我們走到另一個庭院，中間豎著一支旗桿，旗桿下方擺了一張石椅，我不用猜也知道再過一小時誰會被綁在那裡。附近有一百名左右的學生在那兒閒晃，使現場充滿了一種詭異的歡樂氣氛。

「通常不會有那麼多人。」威稜不好意思地說，「不過有幾位大師取消了課程。」

「我猜是賀姆和布藍德吧。」

威稜點頭，「賀姆會記仇。」他停頓了一下，強調那稍嫌保守的說法，「他會帶他那群黨羽一起來。」他慢慢地說出那兩字，「黨羽，那是恰當的字眼嗎？」

我點頭，威稜有點自鳴得意，之後又皺起了眉頭，「這倒是讓我想起你們語言中有個怪怪的地方。大家總是問我到提努耶的路況如何，他們一再問：『提努耶路況怎樣？』那是什麼意思？」

我笑了，「那是我們的慣用語，那表示……」

「我知道什麼是慣用語，」威稜打岔，「這句慣用語是什麼意思。」

「喔，」我說，有點不好意思，「那只是問候語，就好像問『你好嗎？』或『過得好嗎？』一樣。」

「那也是慣用語啊。」威稜抱怨，「你們的語言盡是一些無意義的東西，我真不知道你們是怎麼了解彼此的，『過得好嗎？』是要過到哪裡去啊？」他搖頭。

「就是提努耶啊。」我笑著看他。「Tuan volgen oketh ama.」我說著我最喜歡的席德慣用語，那個意思是「別為此心煩」，但直譯是「不要為了那件事把湯匙插進眼裡」。

我們離開庭院，漫無目的在大學院一帶逛了一下，威稜指出幾個比較引人注目的建築，例如幾間不錯的酒館、鍊金館、席德式洗衣坊、還有幾家合法與非法的妓院。我們路過大書庫毫無特色的石牆，經過一間製桶店、書籍裝訂廠、藥鋪……

我突然想到一件事，「你對藥草知識熟嗎？」

他搖頭，「我比較懂化學，有時我會跟阿偶一起在大書庫裡涉歷一些知識。」

「涉獵。」我說，強調せ的音給他聽，「涉歷是別的意思。阿偶是誰？」

威稜停頓了一下，「這很難解釋。」他揮手撇開那個問題，「以後我會告訴你，你需要知道什麼藥草知識？」

「沒什麼，你可以幫我一個忙嗎？」他點頭，我指著附近的藥鋪，「去那裡幫我買兩錢的納爾魯。」我掏出兩枚鐵幣，「這些錢就應該夠了。」

「為什麼是我？」他小心地問。

「因為我不希望看到那裡的人露出『你年紀太小』的表情。」我皺眉，「我今天不想再應付那些了。」

威稜回來時，我已經不安地像熱鍋上的螞蟻，「店裡生意很忙。」他看我一臉不耐便向我解釋，並交給我一個小紙袋，還有幾枚零錢，「那是什麼？」

「是安撫胃的東西。」我說，「早餐消化的不太好，我不希望被鞭到一半吐出來。」

我到附近的餐廳幫我們兩個買了蘇打水，我用蘇打水吞嚥納爾魯，努力不讓自己因為那苦澀的味道而皺眉。不久，我們就聽到鐘樓敲了正午的鐘。

「我想我得去上課了。」威稜想要若無其事地提起，卻聽起來有點彆扭。他抬起頭來看我，表情有點不好意思，深色皮膚變得有點蒼白。「我對血有點排斥。」他不安地微笑，「我的血……朋友的血……」

「我覺得應該不會流很多血。」我說，「沒關係，你已經陪我度過最痛苦的部分了：等待。謝謝。」

我們相互道別，我強忍著罪惡感。威稜認識我不到三天，卻這樣幫我，他其實大可像其他人一樣，怨恨我跳級進入奧祕所。但他沒有，他就像朋友一樣，陪我度過難熬的時刻，我卻以謊言相待。

我往旗桿的方向走時，可以感受到大家都在看我，這裡到底有多少人？兩百？三百？到了某個程度後，人數已經不再重要，就只是一大群沒名沒姓的人罷了。

以前的舞台訓練讓我在他們的注視下依舊維持沉穩，我在一群喃喃低語聲中穩步走向旗桿。我沒有擺出一副自豪的姿態，那可能會讓他們更討厭我；我也不後悔，就是一副泰然自若的樣子，像我爸教我的那樣，臉上毫無恐懼或懊悔的神情。

我一邊走，感覺到納爾魯開始發揮效果了，我神智很清醒，周遭一切變得相當刺眼。我接近庭院中央時，時間似乎慢了下來，我踩著人行道時，看到細細的塵土揚起，我感覺到一陣風吹著斗篷的衣襬，鑽進斗篷裡，為肩胛骨上的汗水帶來了涼意。一瞬間，我似乎可以像數花園裡的花朵一樣，數著周遭人群的臉龐。

我從人群中看到了賀姆，但沒看到其他大師的身影。賀姆站在旗桿附近，一臉得意。他兩手交叉在胸前，黑色大師袍的袖子垂掛在兩側。他和我四目相接，嘴角翹成一副奸笑的樣子，我知道那是笑給我看的。

我下定決心，在我露出恐懼或擔心的表情讓他稱心如意以前，會先咬舌自盡。所以我自信地對他露出大大的微笑，之後便看往別處，彷彿我對他毫不在意。

接著，我走到旗桿，聽到有人唸著什麼，但是聽在我耳裡只是模糊的嗡嗡聲。我脫掉斗篷，把它披在旗桿下方那張石椅的椅背上，接著開始解開襯衫的鈕釦，一副若無其事的模樣，彷彿要去沐浴。

一隻手抓住了我的手腕，讓我停了下來。剛剛宣讀東西的人對我微笑，想要安撫我，「你不需要脫掉襯衫，」他說，「那樣比較不疼。」

「我不想把襯衫弄壞。」我說。

他露出不解的表情，接著聳聳肩，把一條繩子穿過我們頭頂上的鐵環，「請把手舉起來。」

我面無表情地看著他說：「不用擔心我逃跑。」

「萬一你昏過去時，可以避免你摔倒。」

我冷冷地看著他，「萬一我昏倒了，你想怎麼綁，我都隨便你。」我堅定地說，「在那之前，我不想被綁起來。」

我的語氣讓他猶豫了一下，他沒跟我爭辯，我爬上旗桿下的石椅，伸手抓鐵環，兩手將它緊緊握著。那鐵環摸起來又滑又涼，反倒令人放心，我把注意力放在那上面，同時讓自己進入石心的狀態。

我聽到大家紛紛站開旗桿的聲音，接著所有人都靜了下來，只剩我背後試抽鞭子的聲音。知道他們是使用單頭鞭，讓我鬆了一口氣，因為我在塔賓看過六尾鞭把背部鞭得血肉模糊的慘狀。

大家突然肅靜了起來，我還沒做好準備，就聽到比剛剛更急的抽鞭聲，我感覺到一道微微的紅色火光掠過我背部。

我咬緊牙根，但那感覺沒有我想像的糟，雖然我預先做了準備，但我原本預期的是更猛更刺痛的感覺。

接著是第二鞭，抽鞭聲更大了。我是從身體聽到那聲音，而不是從耳朵聽到的。我覺得背部有種奇怪的鬆開感，我屏住呼吸，知道我現在皮開肉綻，流血了。瞬間，一切都變成了紅色，我向前倚著塗上焦油的粗糙木質旗桿。

我還沒準備好，第三鞭就來了，這鞭落在我左肩上，一路劃到接近左臂的地方。我咬緊牙關，不願吭聲，一直睜著眼，看著眼界邊緣轉暗了一下，馬上又恢復一片光明。

接著，我不管背部的灼痛感，把腳放在石椅上，鬆開我緊握鐵環的手指。一名年輕男子跳了出來，彷彿他必須抓住我一樣。我狠狠地瞪他，他便後退了。我拿起襯衫和斗篷，把它們小心地擱在一隻手臂上，離開庭院，無視周遭靜悄悄的群眾。

42 無血

「原本可能比這還糟，那是肯定的。」奧威爾大師繞著我走，他的圓臉露出一本正經的表情。「我本來以為你只有鞭傷，但我早該對你的皮膚有更多的了解才對。」

我在醫護館的深處，坐在一張長桌邊，奧威爾繼續滔滔不絕地說，一邊輕輕戳著我的背。「不過，就像我剛說的，原本可能比這還糟。現在是兩道裂痕，而且從這些裂痕的樣子來看，你算運氣很好，它們看起來還滿乾淨的，只留在淺淺的皮膚表面，而且是直的。如果你照著我的話做，將來只會留下銀色的平滑疤痕，還可以向女人展現你有多勇敢。」他在我前方停了下來，熱情地揚起圓形鏡框上的白眉毛。「嗯？如何？」

他的表情令我露出了微笑。

他轉身對門邊的年輕人說，「去找下個值班的詮士來，告訴他們只要帶修補淺直裂痕的器材來就行了。」那男子轉身離開，腳步聲在遠方啪嗒啪嗒地響。

「你的傷痕剛好可以做為我手下詮士的絕佳實習案例。」奧威爾開心地說，「你的傷痕直得好，幾乎不太可能出現什麼併發症，不過你沒什麼肉。」他用皺皺的手指戳我的胸膛，嘴巴發出嘖嘖聲，「就只是皮包骨，多點肉對我們來說會比較容易一些。」

「不過，」他聳肩，肩膀都快聳到耳際了，又放下來，「情況本來就不見得都很完美，那是年輕醫師最需要學習的。」

他抬起頭來看我，彷彿期待我回應一樣，我一本正經地點頭。

這樣他似乎就滿意了，又瞇起眼微笑。他轉身打開靠牆的櫃子，「給我一點時間，我幫你麻痺背部的灼痛感。」他翻找櫃子時，櫃中的瓶子相互碰撞，鏗鏘作響。

「奧威爾大師，沒關係。」我冷靜地說，「我可以這樣直接縫。」我吃了兩錢的納爾魯麻痺自己，我知道盡量不要混用麻藥。

他停了下來，一隻手還伸在櫃子裡，他縮回那隻手，轉身看我：「孩子，你以前也縫過傷口嗎？」

「對。」我坦白說。

「都沒有用麻藥緩和疼痛？」

我再次點頭。

我坐在桌上，所以眼睛的高度比他的高，他懷疑地看著我。「讓我瞧瞧。」他說，好像不太相信我。

我把褲管拉到膝蓋上，那動作扯到了背部的肌肉，讓我不禁咬牙。最後我露出大腿內側的疤痕，那疤痕有一個巴掌寬，是我在塔賓時，被派克用瓶子玻璃做的土製小刀所割傷的。

奧威爾仔細地觀察那傷痕，一手扶著眼鏡，他輕輕用食指觸碰那傷口，然後站直身體，「縫得很隨便。」他的口吻有點嫌棄。

我以為那縫得還不錯，「我的腸線縫到一半斷了，」我冷冷地說，「那不是在理想的狀況下縫的。」

奧威爾沉默了一會兒，用手指摸他的上唇，瞇著眼看我，「你喜歡做這種事嗎？」他懷疑地問。

他的表情令我發笑，但是背部逐漸隱隱作痛，讓我馬上收起了笑容。「不，大師，我只是盡量照顧好自己而已。」

他繼續看著我，依舊摸著下唇，「指給我看，腸線斷在哪裡？」

我指了一下，那不是你會忘記的事情。

他仔細端詳那個舊疤，稍稍戳了一下，然後抬頭說：「你可能說的是實話。」他聳聳肩，「不過我覺得如果……」他聲音變小，疑惑地看著我的眼睛。他伸手撐開我的眼皮，「往上看。」他隨口說。

奧威爾不知看到了什麼，他皺眉，舉起我的一隻手，用力壓我的指尖，注意地觀察一兩秒。之後他挨近我，眉頭皺得更深了，一手托起我的下巴，扳開我的嘴巴，聞了一下。

「泰納辛？」他問，接著自己回答，「不是，是納爾魯，我一定是老了，才沒有早點發現，這也可以解釋你為什麼沒有血流滿桌。」他嚴肅地看著我，「你吃了多少？」

看來是無法否認了，「兩錢。」

奧威爾看著我沒說什麼，接著摘下眼鏡，用袖口用力擦拭鏡片，再戴上眼鏡，直視著我說：「男孩子因為怕被鞭打而自行服藥，沒什麼好訝異的。」他用銳利的眼神盯著我，「但是，如果他那麼害怕，為什麼還要先脫掉上衣？」他再次皺眉，「你得把一切講清楚，如果你之前說謊，承認了就沒關係，我知道小孩子有時候會扯一些愚蠢的故事。」

他的眼睛在鏡片後方閃閃發亮，「但是如果你現在對我說謊，我和我手下的人都不會幫你縫合，我不希望有人對我撒謊。」他把手交叉在胸前，「所以，說吧，我不知道你現在是在搞什麼鬼，我很不喜歡這樣。」

看來我只能實話實說了，「我的老師阿本希盡力教了我很多醫術，」我解釋，「我後來流落塔賓街頭的時候，是自己照顧自己。」我指著我的膝蓋。「我今天沒穿襯衫服刑，是因為我只有兩件襯衫，我已經很久沒有那麼多件衣服了。」

「納爾魯又是怎麼回事？」他問。

我嘆氣，「大師，我在這裡顯得格格不入，我的年紀比每個人都小，很多人認為我不屬於這裡。我跳級進奧祕所，很多學生對我不滿，我又惹毛了賀姆大師。那些學生，還有賀姆大師和他的朋友都看著我，等著看我露出脆弱的樣子。」

我深呼吸，「我服用納爾魯，是因為我不希望當場昏倒，我得讓他們知道他們傷不了我。我以前就領悟到，自保的最好方法，就是讓敵人認為他們傷不了你。」這樣直接了當地說出這些，或許聽起來太過赤裸醜陋，卻都是事實，我挑釁地看著他。

奧威爾看著我，好一會兒默不作聲，他的眼睛稍稍瞇了起來，好像想要看穿我。他又用手指摸了一下上唇，之後才緩緩說話。

「我想，如果我年紀大一點，」他說，聲音很小，就像自言自語一樣，「我會說你是在開玩笑，我們的學生都成年了，不是愛爭鬥的小男孩。」

他又停頓了一下，還是茫然地戳著嘴唇，接著他笑著看我，眼窩皺了起來，「但我還沒老成那樣，嗯，還沒，還不及那老態的一半。認為男孩天真無邪又可愛的人，一定沒當過男孩，或是早就忘了那種感覺。認為人類永遠都不會害人或不殘忍的人，最好都待在家裡別出門，他也一定不是醫師，因為我們比誰都看過更多殘忍的結果。」

我還沒回應，他又說：「穎士克沃思，閉上嘴，不然我會覺得我得在你嘴裡滴一些難喝的藥水。啊，他們來了。」最後一句話是對踏入房間的兩位學生說的，其中一位是帶我到這裡的那個助理，另一位竟然是一名年輕女子。

「啊，詮士莫拉。」奧威爾熱情地說，臉上完全不見我們剛剛嚴肅對話的表情，「妳已經知道病人有兩道又直又乾淨的裂傷了，所以妳帶了什麼工具來縫合？」

「精緻亞麻布、鉤針、腸線、酒精、碘酒。」她俐落地回答。她有一雙綠色的眼睛，在白晰的臉龐上顯得特別醒目。

「什麼？」奧威爾問，「不用共感蠟？」

「不用。」她回應，聲音稍弱。

「為什麼不用？」

她遲疑了一下，「因為我不需要。」

奧威爾似乎態度緩和了下來，「沒錯，妳當然不需要，很好。妳進來前消毒過了嗎？」

莫拉點頭，她的金色短髮跟著點頭的動作晃動。

「那妳就浪費時間，也白做了。」他嚴肅地說，「想想妳穿過走廊這一大段路又累積了多少細菌，再去消毒一次，我們這就開始。」

她在附近的洗手盆邊俐落地洗淨雙手，奧威爾幫我把身體調成趴臥的姿勢。

「病患麻好了嗎？」她問，我雖然看不到她的表情，但聽得出來她語氣中有一些懷疑。

「是麻醉。」奧威爾糾正她的用語，「莫拉，妳眼睛還滿敏銳的。他還沒上麻藥，現在我問妳，如果穎士克沃思向妳保證，他不需要麻醉，他宣稱自己可以穩若泰山，妳幫他縫合時，他連抽都不會抽動一下，妳會怎麼做？」奧威爾的語調嚴肅，但我聽得出來他話中帶了一點玩笑意味。

莫拉看了我一下，又把目光轉回奧威爾，她停頓了一下才說：「我會叫他別傻了。」

「萬一他堅持不需要麻醉劑呢？」

莫拉又停頓了一下，這次停得比較久一些，「他看起來好像沒流血，所以我會直接縫合，並清楚地告訴他，如果他動得太厲害，我會把他綁在桌上，用我覺得對他最有利的方式來幫他療傷。」

「嗯，」奧威爾似乎對她的回答感到有點意外，「好，很好，所以克沃思你還是希望不要麻醉嗎？」

「對，謝謝。」我禮貌地說，「我不需要。」

「好吧。」莫拉說，好像她只好接受一樣，「首先我們會清洗與消毒傷口。」酒精讓我產生刺痛感，不過那是最糟的部分。莫拉說明步驟時，我努力放鬆自己，奧威爾則是持續發表看法並提供意見。我讓腦子思考別的東西，在針穿過麻痺的肌肉時，努力按捺著不動。

她很快就完成縫補，接著開始幫我包紮，手法迅速俐落，令人讚賞。接著她扶我坐起來，幫我纏上亞麻布，我心想奧威爾的學生都像她那樣訓練有素嗎？

她在我背後綁上最後一個結，我感覺到她輕輕地觸碰著我的肩膀，在納爾魯的麻醉效果下，幾乎感覺不到那觸感。「他的皮膚很漂亮。」我聽到她若有所思地說，應該是對奧威爾說的。

「詮士！」奧威爾嚴厲地說，「妳那樣講很不專業，我對妳缺乏見識的說法感到失望。」

「我是指他可能會留下的疤痕。」她嚴聲反駁，「我想，只要他不讓傷口裂開，最後應該只會留下淺淺的線條。」

「嗯。」奧威爾說，「是，當然，他要怎麼避免讓傷口裂開？」

莫拉繞到我面前，「避免做這樣的動作。」她把手伸到前方，「或是這樣。」她把手高舉在頭上，「避免任何太快的動作，諸如跑步、跳躍、爬行之類的。兩天後就可以拆繃帶了，不要弄濕。」她把目光從我身上移開，看著奧威爾。

他點頭，「很好，詮士。妳可以離開了。」他看著一直默默在一旁觀察整個過程的年輕男子。「傑瑞，你也可以走了。如果有人找我，我會在研究室裡，謝謝。」

不久，只剩奧威爾和我在房間裡，他動也不動地站著，一隻手摀著嘴，我小心翼翼地穿上襯衫。最後，他似乎終於做了決定，「穎士克沃思，你想到醫護館裡學習嗎？」

「奧威爾大師，我很想。」我坦白地說。

他自顧自點頭，手還是擱在唇邊，「四天後回來這裡，如果你能避免撕裂縫合的傷口，我就收你來見習。」他兩眼閃閃發亮。

43 閃爍的火光

納爾魯的興奮效用讓我覺得飄飄然，再加上我幾乎感受不到疼痛，便直接前往大書庫。既然我已經進了奧祕所，就可以自在地探索書庫，那也是我這輩子一直想去的地方。

更棒的是，只要我不請館員幫我調書，大書庫的手冊上就不會記錄我翻閱了哪些書。我可以盡情地研究祁德林人和艾密爾，也不會有人知道我在做「幼稚」的研究，連羅蘭大師也不會知道。

我走進亮著紅光的大書庫，看到安布羅斯和菲拉一起坐在櫃臺的後方，或許這就是所謂的禍福參半吧。

安布羅斯貼近菲拉低語，菲拉一臉不太自在、但知道禮貌推辭也無益的表情。安布羅斯把一隻手放在她膝上，另一隻手放在她身後的椅背上，手掌擱在她脖子上。他覺得這樣看起來溫柔深情，但菲拉的身體看起來有點緊繃，就像受驚的小鹿一樣。他纏住她的樣子，就像你從頸圈拉著狗，避免牠跑掉一樣。

大門在我身後砰的一聲關了起來，菲拉抬起頭和我四目相接，接著低頭看往別處，彷彿對身陷的處境感到丟臉，好像自己做錯了什麼一樣。我在塔賓街頭看過那樣的表情太多次了，那景象讓我心中燃起了往昔的怒火。

我走向櫃臺，製造沒必要的噪音。我看到櫃臺另一端擺著紙和墨水，還有一張紙，上面四分之三都是塗塗改改的字樣，看來安布羅斯是想作詩。

我走到櫃臺邊，站了一下，菲拉往別的地方看，就是不看我和安布羅斯。她在位子上尷尬地動了一下身子，但顯然不想引起注意，我刻意清清喉嚨。

安布羅斯一臉不悅地回頭看我，「穎士，你來的時機很不巧，待會再來。」他又把頭轉開，不理我。

我哼了一聲，倚向櫃臺，拉長脖子看他攤在那裡的紙張。「我來的時間很不巧？拜託，你一行有十三個音節。」我用手指輕拍著紙面，「格律也不對，這是韻文嗎？」

他又轉頭看我，一臉怒容，「穎士，你講話小心一點，哪天要我指導你作詩，那就是……」

「……就是你有兩小時空檔的時候。」我說，「整整耗了兩小時，才開頭寫一句『謙卑的鶇鳥也懂北方？』我都不知道該從何批評起了，這基本上是個笑話。」

「你懂什麼詩？」安布羅斯頭也不回地說。

「有瑕疵的詩，我一聽就可以聽出來。」我說，「但是這不單是有瑕疵而已，有瑕疵的詩至少還押韻，這比較像是亂寫一通，好像有人跌落一排不平坦的樓梯，最下面剛好有一坨堆肥一樣。」

「那是彈性押韻。」他不滿地反駁，「我想你不會懂的。」

「彈性？」我懷疑地笑了出來，「我知道，要是我看到一隻馬的腳亂『彈』成這副德行，我會大發慈悲宰了牠，然後燒了牠可憐的軀體，以免狗兒看牠不良於行，而把牠活活咬死。」

安布羅斯終於轉身面對我了，這麼一來他的右手也離開菲拉的膝蓋，我算是成功了一半，但是他另一隻手還在她的脖子上，以一種看似隨性的愛撫動作把她困在椅子上。

「我料到你今天可能會順道過來。」他開心地說，「所以我查過名冊了，你還不在名冊裡，只能進卷庫，或是等名冊更新以後再來。」

「我沒惡意，不過你可以再查一下嗎？我想我沒辦法信任想用『北方』和『財產』對韻，ㄤ、ㄢ不分的人。難怪你得把女人困住，才能逼她們聽你的詩。」

安布羅斯氣得繃緊身體，手滑落椅背，放到身旁，一臉怨恨的表情，「穎士，等你年紀大一點，就會知道男人和女人在一起做什麼了……」

「做什麼？在大書庫大廳的後方嗎？」我指著我們周遭，「老天，這又不是妓院。還有，她是學生，不是你付錢上的婊子。你要上女人，好歹也去花街柳巷，至少那女人會覺得收了你的錢，叫幾聲也無妨。」

安布羅斯氣得漲紅了臉，過了好一會兒才說出話來：「你對女人根本一無所知。」

「至少這點我們有共識。」我順口說，「其實那就是我來這裡的原因，我想做點研究，找一兩本這方面的書。」我用兩隻手指用力敲著名冊，「所以快查一下我的名字，讓我進去。」

安布羅斯翻開名冊，找到某頁，把名冊轉向我，「喏，如果你可以在那名單上找到你的名字，歡迎你隨意使用書庫。」他露出不自然的微笑，「不然就等一句以後再回來，那時名冊應該就更新了。」

「我怕有人質疑我進奧祕所的事，請大師開了一份證明。」我說，把襯衫拉到頭上，轉身讓他看我背後的一大片繃帶，「你從那邊看得清楚嗎？還是我得再靠近一點？」

安布羅斯明顯沉默了，我放下襯衫，轉身面對菲拉，完全不理他。「館員小姐，」我同時向她鞠躬，微微地行個禮，因為背部無法彎下腰，「妳可以好心幫我找本關於女人的書嗎？學長要我自己研讀這個微妙的主題。」

菲拉淺淺地笑，放鬆了一些，安布羅斯把手從她身上拿開後，她一直緊繃、彆扭地坐在那裡。我猜她很清楚安布羅斯的性情，知道她如果閃避他，讓他沒面子，之後就得為此付出代價。「我不知道我們有沒有那樣的書。」

「我只要入門書就夠了，」我面帶微笑地說，「有人清楚告訴我，我對女人一無所知，所以任何相關的書籍都有幫助。」

「有圖解的那種書嗎？」安布羅斯突然不屑地說。

「如果我們的研究墮落到那種程度，我一定會向你求教的。」我說，連看都不看他一眼。我微笑面對菲拉，「或許給我一本動物寓言集吧。」我輕聲說，「我聽說女人是稀有動物，和男人很不一樣。」

菲拉展露笑顏，她輕聲笑，「我想，我可以去找找看。」

安布羅斯繃著臉看她。

她對他做了一個安撫的手勢，「安布羅斯，大家都知道他進奧祕所了。」她說，「讓他進去有什麼關係？」

安布羅斯瞪著她，「妳為何不回卷庫，扮演打雜的乖女孩？」他冷冷地說，「這裡我一個人來處理就行了。」

菲拉繃緊身子起身，收拾她原本想讀的書，走進卷庫。她拉開門時，對我短暫地露出感謝與解脫的表情，不過那也可能只是我的幻想。

門在她身後關上了以後，大廳似乎變暗了一些，我不是比喻，而是燈光真的暗了下來。我看了一下室內周遭懸掛的共感燈，不解哪裡出了問題。

但隔了一會兒，我感覺到背部開始慢慢出現灼熱感，我知道原因了，是納爾魯的藥效開始消退了。最強效的止痛藥都有嚴重的副作用，泰納辛有時會讓人精神錯亂或昏倒；萊希寧有毒；歐菲稜很容易上癮；漫卡可能是效力最強的，俗稱「惡魔根」有它的道理。

納爾魯的藥效沒那麼強，但比較安全，算是比較溫和的麻藥、興奮劑、血管收縮劑，那也是為什麼他們鞭打我時，我沒有血流成河的原因。最棒的是，它沒什麼明顯的副作用。不過，服用納爾魯還是有代價的，一旦藥效退了，會讓人覺得身心俱疲。

無論如何，我是來這裡參觀書庫的，我現在已經進奧祕所了，我一定要進到書庫裡才肯離開。我轉身面對櫃臺，表情堅決。

安布羅斯打量我好一會兒，嘆了一口氣，「好吧，」他說，「我們打個商量，你不要把在這裡看到的事情張揚出去，我就破例讓你進去，雖然你的名字還沒正式登錄在名冊裡。」他表情有點緊張，「這樣如何？」

我連講話時，都可以感覺到納爾魯提振精神的效果逐漸消退，我的身體變得又重又累，腦筋變得愈來愈遲緩，我伸手搓揉臉龐，身體每動一下就牽動著背部縫補的傷口，讓我跟著抽痛了起來。「好。」我含糊地說。

安布羅斯打開其中一本名冊，邊翻頁邊嘆氣，「既然這是你第一次進書庫，你得付書庫費。」

我的胃傳出怪怪的檸檬味，那是阿本不曾提起的副作用，令我分心。過了一會兒，我看到安布羅斯一臉期待地抬頭看我，「什麼？」

他露出怪異的表情：「書庫費。」

「以前我進卷庫都不用付費。」我說

安布羅斯抬頭看我，好像我是白癡一樣，「因為我要收的是書庫費，不是卷庫費。」他又低頭看名冊，「通常你繳交第一學期的奧祕所學費時，會額外再交書庫費，但因為你是跳級，你得現在交。」

「多少錢？」我問，摸找我的錢包。

「一銀幣。」他說，「你一定要先付費才能進去，一切照規定來。」

我為籠樓的床位付錢以後，幾乎就只剩一銀幣了，我很清楚我需要為下學期的學費好好儲蓄，一旦我付不出錢，就得離開大學院。

不過，為了我夢想近一輩子的東西支付一銀幣，那感覺不是多大的代價。我從錢包裡掏出一銀幣，遞了出去。「我需要簽到嗎？」

「不用那麼正式。」安布羅斯說，他開抽屜拿出一個小小的金屬圓盤。納爾魯的副作用讓我變得反應遲緩，我過了一會兒才看出那是什麼：攜帶型的共感燈。

「書庫裡沒有照明。」安布羅斯語氣平淡地說，「裡面太遼闊了，燈光對書本長期有害，手提燈要一塊半銀幣。」

我遲疑了。

安布羅斯自顧自點頭，看起來若有所思，「很多人念第一學期時，財務就捉襟見肘。」他伸手到下面的抽屜裡，翻找了一會兒，「手提燈是一塊半銀幣，那我沒辦法改。」他拿出一支四吋長的小蠟燭，「但蠟燭只要半分錢。」

半分錢買支蠟燭太划算了，我掏出一分錢，「我買兩支。」

「這是我們的最後一支了。」安布羅斯說，緊張地四處張望，馬上把蠟燭塞進我手裡，「嘿，這樣吧，這支免費送你。」他微笑，「不要告訴別人就好，這是我們之間的小祕密。」

我收下蠟燭，感到很意外，顯然我之前隨口說說的話達到了威嚇效果，要不然就是這個自大的公子哥兒不像我想的那麼混蛋。

安布羅斯盡快把我送進書庫裡，沒給我時間點亮蠟燭。等門關上了以後，裡面一片漆黑，就好像鑽進了麻袋裡一樣，只剩身後門縫外共感燈傳來的微弱紅光。

我身上沒帶火柴，只能施展共感術，平常我可以在瞬間辦到，但現在納爾魯使我身心俱疲，大腦幾乎無法專心。我咬緊牙根，在心中固定珥拉。幾秒後我感到一陣寒意竄入體內，從體內抽取了足夠的體熱，點燃了蠟燭的蕊心。

書。

書庫裡沒有窗戶透進光線，整間都是暗的，只有我的蠟燭閃著微弱的火光。成排的書架一路往暗處延伸，我可能要一整天才能逛完，那些書可能比我一輩子能讀的份量還多。

書庫裡的空氣涼快而乾燥，散發著老皮革、羊皮紙，以及遺忘祕密的味道。我不知道他們是用什麼方法，讓這個無窗的建築裡維持那麼清新的空氣。

我一手罩著蠟燭，持著閃爍的火光，穿梭於書架之間，享受當下的感覺，好好心領神會。蠟燭的火焰左右搖曳，影子在天花板上來回地飛舞。

這時納爾魯的藥效已經完全消退了，我的背部傳來陣陣的刺痛，腦袋愈來愈遲鈍，好像發高燒或後腦杓遭到重擊似的。我知道我沒辦法待在這裡讀很久，但我又不想那麼快離開，畢竟我費了千辛萬苦才進到這裡。

我漫無目的地在裡頭探索了一刻鐘，發現裡面有幾個小石室，關著厚重的木門，裡面有桌子，顯然是讓小組開會討論又不至於破壞大書庫寧靜的地方。

我也發現上樓和下樓的樓梯。大書庫有六層樓高，但我不知道它還有地下室。地下不知深達幾層？腳底下還有多少萬冊的書等著我？

身處在涼爽、安靜的黑暗中，那種舒服的感覺難以言喻。我滿意極了，沉浸在無盡的書海中。知道我想找的答案就在這裡，在某處等著我，令我感到安心。

我是在很偶然的情況下發現四板門的。

那是一片紮實的灰石做成的，顏色和周遭的牆壁一樣，門框約八吋寬，也是灰色的，也是由一整片石頭刻成。門面和門框緊密嵌合，連一根針都無法塞入縫隙裡。

那扇門沒有鉸鏈，沒有門把，沒有窗格，也沒有滑板，唯一的特色是四塊硬銅片，銅片和門面形同一平面，門面和門框形同一平面，門框和周圍的牆面也形同一平面。你可以用手從門的一邊摸到另一邊，幾乎完全感覺不到邊線。

雖然這樣形同一平面的現象很明顯，但這整片灰石肯定就是一道門。每塊銅片的中央有個洞，形狀不是一般常見的樣子，但那肯定就是鑰匙孔。整個門不動如山，就像無風時的大海般寧靜，毫無反應。這不是讓人開啟的門，而是為了維持封閉而建造的門。

在門的中央，在那純淨無暇的銅片之間，有幾個字深深地刻在石板上：法雷利塔斯。

大學院裡還有其他上鎖的門，裡面放著危險的東西，眾人遺忘的古老祕密沉睡在裡頭，靜靜地隱匿著。那些門禁止開啟，沒人跨過那些門檻，鑰匙早已銷毀或遺失，或是為了安全起見藏了起來。

但是那些門和四板門一比都相形失色，我把手掌放在平滑冰涼的門面上，推動它，期待它在我觸摸下能奇蹟似的推開。但那是紮實的灰石，動也不動。我試著從銅片上的洞往裡頭窺探，但是我除了看到蠟燭的火焰外，什麼也看不到。

我非常想要進去裡面，或許這也反映了我個性叛逆的一面。即使我終於進到大書庫裡，被重重的祕密包

圍著，我還是為那扇上鎖的門所深深吸引。或許追尋藏匿的東西是人的本性，也或許那純粹只是我的本性。

就在這時，我看到毫不閃爍的紅色共感燈逐漸靠近，那是我在大書庫裡第一次看到其他學生的蹤影。我往後退了一步，等候著，我想問這個人四板門後方是什麼，法雷利塔斯又是什麼意思。

那個紅色的燈火愈來愈大，我看到兩位館員轉彎，他們停了一下。接著其中一人衝到我面前，搶走我的蠟燭。他把燭火弄熄時，蠟油濺到了我的手，他的表情震驚，就好像看到我提著一顆剛砍下的人頭一樣。

「你在這裡點著火做什麼？」他用我聽過最大的低語聲質問，他壓低聲音，對我揮著熄掉的蠟燭，「老天，你是怎麼搞的？」

我揉著手背上的熱蠟，在又痛又累下努力想搞清楚狀況。對了，我想起安布羅斯把蠟燭塞進我手裡並催我進門的笑容，「我們的祕密。」對了，我早該知道的。

一位館員帶我走出書庫，另一位跑去找羅蘭大師。我們從入口出來時，安布羅斯裝出一副困惑又驚嚇的表情，他演得很誇張，不過那就足以說服陪我出來的館員了，「他在這裡幹什麼？」

「我們發現他在裡面亂晃，」那館員解釋，「還拿著蠟燭。」

「什麼？」安布羅斯裝出震驚的表情，「我沒讓他簽名進去。」安布羅斯說，他翻開其中一本名冊，「你自己來看。」

大家還來不及說些什麼，羅蘭就衝了進來，他那平常毫無表情的臉變得凶狠嚴厲，我發現自己開始冒冷汗，想到泰坎在顯靈文中所寫的文字，智者都怕三樣東西：暴風雨中的大海、無月的黑夜、溫文儒雅的人動怒。

羅蘭聳立在入口的櫃臺前，「解釋清楚！」他盤問身邊的館員，語氣中充滿了怒火。

「麥卡和我看到書庫裡有閃光，我們過去看是不是有人的燈故障了。我們在靠近東南階梯的地方，看到他拿著這個。」館員舉起蠟燭，他的手在羅蘭的怒視下微微顫抖。

羅蘭轉向安布羅斯坐的櫃臺，「詮士，這是怎麼發生的？」

安布羅斯無助地舉起手說：「他稍早來這裡，我看他的名字不在名冊裡，不讓他進去，我們吵了一會兒，菲拉大多時候也在場。」他看著我，「後來我叫他離開，他一定是趁我到後面補墨汁時溜進去的。」他聳肩，「或者，他是從卷庫的桌子鑽進去的。」

我站在那裡，整個人嚇呆了。疲倦籠罩著我大部分的心智，僅剩的一丁點清醒則是充斥著背部的刺痛感。「那……那不是真的。」我抬頭看羅蘭，「是他讓我進去的，他支開菲拉，然後讓我進去的。」

「什麼？」安布羅斯瞠目結舌地看著我，暫時說不出話來。我是很討厭他，不過我還是得稱讚他演得很好，「我何必那樣做？」

「因為我在菲拉面前讓你出糗。」我說，「蠟燭也是他賣我的。」我甩頭，努力讓腦子清醒，「不，是他送我的。」

安布羅斯一臉驚訝，「看看他，」他笑著說，「這小子應該是醉了吧。」

「我只是剛被鞭打而已！」我反駁，那聲音在我耳裡聽來都覺得尖銳刺耳。

「夠了！」羅蘭大喊，他就像一支發怒的柱子，聳立在我們的面前，館員聽到他的聲音都嚇得臉色發白。

羅蘭把身體轉過去，不看我，他對著櫃臺做了一下輕蔑的手勢，「詮士安布羅斯因怠慢職責，還押候審。」

「什麼？」這次安布羅斯憤怒的語氣就不是偽裝的了。

羅蘭對他皺眉，安布羅斯馬上閉嘴。羅蘭轉向我說：「穎士克沃思禁止踏入大書庫。」他的手平行一揮。

我努力思考我能說些什麼反駁，「大師，我不是有意……」

羅蘭對我發火，他的表情以前是如此平靜，現在則是充滿了冰冷、恐怖的怒氣，我不自覺地倒退了一步。「不是有意？」他說，「穎士克沃思，我不在乎你的意圖，不管你是不是被騙了，真正重要的是你的行為。你手持火光，你就得負責，那是所有成人都該記取的教訓。」

我低頭看著腳，急著思考我能說些什麼，能提供什麼證據，但是我昏沉的思緒仍在緩慢運轉時，羅蘭已大步離去。

「我不明白，為什麼我得因為他的愚行而受罰。」我麻木地往門口走時，安布羅斯向其他的館員抱怨。這時我不該轉頭看他的，他小心地維持一本正經的表情。

但是他的眼神中滿是幸災樂禍的笑意，「小子，坦白講，」他對我說，「我不知道你在想什麼，奧祕所的成員應該有點大腦才對。」

我往餐廳走，邁著沉重的腳步，腦筋依舊緩慢地運轉著。我掏出用餐證，把它放在沒什麼光澤的餐盤上，盛了一份蒸糕、一條臘腸，以及一些每餐都有的豆子。我遲鈍地環顧四周，看到西蒙和馬內坐在餐廳東北角的老位子上。

我走向餐桌時，引起很多人的注意，這是可以理解的，因為距離我被綁在旗桿下接受鞭刑，才過兩小時而已。「……他們鞭他時，都沒流血，我在現場，一滴血也沒流。」

那當然是因為納爾魯，它的藥效讓我沒有流血。那時我覺得這招還不錯，現在卻覺得無聊又愚蠢。要不是吃藥讓我天生懷疑的本能減弱了，安布羅斯也無法那麼容易騙倒我。我確定，要不是我腦筋那麼渾沌，我一定有辦法向羅蘭解釋的。

我往餐廳的角落走時，明白了一件事實。我失去了使用大書庫的權利，換來了一點惡名。

即使如此，我也無可奈何，只能盡量善用這種情況。如果這麼大的失敗只損及一點聲名，我得趁機借題發揮才行。我挺直肩膀，穿過餐廳，往西蒙與馬內的方向走，然後放下餐盤。

「根本沒有書庫費這回事，對不對？」我就坐時輕聲問道，努力不讓自己因為背部的傷勢而露出痛苦的表情。

西蒙一臉茫然地看著我：「書庫費？」

馬內笑得噴出豆子。「我好幾年沒聽到那說法了，我還在當館員時，我們會騙一年級的新生交出一分錢才能進大書庫，我們說那叫書庫費。」

西蒙對他露出譴責的表情，「那很可惡。」

馬內把手舉到面前防衛，「那只是一點無傷大雅的玩笑。」馬內打量我，「所以那是你一臉悶悶不樂的原因嗎？有人騙了你一銅幣？」

我搖頭，我不想讓大家知道安布羅斯騙了我整整一銀幣。「你們猜，誰剛剛被禁止進入大書庫了？」我一邊撕著麵包皮，丟進豆子裡，一邊嚴肅地說。

他們茫然地看著我，過了一會兒，西蒙做了明顯的猜測，「嗯……你嗎？」

我點頭，開始舀起豆子，我不是真的很餓，但是我希望吃點東西可以擺脫納爾魯引起的遲鈍感，況且放棄一餐也不符合我的本性。

「你第一天就遭到停權了？」西蒙問，「那會讓你研究祁德林人的傳說困難許多。」

我嘆氣說：「是啊。」

「他中止你多久？」

「他是說禁止。」我答，「他沒提期限。」

「禁止？」馬內抬頭看我，「他已經十幾年沒禁止任何人了，你是做了什麼？在書上撒尿嗎？」

「幾位館員發現我拿蠟燭在裡面。」

「老天！」馬內放下叉子，他的表情第一次變得嚴肅，「老羅一定氣炸了。」

「用『氣炸』兩個字來形容還滿貼切的。」我說。

「你是怎麼回事，為什麼會點火進去？」西蒙問。

「我買不起手提燈。」我說，「所以櫃臺的館員給了我一根蠟燭。」

「不會吧，」西蒙說，「館員不會……」

「等等，」馬內說，「是不是一個深色髮的傢伙？穿得很體面？眉毛看起來凶凶的？」他做出誇張的臭臉。

我疲倦地點頭，「安布羅斯，我們昨天見過一次，一開始就不對盤。」

「他不好惹。」馬內小心地說，對我們周遭的人露出意味深長的表情。我發現周遭有不少人若無其事地聽著我們的交談，「應該有人先警告你跟他保持距離才對。」他放低音調補充。

「老天，」西蒙說，「所有人裡面，你最不想爆口角的人就是……」

「反正已經爆了。」我說，我逐漸恢復原來的樣子，腦筋比較沒那麼遲鈍與疲倦，可能是納爾魯的副作用消退了，或是怒火幫我漸漸驅趕了疲憊感。「他會發現我是最難應付的對手，他會希望他這輩子沒碰上我，更別說是干預我的事了。」

西蒙看來有點緊張，「你真的不該出言恫嚇其他學生的。」他稍微笑了一下，好像想把我的話當成開玩笑。接著，他放低音量說：「你不明白，安布羅斯是維塔斯的男爵之子。」他遲疑了一下，看著馬內，「老天，我從哪裡說起比較好？」

馬內把身子前傾，用比較神祕的口吻說，「他不是那種在這裡念一兩個學期就走的貴族，他已經在這裡好幾年了，好不容易升到詮士。他也不是什麼第七個兒子，而是有繼承權的長子。他父親還是維塔斯最有權勢的十二個人之一。」

「在所有貴族中他排第十六位。」西蒙平淡地說，「僅次於皇室、攝政親王、阿爾弗蘭大公、薩米斯塔女公爵、艾丘力厄斯和梅盧恩．拉克雷斯……」馬內瞪他，他的聲音就變小了。

「他有錢。」馬內直言，「還有一些用錢買來的朋友。」

「還有一些想奉承他老爸的人。」西蒙補充。

「重點是，」馬內嚴肅地說，「你最好別跟他槓上，他念一年級時，一位鍊金術士把他惹毛了，他索性去找伊姆雷的高利貸業者，把那人的債權買下，那人還不出錢時，他們就把他送進債務人監獄。」馬內把一片麵包撕成兩半，塗上奶油。「等那傢伙的家人贖他出獄時，他已經得了肺結核，形同廢人，再也沒回來研究了。」

「大師們就這樣袖手旁觀？」我問。

「一切都是合法的。」馬內說，依舊壓低聲音，「即使如此，安布羅斯也沒笨到自己去買下那傢伙的債務。」馬內做了一個輕蔑的手勢，「他是叫別人做，但是他會讓每個人都知道他是主使者。」

「另外還有泰貝莎。」西蒙神祕地說，「她到處嚷嚷安布羅斯承諾要娶她，結果就不見了。」

這就可以解釋菲拉為什麼會悶不吭聲，不敢冒犯他了。我安撫西蒙，「我不是在嚇唬誰。」我無辜地說，故意拉高音量，讓周遭豎起耳朵的人都能輕易聽見。「我剛剛只是引述我最愛的文學作品而已，那是出自《戴歐尼卡》的第四幕，塔瑟斯說：

接近他時，我將觸及饑荒與火焰，
直到他周遭荒蕪遍野，
所有黑暗外域的魔鬼皆驚訝旁觀，
發現復仇乃是人之差事。」

附近的人驚訝地安靜了一會兒，我的話在餐廳裡擴散的程度，比我預期的還遠一些，顯然我低估了聆聽的人數。我把焦點放回餐點上，決定先不予理會。我累了，受傷了，不希望今天再添任何的麻煩。

「既然校方禁止你進大書庫，可能你會有一陣子還不需要知道這件事。」馬內默不作聲許久後，輕聲說，「不過，我想你應該會想知道……」他不自在地清清喉嚨，「你不需要買手提燈，只需要在櫃臺登記借用，用完歸還就行了。」他看著我，彷彿擔心這訊息可能引起什麼反應似的。

我疲倦地點頭，我之前想的沒錯，安布羅斯不像我想得那麼混蛋，而是比那還要混蛋十倍。

44 燃燒的玻璃

工藝館是製作大學院多數手工藝品的地方，裡面有玻璃坊、木工坊、陶藝坊、鑲釉坊，還有每位冶金術士夢寐以求的全套煉冶與精煉設備。

基爾文的工作室在工藝館裡，裡面和穀倉一樣大，至少有二十幾張厚木板製成的工作台，上面散放著許多不知名的工具與半成品。工作室是工藝館的核心，基爾文則是工作室的核心人物。

我到工作室時，基爾文正在彎一根扭曲的鐵棒，看起來好像是想把它彎成他比較想要的形狀。他看到我從外頭往裡探，便把那根鐵棒緊緊插在桌上，走過來看我，手往襯衫上擦拭。

他仔細打量我，「穎士克沃思，你還好吧？」

之前我到處閒晃，找到一些可以咀嚼的柳樹皮。我的背還在灼痛、發癢，不過還能忍受。「我好很多了。」

他點頭，「很好，你這年紀的孩子不該擔心那些小事，很快就能活蹦亂跳了。」

我在思考要怎麼禮貌回應時，眼睛注意到我們頭頂上的東西。

基爾文循著我的目光看到他的肩膀上方，他看到我注視的東西時，蓄著大鬍子的臉露齒而笑，「啊，」他用為人父的驕傲口吻說，「我可愛的小東西。」

在工作室架高的椽木之間，有五十個左右的玻璃球掛在鏈子上，大小不一，不過都沒有人頭那麼大。

而且，它們都燃燒著。

基爾文看到我的表情，比了一個手勢，他說：「來吧。」帶我到一個鑄鐵打造的狹窄樓梯。我們爬上樓梯頂端，踏上幾條離地二十五呎，彼此相連的鐵製細長走道。走道在支撐屋頂的厚重樑木間蜿蜒，好像迷宮一樣，我們在這迷陣裡彎來彎去一陣子後，抵達懸掛玻璃球的地方，火就在玻璃球裡燃燒著。

「這些，」基爾文一比，「是我的燈。」

這時我才明白它們是什麼，有些球體內裝了液體和燈芯，就像普通的燈一樣，但大多數的球體我完全沒見過。其中一個球體裡只有一縷翻騰的灰煙，偶爾閃出火光。另一個球體裡的燈芯以銀線懸在半空中，裡面顯然沒有燃料，但白焰還是動也不動地燒著。

有兩個球體並排在一塊，像雙胞胎一樣，只不過其中一個是藍焰，另一個是像熱爐裡的橘焰。有些球體像梅子一樣小，有的大如甜瓜。有一顆裡面裝著類似一塊木炭和白粉筆的東西，兩塊東西相碰時，會向四方迸出鮮紅的火焰。

基爾文讓我看了好一會兒才靠近說：「席達人之間流傳著永燃燈的傳說，我相信那種東西曾是我們的手藝，我研究了十年，做了很多燈，有些很好，可以燃燒很久。」他看著我，「但它們都不是永燃燈。」

他往前走，指著其中一個懸掛的球體，「穎士克沃思，你知道這個嗎？」裡面只裝著一坨灰綠色的蠟，燒著灰綠色的火焰，我搖頭。

「嗯，你應該知道的。白鋰鹽。你入學前三旬，我想到用它來做燈，現在還亮著，已經燃燒了二十四天，我預期還會燒更久。」他看著我，「你入學面試時猜到這玩意兒，我滿訝異的，因為我花了十年才想到。你第二個猜的鈉油就沒那麼好了，幾年前我試過，燒了十一天。」

他一直往前走到底，指著一個空球體，裡面有一道完全不動的白焰，「七十天。」他驕傲地說，「我並未期待這就是永燃燈，因為期待是愚蠢的遊戲。不過，如果它多燒六天，它會是我這十年來做過最好的燈。」

他盯著那個球體一會兒，露出難得的溫和表情，「但是我並未期待。」他堅定地說，「我直接做新的燈，重新測量，那是進步的唯一方法。」

他不發一語地帶我走回下方的工作室，到了下面後，他轉向我，以命令的口吻說：「手。」，然後一臉期待地伸出他自己的大手。

我不知道他想要什麼，就把手舉到我面前，他拉起我的手，他的觸摸異常地溫柔。他把我的手翻面，仔細打量，「你有席達人的手。」他嫉妒地稱讚我，然後把自己的手舉起來讓我看。他的手指粗大，手掌也寬，握拳時看起來像個大槌，而不是圓球。「我努力了好幾年，才把這雙手練得像席達人的手一樣。你很幸運，就在這裡做吧。」他古怪地把頭偏向一邊，我才聽出他剛剛嘟噥的那串話是在邀請我加入。

「喔，當然，謝謝大師，我很榮幸能……」

他不耐地比個手勢打斷我的話，「如果你對永燃燈有什麼想法，就來找我。如果你的腦筋像你的手看起來那麼靈巧……」他可能是在微笑，但大鬍子遮住了，不過他開玩笑似的停下話時，深色的眼睛閃著笑意，「如果真是那樣，」他舉起一根手指，指尖和鐵鎚的頭一樣大，「那麼我和我的手就會教你怎麼做。」

「你需要想清楚你要討好誰。」西蒙說，「升上詮士需要有一位大師當你的指導人，所以你得選一位，像跟屁蟲一樣黏著他。」

「太好了。」薩伏依淡淡地說。

薩伏依、威稜、西蒙和我坐在安克酒館後面一張偏僻的桌子邊，遠離在伐日時滿屋子低聲交談的人群。我的背部提早兩天拆線，我們來這裡慶祝我進奧祕所滿一旬。

我們都沒有喝得很醉，但也不是太清醒，至於確切的清醒或酒醉程度，其實多猜無益，就甭浪費時間了。

「我只要專心做個優秀的學生，」薩伏依說，「等著大師自己發現就好了。」

「那招用在曼椎身上，效果如何？」威稜問，露出罕見的笑容。

薩伏依不高興地瞥了威稜一眼，「曼椎是個傻瓜。」

「難怪你會用馬鞭威脅他。」威稜說。

我摀住嘴巴，避免發笑，「真的嗎？」

「他們沒有一五一十地講出事情始末。」薩伏依生氣地說，「曼椎跳過我，讓其他的學生升級。他不讓我升詮士，是因為他可以把我當成合法勞工。」

「所以你就拿馬鞭威脅他？」

「我們吵了起來，」薩伏依平靜地說，「剛好我手上拿著馬鞭。」

「你對他揮馬鞭。」威稜說。

「因為我之前去騎馬了！」薩伏依激動地說，「要是我之前是去上妓院，對他揮舞女人的緊身胸衣，就沒有人會想那麼多了！」

我們這桌沉默了一會兒。

「我現在就想那麼多。」西蒙說，語畢便和威稜一起噗哧而笑。

薩伏依忍住笑意，轉頭面對我。「西蒙有一點講得沒錯，你應該把焦點放在一個主題上，否則你到最後會像馬內一樣，成為萬年穎士。」他起身，把衣服拉好，「我這樣看起來如何？」

薩伏依穿得不是挺時髦，因為他堅持保留莫代格的風格，不穿本地的樣式。不過，他穿著顏色柔和的高級絲織品和麂皮服飾，看起來的確滿有型的。

「那又怎樣呢？」威稜問，「你是要幫西蒙安排約會嗎？」

薩伏依笑著說，「抱歉，我得走了，我和一位小姐有約，我想我們約完會後，晚上應該不會再回來這附近了。」

「你之前沒告訴我們你有約會。」西蒙抗議，「這樣我們三人就無法玩角牌了。」

我們之所以讓薩伏依跟來這裡，就是因為他答應和我們玩牌，他對威稜和西蒙選的酒館本來還有點不屑。安克算是平價酒館，所以飲料都很便宜，但它仍有一定的水準，不用擔心有人在此尋釁打架或吐得你滿身都是，我喜歡這裡。

「你們是好朋友，好同伴。」薩伏依說，「但是你們都不是女人，也不可愛，或許西蒙除外。」薩伏依對他眨眼，「坦白講，如果有小姐等著你，你們誰不會見色忘友？」

我們勉強低語認同，薩伏依微笑，露出一口貝齒。「我會叫店裡的女侍多送點飲料過來，」他轉身離開時說，「以安撫我離開所造成的痛苦。」

「他人不壞，」他離開後，我若有所思地說，「就貴族來說。」

威稜點頭，「這就好像他知道他比你優越，但不會因此看不起你一樣，因為他知道那不是你的錯。」

「所以你打算討好誰？」西蒙問，把手肘靠在桌上，「我猜不是賀姆。」

「或羅蘭。」我怨恨地說，「要不是該死的安布羅斯，我會很想在大書庫工作。」

「也不會是布藍德。」西蒙說，「只要賀姆懷恨在心，布藍德就會跟著懷恨。」

「校長如何？」威稜問，「語言大師？你已經會說席德語了，雖然腔調有點怪。」

我搖頭，「曼椎呢？我有很多化學經驗，學鍊金術應該很簡單。」

西蒙笑著說：「每個人都覺得化學與鍊金術很類似，其實不然，它們甚至互不相關，只是剛好歸在一類而已。」

威稜緩緩點頭，「那說法很恰當。」

「況且，」西蒙說，「曼椎上學期收了約二十位新生，我聽到他抱怨人太多了。」

「如果你選醫護館，就得長期抗戰。」威稜說，「奧威爾跟鐵塊一樣固執，連凹都無法凹。」他一邊說，一邊做出把東西切成段的手勢，「穎士念六學期，詮士念八學期，菁士念十學期。」

「而且是『至少』。」西蒙補充，「莫拉跟在他身邊當詮士已經近三年了。」

我努力思考，我要怎樣才能湊到六年的學費，「我可能沒那個耐心。」我說。

女侍端來一托盤的酒，安克酒館裡現在客人才半滿，所以她剛好忙到臉頰微微泛紅而已。「你們的好朋友幫你們付了這一輪和下一輪的酒。」

「我愈來愈喜歡薩伏依了。」威稜說。

「不過，」她把威稜的酒拿開，不讓他碰，「他把手放在我屁股上，並沒有付錢。」她一一盯著我們看，「我想你們三人會在離開前結了這筆帳吧。」

西蒙結結巴巴地道歉，「他……他不是有意的……在他們家鄉，那種事比較常見。」

她翻白眼，表情緩和了一些，「在這裡，給點像樣的小費算是不錯的道歉。」她把酒遞給威稜，轉身離開，把空盤子靠在一邊的屁股上。

我們看著她離開，每個人各自若有所思。

「我發現他的戒指又回來了。」最後我提起。

「昨晚他打巴薩特牌，漂亮地贏了一輪。」西蒙說，「連叫六次雙倍下注，讓莊家破產了。」

「敬薩伏依。」威稜舉起他的錫杯，「希望好運讓他繼續在這裡讀下去，讓我們繼續喝下去。」我們乾杯，喝酒，接著威稜又把我們拉回剛剛的話題。「那你只剩基爾文和艾爾沙・達爾。」他伸出兩根手指。

「那伊洛汀呢？」我打岔。

他們都一臉茫然地看著我，「他怎樣？」西蒙問。

「他看起來還不錯。」我說，「我不能拜他為師嗎？」

西蒙噗哧而笑，威稜也露出難得的笑容，「什麼啦？」我質問。

「伊洛汀什麼也不教。」西蒙說，「除了教高階怪人學吧。」

「他一定會教點東西吧。」我反駁，「他不是大師嗎？」

「西蒙說的沒錯，伊洛汀空空癲癲的。」威稜輕拍頭的側邊。

「是『瘋瘋癲癲』。」西蒙糾正他。

「瘋瘋癲癲。」威稜重複。

「他的確看起來有點……怪。」我說。

「你的確領悟得很快。」威稜淡淡地說，「難怪你年紀那麼輕就進了奧祕所。」

「威稜，別這樣虧他，他才來一旬而已。」西蒙轉向我，「伊洛汀五年前當過校長。」

「伊洛汀？」我忍不住露出懷疑的表情，「但是他那麼年輕又……」我聲音漸小，不想說出我腦子裡第一個浮現的詞：瘋癲。

西蒙幫我講完那句話，「……聰明。如果你知道他十四歲就進大學院，你就不會覺得他那麼年輕了。」西蒙看著我，「他十八歲就已經是祕術士了，接著他留在這裡當了幾年的繫師。」

「繫師？」我打岔。

「繫師是留在大學院裡的祕術士。」威稜說，「他們教很多課，你知道工藝館的卡瑪嗎？」

我搖頭。

「高高的，有疤。」威稜指著一邊的臉，「只有一隻眼睛？」

我悶悶不樂地點頭，不注意到卡瑪很難，他左臉有個像蜘蛛網一樣放射出去的疤，在他的黑髮與鬍鬚上都留下禿線，凹陷的左眼上戴著眼罩，從他身上就可以看出在工藝館工作有多危險。「我看過他，他是祕術士？」

威稜點頭，「他是基爾文的副手，教授新生符咒術。」

西蒙清清喉嚨，「就像我剛說的，伊洛汀是有史以來最年輕的入學者，最年輕就當上祕術士的人，也是最年輕的校長。」

「即使是這樣，」我說，「你還是不得不說他當校長有點怪。」

「那時並非如此。」西蒙一臉正經地說，「那是在那件事情還沒發生以前。」

西蒙沒再繼續說時，我追問：「哪件事？」

威爾聳肩，「某件事。大家都不談，他們把他鎖在療養所，直到他腦筋大致恢復正常為止。」

「我不喜歡想這件事。」西蒙說，在位子上不安地移動身子，「我的意思是說，每學期都有幾位學生發瘋，不是嗎？」他看著威稜，「你還記得史力斯？」威稜憂鬱地點頭，「那種事可能發生在我們任何人身上。」

他倆啜飲著酒，視線漫無目的，我們沉默了一會兒。我想問細節，但我感覺得出來這議題很敏感。

「總之，」西蒙低聲說，「我聽說他們沒放他出來，是他自己逃出療養所的。」

「名副其實的祕術士是關不住的。」我說，「那並不意外。」

「你去過那裡嗎？」西蒙問，「那是用來關祕術士的地方，整棟都是緊密相嵌的石頭，門口和窗戶都有守衛。」他搖頭，「即使是大師，我還是無法想像有誰出得來。」

「這些都離題了。」威稜肯定地說，又把我們拉回原來的話題。「基爾文已經歡迎你加入工藝館，讓他對你刮目相看是你晉升詮士最好的機會。」他把頭轉來轉去，看著我們兩個，「同意我說的嗎？」

「同意。」西蒙說。

我點頭，但我腦筋轉個不停，我想到知道萬物之名的至尊塔柏林，我想到史卡皮在塔賓說的故事，他並沒有提到祕術士，只提到命名者。

於是我想到伊洛汀，命名大師，還有我該怎麼接近他。

45 插曲——酒館講古

編史家看到克沃思做了一個手勢，便擦乾筆尖，甩甩手。巴斯特在位子上大大伸了一個懶腰，手臂彎到椅背後方。

「我差點就忘了這一切發生得有多快。」克沃思若有所思地說，「關於我的故事大概都是從那時候開始的。」

「大學院裡現在還流傳著這些故事。」編史家說，「關於你上的那堂課，我就聽過三種不同的版本。還有你被鞭打的事，所以大家是從那時開始叫你無血克沃思的嗎？」

克沃思點頭，「可能吧。」

「瑞希，我有個問題。」巴斯特囁嚅地問，「我在想你為什麼不去找史卡皮？」

「巴斯特，我能怎麼做？用黑煤把臉塗黑，半夜大膽地去營救他出來嗎？」克沃思輕笑一聲，「他們以異端之名逮捕他，我只能期待他在教會裡真的有朋友可以幫他。」

克沃思深呼吸，嘆了一口氣，「不過我想，最簡單的原因也是最無法令人滿意的。事實上是這樣：我不是活在故事裡。」

「瑞希，我聽不太懂你在說什麼。」巴斯特一臉疑惑地問。

「巴斯特，想想你聽過的所有故事。故事裡有個小男孩，是英雄，父母遇害，他開始報仇，接下來呢？」

巴斯特遲疑了一下，一臉疑惑，反倒是編史家回答了這個問題，「他尋求協助，會說話的聰明松鼠，醉醺醺的老劍客，森林裡的瘋隱士之類的。」

克沃思點頭，「沒錯！他找到森林裡的瘋隱士，證明自己的能力，學習萬物之名，就像至尊塔柏林那樣。有了可以隨意施展的魔力後，他做什麼？」

編史家聳肩，「他找到壞人，殺了他們。」

「當然，」克沃思慨然說道，「俐落、明快、不費吹灰之力，還沒開始，我們就知道結果是什麼了，那是故事吸引我們的原因，它們提供現實生活中缺乏的簡單明瞭。」

克沃思傾身向前，「如果這只是酒館講古，半真半假、沒什麼意義的冒險故事，我會告訴你，我在大學院裡有多麼專注認真，我會說我學到千變萬化的風之名，乘風而起，去找祁德林人報仇。」克沃思俐落地彈響手指，「就那麼簡單。」

「那故事會引人入勝，卻不是真的。真相是這樣，我為父母遇害而哀痛了三年，那喪親之痛已日趨麻木。」

克沃思一手做出安撫的手勢，不自然地笑著，「我不會對你們說謊，有時候我半夜躺在籠樓的狹窄床鋪上時，孤獨得要命，輾轉難眠，內心充滿無限空虛的哀傷，感覺像快窒息了一樣。」

「有時候我會看到一位母親抱著孩子，或父親和兒子一同歡笑，這時我內心會驟然升起一團又烈又熱的怒火，腦中湧現充滿鮮血與燃燒毛髮的記憶。」

克沃思聳肩，「但是我的人生除了復仇以外，還有很多事情，我眼前就有需要克服的真實障礙。我貧困，出身卑微，我在大學院裡樹立的敵人比任何祁德林人都還危險。」

我作勢請編史家提筆，「即便如此，我們看到即使是最奇幻的故事，也帶了一點真實性，因為我的確找到一個人，他很像森林裡的瘋隱士。」克沃思微笑，「我決心無論如何都要學會風之名。」

46 千變萬化的風

伊洛汀這個人還真難找，他在洞樓有個辦公室，但似乎從來都不用。我查詢課程表時，發現他好像只教一堂課：超凡數學。不過，即使知道這點，還是很難找到他，因為課表上寫著，上課時間是「現在」，地點是「到處」。

最後，我是在偶然的機運下，在擁擠的庭院裡發現他的蹤影。這天他罕見地披著黑色的大師袍，當時我正要去醫護館旁聽，但我寧可上課遲到，也不想錯過和他說話的機會。

等我努力穿過中午的人潮找上他時，我們是在大學院的北端，一條通往森林的寬大泥土路上。「伊洛汀大師，」我說，快步走向他，「我希望能跟您談一下。」

「悲哀的小希望。」他說，絲毫沒停下腳步，也沒朝我的方向看，「你應該把目標設得遠大一點，年輕人應該要有雄心壯志。」

「那麼，我希望學命名術。」我說，跟在他身旁走。

「太遠大了。」他平淡地說，「再想點別的，找介於那兩者中間的東西。」這條泥土路彎彎曲曲的，我們後方的大學院建築已隱身在路樹後方，不見蹤影。

「我希望你能收我當學生。」我又試了一次，「傳授我你覺得最棒的東西。」

伊洛汀突然停下腳步，轉身面對我，「好，」他說，「幫我去找三顆松果。」他用拇指和手指圍成一個圈，「這麼大，旁邊的鱗片都要完整。」他在路中央席地而坐，比出噓趕鳥獸的手勢，「快去。」

我衝到附近的林木間，花了約五分鐘找到三顆大小適中的松果，等我回到路上時，我衣著凌亂，滿是刺藤刮痕，完全看不到伊洛汀的身影。

我呆呆地往四周望，接著咒罵一聲，丟下松果，開始順著路往北跑，很快就趕上他了，他就在路上閒晃，看著樹木。

「所以你學到什麼？」伊洛汀問。

「你希望一個人，不要來吵你？」

「你反應很快嘛。」他像表演一樣，誇張地攤開手臂吟誦，「我的課到此結束！我為穎士克沃思做的深奧指導到此結束！」

我嘆了一口氣，如果我現在離開，還可以趕上醫護館的課，但我又覺得他這麼做可能是在測試我，或許伊洛汀只是要確定我是真的有興趣，才願意收我當學生。故事裡的情節通常都是這樣的：年輕人得向林中的老隱士證明他是真心誠意，隱士才肯收他為徒。

「您可以回答幾個問題嗎？」我問。

「好，」他說，伸出手，縮起拇指和食指，「如果你同意之後不再找我，我可以回答你三個問題。」

我想了一下，「為什麼您不想教我？」

「因為艾迪瑪盧族是很糟糕的學生。」他唐突地說，「他們死記硬背的能力還不錯，但是學習命名術所需的專注力，是像你這樣的人不太可能擁有的。」

我心中馬上升起一團熾熱的怒火，氣到我都可以感覺到我的皮膚在發燙，先是整張臉漲得通紅，接著延燒到胸口與手臂，讓我手臂上的寒毛都豎了起來。

我深深吸了一口氣，「很抱歉，您以前教盧族學生的經驗不太好，」我小心地說，「我可以向您保證……」

「老天！」伊洛汀嘆息，一副受不了的樣子，「又是馬屁精，你缺少跟著我學習的骨氣和膽識。」

他的話讓我內心怒火沸騰，我努力壓抑著那股怒焰，他想激我上當。

「您說的不是真的。」我說，「為什麼您不想教我？」

「就像我不想養狗一樣！」伊洛汀大喊，手往天際一揮，好像農人想嚇跑田中的烏鴉一樣。「因為你太矮了，沒法當命名師。你的眼睛太綠，你的手指根數不對，等你高一點，找到一雙適合的眼睛再來。」

我們互相凝視了好一會兒，最後他聳聳肩，繼續往前走。「好，我就讓你看看為什麼。」

我們沿著路往北走，伊洛汀邊走邊揀石頭，再把石頭丟向樹木，他跳起身抓低垂的樹枝，大師袍翻騰了起來，一度他停下腳步，動也不動地站著，專注地盯著在風中緩緩搖擺的蕨類近半個小時。

我忍住不開口，不問「我們要去哪裡？」或「您在看什麼？」，我知道很多故事都是因為小男孩隨口聊天問話，而浪費了問問題或許願的機會，我還剩兩個問題，我得好好把握機會。

最後我們走出森林，那條路變成通往一片附屬於宏偉莊園的遼闊草地，那莊園比工藝館還宏偉，有雅致的稜線、紅瓦屋頂、高窗、拱門、圓柱，還有噴水池、花園、圍籬……

但是我總覺得它看起來不太對勁。我們愈接近大門，我愈懷疑這是某位貴族的房子，或許是那花園的設計，或是因為圍著草地的鑄鐵圍籬近十呎高，在我這個訓練有素的偷兒眼裡，看起來無法攀越。

兩名眼神嚴肅的男子開了大門，我們持續朝前門走，伊洛汀看著我說：「你聽過安養所嗎？」

我搖頭。

「它還有另一個名字：巢棲所，療養所……」

伊洛汀知道他差點就騙我問出第二個問題，露齒而笑。「這裡好大，多少……」我在發問前停住了。是大學院的瘋人院。

「傑若米，」他對站在前門的高大男子喊，「今天我們有幾位來賓？」

「抱歉，櫃臺可以提供數字給您。」他不安地說。

「隨便猜猜。」伊洛汀說，「在這裡大家都是自己人。」

「三百二？」那男子聳肩說，「三百五？」

伊洛汀用指關節叩擊厚重的木板門，那男子連忙幫他開門，「必要時還可以再塞多少人？」伊洛汀問他。

「再來一百五十人都還有餘裕。」傑若米說，一邊拉開大門，「我想，必要時可以塞更多。」

「看吧，克沃思？」伊洛汀對我眨眼，「我們都準備得好好的。」

入口的通道很寬，搭配彩色的玻璃窗和拱形天花板，地板的大理石打得跟鏡面一樣光亮。

這地方靜得詭異，我實在不懂，塔賓的奪觀療養院只有這地方的一丁點大，感覺裡面吵得雞飛狗跳，即使站在喧囂的城市裡，離那裡一哩遠，都可以聽到吵鬧聲。

伊洛汀大步邁向一個大櫃臺，一名女子站在那兒，「艾咪，外面怎麼都沒人？」

她露出尷尬的笑容，「他們今天太興奮，我們覺得有暴風雨要來。」她從架上抽出一本手冊，「也快要月圓了，您也知道會變成什麼情況。」

「當然。」伊洛汀蹲下來開始解鞋帶，「他們這次把維恩藏在哪裡？」

她翻了幾頁手冊，「二樓東邊的二四七。」

伊洛汀站起身來，把鞋放在櫃臺上，「幫我看著好嗎？」她露出猶豫的笑容，點點頭。

我又按捺住一堆問題，「看起來大學院在這裡花了很多錢。」我說。

伊洛汀不理我，穿著襪子就這樣轉身，爬上一座寬大的大理石樓梯。接著，我們走到一個兩邊排著木門的白色長廊，我第一次聽到這種地方預期會聽到的聲音，呻吟、啜泣、喃喃囈語、尖叫，不過聲音都很微弱。

伊洛汀跑了幾步，然後停了下來，他穿著襪子的腳在光滑的大理石地板上滑動，大師袍往後飄，他一直重複以下的動作：跑幾步，然後把手臂往外伸以維持平衡，滑行好一段距離。

我一直跟在他身邊快步行進，「我以為大師們會把大學院的經費用在其他比較學術性的地方。」

伊洛汀沒看我，啪嗒啪嗒地跑，「你在想辦法讓我在你沒發問下就回答問題。」滑行，「那是行不通的。」

「您在想辦法騙我問問題。」我明講，「所以這樣還滿公平的。」

啪嗒啪嗒，滑行。「所以你何必來煩我？」伊洛汀問，「基爾文還滿喜歡你的，何不把目標放在他身上？」

「我覺得你懂我在其他地方學不到的東西。」

「像什麼？」

「像我第一次看到有人呼喚風時，我想學的東西。」

「風之名，是吧？」伊洛汀揚起眉毛，啪嗒啪嗒，「真有意思。」滑——行。「為什麼你覺得我知道怎麼呼喚風？」

「消去法。」我說，「其他大師都不做那樣的事，所以一定是你的專長。」

「依你這邏輯，我也應該很擅長索林納德舞、刺繡、偷馬囉。」

我們來到走廊的盡頭，伊洛汀滑到一半，差點撞到一位手捧著精裝書、肩膀寬闊的傢伙。「抱歉。」他說，雖然這顯然不是他的錯。

「提摩西。」伊洛汀對他伸出長長的手指，「跟我們來。」

伊洛汀帶我們穿過幾條比較短的走廊，最後到了一片厚重的木滑門邊，門的高度與視線齊高。伊洛汀推開門，往裡頭探，「他還好嗎？」

「沒什麼聲音，」大個兒說，「我覺得他沒睡好。」

伊洛汀碰了一下門閂，轉身面對寬肩男子，一臉冷酷無情，「你把他鎖在裡面？」那個男人站起來比伊洛汀高一個頭，體重可能是他的兩倍，但是被沒穿鞋的大師這樣一瞪，他的臉馬上失去血色。「伊洛汀大師，不是我，是……」

伊洛汀迅速比了一個手勢，打斷他的話，「把鎖打開。」

提摩西連忙摸出一串鑰匙。

伊洛汀持續瞪著他，「艾德．維恩不是來被關的，他可以隨意進出這裡，除非他明確要求，別在他的食

物裡加什麼東西。提摩西・傑納若伊，我要你負責做好這件事。」

伊洛汀用一根手指戳他的胸膛，「要是讓我發現維恩被下藥或是關起來，我就把你的衣服扒光，像騎一隻粉紅小馬一樣，騎著你穿梭伊姆雷大街。」他怒視，「滾！」

那傢伙儘速離開，只差沒有用跑的而已。

伊洛汀轉向我，「你可以進去，但別出聲或突然做什麼動作。除非他和你說話，否則什麼都別說。說話時，音量盡量放小一點，懂嗎？」

我點頭，他打開門。

那房間和我原先預期的不一樣，高窗透進陽光，裡面有一張大床，還有一套桌椅。牆面、天花板和地板都鋪著厚厚的白布，完全隔絕了走廊傳來的任何聲音。床上的毯子被拉了下來，一名約三十歲的瘦弱男子裹在毯子裡，蜷縮在牆邊。

伊洛汀關上門，那名安靜的男子稍稍縮了一下身子，「維恩？」他輕聲說，走過去，「怎麼了？」

維恩一臉嚴肅地往上看，他骨瘦如柴，毯子底下裸露著上半身，一頭亂髮，眼睛張得又大又圓。他輕聲細語，聲音有點啞，「我很好，過得還可以，但是大家講話，狗吠，腳踏石頭聲……我只是現在不適合聽到這些東西。」

維恩縮向牆壁，毯子滑落他瘦巴巴的肩膀。看到他脖子上掛著鉛製的繫德，我嚇了一跳，這人是祕術士。

伊洛汀點頭，「你為什麼躺在地上？」

維恩往床的方向看，眼神充滿了驚恐，「我會掉下來。」他輕聲說，語氣介於恐懼與尷尬之間，「那裡有彈簧和橫木，還有釘子。」

「你現在還好嗎？」伊洛汀溫和地問，「想和我一起回去嗎？」

「不不不要。」維恩發出絕望的哀嚎，緊閉著眼，把裹在身上的毯子抓得更緊了。他氣若游絲般的哀求比大聲哀嚎聽起來更令人心碎。

「沒關係，你可以留下來。」伊洛汀輕聲說，「我會回來看你。」

維恩聽到他這麼說，張開眼睛，一臉焦慮不安，「不要帶雷來。」他急著說，他把一隻瘦巴巴的手伸出毯子外，抓住伊洛汀的襯衫，「不過我的確需要貓笛和青羽毛，還有骨頭。」他語氣急切，「坦特骨。」

「我會帶來。」伊洛汀向他保證，並作勢要我離開房間，我照做了。

我們出來以後，伊洛汀關上門，一臉黯然。「維恩當我的繫師時，他知道他面對的是什麼情況。」他轉身開始往走廊走，「但是你不知道，你對大學院一無所知，對牽涉的風險一無所知，你以為這裡是仙境，遊樂場，這裡不是。」

「沒錯。」我不平地回他，「這裡是遊樂場，其他孩子都心懷妒意，因為我可以玩『被痛鞭和禁入大書庫』的遊戲，他們不行。」

伊洛汀停下腳步，轉身看我，「好，那就證明給我看，證明我看走眼了，證明你想清楚了，為什麼大學院裡學生不到一千五百人，卻需要一個像皇宮那麼大的瘋人院？」

我的腦袋急速運轉，「多數學生的家境都不錯，」我說，「他們過得很輕鬆，碰到壓力……」

「錯。」伊洛汀不以為然地說，轉身繼續往走廊走，「那是因為我們研究的東西，是因為我們訓練心智運作的方式。」

「所以算術和語法學讓人瘋狂。」我說，小心地用直述句表達。

伊洛汀停下腳步，扭開最近的一扇門，門裡傳出驚慌的尖叫聲。「……在我裡面！他們在我裡面！他們在我裡面！他們在我裡面！」我從門口可以看到裡面有個年輕人在掙扎，手腕、腰際、脖子、腳踝都被人用皮條綁在床上。

「三角學和圖解邏輯不會讓人變成那樣。」伊洛汀直視著我說。

「他們在我裡面！他們在我裡面！他們在……」那叫聲不斷重複，就像半夜無盡的狗吠聲一樣。「……

我裡面！他們在我裡面！他們在我裡面！他們在……」

伊洛汀關上門，我還是可以依稀聽到穿過厚門傳來的微弱叫聲，不過那近乎完全隔音的效果相當驚人。

「你知道他們為什麼稱這裡是巢棲所嗎？」伊洛汀問。

我搖頭。

「因為這是你發瘋時住的杜鵑窩。」他露出狂妄的笑容，接著開始狂笑。

伊洛汀帶我穿過好幾個走廊，到療養所的另一側，最後我們轉了一個彎，我看到一件不一樣的東西：一扇銅門。

伊洛汀從口袋裡掏出鑰匙開鎖，「我回這一帶時，喜歡順道來這裡。」他一邊開門，不經意地說，「收收信件，幫植物澆澆水之類的。」

他脫下一隻襪子，把襪子打一個結，用來當門擋，把門隔開。「這地方來看看還不錯，但是……」他拉拉門，確定它不會關起來，「不要再待下來了。」

走進這房間，我第一個注意到的是空氣怪怪的，原本我以為這裡可能和維恩的房間一樣有隔音效果，但環顧四周，我看到牆壁和天花板都是裸露的灰石。接著我想可能是空氣不流通，但我吸一口氣，又可以聞到薰衣草和乾淨亞麻布的香味。那感覺就像耳朵有壓力，像潛在深水中一樣，當然我並非如此。我伸手向前揮一揮，好像期待會摸出空氣有什麼不同，例如比較濃，但也沒有。

「感覺很煩，對吧？」我轉身看到伊洛汀在看我。「你竟然會發現，我還滿訝異的，很多人都不會察覺。」

這房間肯定比維恩的好，有張掛著幕簾的四柱床，墊得又軟又厚的躺椅，空蕩的書架，一大張桌子和數把椅子。最醒目的是好幾扇大窗戶，可以眺望外面的草地和花園，我可以看到窗外的露臺，但好像沒有地方可以出去。

「你看。」伊洛汀說，他用雙手舉起一把高背椅，旋轉椅子，用力朝窗戶丟去。我畏縮了一下，但沒有傳出可怕的破碎聲，只有木頭裂開的聲音，椅子裂成一堆毀壞的木板和裝填物，落在地上。

「我曾經連續這樣做了好幾個小時。」伊洛汀說，他深呼吸，一臉懷念的環顧房間，「美好時光啊。」

我走過去看窗戶，它們比一般的厚，但也不是厚得很誇張，看起來很正常，只不過表面散佈著隱約的紅色紋理。我看著窗框，那也是銅製的，我緩緩地環顧房間，觀察裸露的石牆，感受那股濃得出奇的空氣。我發現那扇門的內側甚至沒有門把，更別說是鎖了。為什麼有人會特地製作一扇紮實的銅門？

我想好了第二個問題，「你怎麼出去的？」

「終於問了。」伊洛汀有點惱怒地說。

他跌坐到躺椅上，「很久很久以前，至尊伊洛汀發現自己困在高塔中。」他指著我們的房間，「他們沒收了他的工具：硬幣、鑰匙和蠟燭。而且他的房間門也開不了，窗戶也打不破。」他用輕蔑的手勢一一指著那些東西，「就連風之名也被囚禁他的人給巧妙隱藏了。」

伊洛汀從躺椅上站了起來，開始在房間裡走來走去，「他周遭都是平滑的硬石，那是沒人掙脫過的牢房。」

他停下腳步，突然伸出一根手指。「但是至尊伊洛汀知道萬物之名，所以萬物都聽命於他。」他面向窗戶邊的灰牆，「他對石頭說：『碎裂！』……」

伊洛汀聲音漸小，他一臉好奇地把頭往一邊傾斜，眼睛瞇了起來，「混帳，他們改了。」他輕聲自言自語，「哼！」他又往牆面靠近一步，把手放在牆上。

我開始胡思亂想，西蒙和威稜說的沒錯，這人腦袋有問題。如果我衝出房間，把門擋拿開，猛力關上門，會發生什麼事？其他大師會為此感謝我嗎？

「噢，」伊洛汀突然笑著說，「他們倒是有用點腦筋了。」他往後退兩步，「賽爾巴薩力恩。」

我看到牆移動了，就像有一根棍子戳著一片懸掛的毛毯一樣起伏波動，然後就這樣……倒了。好幾噸細碎的灰沙就像深色的水從水桶裡流出來一樣，突然湧到地板上，把伊洛汀的腳埋到小腿肚附近。陽光與鳥鳴也湧進屋內，本來立著一大片扎實灰石的地方，現在出現一個大洞，大到可以讓一台手推車穿過。

但是那個洞不是全然洞開的，開口處佈滿了某種綠色的東西，看起來好像骯髒糾結的網一樣，但是形狀毫無規則，不像編織的，比較像又厚又破的蜘蛛絲。

「以前沒有這個。」伊洛汀一邊把腳抽出灰沙，一邊語帶歉意地說，「我跟你保證，第一次做的時候比較驚天動地一點。」

我就只是站在那裡，眼前的光景把我震懾住了，這不是共感術，這不是我見過的任何東西，我腦中唯一能想到的是很多故事裡流傳的一句話：至尊塔柏林對石頭說：「碎裂！」石頭就應聲而碎……

伊洛汀扳下一把椅子的一隻腳，用它勾開蒙在開口的糾結綠網，有些線很容易就斷了或散了。分佈比較濃密的地方，他就用腳當槓桿，把那些糾結的線扳開。扳開或斷裂的地方都閃著耀眼的陽光，我心想，那也是銅，銅線分佈在砌成牆面的石塊裡。

伊洛汀扔下椅子的腳，鑽過那個洞，我從窗戶可以看到他倚著露台上以白石砌成的圍欄。

我跟著他鑽到外面，一踏上露台，就覺得空氣不再那樣異常沉悶了。

「兩年的時間。」他說，眺望著花園，「可以看到這露台，卻無法站在上面。可以看到風，卻聽不見，感覺不到它吹拂著我的臉。」他把一隻腳抬到圍欄上，跨坐在上面，然後往下跳到幾呎下的地方，站在下方的屋頂平面上。他在屋頂上走，逐漸離開建築物。

我也跟著他跳過圍欄，往屋簷走。我們離地面只有二十呎左右，不過花園和噴水池向四方延展，形成相當壯麗的景象。伊洛汀危險地站在靠近屋簷的地方，大師袍像黑旗般飄著，看起來還挺威風的，只要別看他那只穿一隻襪子的腳就行了。

我也走到屋簷邊，跟他並肩站著，我知道第三個問題要問什麼了，「我該怎麼做，」我問，「才能跟著你學命名術？」

他平靜地盯著我的眼，打量我，「跳，」他說，「從這屋頂跳下去。」

這時我才明白，這一切都是測試。伊洛汀從我們一見面就開始測試我，他不得不佩服我不屈不撓的韌性。他看到我發現那房間空氣詭異時，感到很訝異。他就快收我為徒了。

但是他需要更多的證明，證明我有全心全意投入的念頭，他要我做給他看，顯示我真的義無反顧。

我站在那裡，腦中浮現了一段故事。所以塔柏林就這樣墜落了，但他沒有絕望，因為他知道風的名字，所以風也聽命於他。風托起他的身子，如吹起的薊子冠毛般，讓他緩緩落地，像母親輕拂般，輕柔地幫他站穩於地。

伊洛汀知道風之名。

我依舊看著他，腳就這樣跨出了屋簷。

伊洛汀的表情非常不可思議，我從來沒看過有人那麼驚訝。我落地時，身體稍微轉了一下，不過他還是在我的視線內，我看到他稍稍揚起一隻手，好像想要抓住我，卻慢了一步。

我感覺到身體毫無重量，像飄起來一樣。

接著我撞到地面，不是像羽毛一樣輕輕地飄落地，而是像磚頭猛然撞上鋪石路那樣。我背部先著地，左手壓在身後。後腦杓撞到地面時，我的視線暗了下來，體內的空氣好像都壓出來了一樣。

我沒有失去意識，就只是躺在那裡，無法呼吸，也無法動彈。我記得當時我很認真地想，我死了，我瞎了。

後來我恢復視覺，眼睛因為藍天突然亮了起來而眨動著，肩膀抽痛，我也嚐到血的味道，無法呼吸。我試著轉身移開我的手臂，但身體不聽使喚，脖子……背部……都骨折了。

隔了好一段恐怖的時間，我才設法吸到了一絲空氣，接著又吸到一點。我鬆了一口氣，知道我至少斷了一根肋骨，還有一些其他的傷，但是當我稍微移動手指，接著移動腳趾時，發現它們都還能動，還好我沒傷到脊椎。

我躺在那裡慶幸自己的好運，數著斷掉的肋骨，這時伊洛汀出現在我視線範圍裡了。

他低頭看我，「恭喜，」他說，「那是我見過最傻的事。」他露出驚嚇又難以置信的神情，「沒有比那更傻的了。」

那時我決定選工藝當我的主修，其實我也別無選擇了。伊洛汀扶我跛著腳走到醫護館以前，他就先聲明，任何笨到從屋頂上跳下來的人都太魯莽了，在他面前連湯匙都不該拿，更何況是學像命名術那樣「深奧多變」的學問。

不過，我並沒有因為伊洛汀拒絕我而大失所望，不管那是不是故事裡的魔法，我並不急著向第一堂課就讓我斷三根肋骨、輕微腦震盪、肩膀脫臼的人拜師學藝。

47 毛刺

第一學期除了一開始狀況較多以外，後來倒是過得相當平順。

我在醫護館學習，學到更多人體相關知識以及醫療方法。我找威稜當語言交換的夥伴，他教我席德語，我教他艾圖語。

我加入工藝館，學習吹玻璃，做合金，拉鋼絲，刻金屬，雕石頭。

晚上我通常都會到基爾文的工作室打工，幫青銅的鑄成品去模，刷洗玻璃器具，研磨礦石以製造合金。那些工作並不辛苦，基爾文每旬會給我一銅幣，有時是兩銅幣。我猜他那條理分明的大腦裡，可能有個很大的計分板，仔細計數每個人的工作時數。

我也學到一些比較不是那麼學術性的東西。一些奧祕所的室友教我一種紙牌遊戲，名叫犬息。我則是即興幫他們上心理學、機率、手指靈活訓練等課程。我贏了將近兩銀幣之後，他們才不再邀我玩牌。

我和威稜與西蒙成了莫逆之交，也認識了其他的朋友，不過人數不多，都沒有像西蒙和威稜那麼好。我太快升為穎士，所以其他學生都不太理我。不管他們是心有不甘，還是佩服我，多數學生都跟我保持距離。

另外還有安布羅斯，說我們只是仇敵，那就太小看我們的關係了。憎恨彼此是我們共同的興趣，我們比較像是為了更有效憎恨對方而合夥的兩個人。

不過，我和安布羅斯雖有深仇大恨，我仍有很多閒暇的時間。既然我進不了大書庫，我就花了一些時間培養名聲。

我戲劇化的入學經過已在校園裡引起騷動，我又在三天內跳級升上奧祕所，不像一般學生需要熬三個學期。我是全校年紀最小的學生，比大家小了近兩歲。我在一位大師的課堂上公然和他槓上，又沒被退學。我遭到鞭打，卻沒哀叫，也沒流血。

此外，我好像又設法激怒了伊洛汀大師，氣得他把我推落療養所的屋簷。我就讓那錯誤的傳言流傳出去，因為那比尷尬的事實好多了。

這一切合在一起，就足夠在我周遭形成不斷流傳的傳說，我決定好好善用這股力量。名聲就像某種盔甲或武器一樣，必要時可以拿出來舞弄一番。我下定決心，既然要當祕術士，就要當個出名的祕術士。

所以我刻意放出一些消息，例如，我沒有推薦函就入學了；我不僅一毛學費也沒付，大師們還給了我三銀幣；我在塔賓街頭靠著機智，自力更生了好幾年。

我甚至胡亂掰了一些謠言，那些謠言胡扯到很多人顯然不信，卻還是一再提起，到處散播。我體內流著惡魔的血，可以在黑暗中看到東西，每晚只睡一小時，月圓時會用沒人聽得懂的語言說夢話。

我剛入學時，貝佐是我在籠樓的室友，他幫我開始散播三個謠言。我會自己掰故事，他會去告訴一些人，然後我們再一起看著謠言如野火般傳開，這嗜好頗具娛樂效果。

不過，我和安布羅斯之間持續的紛爭，比其他的力量更快助長我的名聲。每個人都很驚訝，我竟然敢公然挑釁貴族的長子，更何況他父親又是位高權重的貴族。

第一學期我們之間發生幾次激烈衝突，細節就不在此贅述了。我們碰巧撞見彼此時，他就會若無其事地冷嘲熱諷，聲音剛好大到讓在場的人都聽得見。不然就是明褒暗貶地損我，「你一定要告訴我，是誰幫你剪頭髮的……」

有點常識的人都知道怎麼應付自大的紈袴子弟，我在塔賓威嚇的那位裁縫師就知道該怎麼做，吃點悶虧，悶不吭聲，盡快把事情結束就對了。

但是我每次都會反擊，安布羅斯雖然聰明，也挺能言善道，但他講起話來肯定不是我這戲子的對手。我是在舞台上長大的，盧人機靈的應變力讓我總是可以講贏他。

不過，安布羅斯還是持續找我麻煩，就好像笨狗不懂得避開豪豬一樣。他總愛對我口出惡言，最後沾得滿臉毛刺離開。每次我們交手過後，就會更恨對方一些。

大家也都注意到我們之間的對立情況了。到了學期末，我已經有蠻勇過人的名聲，其實我只是無所畏懼罷了。

這兩者是有差別的。我在塔賓見識過真正的恐懼，我害怕挨餓、肺炎、穿釘鞋的警衛、拿土製小刀的年長男孩。對抗安布羅斯不需要什麼勇氣，我根本一點都不怕他，我只把他當成妄自尊大的小丑，無礙無害。

我真是個傻瓜。

48 插曲——不同的寧靜

巴斯特坐在道石旅店裡，把手放在大腿上，努力維持雙手不動。自從克沃思講完剛剛那段停下來以後，他已數了十五次呼吸，原本在這三人間有如清澈池水般的寧靜，逐漸變得深沉、成為另一種截然不同的寧靜。巴斯特又做了一次呼吸——第十六次，接著他鼓起勇氣面對他害怕來臨的時刻。

說巴斯特什麼都不怕，並非什麼讚美，只有傻瓜和祭司才永遠都不怕。不過，能讓他害怕的東西的確很少，例如他有懼高症，夏天這一帶的暴風雨常讓天際一片漆黑，把老橡木連根拔起，這種暴風雨常讓他感到渺小無助。

但是真要說他畏懼什麼，其實沒什麼東西嚇得了他，暴風雨、高梯子，甚至斯卡瑞爾都嚇不了他。他勇敢主要是因為他肆無忌憚，沒什麼可以把他嚇得臉色發白，即使真的被嚇白了，他也會很快恢復。

喔，當然，如果有人想傷害他，他也不會開心就是了，例如用生鐵刺他、用熱煤燙他等等。但是他不喜歡流血，並不表示他就真的害怕那些事，他只是不希望那些事情發生而已。真正的恐懼會讓你一直掛念著，既然巴斯特清醒時都沒有那樣的煩惱，也就沒有什麼恐懼的東西。

不過心態是會變的。十年前，他為了心儀的女子，爬上高大的倫內爾樹採果，卻失手滑落。他滑落以後，倒掛在樹上整整一分鐘才跌下來。在那漫長的一分鐘裡，他心中根植了小小的恐懼，從此常駐在他的心底。

同樣的，巴斯特最近又多了一項新的恐懼。一年前，他天不怕地不怕，但現在他很怕寧靜，不是那種因為沒有東西移動與製造噪音而衍生的普通寧靜，而是有時候他主人周遭凝聚的那種疲憊沉靜，就像無形的遮蓋物一般覆蓋著。

巴斯特又做了一次呼吸——第十七次。他忍著不去擰自己的手，等著那股沉靜侵入室內，具體成形，對道石旅店內積聚的平靜發威。他知道那股沉靜是怎麼來的，就像冬天地上滲出的霜，把提早融化在地上車輪凹痕裡的乾淨雪水凍結成冰。

不過，巴斯特還沒再吸一口氣，克沃思就在椅子上坐挺了身子，作勢請編史家停筆。巴斯特察覺寧靜就像黑鳥被嚇飛一樣消散時，幾乎都快流下眼淚了。

克沃思嘆了一口氣，那感覺介於煩惱與無可奈何之間，「我承認，」他說，「我不知該怎麼說下個階段的故事。」

巴斯特怕寧靜延續太久，連忙接口：「為什麼不先講最重要的就好？之後有必要時，你可以再回頭補充其他的事情。」

「事情有那麼簡單嗎？」克沃思厲聲說，「什麼事最重要？是我的魔法，還是我的音樂？是我的功績，還是我的愚行？」

巴斯特的臉漲得通紅，他咬著嘴唇。

克沃思突然吐了一口氣，「巴斯特，抱歉，那建議不錯，就像你那些看似無用的建議，結果都不錯一樣。」他起身，把椅子推回桌子，「不過，在我們繼續講之前，我不能再忽視現實世界的召喚了，請稍等我一下。」

編史家和巴斯特也站了起來，伸伸筋骨，各取所需。巴斯特把燈點亮，克沃思拿出更多的乳酪、麵包和醃臘腸，他們一邊用餐，一邊客氣地聊上幾句，但是他們的心思都在別處，都惦記著故事。

巴斯特吃掉了一半的食物，編史家雖然吃得沒他多，但也吃了不少，克沃思吃了幾口就說：「我們就繼續講吧，音樂與魔法，功績與愚行。想想，我們的故事需要什麼？缺了什麼重要的元素？」

「瑞希，幾名女子。」巴斯特馬上說，「真的很缺女人。」

克沃思微笑，「巴斯特，不是幾名女子，是一名女子，就那麼一位。」克沃思看著編史家，「我相信你也聽過一些片段傳聞，我會告訴你她的真實故事，不過我擔心我可能無法勝任。」

編史家提起筆，但是他還沒沾墨以前，克沃思就先舉起手，「在我開始以前，先讓我說一件事。我提過往事，描述過情境，撒過漫天大謊，也說過更嚴酷的事實。我曾經為一位盲人吟唱顏色是什麼模樣，我唱了七個小時，最後他說他看到了，他看到綠色、紅色與金色。我想，那比這件事還簡單。光用言語就想讓你們了解她，你們沒見過她，沒聽過她的聲音，是不會懂的。」

克沃思作勢請編史家提筆，「不過，我還是會努力試試，她現在就在舞台後方，等候時機上場，我們就準備好讓她登台吧。」

49 野性

接近真正的野生動物時必須小心，偷偷摸摸是沒用的，牠們一見你偷偷摸摸，就心知肚明有陷阱。野生動物雖然會玩躡手躡腳的遊戲，甚至偶爾遭人悄悄跟蹤，但牠們從來不會因此被捕。

所以，我們接近某種女人的話題時，也得緩慢小心，而不是偷偷摸摸。她是如此的狂放不羈，即使是在故事裡，我都擔心我們接近得太快。萬一我太急躁了，可能連她留下的回憶都會被嚇得煙消雲散。

所以我會以緩慢小心的速度，描述我和她相識的經過。為此，我必須提及迫使我勉強渡河到伊姆雷的事件。

第一學期結束時，我的積蓄是三銀幣和一銅幣。不久前，那些錢對我來說就像天文數字，現在我只希望那些錢夠我付一學期的學費，還有籠樓的床位。

大學院的每學期最後一旬都用來考試，這段期間課程全數停止，大師每天都會坐鎮好幾個小時主持會考。下學期的學費端看你考試的成績而定，考試的日期與時間則是抽籤決定。

考試成績主要是看簡短面試的結果，答錯幾題很可能學費就會加倍，所以考試時段排愈後面愈好，學生可以有更多的時間研究與準備。抽完籤後都會出現熱絡的時段交易，大家為了爭搶適合自己的時間，就會以金錢或利益做為交換條件。

我很幸運抽到燃日上午的中段時間，那天也是考試的最後一天。我大可把時段賣給別人，但我想多點時間準備。我知道我的表現必須相當出色，因為有幾位大師現在已經對我不是那麼另眼相看了。我又不能像以前那樣偷聽作弊，因為那可以構成退學的理由，我不能冒那樣的風險。

我和西蒙與威稜苦讀了好幾天，不過考試還是很難，有好幾題我輕鬆回應了，但賀姆擺明就是要考倒我，盡問一些答案不只一個的題目，讓我不管怎麼回答都不對。布藍德也很難應付，他顯然和賀姆是同一掛的。羅蘭讓人摸不透，從他的表情雖然看不出端倪，不過我可以感覺到他對我不太認同。

考完後，大師開始討論我的學費，我在一旁忐忑不安。一開始聲音含糊，語調平靜，後來變得有些大聲，最後基爾文起身，一隻手指指著賀姆咆哮，另一手重擊桌面。賀姆倒是比我想像的沉著，要是高大的工藝大師在我面前怒吼，我沒辦法像他那樣冷靜。

校長設法重新掌控局面以後，叫我到大家的面前，給我註冊單。「穎士克沃思，秋季班，學費：三銀幣、九銅幣、七鐵幣。」

比我的積蓄至少多了八銅幣。我走出大師廳時，不理會低落的心情，努力想辦法在明天中午前籌到更多的錢。

我走了一趟這附近的兩家席德兌幣行，不出所料，他們連個鐵板兒也不借我。我並不意外，但是那經驗讓我再次想起自己和其他學生有多麼不同。他們有家人幫他們付學費，給他們零用錢支應生活開銷，必要時可以靠名氣借點錢，身上有些值錢的東西可以典當或出售。最糟的情況下，還有個家可以回去。

這些我一樣也沒有，萬一我湊不出八銅幣付學費，就走投無路了。

向朋友借錢看起來是最簡單的方法，但是我很珍惜這幾位朋友，不願為了錢而傷和氣，我爸說過：「兩種事肯定會讓你失去朋友，一是向他借錢，二是借錢給他。」

況且，我盡量不讓別人知道我很窮。自尊心太強是件傻事，但那也是一股強大的力量。除非山窮水盡，否則我不會向他們開口。

我想過當扒手，但我知道那主意很糟。萬一當場被逮，可不是被揮一拳就能解決的。好一點的話，入獄關個幾天，接受法律制裁。糟的話，又要被掛在角上，因「不配當奧祕所成員的行為」而遭到退學，我不能冒那樣的風險。

我需要找願意借錢給窮途末路傢伙的地下錢莊，或許你會聽過某種比較有想像力的說法叫獵幣鷹，不過更常聽到的說法是錢鋪或放債行。不管叫什麼，他們到處都有，難在該怎麼找到。他們的業務頂多只算半合法，所以通常是隱密經營。

不過，塔賓的生活經驗讓我略懂一二，我在大學院附近晃了幾個小時，逛了幾家破舊的酒館，找人隨意閒聊，隨口問些問題，然後到一家名叫「折幣」的當鋪，問幾個比較明確的問題，最後終於知道我該往哪去了，我得渡河到對面的伊姆雷。

50 交涉

伊姆雷離大學院約兩哩路，在歐麥西河的東岸。從塔賓搭快速馬車只要兩天就可以到伊姆雷，所以很多有錢的貴族、政客、朝臣都住在那裡，那裡離聯邦的行政中心也很近，離腐魚、熱焦油、酒醉水手的嘔吐臭味也夠遠。

伊姆雷是藝術中心，音樂家、劇作家、雕刻家、舞蹈家，以及上百種其他技藝的藝術家都齊聚在這裡，就連最低階的詩歌藝術也在此列。藝術家群聚於伊姆雷，是因為這裡提供所有藝術家最需要的東西：有鑑賞力又有財力的觀眾。

這裡也因為鄰近大學院而受惠，管線與共感燈取得容易，所以市內空氣品質較好。高級玻璃也容易買到，所以玻璃窗和鏡子都很普遍，眼鏡之類的打磨拋光鏡片雖然昂貴，但很容易買到。

即便如此，大學院與伊姆雷的關係卻不太和睦。伊姆雷的市民大多覺得，大學院裡有一千多人在耍弄著黑暗力量，最好別理他們。聽這裡的市井小民說話，很容易就忘了這裡的人已經近三百年沒看過祕術士被燒死了。

不過，平心而論，大學院也有點歧視伊姆雷的人，覺得他們太放縱、墮落，認為他們讚賞的藝術微不足道。大家常稱大學院的休學生是「到河對岸」，意指頭腦不夠好、不適合走學術路線的人就得搞藝術。

不過，兩邊的人其實都很偽善。大學院的學生一邊嫌音樂家輕浮，嫌演員沒大腦，卻又排隊看表演。伊姆雷抱怨三哩外的人盡練些怪力亂神的東西，但是水管壞了，或有人突然病了，他們還是會連忙請受過大學院訓練的技師與醫師來幫忙解決問題。

總之，兩邊的人長期維持不安穩的休戰狀態，一邊抱怨著對方，一邊又勉強容忍彼此。那些人畢竟還是有點用處，只是你不會想把女兒嫁給他們罷了……

既然伊姆雷是音樂與戲劇的重鎮，你們可能會以為我常去那裡，其實剛好相反，我才去過一次。威稜與西蒙帶我去當地一家旅店，那裡有三位技巧熟練的樂手表演魯特琴、長笛與擊鼓。我用半分錢買了一小杯啤酒，放鬆心情，打算和朋友好好享受一晚……

但是我沒辦法，音樂才演奏沒幾分鐘，我幾乎是用逃的離開現場。我想你們應該無法了解原因，我得解釋一下，大家才能明白。

我受不了接近音樂卻無法參與演奏的感覺，那就好像看你深愛的女人和別的男人上床一樣。不，不是那樣，是像……

像我在塔賓看到的玳能樹脂吸食者那樣。玳能樹脂當然是違禁品，但是在塔賓的多數地方，很多人對此禁令都不當回事，他們把玳能樹脂包在蠟紙裡銷售，就像棒棒糖或太妃糖那樣。嚼食樹脂時，會讓人產生陶醉感，飄飄欲仙，心滿意足。

但是幾小時後，你會開始顫抖，渴望吸食更多。你吸那東西愈久，癮頭愈大。我在塔賓看過一位年紀不到十六歲的女孩子，雙眼凹陷無神，牙齒因毒癮太重而異常白化。當時她正在向水手乞討一顆樹脂糖，水手刻意把糖拿到她搆不到的地方耍弄她。他說，要是她願意當街脫光為他跳舞，他就把糖給她。

她真的做了，不管誰會旁觀，不管當時已近冬至，她是站在四吋厚的雪地裡，就這樣脫掉衣服，拼命地跳舞，抖著瘦弱發白的手腳，抽動著可憐的身子。後來水手搖頭大笑時，她跪在雪地裡，瘋狂地抓著他的腿，哭著乞求，承諾給他任何東西，一切都行……

我看音樂家表演時，就是那樣的感覺，我看不下去。生活中欠缺音樂，就像逐漸習慣的牙痛一樣，我還可以忍受，但是在我面前搖晃著我想要的東西，則超出了我忍耐的極限。

所以我一直迴避著伊姆雷，直到第二學期的學費出了問題，才迫使我再次渡河。我聽說不管你再怎麼落魄，只要去找戴維，都可以借到錢。

我從石橋橫越歐麥西河，前往伊姆雷。到戴維營業的地方，需要先穿過一條小巷，再爬上肉店後方的狹窄露台階梯。伊姆雷這一帶讓我想起塔賓的海邊，下方的肉店傳來令人做嘔的臭油味，讓我更加慶幸這時吹著涼爽的秋風。

我在厚重的大門前遲疑了一下，往下方的巷子瞧，我就要和危險的行業打交道了。向席德借貸所借錢，如果還不出來，他們可以告上法庭。向地下錢莊借錢，如果還不出來，他們是直接揍你一頓或搶走你的財物，或是兩者都來。跟他們打交道實在不智，我簡直是在玩火。

但是我也別無選擇了，於是我深呼吸，挺直肩膀，敲門。

我把手汗擦在斗篷上，以便待會和戴維握手時，可以維持手心的乾爽。我在塔賓學到，和這種人打交道的最好方法，就是展現從容不迫的自信，他們看人懦弱，就會佔人便宜。

我聽到門後面有人拉開沉重門閂的聲音，接著門開了，出現一名年輕女子，一頭略帶紅色的金色直髮圍著她古靈精怪的臉龐。她對我微笑，可愛極了，「有什麼事嗎？」

「我找戴維。」我說。

「我就是。」她輕鬆地說，「進來吧。」

我踏進屋內，她關上門，拴上鐵門閂。那房間沒有窗戶，不過燈光明亮，充滿了薰衣草的香氣，比巷子的味道好多了。牆上有一些掛飾，但屋裡僅有的家具是一張小書桌，一個書架，還有一大張四柱床，床邊拉上了簾幕。

「請坐。」她說，指著桌子。

她坐到桌子後方，雙手交叉，放在桌上。她的舉止讓我不禁重新思考她的年紀，之前我看她身材嬌小，可能誤判了她的年齡。即便如此，她看起來頂多也只有二十出頭，完全不像是我預期會見到的人。

戴維對我眨眨眼，模樣可愛。

「我需要借錢。」我說。

「先說說你的大名好嗎？」她微笑，「你已經知道我叫什麼名字了。」

「克沃思。」

「真的嗎？」她揚起眉毛，「我聽過你一些傳聞。」她上下打量我，「我以為你高一些。」

這話應該是我來說才對。整個情況出乎我意料之外，我本來預期會看到一個孔武有力的惡霸，交涉時充滿了明槍暗箭，結果卻是遇上這位面帶微笑的小個兒，讓我不知該如何應對，「妳聽到什麼傳聞？」我問這個問題以打破沉默，「希望不是什麼糟糕的傳聞。」

「有好有壞。」她露齒而笑，「不過都很有意思。」

我把手交叉，避免露出煩躁不安的樣子，「所以我們究竟該怎麼交易？」

「你不太愛閒聊，對吧？」她說，失望地稍稍嘆了一口氣。「沒關係，我們直接切入重點，你需要多少錢？」

「只需要約一銀幣。」我說，「其實八銅幣就夠了。」

她一本正經地搖頭，偏紅色的金髮來回搖晃。「恐怕我不能借你，借這點錢對我來說不划算。」

我皺眉，「要借多少妳才划算？」

「四銀幣，」她說，「那是最低金額。」

「利息是多少？」

「每兩個月多收百分之五十，所以如果你要借最低金額，學期末的利息就是兩銀幣。你可以一次還六銀幣，但是我拿回本金以前，利息都是每學期兩銀幣。」

我點頭，不太意外，那大概是最貪心的放款人收費的四倍。「但是那麼一來，我就得為我不是真的需要的錢付利息了。」

「不，」她認真地看著我的眼睛，「你是為你借的錢付利息，那就是借款條件。」

「可以借兩銀幣嗎？」我說，「然後學期末……」

戴維揮手打斷我的話，「我們不是在討價還價，我只是在告訴你借款的條件。」她不好意思地微笑，「抱歉，我一開始沒說清楚。」

我看著她，她的肩頭，還有她看我的樣子，「好吧。」我莫可奈何地說，「我在哪裡簽字？」

她露出有點疑惑的表情，額頭稍稍皺了起來，「不需要簽什麼東西。」她打開抽屜，拿出一個附玻璃塞的棕色小罐子，在旁邊擺了一根長針，「只要幾滴血就行了。」

我整個人僵在椅子上，手臂緊貼著身子，「別擔心，」她向我保證，「針很乾淨，我只需要三滴。」

我終於擠出話來，「妳在開玩笑吧。」

戴維把頭歪向一邊，一邊的嘴角微微彎起了笑容，「你不知道嗎？」她驚訝地問，「很少人沒搞清楚狀況就跑來的。」

「我不相信有人真的……」我支吾了，不知該用什麼字眼。

「不是每個人都知道。」她說，「我常和學生及當過學生的人交易，伊姆雷的人覺得我是女巫或魔鬼之類的怪力亂神，奧祕所的人知道我為什麼要血，以及我拿血可以做什麼。」

「妳也是奧祕所的人？」

「以前是。」她說，笑容消失了一些，「我升上詮士後才離開的。我知道只要有一點血，你就永遠躲不了了，跑到天涯海角，我都可以找到。」

「除此之外，」我想到學期初我用蠟做的賀姆人偶，那還只是用到頭髮而已，血液更能有效的製造共感連結，「妳還可以殺了我。」我不敢置信的說。

她坦率地看著我，「說你是奧祕所的新星，還真是駑鈍。你仔細想想，要是我動不動就殺人，還要做生意嗎？」

「大師們知道這件事嗎？」

她笑了，「老天，當然不知道，巡警、主教、我媽也都不知道。」她指著自己的胸膛，然後指我，「我知，你知，那通常就足以確保我倆之間的合作順利了。」

「異常情況又是怎樣？」我問，「要是我學期末沒還錢呢？那會怎樣？」

她攤開手，不在意地聳聳肩，「那我們就像理性的人那樣，把事情做個了結，可能是你為我工作，告訴我祕密，幫我忙之類的。」她微笑，用挑逗的表情慢慢地打量我，笑看著不安的我。「要是情況糟到不能再糟，你非常不合作，我或許可以把你的血賣給別人，以補償我的損失，畢竟每個人都有敵人。」她輕鬆地聳肩，「不過我從來沒碰過那麼糟的情況，光是那樣威脅，通常就足以讓人乖乖就範了。」

她看著我的表情，肩膀稍稍放低了下來，「來吧。」她輕聲說，「你來這裡原本預期會遇到體型粗壯、滿手是疤的放高利貸傢伙，你已經做好準備要和晚一天還錢就揍得你七葷八素的人交易了。我的做法還比較好，也比較簡單。」

「這太瘋狂了。」我說，站起身來，「我做不到。」

戴維開心的表情消失了，「沉著點，」她說，顯然逐漸感到不耐，「你那樣子就好像鄉巴佬一樣，以為我要買你的靈魂，那不過是一點血，讓我可以監督你罷了，就好像抵押品一樣。」她用兩手做出安撫的手勢，就好像在撫平空氣一樣。「好，我就告訴你吧，我可以只借你最低金額的一半。」她期待地看著我，「兩銀幣，這樣有好一點嗎？」

「沒有。」我說，「很抱歉浪費了妳的時間，我做不到，這附近還有其他的地下錢莊嗎？」

「當然有，」她冷冷地說，「但是我不是很想告訴你。」她歪著頭露出嘲弄的表情，「況且今天不是燃日嗎？你不是明天中午以前就要籌到學費？」

「那我就自己去找那些高利貸。」我厲聲說。

「我相信你會找到的，像你這樣聰明的孩子。」戴維用手背趕我離開，「想走就走吧，兩個月後那些惡霸踢你可愛的小臉蛋，把你打得滿地找牙時，別忘了想想戴維的好。」

離開戴維住處後，我在伊姆雷街上煩躁不安地踱步，努力釐清思緒，想辦法解決問題。

我很有可能還清兩銀幣的借款，我想我在工藝館裡應該不久就會升級了，一旦我獲准做自己想做的事，就可以開始賺點錢，我只需要多上點課就行了，升級是遲早的事。

其實我真正借的是時間，再一個學期，天曉得兩個月後又會迸出什麼機會？

但是即使我這樣說服自己，我還是忘不了事實，那借款條件很糟，我是在自找麻煩。我乾脆別管自尊，看看威稜、西蒙或薩伏依能不能借我八銅幣好了。我嘆了一口氣，無可奈何地接受我得一學期過著餐風露宿，揀食剩菜裹腹的生活，至少不會比我在塔賓的情況糟。

我正要返回大學院時，經過一家當鋪的櫥窗，感覺到手指泛起熟悉的疼痛感……

「七弦魯特琴多少錢？」我問，到現在我還是不記得當初是怎麼走進店裡的。

「四銀幣整。」老闆爽快地說，我想他是最近才踏進這行，不然就是醉了。當鋪老闆從來不會那麼開朗，即使是在伊姆雷這樣的富裕城市裡。

「噢。」我說，也不刻意隱瞞我的失望了，「我可以看一下嗎？」

他把琴遞給我，其實沒什麼好看的，那木頭的紋理不均，外漆斑駁，留著些許刮痕，琴格由腸線製成，亟需更換，但我不是很在意那些，反正我之前彈的琴通常沒有琴格。琴身是紫檀木，所以聲音不會太細膩。不過這在擁擠的酒吧裡反倒比較適合，聲音可以穿透閒聊的低語聲。我用一隻手指輕敲琴身，發出響亮的鳴聲，扎實但不優美，我開始調音，讓自己有藉口可以握它久一些。

「我最多可以降到三銀五。」櫃臺後方的老闆說。

他語氣中透露了一絲的急切，讓我的耳朵豎了起來，我這才想到在一個充滿貴族與成功樂手的城市裡，一把醜陋的二手魯特琴可能不是很好賣，我搖頭，「這琴弦都舊了。」其實它們還好，但我希望他不懂這些。

「的確，」他說，證實了他的無知，「不過琴弦很便宜。」

「我想，」我遲疑地說，刻意把每條弦的音調偏一些，我彈了一個音，聆聽稍嫌刺耳的聲音，對著琴頸露出懷疑的表情，「我想這琴頸可能裂了。」我又彈了一小音階，那聲音聽起來更糟，「你不覺得聽起來有點刺耳嗎？」我又更用力地彈了一次。

「三銀二？」他期待地問。

「這不是我要用的。」我說，好像在糾正他一樣，「是要買給我弟的，那小子老愛碰我的琴。」我又彈了一次，裝出痛苦的表情，「我可能不是很喜歡那小子，但是我還沒壞到買一把琴頸裂掉的魯特琴送他。」我刻意停頓了許久，發現他沒反應，於是我故意激他，「三銀二沒辦法。」

「三銀幣整呢？」他期待地說。

我看起來一臉漫不經心地隨意拿著魯特琴，不過心裡則是牢牢地握著它，我想你們都無法了解那種感覺。祁德林人殺了整個劇團時，他們的確毀了我家族和家裡的一切，但我父親的魯特琴在塔賓被毀時，那感覺在某方面來說更糟，就好像斷了手腳，少了眼睛或器官一樣。我在沒有音樂下，像殘廢老兵或行屍走肉一般，在塔賓遊蕩了好幾年。

「這樣吧，」我坦白地對他說，「我給你兩銀二。」我拿出錢包，「你可以收下，或是讓這把醜陋的東西繼續擱在你架上十年，堆積灰塵。」

我看著他的眼睛，小心不露出我有多渴望的表情，無論如何我都要拿到這把琴，在雪中裸舞也無所謂，我會瘋狂地抓著他的腿搖，承諾給他任何東西，一切都行……

我數了兩銀二，放在我們之間的櫃臺上，那幾乎是我為這學期的學費存下來的所有錢了。我把硬幣一一放到桌面上時，發出了清楚的聲響。

他凝視我好一會兒，打量我。我又放下一銅幣，等了又等。最後他終於伸手拿錢，露出一臉疲憊的神情，和我習慣看到的當鋪老闆表情一樣。

戴維開門微笑，「坦白講，我沒想到會再見到你，進來吧。」她閂上門，走到桌邊，「不過，見到你還滿開心的。」她轉頭往後看，露出頑皮的笑容，「我很期待跟你做點小交易。」她坐下，「所以你要借兩銀幣嗎？」

「其實四銀幣更好。」我說，剛好夠我付學費和籠樓的床位。我是可以餐風露宿，不過魯特琴應該放在更好的地方。

「很好。」她一邊說，一邊拿出罐子和針。

我的手指不能受傷，所以我改扎手臂，讓三滴血緩緩滴進棕色小瓶裡，我把瓶子遞給戴維。

「把針也放在裡面吧。」

我照做了。

戴維用透明的液體擦拭瓶塞，把瓶塞塞入瓶口，「那是大學院的人發明的一種聰明黏劑，」她解釋，「這樣一來，除非我把瓶子打破，否則無法開瓶。你還清債務時，可以原封不動地拿回瓶子，晚上可以安心入睡，不用擔心我留下了什麼。」

「除非妳有溶劑。」我指出。

戴維用銳利的眼神看我，「你這人不太信任別人對吧？」她在抽屜翻找了一下，拿出一些封蠟，開始用桌上的燈火加熱，「我想你應該沒有印章、戒指之類的東西吧？」她一邊問，一邊把蠟包裹在瓶蓋上。

「我如果有珠寶可以賣，就不會來這裡了。」我坦白說，把大拇指押到蠟上，留下可辨識的指紋，「但是那樣應該就夠了。」

戴維用鑽筆在瓶身刻上數字，然後拿出一張紙，她寫了一會兒，用手搧了搧，等墨水乾。「你可以拿這張紙，向歐麥西河兩岸的任何一個放款人換錢。」她開心地把那張紙遞給我，「很高興能和你做這筆交易，以後請多指教。」

我帶著錢，背著魯特琴走回大學院，魯特琴的背帶在我肩上形成了一股令人欣慰的重量。那琴又舊又醜，但是我為它付出了珍貴的金錢與血液，換得了內心無限的平靜。我愛它，就像疼愛孩子一樣，彷如呼吸一般，視如自己的右手。

51 錫板

第二學期一開始，基爾文允許我上符咒術，有些人對此感到相當驚訝，不過工藝館裡沒人質疑，我在那裡已經證明自己是個認真的工匠與專注的學生了。

符咒術基本上是一套傳導力量的工具，就像有具體形狀的共感術。

例如，你在磚頭上刻神祕記號ule，在另一塊磚頭上刻doch，這兩個神祕記號會讓兩塊磚頭相連，就像用灰泥結合起來一樣。

不過實際上沒那麼簡單，其實這兩個神祕記號會以引力拉開磚頭。為了避免這種情況，你需要在每塊磚塊上加上神祕文字aru。aru就是「黏土」的意思，讓兩塊磚頭彼此相連，解決引力拉開的問題。

只不過aru和doch又不相容，兩者形狀不合。要讓它們相容，必須再增加幾個連結的神祕記號：gea和teh。接著，為了平衡，你也必須在另一塊磚頭上加上gea和teh。這樣一來，磚塊就會彼此相連，不會斷了。

但是這只適用在黏土做成的磚塊上，多數磚塊並非黏土做成的，所以一般來說，在燒磚以前，把鐵混入磚塊的陶土中比較好。當然，那表示你得用fehr，而不是aru。然後你必須對調teh和gea，兩端才能好好相連……

從這裡可以看出，用灰泥結合磚塊是比較簡單可靠的方法。

我是跟著卡瑪學符咒術，這位臉上有疤的獨眼人就像基爾文的守門人，你得先證明你確實了解符咒術以後，才能晉級。之後你跟著比較有經驗的工藝師見習，幫他們完成作品，讓他們從工作中教你工藝上的細節。

神祕記號共有一百九十七個，就好像學新語言一樣，只不過有近兩百個不熟悉的字母，而且你常需要自創文字，多數學生至少要學一個月，卡瑪才斷定他們可以升級，有些學生則學了一整個學期。

我從頭到尾只花了七天就學會了。

怎麼辦到的？

首先，我有動力。其他學生可以好整以暇地學習，他們的父母或贊助人可以幫他們付學費，我則必須盡快在工藝所升級，以便早點做自己的作品賺錢。而今，我的第一個考量甚至已經不是學費了，而是戴維。

第二，我很聰明，不是普通的聰明，是絕頂聰明。

第三，我很幸運，就那麼簡單。

我背著魯特琴，在主樓拼湊的屋頂上行走，這時暮色蒼茫，不過我已熟悉這一帶該怎麼走了。我只踏在錫板上，我知道踩上紅瓦或灰石板比較危險。

主樓重新整修時，有一個中庭完全隔離了出來，只能從某個講堂的高窗爬過去，或是從屋頂上由一株多節的蘋果樹爬下去。

我來這裡練習魯特琴，寵樓的床位不太方便，大學院的人大多覺得音樂是輕浮的東西，而且萬一吵到室友睡覺或念書，只會樹立更多的敵人，所以我才來這裡。這裡正好，隱密隔離，離我住的地方又近。

這兒的樹叢繁茂，草地上雜草與開花植物叢生，不過蘋果樹下有一張長椅，正好可以讓我練琴。我通常都是等主樓上鎖，夜深人靜時才來這裡。不過今天是旬三，要是我晚餐吃快一點，在艾爾沙．達爾的課與工藝館的工作之間，我還有近一小時的空檔，有不少時間可以練習一下。

但是今晚我到中庭時，卻看到窗戶透出亮光，今天布藍德的課上得比較久。

所以我待在屋頂上，講堂的窗戶關著，不太可能聽到我的彈奏。

我把背倚著附近的煙囪，開始彈琴。過了約十分鐘後，燈熄了。不過，我決定還是待在原地，不浪費時間爬下去了。

我〈十瓶飲〉彈到一半時，夕陽探出雲層，金色陽光灑滿了屋頂，從屋簷流進了底下的中庭，照亮了下面一小部分。

這時我聽到噪音，突然一陣沙沙作響，好像中庭下有驚動的動物一樣，但是那又不像松鼠或兔子在樹叢裡製造的聲音，而是扎扎實實的聲響，帶點金屬碰撞聲，就好像有人掉了一條鐵棒一樣。

我停下彈奏，腦中還繼續想著彈到一半的旋律。難道有學生在下面聽嗎？我先把琴收進琴箱，才走到屋簷，往下看。

繁茂的樹叢遮蓋了中庭東邊大半個地方，我無法看穿那後面有什麼，有學生從窗戶爬進來了嗎？

夕陽迅速消失，等我爬下蘋果樹時，中庭已籠罩在暗影中。我從這裡可以看到課堂的高窗是關閉的，不會有人從那裡進來。這時天色已迅速變暗，但我在好奇心的驅使下，不顧危險地踏進樹叢裡。

樹叢裡有很多空間，裡面近乎是中空的，枝幹交錯成一個綠殼，下面有足夠的空間可以輕鬆地蹲伏進去。我暗自記了下來，萬一下學期沒錢睡籠樓時，這是個睡覺的好地方。

即使光線昏暗，我還是可以看到裡頭只有我一人，沒什麼空間讓比兔子大的東西躲藏在裡面。在昏暗的光線中，我也找不到能發出金屬聲的東西。

我哼著〈十瓶飲〉的輕快歌詞，爬到樹叢的另一端，這時我才注意到排水道的柵門，大學院裡到處都可以看到類似的東西，但是這個比較老舊，也比較大。若把柵門打開，那入口大到可以塞一個人。

我遲疑了一會兒，握著其中一根冰涼的金屬長條拉了一下，那沉重的柵門順著鉸鏈旋轉，往上拉起三吋就停住了。在昏暗的光線中，我無法判斷為什麼拉不起來了，我更用力拉，但它就是動也不動。最後我放棄了，把它推回原位，結果發出的噪音就帶點金屬聲，像有人掉了一根沉重的鐵棒一樣。

接著我手指摸到眼睛沒注意到的東西：柵門長條上刻著密密麻麻的溝槽，我仔細近看，認出一些我從卡瑪那裡學到的神祕記號：ule和doch。

這時我靈光乍現，突然想到〈十瓶飲〉的歌詞和前幾天卡瑪教的神祕記號相合。

Ule和doch都是縛咒，
Reh是探找，
Kel是尋獲，
Gea是鑰，
Teh是鎖，
Pesin是水，
Resin是石。

我想繼續看下去，六點的鐘聲就響了，那鐘聲讓我從沉迷中驚醒了過來，但是我伸手觸地要穩住身子時，不是摸到葉子和泥土，而是一個又圓又硬，表面光滑的東西：青蘋果。

我爬出樹叢，走到西北角的蘋果樹下，地面上都沒有蘋果，這時節還太早，更何況柵門是在中庭的另一端，蘋果不可能滾那麼遠，一定是有人帶進來的。

我不知道這是什麼情況，但是我知道我去工藝館輪晚班就快遲到了。我爬上蘋果樹，拿起魯特琴，趕往基爾文的工作室。

當晚稍候，我把剩下的神祕記號配上音樂，花了幾個小時，但完成後就好像腦中多了一張參照表一樣。隔天，卡瑪讓我做了兩小時的大考，我就這樣通過了考試。

接下來，我在工藝館是跟著馬內見習，就是那個我剛來大學院沒幾天就認識的老學生，馬內已經在大學院念了近三十年，每個人都知道他是萬年穎士。不過，我們等級雖然相同，他在工藝館的實務經歷，比級數更高的十幾位學生加起來還多。

馬內很有耐心，思慮周延，他讓我想起我的啟蒙老師阿本希，只不過阿本希像個閒不下來的匠販一樣周遊列國，大家都知道馬內其實只想一輩子都待在大學院裡。

馬內從小東西開始傳授，用強化玻璃和集熱導管教我一些簡單的製法。在他的指導下，我學習工藝就像其他的科目一樣迅速，沒多久我們就開始做比較複雜的專案，例如降溫器與共感燈。

我還不能做共感鐘或傳動器等等真正高階的工藝品，不過我知道那是遲早的問題。只可惜，時間真的不夠。

52 燃燒

再度擁有魯特琴，表示我又找回了音樂，但是很快我就發現，自己已經三年疏於練習了。過去幾個月在工藝館工作，把我的手磨練得堅韌有力，但不是那種適合彈琴的手，我花了好幾天沮喪地練習，才練到可以一次輕鬆地彈一個小時。

要不是我忙著其他的學習，或許可以進步得更快一些。每天我要到醫護館裡站兩個小時或跑來跑去，在數學課上做算數且聽兩個小時的課，在工藝館跟著馬內學工藝技巧三個小時。

另外還要跟著艾爾沙．達爾學進階共感術。課堂外，艾爾沙．達爾心情好的時候，說話溫和，充滿魅力，甚至有點搞笑。但上課時，他時而像瘋狂的預言者，時而像在船上擊鼓、讓奴隸跟著划槳的鼓手。每天上他三小時的課，感覺像用了五小時的精力一樣。

再加上我課餘又在基爾文的工作室裡打工，連吃飯、睡覺和讀書的時間都快不夠了，更何況是練琴。

音樂是個嬌縱、喜怒無常的情婦，對她投以應有的時間與關注，她就是你的。對她輕忽怠慢，哪天你叫她，她連理都不理你，所以我開始減少睡眠，在她身上投入需要的時間。

這樣過了一旬，我有點累。三旬之後，我雖然沒事，但我得咬緊牙關才撐得下去。到了第五旬左右，我開始出現明顯的疲態。

第五旬期間，我和威稜與西蒙難得一起享用午餐，他們到附近的酒館外帶，我吃不起要價一鐵幣的蘋果和肉餅，所以從學校的餐廳夾帶了一些大麥麵包和軟骨臘腸出來。

我們坐在旗杆底下的石椅上，就是當初我被鞭打的地方。遭到鞭刑後，我對那裡原本充滿了恐懼，但我

逼自己坐在那裡，證明我做得到。等我不再害怕以後，我坐在那裡是因為我覺得其他學生的注目禮很有趣。現在則是因為我覺得很自在，這是我的地方。

再加上我們三人常湊在一起，所以這裡也變成威稜和西蒙的地方。即使他們覺得我選這地方很怪，不過他們從沒提起。

「最近很少看到你。」威稜滿嘴肉餅地說，「生病了嗎？」

「是啊。」西蒙挖苦地說，「他病了整整一個月。」

威稜瞪他，念了幾句，他那樣子頓時讓我想起了基爾文。

他的表情讓西蒙發笑，「威稜的說法比我客氣，我是打賭你閒暇時都跑伊姆雷，去那裡追年輕貌美的吟唱詩人了。」他指著我放在身邊的魯特琴箱。

「他看起來像病了。」威稜用敏銳的眼神打量我，「你的女人沒有好好照顧你。」

「他是害相思病。」西蒙故意說，「食不下嚥，睡不成眠，你該背算式時，滿腦子都想著她。」

我不知該怎麼回應。

「看吧？」西蒙對威稜說，「她偷走了他的舌頭，也偷了他的心，他只對她說話，跟我們沒話說了。」

「也沒時間陪我們。」威稜一邊迅速吞嚥著肉餅，一邊說。

他們講的當然沒錯，比起我疏於關照自己的程度，我的確更疏於關心朋友。我心裡頓時湧現強烈的罪惡感，不敢告訴他們實情，不想讓他們知道我其實身無分文，需要盡量善用這學期的時間，否則這很可能就是我最後一學期了。

如果你無法了解我為什麼沒辦法對他們吐露實情，我想你應該沒有真正窮過，無法了解只有兩件襯衫，沒錢理髮，得自己剪有多窘。我掉了一顆釦子，卻付不起一個鐵板兒買相稱的鈕釦來補。褲子的膝蓋磨損了，我得勉強用不同顏色的線縫補。我買不起食用鹽，偶爾和朋友晚上出去，也喝不起酒。

我把基爾文工作室裡賺來的錢，都花在墨水、肥皂、魯特琴弦等等必需品上了。我唯一僅剩的是自尊，我受不了讓兩位好友知道我捉襟見肘的感覺。

如果我運氣特別好，或許我可以湊足兩銀幣，償還欠戴維的利息。但是要攢夠錢付利息，又付下學期的學費，看來只能靠神蹟了。被迫離開大學院，又還清戴維的借款後，我也不知道我要做什麼。或許離開這裡，前往艾尼稜找戴娜吧。

我看著他們兩位，不知該說些什麼。「威稜，西蒙，很抱歉，最近我實在太忙了。」

西蒙變得有點嚴肅，我看得出來，他對於我不願解釋行蹤感到難過。「我們也很忙啊，我有修辭和化學課，也在學席德語。」他轉向威稜，皺起眉頭，「我應該要讓你知道，我開始討厭你的語言了，討厭死了。」

「Tu kralim.」威稜親切地回應。

西蒙又回頭看我，很真誠地對我說：「我們只是希望能多見到你，不是每隔幾天才看到你從主樓直奔工藝館。女人是很棒，這點我承認，但是女人搶走我朋友時，我就有點不是滋味了。」他突然露出開心的笑容，「當然，我不是那樣看你啦。」

我覺得喉嚨好像突然哽了東西，難以下嚥，我已經記不得上次有人想念我是什麼時候了。已經很久沒有人想念過我的存在，我覺得喉嚨好像快湧出熱淚一樣。「沒有女人啦，我是說真的。」我努力嚥下口水，恢復鎮靜。

「西蒙，我覺得我們忽略了點什麼。」威稜用奇怪的眼神看著我，「你看看他。」

西蒙也用類似的表情打量我，被他倆這樣一盯，我頓時慌了起來，收起差點落下來的眼淚。

「等等，」威稜像說教一樣，「我們這位小穎士來大學院幾學期了？」

西蒙坦率的臉龐上頓時出現豁然開朗的神情，「噢。」

「有人想告訴我嗎？」我煩躁地說。

威稜不理會我的問題，「你修什麼課？」

「什麼都修。」我說，慶幸正好有藉口可以抱怨，「幾何學、醫護館的實習、艾爾沙．達爾的進階共感術，還有在工藝館裡跟著馬內見習。」

西蒙露出有點震驚的表情，「難怪你看起來像一句沒睡一樣。」他說。

威稜自顧自點頭，「而且你還在基爾文的工作室裡打工，對吧？」

「每晚幾個小時。」

西蒙大驚，「而且你還同時學樂器？你瘋了嗎？」

「音樂是唯一讓我感到踏實的東西。」我說，彎腰拿起我的魯特琴，「我不是學習怎麼彈，我只是需要練習。」

威稜和西蒙交換了一下眼色，「你覺得他還有多久時間？」

西蒙上下打量我，「頂多一句半。」

「你們在講什麼？」

威稜傾身向前，「我們都會碰到吃不消的時候，不過有些學生不知道何時該放手，搞得身心俱疲，於是他們休學，或考得一塌糊塗，有的就瘋了。」他輕拍腦袋，「這通常是發生在入學的第一年。」他露出意味深長的表情。

「我沒有吃不消。」我說。

「去照照鏡子。」威稜坦白地建議我。

我開口想向他們保證我沒事，但這時鐘聲響了，我只有時間跟他們匆匆道別，而且還得用衝的，才能趕上進階共感術的課。

艾爾沙．達爾站在兩個中型的火盆間，他鬍子修剪整齊，身穿深色大師袍，那模樣還是會讓我想起很多艾圖通俗劇裡的典型惡法師。「你們每個人都必須記得，共感術士和火焰是連在一起的。」他說，「我們是它的主人，也是它的僕役。」

他把手縮進長袖裡，又開始走動，「我們是火的主人，因為我們可以支配它。」艾爾沙・達爾用手掌拍附近的火盆，讓它發出輕輕的聲響。煤炭燃起了火焰，開始猛烈地向上燒。「所有東西的能量都歸祕術士所有，我們對火下命令，火就聽命。」達爾緩緩走向房間的另一個角落，他身後那個火盆逐漸變暗，他接近的那個火盆則亮起了火光，開始燃燒。我很喜歡他的表演技巧。

達爾停下腳步，再次面對全班，「但是我們也是火的僕役，因為火是最常見的能量形式，沒有能量，我們的共感力就毫無用處了。」他背對著全班，開始把石板上的公式擦掉，「把你們的材料準備好，我們來看今天誰和穎士克沃思挑戰。」他開始用粉筆列出所有學生的名字，我的名字排在第一個。

三旬前，達爾開始讓我們互相挑戰，他稱之為決鬥。這項新活動雖然可以讓我們暫時擺脫枯燥的教學，但也蘊含了致命的元素。

每年有一百位學生離開奧祕所，其中或許有四分之一領到繫德。那表示每年全世界接受共感術訓練的人多了一百位，這些人都是你往後人生中可能會交手的人。雖然達爾從來沒有透露那麼多，但我們都知道，其實我們學的不僅是專注力與智慧運用而已，也在學如何戰鬥。

達爾會細心地追蹤決鬥的結果，在三十八人的班級裡，我是唯一的全勝者。這時連最笨、最嫉妒我的學生都已經不得不承認，我迅速晉升到奧祕所並非一時走運。

決鬥也可以賺點蠅頭小利，因為有些人會暗中下注打賭。當我們想賭自己的決鬥結果時，薩伏依和我會為彼此下注，不過我通常都沒錢賭。

所以薩伏依和我在準備材料時撞上彼此，並非湊巧，我從桌子底下遞給他兩銅幣。他沒看我就把銅幣塞進口袋裡，「老天，」他說，「今天有人挺有自信的。」

我不在乎地聳聳肩，其實心裡有點緊張。我這學期開始時身無分文，一直省吃儉用，但昨天基爾文給我

在工藝館工作一旬的工資：兩銅幣，那是我僅有的錢財。

薩伏依開始在抽屜裡翻找，拿出共感蠟、麻線，還有幾片金屬塊。「我不知道我能幫你贏到多高的賭金，賠率愈來愈差了，我猜你今天頂多只能拿到三比一的賠率，萬一真的那麼低，你還要賭嗎？」

我嘆了一口氣，那賠率是指要賭我全勝必須押的賭金。昨天還是二比一，亦即要贏一分錢，得賭兩分錢。「我今天有些打算。」我說，「條件沒設好以前，先別下注。你至少要賭三比一我會輸。」

「賭你會輸？」他拿起一堆器材時低語，「除非你是挑戰達爾。」我把頭稍微偏到一邊去，掩飾我聽到他的讚美而稍微漲紅的臉。

達爾拍手，大家馬上各就各位，我的對手是維塔斯男孩芬頓，他的排名僅次於我，我認為他是班上少數在適當情境下，真的可以對我構成威脅的人。

「好，」達爾說，他熱情地搓動雙手，「芬頓，你名次比較低，你先做選擇。」

「蠟燭。」

「你的連結是？」達爾制式地詢問。選蠟燭的話，連結要不是燭芯，就是蠟。

「燭芯。」他舉起一條讓大家看。

達爾轉向我，「你的連結呢？」

我伸手進口袋，用誇張的手勢拿起我的連結，「麥稈。」對此，全班開始竊竊私語。我想這最多只能傳遞百分之三的能量，或百分之五。芬頓的燭芯比我的好十倍。

「麥稈？」

「對，麥稈。」我用比實際稍多的自信回應。如果這麼做還不能提高我全勝的賠率，我也不知道還有什麼方法了。

「那就是麥稈了。」達爾爽快地說，「穎士芬頓，因為克沃思有全勝的記錄，由你來選來源。」這時班上響起竊笑聲。

完了，我心一沉，我沒料到會那樣。通常沒選挑戰內容的人可以選擇來源，我本來打算選火盆的，因為我知道那熱量可以幫忙抵銷我自選的不利條件。

芬頓知道自己佔了優勢，露齒而笑，「沒來源。」

我露出痛苦的表情，因為這樣只能靠體熱取得能量，這在最佳情境下都很難了，而且還有點危險。

我贏不了了，我不僅會丟了全勝的紀錄，也沒辦法暗示薩伏依別押下我最後的兩銅幣。我想辦法向他使眼色，但是他已經忙著和其他的學生積極交涉了。

芬頓和我不發一語地分坐在一張大型工作臺的兩側，達爾在我們的面前放下兩支粗蠟燭，我們的目的是點燃對手的蠟燭，但不讓對方點燃你的蠟燭。這需要把心思分成兩半，一半努力把你的燭芯（或你一時愚蠢挑的麥稈）想成和你想點燃的蠟燭燭芯一樣，然後從你的來源擷取能量，把它點燃。

在此同時，你另一半的心思則是忙著想對手的燭芯和你的蠟燭不一樣。

如果你覺得這聽起來很難，相信我，實際上比這個還要難上好幾倍。

更糟的是，我們都沒有簡單的來源可以擷取能量。用自己當能量來源必須很小心，你的身體之所以有體溫，是有它的道理的，擷取體溫時身體會產生負面反應。

達爾手勢一比，我們就開始了。我馬上先用全部的心力保護我的蠟燭，開始奮力地思考。我不可能贏得了他，不管你是多好的劍術家，對手持鋼劍，你卻選擇用柳枝迎戰時，你必輸無疑。

我讓自己進入石心狀態，仍用全部的心力保護著我的蠟燭。我輕聲念咒，把我的蠟燭和他的蠟燭縛在一起。然後伸手把我的蠟燭放平，迫使芬頓在他的蠟燭也跟著倒下滾開之前，連忙抓住他的蠟燭。

我趁他分心之際，點燃他的蠟燭。我用體熱引燃，感覺到一股寒意從我握住麥稈的右手往手臂竄升。結果什麼也沒發生，他的蠟燭還是暗的。

我用手罩住燭芯，擋住他的視線，這是個小伎倆，用來對付技術純熟的共感術士大多沒什麼效用，不過我只是想藉此干擾他。

「嘿，芬頓。」我說，「你聽過有關匠販、泰倫教徒、農夫女兒，以及奶油攪拌器的故事嗎？」芬頓沒回應，他蒼白的臉努力地集中注意力。

分散注意力這招確定無效，我放棄這種方法，芬頓太聰明了，沒辦法讓他分神。此外，我也很難維持專注力以保護我的蠟燭。我讓自己更深入石心的狀態，從腦中摒除兩根蠟燭以及燭芯和麥稈以外的一切。

一分鐘後，我全身都是濕黏的冷汗，開始顫抖。芬頓見狀，他無血色的嘴唇露出了微笑，我加倍努力，但他的蠟燭就是怎樣也點不燃。

五分鐘過了，全班靜得跟石頭一樣，多數決鬥的時間不會超過一兩分鐘，其中一位參賽者很快就能證明他比較聰明或意志比較強，但是我現在兩手冰冷，我也看到芬頓脖子的肌肉抽動著，就像馬抖動側身以甩開牛蠅一樣。他想按捺住顫抖的衝動時，姿勢僵硬了起來。我的蠟燭燭芯開始飄出一縷輕煙。

我使勁地施力，咬緊牙根，齜牙咧嘴，如猛獸一般，連齒縫都發出了嘶嘶聲。芬頓似乎沒注意到，他眼睛變得愈來愈呆滯無神，我又顫抖了一次，這次抖得太厲害，差點就沒看到他的手也在顫動。接著，芬頓的頭開始緩緩朝桌面傾斜，眼皮下垂，我進一步咬緊牙根，終於看到他的蠟燭燭芯飄出了一縷輕煙。

芬頓茫然地看向那邊，但他沒有重新振作保護自己的蠟燭，而是緩緩做出放棄的手勢，把頭枕在他的臂彎上。

他手肘附近的蠟燭亮起火焰時，他也沒抬頭看。這時教室裡響起零零落落的掌聲，夾雜著不敢相信的驚呼。

這時有人拍我的背，「這招還真不賴，讓他把精力耗盡。」

「不是。」我口齒不清地說，伸手到對面，用笨拙的手指扳開芬頓握著燭芯的手，看到裡面有血。「達爾大師，」我盡快說，「他凍僵了。」說話讓我感覺到我的嘴唇有多冰。

不過，達爾已經衝上前，拿毯子包住芬頓。「你，」他隨手指著一名學生，「快去找醫護館的人來，快！」那學生衝了出去，「真傻！」達爾大師低聲嗅著加熱縛，他往我這邊看，「你應該起來稍微走一下，你看起來也沒比他好多少。」

當天就沒有再舉行其他決鬥了，全班看著芬頓在達爾大師的照顧下逐漸甦醒。等醫護館的菁士抵達時，芬頓的身子已經暖到開始猛力顫抖了。裹了十五分鐘的毯子，再加上共感術的加持以後，芬頓已經可以喝點熱的東西，不過他的手還在顫抖。

等所有騷動都結束後，已經快三點了。達爾大師設法讓所有學生都坐好，安靜下來，以便說幾句話。

「我們今天看到的就是典型的『縛者惡寒』。人體是很脆弱的東西，迅速失溫幾度可能會破壞整個系統，比較輕微的例子就是那樣，凍僵。但比較嚴重的情況可能會導致休克與失溫。」達爾環顧四周，「誰能告訴我，芬頓犯了什麼錯？」現場安靜了一會兒，接著有人舉手，「布瑞，請說。」

「他用血液擷取能量。當熱量從血液裡流失時，整個身體就會冷卻下來。這一招不一定都有效，因為四肢比內臟更能忍受激烈的降溫。」

「為什麼會有人想用血液擷取能量？」

「因為血液可以比肌肉更快提供能量。」

「他擷取多少能量是在安全的範圍內？」達爾環顧教室。

「一點五度。」達爾糾正，並在石板上寫下幾個等式，說明這樣能提供多少能量。

「兩度？」有人出聲。

「以他的症狀來看，你們覺得他用了幾度？」

大家陷入一陣沉默，最後薩伏依大聲說：「八或九度。」

「很好。」達爾勉強地說，「至少你們之中還有一個人讀了書。」他的表情變得嚴肅，「共感術不適合意志不堅的人，也不適合過於自信的人。今天要不是我們給芬頓他所需要的照顧，他可能就這樣靜靜入睡，離開人世。」他停頓了一下，讓我們充分聽進這些話。「你們應該要知道自己的極限在哪裡，不要高估自己的能力而失控。」

三點的鐘聲響起，學生起身離開，教室頓時充滿噪音。達爾大師拉大嗓門說：「穎士克沃思，留下來一會兒好嗎？」

我皺了一下眉頭，薩伏依走到我身後，輕拍我肩膀，輕聲說：「好運。」我聽不出來他是指我剛剛贏了，還是在祝我好運。

等大家都離開了以後，達爾轉身，放下他用來擦淨石板的抹布，以聊天的口吻說：「所以你們是賭多少？」

他知道下注的事，我並不覺得意外，「十一比一。」我坦言，我賺了二十二銅幣，比兩銀幣多一些。那些錢在口袋的感覺讓我感到溫暖。

他疑惑地看著我，「你現在感覺如何？最後你自己也有點發白了。」

「我抖了一下。」我謊稱。

其實芬頓倒下來引起騷動後，我溜了出去，有幾分鐘在後面的走廊上渾身發軟。我的身體像心臟病發似的顫抖，差點就站不穩，還好沒人發現我在走廊上顫抖。我咬緊牙關，感覺牙齒都快咬碎了。

不過沒人看到我，無損我的聲譽。

達爾的表情讓我覺得他可能在懷疑事實的真相，「過來。」他對著仍在燃燒的火盆做了一個手勢，「溫暖一點對你無害。」

我沒多爭辯，把手伸到火上，感覺自己放鬆了一些。我突然發現自己有多麼疲倦，眼睛因為睡眠不足而發癢，身體變得很沉重，好像骨頭是鉛做的一樣。

我不情願地嘆了口氣，把手縮了回來，睜開眼，看到達爾正仔細地盯著我的臉。「我得走了，」我說，語帶一絲歉意，「謝謝您讓我用火。」

「我們都是共感術士。」達爾說，我收好東西朝門口走時，他友善地對我揮手，「隨時都歡迎你用。」

當晚在籠樓，我敲威稜的門，他開了門。「老天，」他說，「一天見到你兩次，我怎麼有這樣的榮幸？」

「我想你知道。」我喃喃地說，往那個像囚房的小房間裡走。我把魯特琴箱擱在牆邊，跌坐到椅子上。「基爾文禁止我到他的工作室打工了。」

威稜坐在床上，把身體往前移，「為什麼？」

我露出了然於心的眼神，「我想是因為你和西蒙去找他，給他的建議。」

他看了我一下，然後聳聳肩，「你比我想的還快發現。」他搓著臉頰，「你看起來好像沒有很生氣。」

我之前是很生氣，我的財運正要開始好轉之際，卻因為朋友的好意干涉，而害我丟了唯一的打工機會。但是我沒有衝去找他們發飆，而是到主樓的屋頂上彈了一下琴，讓自己冷靜下來。

一如既往，音樂讓我平靜下來。我彈琴時，也好好把事情想清楚了。我跟著馬內見習得很順利，但是東西實在多到學不完：如何起爐火、如何拉出一致的金屬絲線、什麼合金的效果最好。我不可能像學神祕記號一樣迅速把一切學透。在基爾文的工作室裡打工，我無法在月底前就賺到足夠的錢，償還戴維的利息，更何況是攢夠學費。

「我可能會很生氣。」我坦承，「但是基爾文要我照鏡子。」我露出疲倦的笑容，「我看起來糟透了。」

「你看起來像死人一樣糟。」他坦率地糾正我，然後尷尬地停頓了一下，「還好你沒有生氣。」

西蒙敲門後，推開房門，他看我坐在那裡，先是一臉震驚，隨即露出內疚的表情。「你不是應該在工藝館嗎？」他心虛地問。

我笑了，西蒙似乎大大鬆了一口氣。威稜把另一張椅子上的一疊紙挪開，讓西蒙癱坐在椅子上。

「我原諒你們了。」我大方地說，「我只有一項要求：告訴我你們所知關於伊歐利恩的一切。」

53 緩慢兜圈

對於一心期待能嶄露頭角的表演者來說，置身伊歐利恩如同站在舞台翼幕的等候區。我從未忘記這是我前進的目標。如果我聽起來像在這個主題上緩慢打轉，其實那是個比較恰當的方式，因為我和伊歐利恩之間總是以緩慢兜圈的步伐接近彼此。

還好，威稜和西蒙都去過伊歐利恩，他們告訴我少數我還不知道的事。伊姆雷有很多地方可以欣賞音樂，其實幾乎每間旅店、酒館、客棧裡都有音樂家在裡面彈奏、歌唱或吹笛。不過伊歐利恩不一樣，那裡是全城最佳樂手聚集的地方，如果你懂得分辨音樂的好壞，就會知道伊歐利恩是最好的地方。

踏進伊歐利恩的大門就要一銅幣，進去之後，你要在裡頭待多久，聽多少音樂都行。

但是光是付入場費，並沒有給樂手在伊歐利恩演奏的權利，想上伊歐利恩的舞台表演的人，還得付一銀幣，才能取得那樣的特權。你沒看錯，想上伊歐利恩表演，還得付錢才行，而不是別人付錢請你表演。

為什麼會有人願意付那麼多錢，就只是為了演奏音樂？有些付錢的人只不過是嬌縱的有錢人，對他們來說，付個一銀幣上台炫耀一番，並不是多大的代價。

不過，專業的樂手也會付錢，如果你的表演能讓觀眾與業主激賞，你會因此獲得一個徽章：可以掛在別針或領帶上的小銀笛。在伊姆雷方圓兩百哩內，銀笛徽章在多數大旅店裡都是優秀表演者的最佳證明。

獲得銀笛後，你就可以免費進出伊歐利恩，隨性地上台表演。

獲得銀笛的唯一責任是表演，當你應邀表演時，就得出席，這通常不是很大的負擔，因為常去伊歐利恩的貴族通常會以金錢或禮物犒賞他們欣賞的樂手，就像我們一般人會請小提琴手喝一杯一樣，那是上流社會表達欣賞的方式。

有些樂手表演時，並沒有對銀笛抱著太大的希望。他們之所以付錢演奏，是因為你永遠不會知道你演奏的當晚，誰會來伊歐利恩聆聽。精采演奏一曲後，不見得能幫你贏得銀笛，但或許可以幫你贏得有錢贊助人的青睞。

沒錯，就是贊助人。

某晚我和西蒙坐在旗杆下的老位子上，當晚威稜沒來，他到安克酒館去對女侍擠眉弄眼了，西蒙說：「你絕對猜不到我聽說了什麼，學生晚上常聽到主樓裡有各種怪聲。」

「是喔。」我假裝沒什麼興趣。

西蒙又繼續說：「是啊，有人說那是在主樓裡迷路餓死的學生鬼魂。」他用手指輕敲鼻翼，就像老人講古一樣，「他們說她到現在還是在走廊上徘徊，永遠找不到出口。」

「嗯。」

「有人則覺得那是惡靈，說他會虐待動物，尤其是貓，學生半夜聽到的是虐貓的聲音，我知道那聲音怪可怕的。」

我看著他，他一副快要笑出來的模樣，「噢，你想說什麼，就快說吧。」我裝出嚴肅的語氣，「說啊，既然你那麼聰明，雖然這年頭已經沒人用貓腸當琴弦了。」

他開心地咯咯笑，我為了不讓他太得意忘形，拿起他的一片糕餅，開始吃了起來。

「所以你還在為那件事努力？」

我點頭。

西蒙看來鬆了一口氣，「我以為你改變主意了，最近我都沒看到你帶著魯特琴。」

「沒必要。」我說，「現在既然有時間練習了，我就不需要隨時把握零碎的時間。」

一群學生經過，其中一位對西蒙揮手，「你什麼時候要演奏？」

「這個悼日。」我說。

「那麼快？」西蒙問，「兩旬前你還在擔心自己有點生疏，那麼快就恢復原來的水準了？」

「還沒完全恢復，」我坦承，「這需要好幾年的時間。」我聳肩，把最後的一口糕餅塞進嘴裡。「不過現在彈起來像以前一樣輕鬆了，音樂不再零零落落的，只是……」我努力想解釋，但想不出來，只好聳肩，「我準備好了。」

坦白說，我會希望再多練一個月或一年才賭上一銀幣，但是我沒時間了。學期就快結束，我需要錢先還戴維利息，並支付下學期的學費，我不能再等下去了。

「你確定嗎？」西蒙問，「我聽說有些去表演的人真的很棒，這學期初有一位老人唱了一首歌，是關於……關於一個女人的丈夫上戰場。」

「〈村中鐵匠鋪〉。」我說。

「管它是什麼，」西蒙不在意地說，「我要說的是，他真的唱得很棒，我聽得又笑又哭，非常感動。」

我用笑容掩飾內心的不安，「你不是還沒聽過我演奏嗎？」

他露出擔心的表情，「但是他沒得到銀笛。」

「你明知我還沒聽過。」他沒好氣地說。

我笑了，當初琴藝還生疏時，我拒絕演奏給威稜和西蒙聽，他們的評價對我來說幾乎和伊歐利恩的觀眾看法一樣重要。

「這個悼日你就有機會聽了。」我逗他，「你會來嗎？」

西蒙點頭，「威稜也會，除非地震或下紅雨。」

我抬頭看著夕陽，「我該走了。」我說，站起來，「練多就變大師了。」

西蒙對我揮手，我朝學校的餐廳走去，在那裡慢慢吃下豆子和嚼不動的老肉，把小麵包帶在身上，周遭有幾位學生對我投以異樣的眼光。

我走回宿舍，從床尾的箱子裡拿出魯特琴。想到西蒙提過的謠言，我選了一條比較麻煩的路，跨過加蓋方巷內的一堆排水管，爬到主樓的屋頂上。我不希望晚上在那裡的練習引來多餘的關注。

我抵達那個有蘋果樹的獨立中庭時，天已經完全黑了，所有窗戶都是暗的，我從屋簷往下看，只看得到黑影。

「奧莉，」我呼叫，「妳在嗎？」

「你來晚了。」傳來有點暴躁的回應。

「抱歉。」我說，「妳今天想上來嗎？」

稍停幾秒，「不想，你下來吧。」

「今晚沒什麼月光。」我盡可能用慫恿的語氣，「妳真的不想上來嗎？」

我聽到下面樹叢傳來沙沙聲，接著看到奧莉像松鼠一樣俐落地爬上樹。她繞著屋簷跑，然後在離我十幾呎的地方突然停了下來。

據我合理的猜測，奧莉只比我大幾歲，一定還不到二十歲。她穿著破破爛爛的衣服，手臂和腳都露了出來，比我矮近十二吋。她看起來很瘦弱，部分原因在於骨架很小，不過還有其他的原因。她的臉頰凹陷，手臂骨瘦如柴，一頭細長的頭髮在她身後如雲般飄起。

我花了很長的時間才誘出她現身，我一直懷疑有人從中庭裡聆聽我練琴，但是過了近兩旬後我才瞥見她的蹤影。看她餓著肚子，我開始盡量從餐廳裡帶點食物過來給她。即使如此，她又過了一旬才肯在我練琴時爬上屋頂來。

過去幾天，她甚至開始說起話了。我原本以為她的個性陰鬱多疑，其實正好相反，她很機靈熱情，雖然我看到她時，會忍不住想起塔賓的自己，但兩者幾乎毫無相似之處。奧莉全身乾乾淨淨的，充滿喜悅。

她不喜歡露天、亮光或其他的人。我猜她是發瘋的學生，在還沒被送進療養所以前就先躲到地下了。我對她所知不多，因為她還是很害羞，容易受驚嚇。我問她名字時，她馬上躲回地底下，過了好幾天才出現。

所以我幫她取了名字：奧莉，不過在我心中，我把她當成月亮小仙子。

奧莉走近幾步，停下來等候，然後又衝向前，她這樣反覆做了幾次，最後站到我的面前。她站著不動時，頭髮往四方飄散，像光圈一樣。她把雙手在身前交握，放在下巴底下，然後伸手拉我的袖子，接著又把手縮回去。「你幫我帶了什麼？」她興奮地問。

我微笑，「妳幫我帶了什麼？」我輕聲逗她。

她微笑，把手伸向前，有個東西在月光下閃著微光，「鑰匙。」她得意地說，把它遞給我。

我拿起鑰匙，握在手中還滿有份量的。「真好。」我說，「這是開什麼的。」

「月亮。」她說，露出一本正經的表情。

「那應該很有用。」我說，打量著那支鑰匙。

「我也這麼想。」她說，「這樣一來，要是月亮有個門，你就可以把它打開了。」她盤著腿坐在屋頂上，笑著看我，「雖然我沒有鼓勵你做那種鹵莽的事。」

我蹲下來，打開琴箱，「我帶了一點麵包給妳。」我遞給她用布包起來的大麥黑麵包，「還有一瓶水。」

「這也很好。」她客氣地說，那瓶子握在她手中顯得很大，「水中有什麼？」她拉起瓶塞，盯著瓶子裡瞧，這麼問我。

「花。」我說，「還有今晚不在天上的部分月亮，我也把它放進去了。」

她抬起頭來，「我先說了月亮。」帶著一點責備的口吻。

「好吧，那就只有花囉，還有蜻蜓背上的閃光。我本來想摘點月光，但是我頂多只能找到藍蜻蜓的光。」

她傾斜瓶子，啜飲了一口，「很棒。」她說，撥開幾撮飄到臉上的頭髮。

奧莉把布攤開，開始吃起麵包，她撕下小塊，細細咀嚼，讓整個進食過程看起來多了一點優雅。

「我喜歡白麵包。」她一邊吃，一邊閒談。

「我也是。」我也跟著坐了下來，「有辦法拿到的時候。」

她點頭，環顧四周的星空和弦月，「我也比較喜歡多雲的時候，不過這樣也不錯，還滿舒服的，像地底世界一樣。」

「地底世界？」我問，她很少像今天那麼健談。

「我住在地底世界裡。」奧莉輕鬆地說，「有一大片。」

「妳喜歡那裡嗎？」

奧莉的眼睛亮了起來，「當然囉，那裡棒極了，百看不厭。」她轉頭看我，「我有事要說。」她開玩笑地說。

「什麼事？」我問。

她又吃了一口麵包，咀嚼吞下後才開口，「我昨天出去了。」露出淘氣的笑容，「到最上面去了。」

「真的嗎？」我說，無意掩飾我的驚訝，「妳覺得如何？」

「很棒，我到處看。」她說，顯然很得意的樣子，「我看到伊洛汀。」

「伊洛汀大師？」我問。她點頭，「他也在最上面嗎？」她再次點頭，咀嚼麵包。

「他看到妳了嗎？」

她又露出笑容，讓她看起來更像八歲，而不是十八歲。「沒人看到我，而且他忙著聽風的聲音。」她用手摀著嘴，發出類似貓頭鷹的叫聲。「昨晚的風很適合聆聽。」她悄悄地補充。

我反覆思索奧莉話中的意思時，她吃下最後一口麵包，興奮地拍手，「開始彈吧！」她開心地說，「彈吧！彈吧！」

我笑了，從琴箱裡拿出魯特琴，我想沒有比奧莉更熱情的觀眾了。

54 發光發熱的地方

「你今天看起來不太一樣。」西蒙說，威稜也嘟噥附和。

「我感覺不一樣。」我坦承，「感覺不錯，但是和平常不一樣。」

我們三人走在前往伊姆雷的路上，踢著腳下的塵土。今天陽光普照，天氣和煦，我們不疾不徐地行走。

「你看起來……很平靜。」西蒙繼續說，撥著頭髮，「我真希望能像你一樣平靜。」

「我希望我能覺得像外表看起來的那麼平靜。」我低語。

西蒙不願就此罷休，「你看起來更沉穩了。」他皺眉，「不對，你看起來……緊繃。」

「緊繃？」緊張讓我笑了出來，也變得比較輕鬆，「人要什麼樣子才叫緊繃？」

「反正就是緊繃。」他聳肩，「像彈簧那樣。」

「因為他姿勢的關係。」威稜說，打破他一貫深思的沉默，「他把背和脖子都挺直了，肩膀往後拉。」他稍稍跟著擺出那樣的姿勢做說明，「他踏出步伐時，是整個腳板踏在地上，不是只有腳尖，像要跑步那樣，或是只有腳後跟，像在猶豫，而是扎實地踏下去，像擁有那片土地一樣。」

我看著自己的步伐，頓時覺得有點彆扭，觀察自己的動作總是看不出個所以然。

西蒙從旁邊看了威稜一眼，「有人最近又在研究阿偶了，對吧？」

威稜聳肩默認，對著路邊的樹丟了一顆石頭。

「你們兩個一直提到的阿偶是誰？」我問，順便把焦點從我身上移開，「我都快因為好奇症末期而死了。」

「如果有人死於好奇症，肯定是你。」威稜說。

「他大多時間都窩在大書庫裡。」西蒙猶豫地說，他知道這是個敏感的話題，「這很難向你解釋，因為……你也知道……」

我們來到橫跨歐麥西河的石橋，這座古老的拱橋是由灰石砌成的，銜接著大學院和伊姆雷，長一百呎，拱形高度逾六十呎，相關的故事與傳奇比大學院的其他地標還多。

我們開始走上橋時，威稜慫恿我：「吐口水求好運。」我照做了，西蒙也跟著做，像小孩一樣元氣十足地往旁邊吐口水。

我差點就說：「這跟運氣沒關係。」奧威爾大師在醫護館裡嚴肅地說過同樣的話上千次了。那句話在我嘴邊停了一下，我猶豫要不要說出口，後來還是吐了口水。

伊歐利恩位於伊姆雷的中心，前門面向該城的中央廣場，廣場上有長椅，幾棵開花的樹，還有大理石做的噴水池，朝著一尊森林之神的雕像灑水，那尊雕像看起來是在追逐一群半裸的仙女，她們好像不是真的很想逃走的樣子。一些穿著體面的人在廣場上閒晃，有近三分之一的人手上拿著樂器，我數了一下，至少有七把魯特琴。

我們往伊歐利恩走時，門房輕拉了一下高帽子的帽緣前端，對我們點頭行禮。他身高至少有六呎半，皮膚黝黑，看起來身強體壯。威稜遞給他一個硬幣時，他微笑地說：「少爺，收您一銅幣。」

接著他轉向我，展露同樣開朗的笑容，他看到我的魯特琴箱時，揚起一邊的眉毛，「很高興看到新面孔，您知道這邊的規定嗎？」

我點頭，遞給他一銅幣。

他轉身指向裡面，「您看到櫃臺了嗎？」在房間底部，有一條蜿蜒五十呎的桃花心木櫃臺，很難不看到，「看到它尾端轉向舞台了嗎？」我點頭，「看到坐在凳子上的人嗎？如果您想試試看能不能贏得銀笛，可以去找他，他叫史丹勳。」

我們同時把視線轉回外面，我把肩膀上背的魯特琴頂高了一些，「謝謝……」我不知道他叫什麼名字，停頓了一下，「我叫狄歐克。」他又露出輕鬆的微笑。

我一時心血來潮，伸出我的手說，「狄歐克是『飲酒』的意思，我待會兒可以請你喝一杯嗎？」

他盯著我看了好一會兒，接著笑了出來，那是一種發自內心毫無顧忌的歡笑，他親切地握我的手，「我可能真的會喝喔。」

狄歐克放開我的手，往我身後看，「西蒙，這位是您帶來的嗎？」

「其實是他帶我來的。」西蒙對我剛剛和門房之間的簡短交談，似乎有點不太高興，但是我猜不出來是什麼原因，「我想沒人能真的帶他去哪裡。」他把一銅幣交給狄歐克。

「好吧。」狄歐克說，「我很喜歡他的某樣特質，有一種鬼靈精的感覺，希望他今晚能為我們演奏。」

「我也希望。」我說，我們往裡面走。

我設法以隨性的樣子參觀伊歐利恩。在彎曲的桃花心木櫃臺對面，從牆面伸出了一個升起的圓形舞台。幾個螺旋狀的階梯通往看似樓座的二樓，上面可以看到比較小的三樓，像是圍繞著整個表演廳的挑高包廂。

表演廳裡四處擺放的桌子四周是凳子與椅子，長椅排在靠牆的角落，共感燈和蠟燭交錯使用，讓室內呈現自然光，又不會讓空氣中充滿了煙味。

「你剛剛還真會耍花招。」西蒙冷冷地說，「老天，下次要做什麼驚人之舉以前，可以先預告一下嗎？」

「怎麼了？」我問，「你是指我對門房說的話嗎？西蒙，你真會大驚小怪，他很友善，我喜歡他，請他喝一杯有什麼關係？」

「這地方是狄歐克開的。」西蒙厲聲說，「他最討厭樂手對他阿諛奉承。兩旬前，有人要給他小費，他就把那人丟出去了。」他凝視著我，「是真的把他丟出去，幾乎都快丟到噴水池了。」

「噢。」我說，真的嚇了一跳。我偷偷瞄了一眼正在門邊和人談笑的狄歐克，看到他比請進的手勢時，手臂的肌肉先是繃緊又鬆了下來。「你覺得他看起來生氣了嗎？」我問。

「他沒有，那是最神奇的。」

威稜朝我們走來，「你們兩個別再拌嘴了，來桌子這邊坐著，我就請你們先喝一杯，好嗎？」我們走到威稜挑的桌子，這裡離史丹勳坐的吧台位子不遠。西蒙和我坐了下來，我把魯特琴箱放在第四個座位上，威稜問：「你們想喝點什麼？」

「肉桂蜂蜜酒。」西蒙毫不考慮地說。

「娘娘腔。」威稜糗他，然後轉頭看我。

「蘋果汁。」我說，「不是蘋果酒。」

「兩個娘娘腔。」他說，朝吧台走去。

我朝史丹勳擺頭，「他人怎樣？」我問西蒙，「我以為這裡是他開的。」

「是他們兩個一起開的，史丹勳負責處理音樂的部分。」

「關於他，我有什麼應該知道的事嗎？」我問，剛剛差點惹毛狄歐克的經驗讓我更加不安。

西蒙搖頭，「我聽說他人滿爽朗的，不過我從來沒和他說過話，別做什麼傻事就不會有事了。」

「謝謝你喔。」我用諷刺的語氣說，同時起身把椅子靠回桌邊。

史丹勳身材中等，帥氣地穿著深綠色與黑色相間的衣服。他臉型渾圓，留著鬍鬚，有點肚子，可能是因為他坐著才看得出來。他微笑，用沒握著大啤酒杯的那隻手示意我過去。

「嗨。」他開朗地說，「你看起來滿有希望的，今晚要來為我們表演嗎？」他揚起眉毛探詢。現在我站得比較近，才發現他有一頭暗紅色的頭髮，燈光照的角度不對時，看不出來是紅的。

「我希望能上台表演。」我說，「雖然我原本打算再等一下。」

「喔，當然，我們都是等晚上才讓人開始表演的。」他停下來喝一口酒，他轉頭時，我看到他耳朵上掛著一副金笛耳環。

他嘆了一口氣，用袖子開心地擦擦嘴，「你要表演什麼？魯特琴嗎？」我點頭，「想到用什麼曲子來吸引我們了嗎？」

「那要看情況而定，最近有人表演過〈賽維恩．崔立亞爵士之歌〉嗎？」

史丹動揚起眉毛，清清喉嚨，用空的那隻手撫平鬍鬚。他說：「沒有，有人幾個月前試了一次，不過力不從心，錯了幾個指法後，就整個亂了。」他搖頭，「總之，最近沒人彈。」

他又拿起啤酒杯喝了一口酒，完全吞嚥下去後才再次開口，「大部分的人覺得中等難度的曲子比較能夠展現他們的才華。」他謹慎地說。

我聽得出來他是在暗示我，我並沒有感到不悅，〈賽維恩爵士〉是我聽過最難的歌，我父親是劇團中唯一有技巧演奏這首曲子的人，我只聽過他在觀眾面前彈過四、五次。那首曲子約有十五分鐘，但是那十五分鐘需要運用迅速精確的指法，彈得好的話，可以讓魯特琴一次傳出主弦與和弦等兩種聲音。

那滿難的，但是對技巧純熟的魯特琴樂手來說並不是辦不到。不過，〈賽維恩爵士〉是一首民謠，歌唱的部分是和魯特琴曲調相反的對應旋律，這很難。如果那首歌是男女輪唱，副歌裡女生唱對應旋律時會讓整首歌變得更加複雜。這首歌如果表演得好，足以動人心扉。可惜，很少樂手能在這樣複雜的歌曲中冷靜表演。

史丹動又大大地喝了一口酒，用袖子擦了擦鬍子，「你獨唱嗎？」他問，儘管他剛剛才暗地裡警告我，但是他看起來有點興奮，「還是你帶人來跟你對唱了？跟你一起來的男孩子裡有閹人歌手嗎？」

我一想到威稜唱高音就想笑，不過我忍住笑意，搖頭回應，「我的朋友都不會唱這首歌，我打算自己唱兩遍第三段副歌，讓別人有機會飾演艾洛茵的角色。」

「像劇團那樣？」他認真地看著我，「孩子，我真的沒立場說這些，但是你真的想和從來沒練習過的人一起挑戰嗎？」

他知道這表演有多難，讓我更加放心了。「今晚大概會有多少銀笛樂手？」

他稍微想了一下，「大概嗎？八個，或許十二個也說不定。」

「所以很可能至少有三名獲得銀笛的女性囉？」

史丹勳點頭，好奇地看著我。

我慢慢地說，「如果大家之前告訴我的都是事實，真的只有優秀的樂手才能獲得銀笛，那麼其中應該會有一位女性清楚艾洛茵的角色。」

史丹勳緩緩地喝了一大口酒，從酒杯上方看著我，等他終於放下酒杯時，他也忘了擦鬍子。「你挺有自信的嘛。」他坦白說。

我環顧四周，「這不是伊歐利恩嗎？我聽說這裡是自信的人付銀幣，彈金曲的地方。」

「說得好。」史丹勳說，感覺幾乎是對他自己說的，「彈金曲。」他把啤酒杯砰的一聲放在吧台上，些許泡沫飛濺了出來。「好小子，我希望你真的像你想的那麼棒，我這裡需要其他也有伊利恩那般熱情的人。」他一手撥著紅髮，以示他的一語雙關。

「我希望這地方像每個人想的那樣好。」我認真地說，「我需要一個發光發熱的地方。」

「他沒把你丟出去？」我回桌子時，西蒙挖苦我，「所以我猜沒有很糟。」

「我覺得還滿順利的。」我心不在焉地說，「不過我也不知道會怎樣。」

「你怎麼會不知道？」西蒙反駁，「我看到他笑了，那一定是有什麼好事。」

「不一定。」威稜說。

「我正在回想我對他說的一切，」我坦承，「有時我的嘴巴就這樣開始說話，腦筋要過一會兒才能跟上。」

「這常發生對吧？」威稜露出難得的平靜微笑問我。

他們的談笑讓我開始放鬆了下來，「愈來愈常發生了。」我笑著承認。

我們邊喝邊閒聊一些小事、大師的傳聞，以及引起我們注意的少數女學生。我們談到我們喜歡大學院的哪些人，不過我們更常思考我們討厭誰，為什麼，要是有機會的話會怎麼對付，人性就是這樣。

時間就這樣過了，伊歐利恩裡面人潮漸漸多了起來，西蒙不堪威稜的嘲笑，也開始喝一種來自夏爾達山脈的濃烈黑酒「史卡登」，俗稱「削尾酒」。

西蒙幾乎一喝就醉了，笑聲變得更大，笑得更開懷，在位子上坐也坐不住，威稜還是一樣沉默寡言。我為我們三人各叫了一杯大杯的純蘋果汁，威稜皺眉。我告訴他，要是今晚我贏得銀笛，我會請他暢飲削尾酒，喝到飄飄然，但是萬一他們有一人在那之前就喝醉了，我會親自痛扁他們一頓，把他們丟到河裡。他們都喝了不少酒，開始為〈匠販之歌〉瞎掰情色歌詞。

我就讓他們盡興瞎掰，自己則開始思考了起來。我首先想到的是，或許我應該接受史丹動的暗示，我開始思考還有什麼歌曲有足夠的難度可以證明我的實力，又夠簡單能展現我的琴藝。

西蒙的聲音把我拉回當下，「克沃思，來吧，你對押韻那麼擅長……」他催我。

我回想剛剛我沒注意聽他們講的對話片段，隨口建議：「試試〈泰倫教徒長袍底〉。」我當時太緊張了，沒有特地解釋我爸有個怪癖就是愛掰情色打油詩。

他們開心地咯咯笑，我又繼續思考該換什麼歌，結果還沒想到，威稜又讓我分心了。

「什麼啦！」我生氣地問，接著我看到威稜的眼裡出現他看到討厭的東西時才會流露的眼神，「什麼事？」我又問了一次，這次比較理性一點。

「我們都認識也喜愛的人來了。」他生氣地說，頭往門口點了一下。

我沒看到認識的人，伊歐利恩裡面已經快滿了，一樓就有一百多人走來走去，我從大門可以看到外面天色已黑。

「他背對著我們，正在對一位不該認識他的可愛小姐獻殷勤……在一位穿紅衣、身材圓胖的男子旁邊。」威稜指引我看。

「狗娘養的混帳！」我說，因為太震驚而脫口說了粗話。

「我一直覺得他應該是豬養的。」威稜冷冷地說。

西蒙環顧四周，正經地眨眨眼，「什麼？誰來了？」

「安布羅斯。」

「老天。」西蒙說，趴在桌上，「來得還真巧，你倆還沒和好嗎？」

「我是很不想理他。」我反駁，「但是他每次看到我，就非得戳我不可。」

「一個巴掌打不響。」西蒙說。

「少來了。」我回嘴，「我不在乎他是誰的兒子，我不會像膽小鬼一樣對他畏畏縮縮的。他蠢到敢來戳我，我就把那根戳我的手指折斷。」我深呼吸，讓自己平靜下來，努力讓自己講話理性一些，「他終究會學乖，離我遠一點的。」

「你大可不要理他。」西蒙說，語氣聽起來異常清醒，「只要別上他的當，他很快就會厭煩了。」

「不，」我凝視西蒙嚴肅地說，「他才不會。」我喜歡西蒙，但是他有時候實在太過天真，「一旦他覺得我好欺負，下次他就會加倍囂張，我太了解這種人了。」

「他走過來了。」威稜說，隨性地看往別處。

安布羅斯還沒走到我們這邊，就看到我了，我們四目交接，顯然他沒料到我會在這裡。他對著永遠跟在他身旁的馬屁精說了一些話，他們就往不同的方向走，穿過人群去找桌子。他的視線從我身上移到威稜、西蒙、我的魯特琴，然後又回到我的身上。接著，他就轉身朝他朋友找好的桌位走了。他坐下以前，又朝我這邊看了一次。

我看到他沒有微笑，覺得有點不安，以前他每次看到我都會笑，像默劇般的苦笑，眼裡充滿了嘲諷。

接著我看到更令我不安的東西，他帶了一個堅固的方形箱子來。「安布羅斯會彈里拉琴？」我脫口而

出，沒有特定問誰。

威稜聳肩，西蒙看起來侷促不安，「我以為你知道。」他無力地說。

「你以前在這裡看過他嗎？」我問，西蒙點頭，「他是來演奏的嗎？」

「其實是朗誦，他是來朗誦詩歌，同時彈點里拉琴。」西蒙看起來像隻要溜走的兔子。

「他拿到銀笛了嗎？」我生氣地問，我當下決定，要是安布羅斯是這個團體的一員，我並不想和這團體有任何關係。

「沒有。」西蒙尖聲回應，「他試過，但是……」他聲音變小，眼神看起來有點慌。

威稜把手放在我的手臂上，作勢要我冷靜。我深呼吸，閉上眼，努力放鬆。

慢慢的，我明白那些都不重要了，那頂多只是提高今晚的風險而已，安布羅斯沒辦法做什麼來干擾我的表演，他只能勉為其難地坐在那裡觀看與聆聽，聽我演奏〈賽維恩．崔立亞爵士之歌〉，因為今晚我要表演什麼已經不必多做考慮了。

晚上的娛樂節目是由一位優秀的樂手開場，他用魯特琴彈出不輸給任何艾迪瑪盧族的好琴藝。他的第二首歌表演得更好，那首歌我從來沒聽過。

隔了約十分鐘，主辦單位才叫另一位優秀的樂手上台表演。他有一副蘆笛，吹得比我聽過的任何人都好。接著他用小調哼唱縈繞人心的讚歌，沒有伴奏，只用高亢的歌聲清唱，那歌聲像他之前吹的笛聲一樣流暢起伏。

看到這些優秀樂手的表演就像傳聞般的精采，讓我相當開心，不過我不安的程度也跟著上揚了。只有出色的演出才上得了檯面，與之匹敵。要不是我已經為了私人恩怨而決定演奏〈賽維恩．崔立亞爵士之歌〉，這些表演已經足以讓我心服口服了。

接著又隔了五或十分鐘，我發現史丹勳是刻意騰出那些時間，讓觀眾有機會在表演的空檔走動交談，這人還滿懂得做生意的，不知道他以前是否經營過劇團。

接著就換今晚的第一位挑戰者上場了，史丹勳帶一位年約三十歲的鬍子男上台向大家介紹，那人吹長笛，吹得很不錯。他吹了兩首我知道的短曲，還有一首我沒聽過的。整個表演約持續二十分鐘，我只聽出了一個小錯誤。

大家鼓掌完後，長笛手繼續待在台上，史丹勳則是在觀眾間走來走去，蒐集大家的看法。一位侍者為長笛手送上一杯水。

最後史丹勳回到台上，全場靜默無聲，史丹勳走近長笛手，嚴肅地和他握手，那樂手的臉沉了下來，勉強露出苦笑，向觀眾鞠躬。史丹勳送他下台，請他喝一大杯飲料。

下一位挑戰者是一名年輕女子，一身精心打扮的華服，留著一頭金髮。史丹勳介紹她以後，她便用清晰的歌聲高唱詠嘆調，讓我一時間忘了內心的不安，深深為她的歌聲所吸引。在那令人幸福洋溢的短暫時刻，我幾乎聽得忘我，除了聆聽以外，什麼也不想做。

可惜表演很快就結束了，在我心裡留下些許的悵然，眼睛微微發酸。西蒙稍稍抽著鼻息，刻意揉揉臉。

接著她唱第二首歌，以小豎琴伴奏，我專注地看著她，我承認我看她不完全是因為她的才藝。她有一頭如熟成小麥般的秀髮，我離她三十呎遠，還是可以看到她湛藍清澈的眼睛。她的手臂光滑，一雙細緻的小手迅速地撥著琴弦，她兩腳夾著豎琴的樣子讓我想到……嗯，每位十五歲男孩滿腦子一直在想的事。

她的聲音和之前一樣美妙，令人感動神傷，可惜她的演奏比不上歌聲。第二首歌唱到一半時彈錯了音，亂了調，後來才恢復正常，完成演出。

這次史丹勳在觀眾間徘徊了比較久，他在伊歐利恩的三層樓之間來回走動，和每個人交談，不分老少或樂手。

我看到安布羅斯露出招牌的微笑，吸引了台上女子的目光，女人或許會覺得這笑容迷人、我卻覺得虛情假意。不過女人可能覺得那笑容充滿了魅力。接著，他把視線移開她，逐漸往我這桌看，我們兩個四目相接，他的笑容消失了，我們有好一段時間就這樣面無表情地凝視彼此，都沒露出嘲諷的笑容，也沒以口出惡言的嘴型侮辱對方。然而，我們積聚的敵意就在那幾分鐘內再次熊熊燃起，我也不確定我們之中是誰先把視線移開的。

史丹動收集意見近十五分鐘後才再次上台，他走向那名金髮女子，像對剛剛那位樂手那樣，握了她的手。女子的臉也像之前那名男子那樣沉了下來。史丹動帶她下台，請她喝一杯以示安慰。

緊接著上台的優秀樂手是拉小提琴，他和前面兩位的表演一樣精采。接著，史丹動帶一位年紀較大的男子上台，他看起來好像也要挑戰才藝，不過從歡迎他的掌聲聽起來，他好像比之前的優秀樂手更受歡迎。

那名灰鬍子的男士為里拉琴調音時，我用手肘輕推西蒙問：「那是誰？」

「史瑞普。」西蒙對我低語，「史瑞普伯爵。他每次都會來表演，已經好幾年了，是藝術界的大贊助家。幾年前他不再挑戰銀笛，現在就只是上台表演而已，大家都很喜歡他。」

史瑞普開始表演，我馬上就明白為什麼他拿不到銀笛了。他彈里拉琴時，聲音嘶啞抖動，旋律不定，很難辨別他是不是彈錯音了。那首歌顯然是他自己編的，充分展現了在地仕紳的個人嗜好。不過儘管那首歌缺乏經典的藝術價值，我和其他的觀眾都笑得很開心。

他表演完畢時，全場響起如雷的掌聲，有些人拍桌或踏腳叫好。史丹動直接上台和伯爵握手，不過史瑞普看起來一點也不失望。史丹動熱情地拍他的背，帶他往吧台走去。

換我了，我起身拿起魯特琴。

威稜拍我手臂，西蒙對我笑，努力不露出好友擔心的表情。我默默地對他們點頭後，便朝史丹動的空位走去。吧台是一路彎曲直達舞台，史丹動的位子就在吧台的尾端。

我摸著口袋的一銀幣，那銀幣又厚又重。腦中部分不理性的我想抓住它，留著以後使用。但是我知道，再過幾天，一銀幣對我來說也沒有多大的用處了。贏得銀笛後，我就可以到這裡的旅店表演維生，要是我能幸運獲得贊助人的青睞，就能賺足夠的錢還債，也可以付學費。這是我非下不可的賭注。

史丹動從容地回到吧台的位子上。

「接下來我想挑戰，可以嗎？」我希望我看起來的樣子，沒有自己感覺上那麼緊張。我的手心冒汗，使魯特琴箱握起來更顯得濕滑。

他對我微笑點頭，「孩子，你還滿了解觀眾的，這時正適合來首悲傷的歌，你還是打算演奏〈賽維恩〉嗎？」

我點頭。

他坐下來，喝了一口酒，「好吧，我們先給大家幾分鐘靜下來，把話講完。」

我點頭，倚著吧台，煩惱一些我無法掌控的事。我的魯特琴有個琴栓鬆了，但我沒錢修；目前為止都還沒有優秀的女子上台表演。想到今晚在伊歐利恩表演的優秀樂手只有男性，或是對艾洛茵的角色一無所知的女性，就讓我有點不安。

不久，史丹動站了起來，對我揚起探詢的眉毛，我點頭，拿起魯特琴箱，我突然覺得那把琴老舊不堪，我就這樣跟著他上台了。

我的腳一踏上舞台，全場便靜了下來，只剩下低語聲。在此同時，觀眾的注視讓我頓時不再緊張了，在台下我擔心冒汗，上了台我卻像無風的冬夜一樣冷靜。

史丹動向大家介紹我是來挑戰銀笛的樂手，他的話聽起來令人安心。當他往我比出手勢時，台下並沒有響起熟悉的掌聲，大家一片靜默地期待著。突然間，我看到觀眾眼裡我的模樣，穿著沒有其他的表演者光鮮亮麗，其實離衣衫襤褸也不遠了。年紀又小，幾乎像個孩子一樣，我可以感受到他們的好奇心把他們逐漸拉向我。

我讓這種氣氛繼續醞釀，好整以暇地打開我那個破舊的二手琴箱，拿出那把老舊的魯特琴。我感覺到他們看到那把樸實無華的琴時，注意力又更集中了。我輕輕撥了幾條弦，接著摸一下琴栓，稍微轉了一下。我又彈了幾個輕和弦，測試，聆聽，自顧自地點了頭。

從我坐的位置看來，室內其他地方因為舞台上的燈光而顯得比較昏暗，我往前看，看到上千隻眼睛，西蒙和威稜，吧台邊的史丹動，門邊的狄歐克。我看到安布羅斯用悶燒熱煤似的威脅眼神看著我，讓我心裡稍稍焦躁了起來。

我把視線移開他，看到一位穿著紅衣的鬍子男，史瑞普伯爵，一對牽著手的夫妻，一名可愛的黑眼女孩……

這些是我的觀眾，我對他們微笑，微笑又把他們拉近了一些，接著我開始唱了起來。

安靜！坐下！儘管你聆聽許久
若不是想聽如此美妙樂音，不會如此久候，
許久以前大師伊利恩做了這首名曲，
刻畫名人賽維恩與其妻艾洛茵的生平。

我任由觀眾低語，知道這首歌的人低聲驚嘆，不知道的人則問鄰座為什麼會有騷動。

我把手放在弦上，讓他們再次把注意力集中在我身上，全場靜了下來，我開始彈奏。

音樂從我手中流暢地傳出，我的魯特琴就像我的第二個聲音。我挑動手指，魯特琴又發出第三個聲音。

我用賽維恩．崔立亞豪邁有力的音調高歌，他是艾密爾中最強大的人物。觀眾像風中小草般跟著音樂搖曳，

我唱賽維恩爵士的部分，感覺到觀眾開始對我又愛又怕了。

我太習慣獨自練這首歌，差點就忘了重複唱第三段副歌，還好最後是在冒冷汗下猛然想起來。這次我唱歌時，我看著觀眾，希望唱完後可以聽到有人接應我的歌。

我唱到副歌最後，接著是艾洛茵的第一節。我用力彈第一個和絃，接著等候，但是那琴聲逐漸消散時，

觀眾裡都無人回應。我冷靜地望著他們，等候著。每過一秒，我內心的安慰感和失落感就交戰地愈強烈。

接著有個聲音傳上了舞台，如羽毛的觸感般輕柔，唱著……

你如何看待留在我心與記憶裡的一切？
我們歡度的歲月？
賽維恩，你可曾記得
這是你來找我的時候？
賽維恩，你怎麼知道

她唱艾洛茵的部分，我唱賽維恩的部分。唱副歌的時候，她的聲音和我的揉合交錯。我想從觀眾中找出她的身影，看看這位合唱女子的模樣。我試了一次，但是我在找適合這清新聲音的臉龐時，手指滑了一下，因為分心而彈錯了一個音，樂曲發出了顫音。

那是個小錯，我咬緊牙，專注彈奏，把好奇心擱在一邊，低下頭看我的手指，小心不讓它們再滑音了。

接著我們合唱！她的聲音有如銀鈴，我的聲音如共鳴的回應。賽維恩唱著扎實有力的旋律，如亙古橡木的枝幹，艾洛茵如夜鶯一般，環繞著它的枝葉旋轉。

這時我已經不太能感受到觀眾的存在，還有我身上的汗水，完全沉浸在音樂中，難以區別哪個是我，哪個是音樂。

不過音樂還是有停止的時候，我唱到歌曲的最後兩節時，就是結尾了。我彈著賽維恩獨唱部分的開頭和弦，卻聽到一個刺耳的聲音，把我從音樂中拉了出來，就好像猛然把魚拉出深海裡一樣。

一條弦斷了，從魯特琴的琴頸上方應聲而斷，倏地彈到我手臂上，畫出一道細長閃亮的血痕。

我茫然地看著，那弦不該斷的，我的弦沒有磨損到會斷的程度，但它就是斷了。隨著最後一個琴音消

散，觀眾開始騷動了起來。他們開始從我用歌曲編織的夢境中清醒了過來。

在靜默中，我感受到一切正在崩解，觀眾還沒做完夢就醒了，我的心血全都白費了。而這時在我心中沸騰的是那首歌，那首歌，是那首歌！

在不知不覺中，我又把手指放回弦上，陷入沉思，回到了好幾年前。當時我的手有硬得像石頭的老繭，我彈音樂如呼吸般流暢。回到我用六條弦彈出「風搖樹葉」聲音的時候。

於是我又開始彈奏，先是慢慢的，接著隨著手指的記憶加快速度，小心翼翼地把剛剛彈散的歌曲逐漸編回原狀。

效果並不完美，像〈賽維恩爵士〉這樣複雜的歌，是無法只用六條弦彈得完美的，但至少它完整了。我彈奏時，觀眾嘆息，騷動，慢慢地在我的催眠下又回到了夢境中。

我幾乎沒注意到他們在那裡，過了一分鐘，我已經把他們完全忘了。我的手先是在弦上飛舞，接著奔馳，然後在我努力讓魯特琴發出兩個聲音配合我的歌聲時，快到都模糊了。後來，即使我看著觀眾，我也忘了他們，除了彈完歌曲以外，我幾乎忘了一切。

副歌來了，艾洛茵再次高唱。對我來說，她不是一個人，甚至不是一個聲音。在這首從我體內燃燒出來的歌曲裡，她只是其中的一部分。

就這樣，我完成了表演。我抬起頭來看著全場時，那感覺就像探出水面呼吸一樣。我又恢復了原來的我，發現我的手在流血，全身滿是汗水。接著那首歌的結束就像一拳擊中我胸口一樣，一如既往，無論是在哪裡或何時聆聽都是這樣。

我把臉埋在手裡，開始流淚。不是為了斷掉的琴弦，也不是為了挑戰可能失敗，不是為了流的血，也不是為了受的傷。我甚至不是為了幾年前在森林裡學習用六條弦彈琴的男孩而哭，我是為了賽維恩和艾洛茵，為了他們失而復得、又再度失去的愛情而哭，為了殘酷的命運與人類的愚行而哭。所以我暫時陷入悲痛，渾然不知周遭的一切。

55 焰與雷

我只為賽維恩和艾洛茵哀傷了一會兒，我知道自己還在台上表演，便振作了起來，在椅子上打直身子，望著鴉雀無聲的觀眾。

音樂聽在演奏者的耳裡是不同的，這是音樂家的詛咒。即使我還坐在那裡，我已經逐漸忘記剛剛即席表演的結尾，接著我開始懷疑起自己，萬一整個聽起來不是我想的那樣，該怎麼辦？萬一只有我感受到那首歌曲的悲劇結尾，別人都沒感覺到，該怎麼辦？萬一我的眼淚看起來像小孩子，像是為自己的失敗而尷尬落淚，該怎麼辦？

然後我等著，感受到觀眾傳來的靜默。他們毫不作聲，情緒緊繃，彷彿那首歌在他們身上燒出的傷痕比火焰還嚴重，每個人緊緊抱著受傷的身軀，像握著貴重的物品一樣，緊抓著傷痛。

接著，傳來陣陣的啜泣抽咽聲，落淚的嘆息，大家逐漸開始低語，不再靜止不動。

然後是掌聲，如火焰般點燃，如閃電後的雷聲般響起。

56 贊助人、女子與蜂蜜酒

我為魯特琴換弦，在史丹動收集觀眾的意見之際，剛好可以讓我分散注意力。我的手做著例行性的換弦動作，一邊拆下彈斷的琴弦，一邊焦躁了起來。掌聲停了以後，我又開始自我懷疑。一首歌就足以證明我的實力嗎？萬一觀眾的反應是因為那首歌的力道，而不是因為我的演奏呢？他們怎麼看我最後即席表演的部分？或許只有我覺得那首歌是完整的……

我拆下斷弦後，定睛細看，整個思緒頓時全亂了。那條弦不像我想的那樣磨損或有瑕疵，斷面看起來平滑，就像被刀子割過或剪刀剪過一樣。

我就這樣默默地凝視著它一會兒，我的魯特琴被動過手腳嗎？不可能，它沒離開過我的視線。況且，我離開大學院以前還檢查過琴弦，上台前又檢查了一次，那是怎麼造成的？

我腦中反覆思索這個問題，這時我注意到觀眾靜了下來。我抬起頭，剛好看到史丹動跨上舞台，我立刻站起來面對他。

他的表情愉悅，但除此之外，看不出來任何跡象。他走向我時，我的胃揪成一團，接著他像剛剛對其他兩位未過關的樂手那樣，伸出了手，我的心一沉。

我硬擠出最佳的笑容，伸手去握他的手，我是我父親的兒子，是劇團人，我要以艾迪瑪盧族的尊嚴接受否定。即使天崩地裂吞噬了這個閃亮、高傲的地方，我也不會露出一絲失望的模樣。

而且，在觀看的人群裡，安布羅斯就在其中的某處。除非大地吞噬了伊歐利恩、伊姆雷、整個山瑟海，我絕對不會讓他有機會為此感到稱心如意。

所以我露出開朗的笑容，握住史丹動的手。我握他的手時，感覺到手掌中壓著硬物。我往下看，看到一絲銀色的閃光，是銀笛！

我的表情想必看起來很有意思，我抬起頭來看史丹動，他的眼中閃耀著光芒，對我眨眨眼。

我轉身，高舉銀笛，讓每個人看。伊歐利恩再次響起如雷的掌聲，這次是歡欣的喝采。

「你得答應我一件事。」西蒙紅著眼，一本正經地說，「以後在沒有預先警告之前，絕對不能彈那首歌，絕對不行。」

「有那麼悲傷嗎？」我開心地對他笑。

「不是！」西蒙差點失聲大叫，「因為……我從來沒……」他努力想擠出一些話，卻講不出來，接著他低下頭，開始無助地掩面哭了起來。

威稜把手搭在西蒙的肩上，西蒙就這樣忘情地靠在他肩上哭泣，「我們西蒙有一顆纖細的心。」他溫和地說，「我想，他本來想說的是，他非常喜歡那首曲子。」

我注意到威稜的眼眶也紅了，我把一隻手放在西蒙的背上，「我第一次聽到的時候，也受到很大的衝擊。」我坦白說，「我九歲時，爸媽在冬至慶典期間表演這首歌。我聽完後，整整兩小時難過得無法自己。他們得刪除我在《豬農與夜鶯》的戲份，因為我那時完全無法演戲。」

西蒙點頭，做了一個手勢，似乎是暗示他沒事，但他知道自己可能暫時無法說話，要我繼續講。

我回頭看威稜，「我忘了這首歌對某些人會有這樣的衝擊。」我說，卻一點也幫不上忙。

「我建議喝史卡登。」威稜直率地說，「俗稱削尾酒，我似乎還記得你說過，要是你贏了銀笛，今晚要請我們暢飲，喝到飄飄然。可惜，我今天恰巧穿了鉛製的喝酒鞋，怎麼喝都飄不起來。」

我聽到史丹動在我背後咯咯笑，「這兩位想必就是你的『非閹人歌手』朋友？」西蒙聽到自己被稱為非閹人歌手，嚇了一跳，稍微平靜了下來，用袖子擦擦鼻子。

「威稜、西蒙，這位是史丹動。」西蒙點頭，威稜稍稍僵硬地鞠躬，「史丹動，能麻煩你帶我們到酒吧

嗎？我答應要請他們喝一杯。」

「一杯？」威稜說，「是一缸吧。」

「抱歉，是一缸。」我強調單位的差異，「要不是他們，我今天不會來這裡。」

「啊，」史丹勳笑著說，「他們是贊助人，我完全了解！」

後來我們發現，挑戰成功的飲料和安慰獎一樣。史丹勳終於帶我們穿過人群，擠到吧台的新位子時，那杯挑戰成功的飲料已經在那邊等著我了。史丹勳甚至堅持要請西蒙和威稜喝史卡登，他說贊助人也有權享用戰利品，眼看著我迅速見底的錢包，我打從心底誠摯地謝謝他。

我們等候酒上桌時，我好奇地往我的啤酒杯看，我發現想看清楚吧台上的啤酒杯，還得站在凳子上才能看到裡面。

「蜂蜜酒。」史丹勳告訴我，「先喝喝看，好喝再謝我。我老家有句話，蜂蜜酒讓死人都想起死回生。」

我對他比出摘帽致意的手勢，「以後請多指教。」

「不敢當，彼此！彼此！」他客氣地回應。

我喝了一口，讓自己鎮定下來，發現口中散發出奇妙的感覺：清爽的春蜜、丁香、小豆蔻、肉桂、葡萄渣、焦蘋果、甜梨、清井水。那就是我喝蜂蜜酒的感覺，如果你沒喝過，很抱歉，我無法更貼切地描述了。如果你喝過，就不需要我來提醒它是什麼味道了。

看到史卡登是用普通的玻璃杯裝盛時，我鬆了一口氣，史丹勳也自己點了一杯。要是我朋友是喝啤酒杯裝的史卡登，我可能需要一台手推車才能把他們送回大學院。

「敬賽維恩！」威稜舉杯。

「贊同！」史丹動說，舉起他的酒杯。

「賽維恩……」西蒙努力擠出那幾個字，好像語帶哽咽的樣子。

「……還有艾洛茵。」我說，舉起我的大啤酒杯和他們乾杯。

史丹動隨性地把史卡登一飲而盡，令我相當佩服。「我留你和朋友一起慶祝以前，得先問問你，你那招是去哪裡學的？我是指少根弦還能繼續彈的技巧。」

我想了一下，「你想聽簡潔版，還是詳盡版？」

「我先聽簡潔版好了。」

我微笑，「如果是簡潔版，那是我自己學來的。」我攤手，「是我年少輕狂的遺跡。」

史丹動凝視我好一會兒，露出很感興趣的表情。「既然要聽簡潔版是我說的，我也只好接受這個回答，下次我要聽詳盡版。」他深呼吸，環顧四周，金色耳環跟著晃動，閃著光芒。「我得去招呼客人了，我會讓他們不要一次全湧向你。」

我放心地笑了，「感謝您。」

他搖頭，接著對櫃臺後方的人比了一個手勢，那人馬上把他的大啤酒杯遞給他。「今天稍早用『您』來稱呼還很恰當，不過現在叫我『史丹動』就好了。」他回頭看我說，我微笑點頭，「那我應該怎麼稱呼你？」

「克沃思，」我說，「克沃思就行了。」

「敬克沃思。」威稜在我身後舉杯。

「還有艾洛茵。」西蒙補充，開始把頭埋在臂彎裡靜靜地哭了起來。

史瑞普伯爵是最先來找我的人。近看時，他看起來比較矮，也比較老，不過目光炯炯，和我笑著談論我唱的歌。

「然後就斷了！」他比出誇張的手勢，「當時我只想到，不要現在！不要在結束以前！但是我看到你手上的血，冑跟著揪成一團，你抬頭看我們，接著低頭看弦，全場愈來愈靜。然後你把手重新放回魯特琴，我那時只想到，這孩子真勇敢，太勇敢了，他不知道他無法用有瑕疵的琴拯救中斷的歌。但是他辦到了！」他大笑，彷彿我對世界開了一個玩笑，跳了一段快步舞曲似的。

西蒙這時已經停止哭泣，話開始多了起來，他也跟著伯爵一起談笑。威稜似乎不知該怎麼和伯爵相處，就只是認真地看著他。

「改天你一定要來我家演奏。」史瑞普說，接著連忙舉起一隻手，「現在我們先不談那個，今晚我不耽誤你更多的時間了。不過我走之前，得問你最後一個問題，賽維恩加入艾密爾多久？」

我不需要思考這個問題，「六年，三年證明自己的實力，三年訓練。」他微笑，

「對你來說，六是幸運數字嗎？」

我不知道他這麼說有什麼用意，「六不太算是幸運數字。」我模稜兩可地回應，「如果我要找好的數字，我會往上選七。」我聳肩，「或是往下選三。」

史瑞普想了一下，輕拍下巴，「你說的沒錯，不過在艾密爾待六年，表示他是第七年回到艾洛茵的身邊。」他伸手進口袋，掏出一把硬幣，裡面至少有三種幣別，他從裡頭挑出了七銀幣，塞進我手裡，我相當意外。

「老天，」我結結巴巴地說，「我不能收您的錢。」讓我驚訝的不是錢，而是金額。

史瑞普一臉疑惑，「為什麼不能？」

我瞠目結舌了一會兒，一時不知道該怎麼說。

史瑞普咯咯笑，把我拿著硬幣的手合起來，「這不是演奏的報酬，那算是獎勵你沒錯，不過主要是想鼓勵你繼續練習，精益求精，是為了音樂。」

他聳肩，「月桂樹需要雨露滋養才能成長，那點我做不到，但是我可以幫幾位樂手擋風遮雨。」他會心一笑，「所以上天會看顧月桂樹，給它們充足的水分；我則是照顧樂手，避免他們餐風露宿。比我睿智的人會知道何時要將兩者合而為一，讓樂手獲得桂冠殊榮。」

我沉默了一會兒，「我想，您給自己的評價太謙虛了。」

「是嗎？」他說，試著隱藏得意的表情，「別傳出去，否則大家會開始對我抱持很大的期待。」他轉身，迅速消失在人群裡。

我把七枚銀幣塞進口袋裡，覺得肩上重擔頓時輕了不少，就好像獲判緩刑一樣。或許這不是個比喻，而是真的延緩受刑，畢竟我也不知道戴維會用什麼方法逼我還債。這兩個月來，我第一次吸入無憂無慮的空氣，感覺真棒。

史瑞普離開後，一位優秀的樂手來向我道賀。在他之後，來了一位席德放款商，他和我握手，說要請我喝一杯。

接著來了一位小貴族，另一位樂手，還有一位美麗的小姐，我原以為她是幫我唱艾洛茵的人，聽她開口才知道她不是。他是當地某位放款商的女兒，我們閒聊了一會兒，她就離開了。我差點忘了禮儀，還好在她離開時，我記得托起她的手吻別。

沒多久，我對這些人的印象都混在一起了。他們一個接一個來向我道賀，握手，給意見，傳達羨慕與欽佩之情。雖然史丹勳如他所說的，設法讓他們別一次全湧過來找我，但是沒多久，我已經分不清楚誰是誰了，再加上我又喝了蜂蜜酒，更是令我頭昏腦脹。

不知道過了多久，我才想到要找安布羅斯。我環顧四周，用手肘輕推正和威稜以鐵板兒玩遊戲的西蒙，他抬起頭來，「我們最好的朋友到哪去了？」我問。

西蒙一臉茫然地看著我，我發現他已經喝多了，聽不出我的反諷語氣。「安布羅斯，」我澄清，「安布羅斯到哪去了？」

「嗤之以鼻地離開了。」威稜語帶敵意，「你一表演完，還沒拿到銀笛以前，他就走了。」

「他知道，他知道，」西蒙開心地哼著，「他知道你會得到銀笛，受不了刺激。」

「他走時看起來很糟。」威稜語帶隱約的恨意，「滿臉蒼白，直發抖，彷彿發現有人在他今晚的飲料裡摻尿一樣。」

「或許真的有人做了。」西蒙難得講得那麼毒，「我可能會那麼做。」

「發抖？」我問。

威稜點頭，「抖個不停，像肚子挨了拳頭一樣，林登撐著他離開的。」

那症狀聽起來很耳熟，像是縛者惡寒，我開始起了疑心，想像安布羅斯聽著我彈奏他聽過最美的歌曲，知道我就快贏得銀笛了。

他不會動太明顯的手腳，但或許他可以找到脫落的線或是桌子的尖片，這些都只能和我的魯特琴弦形成微不足道的共感連結，頂多百分之一，或只有那個的十分之一。

我想像安布羅斯用自己的體溫專心做共感縛，寒氣慢慢傳上他的手臂與雙腳。我想像他顫抖著，呼吸愈來愈困難，直到弦終於斷了……

……但我還是完成了演奏，想到這裡我笑了，這些當然純屬臆測，不過我的琴弦肯定是被人弄斷的，安布羅斯會做那樣的事情，我一定也不意外。我又把注意力放回西蒙身上。

「……他就說：上次在鍊爐館裡，你弄混了我的鹽，害我幾乎瞎了一天，我不會記恨，真的不會，來，喝吧！哈哈！」西蒙笑了，沉浸在自己的報復幻想中。

這時來道賀的人潮少了一些，包括一位魯特琴手、一位我看過他登台的優秀吹笛手、一位本地的商人。有個擦著濃郁香水的紳士拍了我的背，他留著一頭油亮的長髮，操著維塔斯口音，遞給我一袋錢，「買新弦用的。」我不大喜歡他，不過我把錢包收下來了。

「為什麼大家一直在講那件事？」威稜問我。

「哪件事？」

「來找你握手的人中，有一半滔滔不絕地講那首歌有多美，另一半幾乎沒提到那首曲子，他們只談你在斷弦下如何完成演奏，好像他們沒聽過那首歌似的。」

「前面那一半的人不懂音樂。」西蒙說，「只有重視音樂的人，才能真正欣賞我們小穎士今晚的演出。」

威稜若有所思地嘟噥著：「所以那很難囉，你做了什麼？」

「我從來沒看過人用不完整的琴弦彈〈茅草裡的松鼠〉。」西蒙告訴他。

「是喔，」威稜說，「你讓演奏看起來太簡單了。既然你已經恢復理智，推辭了伊爾來的果汁酒，我可以請你喝一杯我們席德的君王佳釀『史卡登』嗎？」

我聽得出來他是在恭維我，不過我腦袋才剛清醒過來，不想再多喝了。

還好這時瑪蕾亞來向我道賀，讓我省了找藉口謝絕。她就是那位彈豎琴但挑戰失敗的美麗金髮女子，一時間我以為她可能是唱艾洛茵的聲音，但是聽她說了一下話，我知道她不是。

不過她真的很美，甚至比在台上的時候還美，這種情況並不常見。我從交談中得知，她是伊姆雷當地議員的女兒，她的湛藍色雙眼襯著深色的波浪金髮，映照著身上的淡藍色禮服。

她雖然美麗，我卻無法專心和她交談，一心只想離開吧台，去找那個和我合唱艾洛茵的聲音。我們笑談了一會兒，客氣地告辭，承諾下次再聊。她轉身離開，消失在緩緩移動的人群裡。

「你剛剛怎麼那麼遜？」她離開後，威稜問。

「什麼？」我問。

「什麼？」他模仿我的語氣，「你是真傻，還是裝傻？要是那麼漂亮的女人用她看你的眼神來看我……

說好聽一點，我們現在已經去房間裡了。」

「她是表現善意。」我反駁，「而且我們是在聊天，她問我能不能教她一些豎琴指法，但我沒彈豎琴已經很久了。」

「再繼續錯過這種機會，距離你下次彈豎琴的時間還會再拖更久。」威稜坦白說，「她除了沒幫你解鈕釦以外，能做的她都做了。」

西蒙靠過來，把手搭在我肩上，就像擔心著朋友那樣，「克沃思，我想跟你談這個問題很久了。假如你真的看不出來她對你有意思，或許你可以承認你在女人方面真的很駑鈍，可以考慮從事聖職工作。」

「你們兩個都喝醉了。」我說，以掩飾自己的臉紅，「你們有沒有碰巧聽到她爸是議員？」

「你注意到她看你的樣子了嗎？」威稜用同樣的語調回我。

我知道我接觸女人的經驗少的可憐，但是我用不著承認，所以我撇開這個話題，下了凳子，「我覺得她不是來找我去廝混的。」我喝了一口水，拉拉斗篷，「我得去找我的艾洛茵，向她致上最誠摯的謝意，我看起來如何？」

「這重要嗎？」威稜問。

西蒙碰了一下威稜的手肘，「你看不出來嗎？他想玩比較危險的遊戲，不是追穿低胸禮服的議員女兒。」

我對他們比了一個厭煩的手勢，轉身離開，朝著擁擠的大廳走去。

我不知道我要怎麼找她，有部分浪漫愚蠢的我覺得，我看到她時就能一眼認得。如果她的樣子有歌聲那麼動人，她應該會像暗房裡的蠟燭般耀眼。

但是我這麼想時，比較明智的我從另一個耳邊低語。它說，別期待了，不要妄想聲音那樣出色的女子，也長得那麼亮眼。雖然這說法聽來令人失望，但我知道那是明智的。我流浪塔賓街頭時，學會傾聽這股聲音，它讓我得以生存下來。

我在伊歐利恩的一樓閒晃，找著我不知道該怎麼找的人。有時我會碰到有人對我微笑或揮手。五分鐘後，我已經看過了一樓的每一張臉孔，往二樓走去。

二樓是露臺改建的，不是擺著階梯式座位，而是一列列可以看到一樓的桌子。我穿梭在桌子之間尋找艾洛茵時，那個比較明智的我持續在我耳邊低語。別期待了，你只會失望而已。她不會像你想的那麼美，你會感到幻滅。

我找完二樓後，心裡出現一個新的恐懼。我坐在吧台喝蜂蜜酒與接受讚美時，她可能已經離開了。我早該儘速去找她，單膝跪地，由衷地感謝她才對。萬一她已經走了怎麼辦？萬一沒人知道她是誰，或她去哪裡了怎麼辦？我爬著樓梯往伊歐利恩的最高樓走，心裡充滿了不安。

這時心裡的聲音又說了，看看你抱著期待讓你變成了什麼模樣，她已經走了，現在你只剩亮麗、愚蠢的幻想折磨著你。

最高層是三層中最小的一層，就只有一個高掛在舞台上方的弦月狀樓座，圍著三面牆。這裡的桌子與長椅間隔較寬，觀眾也較少。我注意到這層樓的觀眾大多是夫妻，所以穿梭在桌子之間時，有種偷窺別人隱私的感覺。

我若無其事地打量著那些坐著聊天與喝酒的人，觀察他們的臉龐，愈接近最後一桌時，我愈是緊張。最後一桌就在角落，我不可能裝得那麼自然。坐在那裡的夫妻背對著我，一位髮色淺，一位髮色深。

我走過去時，淺髮的那位笑了，我瞥見他看來高傲精緻的五官，是個男性。我把注意力放到那個深色長髮的女子身上，這是我最後的希望了，我知道她就是我的艾洛茵。

我繞過桌子，看到她的臉，不，是他的臉，他們兩位都是男性。我的艾洛茵已經走了，我錯過她了，這想法讓我的心從平靜的胸口滾落到接近腳邊的地方。

他們抬起頭來，長髮男子對我微笑，「希瑞亞，你看，六弦小子來向我們致意了。」他上下打量我，「帥小子，要來和我們一起喝一杯嗎？」

「不用了。」我尷尬地低語，「我只是在找人而已。」

「這不是找到了嗎？」他輕鬆地說，摸我的手臂，「我叫菲稜，這位是希瑞亞，來和我們喝一杯吧。我保證不讓希瑞亞把你帶回家，他對樂手最難以招架了。」他對我露出迷人的微笑。

我低聲找了一個藉口告辭，因為心煩意亂而沒注意到我是不是太失態了。

我失落地朝樓梯走時，心裡那個睿智的聲音趁機訓斥我。它說，抱著期待就會這樣，沒什麼好處。不過，錯過她對你來說比較好，她不可能像她的聲音那麼棒，那聲音如銀鈴般悅耳，如灑在河石上的月光，如輕觸你嘴唇的羽毛。

我往樓梯走，眼睛盯著地面，以免有人想過來攀談。

這時我聽見一個聲音，那聲音宛如銀鈴，像貼在我耳朵上的吻。我抬起頭，心花怒放，知道那是我的艾洛茵，我看到她了，我心中唯一想到的是，她好美。

好美。

57 插曲——容貌

巴斯特緩緩地伸懶腰，環顧屋內，原本就沒什麼耐心的他，終於再也按捺不住了，「瑞希？」

「嗯？」克沃思看著他。

「然後呢？你和她說話了嗎？」

「我當然和她說話了。要是沒和她說話，這故事就沒什麼好講的了。和她交談那一段說來簡單，但我得先形容她，我不知道該怎麼說才好。」

巴斯特一副坐立不安的樣子。

克沃思笑了，溫和的表情一掃臉上原有的煩躁，「對你來說，形容美女和欣賞美女一樣簡單嗎？」

巴斯特低頭，漲紅了臉，克沃思把手輕輕地放在他手臂上微笑，「巴斯特，我的困擾在於，她很重要，對故事來說很重要，我想不出來有什麼方法可以充分形容她。」

「瑞希，我……我想我了解。」巴斯特用安撫的口吻說，「我也看過她，一次。」

克沃思驚訝地往椅背一靠，「你看過嗎？我都忘了。」他把手放到唇上，「那你會怎麼形容她？」

巴斯特看到自己有機會表現，整個人活躍了起來，他坐直身體，先是一副若有所思的樣子，然後說，「她有一雙完美的耳朵。」他比出優雅的手勢，「完美的小耳朵，像是從……某樣東西雕出來的一樣。」

編史家笑了，接著露出有點驚嚇的表情，好像被自己嚇到一樣。「她的耳朵？」他問，好像不確定他剛剛是否聽錯了。

「你知道要找有一雙完美耳朵的美女有多難嗎？」巴斯特一本正經地說。

編史家又笑了，似乎覺得這次比較聽懂了，「不，我確定我不知道。」他說。

巴斯特用一種憐憫的表情看著編史家，「既然這樣，你就得相信我的話，她的耳朵特別細緻。」

「巴斯特，那點你已經說得夠充分了。」克沃思促狹地說。他停頓了一下，再次開口時，他的眼神遙望著遠方，緩緩地說，「麻煩的是，她和我認識的人都不一樣，她有一種無形的特質，一種吸引力，像火散發出來的熱量。她優雅，綻放光芒……」

「瑞希，她有鷹勾鼻。」巴斯特說，打斷他老師的白日夢。

克沃思看著他，額頭因惱怒而皺起了一條線，「什麼？」

巴斯特舉起手來自我辯護，「瑞希，那只是我注意到的一點。你故事裡的女人都很美，我都沒見過，所以無法否認，不過我的確見過這位，她的鼻子有點鷹勾鼻。坦白講，她的臉在我看來細長了點。瑞希，無論如何，她不是那種完美的美女，這我懂，我研究過這些東西。」

克沃思凝視巴斯特好一段時間，表情嚴肅，「巴斯特，我們看人不單是看組成的五官而已。」他語帶一點責備。

「瑞希，我沒有說她不美。」巴斯特連忙說，「她對我微笑，那該怎麼說……有種……直達心底的感覺，如果你懂我意思。」

「巴斯特，我懂。但重點是，我見過她，其他人沒有。」克沃思看著編史家說，「問題在於比較，如果我說『她有深色的頭髮』，你可能會想，『我認識一些深色頭髮的女人，有些長得很漂亮』，但你想的可能和事實差很多，因為那女人可能和我說的人毫無共通點。別的女人不會有她的機靈，她的魅力，她和我見過的人都不一樣……」

克沃思的聲音變小，低頭看著交握的手，沉默了很久。巴斯特又開始坐立難安了起來，不安地四處張望。

「我想，擔心也沒有用吧。」最後克沃思說，抬起頭，對編史家比了一個手勢，「如果我這一段沒說好，對世界來說也是一件微不足道的事。」

編史家提起筆，他還沒有沾墨，克沃思就開始說了，「她的眼睛是深色的，深如巧克力，如咖啡，如我父親把魯特琴擦亮的琴身。那雙眼睛是在一張白淨的鵝蛋臉上，那臉型有如一滴淚珠。」

克沃思突然停了下來，彷彿他詞窮了。那靜默是如此突然與深邃，讓編史家不禁抬起頭來，之前他從來沒有這樣過。但編史家一抬頭，克沃思突然劈哩啪啦說了一堆話。

「她的隨和笑容讓男人傾心，她的嘴唇紅潤，不是很多女人為了增添魅力而塗的俗豔紅唇，她的嘴唇不分晝夜都是紅通通的，就好像你看到她之前，她才剛吃完紅莓或喝過心臟的血那般。」

「無論她站在哪裡，她都是那個地方的焦點。」克沃思皺眉，「別誤會，她不是那種花俏或愛現的女人。我們看著火，是因為它會閃爍，會發亮，吸引我們的是那個光；但是讓人靠近火的原因，和它的明亮外型無關，而是因為貼近火時所感受到的溫暖，戴娜也是那樣。」

克沃思說話的時候，表情扭曲，彷彿每說出一字，就讓他更加痛苦。雖然他一字一句都講得很清楚，但是那些字呼應著他的表情，就像說出口以前都用銼刀銼過一樣。

「她……」克沃思低著頭，那頭低到似乎是對著他攤在大腿上的雙手說話。「我在幹什麼？」他含糊地說，彷彿嘴裡含滿了灰。「這樣有什麼用呢？我自己都不太了解她了，要怎麼讓你們了解她？」

編史家把這些都記下來了，才發現克沃思可能不想要他記下這些。他楞了一下，接著把剛剛剩下的句子寫完。然後靜靜地等了好一會兒，才偷偷抬頭瞄了一下克沃思。

編史家瞥見克沃思的眼睛，就這樣一直凝視著，那是他之前就看過的深色眼睛，像天神發怒的眼睛一樣。有一段時間，編史家只能專心地凝視著他，才不會從桌邊起身。屋裡充滿了冷如冰霜的靜謐。

克沃思站了起來，指著編史家面前的紙，「把那刪掉。」他煩躁地說。

編史家臉色發白，表情像被刺了一刀一樣驚愕。

編史家動也不動，於是克沃思伸手，平靜地從編史家的筆下抽走那張寫了一半的紙，「如果你不喜歡刪除……」克沃思小心地撕掉那張紙，撕紙聲讓編史家的臉更加慘白了。

克沃思慎重其事地拿起一張空白的紙，小心擺在受驚的編史家面前。他用一根修長的手指戳著撕碎的紙，指頭沾到了還沒乾的墨汁。「把這抄過來。」他用如鐵般冰冷的聲音說，眼裡也充滿了鐵，又硬又黑。

沒什麼好爭論的，編史家默默地把內容抄到克沃思所指的紙上。

編史家寫好後，克沃思開始清晰明快地說話，彷彿咬著冰一樣，「她有多美？我覺得我怎麼形容都不夠，既然怎麼說都不夠，至少我可以避免說太多。」

「就這樣說吧，她有一頭深色的頭髮，又長又直，一雙深色的眼睛，皮膚白淨，鵝蛋臉，下巴細緻，泰然自若，優雅大方，就這樣。」

克沃思吸一口氣又繼續說，「最後，寫上她很美，我能夠說的就這些了。即使她有任何缺陷或缺點，她都美得徹底。至少對克沃思來說，她很美。是至少嗎？對克沃思來說，她比誰都美。」克沃思瞬間繃緊了身子，彷彿他又要起身，從編史家面前抽走那張紙一樣。

後來他放鬆了下來，就像風離開了風帆似的，「不過坦白講，我得說，她對其他人來說也很美……」

58 最初的名字

如果說，我們四目相接，我像童話故事裡的白馬王子一樣，平靜地移到她身邊，對她微笑，出口成章地她聊一些令人愉快的話題，那就好了。

可惜，人生鮮少出現如此精心刻畫的片段。事實上，我就只是站在那裡。那是戴娜，我好久以前在若恩的車隊裡認識的那名少女。

如今回想起來，我們才半年不見。你聆聽故事時不會覺得很久，不過對經歷過那段時間的人來說，半年是很漫長的時間，尤其是在年少的時候，而當時，我們的年紀都還小。

戴娜爬上伊歐利恩三樓的最後一階時，我看到她的身影。她的眼神若有所失，一副心事重重的表情，近乎悲傷。她轉身，開始朝我的方向走來，眼睛一直看著地上，沒看到我。

這些日子以來，她的樣子變了，以前很美，現在仍是，或許差別在於她不是穿著當時我見到她的輕便衣服，而是穿著長禮服。不過那是戴娜沒錯，我甚至還認得她手上的戒指，銀色的指環上鑲著淡藍色的寶石。

自從我們分別後，我一直把對她的愛戀藏在內心深處的角落。我想過到艾尼稜找她，想著在路上和她再次偶然重逢，想著她來大學院找我。但是我心知肚明，這些都是不切實際的幼稚幻想，我知道我再也不可能見到她了。

但如今，她就在我眼前，我完全沒有心理準備，她還記得我嗎，那個好久以前認識的彆扭男孩？

戴娜在離我只剩十幾呎的地方抬起頭來，看到了我。她笑逐顏開，就好像有人在她體內點了蠟燭，讓她整個亮了起來一樣。她衝向我，三步併兩步地縮短了我們之間的距離。

一瞬間，彷彿她就要直接衝到我懷裡，但最後一刻她突然往後退，瞄了一下我們周遭坐的人。在離我半步的地方，她的動作從開心地向前衝，變成在一定距離之外莊重地打招呼，樣子很優雅。即使如此，她還是得伸出一隻手撐著我的胸膛，來穩住自己的重心，以免她突然停住撞上我。

接著她對我微笑，甜美窩心的微笑，帶了一絲的羞怯，像綻開的花朵，親切坦率，又有點不好意思。她對我微笑時，我感到……

坦白說，我不知道該怎麼形容那種感覺，說謊還簡單一些。我可以從上百個故事中偷點句子，編一個常見的說法，讓你信以為真。我可以說我的腿酥麻了，胸口感覺吸不到空氣，但是那不是事實，我的心並沒有猛烈跳動，停住，或亂了調。那些都是故事裡的說法，愚蠢，誇張，胡扯，不過……

初冬之際，在第一波寒流來襲之後外出，找個表面剛覆上玻璃般薄冰的水池。池邊的冰還可以撐住你的重量，但是再往前移，再更前一些，你最終會發現幾乎無法承擔你重量的冰面。在那裡，你就能了解我的感受了。冰在你腳下裂開。低下頭，你可以看到白色裂痕像蜘蛛網般四散。這時一切寂靜無聲，但你可以感受到腳底突然的明顯顫動。

戴娜對我笑的時候，就是給人那種感覺。我的意思不是說，我覺得自己好像站在即將坍陷的易碎冰上，不，我覺得自己就像那薄冰一樣，從她摸我胸膛的地方開始擴散裂痕，突然碎裂。我之所以還完整地杵在那裡，是因為我上千個碎片都靠在一塊了。我怕我一動，就會解體。

或許說我被微笑迷住就夠了，雖然這聽起來很像故事書裡的說法，不過很接近事實。

對我來說，用字遣詞向來不是什麼困難的事，其實正好相反，我常覺得要表達我內心的想法太簡單了，還常因此壞了事。不過，現在站在戴娜的面前，我驚訝地說不出話來，我說不出什麼實際的話拯救自己。

在無意識下，我母親灌輸我的宮廷禮儀突然展露了出來。我自然地伸出手，握住戴娜向外伸的手，就好像她把手放入我掌中一樣。接著我後退半步，做出優雅的七十五度鞠躬。在此同時，我另一隻手提起斗篷的邊緣往後拉，那是奉承別人的鞠躬，溫文儒雅但不至於太過正式，很適合這種大庭廣眾的場合。

接下來呢？一般會吻一下手，但是什麼樣的吻比較適合？在艾圖，只要對著手輕輕點頭即可。席德女子，像剛剛和我聊天的席德放款商的女兒，通常會預期你輕觸指關節，發出親吻的聲音。在莫代格，則是用嘴唇接觸你自己的大拇指背。

但是現在我們是在聯邦，戴娜也沒有外國腔，那就是直接親吻了。我以吸一口氣的時間，迅速用嘴唇輕觸她的手背，她的肌膚溫暖，散發著淡淡的石楠花香。

「親愛的女士，我聽候您的吩咐。」我說，挺起身，鬆開她的手。這時，我這輩子第一次明白這種正式問候的真正目的，它讓你在不知該說什麼時有話可說。

「親愛的女士？」戴娜重複道，聲音有點驚訝。「很好，要是你堅持這麼稱呼，」她一手拉起晚禮服，行屈膝禮，那動作看起來既優雅，也有點開玩笑和打趣的意味。「那我就是囉。」聽到她的聲音，我知道我猜的沒錯，她就是我的艾洛茵。

「你獨自一人在三樓做什麼？」她環顧新月狀的樓座，「你是獨自一人吧？」

「我是啊。」我說，接著我不知道還能說些什麼，便從記憶猶新的歌曲裡借用了一句歌詞，「真想不到艾洛茵就在我旁邊。」

她聽了很開心地微笑，「為什麼說想不到呢？」她問。

「我以為妳已經離開了。」

「差一點。」戴娜淘氣地說，「我等賽維恩來找我，整整等了兩個小時。」她悲傷地嘆氣，像聖人雕像般朝側邊上方望。「最後，在滿心絕望下，我想，這次或許換艾洛茵來找他也可以，管它故事怎麼說。」她露出頑皮的笑容。

「『所以我們是夜裡光線昏暗的船……』」我引用歌詞。

「……『相互接近，卻不知彼此……』」戴娜接續完成。

「《菲瓦德之殞》。」我以非常佩服的口吻說，「很多人都沒聽過這齣戲。」

「我不是『很多人』。」她說。

「下次不會再忘了。」我鞠躬以示我深深的敬意，她哼了一聲挖苦我，我故意裝作沒聽到，繼續以更正

經的口吻說，「今晚妳這樣幫我，實在是令我感激不盡。」

「感激不盡？」她說，「那真遺憾，所以你能感激我多少？」

我不加思索，馬上伸手到斗篷的衣領，拆下我的銀笛，「就只有這麼多了。」我說，把銀笛遞給她。

「我……」戴娜遲疑了一下，有點受到驚嚇，「你在開玩笑吧。」

「沒有妳，我也無法贏得它。」我說，「我也沒有什麼其他貴重的東西了，除非妳要我的魯特琴。」

戴娜深色的眼睛細細地打量著我的臉，彷彿她看不出來我是不是在開玩笑。「我想你無法放棄你的銀笛……」

「其實我可以。」我說，「史丹勳說，萬一我弄丟了銀笛，或是把它送人了，我就得再挑戰一次，才能獲得銀笛。」我拉起她的手，攤開她的手指，把銀笛放在她的手掌上，「那表示我想怎麼處理都可以，我很高興能把它送給妳。」

戴娜凝視著手中的銀笛，然後分外仔細地看著我，好像之前她完全沒注意到我。頓時我尷尬地意識到自己的外表，我的斗篷破舊，即使穿了我最好的衣服，依舊顯得寒酸。

她再次低下頭，緩緩把銀笛握在手心裡，然後抬起頭來看我，表情中看不出來她在想什麼，「我想你可能是個了不起的人。」她說。

我吸了一口氣，但是戴娜搶先說了，「不過，」她說，「這份感謝太貴重了，遠比我幫你的忙還多，這樣反倒變成我欠你了。」她拉起我的手，把銀笛塞回我手中。「我還是讓你對我心懷感激好了。」她突然露齒而笑，「這樣你就還欠我一個人情了。」

周遭明顯變得更加安靜，我環顧四周，因為忘了我身處何處而感到困惑。戴娜把一根手指放在唇上，指著欄杆下的舞台。我們靠近欄杆，往下看，看到一位白鬍子的老人打開一個形狀奇怪的樂器箱。當我看到他拿起的東西時，心頭一驚，倒抽了一口氣。

「那是什麼東西？」戴娜問。

「古代宮廷用的魯特琴。」我說，難以壓抑驚訝的語氣，「我從來沒親眼看過。」

「那是魯特琴？」戴娜悄悄地開口，「我數了一下，有二十四條弦，那要怎麼彈？比有些豎琴的弦還多。」

「那是很久以前的設計，當時還沒有金屬弦，也不知道怎麼固定細長的琴頸，真的難以想像，那彎頭琴頸的設計比三個大教堂的設計還要精密。」我看著那老人把鬍子整理好，調整坐姿，「我只希望他表演前已經調過音了。」我輕聲說，「否則我們光等他調琴栓，就要一個小時。我爸說過，以前的吟遊詩人要花兩天幫宮廷用的魯特琴上弦，再花兩小時調音，才能演奏兩分鐘的音樂。」

那老人只花五分鐘就把弦調好了，接著他開始演奏。

我實在很不好意思承認，我完全不記得那首曲子彈得怎樣。雖然我之前從沒看過宮廷用的魯特琴，更別說是聽過它演奏的聲音了，但是我現在滿腦子只想著戴娜，聽不進其他的東西。我們肩併肩倚著欄杆，我從眼角偷瞄她的身影。

她還沒用我的名字叫我，也沒提起我們在若恩的車隊裡相遇的往事，那表示她不記得我了。我想，她忘了路上只認識幾天又一身破爛的男孩，也沒什麼好訝異的。不過，我還是有點難過，因為我思念她好幾個月了，現在又無法在毫不尷尬下重提往事。我看還是重新開始比較好，希望這一次我能讓她記得更久一些。

等我回神時，歌曲已演奏完畢，我熱情地鼓掌以掩飾我剛剛的分神。

「剛剛你重唱副歌時，我以為你唱錯了。」掌聲漸漸消失時，戴娜告訴我，「我真不敢相信，你竟然會想要陌生人加入表演，除了晚上在營火邊以外，我從來沒在別的地方看過那樣的表演。」

我聳肩，「大家一直告訴我，最優秀的樂手都來這裡表演了。」我朝她的方向揮手一比，「我相信一定有人會唱那個部分。」

她挑起一邊的眉毛，「那還滿冒險的，」她說，「我等候其他人自告奮勇加入，本來還有點擔心，不太敢貿然開口。」

我露出疑惑的表情，「為什麼？妳聲音很美啊。」

她不好意思地扮鬼臉，「我之前只聽過那首歌兩次，我不是很確定我都還記得。」

「兩次？」

戴娜點頭，「第二次還是在一句以前，我去艾提亞出席一場正式的晚宴時，看到一對夫妻表演。」

「真的嗎？」我不敢相信地說。

她前後來回晃著頭，彷彿說謊被逮到，深色的頭髮垂到了臉龐上，她心不在焉地把頭髮撥開。「好吧，我想，晚宴前，我的確聽了那對夫婦排練了一下……」

我難以置信地搖頭，「那真的滿驚人的，那首歌的合音很難，況且要記住所有的歌詞……」我靜靜地驚嘆了一會兒，然後搖頭，「妳耳朵相當厲害。」

「你不是第一個這樣說的人。」戴娜挖苦地說，「但是你可能是第一個邊說邊盯著我耳朵瞧的人。」她意有所指地低下頭。

我聽到我們身後傳來熟悉的聲音，開始覺得我臉頰漲得通紅，「你在這裡啊！」我轉身，看到薩伏依，那位在進階共感術課上幫我押賭注的高大俊俏朋友。

「我在這兒。」我說，很意外他竟然在找我，更意外的是，他看到我在和小姐聊天，竟然還沒禮貌的上前打岔。

「大家都在這兒。」薩伏依走過來時對我微笑，若無其事地把手圍在戴娜的腰際，他故意對她皺眉說，「我找遍樓下，想幫你找那位合唱的歌手，結果你們兩個一直在這裡，還親密得很。」

「我們是碰巧遇到。」戴娜說，把手放到薩伏依摟著她的手上，「我知道你至少會回來拿飲料……」她朝附近一張桌子擺頭，那裡除了一對酒杯以外，空無一物。

他們一起轉身，挽著彼此走回他們的桌子。戴娜轉頭看我，揚揚眉毛，我完全不知道那表情是什麼意思。

薩伏依對我揮手，要我加入他們，幫我拉了一張沒人坐的椅子過來，讓我有地方可坐。「我本來不敢相信下面那個人是你。」他對我說，「我以為我認得你的聲音，但是……」他做了一個手勢，表示他是在伊歐利恩的最高層，「三樓雖然很適合年輕的戀人私下欣賞表演，卻不太能看清楚台上的狀況，我不知道你會彈魯特琴。」他一手搭著戴娜的肩膀，張著那雙湛藍的眼睛，露出他迷人的微笑。

「偶爾彈彈。」我隨口回答，順便坐了下來。

「還好我們今晚選擇的娛樂是來伊歐利恩，算你幸運。」薩伏依說，「不然，可能只有你的回音和椅子吱吱嘎嘎的聲音和你配唱。」

「所以是我欠你一個人情。」我說，恭敬地對他點頭。

「下次我們玩角牌時，你選西蒙一組，就算是還我人情了。」他說，「這麼一來，那死小子只拿一對也敢叫牌時，就換你吃虧了。」

「一言為定。」我說，「雖然是我吃虧。」我轉向戴娜，「妳呢？我欠妳一份人情，該怎麼回報才好？只要妳說，在我能力範圍內的任何事情，我都會答應。」

「在你能力範圍內的任何事情，」她頑皮地重複，「那你會做什麼？除了演奏得那麼好，讓天神與天使聽了都感動落淚以外？」

「我想我什麼都能做。」我輕鬆地說，「只要是妳要求的。」

她笑了。

「對女人這麼說很危險。」薩伏依說，「尤其是對她，她會叫你去世界的另一端，從唱歌樹上摘片葉子給她。」

她往後靠向椅背，用危險的眼神看著我。「唱歌樹的葉子，」她若有所思地說，「那倒是不錯的東西，能幫我摘一片嗎？」

「好。」我說，也很訝異她真的這麼要求。

她似乎還在思考，然後又搖頭打趣說，「我不能讓你跑那麼遠，我想把這人情留到改天再用。」

我嘆氣，「所以我欠妳人情。」

「喔不！」她大叫，「我的賽維恩心裡又多了一個負擔……」

「我的心如此沉重，是因為我怕我可能永遠都不知道妳的芳名，我可以一直把妳想成菲露芮安。」我說，「但是那會造成不必要的混淆。」

她打量我，「菲露芮安？要不是我覺得你在騙我，我可能還滿喜歡那說法的。」

「騙妳？」我生氣地說，「我看到妳的第一個想法就是，『菲露芮安！我剛剛做了什麼？我在下面接受朋友的祝賀根本是浪費時間，要是我能挽回那些虛擲的時間，我會希望我更善用那些時間，用媲美日光的光線暖和我自己。』」

她笑了，「你是小偷也是騙子，你偷用《戴歐尼卡》第三幕的台詞。」

她也知道《戴歐尼卡》？「被識破了。」我坦白地說，「不過那不表示我就是騙人的。」

她對薩伏依微笑，然後又轉回來看我，「甜言蜜語是不錯，但是那樣還是無法得知我的名字。薩伏依說你在大學院和他不相上下，那表示你也在玩一些最好別碰的黑暗魔法，要是讓你知道我的名字，你可能會有掌控我的可怕力量。」她講得一本正經，不過從她傾著頭，眼角流露出的笑意，可以看出她是在開玩笑。

「沒錯。」我也用同樣正經的口吻說，「不過我們可以打個商量，我也把我的名字告訴妳，這樣我也受妳掌控了。」

「你是在呼嚨我。」她說，「薩伏依知道你的名字，假設他還沒告訴我，我可以輕易從他口中得知。」

「的確。」薩伏依說，似乎對於我們還記得他在場而鬆了一口氣，他拉起她的手，親了一下手背。

「他可以告訴你我的名字。」我不屑地說，「但是他不能把名字給妳，只有我才能做到。」我把一隻手攤放在桌上，「我剛說用我的名字換妳的名字，這提案仍有效，妳要接受嗎？還是我得永遠把妳當成艾洛茵，而不是妳本人？」

她眉飛色舞，「很好。」她說，「不過我得先聽你的名字。」

我把身子前傾，比手勢要她也跟著向前，她放開薩伏依的手，把一隻耳朵靠向我。我一本正經地在她耳邊輕聲說：「克沃思。」她身上散發著淡淡的花香，我猜應該是香水的味道，但是那味道之下是她的體香，像青草一般，有如春天細雨過後的空曠道路。

接著她回到位子上，似乎仔細思考了一會兒。「克沃思，」最後她說，「很適合你。」她的眼睛閃閃發亮，彷彿握有什麼祕密。她緩緩地說著我的名字，像在仔細品味，然後自顧自地點頭，「那是什麼意思？」

「有很多意思。」我盡可能模仿至尊塔柏林的聲音說，「不過妳要讓我分神，沒那麼簡單。我已經說出我的名字，受妳掌控了，換妳說說我該怎麼稱呼妳好嗎？」

她微笑，再次把身體前傾，我也跟著做，把頭側向一邊，感覺到她的髮絲拂過我的臉龐，「戴安。」她呼出的溫暖氣息就像羽毛一樣輕觸我的耳朵，「戴安。」

我們都坐回位子上，我靜默不語，她慫恿我說話，「然後呢？」

「我知道了。」我向她確認，「就像我自己的名字一樣確定。」

「那就說出來啊。」

「我想保留著。」我笑著回應，「像這樣的禮物不該貿然揮霍。」

她看著我。

我讓步了，「戴安。」我說，「戴安，這名字也很適合妳。」

我們凝視彼此好一段時間，後來我發現薩伏依不是很客氣地瞪著我。

「我該下樓了。」我說，迅速起身，「我得見見一些重要的人物。」我一說出這些彆扭的話，自己聽來都覺得討厭，但是我想不出來還能用什麼比較不彆扭的話修正了。

薩伏依起身和我握手，顯然是想盡快擺脫我，「克沃思，今晚表現得很棒，再見。」

我轉身看到戴娜也站起來了，她和我四目交接，微笑說：「我也希望能再見到你。」她伸出手。

我對她露出最好的笑容，「總有機會的。」我本來希望能妙語回應，但此話一出，卻聽起來很老土。我得盡快離開，免得鬧出更多的笑話。我迅速和她握手，她的手摸起來有點涼，柔軟、纖細、有力。我沒有親吻她的手，因為薩伏依是我的朋友，朋友不會做出那種事。

59 心知肚明

後來在狄歐克與威稜的勸進下，我逐漸醉了。

三個學生就這樣瘋瘋醉醉地走回大學院，你看他們走時，可以看到他們稍微蜿蜒前進。路上很靜，即使鐘樓敲著深夜的鐘聲，也沒有劃破多少籠罩的寂靜感。連蟋蟀也靜下來了，牠們的叫聲就像織布裡的細微縫補，小到幾乎看不見。

夜晚就像溫暖的天鵝絨般裹著他們，星星在無雲的夜空中如閃亮的寶石，把他們腳下的路變成一片銀灰色。大學院和伊姆雷是知識與藝術的中心，是文明中最重要的基礎。走在這兩者之間的路上，除了老樹和被風吹彎的野草以外，什麼也沒有。這夜荒涼得完美，荒涼得美極了。

三個男孩，一位膚色深，一位膚色淺，一位——因為缺乏合適的形容——就姑且說他如熊熊烈火吧，他們並沒有注意到這個夜晚。或許他們注意到了一些，但是他們年紀還小，也醉了，深深覺得他們永遠不會老，也不會死。他們也知道他們是朋友，對彼此的關懷永不變調。這些男孩還知道很多其他的事情，不過那些似乎都沒有這點重要，或許他們是對的。

60 財富

隔天我帶著平生第一次的宿醉去抽入學考的時間，我感到疲累又有點想吐，走到最短的隊伍後面排隊，不去理會旁邊數百位學生的喧嘩，他們走來走去，買賣、交換、抱怨他們抽到的考試時間。

「克沃思，阿爾利登之子。」終於輪到我時，我這麼說。那位一臉無聊的女子在我的名字上做記號，我從黑色天鵝絨布袋裡抽出一支籤，上面寫著：「句六：中午」，是五天之後，還有很多時間可以準備。但是我轉身往籠樓走時，突然想到一件事。我到底需要做多少準備？更重要的是，進不了大書庫，我能做多少準備？

我一邊思考這件事，一邊舉起手，伸出中指與拇指，表示我抽到五天後的考試日期，願意轉售。不久就有一位和我不熟的學生靠了過來，「第四天。」她說，拿起她的籤，「我想以一銅幣和你交換。」我搖頭，她聳肩離開。

醫護館的詮士蓋爾文走了過來，他伸出食指，顯示他抽到今天下午的考試。從他的黑眼圈和不安的表情看來，我想他並不急著那麼快就應試，「五銅幣，你肯換嗎？」

「我想要一銀幣……」

他點頭，在指間翻弄著他的籤。那價格很不錯，沒人想要第一天就應試。「或許晚一點，我先到別處看看。」

我看著他離開，很驚訝才隔了一天，差異竟然那麼大。昨天的五銅幣對我來說已經很多了，但今天我的錢包還滿鼓的……

我茫然地想著昨晚我究竟賺了多少錢，這時我看到威稜和西蒙走了過來。威稜的深色皮膚看起來有點蒼白，我想那也是昨晚喝多了的後遺症。

相反的，西蒙一如往常，充滿活力，開朗愉悅。「猜猜看誰抽到今天下午的時間？」他朝我肩後擺頭，「安布羅斯和他的幾個朋友，這就足以讓我相信世界是公平的了。」

我轉身看著人群，還沒找到安布羅斯，就聽到他的聲音，「……都是從同一個袋子抽的，那表示他們沒把籤混合均勻，應該重抽一次……」

安布羅斯和幾個衣著體面的朋友走在一起，他們的眼睛掃視人群，尋找舉起的手。安布羅斯走到離我十幾呎遠的地方，才終於發現他相中的那隻手是我的。

他馬上停了下來，沉下臉，接著突然狂笑，「可憐的傢伙，有那麼多時間，卻沒地方可以自修，羅蘭還沒讓你回去嗎？」

「冤家路窄，又來了！」威稜在我後面不耐煩地說。

安布羅斯笑著對我說，「這樣吧，我給你半分錢，還有我的一件舊襯衫，跟你換時間。這樣你去河邊洗你那件衣服時，就有衣服可以穿了。」他那幾個朋友在他身後咯咯笑，上下打量我。

我維持平靜的表情，不想讓他稱心如意。但事實上，我很清楚我只有兩件襯衫，經過兩學期不斷地換穿，已經愈來愈破舊了。而且，我的確是在河邊洗衣服，因為我沒錢送洗。

「不用了。」我輕鬆地說，「你的襯衫下擺染色有點太花了，跟我品味不太搭。」我拉了拉我胸前的襯衫以示說明，旁邊一些學生笑了。

「我聽不懂。」我聽到西蒙悄悄對威稜說。

「他暗指安布羅斯有……」威稜停頓了一下，「Edamete tass，一種從花街柳巷得來的病，會流出……」

「好，好。」西蒙馬上說，「我聽懂了。嗯！而且安布羅斯還穿綠色的。」

這時，安布羅斯也勉強和大家一起跟著我的笑話發笑，「我想，我還是得花錢消災。」他說，「很好，就當是救濟窮人吧。」他拿出錢包，搖了一搖，「你想要多少錢？」

「五銀幣。」我說。

他瞪著我，錢包開了一半，僵在那裡，那價格高得誇張，一些旁觀的學生紛紛用手肘輕推彼此，顯然是希望我能騙安布羅斯為我抽到的時間，付出比實際價值高出好幾倍的價錢。

「抱歉。」我說，「需要我幫你換算嗎？」安布羅斯上學期入學考的算數考很爛是眾所皆知的事實。

「五銀幣太扯了。」他說，「今天已經過了那麼久，你能拿到一銀幣就算運氣好了。」

我不在意地聳肩，「那四銀幣也可以。」

「你一銀幣就會賣了。」安布羅斯堅持，「我不是白癡。」

我深深吸了一口氣，再吐出來，露出一副無可奈何的樣子，「我想我是無法讓你付到一銀四那麼高了？」我問，連自己都受不了我悲傷的語氣。

安布羅斯露出鯊魚般的微笑，「這樣吧，」他慷慨大方地說，「我給你一銀三，我不介意偶爾做點善事。」

「謝謝。」我乖乖地說，「不勝感激。」我可以感覺到大家的失望，因為他們看我像狗一樣接受安布羅斯的施捨。

「不客氣。」安布羅斯自鳴得意地說，「扶弱濟貧一向是我的榮幸。」

「換算成維塔斯幣，就是兩貴銀，六碎銀、兩分銅、四鐵板兒。」

「我自己會換算。」他喝斥，「我從小就和我爸的隨扈周遊世界，我知道錢怎麼用。」

「你當然知道。」我低頭，「我真糊塗。」我好奇地抬頭問，「那你去過莫代格囉？」

「當然去過。」他從錢包掏出多種錢幣時，心不在焉地說，「其實我還去過克杉恩的高等法院，去了兩次。」

「莫代格貴族真的覺得討價還價對名門望族來說是可鄙的行為嗎？」我一臉無辜地問，「我聽說他們覺得，討價還價的人鐵定是出身卑微，或是家道中落……」

安布羅斯掏錢掏到一半，僵住不動，抬頭起來看我，他瞇起眼睛。

「如果那是真的，你為了一點討價還價的樂趣，還特地自貶身分到我這種階級，那真是用心良苦。」我笑著看他，「我們盧人還滿愛討價還價的。」周遭傳出竊笑聲，這時附近已增至數十人了。

「根本沒那回事。」安布羅斯說。

我露出擔心的表情，「噢，真是抱歉，我沒想到你家道中落……」我往他走了幾步，遞出我抽到的籤。「拿去吧，你可以用半分錢換，我不介意做點善事。」我就站在他面前，拿著籤。「真的，我堅持，扶弱濟貧一向是我的榮幸。」

安布羅斯狠狠地瞪著我，「你留著塞喉嚨吧。」他低聲噓我，「你吃豆子，在河邊洗衣服的時候，別忘了，當你窮到身無分文時，我還會在這裡。」他轉身離去，一副尊嚴受辱的樣子。

周圍的人群傳出一些掌聲，我往四面八方誇張地鞠躬致意。

「你今天打幾分？」威稜問西蒙。

「安布羅斯兩分，克沃思三分。」西蒙看著我，「你表現得還不夠出色。」

「昨晚沒怎麼睡。」我坦承。

「每次你這麼做，就讓之後的報復變得更糟。」威稜說。

「我們頂多就是言語上的衝突，不能怎樣。」我說，「大師們也不會讓我們怎樣。萬一做得太過火，都會讓我們因『不配當奧祕所成員的行為』而遭到退學處分，不然你覺得我為何沒讓那個傢伙生不如死？」

「因為你懶？」威稜猜。

「懶是我的一大優點。」我輕鬆地說，「要不是我懶，我會特地把『Edamete tass』翻譯出來，發現它意指『艾迪瑪盧族的討厭鬼』而大發雷霆。」我再次把手舉起來，伸出拇指和中指，「我沒翻譯，只把它想成你是指『奈色痢亞』那個病名，以免壞了我們的友誼。」

最後我把抽到的時間賣給工藝館一位心急的詮士，他名叫傑辛。我拚命跟他討價還價，後來以六銅幣，外加欠我一次人情債成交。

既然我無法自修，可以想見考試的結果。賀姆依舊對我懷恨在心，羅蘭態度平靜，伊洛汀把頭擱在桌上，好像睡著了。我的學費是六銀幣整，讓我因此處在一個有趣的狀態……

通往伊姆雷的長路幾乎沒什麼人煙，陽光穿過樹梢，風帶來一絲秋天即將來臨的涼意。我先到伊歐利恩拿我的魯特琴，史丹動昨晚堅持我一定要把琴留在那裡，以免我在酒醉回家的路上把琴弄壞了。

我接近伊歐利恩時，看到狄歐克悠閒地倚著門柱，用指關節玩著一枚硬幣。他看到我時，對我微笑，「嗨！看你和朋友昨晚離開時搖搖晃晃的樣子，我還以為你們最後會跌進河裡。」

「我們晃的方向不一樣。」我解釋，「所以互相平衡抵銷了。」

狄歐克笑著說，「我們把你女友請到裡頭坐了。」

我努力避免臉紅，心想他怎麼會知道我想在這裡和戴娜見面。「我不確定我能不能稱她為我女友。」畢竟薩伏依是我的朋友。

他聳肩，「隨你怎麼稱呼囉，史丹動把她安置在吧台後面了。要是我，會趁那傢伙還沒跟她太熟悉，開始動手之前，趕快把她帶出來。」

我感覺到怒火中燒，差點飆髒話。我的魯特琴，他是在講我的魯特琴。我馬上鑽進屋裡，心想，還是不要讓狄歐克看到我的表情比較好。

我在伊歐利恩的三個樓層間徘徊，卻都沒看到戴娜的身影，不過我巧遇史瑞普伯爵，他熱情地邀我一起坐坐。

「不知道能不能說服你哪天來我家走一趟？」史瑞普不好意思地問，「我想辦個小晚宴，我知道有些人很想見見你。」他眨眨眼，「你演奏的好評已經傳開了。」

我突然感到一陣不安，但我知道和貴族交際往來有時是少不了的環節，「閣下！那是我的榮幸。」

史瑞普皺眉，「非得稱呼我閣下不可嗎？」

劇團很重視社交辭令，而社交辭令大多和頭銜與階級有關，「閣下，這是基於禮儀。」我語帶歉意地說。

「去他的禮儀！」史瑞普發牢騷，「禮儀是一套讓大家在大庭廣眾下可以粗魯待人的規定。我以名字丹納斯先行，其次是姓氏史瑞普，最後才是伯爵。」他用懇求的眼神看著我，「直接叫我阿丹就好了，可以嗎？」

我不知該怎麼回應。

「至少在這裡這樣叫我。」他懇求，「每次這裡有人以『閣下』稱呼我時，總讓我覺得自己像花圃裡的雜草般格格不入。」

我鬆了一口氣，「如果你希望這樣的話，阿丹。」

他一聽，臉馬上紅了，彷彿我在褒獎他一樣，「說點你自己的事來聽聽吧，你住哪裡？」

「在河的另一端。」我敷衍回應，簡樓的床很陽春，沒什麼值得一提的。史瑞普露出疑惑的表情，於是我補充說，「我在大學院就讀。」

「大學院？」他問，顯然迷惑不解，「他們現在教音樂嗎？」

我一聽差點笑了出來，「不不，我在奧祕所唸書。」

話一出口，我就後悔了，他往椅背一靠，用不安的表情看我，「你是巫師？」

「噢，不是。」我矢口否認，「我只是在研讀一些東西，例如文法、數學……」我挑了兩個我想到比較無害的學科，他看起來似乎放鬆了一些。

「我想，我剛剛以為你是……」他聲音漸小，打了一下哆嗦，「為什麼去那裡念書？」

這問題出乎我意料之外，讓我一時不知該如何回答，「我……我一直想去那裡，有很多東西想學。」

「但是你又不需要那些東西，我的意思是……」他思索用字，「以你演奏的方式來看，你的贊助人應該會鼓勵你把心思全放在音樂上……」

「阿丹，我沒有贊助人。」我露出不好意思的笑容，「當然我並不反對有贊助人挺我。」

他的反應出乎我意料之外，「我運氣真背。」他拍桌，「我以為有人刻意藏匿你這個人才。」他用拳頭敲桌面，「要命，要命，真要命。」

他稍微恢復平靜，抬頭看我，「抱歉，我只是……」他比了一個失望的手勢，嘆氣，「你聽過有句話這麼說嗎：『一個老婆，樂翻；兩個老婆，累癱……』」

我點頭，「……三個老婆，相恨到晚……」

「……四個老婆，恨你不專。」史瑞普接完，「贊助人和樂手之間也是一樣的道理。我才剛收了第三位樂手，是一位還在努力精進的長笛手。」他搖頭嘆氣，「他們三個之間吵得不可開交，擔心自己獲得的關注不夠，早知道你會出現，我就等你了。」

「阿丹，你過獎了。」

「我剛是在氣我自己。」他嘆氣，一臉心虛，「那不公平，瑟夫蘭擅長彈奏他的樂器，他們都是優秀的樂手，都想博取我的歡心，就像老婆一樣。」他對我露出抱歉的表情，「要是我也收你到門下，麻煩就大了，昨晚我只不過送你一個小禮物，就已經得說謊矇騙過關。」

「所以我是你的情婦囉。」我笑著說。

史瑞普咯咯笑，「這比喻還是別做過度延伸比較好，我會當你的媒人，幫你找個合適的贊助人，我認識方圓五十哩內有頭有臉的人物，所以應該不難。」

「那真的幫了大忙。」我誠懇地說，「我對這河岸的社交圈一無所知。」我突然想到一件事，「說到這裡，昨晚我認識了一位小姐，對她所知不多，既然你對這裡很熟悉……」我語帶期待，聲音逐漸變小。

他一副了然於心的表情，「啊啊啊，我明白。」

「不不不，」我連忙解釋，「我是指那位和我合唱的小姐，我的艾洛茵，我只是想向她致意而已。」

史瑞普看來不大相信我的樣子，不過他也沒再追問下去，「好吧，她叫什麼名字？」

「戴安。」史瑞普似乎在等我提供更多的訊息，「我只知道這些。」

史瑞普哼了一聲，「她長什麼樣子？必要的話，你也可以用唱的。」

我感到臉頰開始漲紅了起來，「她有一頭深色的頭髮，長度到這裡。」我比著比肩膀稍低的地方，「年紀很輕，皮膚白皙。」史瑞普一臉期待地看著我，「滿漂亮的。」

「我明白了。」史瑞普若有所思地說，揉著嘴唇，「她得過銀笛嗎？」

「我不知道，或許有。」

「她是這裡的人嗎？」

我又茫然地聳聳肩，感覺自己愈來愈愚蠢了。

史瑞普笑了，「你得給我更多描述才行。」他往我肩後看，「等等，狄歐克在那裡。要請人幫你找女孩子，找他就對了。」他舉起手，「狄歐克！」

「這件事真的沒那麼重要。」我連忙說，史瑞普不理我，揮手請高頭大馬的狄歐克過來我們這一桌。

狄歐克漫步過來，倚著桌子，「能為你們效勞嗎？」

「我們的小樂手昨天遇到一位小姐，他想探聽一點她的消息。」

「我不意外，昨天來滿多美女的，有一兩位還問起你呢。」他對我眨眼，「你看上誰了？」

「不是你想的那樣。」我辯稱，「她昨晚和我合唱，聲音很美，我希望能找到她，一起唱些歌。」

「我想我知道你講的是什麼歌。」他露出心照不宣的笑容。

我感覺到自己臉漲得通紅，又開始辯解了起來。

「好好，冷靜一點，我會守口如瓶，甚至不會讓史丹勳知道，讓他知道就等於告訴全城的人了，他一喝酒就像女學生一樣八卦。」他一臉期待地看著我。

「她身材苗條，有一雙深邃的咖啡色眼睛。」我沒想過這些形容聽起來如何就說出口了，在史瑞普或狄

歐克都來不及笑我之前，我連忙說，「她叫戴安。」

「啊啊啊，」狄歐克自顧自地緩緩點頭，笑容變得有點僵，「我早該注意到的。」

「她是這裡的人嗎？」史瑞普問，「我想我不認識。」

「你應該記得。」狄歐克說，「不過，我想她不住這裡。我偶爾會看見她，她到處遊走，總是來來去去。」他搔搔後腦杓，用擔心的笑容看著我。「我不知道你去哪裡能找到她。孩子，小心喔，那小姐可能會把你迷得天旋地轉。男人在她面前，就像麥草遇上鐮刀一樣。」

我聳肩，彷彿我一點也沒往那方面想似的，後來史瑞普剛好聊起當地議員的八卦，正好轉移了話題。他們兩個你一言我一語地抬槓，我聽得笑呵呵，一直聽到我飲料喝完，才和他們道別。

半小時後，我站在戴維門口的樓梯，努力不理會樓下肉店的腐臭味，我第三次數了一下我的錢，想想我有哪些選擇。我可以把債還清，還有錢可以付學費，但之後就身無分文了。我還有其他的債得還，我的確很想擺脫戴維的掌控，但我也不希望在身無分文下開始過下一學期。

門突然開了，嚇我一跳。戴維從狹小的門縫裡狐疑地張望，她認出是我時，便露出了笑容。「你在這裡偷偷摸摸地做什麼？」她問，「照理來說，紳士都會敲門。」她拉開門，讓我進去。

「我在權衡我的選擇。」我說。她門上我身後的門，她的房間和之前一樣，只不過今天是散發著肉桂香，而不是薰衣草香。「希望我這學期只還利息，不會對妳造成太大的困擾。」

「完全不會。」她親切地說，「我喜歡把它當成我的投資。」她比著椅子要我就坐，「況且，這表示我還會再見到你，你要是知道我的訪客有多少，你會很驚訝。」

「可能是因為地點的關係，而不是妳的緣故。」我說。

她皺起鼻子，「我知道，我一開始選這裡，是看上它便宜，現在我沒法搬是因為客人知道我在這裡。」

我把兩銀幣放在桌上，挪到她面前，「介意我問個問題嗎？」

她露出頑皮又興奮的表情，「難以啟齒嗎？」

「有點。」我坦承，「有人告發過妳嗎？」

「那個嘛，」她往前坐，「可以用很多種方式來看。」她揚起一邊的眉毛，「你是在威脅嗎？還是因為好奇？」

「好奇。」我連忙說。

「這樣吧。」她朝我的魯特琴點頭，「彈首曲子來聽聽，我就告訴你。」

我微笑，打開琴箱，拿出我的魯特琴，「妳想聽什麼？」

她想了一下，「可以彈〈離鎮吧，匠販〉嗎？」

我馬上輕鬆地彈了起來，她熱情地跟著唱，最後她微笑，像少女一般鼓掌。

事後回想起來，我覺得她就是少女。當時她年紀比我大，經驗豐富，充滿自信，我那時還不滿十六歲。

「有一次。」我收魯特琴時，她這麼說，「兩年前，一位年輕的穎士覺得通知巡官比還債好。」

我抬頭看她，「然後呢？」

「就這樣啊。」她無所謂地聳肩，「他們來了，問我問題，搜查這個地方，當然沒找到什麼舉發我的罪證。」

「那當然。」

「隔天，那年輕人向警方坦承實情，說整件事是他掰的，因為他想追我遭到拒絕。」她笑了，「巡官不太高興，那名年輕人後來因中傷本地婦女的行為而遭到罰金處分。」

我忍不住笑了，「我實在沒辦法說我很……」我第一次注意到某樣東西，聲音也跟著變小。我指著她的書架說，「那是瑪卡夫的《萬物基礎》嗎？」

「喔，是啊，」她得意地說，「那是新的，是部分還款。」她指著書架，「想看的話，不用客氣。」

我走過去，抽出那本書，「要是我有這本書可讀，今天的考試就不會答錯一題了。」

「我以為你去大書庫，想讀什麼書都有。」她以非常羨慕的口吻說。

我搖頭，「我被禁了。」我說，「我待在大書庫的時間總計約兩個小時，其中一半時間是被人轟出來的。」

戴維緩緩點頭，「我聽說了，不過你永遠不會知道哪些謠言是真的，我們的遭遇有點類似。」

「我覺得妳的情況還好一些。」我看著她的書架，「妳這裡有講泰坎的書，還有《草藥大典》。」我瀏覽了所有的書名，想找可能內含艾密爾或祁德林人訊息的東西，但是都沒有看到比較相關的。「你也有《龍蜥的交配習慣》，我那本書讀到一半就被踢出來了。」

「那是最新版。」她得意地說，「有新的版畫，還有新章節談默提妖精。」

我摸了一下書脊，然後後退一步，「妳的藏書不錯。」

她語帶嘲弄地說：「如果你保證聽話，可以偶爾過來看看書。如果你帶魯特琴來，為我演奏，我甚至可以讓你借走一兩本書，只要準時歸還就行了。」她露出迷人的微笑，「我們這些被驅逐的人應該團結起來。」

我走路回大學院時一直在想，戴維是在挑逗我，還是只是表示友善。走完三哩的長路後，我還是沒辦法判斷。我提到這個是為了把話說清楚，我很聰明，是一位急速竄起的明日之星，擁有鋼鐵般的意志，但基本上我還是一位十五歲的少年，碰到女人的問題，我就像林中的羔羊般茫然迷惑。

我發現基爾文在辦公室裡，正在一個掛燈的半球體玻璃上蝕刻著神祕記號。我輕輕敲了一下開啟的門。他抬起頭來看我，「穎士克沃思，你看起來比較好了。」

我隔了一會兒才想到他是在講三句前的事，那時因為威稜多管閒事，讓他禁止我到工藝館工作。「謝謝，我覺得好多了。」

他稍稍把頭歪向一邊。

我抓起錢包，「我想償還欠你的錢。」

基爾文咕噥了一聲，「你沒欠我什麼。」他把視線轉回桌上和手邊的工作。

「不然就是我欠工作室的錢。」我又說，「我已經利用您的好心好一段時間了，我跟著馬內見習時所用的材料，大概是多少錢？」

基爾文繼續工作，「一銀幣，七銅幣，三鐵幣。」

他沒看儲藏室的帳冊，卻把數字記得那麼精確，讓我嚇了一跳。想到這個魁梧的男人腦子裡裝的一切東西，就讓我覺得不可思議。我從錢包裡掏出符合金額的硬幣，把硬幣放在比較不雜亂的桌子一角。

基爾文看著那些硬幣說，「穎士克沃思，我相信你這些錢都是從正當管道取得的。」

他的語氣是如此嚴肅，害我笑了出來，「我昨晚在伊姆雷演奏時賺的。」

「在對岸演奏音樂那麼好賺？」

我保持微笑，不在乎地聳肩，「我不知道能不能每晚都表現得那麼好，畢竟那是我第一次去那裡表演。」

基爾文發出一種介於噴鼻息和吹氣的聲音，又把視線移回他的工作上，「你染上了一點艾爾沙．達爾的傲氣。」他小心地在玻璃上畫一條線，「我想你晚上應該不會再回來我這兒工作了吧？」

我嚇了一跳，過了一會兒才回神，「我……我不會……我來這裡就是要和你談……」談回來工作室打工的事。我從來沒想過不再為基爾文工作了。

「你演奏音樂顯然比在這裡工作好賺。」基爾文意味深長地看著桌上的硬幣。

「但是我想在這裡工作！」我沮喪地說。

基爾文頓時笑逐顏開，「很好，我也不希望你就這樣被河對岸搶走了，音樂是不錯，但金屬永存不朽。」他用兩隻大手指敲桌面強調。接著他用拿著燈的那隻手做出趕人的手勢，「去，工作別遲到，否則我要叫你整學期都去擦瓶子和磨礦了。」

我離開時，想著基爾文剛剛說的話，那是我第一次不完全認同他的看法。我心想，金屬會鏽，音樂才能永存不朽。

時間終究會證明我們之中有一人是對的。

我離開工藝館後，直接往馬四旅店走，那裡算是大學院這一帶最好的旅店。旅店老闆是一位禿頭的胖子，名叫卡維倫。我拿銀笛給他看，跟他愉快地交涉了十五分鐘。

交涉的結果是，我一旬表演三晚，就可以換取免費的食宿。這兒的餐廳很棒，我的房間其實是一個小套房，有臥室、更衣室和起居室，比我在籠樓的窄床好多了。

不過最棒的是，每個月我還可以賺兩銀幣，對我這種窮了那麼久的人來說，那金額簡直不可思議，而且那還沒算進有錢的客人可能給我的禮物或小費。

在這裡演奏，到工藝館打工，再加上未來可能出現的有錢贊助人，我不必再過窮人的生活。我能夠買我急需的東西：另一套衣服、一些好用的紙筆、新鞋子……

如果你從來沒有窮到走投無路的經驗，我想你是不會了解我心頭大大鬆了一口氣的感覺。這幾個月以來，我一直提心吊膽地生活，知道只要出一點小問題，都可能讓我無以為繼。但現在，我不必再每天擔心下學期的學費，或是戴維的利息了，我已經沒有被迫退學的危險。

我享用著美味的鹿肉排和生菜沙拉，一碗精心調味的蕃茄湯，還有新鮮的桃李和白麵包配甜奶油。雖然我沒有特別點酒，餐廳還幫我送上好幾杯醇美的維塔斯紅酒。

接著我回房休息，在寬大的新羽絨床上，睡得跟死人一樣沉。

61 公驢

考試完後，在秋季課程開始以前，我都沒有事做。我利用那幾天好好補眠，到基爾文的工作室打工，享用馬四旅店的豪華新膳宿。

我也常走路去伊姆雷，通常是以造訪史瑞普或是去伊歐利恩找其他樂手交流為託辭，但實際上是希望能再見到戴娜。

不過，我認真走了好幾趟都一無所獲，她似乎完全從鎮上消失了，我問了幾位我相信不會亂傳八卦的人，都沒人比狄歐克知道得更多。我曾想過問薩伏依，卻又覺得那麼做不太明智而放棄。

我走了伊姆雷六趟都沒什麼結果，於是我決定不再找了。走了第九趟後，我已經覺得自己是在浪費時間。走了十四趟以後，我已經深深明白，我不會再見到她了。她是真的完全消失了，再次一去不返。

在多次奔走伊歐利恩尋找戴娜時，有一次我從史瑞普伯爵那裡聽到令人擔心的消息。顯然，權貴之士賈吉斯男爵的長子安布羅斯一直在伊姆雷的社交圈裡忙著交際，他到處散播我的謠言，威迫利誘當地的貴族遠離我。雖然他無法阻止我獲得其他樂手的尊敬，但他顯然可以阻止我找到有錢的贊助人。我第一次明白安布羅斯對我這樣的人可能製造哪些麻煩。

史瑞普對此感到愧疚，悶悶不樂，我則是滿腔怒火。我們一起喝了很多酒，抱怨安布羅斯。最後史瑞普被拱到台上唱歌，他唱了自己編的一首損人小調，諷刺一位塔賓的議員，逗得大家哈哈大笑，拍手叫好。

之後沒多久，我們就開始編有關安布羅斯的歌曲。史瑞普喜歡八卦是非，擅長低俗暗諷，我又特別會編朗朗上口的曲調，我們花不到一小時就譜成了一首傑作，還特地幫它取了一個詼諧逗趣的歌名〈公驢呷雞屎〉[9]。

表面上這是一首描寫驢子想變成祕術士的低級小調，我們巧妙地拿安布羅斯的姓氏開雙關語的玩笑，稍微有點智慧的人都聽得出來我們在指桑罵槐。

史瑞普和我上台表演時，夜已深了，我們不是唯一喝醉的人。現場觀眾哄堂大笑，鼓掌叫好，大喊安可，我們又順勢唱了一遍，大家也跟著我們一起合唱。

那首歌成功的關鍵在於它很簡單，可以吹口哨，也可以哼唱。三隻手指的人也會演奏，一隻耳朵的人也能抓準音調。簡單好記，低俗下流，後來那首歌如野火燎原般，迅速傳遍了大學院。

我拉開大書庫的外部大門，踏進玄關，我的眼睛先調整適應共感燈的紅光，裡面空氣乾燥涼爽，充滿了灰塵、皮革、陳年油墨的味道。我就像挨餓的人在麵包店外一樣，深深地吸了一口氣。

威稜在櫃臺值勤，我知道他在工作，安布羅斯看來不在大書庫裡。「我只是來這裡和羅蘭大師談談的。」我馬上說。

威稜鬆了一口氣，「他現在正在和別人談話，可能要等一下……」

一位瘦高的席德人打開櫃臺後方的門，他和多數席德男人不同，鬍子刮得乾乾淨淨，留著長髮，綁成馬尾。他穿著縫補精巧的獵人皮衣，褪色的旅用斗篷，佈滿路上塵灰的高筒靴。他關上門時，手不自覺地去摸劍柄，以免它碰到牆壁或桌子。

「Tetalia tu Kiaure edan A’ siath」他用席德語說，拍著威稜的肩，從櫃臺後方走了出來，「Vorelan tua tetam.」

9 原文用安布羅斯的姓氏賈吉斯（Jakis）與公驢（Jakass）的諧音，作罵人雙關語。

威稜露出難得的笑容，聳聳肩說，「Lhinsatva. Tua kverein.」

那人笑了。他繞過櫃臺走出來時，我看到他不僅佩了劍，還帶了一把長刀。在大書庫裡，他看起來像一隻羊在王宮裡一樣突兀。但是他看起來一派輕鬆，充滿了自信，就像在家裡一樣自在。

他看到我站在那裡時，停下了腳步，稍稍把頭偏向一邊，「Cyae tsien?」

我聽不懂他的話，「抱歉，我沒聽清楚。」

「噢，對不起。」他用標準的艾圖語說。「你的紅髮讓我誤以為你是伊爾人。」他更靠近看我，「但你不是，對吧？你是盧人。」他往前一步，對我伸出手，「一家人。」

我不加思索就和他握手了。他的手像石頭一樣結實，比席德人慣有的深色皮膚還要黝黑，使他指關節和手臂上的一些淡色疤痕顯得更加明顯。「一家人。」我重複他的話，因為太訝異而不知該說什麼。

「在這裡很少看到同族的人。」他輕鬆地說，然後就從我身邊走向外面的大門，「我很想留下來分享一些訊息，但我得在日落前趕去易弗堂，否則我就搭不上船了。」他打開大門，陽光灑進室內。「我回來這附近時，再找你聊聊。」他說，然後揮手，就離開了。

我轉身面對威稜，「那是誰？」

「羅蘭的繫師。」威稜說，「威爾力。」

「他是館員？」我不敢置信地問，想到在大書庫裡負責分類、謄寫、找書的學生大多臉色蒼白，沉著安靜。

威稜搖頭，「他是在書籍採購處工作，他們從世界各地把書帶來，是完全不同的一群人。」

「我猜也是。」我望著大門。

「羅蘭剛剛就是和他談話，所以你現在可以進去了。」威稜說，起身打開大木桌後方的門，「走廊走到底，他的門上有個黃銅製的名牌，我是可以陪你過去，不過現在人手不夠，我沒辦法離開櫃臺。」

我點頭，開始往走廊走，聽到威稜輕輕哼著〈公驢呷雞屎〉的旋律，我笑了。接著門在我身後關上，發出隱約的聲響，走廊上除了我的呼吸聲以外，聽不到其他的聲音。等我走到那扇門時，我已經滿手是汗，我敲門。

「進來。」羅蘭從裡頭喊，他的聲音像一片平滑的灰石板，毫無音調變化或情感。

我開門，看到羅蘭坐在一個巨型的半圓桌後方，牆邊從地板到天花板都是層層的書架，整間房間都是書，看不到超過一個手掌寬的牆面。

羅蘭冷淡地看著我，雖然他是坐著，還是比我高，「早。」

「大師，我知道我被禁止踏入大書庫。」我連忙說，「我希望我來見你沒有違反規定。」

「如果你有充分的理由，就不算違規。」

「我現在有了一點錢。」我掏出錢包，「我想買回我的《修辭與邏輯》。」

羅蘭點頭，站起來。他身材高大，鬍子刮得乾乾淨淨的，穿著深色大師袍，讓我想起很多莫代格戲劇裡常出現的謎樣「沉默醫師」。我壓抑著顫抖，努力不去想那醫師出現時，總是象徵下一幕會有災難。

羅蘭走到一座書架前，抽出一本小書，即便只是短短一瞥，我也馬上認出那就是我的書。書皮有塊暗色污漬，那是塔賓發生暴風雨期間，書本沾濕所留下來的。

我連忙打開錢包，看到我的手有點顫抖，我還滿驚訝的，「我想是兩銀分。」

羅蘭點頭。

「我可以多付一點嗎？如果你沒幫我買回來，我可能永遠也拿不回來了，更不用說當初是你幫我買這本書，我才有辦法入學的。」

「兩銀分就夠了。」

我把錢幣放到他桌上，放下時，錢幣稍稍發出了聲響，證明了我的手在發抖。羅蘭把書遞給我，我先把濕答答的手往襯衫一擦，才伸手去拿那本書。我打開到阿本題字的那一頁，露出了微笑。「羅蘭大師，謝謝你幫我保存這本書。這本書對我來說很珍貴。」

「多照顧一本書沒多花什麼心力。」羅蘭說，回到座位上。我等候他會不會再繼續說話，但他都沒說什麼。

「我……」我的聲音卡在喉嚨裡，我嚥了一下口水，清清喉嚨。「我也想為……」想到在大書庫裡點火的事，我支吾了一下，「……為我之前做的事道歉。」我有氣無力地把話說完。

「克沃思，我接受你的道歉。」羅蘭繼續低頭看著我進門時他原本在看的書，「再會。」

我口乾舌燥，再次吞嚥口水，「我也在想，什麼時候可以再次取得踏進大書庫的權利。」

羅蘭抬起頭來看我，「你被逮到在我的書堆裡點著火。」他說，聲音中乍現一絲絲的情感，就像青灰色的雲朵邊緣露出了一點紅色夕陽一樣。

我之前小心練習過用來說服他的理由，這下全都忘得一乾二淨。「羅蘭大師，」我懇求，「當天我被鞭打了，腦子不太靈光，安布羅斯……」

羅蘭從桌上舉起他修長的手，以手掌對著我，那謹慎的動作比打我一巴掌更快打斷我的話，他的臉龐如白紙一樣毫無表情，「我要相信誰？是入校三年的詮士，還是入校兩個月的穎士？是我雇用的館員，還是因為『輕率施展共感術』而受罰、我不是那麼熟悉的學生？」

我設法恢復一點鎮靜，「羅蘭大師，我了解您的決定，但是我該做什麼，才能重新獲得踏進館內的權利？」我問，無法完全壓抑語氣中的絕望，「坦白說，我寧可再被鞭一次，也不希望再被禁一學期了。我寧可把身上的錢都給您，雖然那些錢不多。我寧可為了向您展現誠意，無償在這裡當館員。我知道考試期間您人手不夠……」

羅蘭看著我，他平靜的眼睛露出近乎好奇的眼神，我不禁覺得我的懇求打動他了，「那些全部嗎？」

「全部。」我認真地說，興起滿腔的希望，「那些全部，再加上任何您想追加的懲罰。」

「要我取消禁令，只有一個條件。」羅蘭說。

我努力壓抑著內心的狂喜，「什麼都可以。」

「展現你到目前為止都一直欠缺的耐心與審慎。」羅蘭平淡地說，接著又低頭閱讀攤在他桌上的書，「再會。」

隔天，我在馬四旅店的大床上沉睡時，一位幫傑米森跑腿的男孩把我叫醒。他通知我午前一刻鐘又要被掛在角上，我遭到指控，犯了「不配當奧祕所成員的行為」，安布羅斯終於風聞我那首歌了。

接下來的幾個小時，我覺得胃有點不太舒服。不讓安布羅斯和賀姆同時有機會報復我，正是我一心想要避免的事。更糟的是，無論結果如何，這鐵定又要讓羅蘭對我印象更差了。

我提早到大師廳，發現氣氛比我上次因為對賀姆做出違紀行為而受審時輕鬆許多，讓我放心了一些。奧威爾和艾爾沙．達爾對我微笑，基爾文對我點頭，知道大師團中還有幾位朋友可以抵銷我樹立的敵人，讓我鬆了一口氣。

「好。」校長簡略地說，「在舉行考試之前，我們還有十分鐘，我不希望拖延到時間，這就開始吧。」他環顧其他大師，只看到其他人紛紛點頭。「詮士安布羅斯，請在一分鐘內提出你的申訴。」

「您那邊有一份歌曲。」安布羅斯說，「歌詞中極盡毀謗之能事，詆毀我的名字。對奧祕所的成員來說，那是可恥的行為。」他壓抑情緒，咬牙切齒，「就這樣。」

校長轉向我，「你有什麼想要辯駁的嗎？」

「校長，那首歌是很低俗，但我沒想到它會廣為流傳，其實我只唱過一次。」

「了解了。」校長低頭看面前的那張紙，他清清喉嚨，「詮士安布羅斯，你是驢子嗎？」

安布羅斯楞在那裡，「不是。」他說。

「你……」他清清喉嚨，直接照著紙念，「不舉嗎？」幾位大師強忍著笑意，伊洛汀則是直接露齒而笑。

安布羅斯臉紅說：「沒有。」

「那我就不太明白問題所在了。」校長簡略地說，把紙放回桌上。「我提議把『不當行為』改成『有失莊重的胡鬧』。」

「附議。」基爾文說。

「贊成的請舉手。」除了賀姆和布藍德以外，大家都舉手了。「提案通過，處罰是寫正式道歉信給……」

「拜託！荷瑪。」賀姆打岔，「至少是寫公開道歉函吧。」

校長怒視賀姆，接著聳肩，「……開學前寫正式道歉信，公佈於眾。贊成的請舉手。」全員舉手，「提案通過。」

校長把身體前傾，用手肘撐著身子，低頭看著安布羅斯。「詮士安布羅斯，以後避免隨意提出無謂的指控，浪費我們的時間。」

我可以感受到安布羅斯散發的怒氣，那感覺就像是站在火旁邊一樣，「是，大師。」

我還來不及自鳴得意以前，校長就轉向我，「還有你，穎士克沃思，以後言行要更莊重合宜。」他用詞嚴肅，不過伊洛汀已經在一旁開心地哼起〈公驢呷雞屎〉的曲調，嚴肅氣氛頓時打了折扣。

我往下看，盡力忍著笑意，「是，大師。」

「散會。」

安布羅斯轉身衝了出去，他還沒衝出門，伊洛汀就開口大唱：

他是優種驢，步伐見分明！
只要一銅錢，即可騎向前！

一想到要寫公開道歉信，我就覺得傷腦筋。不過，俗話說得好，好好活著就是對仇家的最大報復，所以我決定不理會安布羅斯，好好享受我在馬四旅店的豪華新生活。

不過，這種報復方法，我只勉強過了兩天。第三天，馬四旅店換了新老闆，幽默矮胖的卡維倫走了，換上一位瘦高的傢伙，他通知我旅店不需要我表演了，還要求我在傍晚以前騰出房間。

這實在是很氣人，但我知道大學院附近至少還有四、五家等級類似的旅店，會欣然聘請獲得銀笛的樂手。

然而，冬青旅店拒絕和我交涉，白鹿和女王冠旅店對目前的駐唱樂手也都很滿意。我在金馬旅店等了一個多小時，才發現對方是在婉拒我。後來，王橡旅店也拒絕我時，我就發火了。

是安布羅斯！我不知道他是怎麼辦到的，不過我知道這是他幹的好事，或許他是行賄收買吧，或是到處散播謠言，說旅店只要雇用某位紅髮樂手，就會流失許多有錢客人的生意。

所以，我開始在大學院附近尋找其他的旅店。頂級旅店全都拒絕我了，不過還有其他地方也還不錯。接下來的幾個小時，我又問了牧羊居、豬頭亭、牆狗坊、狹板屋、粗呢居。看來安布羅斯阻礙得相當徹底，他們都對我不感興趣。

我走到安克酒館時已是清晨，那時支持我繼續向前走的動力，完全是因為心有不甘。我下定決心，非得走遍大學院這一帶的旅店不可，直到無計可施才回學校，付錢買床位和用餐證。

我走到安克酒館時，安克本人正在梯子上，把一長條的杉木牆板釘回原位。我站到梯子旁邊時，他低頭看我。

「原來是在講你啊。」他說。

「抱歉，您剛說什麼？」我問，一臉疑惑。

「有人來告訴我，說我這兒要是雇用一位紅髮的年輕人，就會惹上一堆麻煩。」他朝我的魯特琴點頭，

「想必就是在指你。」

「好吧。」我說，調整魯特琴箱的肩帶，「我就不浪費你時間了。」

「你還沒浪費到我的時間。」他邊說邊下梯子，把手在襯衫上擦了擦，「這地方是需要點音樂。」

我狐疑地看著他，「你不擔心嗎？」

他吐了一口口水，「那些該死的小混蛋，以為他們有錢就能買到天上的太陽。」

「那混蛋搞不好真的有辦法。」我冷冷地說，「如果他想拿日月當書擋，或許還可以連月亮也一併買下。」

他不屑地噴鼻息，「他拿我沒輒，我不做他那種人的生意，所以他無法影響到我的經營。況且，這地方是我自己開的，他不能買下來，也不能像對可憐的卡維倫那樣把我解雇……」

「有人買下馬四旅店？」

安克疑惑地看著我，「你不知道嗎？」

我緩緩地搖頭，慢慢思考這個消息。安布羅斯買下馬四旅店，就只是為了讓我沒工作。不可能，他沒那麼傻，他可能是把錢借給朋友，假裝成事業投資。

不知道那花了多少錢？一千銀幣？五千？我甚至猜不出來像馬四旅店那樣的地方值多少錢，更令人不安的是他下手的速度。

這讓我頓時明白了事態的嚴重，我一直知道安布羅斯很有錢，但坦白講，每個人和我比起來都很有錢，我從來沒特別去想過他有多富有，或是他如何用財力找我麻煩。我學到了一個教訓，這下我明白有錢男爵的長子可能有什麼樣的影響力了。

我第一次因為大學院有嚴格的行為規範而感到高興。既然安布羅斯都願意這樣大費周章地整我了，要是他不需要遵守表面的規範，可以想見他會採取多麼激進的手段。

這時一位年輕女子從酒館的大門伸出頭來，讓我頓時從沉思中驚醒過來。「安克，你這爛人！」她大喊，「我在裡頭忙得要命，你卻在這裡納涼，給我進來！」

安克的嘴裡唸唸有詞，他舉起梯子，把它收進旁邊的巷弄裡。「你是對那傢伙做了什麼事？上了他媽嗎？」

「我寫了一首和他有關的歌。」

安克開啟酒館大門時，裡頭傳出一陣交談聲。「我倒是滿想聽聽那樣的歌。」他笑了，「何不進來彈彈看？」

「如果你確定，」我說，不敢相信我竟然那麼好運，「但那樣鐵定會招惹麻煩的。」

「麻煩，」他輕笑，「像你這樣的男孩，懂什麼麻煩？我在你出生以前就遇過麻煩了，我也碰過連言語都難以形容的麻煩。」他轉過來看我，還是站在門口，「我們很久沒提供固定的音樂表演了，我也不喜歡那樣，像樣的酒館都該有音樂才對。」

我微笑，「這點我同意。」

「其實，光是為了教訓那有錢的混帳，我就會雇用你了。」安克說，「不過，要是你真的彈得不錯，那更好……」他把門推得更開一些，擺出邀我入內的樣子。我可以聞到鋸木屑、汗水、烘麵包的味道。

當晚結束以前，一切都安頓好了。我們約定我一旬表演四晚，以此交換三樓的小房間，還有用餐時間都可以跟著享用鍋爐裡煮的任何東西。無可否認的，安克算是以便宜的價格請到了出色的樂手，但我很樂意接受那樣的條件。任何條件都比回籠樓接受室友的冷嘲熱諷好。

我那個小房間裡，天花板往兩個角落向下傾斜，使房間感覺比實際還小。裡面只有一張小書桌，一張木椅，還有桌上的小書架，再多點家具就顯得雜亂了。床鋪像籠樓的床一樣又塌又窄。

我把有點老舊的《修辭與邏輯》放在書架上，魯特琴箱就隨意擱在房內的一隅。從窗口我可以看到大學院的燈光在秋天涼爽的空氣中定定地亮著，這就是我的家了。

回想起來，我最後落腳於安克酒館還滿幸運的。這裡的客人的確不像馬四旅店的那麼有錢，但是他們對我的賞識是貴族永遠不會表現出來的。

我在馬四旅店的套房雖然豪華，但安克酒館的小房間也挺舒適的。拿鞋子來比方好了，你想買的不是最大的鞋，而是合腳的鞋。沒多久，那小房間就變得比世上其他地方更像自個兒的家了。

不過，當時我對安布羅斯的報復非常生氣，所以我坐下來寫公開道歉信時，字裡行間充滿了惡意。那封信可說是傑作，我發自肺腑地自責，對自己詆毀同學的舉動深感難過，我也寫上完整的歌詞，同時附上兩段新韻文以及完整的音符，接著我為歌曲內大大小小的暗諷詞句一一詳盡地道歉。

然後我花了寶貴的四銅幣買紙張和墨水，用上傑辛當初和我交換考試時間所欠的人情。他有一位朋友在印刷廠工作，在他的幫助下，我們把那封信印了一百多份。

然後，在學期開始的前夕，威稜、西蒙和我在河兩岸可以找到的平面上，到處張貼這封信。我們用西蒙特地為此製作的化學黏劑來黏貼，那黏劑像油漆一樣，乾了以後像玻璃一樣透明，像鋼鐵一樣堅硬。想要撕下那封信，得用榔頭和鑿子才行。

如今看來，那舉動就像招惹發火公牛的愚行，我猜那次侮辱就是導致後來安布羅斯想要置我於死地的主因。

62 葉

在幾個人的特意忠告下，新學期我只修了三門課。我繼續修艾爾沙・達爾的進階共感術，在醫護館裡實習，跟著馬內見習。日子過得很充實愉快，不像上學期那麼累了。

我對工藝的研究比任何東西都投入。既然我在音樂方面找不到贊助人，我知道我最有可能自給自足的方式就是成為工藝師。目前我為基爾文工作是做比較瑣碎的雜活，薪水也比較低。等我完成見習後，情況就會改觀了，而且我還可以做自己想做的東西，委託店家販售獲利。

只不過，先決條件是：我必須按時償還積欠戴維的債務，攢夠錢付學費，每天在工藝館跟著馬內見習時，避免因危險的工作而葬送性命或造成身體的傷殘……

我們四、五十人聚在工作室裡，等著看新搬進來的東西。有人為了看清楚，坐上了石製的工作台。有十幾位學生爬上屋椽的鐵道上，站在基爾文的掛燈之間往下看。

我看到馬內也在上頭，一頭亂髮，留著灰色的鬍子，年紀是其他學生的三倍，不注意到他很難。所以我也爬上了樓梯，走到他旁邊，他對我微笑，拍我肩膀。

「你在這裡做什麼？」我問，「我以為只有沒見過這東西的菜鳥才會想看。」

「我想，今天我是來扮演盡責師父的角色。」他聳肩，「況且，這展示很值得一看，光是看大家臉上的表情就夠了。」

工作室裡某張厚重的工作台上，放著一個巨大的圓筒狀容器，約四呎高，直徑兩呎。邊緣密封著，沒有明顯的焊接痕跡。從那金屬的黯淡光澤來看，我猜那不是純鋼製成的。

我隨意環顧屋內，意外看到菲拉也站在人群裡，和其他學生一起等著看展示。

「我不知道菲拉也在這裡工作。」我對馬內說。

馬內點頭，「喔，是啊，來兩學期了吧。」

「我很驚訝我竟然沒注意到。」我若有所思地說，看著她和人群中的其他女生聊天。

「我也很訝異。」馬內會意一笑，「不過她不常來，她是用瓷磚和玻璃做雕塑與創作，她是來用這裡的設備的，不是來學符咒術。」

鐘樓敲了整點的鐘聲，基爾文環顧四周，記下出席學生的面孔，我相信誰缺席他都記得一清二楚。「接下來幾句，工作室裡都會放著這東西。」他簡單地說，指著擺在附近的金屬容器，「近十加侖的揮發性傳送物質：Regim Ignaul Neratum。」

「只有他會這樣稱呼那東西。」馬內輕聲說，「那是骨焦油。」

「骨焦油？」

他點頭，「有腐蝕性，萬一沾到手臂，十秒內就會蝕進你骨裡。」

在眾目睽睽下，基爾文戴上厚厚的皮手套，從金屬桶中倒出約一盎司的深色液體到玻璃瓶裡。「玻璃瓶必須先冷卻，才能倒進這東西，因為這液體在室溫下會沸騰。」

他迅速封住玻璃瓶，把瓶子舉起來讓大家看。「壓力蓋也很重要，因為那液體的揮發性很強。呈氣態時，就像水銀一樣有表面張力和黏性。它比空氣還重，不會消散，會凝結在一起。」

基爾文沒再多做解釋，直接把玻璃瓶丟進附近的火爐裡，結果傳出清楚刺耳的玻璃碎裂聲。我從高處可以看出，那火爐必定事先為此特別清理過了，裡面是空的，就只是石頭圍起的環狀淺坑。

「可惜他不愛現。」馬內輕聲對我說，「要是換成艾爾沙．達爾來示範，會更有看頭。」

那深色液體靠著火爐的石頭增溫，接著開始沸騰，讓整個房間都充滿了尖銳的爆裂聲和嘶嘶聲。我從上面可以看到厚厚的油煙慢慢地沉入火爐底部，看起來完全不像霧或煙，邊緣沒有擴散，而是匯集在一起，像朵小黑雲一樣凝聚著。

馬內拍我肩膀，我轉頭看他，這時黑雲著火，爆出火焰，我剛好避開了，沒被亮光刺傷了眼睛。四周傳來驚慌的聲音，我猜多數學生都嚇到了。馬內笑著看我，會心地對我眨眨眼。

「謝謝。」我說，回頭繼續看。橘紅色的鋸齒狀火焰在霧狀的表面上舞動著，溫度上升讓深色的濃霧沸騰得更快，開始向上湧升，後來火苗已經升到與腰齊高的火爐爐口。就連我站在屋椽上，臉龐都可以感受到些微的熱度。

「那東西怎麼稱呼？」我輕聲問，「火霧嗎？」

「也可以那麼說。」他回應，「基爾文可能會說那叫大氣活化燃燒作用。」

火焰突然閃爍一下就熄了，讓室內充滿了熱石的刺鼻味。

「這東西不僅有高度的腐蝕性，」基爾文說，「在氣態下也是易燃物，一旦溫度足夠，接觸空氣就會開始燃燒，燃燒產生的熱度可能導致連鎖放熱反應。」

「引發連鎖大火。」馬內說。

「你比合音還棒。」我輕聲說，努力維持一本正經的表情。

基爾文指著容器，「這個容器的設計，是為了幫這試劑降溫加壓。它放在工作室裡時，大家要特別小心，避免拿過熱的東西接近它。」語畢，基爾文便轉身走回他的辦公室。

「這樣就沒了？」我問。

馬內聳肩，「還有什麼需要說的嗎？基爾文只讓小心作業的人在這裡工作，現在大家都知道該注意什麼了。」

「為什麼要把它放在這裡？」我問，「有什麼用處？」

「嚇死一年級新生。」他笑著說。

「還有比那更實用的理由嗎？」

「恐懼滿實用的啊。」他說，「不過你也可以用它幫共感燈製作不同的發光體，這樣就可以產生藍光，而不是一般的紅光，看起來比較不會那麼刺眼，又可以賣到高價。」

我低頭往工作室看，但是在來來往往的人群中都看不到菲拉的身影，我回頭看馬內，「你要繼續扮演盡責的師父，教我怎麼做嗎？」

他心不在焉地地撥著他的亂髮，聳聳肩說：「好啊。」

當晚我在安克酒館裡演奏時，看到一位美女坐在後頭一張擁擠的桌邊，她看起來非常像戴娜，但我知道那不過是我自己的想像罷了。我太想見她了，以致於我常從眼角瞥見她的蹤影。

不過我再看一眼，看清了事實……

那真的是戴娜，她和安克酒館裡一半的客人一起跟著唱〈畜販之女〉，看到我看向她時，對我揮手。她的出現完全出乎我意料之外，讓我忘了手指正在做什麼，歌曲也亂了調。大家都笑了，我深深一鞠躬以掩飾尷尬。一半觀眾開始喝采，一半開始噓我約一分鐘。他們看我彈錯了，比聽那首曲子還開心，人就是這樣。

我等他們不再注意我以後，若無其事地走向戴娜坐的地方。

她起身歡迎我，「我聽說你在河這岸表演。」她說，「但要是每次有女孩子對你眨眼，你就把曲子彈成那副德行，實在很難想像你要怎麼保住這份工作。」

我覺得自己稍微臉紅了起來，「這種事沒那麼常發生。」

「你是指眨眼，還是指彈錯？」

我不知該怎麼回答，只覺得我臉更紅了，她笑著說，「今晚你會演奏多久？」她問。

「再一下子就差不多了。」我謊稱，其實我至少還需要再演奏一個小時。

她露出開心的表情，「太好了，表演完後一起走吧，我需要有人陪我走。」

我不敢相信自己的好運，對她行個禮，「遵命，讓我先去結束表演。」我走到吧台，安克和兩位女侍正忙著上飲料。

我無法引起他的注意，便在他快步走過我身邊時，直接抓住他的圍裙。他被我這樣一扯，突然停了下來，差點把一盤飲料灑到一桌客人身上，「喂，你這小子怎麼了？」

「安克，我得走了，今天沒辦法待到關門才走。」

他的臉色一沉，「這麼多客人不是隨便一喊就有的，沒有歌曲或其他娛樂的東西，他們就待不久。」

「我會再演奏一曲，一首長曲，但之後我就得走了。」我露出急切的表情，「我保證會再補償你。」

他湊近看我，「你碰上麻煩了嗎？」我搖頭，「那應該是女人的關係。」他聽到有人要求追加飲料，轉頭過去，接著迅速揮手要我走，「好，你去吧，不過給我聽好，最後一首要彈好聽的長曲子，還有你欠我一次。」

我走到酒館前面，拍手吸引全場的注意，等全場稍微靜下來後，我便開始演奏。我一彈第三個音，每個人都知道那首歌是什麼了：〈匠販之歌〉，那是全世界最古老的歌。我的手離開魯特琴，開始拍手。不久，大家都跟著一起打拍子，腳踏地板，或用馬克杯敲桌子。

那聲音大得嚇人，不過我開始唱第一段時，大家就適度壓低節拍的音量了。接著我帶著大家一起合唱，有些人唱著自己的語言，有些人唱著自己的音調。我走到附近的桌邊唱完第二段，接著帶大家再次合唱。

然後我期待地比出手勢，請那一桌的客人唱自己編的歌詞，他們隔了幾秒才明白我的用意，不過全場的期待已經足以讓一位喝醉酒的學生唱出自己編的歌詞，他因此獲得如雷的掌聲與歡呼。後來大家再次合唱時，我又移到下一桌，重複同樣的做法。

不久，大家已經主動在合唱完後，接著唱自己編的歌詞。我走到門邊，和在那裡等候的戴娜會合，我們就這樣一起溜到月光下散步。

「剛剛那招還滿妙的。」我們離開酒館時，戴娜說，「你覺得他們會繼續唱多久？」

「那要看安克幫他們上飲料的速度有多快而定。」我們走到介於安克酒館的後方與隔壁麵包店之間的巷口時，我停下腳步。「等我一下好嗎，我得把魯特琴收起來。」

「放在巷子裡？」她問。

「我房裡。」我放輕腳步，迅速從屋子側邊往上爬。右腳踩著接雨水的水桶，左腳踏上窗台，左手抓著排水用的鐵管，把身子甩上一樓的屋簷，然後跨過巷子到麵包店的屋頂，對著她驚訝的表情微笑。從那裡往上走幾步，我又跨過巷子，到安克酒館的二樓屋頂，然後扳開我窗戶的鎖，打開窗戶，把魯特琴輕輕放在床上，之後又循著原路徑回到原地。

「使用安克酒館的樓梯需要錢嗎？」我快到地面時，戴娜問我。

我從接雨水的水桶上跳下來，雙手擦擦褲子，「我來來去去的時間比較不固定。」我下來站到她旁邊時，輕鬆地解釋。「我想，今晚妳是想找一位紳士陪妳散步，對吧？」

她轉過頭來看我時，嘴角因微笑而上揚，「沒錯。」

「可惜。」我嘆氣，「我不是紳士。」

她的笑容更大了，「我想你夠接近了。」

「我希望能更接近一點。」

「那就陪我散步吧。」

「我很樂意，不過……」我稍微放慢腳步，我的微笑逐漸消失，轉為嚴肅的表情，「那薩伏依呢？」

她的嘴巴抿成一線，「他宣稱我歸他所有嗎？」

「不，他沒有那麼說，但是這牽涉到一點禮數……」

「紳士間的協議？」她尖銳地問我。

「比較像是盜亦有道。」

她直視著我的眼睛，一本正經地說：「克沃思，那就把我偷走吧。」

我鞠躬，把手臂往外大大一揮，「遵命。」我們繼續向前走，月光閃亮，讓我們周遭的住家與店家看起來格外白淨。「不過，薩伏依怎麼了？我好一段時間沒看到他了。」

她揮手不去想他，「我也是，因為他實在不太用心。」

我的心情好了一些，「真的嗎？」

她翻白眼，「玫瑰！我想你們男人一定都是從同一本古書裡學習怎麼談戀愛的。送花是件好事，對女人來說很貼心。但是男人每次送花都是送玫瑰，都是紅的，都是完美的溫室花朵。」她轉身面向我，「你看我時，會想到玫瑰嗎？」

我當然知道這時該微笑地搖頭。

「那是什麼呢？如果不是玫瑰，你想到什麼？」

中計了。我上下打量她，彷彿在決定該選什麼似的，「嗯……」我緩緩地說，「你得原諒我們男人，挑花要挑得巧並不容易，抱歉這麼說……」

她扮鬼臉，「挑花[10]。好，我這次原諒你。」

「問題在於，送花給女人時，你的選擇可以用很多種不同的方式解釋。男人送妳玫瑰可能是覺得妳很美，或因為他喜歡玫瑰類似妳雙唇的顏色、形狀或柔軟觸感。玫瑰很貴，或許他想用貴重的禮物表示妳對他的重要。」

「你為玫瑰提出的理由滿好的。」她說，「但我還是不喜歡玫瑰，選另一種適合我的花。」

「什麼適合妳呢？男人送妳玫瑰時，妳心裡想的可能和他的本意不一樣。妳可能覺得他認為妳很纖細或脆弱，或許妳不喜歡追求者認為妳只是甜美可人而已。也許花莖帶刺，妳以為他覺得妳難以親近。但是如果

---

10 Pick a flower除了「挑花」的意思以外，俚語也有「大小便」的意思。

他把刺除掉，妳可能又會覺得他不喜歡用利器保護自己的東西。一樣東西有太多種詮釋的方法了。」我說，「小心謹慎的男人該怎麼做？」

她斜眼看我，「如果那男人是你，我想他會編一些花言巧語，希望那女人忘了這個問題。」她把頭一偏，「但是我可沒忘，你會為我挑選什麼花？」

「好吧，讓我想想。」我轉頭看她，又把頭轉開，「我們逐一來看吧，蒲公英可能不錯，顏色明亮，妳給人感覺也很明亮，但蒲公英很常見，妳並不常見。玫瑰，剛剛我們提過了，不考慮。龍葵，不對。蕁麻……或許吧。」

她裝出生氣的樣子，對我吐舌頭。

我用一根手指輕敲嘴唇，彷彿在重新思考，「沒錯，蕁麻，只不過它和妳的舌頭不太搭。」

她生氣地把手臂交叉在胸前。

「野燕麥！」我大喊，讓她笑了出來。「它的野生特性很適合妳，不過那是小花，內斂羞怯，所以基於那點和其他……」我清清喉嚨，「比較明顯的理由，我想我們還是不看野燕麥好了。」

「可惜。」她說。

「雛菊不錯。」我繼續說，不讓她干擾我，「高而纖細，願意在路邊生長，充滿活力，不會太纖弱，獨立自主，我想那可能適合妳……不過我們還是繼續看下去吧，鳶尾花？太俗麗了。薊草花，太疏離。紫羅蘭，太短暫。延齡草？嗯……有個問題，花是不錯，不需要細心栽種，花瓣的質感……」我做出年輕時最大膽的動作，輕輕用兩隻手指拂過她的頸側，「……也夠平滑，幾乎和妳的肌膚相當，但是離地面太近了。」

「你送我滿大一束花了。」她輕聲說，無意識地把手舉到我剛剛碰她的頸側，放在那裡一下子，又放了下來。

這是好預兆，還是不祥之兆？那動作是要擦掉我觸摸的地方，還是去撫摸它？我變得更加不安，於是我決定不再冒險，把話說清楚。我停下腳步，「賽拉斯花。」

她停下來，轉過來看我，「講了這麼多，結果你選一個我不知道的花？什麼是賽拉斯花？為什麼？」

「那是一種深紅色的花，開在強韌的藤蔓上，葉子色深纖細，在多蔭的地方長得最好，但是花本身會在意外透入的陽光下綻放。」我看著她，「那跟妳很像，妳有很多地方兼具陰影與陽光的特質。賽拉斯花長在森林深處，很少見，只有經驗豐富的人懂得如何栽種而不去傷到它。它的香氣迷人，深受歡迎，但是很難找到。」我停頓了一下，特意仔細地端詳她，「沒錯，既然非要我選一種花不可，我會選賽拉斯花。」

她看著我，又看往別處，「你太高估我了。」

我微笑，「或許是妳太低估自己了。」

她受我微笑的影響，也對我笑了，「你最初提到的花比較接近，雛菊簡單甜美，深得我心。」

「我會記得的。」我們又繼續往前走，「妳會送我什麼花？」我逗她，想給她來個出其不意。

「柳花。」她毫不遲疑地說。

我想了好一會兒，「柳樹會開花嗎？」

她抬起頭，轉向一邊思考，「應該不會。」

「收到那樣的花還真特別。」我笑著說，「為什麼會選柳花？」

「你讓我想到柳樹。」她輕鬆地說，「強韌，深根，隱密，在暴風雨中輕鬆搖曳，但從來不會超過你想動的範圍。」

我舉起雙手，彷彿是要阻擋強風一般。「別再說甜言蜜語了。」我抗議，「妳想逼我就範，那是行不通的，妳的花言巧語對我來說只不過是風罷了！」

她看了我一下子，彷彿是要確定我抗議完似的，「柳樹比其他樹更容易照著風的意願搖曳。」她說，優雅的嘴唇露出了一抹微笑。

我們走到伊姆雷的橡欒旅店，那是她投宿的地方。從星象可以看出我們已經走了五個小時，但感覺好像沒過多久。在旅店門口時，有一個小時我一直很想親她。我們沿途聊天時，這想法在我腦中浮現了十幾次，例如我們經過石橋，欣賞月下河景的時候；在伊姆雷某個公園裡的菩提樹下……

那些時候，我都會感覺到我們之間出現緊繃的感覺，幾乎看得出緊繃的樣子。當她以神祕的笑容從旁邊看我時，她頭傾斜的方式，那種幾乎面向我的方式，讓我覺得她一定是希望我做點……什麼。伸出手臂摟著她？吻她？這要怎麼判斷？我要怎麼確定？

我沒辦法確定，所以我抵擋著她的吸引力，我不希望自己想太多，不想冒犯她或讓我自己感到尷尬。更何況，狄歐克的警告讓我更加不確定。或許我感覺到的只是戴娜散發的自然魅力罷了。

我就像同年齡的男孩一樣，遇到女人就像個傻子，我和其他人的差別在於，我很清楚自己的無知，其他人則是像西蒙那樣跌跌撞撞，因笨拙的追求方式而大出洋相。我覺得沒有什麼比冒犯戴娜，讓她恥笑我舉止的笨拙更糟的了，我最討厭弄巧成拙的感覺。

所以我就這樣和她道別，看她走進橡欒旅店的側門，我深深吸了一口氣，幾乎忍不住就笑了出來或手舞足蹈。我滿腦子都是她，風吹過她髮際的香味，她的聲音，月光照在她臉上的樣子。

接著，我逐漸平靜下來。走不到六步，我就像風歇止後的風帆一樣消沉了。我穿過城鎮往回走時，經過熄燈的住家與昏暗的旅店，我的心情在三次短短的呼吸之間，就從從興高采烈變成充滿疑慮。

我把一切都搞砸了。我說的那些話，在當下看似如此聰明，卻是傻瓜可能講出的最糟言語。現在她回到旅店，應該會為了終於擺脫我而鬆了一口氣吧。

可是她剛剛笑了。

她不記得我們在離開塔賓的路上第一次相遇，我不可能讓她留下那麼多的印象。

她說了，那就把我偷走吧。

我最後應該要大膽一點，吻她才對。我應該更謹慎才對。我講太多了。我說得太少了。

63 散步與聊天

我走到中庭的老地方，和威稜與西蒙碰面。我抵達時，他們已經在吃午餐了。「抱歉。」我說，把魯特琴擱在長椅邊的鋪石上，「討價還價耽誤了點時間。」

我到河的對岸買了一點水銀和一包海鹽，海鹽的價錢很貴，但是這次我不在乎價錢。運氣好的話，我在工藝館裡就快要升級了，那表示我很快就不必再煩惱錢的問題了。

到伊姆雷購物時，我很湊巧又經過戴娜待的那間旅店，但是她不在那裡，也不在伊歐利恩或昨晚我們停下來聊天的公園裡。即使如此，我的心情還是不錯。

我把魯特琴箱攤開放在地上，讓太陽可以曬暖新弦，使琴弦更好彈奏。接著我就坐上旗杆下的石椅，和兩位朋友並肩而坐。

「昨晚你去哪了？」西蒙裝著一副若無其事的樣子。

這時我才想到我們三人原本打算昨晚去找芬頓玩角牌的，結果看到戴娜以後，我就把那件事忘得一乾二淨了。「老天，西蒙，對不起，你們等了我多久？」

他看我一眼。

「對不起。」我又重複了一次，希望我看起來的樣子和我的感覺一樣內疚，「我忘了。」

西蒙笑了，不再計較，「那沒什麼大不了的，我們認定你不會來以後，就去藏書酒館喝酒、看美女了。」

「芬頓生氣了嗎？」

「氣死了。」威稜平靜地說，終於加入我們的談話，「他說下次見到你要揍你一拳。」

西蒙笑得更開心了，「他說你是個不尊重長輩的輕浮穎士。」

「還批評你的出身，還有對動物的性癖好。」威稜一本正經地說。

「……穿著泰倫教徒的長袍！」西蒙滿嘴食物地唱著，接著笑了出來，還因此噎到，我幫他拍背。

「你去哪了？」威稜問，西蒙則在一旁努力地恢復呼吸。「安克說你提早走了。」

不知怎的，我不是很想提戴娜的事。「我遇到某個人。」

「比我們還重要的人？」威稜用平淡的語氣問，像在挖苦我，也像在批評。

「一個女孩子。」我坦承。

他揚起一邊的眉毛，「你在追的那個？」

「我沒有追過任何人。」我反駁，「是她發現我在安克酒館的。」

「好預兆。」威稜說。

西蒙明白地點點頭，然後抬起頭來，眼睛閃閃發亮，打趣地問我，「所以你們有來點音樂嗎？」他用手肘推我，眉毛不斷地上下挑動，「二重唱之類的？」

他的樣子實在太滑稽了，讓我一點也氣不起來，「沒有音樂，她只是希望有人陪她走回家。」

「陪她走回家？」他意有所指地說，又上下挑動眉毛。

但是這次我就覺得沒那麼好笑了，「那時天色已經晚了。」我嚴肅地說，「我只是送她回伊姆雷而已。」

「噢。」西蒙失望地說。

「你提早離開安克酒館。」威稜緩緩說，「我們等了一個小時，你來回伊姆雷需要走兩個小時嗎？」

「我們散步了很久。」我坦承。

「多久叫久？」西蒙問。

「幾個小時。」我往別處看，「六個吧。」

「六小時。」西蒙問，「拜託，過去兩句聽你一再談她後，我想我應該有資格多了解一點詳情吧。」

我開始火了，「我沒有一直談她，我們只是散步而已。」我說，「聊天。」
西蒙一臉懷疑，「噢，拜託，聊六個小時嗎？」
威稜拍西蒙的肩膀，「他是說實話。」
西蒙瞥了他一眼，「為什麼這麼說？」
「他說謊時，聽起來比那還真誠。」
「你們兩個如果可以安靜一分鐘，我就告訴你們一切，這樣好嗎？」他們點頭。我低頭看手，努力整理思緒，卻怎麼也理不出頭緒。「我們走遠路回伊姆雷，在石橋上逗留了一會兒，然後到城外的一個公園裡，坐在河邊聊天。我們聊……真的沒聊什麼，就是我們去過的地方，歌曲……」我發現自己講得雜亂無章，便閉上嘴。接著我小心地用字遣詞，「我想過不只和她散散步和聊天而已……」我停了下來，不知該說些什麼。
他們都沉默了一會兒，「真不敢相信，」威稜驚呼，「無敵的克沃思竟然被一個女人打敗。」
「要不是我認識你，我會以為你是在害怕。」西蒙用不是那麼嚴肅的語氣說。
「你說的沒錯，我是害怕。」我低語，緊張地用手擦著褲子，「如果你見過她，你也會這樣。現在我就只能坐在這裡，不能跑到伊姆雷，希望能從店家的櫥窗裡瞥見她的身影，或是看到她橫越街道。」我勉強露出微笑。
「那就去啊。」西蒙笑著說，輕輕推我一下。「祝你成功，要是我認識那樣的女人，我就不會和你們兩個在這裡吃午餐了。」他把眼睛上方的頭髮撥開，用另一隻手又輕推我一次，「去吧。」
我繼續坐在那裡，「沒有那麼簡單。」
「對你來說，事情向來都不簡單。」威稜低語。
「當然就那麼簡單。」西蒙笑著說，「去告訴她你剛剛跟我們說的話。」
「是啊。」我反諷地說，「像跟唱歌一樣簡單。況且，我也不知道她是不是想聽我說那些。她很特別……她想要我什麼？」

西蒙直接瞪著我說，「她來找你，顯然是想要什麼。」

我們沉默了一會兒，我趁機改變話題，「馬內允許我開始做結業作品了。」

「真的嗎？」西蒙不安地看著我，「基爾文會同意嗎？他不是很喜歡學生跳級。」

「我沒有跳級。」我說，「我只是學得很快。」

威稜開玩笑地噴鼻息，我和他還來不及拌嘴，西蒙就開口了，「你要做什麼作品？共感燈嗎？」

「每個人都做燈。」威稜說。

我點頭，「我想做不一樣的東西，或許是傳動器，但馬內叫我也跟著做燈。」鐘樓敲了四聲鐘響，我站起來，收起魯特琴箱，準備去上課。

「你應該要告訴她。」西蒙說，「如果你喜歡一個女人，就應該讓她知道。」

「目前為止，這招對你來說效果如何？」我說，想到連西蒙都擅自對我提出感情建議，我就不太高興。

「就統計數據來說，在你豐富的經驗裡，那招奏效的頻率有多高？」

西蒙和我瞪著彼此時，威稜故意看往別處。後來我先把視線移開了，心裡感到內疚。

「況且，也沒什麼好講的。」我低語，「我喜歡和她在一起，現在我知道她待在哪裡，那表示我去找時，就能找到她了。」

64 火中九瞬

隔天，我碰巧去了伊姆雷一趟，既然剛好到附近，我就順便去了一趟橡槳旅店。旅店老闆沒聽過「戴娜」或「戴安」，不過有一個年輕可愛的深髮女孩名叫「狄娜」，在那裡訂了一個房間。現在剛好不在，但是如果我想留張字條……我婉拒他的提議，心裡因為知道戴娜待在哪裡，以後比較容易找到她，而放心了許多。

不過，後續兩天，我都沒有機會在橡槳旅店裡遇見戴娜。第三天，老闆告訴我，戴娜半夜離開了，帶走了全部的東西，卻沒付房錢。我又隨機去了幾家旅社，也找不到她的蹤影，於是我走路回大學院，不知該擔心還是該生氣。

又過了三天，我跑了伊姆雷五趟都一無所獲。狄歐克和史瑞普也都沒聽到她任何消息，狄歐克說她一向習慣那樣突然地消失蹤影，要找她就像呼喚貓一樣沒什麼意義。我知道那是中肯的建議，但沒有理會。

我坐在基爾文的辦公室裡，毛髮濃密又高大的基爾文把我的共感燈拿在大手上端詳，我努力保持冷靜。那是我當工藝師以來，第一件獨立製作的作品。我鑄造金屬板，打磨鏡片，在避免砷中毒的狀況下成功加入發光體。最重要的是，我是用珥拉和複雜的符咒術把所有元件組合成攜帶式的共感燈。

如果基爾文認可這項作品，他會拿去銷售，我可以抽取部分的貨款當佣金。更重要的是，儘管我才初出茅廬，以後我就是獨當一面的工藝師了。將來我會有更多的自由，製作自己的作品，在工藝館裡的等級也會大幅提昇，向詮士階級又邁進了一大步。最重要的是，我也財務自主了。

終於，他抬起頭來，「穎士克沃思，這做得不錯。」他說，「但不是採用典型的設計。」

我點頭，「大師，我做了一些修改。如果你把它點亮，就會看到……」

基爾文發出小小的聲音，像是覺得好笑的笑聲，也像是煩躁的咕噥聲。他把燈放在桌上，繞著辦公室走，熄滅所有的燈，只留下一盞亮著。「你知道這麼多年來，有多少共感燈在我的手中爆炸嗎？」

我嚥了一下口水，搖頭說，「多少呢？」

「沒有。」他嚴肅地說，「因為我一直都很小心，對握在手上的東西有絕對的把握。穎士克沃思，你要培養耐心。心中一瞬如同火中九瞬。」

我低頭往下看，露出接受批評的模樣。

基爾文伸手弄熄僅剩的那盞亮燈，讓整個房間陷入近乎全暗的狀態。過了一會兒，攜帶型共感燈亮起了特殊的紅光，投射在一面牆上。光線很弱，比一隻蠟燭的燭光還弱。

「開關是分段式的。」我連忙說，「其實比較像變阻器，而不是開關。」

基爾文點頭，「這設計很巧妙，多數人製造這樣的小燈時，不會特意用這樣的設計。」那燈變亮了，然後又暗了下來，接著又亮了起來。「符咒術本身看起來很不錯。」基爾文把燈放在桌上時緩緩地說，「不過你的鏡片聚焦有瑕疵，光線幾乎沒有擴散。」

的確，我的燈沒有像一般的燈那樣照亮整個房間，只照亮了房間的一小部分：工作台的一角，以及牆邊黑色大石板的一半。房裡其他地方都還是暗的。

「那是故意的。」我說，「有些燈籠就是那樣，例如紅心燈籠。」

這時的基爾文看起來只是桌子對面的一個黑影，「克沃思，我知道那種東西。」語氣中帶點責備，「主要是用在一些見不得人的勾當上，是祕術士不該涉入的勾當。」

「我以為水手也用那種燈。」我說。

「竊賊使用那種燈。」基爾文嚴肅地說，「還有間諜，以及深夜不希望暴露行蹤的人。」

我心裡原本隱約的不安感突然增強了，我以為這次見面討論只是一種形式，我知道我是技術純熟的工藝師，比很多在基爾文工作室裡工作更久的人還要熟練，現在我突然擔心我可能做錯了，浪費了近三十小時的功夫在這盞燈上，更甭提我花了整整一銀幣買材料。

基爾文發出意味不明的咕噥聲，喃喃低語，房間裡的六盞油燈全都啪的一聲亮了起來，讓室內充滿了自然光。大師隨意就可以執行六重縛的功力令我驚嘆，我甚至猜不出來他是從哪裡擷取能量的。

「我只是覺得大家的第一個作品都是做共感燈，」我說話以打破沉默，「大家都是依照同樣的老概念來做，我想做點不同的，想看看我能不能做點新的東西。」

「我猜你是想展現過人的聰明才智。」基爾文平淡地說，「你不僅希望用平常一半的時間完成見習，你也想讓我看看你自己改良設計的燈。坦白講，穎士克沃思，你製作這盞燈是想展示你比一般學徒優秀，對吧？」基爾文講這些話時，是直接看著我，那瞬間我從他眼中完全看不到他平常慣有的飄忽眼神。

我覺得口乾舌燥。在蓬鬆的鬍子與口音濃重的艾圖語底下，基爾文有一顆如鑽石般的心，我怎麼會想要對他說謊，還覺得我能蒙混過關呢？

「基爾文大師，當然我是希望能讓你印象深刻。」我低下頭，「我以為這是不言而喻，理所當然的。」

「不要卑躬屈膝，低聲下氣。」他說，「故作謙卑並無法讓我對你刮目相看。」

我抬頭，挺直肩膀，「既然如此，基爾文大師，我的確比較好，學得比較快，做得比較認真，手也比較靈巧，好奇心比較強。不過，我本來希望不用我說，你也可以看得出來。」

基爾文點頭，「這樣好多了，你說的沒錯，這些我都知道。」他用拇指扳動燈的開關，一下子開一下子關，並用那個燈來照室內不同的東西。「平心而論，我的確對你的技巧刮目相看，燈做得乾淨俐落，符咒術也用得很巧妙，雕刻很精確，是滿聰明的作品。」

大師的讚美讓我開心地臉紅了起來。

「但是工藝不止講究技術而已。」基爾文說，同時把燈放回桌上，往兩邊展開雙手。「我沒辦法賣這盞燈，這會落入惡人的手裡。萬一有盜賊被逮到，手中就是拿著這個工具，那對所有祕術士的名譽都是一項打擊。你已經完成見習，技術上有過人的表現。」我放鬆了一些，「不過你的整體判斷力還是有點問題。我想，我們會把這盞燈熔成金屬使用。」

「你要把我的燈熔掉嗎？」我花了整整一句做那盞燈，幾乎把所有的錢都拿去買材料了。我本來預期基爾文把燈賣了，我可以拿到一些錢，但現在……

基爾文的表情堅決，「穎士克沃思，我們都有責任維護大學院的聲譽，像這樣的東西落入惡人的手裡，對我們的名聲會帶來衝擊。」

我努力思考有什麼方法可以說服他，他就對我揮手要我離開了。「去告訴馬內你的好消息。」

我沮喪地走回工作室，裡頭有上百種忙碌的聲音，雕刻木頭、鑿刻石頭、錘打金屬等等。空氣中充滿了蝕刻酸劑、熱鐵與汗水的味道。我看到馬內在角落，把瓷磚送進烤窯內。我等他關上窯門，站離烤窯，用襯衫袖子擦拭額頭汗水時才去找他。

「結果怎樣？」他問，「你過關了嗎？還是我得再帶著你做一學期？」

「我過了。」我平淡地說，「你猜的沒錯，改良的確沒有讓他刮目相看。」

「就跟你說了吧。」他說，沒有露出太得意的表情，「你要記得，我在這裡待的時間比任十個學生都長。當我告訴你大師基本上都比較保守時，我不是隨便說說的，而是真的知道。」馬內一手隨意地撥著灰色的亂鬍子，一邊盯著磚窯傳出的熱氣。「現在可以獨立作業了，你想過要做什麼東西嗎？」

「我想調製一批藍燈發光體。」我說。

「那可以賣到不錯的價錢。」馬內緩緩說，「不過很危險。」

「你知道我很小心。」我向他保證。

「危險的東西，再怎麼樣都危險。」馬內說，「十年前左右，我訓練過一個傢伙，他叫什麼名字去了……？」他輕拍腦袋一下，然後聳聳肩，「他出了一點紕漏。」馬內彈指發出響聲，「但光是小紕漏就足以釀成大難了，他被嚴重燒傷，幾根手指沒了，之後也當不成工藝師。」

我看著工作室另一端的卡瑪，少一隻眼睛，沒有頭髮，滿臉疤痕。「了解了。」我望著那個打磨光滑的金屬圓桶，不安地屈伸著雙手。基爾文示範過後，剛開始一兩天大家靠近那東西時都很緊張，但不久大家又習慣了，覺得那不過是另一項裝置而已。其實只要你不小心，在工藝館裡有上萬種不同的死法。骨焦油只是剛好是最新的一種，也是最刺激的死法。

我決定換個話題，「我可以問個問題嗎？」

「火力全開[11]吧。」他說，瞄了一眼旁邊的烤窯，「聽得懂嗎？說吧。」

我翻白眼，「你覺得你比誰都清楚大學院對吧？」

他點頭，「比任何在世的人都清楚，包括所有不可告人的小祕密。」

我壓低音量，「所以只要有心，你能夠在沒人知道下溜進大書庫嗎？」

馬內瞇起眼睛，「我可以，」他說，「但是我不會那麼做。」

我正要開始說話，他就有點生氣地打斷我，「聽好，孩子，我們之前就說過了，要有耐心一點，你需要一點時間讓羅蘭消消怒氣，現在才過一個學期左右而已……」

「已經半年了！」

他搖頭，「那只有對你來說很久，因為你年紀還小。相信我，羅蘭對這件事情記憶猶新，你再花一個學期左右讓基爾文對你另眼相看，然後請他幫你去說情。相信我，這可行的。」

我盡可能裝出最可憐的表情，「你可以稍微……」

他堅決地搖頭，「不不不，我不會指給你看，也不會告訴你，更不會畫地圖給你。」他的表情緩和了下來，把手搭在我肩上，顯然是想減少斷然拒絕我所產生的刺激。「為什麼那麼急？你年紀還小，多的是時間。」他用一根手指指著我，「但是，萬一你被退學了，那可是永遠的。要是你被逮到潛入大書庫，就會遭

11 Fire away，意即「儘管問吧」。

到那樣的處分。」

我肩膀一垂，內心充滿了沮喪，「我想你說的對。」

「沒錯，我說的對。」馬內說，回頭看烤窯。「走吧，你讓我快緊張死了。」

我走開，滿腦子想著馬內的建議，以及他在言談中透露的訊息。我知道他的建議大多是對的，只要我循規蹈矩一兩個學期，就能重返大書庫了，那是我希望能走的安全簡單途徑。

可惜，我沒辦法再耐心等下去了。我很清楚，除非我能找到迅速大賺一筆的方法，否則這學期將會是我在校的最後一學期。耐心等候已經不是我能選的了。

我走出去時，朝基爾文的辦公室裡探了一眼，看到他坐在工作台邊，漫不經心地開開關關我的燈，臉上又開始出現分心的表情，我想他的精密大腦想必又忙著同時思考五六件事了。

我敲門框以引起他的注意，「基爾文大師？」

他沒有轉頭看我，「什麼事？」

「我可以買下那盞燈嗎？」我問，「晚上我可以用它來閱讀，現在我仍花錢買蠟燭照明。」我臨時想到我可以一邊扭著雙手，裝出可憐的樣子，但是後來又覺得不妥，那太戲劇化了。

基爾文想了很久，他把手中的開關打開時，那燈發出輕輕的響聲。「你不能花錢買自己製作的東西。」他說，「製作的時間和材料都是你投入的。」他把燈遞給我。

我踏進辦公室裡拿那盞燈，但是基爾文把手收了回去，看著我的眼睛，「我必須講清楚一件事。」他嚴肅地說，「你不能販賣這東西，或是出借給別人，即便是你信賴的人也不行。萬一這東西遺失了，最終會落入惡人的手中，拿它在黑暗中偷偷摸摸地做不法勾當。」

「基爾文大師，我向你保證，除了我以外，不會有人使用這盞燈。」

我離開工藝館時，努力維持平靜的表情，內心卻綻放著滿意的微笑。馬內已經告訴我我需要知道的事了，的確有其他的方法可以進入大書庫，有密道。只要它存在，我就能找到它。

65 火花

我承諾請威稜和西蒙喝酒，引誘他們跟我去伊歐利恩是我唯一能做的慷慨之舉。

即使安布羅斯從中作梗，害我無法找到有錢的貴族當我的贊助人，這裡還是有很多一般的音樂愛好者請我喝酒，多到我喝不完。

遇到這種情況，有兩種解決方法。我可以喝得醉醺醺的，或是運用從有酒館與樂手以來就開始流傳的古老做法。且聽我透露一個在吟遊詩人之間流傳許久的祕密……

假設你到一家酒館聆聽我的表演，你聽得又哭又笑，讚嘆我的才藝。之後你想表示對我的欣賞，但是你沒有很多錢，無法像有錢的生意人或貴族那樣送大禮，你就可以請我喝一杯。

不過，我自己已經有一杯酒，或是好幾杯，又或者我想維持頭腦清醒，所以我就拒絕你的好意嗎？當然不是，那就浪費了寶貴的機會，很可能也會讓你覺得不受尊重。

所以我會欣然接受你的好意，請吧台給我灰谷蜜酒、桑頓酒，或是某個年份的白酒。

酒的名稱並不重要，重要的是那杯酒不是真的存在，吧台會給我白開水。

你付錢買酒，我欣然向你道謝，雙方都很開心。之後，吧台侍者、酒館老闆和樂手之間會把你的錢拿來三方拆帳。

有些比較有制度的喝酒場所更好，他們會讓你把那些酒當成未來賒帳的額度，伊歐利恩就是這樣。這也是為什麼我雖然很窮，卻還是有辦法從吧台拿整瓶的史卡登，回到威稜和西蒙等候的桌邊。

我坐下時，威稜用讚賞的眼神打量那瓶酒，「今天是什麼特殊的場合？」

「基爾文認可我的共感燈了，現在你們眼前的，是奧祕所最新出爐的結業工藝師。」我有點得意地說。

多數學生至少要過三、四個學期，才能結束實習。我沒讓他們知道我的共感燈獲得好壞參半的評價。

「早該如此了。」威稜語氣平淡地說，「花了你近三個月吧？大家都開始說你失常了。」

「我以為你會開心一點。」我邊說邊剝掉酒瓶上方的蠟，「我經濟拮据的日子可能就要結束了。」

西蒙不以為然地哼氣，「你現在的狀態已經不錯了。」他說。

「我祝你當上工藝師後，工藝生涯持續蓬勃發展。」威稜說，把酒杯推向我，「這樣以後就有更多的酒可以喝了。」

「況且，」我說，剝掉最後一層蠟，「只要把你灌醉，等你在大書庫的櫃臺值班時，總有機會讓我溜進裡面。」我故意維持說笑的口吻，同時瞄一眼他的表情，看他有什麼反應。

威稜緩緩喝了一口酒，沒有看我，「我沒辦法。」

我心底不免有些失望，便做出不以為然的手勢，彷彿不相信他竟然把我的玩笑話當真，「噢，我知道……」

「我曾經想過。」威稜打岔，「因為我知道那懲罰不是你應得的，你又為此感到相當困擾。」威稜喝了一口酒，「羅蘭偶爾會對學生處以暫時停權的處分，例如在卷庫裡大聲喧嘩可能會被停權幾天，書本處理不當可能被停權幾旬，但禁止入內不一樣，那已經好幾年沒發生過了，這點每個人都知道，萬一有人看你……」他搖頭，「我會喪失館員資格，我們兩個都會遭到退學處分。」

「別為難自己了。」我說，「光是你想過這點，那表示……」

「我們愈講愈感傷了。」西蒙打岔，以他的玻璃杯敲桌面。「把酒打開，我們來乾杯，祝你早日讓基爾文對你刮目相看，讓他幫你去向羅蘭說情，解除你的禁令。」

我微笑，開始把旋轉式開瓶器插入瓶塞裡，「我有個更好的想法。」我說，「我提議我們祝安布羅斯．賈吉斯永遠搞不清楚狀況，有處理不完的麻煩。」

「我想我們都贊同。」威稜舉杯說。

「老天。」西蒙壓低音量，「你們看狄歐克發現什麼了。」

「什麼？」我問，專心把瓶塞完整拔出。

「他又設法把最美的女人請來這裡了。」西蒙的抱怨聽起來格外不滿，「真是讓人又嫉又恨。」

「西蒙，你對女人的品味大有問題。」瓶塞拔了出來，發出令人愉悅的聲響，我得意地拿起酒瓶讓他們看。他們都沒看我，兩人都緊盯著門口看。

我轉身看就僵住了，「那是戴娜。」

西蒙轉頭過來看我，「戴娜？」

我皺眉，「戴安也好，戴娜也好，她就是我之前跟你們說的那位和我合唱的那位小姐，她有很多不同的名字，我也不知道為什麼。」

威稜冷淡地看著我，「那是你的女朋友？」他問，語氣中充滿了懷疑。

「是狄歐克的女友。」西蒙輕聲更正。

看起來似乎是那樣。帥氣健壯的狄歐克以他一貫隨和的態度和她說話，戴娜笑了，隨性地張開手臂摟著他。看著他們聊天，我的胸口頓時感到一沉。

接著狄歐克轉身，指向裡面。她跟著他的手勢，往我這邊看，和我四目交會，喜形於色，對我微笑。我反射性地微笑回應，心臟又開始怦怦跳，我揮手要她過來。她和狄歐克又聊了幾句後，就穿過人群朝我們這邊走來。

西蒙轉頭用近乎難以置信的崇拜眼神看著我，我迅速喝了一口史卡登。

戴娜穿著深綠色的連衣裙，露出手臂與肩膀，她看起來美極了，她也知道這點，對我微笑。

她走過來的時候，我們三人都站著，「我正希望能在這裡找到你。」她說。

我稍稍向她鞠躬，「我也希望有人來找我。這兩位是我最要好的朋友，西蒙。」西蒙露出開朗的笑容，撥開眼前的頭髮。「和威稜。」威稜點頭，「這位是戴安。」

她悠閒地就坐，「什麼事情讓你們一群英俊的小夥子今晚來這兒？」

「我們是來密謀打垮敵人的。」西蒙說。

「還有慶祝。」我連忙補充。

威稜舉杯高呼，「把敵人耍得團團轉。」

西蒙和我也跟著做，但是我想起戴娜沒有酒杯時，就停住了，「抱歉，」我說，「我可以請妳喝一杯嗎？」

「我正希望你請我吃飯呢。」她說，「但是把你從朋友身邊拖走會讓我感到歉疚。」

我腦中拼命思考，有什麼巧妙的方法可以讓我離開這裡。

「妳以為我們想把他留在這裡。」威稜一本正經地說，「如果妳可以把他帶走，那倒是幫了我們一個大忙。」

戴娜熱切地把身子前傾，粉紅色的唇邊露出一抹微笑，「真的嗎？」

威稜慎重地點頭，「他喝的酒比講的話還多。」

她對我使了一個嘲笑的表情，「有那麼多嗎？」

「而且，」西蒙也若無其事地幫腔，「他要是錯過和妳在一起的機會，就會悶悶不樂好幾天，如果妳把他留在這裡，對我們也沒什麼好處。」

我的臉紅了，突然有股衝動想要掐西蒙的脖子。戴娜甜甜地笑了，「我想，我還是把他帶走比較好。」她站起身來，動作有如被風吹彎的柳枝，把手伸到我面前，我牽起她的手，「威稜，西蒙，希望下次再見到你們。」

他們揮手，我們就朝門口走了。「我喜歡他們。」她說，「威稜像是深水裡的石頭，西蒙像在溪邊玩水的男孩。」

她的形容讓我笑了出來，「那形容實在太貼切了。妳剛剛說要吃晚餐嗎？」

「我騙你的。」她開心地說，「不過你剛剛說要請我喝一杯，那倒是不錯。」

「去泰普斯酒館好嗎？」

她皺起鼻子，「老人太多，樹太少，今晚適合待在戶外。」

我朝門口一比，「妳來帶路吧。」

她就這麼做了，我沉浸在她散發的光彩以及男人的嫉妒眼神中。我們離開伊歐利恩時，似乎連狄歐克看起來都有點嫉妒，不過我經過他身邊時，瞥見他眼中還帶著一絲別的東西，是悲傷？還是同情？

我沒時間多想，我現在是和戴娜在一起。

我們買了一條黑麵包，還有一瓶艾文的草莓酒，接著在伊姆雷四處常見的公共花園裡找了一個私密的地方。初秋的落葉在我們旁邊沿著街道飛舞，戴娜脫下鞋子，開心地踩著草地，在樹蔭下翩翩起舞。

我們走到一棵枝葉扶疏的柳樹下，坐在椅子上，不久我們連椅子也不坐了，在樹根附近找到更舒適的位子席地而坐。麵包又粗又黑，剝麵包讓我們的手可以有點事做。草莓酒香甜爽口，戴娜的嘴巴接觸了瓶口後，有一小時嘴唇都是濕潤的。

當晚的感覺很像夏末最後一個溫熱的夜晚，我們天南地北地聊了一些瑣事。在此同時，我覺得她的親近、她的動作、她的嗓音接觸秋天空氣的聲音，讓我幾乎無法呼吸。

「你剛剛眼神飄忽，」她說，「你在想什麼？」

我聳肩，爭取一點思考的時間。我不能告訴她實話，我知道每個男人肯定都會恭維她，不斷送上比玫瑰還要甜膩的甜言蜜語。我則是選擇比較隱微的方法，「大學院裡有一位大師曾經告訴我，有七個字可以讓女人愛上你。」我刻意漫不經心地聳聳肩，「我只是在想那會是哪些字。」

「那是你平常講很多話的原因嗎？希望能碰巧發現那些字？」

我開口想要反駁，但是看到她閃閃發亮的眼睛，我又閉上了嘴，努力壓抑尷尬的臉紅，她把一隻手放在我手臂上，「克沃思，不要因為我而沉默。」她輕聲說，「我會想念你的聲音。」

她喝了一口酒，「總之，你不需要大費周章地思考，我們見面時，你就說出那些字了。你說，我想妳為何在此。」她隨便比了一個手勢，「從那一刻開始，我心就屬於你了。」

我腦中浮現我們在若恩的車隊裡第一次碰面的情景，相當震驚，「我以為妳不記得了。」

她本來在撕麵包，停了下來，抬起頭來一臉疑惑地看著我，「記得什麼？」

「記得我，記得我們在若恩的車隊裡碰過面。」

「拜託。」她逗我，「我怎麼可能忘記那個拋下我，跑去大學院念書的紅髮少年？」

我驚訝到忘了指正她，其實我沒拋下她，真的沒有。「妳從來沒提起那件事。」

「你也沒有。」她回我，「或許我以為你已經忘記我了。」

「忘記妳？怎麼可能？」

她聽我這麼說，露出微笑，低頭看手。「你要是知道男人會忘記什麼事情，你可能也會驚訝。」她說，接著語氣變得輕鬆，「不過話說回來，或許你不會覺得驚訝，我相信你也忘過東西，畢竟你也是男的。」

「我記得妳的名字戴娜。」能這樣叫她真好，「為什麼要換新的名字？還是戴娜只是妳前往艾尼稜路上臨時取的代稱？」

「戴娜，」她輕聲說，「我差點忘記她了，她是個傻女孩。」

「她像綻放的花朵。」

「我似乎幾年前就不再是戴娜了。」她搓揉著裸露的手臂。然後環顧四周，彷彿突然覺得有人可能發現我們在這裡而感到不自在似的。

「那我該叫妳戴安嗎？妳比較喜歡那樣嗎？」

她把頭歪向一邊看著我，這時風吹動了柳樹垂掛的枝幹，她的頭髮也像柳枝一樣飄動。「你真好，我想我最喜歡你叫我戴娜了，聽起來的感覺不一樣，很溫和。」

「那就是戴娜了。」我堅定地說，「妳在艾尼稜碰到了什麼事？」

一片樹葉飄了下來，落在她的頭髮上，她不經意地將它撥開。「沒什麼開心的事。」她說，迴避我的目光，「不過也沒什麼意外的事。」

我伸出我的手，她把麵包遞還給我。「歡迎妳回來，」我說，「我的艾洛茵。」

她發出顯然不像淑女的聲音，「拜託，如果我們之中有人是賽維恩，那就是我，是我來找你的。」她指出，「而且還兩次。」

「我也找了。」我反駁，「但我就是掌握不到找妳的訣竅。」她誇張地翻白眼，「如果妳可以建議我，找妳的良辰吉日和好地點，那就截然不同了……」我的聲音變小，把話轉換成問句，「明天如何？」

戴娜從旁邊瞄了我一眼，露出微笑，「你總是那麼謹慎。」她說，「我沒認識過行動那麼小心的男人。」她看著我的臉，彷彿那是她要解開的謎題。「我想明天中午會是良辰吉日，在伊歐利恩。」

想到能再見到她，讓我心裡升起一陣暖意。「我想妳為何在此。」我若有所思地大聲說，想著那看似許久以前的對話，「妳之後說我騙人。」

她把身體前傾，像安撫我一樣地摸著我的手。她散發著草莓的香氣，即使在月光下，她的嘴唇也紅得誘人。「你看我那時就那麼了解你了。」

我們當晚聊了很久，我隱約提及我的感受，不想給她太魯莽的感覺。我想她也是這樣，不過我永遠也無法確定。那感覺就好像我們一起跳著複雜的莫代格宮廷舞一樣，舞伴之間相距僅幾吋，但是如果他們跳得好，就永遠不會碰到彼此。

我們的對話就是那樣，不過，我們不僅沒有接觸引導我們的舞步，似乎還像聾了一樣。所以我們小心翼翼地共舞，不確定對方聽到什麼音樂，或許也不確定對方是否在跳舞。

狄歐克一如往常地站在門口值勤，他看到我以後，對我揮手，「克沃思大師，恐怕你朋友都回去了。」

「我想也是，他們回去多久了？」

「才一小時。」他把手臂舉到頭頂上舒展筋骨，臉部也跟著歪扭了起來，然後疲倦地嘆了一口氣，把手放下來。

「我拋下他們，他們生氣了嗎？」

他笑著說，「沒那麼誇張，他們也巧遇一對美女，當然沒有你的美。」他突然露出不自在的表情，接著緩緩說話，彷彿很小心措詞一樣。「嗯……克沃思，我知道這不關我的事，我希望你不要誤會。」他環顧四周，突然吐了一口口水，「可惡！我實在很不擅長做這種事。」

他又回頭看我，比著模糊的手勢，「女人就像火一樣，如同火焰。有些女人像蠟燭，明亮，親切。有些像火花或餘燼，像夏夜的螢火蟲。有些像營火，整晚充滿光與熱，之後放著不管，她們也無所謂。有些像爐火，沒什麼特別，但火焰下都是紅熱的煤炭，可以燃燒許久。」

「但戴安……戴安像是老天磨著鐵器時，從尖銳的邊緣灑下的一陣火花。你忍不住會想要看它，想要擁有它，你甚至可能把手伸過去一下子，但你抓不住它，她會讓你心碎……」

當晚的記憶還很鮮明，讓我沒多想狄歐克的警告。我微笑地說，「狄歐克，我的心是用比玻璃還要堅固的東西做成的。她打擊那顆心時，會發現它硬得像包著鐵的黃銅，或是由黃金和金剛石混合而成的。不要以為我是一聽到獵人的號角就楞住的無知小鹿。需要小心的人是她，因為她敲擊我的心時，我的心會發出又美又清晰的聲音，讓她只能迅速回到我身邊。」

我的話逗得狄歐克哈哈笑，「老天，你真勇敢。」他搖頭，「也很年輕。我真希望我像你一樣勇敢與年輕。」他微笑，轉身走進伊歐利恩，「再見囉。」

「再見。」

狄歐克希望能像我一樣？那是我聽過最棒的讚美了。

不過更棒的是，我遍尋不著戴娜的日子終於結束了。明天中午在伊歐利恩，她說「一起用餐，聊天，散步」。一想到這裡，就讓我興奮得靜不下來。

我真是年輕，真愚蠢，如此自作聰明。

66 不穩定

隔天早上，我很早就醒了，想到中午要和戴娜共餐就很緊張。我知道回頭繼續睡也不可能睡得著，便前往工藝館。昨晚奢侈的花費讓我的口袋只剩下三分銅幣，我急著好好善用工藝師的新身分。

平常我都是晚上在工藝館工作，白天的工藝館看起來全然不同，只有十五或二十人在裡頭做自己的作品。晚上的人數通常是白天的兩倍，基爾文一如往常在辦公室裡，但是氣氛感覺起來比較輕鬆，大家依舊忙碌，但不匆忙。

我甚至看到菲拉在工作室的一隅，小心地鑿刻著一片大小有如大塊麵包的黑曜石。她都那麼早來，難怪我以前從來沒在這裡見過她。

儘管馬內警告過我，我還是決定製作一批藍色發光體作為我的第一項作品。這東西的製作需要用到骨焦油，所以挺麻煩的，不過它銷售得也快，若是整個過程小心作業，只需要四或五個小時就能完成了。不僅我可以準時做完，接著去伊歐利恩和戴娜碰面吃午餐，我也可以先向基爾文預支點小錢，這樣去見戴娜時，身上就可以多帶點現金了。

我拿了所有必要的工具，前往靠東牆的通風罩，準備就緒。工作室裡到處都有容量五百加侖的雙槽玻璃缸，我挑了一個靠近這種放水裝置的地方。在通風罩裡工作時，萬一不小心把危險的東西濺在身上，你可以直接拉放水裝置的握把，用大量的冷水沖洗身體。

當然，只要我小心，就永遠不需要放水裝置了。不過有這東西在身邊還是比較放心，以防萬一。

在通風罩裡準備就緒後，我走到放置骨焦油的工作桌邊。我知道它不過就是和石鋸或燒結輪一樣危險的東西，但是那拋光的金屬容器就是讓我不安。

今天有個地方看起來不大一樣，我叫住一位剛好經過的學長。傑辛一臉倦容，多數正在做大型作品的工藝師都是這樣，彷彿他們都把睡眠延到作品完成後似的。

「結這麼多霜算正常嗎？」我指著骨焦油的容器問他，它的邊緣覆蓋了叢叢的白霜，像小灌木叢一樣。容器周遭的空氣令人冷得發顫。

傑辛盯著看了一下，然後聳肩，「太冷總是比不夠冷好吧。」他發出缺少幽默感的笑聲，「欸欸，轟！」

我不得不認同他的說法，猜測那可能是因為還那麼早，工作室的溫度比較低，所有的火窯都還沒生火，鍛爐用火都封了來沒在使用。

我小心移動，腦子裡回想一次傾注骨焦油的流程，確定我沒忘了什麼。那裡實在太冷了，連我呼出的氣體都成了白煙。手汗讓我的手指凍結在容器的扣拴上，就好像好奇的小孩把舌頭伸到嚴冬中的幫浦把手一樣。

我把約一盎司的濃稠黑油傾倒至加壓瓶中，迅速蓋上瓶蓋，然後走回通風罩，開始準備原料。過了緊張的幾分鐘以後，我開始一連串精密與漫長的準備，與調配藍色發光體的流程。

我這樣專注做了兩個小時後，被身後的一個聲音打斷了注意力。那聲音不是特別大聲，但是帶著一種事態嚴重的語氣，是你在工藝館內絕對不會忽視的聲音。

那聲音說，「噢，老天。」

我因為手邊的工作，第一個轉身看的就是骨焦油的圓筒，當我看到黑色液體從一個角落流出來，流下工作台的桌腳，在地板上集成一灘時，我全身冒冷汗。工作台桌腳的粗大木頭幾乎已經快被腐蝕光了，地板的那灘液體開始沸騰時，我聽到輕輕的爆裂聲。這時我腦中只想到基爾文示範時說過的一句話：這東西不僅有高度的腐蝕性，接觸到空氣就會開始燃燒……

就在我轉身看的時候，工作台的桌腳斷了，整個台面開始傾斜，那個拋光的金屬容器掉了下來，當它落到石面地板時，因為金屬太冰，並沒有裂開或撞凹，而是像玻璃一樣摔得粉碎。好幾加侖的深色液體飛濺到工作室的地板上，骨焦油在溫熱的石面地板上擴散時，開始沸騰，整個房間充滿了刺耳的爆裂聲。

很久以前，工藝館的聰明設計者為了幫大家有效清理灑出來的東西，在工作室裡安裝了二十幾個排水管。而且，工作室的地板也呈微微傾斜，以便讓灑出來的東西流入排水管，所以容器碎裂之後，濺出來的骨焦油開始往兩個不同方向的排水管流動，同時持續沸騰，產生濃厚、低垂的煙霧，暗如焦油，有腐蝕性，隨時可能燒起來。

菲拉就陷在這兩道深色的煙霧之間，她之前一直在工作室的一隅獨自工作。現在她站在那裡，驚訝地半張著嘴，身上穿著適合在這裡工作的衣服，輕便的褲子和輕薄的五分袖亞麻襯衫，深色長髮綁成馬尾，但依舊垂及腰際，她可能會像火把一樣燒起來。

大家看到發生什麼事以後，工作室裡開始充滿驚慌的聲音，有些人開始大呼指示，有的則是一味驚叫。他們丟下工具，急忙逃離，打翻了做到一半的作品。

菲拉沒有尖叫，也沒有求救，只有我注意到她身陷危險。從基爾文的示範推斷，我猜整間工作室在不到一分鐘內都會陷入火海與腐蝕性煙霧中，已經沒有時間了……

我看了一下附近工作台上四散的作品，想找可以幫上忙的東西，卻都找不到，只看到一堆玄武岩塊、幾捲銅線、蝕刻到一半的玻璃半球體，那可能是基爾文要用來做燈的東西……

這時我靈機一動，知道我該做什麼了。我抓起玻璃半球體，朝玄武岩塊扔過去，半球體就這樣碎了，只留下手掌大的碎玻璃，我用另一隻手從桌上抓起斗篷，大步走過通風罩。

我把大拇指壓向玻璃碎片的邊緣，感覺到一股不舒服的拉扯感，接著是一陣刺痛。我知道拇指流血後，便用拇指抹過玻璃，口中唸出縛咒。我站到放水裝置的前面，把玻璃丟在地上，以腳後跟用力把那塊玻璃踩成碎片。

我感覺到一股前所未有的寒氣刺向我，不是那種皮膚和四肢在冬天感覺到的一般寒冷，而是像閃電擊中我一般，我的舌頭、肺臟、肝臟都能感受到。

但是我得到我想要的了，放水裝置的強化玻璃裂成上千個碎片，它爆裂時，我閉上眼睛，五百加侖的水像拳頭一樣重重地打向我，讓我向後退了一步，全身上下都濕透了。接著我跑了起來，穿梭在工作台之間的空隙。

我的動作雖快，卻還是不夠快。煙霧開始起火時，工作室的角落傳出刺眼的紅色閃光，竄出奇形怪狀的猛烈火舌，那火會把其他的骨焦油也加熱，讓它沸騰得更快，製造更多的煙霧，更多的火焰，更高的熱度。

我跑的時候，火開始擴散，順著骨焦油流向排水管時所形成的兩道痕跡延伸。火焰以驚人的強度竄起，直接阻隔了工作室的偏僻角落。火焰已經升到和我一樣高，仍繼續上竄。

菲拉已經從工作台的後方逃了出來，沿著牆壁迅速朝其中一個排水管移動。由於骨焦油從排水口往下流，牆邊有個空隙是沒有火焰或煙霧的。菲拉正要衝過那裡的時候，排水口開始湧出高溫的暗色煙霧，她驚聲尖叫，退了回去。那煙霧湧上來時也在燃燒，把一切都捲入滾滾火海中。

我終於跑過最後一張桌子了，我沒有放慢速度便屏住呼吸，跳過煙霧，以免讓可怕的腐蝕性物質接觸到我的腳。我的手和臉感受到一陣短暫而強烈的熱氣，不過身上濕透的衣服讓我不至於起火或著火。

由於我閉著眼睛，所以雙腳落地時不是很穩，臀部撞到了工作桌的石面。我不予理會，衝向菲拉。

她剛剛一直往後退，躲開火焰，已經退到工作室的外牆邊，不過現在她盯著我，兩手防衛性地半舉著。「把手放下來！」我衝向她時大喊，展開我那件濕透的斗篷，我不知道在大火熊熊燃燒的聲響中，她是否聽到我說的，但不管怎樣，菲拉懂了，她放下雙手，踏進斗篷裡。

我縮短我們之間的最後距離時，轉頭往後看，發現火勢變大的速度比我預期的還快。煙霧緊貼著門，約一呎高，一片烏黑。火焰高到我看不到另一邊，更不可能知道火牆到底有多厚了。

就在菲拉踏進斗篷之前，我把斗篷整個拉高，蓋住她的頭。「我得抱妳出去。」我把斗篷包在她身上時大喊，「用走的，妳的腳會燒傷。」她回應了一句話，但是因為蒙在濕衣服裡，在熊熊大火中我聽不清楚。

我抱起她，不是像故事書裡的白馬王子一樣把她抱在前面，而是一肩扛起，像扛一袋馬鈴薯那樣。她的臀部緊緊靠著我的肩膀，我朝火海中衝。大火往我身體前面猛撲，我舉起另一隻手保護我的臉，祈禱我的濕褲子能保護我的腳，以免遭到煙霧的腐蝕。

我往火海衝以前，先深深吸了一口氣，但是空氣充滿了刺鼻味，我反射性地咳了出來，就在我衝入火海以前，我又吸進一大口灼熱的空氣。我感覺到煙霧圍在我下肢的強烈刺激感，我跑時，周遭都是大火，讓我繼續咳嗽，吸入了更多的髒空氣。我開始頭暈，嚐到氨水味，大腦中遙遠、理性的那一部分想到：當然，這會讓它更不穩定。

然後我就失去知覺了。

我醒來時，腦中第一個浮現的想法可能不是你們所想的。不過話說回來，如果你也曾年輕過，可能就不會覺得意外了。

「現在幾點？」我瘋也似的問。

「下午一點。」一名女子說，「不要起來。」

我癱回床上，我本來應該在一小時前到伊歐利恩和戴娜見面的。

我感到難過，身體也不舒服，我開始看我身在何處。從空氣中獨特的殺菌味可以判斷，我是在醫護館的某處。從床鋪也可以看得出來，這裡的床睡起來還夠舒服，但不會讓人想要一直躺著。

我轉頭，看到一對熟悉的亮綠色眼睛，還有金色短髮。「噢，」我放鬆躺回枕頭，「嗨，莫拉。」莫拉站在沿著牆壁排列的高櫃台邊，醫護館人員平常穿的深色制服讓莫拉的白皮膚看起來更加顯眼。

「嗨，克沃思。」她說，繼續寫她的醫療報告。

「聽說妳終於升為菁士了。」我說，「恭喜，大家都知道妳早該升了。」

她抬起頭，淡色嘴唇露出微微的笑意。「大火似乎沒有傷到你的伶牙俐齒。」她放下筆，「你身體的其他地方感覺如何。」

「腳感覺還好，不過是麻的，我猜我的腳灼傷了，但妳已經幫我處理好了。」我掀起床單，往下看，然後又小心把床單塞回原位。「看起來我好像也脫得滿徹底的。」我突然慌了起來，「菲拉還好嗎？」

莫拉嚴肅地點頭，走近床邊。「她從你身上摔下來時有點擦傷，踝關節微微灼傷，不過狀況比你好。」

「工藝館的其他人呢？」

「整體看來好得出奇，有一些大火或酸性物質造成的灼傷，一個人金屬中毒，但不嚴重。大火燃燒時，真正製造麻煩的通常是煙霧，不過無論工藝館是因為什麼起火，感覺並沒有釋放太多的煙霧。」

「不過的確冒出某種氨水味。」我試著深深吸了幾口空氣，「我的肺臟似乎沒灼傷。」我放心地說，「我昏倒前只吸入三口空氣。」，

這時有人敲門，西蒙探頭進來，「你沒脫光吧？」

「差不多了。」我說，「不過危險的部分遮起來了。」

威稜跟著進來，看起來似乎不太自在，「你剛剛看起來全身紅通通的，現在比較沒那麼紅了。」他說，「我想是好轉的徵兆吧。」

「他的腳會痛一陣子，但不會有後遺症。」她說。

「我帶了乾淨的衣服來。」西蒙開朗地說，「你穿的已經燒壞了。」

「希望你是從我龐大的衣櫃裡挑了件合適的衣服。」我平淡地說以掩飾尷尬。

西蒙不理會我說的話，「你原本沒穿鞋子，但我在你房間裡找不到另一雙。」

「我沒有第二雙。」我說，一邊從西蒙手中接起衣服，「沒關係，我以前也常赤腳。」

歷經小小的冒險，我竟然可以全身而退，不過現在我渾身都痛，手臂與頸部的後方都有灼傷，小腿走過

濃霧的地方受了一些輕微的酸性灼傷。

即使如此，我還是跛著腿走了三哩的長路到伊姆雷，不放棄戴娜可能還在那裡等著我的希望。

我穿過庭院朝伊歐利恩走時，狄歐克疑惑地看著我。他仔細地上下打量我，「老天，孩子，你看起來像從馬上摔下來似的，你的鞋子呢？」

「早安。」我諷刺地說。

「午安。」他糾正我，意有所指地看了一眼太陽。我開始往裡頭走，但他一手抓住我，「可惜她走了。」

「我……怎麼那麼倒楣！」我攤了下來，累到無法對自己糟糕的運氣多說些什麼。

狄歐克露出同情的表情，「她問起你。」他安慰我，「也等了好一段時間，幾乎一個小時，我從來沒看過她靜靜地坐那麼久。」

「她是和別人一起離開嗎？」

狄歐克低頭看手，用指關節把一個銅幣翻來翻去，「她真的不是那種會一個人獨處很久的女孩子……」他同情地看著我，「她婉拒了幾位上前搭訕的人，不過最後的確是和一個傢伙走了，我覺得她不是真的和那人去做什麼，你懂我意思嗎。她一直在找贊助人，那人看起來有那種感覺。白髮，有錢，你知道的那種。」

我嘆氣，「要是你有機會碰到她，麻煩你告訴她……」我停了下來，思考我該怎麼說明發生了什麼事，「『無可避免的耽擱』要怎麼說比較有詩意？」

「我想我知道該怎麼說，我也會告訴她，你一身落魄，還光著腳，先為你將來尋求諒解時打好基礎。」

我不自覺地露出微笑，「謝謝。」

「我可以請你喝一杯嗎？」他問，「這時間喝酒，對我來說有點早，不過我隨時都可以為朋友破個例。」

我搖頭，「我得回去了，我有點事情。」

我跛腳走回安克酒館，發現大家正熱烈討論著工藝館起火的事。我不想回答任何問題，溜進角落的座位，請侍者送一碗湯和一些麵包過來。

我用餐時，靈敏的耳朵聽到大家說的片段訊息，這時聽其他的人討論，我才明白我做了什麼。

我早就習慣別人談論我了，之前我就提過，我積極為自己塑造名聲，但這次不一樣，這次是真的，大家已經開始加油添醋，混淆細節，不過故事的核心沒變。我救了菲拉，衝進大火中，把她抱到安全的地方，就像故事書裡的白馬王子一樣。

那是我第一次嚐到當英雄的滋味，我還滿喜歡那種感覺的。

67 手法問題

在安克酒館用完午餐後，我決定回工藝館一趟，看看損壞的情況有多嚴重。我剛剛聽到的說法是，火勢很快就控制住了，果真如此的話，或許我還能完成藍色的發光體，或至少拿回不見的斗篷。

令人意外的是，工藝館大部分的地方都沒受到多大的損害，不過工作室的東北角幾乎全毀了，什麼都沒剩，只有一堆碎石、玻璃和灰燼。毀損的桌面上與部分地板上留著大火融化的各種金屬殘跡，閃著模糊的黃銅與白銀亮光。

比這些殘跡更令人不安的是，工作室裡空無一人，我從來沒看過這地方淨空過。我敲敲基爾文辦公室的門，往裡頭探，發現裡面也是空的。這就多少可以理解了，基爾文不在，就不會有人規畫清理了。

完成發光體的時間比我預期的還久，傷勢讓我無法專心，包紮起來的拇指也讓我的手變得有些笨拙。這東西就像其他工藝作品一樣，需要巧手才能完成。即使只是繃帶的小小阻礙，也會造成很大的不便。

不過，我還是順利完成作品了。我正準備測試發光體時，聽到基爾文在走廊上用席德語咒罵著。我轉頭剛好看到他跺腳走進辦公室，後面跟著奧威爾大師的繫師。

我關上通風罩，走到基爾文的辦公室，注意我赤腳踏的地方。我從窗戶可以看到基爾文揮舞著雙手，好像農夫在趕烏鴉一樣。他的手包著白色繃帶，幾乎快包到了手肘。「夠了，」他說，「我會照顧自己。」那人抓住基爾文的一隻手臂，幫他調整繃帶。基爾文把手抽開舉高，不讓他碰。「Lhinsatva，我說夠了就是夠了。」那人講了一些話，聲音太小，我聽不到。不過基爾文繼續搖頭，「不用，而且不要再給我藥了，我睡夠久了。」

基爾文招手要我進去，「穎士克沃思，我得和你談談。」

我也不知道會發生什麼事，就踏進他的辦公室。基爾文一臉不悅地看著我，「火滅了以後，你知道我發

現什麼嗎？」他問，往工作桌上一團暗色的衣服點頭。他用包紮的那隻手小心地掀起其中一角，我看出那是我燒焦的斗篷。他用力抖了一下斗篷，我的手提燈就這樣滾了出來，攤在桌面上。

「我們不到兩天前才談過你的小偷燈，但是今天我就發現它掉在任何可疑人物都可能撿到的地方。」他拉下臉，「你有什麼話說？」

我目瞪口呆，接著說：「基爾文大師，抱歉，我……那是被拿走的。」

他瞄了一下我的腳，依舊一臉怒容，「你怎麼赤著腳？連穎士都知道，這樣的地方不該光著腳隨處走動。你最近的行為都很鹵莽，讓我很失望。」

我緊張地思考該怎麼解釋，這時基爾文嚴肅的表情突然露出微笑，「當然，我是和你開玩笑的。」他輕聲說，「你今天把詮士菲拉從火場中救出來，我還沒好好謝你。」他伸手要拍我的肩膀，後來想起手上的繃帶而作罷。

我鬆了一口氣，身體從緊繃變得無力。我揀起那盞燈，拿在手中翻轉，那燈似乎沒燒壞，也沒因骨焦油而受蝕。

基爾文拿出一小袋東西，放在桌上，「這些東西也都塞在你的斗篷裡，」他說，「東西很多，你的口袋滿得像開雜貨店一樣。」

「基爾文大師，您看起來心情不錯。」我小心地說，心想他在醫護館是吃了什麼止痛藥。

「沒錯。」他開心地說，「你聽過有一句話叫『Chan Vaen edan Kote』嗎？」

我試著猜，「七年……中間不太懂，然後是『寇特』。」

「七年一災[12]。」他說，「這是句滿靈驗的俗話，這次多拖了兩年。」他用包紮的那隻手指著工作室的殘跡，「現在發生了，還好只是個小災難，我的燈沒壞，沒人喪命。所有的小傷中，就屬我的傷勢最嚴重，這

12　Kote意味「災難」，克沃思在道石旅店即以「寇特」這個名字自稱。

也是應該的。」

我看著他的繃帶，想到他靈巧的手受傷了，胃也跟著糾結了一下。「您還好嗎？」我小心地問。

「二度灼傷。」他說，在我還沒表達關切以前，他就揮手要我別擔心，「只是起水泡會痛而已，沒有燒焦，不會影響長期的活動。」他大大嘆了一口氣，「只不過接下來三句我會很難做事。」

「基爾文大師，如果你只需要手，我可以幫您。」

他客氣地點頭，「穎士，你這麼說很大方。如果我只需要用到手，我會欣然接受你的幫忙。只不過我的工作大多牽涉到符咒術，那……」他停頓，小心措辭，「……不太適合穎士接觸。」

「基爾文大師，那您可以升我為詮士。」我微笑說，「這樣我就可以幫上更多忙了。」

他咯咯笑，「我可能真的會這麼做，只要你繼續維持優異的表現。」

我決定換個話題，不再得寸進尺。「圓筒發生了什麼事？」

「太冰了。」基爾文說，「那個金屬容器只是一個殼，用來保護裡面的玻璃容器並維持低溫。我懷疑圓筒的符咒被動了手腳，所以愈來愈冰。當裡面的試劑凍結時……」

我點頭，終於明白了，「會讓裡頭的玻璃容器碎裂，就像一瓶啤酒結凍時一樣，接著便侵蝕圓桶的金屬。」

基爾文點頭，「我剛剛才罵過傑辛。」他不悅地說，「他告訴我，你之前向他提起那個問題。」

「我以為整棟建築都會燒毀。」我說，「我沒辦法想像您怎麼那麼容易就掌控了一切。」

「容易？」他打趣說，「很快，這點我同意，但要說容易，就不見得了。」

「您怎麼辦到的？」

他露出微笑，「問得好，你覺得呢？」

「我聽一位學生說，你大步邁出辦公室，像至尊塔柏林那樣呼叫火之名，你說：『火熄吧』，火就聽命於你了。」

基爾文聽了哈哈大笑，「我喜歡這種講法。」他的大鬍子後面露出了大大的笑容，「不過我有個問題要問你，你是怎麼穿過火場的？試劑引發強烈大火，你怎麼都沒燒傷？」

「基爾文大師，我用放水裝置先把全身都淋濕了。」

基爾文看起來若有所思，「傑辛看到你在試劑噴灑出來不久就跳進火裡，啟動放水裝置是很快，但並沒有快到那個地步。」

「基爾文大師，我把它弄破了，那似乎是唯一可行的辦法。」

基爾文眯著眼望著辦公室的窗外，皺起眉頭，然後走出辦公室，朝工作室另一端那個破裂的放水裝置走去。他蹲下來，用包著繃帶的手指揀起一片鋸齒狀的玻璃。「穎士克沃思，你究竟是怎麼弄破我的放水裝置的？」

他的語氣充滿了疑惑，讓我笑了出來，「基爾文大師，根據其他學生的說法，我是用孔武有力的手一拳把它擊破的。」

基爾文又笑了，「我也喜歡那個說法，但是我不信。」

「比較可信的說法指出，我是使用旁邊桌面上的一根鐵棒。」

基爾文搖頭，「你是很優秀，不過這個強化玻璃是我親手做的，就連卡瑪那麼大的個兒都無法用榔頭敲碎。」他把玻璃丟到地面上，站起來，「別人要怎麼傳故事，就由他們去傳吧，不過我們兩個可以分享一下祕密。」

「那其實沒什麼神祕之處。」我坦承，「我知道強化玻璃的符咒，我能做出來，也能破壞它。」

「但是你破壞的來源是什麼？」基爾文說，「在那麼短的時間內，你不可能馬上拿到什麼東西……」我舉起包著繃帶的大拇指，「血，」他說，語氣驚訝，「穎士克沃思，用自己血液的溫度，那叫鹵莽，萬一發生縛者惡寒怎麼辦？萬一你體溫過低，休克了怎麼辦？」

「基爾文大師，我的選擇很有限。」我說。

基爾文若有所思地點頭，「滿了不起的，光用血就解開我精心製作的東西。」他開始用手摸鬍子，但是手包著繃帶讓他無法如願，氣得皺起了眉頭。

「基爾文大師，那您呢？您是怎麼掌控火勢的？」

「不是用火之名。」他坦承，「如果伊洛汀在場，事情就容易多了。但是大火事出突然，我只能用自己的方式處理。」

我仔細地望著他，不知道他是不是又在開玩笑。基爾文冷面笑匠的風格有時很難察覺，「伊洛汀知道火之名？」

基爾文點頭，「大學院裡可能還有一兩位知道，不過伊洛汀對此最嫻熟。」

「火之名。」我緩緩說，「他們可以呼叫火之名，火就會遵照他們的指示，像至尊塔柏林那樣？」

基爾文再次點頭。

「但那都只是故事啊。」我說。

他露出被逗樂的表情，「穎士克沃思，你覺得故事是從哪裡來的？每個故事都是源自於世界的某處。」

「那是什麼樣的名字？怎麼運作？」

基爾文遲疑了一下，接著聳聳他寬大的肩膀，「用這個語言很難解釋，用任何語言都很難解釋，去問伊洛汀吧，他習慣研究那些東西。」

這下我親耳聽到伊洛汀有多有用了，「所以您是怎麼滅火的？」

「這沒什麼好神祕的。」他說，「我本來就已經為這類意外做了準備，辦公室裡放著一小瓶試劑。我用它當連結，從湧出的試劑中擷取能量，讓試劑降溫而無法再繼續沸騰，剩下的煙則讓它燒完。傑辛和其他人灑石灰和沙子控制了剩餘的火勢，大部分的試劑都流進排水孔裡了。」

「您是開玩笑的吧。」我說，「那裡面燒得跟火爐一樣，您不可能移動得了那麼多的火，那些火要放到哪裡？」

「我為那種緊急狀況預備了一個降溫器。大火是所有麻煩中，最容易事先想好因應之道的麻煩。」

我搖手反駁，「即使如此，還是不可能啊，一定要……」我想計算他必須移動多少火，卻不知該從何算起。

「我估計有八億五千萬通姆[13]的火。」基爾文說，「不過比較精確的數據就得看降溫器才知道了。」

我目瞪口呆，「但……那是怎麼辦到的？」

「很快，」他用包著繃帶的手比了一個意味深長的手勢，「但不容易。」

13 Thaum，典故出自英國奇幻小說作家泰瑞．普萊契（Terry Pratchett）的經典小說《碟形世界》（*Discworld*）系列。作者在此借來用於衡量熱能的單位。

68 穿過烈焰

隔天我赤著腳，沒斗篷可穿，就這樣走了一天，為自己的人生感到悲哀。這般窘境，讓扮演英雄的新鮮感很快就消失了，我只剩下一件破破爛爛的衣服，身體灼傷雖不嚴重，卻持續疼痛著，我又沒錢買止痛藥或新衣。我嚼著苦澀的柳樹皮，那滋味正好反映了我的心情。

貧窮有如大石頭般，掛在我脖子上，我不曾那麼深刻地感受到自己和其他學生的差異。來大學院就讀的人都有後盾可以依靠，西蒙的雙親是艾圖的貴族，威稜來自夏爾德的商賈之家。萬一他們遇上困難，可以用家人的信用借貸，或是寫信回家求助。

我卻連買雙鞋子的錢都沒有，只有一件襯衫。想成為祕術士得修習好幾年，我怎麼有辦法繼續留在大學院裡？我連大書庫都進不去，還要怎麼升級？

中午的時候，我的心情惡劣到了極點，午餐時還凶了西蒙一頓，我們像老夫老妻一樣吵嘴。威稜不發一語，專注地吃著食物。後來，他們為了幫我擺脫惡劣的心情，特地請我明天晚上去伊姆雷觀賞《三分錢許願》。我答應了，因為我聽說劇團表演的是費泰明的原著，不是刪節版。那齣戲很適合我當下的心情，充滿了黑色幽默、悲劇，還有背叛。

午餐後，我發現基爾文已經幫我賣掉一半的發光體，由於還要等好一段時間才會有新的藍色發光體，這次賣到滿好的價錢，我分到近一銀半的獲利。我猜基爾文稍微墊高了給我的佣金，讓我的自尊有點受傷，不過我實在不該得了好處還不知感恩。

即使如此，我的心情並沒有就此好轉，現在我的確買得起一雙鞋和二手斗篷，如果這學期剩下的日子都像條狗般拚命工作，或許還可能攢夠錢，支付戴維的利息和下學期的學費。這個方案並沒有讓我比較開心，我從來沒想到自己會那麼窮，窮到和悽慘之間僅剩一線之隔。

我的心情愈來愈糟，乾脆蹺了進階共感課到伊姆雷走走。見到戴娜是唯一可能讓我心情好一點的動力，我還是得向她解釋為什麼我沒能赴約。

我去伊歐利恩的路上買了一雙短靴，穿起來好走，在未來幾個月的冬季也夠保暖。那雙鞋又讓我的錢包再次見底，離開鞋店時，我愁眉苦臉地數著剩下的錢：三銅幣和一個鐵板兒，比我流浪塔賓街頭時的錢還少。

「你今天來的正是時候。」我走近伊歐利恩時，狄歐克對我說，「裡面有人等你。」

我感覺到自己的臉上浮現了傻笑，拍拍他的肩，往裡頭走。

結果我沒看到戴娜，而是看到菲拉獨自坐在桌邊，史丹勳站在旁邊和她聊天。他看到我走近時，揮手要我過去，他自己則是走回吧台的老位子上，經過我身邊時，他親切地拍了一下我的肩膀。

菲拉看到我時，立刻起身奔向我。她那樣子讓我頓時以為她要衝進我懷裡，彷彿我們是誇張的艾圖劇裡久別重逢的情侶。不過，後來她突然停了下來，深色頭髮擺動著，她還是像以前一樣美，只不過一邊的顴骨上多了一塊暗色的瘀傷。

「喔，天啊。」我說，同情地用手摸著自己的臉，「那是我鬆開妳時撞到的嗎？實在很抱歉。」

她不敢置信地看著我，然後笑了出來，「你是在為了救我逃離火場而道歉嗎？」

「我只是為了昏過去時鬆開妳的那部分道歉，我實在太笨了，忘了閉氣，才會吸進煙霧。妳還有其他地方受傷嗎？」

「沒辦法在大庭廣眾下讓你看到的地方。」她稍稍扮了鬼臉，擺了一下臀部，那動作讓我想入非非。

「希望不是太嚴重。」

她裝出生氣的表情，「是啊，我希望你下次做好一點。女孩子被人營救時，希望得到的是徹底溫柔的對待。」

「好吧。」我輕鬆地說，「我們就當這次是排練好了。」

突然間，我們陷入沉默，菲拉的微笑消失了一些。她把一隻手伸向我，伸到一半時，遲疑了一下，又放回身體旁邊。「克沃思，講正經的……那是我這輩子碰過最糟的時刻，當時四周都是火……」

她低下頭眨眼睛，「我知道我快死了，我真的這麼想，但是我站在那裡就像……就像一隻嚇壞的兔子。」她抬起頭來，眨著眼睛，強忍住淚水，再次展露迷人的笑容，「然後你就穿過火來了，那是我見過最神奇的事，就像是……你看過《戴歐尼卡》嗎？」

我點頭微笑。

「那就像看著塔瑟斯掙脫地獄一樣，你從火中衝出來的時候，我知道一切都會沒事的。」她往我的方向邁進了半步，把手放在我肩上。透過襯衫，我可以感受到她手的溫度。「我本來要死在那裡的……」她突然停了下來，覺得很不好意思，「我一直在重複同樣的話。」

我搖頭，「其實不是那樣，我看到妳了，當時妳在找地方逃生。」

「沒有，我就只是站在那裡，像我媽以前說的故事裡那些傻傻的女孩一樣。我一直很討厭那種人物，以前我常說：『她為什麼不把巫婆推落窗戶？她為什麼不在怪物的食物裡下毒？』」菲拉這時低頭看著自己的腳，她的頭髮垂了下來，遮住臉龐，聲音愈來愈小，到最後幾乎快聽不見了，「『她為什麼坐在那裡等著別人來救她？她為什麼不會解救自己？』」

我把手放在她的手上，希望能給她一點安慰。我摸著她的手時，注意到一件事，她的手不像我預期的那般纖細，而是結繭且強壯，是那種拿榔頭與鑿子努力工作多時，經驗豐富的雕刻家之手。

「這不像年輕淑女的手。」我說。

她抬起頭來看我，眼睛因為即將泛出的淚水而閃閃發光。她破涕為笑，「我……你說什麼？」

我意識到自己說的話，覺得不好意思而漲紅了臉，不過我還是繼續說，「這不像揉著蕾絲，等著王子前來營救的嬌弱公主會有的手，這是以自己的頭髮當繩子來攀爬，解救自己，或是趁怪獸熟睡時將牠擊斃的女子才會有的手。」我凝視她的眼睛，「這也是萬一我不在場，還是可以自己逃離火海的女子才會有的手。或許會有點灼傷，但是依舊安全逃生。」

我拉起她的手，吻了一下，感覺這是恰當的應對方式，「不過我還是很高興能幫上忙。」我微笑，「所以……妳說像塔瑟斯？」

她再次露出令人著迷的笑容，「像塔瑟斯、白馬王子、歐倫．威爾西特三人合為一體。」她笑著說，並拉起我的手，「來，我有一樣東西要送你。」

菲拉把我拉回她剛剛坐的桌邊，拿了一件折好的衣服給我。「我問威稜和西蒙，送你什麼當謝禮比較好，這東西似乎滿適合的……」她突然覺得很不好意思，停下話來。

那是一件斗篷，深綠色的，布料很好，剪裁也精巧，不是從舊衣商的車廂後方買來的，是我永遠也買不起的那種衣服。

「我請裁縫師幫我縫了幾個小口袋。」她緊張地說，「威稜與西蒙都說那很重要。」

「這件衣服很好看。」我說。

她再次露出微笑，「尺寸是我用猜的。」她坦承，「我們來看看合不合身。」她從我手中拿起斗篷，站到我身邊，幫我把它攤開，拉到肩上，她的手像擁抱我一樣地圍著我。

我站在那裡，就像菲拉剛剛說的，像隻嚇壞的兔子。她靠得很近，近到我都可以感覺到她的熱度，當她傾身幫我調整斗篷的肩膀部分時，一邊的胸部輕輕擦過我的手臂，我像雕像一樣僵在那裡。從菲拉的肩膀往後看，我看到狄歐克倚著大門對我笑。

菲拉後退一步，仔細地打量我，然後又靠近我，稍微調整斗篷綁在我胸前的方式。「很適合你。」她說，「那顏色剛好襯托出你的眼睛，不過你的眼睛本來就很亮眼了。這是我今天找到最綠的東西，很有春天的感覺。」

菲拉後退一步，欣賞自己巧手的成果，我看到一個熟悉的身影從前門離開伊歐利恩，是戴娜，雖然只是驚鴻一瞥，但是我太瞭解她了。天曉得她看到了什麼，會因此做出什麼推論。

我當下有股衝動想要衝出門去找她，向她解釋兩天前為什麼失約，向她道歉，讓她知道剛剛雙手圍著我的女人只是送我謝禮而已，沒有其他的意思。

菲拉幫我拉平肩上的衣服，用剛剛快哭出來的那雙閃亮眼睛看著我。

「剛剛好。」我說，拉起衣服，往外攤開。「這比我應得的好太多了，實在不該讓妳破費的，謝謝妳。」

「我想讓你知道，我有多感激你為我做的事。」她再次伸手摸我的手臂，「這沒什麼，真的，如果我有什麼可以幫上你的地方，任何請託，你都可以隨時來找我……」她停了下來，疑惑地看著我，「你還好嗎？」

我看著她後方的大門，戴娜已經不知道跑到哪了，我也不可能趕上她。

「沒事。」我說。

菲拉請我喝一杯酒，我們稍微聊了一下。她說最近幾個月她都是和伊洛汀共事，讓我相當意外。她幫他做點雕刻，他則是偶爾教她一些東西。說到這裡，她翻了白眼，伊洛汀有時候會半夜叫她起來，帶她到鎮上北方廢棄的採石場，有時會在她的鞋子裡放濕泥土，要她整天穿著那鞋子到處走。他甚至……菲拉漲紅了臉，搖搖頭，沒再繼續說下去。我雖然好奇，但不想讓她感到尷尬，也就不再追問，我們都覺得伊洛汀不是普通的瘋狂。

這段時間，我一直面向著大門，希望戴娜能回來，讓我向她解釋真相。

後來菲拉回大學院上抽象數學，我則是待在伊歐利恩，慢慢地啜飲著酒，思考我該如何修復和戴娜之間

的關係。我其實很想買醉，但我沒錢，所以傍晚時我就緩緩跛行回家了。

我像往常一樣準備好上主樓的屋頂練琴，這時我才想到基爾文提到的一件事有多重要，如果多數的骨焦油都流下排水孔了……

奧莉就住在大學院底下的下水道！儘管我身體疲憊，還有腳傷，我還是全速衝往醫護館。半路上，我很幸運看到莫拉正穿越中庭，我呼喊她的名字，揮手引起她的注意。

我走過去時，莫拉狐疑地看著我，「你不會是想要在此對我唱情歌吧？」

我想起手上的魯特琴，把它收到一邊，搖頭，「我需要妳的幫忙。」我說，「我有個朋友可能受傷了。」

她疲累地嘆了一口氣，「你應該……」

「我不能到醫護館求助。」我透露出焦急的語氣，「莫拉，拜託好嗎？我保證不會花妳半小時以上的時間，但是我們現在就得去，我怕已經太遲了。」

我的語氣說服了她，「你朋友怎麼了？」

「或許是燒傷，或許是酸性灼傷，或許是煙霧嗆傷，就像昨天陷在工藝館大火裡的人一樣，可能還更糟。」

莫拉開始邁開腳步，「我去拿我的醫療箱。」

「如果不介意，我在這裡等妳。」我坐在附近的長椅上，「我只會拖慢妳的速度。」

我坐下來，努力不去想我身上多處的燒灼傷。莫拉回來時，我帶她到主樓西南邊有三支裝飾性煙囪的地方，「我們可以利用這個爬上屋頂。」

她一臉疑惑地看著我，不過她似乎決定先不追問下去。

我慢慢爬上煙囪，用突出的粗石做為攀爬的支柱，這是比較容易爬上主樓屋頂的方法，我選這裡是因為我不確定莫拉擅不擅長爬高，而且我的傷勢也讓我的手腳變得沒那麼俐落了。

莫拉跟著我一起爬上屋頂，她仍穿著醫護館的深色制服，不過外面加了一件灰色斗篷。為了讓我們走在主樓屋頂比較安全的地帶，我們繞了一些路。今晚天上無雲，一輪明月照亮了我們的路。

我們繞過一個高聳的磚砌煙囪時，莫拉說：「要不是我認識你，我會以為你是要騙我到某個安靜的地方做壞事。」

「為什麼妳覺得我不會？」我輕鬆地回應。

「你看起來不像那種人，」她說，「此外，你根本不太能走，要是你想胡來，我直接把你推下屋簷就行了。」

「別怕傷害我的感情。」我笑著說，「即使我不是跛著腿，妳還是可以把我推下屋簷。」

我絆到一個沒看見的屋脊，因為身體疲累，反應太慢，而差點跌落屋頂。我在一個比其他地方都高一點的屋頂上坐了下來，等待暫時的暈眩感消失。

「你還好吧。」莫拉問。

「可能不太好。」我勉強站起來，「這片屋頂的對面就是了。」我說，「妳站開一些，保持安靜，這樣或許會比較好，以防萬一。」

我朝屋簷走去，往下面的樹籬與蘋果樹看，窗戶都是暗的。

「奧莉？」我輕聲呼叫，「妳在嗎？」時間一分一秒經過，我愈來愈擔心了，「奧莉，妳受傷了嗎？」都沒有回應，我開始低聲咒罵。

莫拉把手交叉在胸前，「好，我想我已經夠有耐心了，可以告訴我是怎麼一回事了嗎？」

「跟我來，我會解釋給妳聽。」我朝蘋果樹走，開始小心地爬下樹，我繞過樹籬，走到鐵柵門邊，柵門裡飄出骨焦油的氨水味，氣味雖然微弱，但一直聞得到。我把柵門往外拉開幾吋，裡面就有東西卡住，拉不動了。「幾個月前，我在這裡認識了一位朋友。」我說，緊張地摸著柵門的鐵條，「她就住在下面，我擔心她可能受傷了，很多試劑從工藝館的排水口往下流了。」

莫拉沉默了一會兒，「你不是在開玩笑吧。」我在黑暗中摸著鐵門後方，想知道裡面是用什麼拴上的。

「什麼人會住在那底下？」

「受驚嚇的人。」我說，「怕噪音、怕人、怕戶外的人。我花了近一個月才哄她出來，和她交談就花更久了。」

莫拉嘆氣，「如果你不介意，我想先坐下來。」她走到長椅邊，「我已經站一整天了。」

我繼續摸著鐵門下方，但不管我再怎麼試，就是找不到門閂，我愈來愈洩氣，抓起鐵門使勁地拉，一次又一次，拉扯間發出好幾聲金屬碰撞的回音，但就是拉不開。

「克沃思？」我朝屋簷看，看見奧莉站在那裡，黑色的身影襯著背後的夜空，細髮像雲一樣飄著。

「奧莉！」緊繃的情緒一瞬間從體內湧出，讓我感到一陣虛脫無力，「妳去哪了？」

「有雲，」她一邊說，一邊沿著屋簷走向蘋果樹，「所以我去最頂端找你，但是月亮出來了，所以我就回來了。」

奧莉迅速地爬下樹，看到莫拉披著斗篷坐在長椅上的身影，突然停了下來。

「奧莉，我帶了一位朋友來。」我用最溫和的語氣說，「希望妳不要介意。」

她靜默了許久，「那男的，人好嗎？」

「她是女生，她很好。」

奧莉稍微放鬆了一些，往我靠近幾步，「我帶了一支羽毛給你，裡面有春風，但是既然你來晚了……」她嚴肅地看著我，「所以你只能得到一個硬幣。」她以拇指和食指捏著硬幣，把手伸出來。「這可以保護你夜晚安全，就像其他東西一樣。」那硬幣看起來像艾圖的贖罪幣，不過在月光下閃著銀光，我沒看過那樣的硬幣。

我蹲下來打開我的魯特琴箱，拿出一小包東西，「我帶了一些蕃茄、豆子，還有一樣特別的東西。」我把一小包東西遞給她，那是兩天前在一切麻煩都還沒開始以前，我花掉大部分的錢買的。「海鹽。」

奧莉把它收了下來，往那小皮袋裡瞧，「哇，好美，鹽裡面住了什麼？」

微量礦物質，我心想，鉻、釟、鎢、碘……身體需要的一切，但是可能無法從蘋果、麵包，以及妳設法找到的東西裡攝取的東西。

「魚的夢想。」我說，「還有水手之歌。」

奧莉點點頭，心滿意足地坐下來，攤開小方巾，一如往常般細心地擺好食物，我看著她吃了起來，拿豆子沾一下鹽才咬一口。她看起來似乎沒受傷，但是在微弱的月光下看不太清楚，我得向她確認一下，「奧莉，妳還好嗎？」

她歪著頭看我，一臉好奇。

「發生了一場大火，很多東西流進下水道，妳看到了嗎？」

「老天，我看到了。」她睜大眼睛說，「流得到處都是，鼩鼱和浣熊四處橫衝直撞，想逃出去。」

「那東西沾到妳了嗎？」我問，「妳身上有灼傷嗎？」

她搖頭，露出孩子般淘氣的笑容，「噢，沒有，那趕不上我的。」

「妳離火很近嗎？」我問，「有沒有吸到煙？」

「為什麼我要吸那個煙？」她看我的眼神，好像覺得我很傻似的。「現在整個地底世界聞起來好像貓尿味。」她皺起鼻子，「除了下梯區附近和地下區裡面以外。」

我稍微鬆了一口氣，不過我看到莫拉在長椅上開始坐得不耐煩了，「奧莉，我的朋友可以過來嗎？」

奧莉正要把一顆豆子塞進嘴裡，突然僵住身子，接著放鬆，點了一次頭，細髮在她身邊盪著。

我向莫拉招手，她開始緩緩走近我們。我有點緊張，不知道她們第一次見面會怎樣。我輕聲哄了奧莉一個月，才把她從大學院底下的地下道裡哄出來。我擔心萬一莫拉反應不當，可能會把她嚇回地底去，之後我就再也沒機會見到她了。

我指著莫拉站的地方，「這是我的朋友莫拉。」

「哈囉，莫拉。」奧莉抬起頭來微笑，「妳和我一樣都是陽光色的金髮，要不要來一顆蘋果？」

莫拉小心地掩飾表情，「奧莉，謝謝。好，我吃吃看。」

奧莉一躍而起，跑回屋簷邊的蘋果樹，然後又跑回來，頭髮在她身後飛揚，像旗子一樣。她把一顆蘋果遞給莫拉，「這裡面包含了一個希望，咬下去以前，要先確定妳想要什麼。」說完，她又坐下來，吃下另一顆豆子，煞有介事地咀嚼著。

莫拉仔細地檢查蘋果好一會兒才咬一口。

之後，奧莉迅速吃完食物，把鹽袋封口綁起來，「開始彈吧！」她興奮地說，「彈吧！」

我笑著拿出魯特琴，手拂過琴弦，還好我受傷的大拇指是在彈和弦的那隻手上，不會造成太大的不便。我調弦時看著莫拉，「妳若想離開也沒關係。」我告訴她，「我不希望我突然對妳唱起情歌。」

「噢，妳不能走。」奧莉轉頭對莫拉說，表情非常認真，「他的聲音像大雷雨，他的手知道所有暗藏在冰涼、黑暗地底下的祕密。」

莫拉的嘴角泛起了微笑，「我想我可以為了聽那些留下來。」

於是我開始為她們兩人演奏，頭上的星斗則是持續緩緩地繞行。

「為什麼你沒告訴任何人？」莫拉和我一起橫越屋頂時問我。

「那似乎不干任何人的事。」我說，「她要是想讓人知道她在那裡，我想她會自己說。」

「你懂我在說什麼。」莫拉生氣地說。

「我懂妳的意思。」我嘆氣，「但是告訴別人有什麼好處呢？她現在過得很快樂。」

「快樂？」莫拉一副不敢置信的口吻，「她穿得破破爛爛，餓著肚子，她需要幫助，需要食物和衣服。」

「我會帶食物給她。」我說，「我以後也會帶衣服給她，只要……」我停了下來，不想承認我的赤貧狀態，至少不要講那麼多，「只要我有能力。」

「何必等呢？你只要告訴別人……」

「是啦，」我諷刺地說，「我相信傑米森如果知道有個面黃肌瘦，又有點瘋瘋癲癲的學生住在大學院底下，他會馬上帶著一盒巧克力和羽毛毯子趕過來。妳也知道他們會怎麼傷害她。」

「不見得……」她知道我說的是真的，索性就不說了。

「莫拉，萬一大家來找她，她只會躲回地底下，他們會把她嚇跑，這樣我就失去幫她的機會了。」

莫拉低頭看我，雙手交叉在胸前，「好吧，暫時先這樣，但是你之後得再帶我回來這裡，我會帶一些衣服來給她，那些衣服她穿起來可能太大，不過總是比她現在穿的好。」

我搖頭，「沒辦法，我兩旬前拿了一件二手連衣裙給她，她說穿別人的衣服很噁心。」

莫拉一臉不解，「她看起來不像席德人，一點都不像。」

「或許她從小是受那樣的教育吧。」

「你還好嗎？」

「我很好。」我謊稱。

「你在發抖。」她伸出一隻手，「來吧，我扶你。」

我裹緊身上的新斗篷，搭著她的手臂，緩緩走回安克酒館。

69 風向或女人心

之後兩旬，我去了伊姆雷幾趟，新斗篷讓我在路上得以保暖，但是我在當地一直看不到戴娜的身影。我總是可以找一些理由去對岸：向戴維借書，和史瑞普碰面一起用餐，到伊歐利恩演奏，不過戴娜才是真正的原因。

基爾文幫我售出剩下的發光體，我的心情也隨著傷勢的癒合而好轉。現在我有一些錢可以買肥皂之類的奢侈品，還有第二件襯衫，以取代我遺失的那件。今天我去伊姆雷是為了買手邊專案所需要的釩屑，我現在用兩個當初留著沒賣的發光體，製作一盞大型的共感燈，希望能靠它賺點錢。

我常到對岸買工藝材料的舉動或許看起來很奇怪，大學院附近的商家常利用學生懶得多走幾步的缺點哄抬價格。對我來說，能省幾分錢，多走一些路是值得的。

我買好材料後，便前往伊歐利恩。狄歐克站在他的老位子上，倚著大門，「我一直在幫你注意你女朋友。」他說。

想到我的舉動一定是看起來太明顯了，我低聲抱怨：「她不是我女朋友。」

狄歐克翻白眼，「好吧，那位女孩，戴娜、戴安、戴內……她最近自稱的任何名字，我連她的影子都沒看到，甚至四處問了一下，這一旬都沒人看到她，所以她可能離城了，她向來如此，一溜煙就不見了。」

我努力壓抑著失望的表情，「你不需要特地幫我找。」我說，「不過還是謝謝你。」

「我不全是為了你才問的。」狄歐克坦承，「我自己也很喜歡她。」

「現在嗎？」我盡量不露表情地問。

「別那樣看我，我不是在跟你搶。」他苦笑，「至少這次不會了，我雖然沒念過大學院，但是沒那麼傻。我不會笨到把手伸進同一個爐火兩次。」

我覺得很不好意思，努力讓表情恢復正常，我通常不會讓情緒明顯展露在臉上，「所以你和戴娜……」

「史丹動偶爾還是會笑我去追一個年紀只有我一半的女孩。」他不好意思地聳著寬闊的肩膀，「即使如此，我還是很喜歡她，現在她給我的感覺比較像我小妹。」

「你認識她多久了？」我好奇地問。

「其實我不覺得我真的認識她，不過我大概是兩年前第一次見到她的吧？不，沒那麼久，或許是一年多一點……」狄歐克兩手撥過金髮，挺著背，大大地伸個懶腰，手臂肌肉繃緊了襯衫。接著他放鬆身子，大大嘆了一口氣，望向幾乎無人的庭院。「門口應該幾小時內不會有太多人進出，來吧，讓我這個老人有個理由坐下來喝一杯，如何？」他把頭朝酒吧撇了一下。

我看著狄歐克，他人高馬大，身強體壯，一身古銅色的肌膚，「老人？你頭髮不是還很茂密，牙齒也都還在，應該才三十吧？」

「年輕女孩最容易讓男人覺得自己老了。」他一手放我肩上，「走吧，陪我喝一杯。」我們一起走到桃花心木的酒吧，他望著架上的酒瓶低語：「啤酒讓人模糊記憶，白蘭地讓記憶起火燃燒，葡萄酒最適合撫慰心碎神傷。」他停下來，轉頭看我，皺著眉，「我記不得後面的句子了，你記得嗎？」

「我沒聽過，」我說，「不過泰坎說過，所有酒類裡，只有葡萄酒適合回憶過往。他說好的葡萄酒讓人的腦子更加清晰專注，也讓人從回憶中獲得慰藉。」

「有道理。」他說，在酒架上挑來挑去，最後拿出一瓶，把它舉向燈光凝視，「我們就開瓶粉紅酒來聊聊她吧。」他抓起兩個酒杯，帶我到角落的包廂。

他為我們兩個各倒了一杯粉紅色的葡萄酒，我追問：「所以你認識戴娜好一陣子了。」

他往後方的牆壁一靠，「斷斷續續的，坦白講不太常見到。」

「她那時是什麼樣子？」

狄歐克想了很久，比我預期的還認真思考這個問題，他啜飲一口酒，最後終於說，「一樣。我想她那時是比較年輕，但是我也不覺得她現在比較老，她總是讓我覺得她比實際年齡大一些。」他皺眉，「其實沒比較老，而是比較……」

「成熟？」我問。

他搖頭，「我不知道有什麼比較貼切的說法，那感覺就像你看著一顆大橡樹時，你欣賞它，不是因為它比其他樹老或比較高，不過它就是有其他比較小的樹所沒有的特質。複雜、結實、深具內涵。」狄歐克煩躁地皺起眉來，「可惡，那大概是我做過最糟的比喻了。」

我露出微笑，「看來我不是唯一無法用言語確切形容她的人。」

「她不是那種你能確切形容的類型。」狄歐克贊同我的看法，一口氣喝完杯子裡的酒。他拿起酒瓶，用瓶口輕輕碰我的酒杯。於是我也把酒喝光，他再次為我們兩個倒酒。

狄歐克繼續說，「她以前也是一樣靜不下來，狂野奔放。一樣美麗，很容易讓人的眼睛為之一亮，心裡如小鹿亂撞。」他再次聳肩，「就像我說的，大致上都一樣，聲音悅耳，腳步輕巧，口齒伶俐，男人為之傾倒，女人嗤之以鼻。」

「嗤之以鼻？」我問。

狄歐克看我的眼神，彷彿不懂我在問什麼似的，「女人都討厭戴娜，」他直接了當地說，彷彿重複一件我們都已經知道的事一樣。

「討厭她？」我實在想不通，「為什麼？」

狄歐克用不敢置信的眼神看著我，然後突然大笑出來，「老天，你真的對女人一無所知，對吧？」通常我聽到這種說法時都會生氣，但是我知道狄歐克並非惡意。「你想想，她長得美，又迷人，一堆男人就像發情的公鹿一樣拜倒在她的石榴裙下。」他漫不經心地擺了一個手勢，「女人當然都恨得牙癢癢的。」

我想起西蒙在不到一句前對狄歐克下的一句評語，他又設法把最美的女人請來這裡了。真是讓人又嫉又恨。「我一直覺得她孤伶伶的，」我主動說，「或許那就是原因。」

狄歐克嚴肅地點點頭，「你說的沒錯，我從來沒看過她和其他女性在一起，她的男人運就像……」他停了下來，努力思索比喻，「像……可惡！」他洩氣地嘆了一口氣。

「不是有句話說，找貼切的比喻難如……」我露出思索的表情，「難如……」我比出不知怎麼表達的手勢。

狄歐克笑了，為我們兩個又多倒了一些酒。我開始放鬆下來，我們之間有種罕見的情誼，那是只有對抗過同樣的敵人，認識同一個女人的男人之間才會出現的。「她以前也會這樣突然消失嗎？」我問。

他點頭，「對，毫無預警就突然消失了，有時是消失一旬，有時是消失好幾個月。」

「『風向或女人心最是變化無常。』」我引述一句話，原本覺得這句話值得深思，聽起來卻令人難受，「你想過那是什麼原因嗎？」

「我的確想過，」狄歐克冷靜地說，「我覺得部分原因可能是她的天性，也或許她就是習慣四處漂泊。」

他這麼一說，讓我煩躁的心靜下了一些。以前在劇團裡，即使我們在鎮上深受歡迎，鎮民對我們很大方，父親還是會下令離開。之後，他常向我解釋他的理由：巡官瞪了我們一眼，或是鎮上太多少婦對我們噓寒問暖……

不過有時候他什麼理由也沒說，孩子啊，我們盧人原本就註定四處漂泊，我的血液告訴我該動身遊走時，我就知道該聽從它的指示了。

「她的背景可能是主因。」狄歐克繼續說。

「背景？」我好奇地問，我們在一起時，戴娜從來沒提過她的過往，我也都很小心沒追問過她。我知道不想多提往事是什麼感覺。

「她無親無故，也沒有經濟來源。萬一生活困頓，也沒有多年的朋友可以幫忙。」

「我也沒有。」我不平地說，酒讓我變得有點悶悶不樂。

「你們差別可大了。」狄歐克的語氣中帶了一點責備，「男人有很多機會可以在世上混出名堂，像你就在大學院裡找到了自己的定位。萬一你當初進不去，還是有其他的選擇。」他露出會意的眼神，「但是對一個年紀輕輕，長得漂亮，但無親無故，身無家產，也無家可歸的女孩來說，她有什麼選擇？」

他開始舉起手指，「乞討、賣淫，或是當貴族的情婦，這些其實本質上都差不多，我們也知道戴娜不是那種情婦或是被包養的女人。」

「還有其他的事情可以做。」我也舉起手指，「裁縫、織工、女侍……」

狄歐克噴著鼻息，露出受不了的表情，「拜託，小子，你沒那麼傻吧，你也知道那些地方是什麼樣子，無依無靠的美女到了那種地方，也會像賣淫一樣常被佔便宜，賺得又比賣淫少。」

他這樣反駁我，讓我漲紅了臉，比平常還紅，可能也是因為酒喝多了，讓我的嘴唇和指尖都稍微有點麻痺感。

狄歐克又幫我們兩個都斟滿了酒，「她雖然那樣漂泊不定，我們卻不能因此瞧不起她，她發現機會就必須把握。如果她有機會和喜歡聽她唱歌的人遊走他鄉，或是有商人希望靠她的美色多賣點東西，她就這樣突然離開，也沒什麼不對。

「如果她靠著一點魅力獲得好處，我也不會因此瞧不起她。年輕人追求她，送她禮物、連衣裙、珠寶。」他聳聳寬闊的肩膀，「如果她變賣那些東西維生，那也沒什麼不對，那些都是別人的慷慨贈與，她想怎麼處理都行。」

狄歐克凝視著我，「但是萬一有些男人變得太親暱，或是覺得他花了錢，該得到什麼卻得不到時，她怎麼辦？她怎麼脫身？沒有家人，沒有朋友，沒有身分，沒有選擇，除了勉強委身對方以外……」狄歐克一臉嚴肅，「要不然就是離開，迅速離開，另尋良木而棲。所以她比風吹的落葉更難掌握，這也沒什麼好意外的了。」

他搖頭，低頭看著桌子，「我不羨慕她的生活，也不會對她妄下任何評價。」剛剛講的那一長串話似乎讓他感到精疲力盡，也有點不好意思。他沒有抬起頭來看我，直接說：「因為那樣，如果她肯讓我幫她，我是真的很想幫她。」他抬頭望了我一眼，苦笑，「但是她不喜歡欠人情，一丁點都不行。」他嘆了一口氣，把酒瓶中的最後一點酒平分到兩個杯子裡。

「你讓我見識到她的另一面。」我坦白說，「我很慚愧，自己沒看出來。」

「我只是比你先認識她而已。」他輕鬆地說，「我認識她比較久。」

「不過還是謝謝你。」我舉起酒杯說。

他也舉起酒杯，「敬最美的戴內。」

「祝戴娜，歡喜自在。」

「年輕又堅強。」

「慧黠且美麗。」

「永遠是大家追逐的對象，永遠獨來獨往。」

「如此精明，如此的傻。」我說，「如此快樂，如此的悲傷。」

「眾神啊，」狄歐克恭敬地說，「請保護她，讓她永不改變，超乎我所理解，且安然無恙。」

我們都把酒一飲而盡，放下酒杯。

「讓我請你喝下一瓶吧。」我說，雖然那會用光我在吧台辛苦累積的額度，但我愈來愈喜歡狄歐克了，不請他喝酒實在說不過去。

「唉呀呀！」他一邊揉著臉一邊喊，「我不能喝了，要是再多喝一瓶，天還沒黑，我們就已經難過得割腕、血流成河了。」

我向侍者比了一個手勢，「沒那回事，」我說，「我們改喝不會讓人那麼感傷的東西就好了。」

我回大學院時，沒注意到有人尾隨著我，或許是我滿腦子都想著戴娜，所以沒注意到其他的東西。又或許我遠離街頭的生活已經有段時日，在塔賓費盡氣力換得的反射性直覺，也逐步地退化。

黑莓白蘭地可能也有關係，狄歐克和我聊了很久，我們兩個喝了半瓶的白蘭地，我知道西蒙也愛喝這個，所以我把剩下的半瓶帶回家了。

我想，為什麼我沒注意到他們也不是那麼重要了，反正結果都是一樣。我走在新廳巷的昏暗路段，後腦杓突然遭到鈍物重擊，我在半昏迷的狀態下被拖進附近的小巷子裡。

我只昏迷了一下子，但是清醒時，發現一隻大手摀著我的嘴。

「好了，小子。」我身後的大個兒對著我耳邊說，「我把刀子架在你身上，要是你掙扎，我就捅你一刀，就那麼簡單。」我感覺到左手臂下方有東西輕輕戳了一下我的胸膛。「找探針！」他對著伙伴說。

在昏暗的巷子裡，我只能看到一個高大的身影，他低下頭看著自己的手，「我看不出來。」

「那就點一根火柴，我們得確定才行。」

我的不安開始變成恐慌，這不是什麼暗巷搶劫，他們甚至沒翻我的口袋，看有沒有錢，他們別有意圖。

「我們知道是他沒錯。」那高個子不耐煩地說，「我們就直接做了，趕快把事情解決，我好冷。」

「不行，趁他在眼前，現在就查清楚。我們已經跟丟他兩次，我不希望再有類似在艾尼稜犯下的大錯。」

「我真討厭做這種事。」高個兒一邊說，一邊翻找口袋，應該是想找火柴。

「你這個白癡。」我身後的人說，「這種方式比較乾淨俐落，也比較簡單，沒有令人混淆的描述，也不需要名字，不用擔心偽裝。只要照著探針找到人，完成任務就沒事了。」

他們毫不在乎的口吻令我害怕，這些人是專業殺手，我突然很確定是安布羅斯終於採取行動剷除我這個眼中釘了。

我拚命想了一會兒，做了我唯一能想到的事：把半瓶酒扔到地上，酒瓶摔得粉碎，夜晚空氣裡突然瀰漫著黑莓香。

「你看吧，」高個兒不滿地說，「你就繼續囉唆，讓他有時間反擊好了。」

我身後的男子掐緊我的脖子，用力搖晃一次，就好像在對付調皮的小狗那樣，「別亂來！」他生氣地說。

我又癱軟身子，希望能騙過他，接著我集中精神，默唸縛咒。

「少廢話，」那人回應，「你要是踩到玻璃碎片，你就……啊啊啊！」我們腳邊的那灘白蘭地突然起火燃燒，他驚聲尖叫。

我趁他暫時不注意時扭開他，可惜我的動作不夠快，我抽離身子開始衝往巷子底時，他的刀子在我胸前劃了一刀。

但是我沒有逃得很遠，那條巷子底是一道磚牆，沒門，沒窗，沒得躲藏，也沒地方讓我踏著翻牆，我被困住了。

我轉頭看到那兩個人堵住巷口，大個兒猛拍著腳滅火。

我的左腳也在燃燒，但是我根本沒去想它。如果我不馬上做點什麼，一點燒傷可能還只是最輕微的問題。我再次環顧四周，但是整條巷子空空蕩蕩，完全沒有東西可用，連個可以當臨時武器的垃圾都沒有。我瘋也似的翻找斗篷口袋裡的東西，急著構思計畫。幾條銅線沒什麼作用，鹽，我可以把鹽灑進他們眼裡嗎？不行。蘋果乾、筆、墨水、彈珠、琴弦、蠟……

大個兒終於把火弄熄了，他們兩人開始緩緩地往巷底走，他們的刀片上閃著那圈白蘭地的火光。

我還是不停地搜索無數的口袋，摸到一塊我無法辨識的東西，接著我想起來了，那是我買來製作共感燈的釟屑。

釟是很輕的銀色金屬，很適合混入我用來做燈的某些合金裡。馬內一向非常細心，他教我時，總是會詳細說明每樣材料的危險性。釟一受熱，就會冒出強烈的白熱火焰。

我迅速解開包裝，問題是，我不知道我能不能成功，燭芯或酒精之類的東西很容易點燃，只要鎖定熱度就可以引燃。釟不一樣，它需要大量的熱能才行，所以我才會放心地帶在身上。

那兩人又走近了幾步，我把釟屑撒成一個大弧形。我想把它撒到他們臉上，卻又覺得不太可能成功。碎屑沒什麼重量，就像撒一把雪一樣。

我把一隻手伸到燃燒著火焰的那隻腳邊，鎖定珥拉，那兩人後方燃燒的白蘭地熄了，使巷子變得一片漆黑。這時熱度還不夠，我急得顧不了後果，觸碰我流血的傷口，集中意識，從血液中汲取熱度，感覺到一股可怕的寒氣竄過我的身體。

巷子裡爆出一陣白光，那眩光在黑暗中讓人睜不開眼來。我閉上眼睛，但是從眼瞼還是可以感受到釟燃燒時的刺眼亮光。其中一名男子驚聲尖叫，等我睜開眼時，只能看到藍色的光影在眼前晃動。

接著，驚叫聲逐漸轉成低聲呻吟，我聽到砰的一聲，似乎是其中一名男子跌倒了。高個兒開始胡言亂語，聲音聽起來像受驚的嗚咽聲，「老天，泰姆，我的眼睛，我瞎了。」

我一邊聆聽，視覺逐漸恢復清晰，可以看到模糊巷弄的輪廓，還有那兩人的黑色身影。他們一個跪在地上，兩手摀著臉，另一個動也不動地攤倒在比較遠的地上，看來他是一頭撞上巷口的低樑木，暈了過去。鋪石地上散落著剩下的釟屑，劈啪地冒出小小的藍白色火星。

跪在地上的傢伙只是遭到閃光襲擊，暫時失去視力幾分鐘而已，那時間足夠我離開現場。我緩緩走到他旁邊，小心不讓腳步發出聲響。他突然又開始講話，害我嚇了一跳。

「泰姆嗎？」那人的聲音充滿了恐懼，「泰姆，我真的瞎了，那小子招了閃電來劈我。」我看他四肢趴在地上，開始用手摸索四周。「你說的對，我們不該來的，跟這些人牽扯上沒什麼好處。」

閃電，當然了，他對魔法一無所知，這讓我靈機一動。

我深呼吸，鎮靜下來，「誰派你來的？」我裝出至尊塔柏林的聲音，雖然裝得沒我爸像，但效果還不錯。

那人痛苦地呻吟，不再用手到處摸索，「噢，大人，不要對我做……」

「快說，我不會再問第二遍。」我生氣地打斷他的話，「告訴我誰派你來的，你要是說謊，我一聽就知道。」

「我不知道名字。」他馬上說，「我們只是拿到一半酬勞和一根頭髮，不知道名字，我們沒見過面，我發誓……」

一根頭髮。他們稱為「探針」的東西，可能是一種探尋用的指針。雖然我沒辦法製造那麼精密的東西，但我知道那東西是採用什麼原理。只要有一根我的頭髮，無論我到哪裡，都可以找到我的蹤影。

「要是再讓我撞見你們其中一人，我會呼喚比火和閃電更可怕的東西來治你們。」我緩緩朝巷口移動，一邊威嚇。如果我可以取得他們的探針，就不用擔心他們再找上我了。這時夜已深，我又拉起斗篷兜帽，他們可能連我長什麼模樣都不知道。

「謝謝大人。」他模糊不清地說，「我發誓，以後你絕對不會再看到我們的身影了，謝謝……」

我低頭看著那位癱倒在地的人，可以看到他一隻蒼白的手放在鋪石地上，手上沒有東西。我環顧四周，心想探針會不會是掉了。不過，更有可能的是他收起來了。我又移近他，屏住呼吸，把手伸進他的斗篷，摸索口袋，但是斗篷壓在他的身體底下，我輕輕抓住他的肩膀，慢慢移動……

就在這時，他發出低聲呻吟，自己把身體翻了過來，變成仰臥。他的手臂軟趴趴地癱在鋪石上，碰到了我的腳。

我大可說，我知道高個兒仍在半盲的昏眩狀態，我直接後退一步。我也可以說，我還是很冷靜，又進一步威嚇他們，或至少在離開前對他們撂下一些誇張或機智的話。

但事實並非如此，我像隻受驚的鹿一樣狂奔，跑了近四分之一哩，才因為夜路昏暗與頭昏眼花而鉤到馬韁，摔倒在地，痛得蜷縮起身子。我受了傷，流著血，半盲地躺在那裡，這時我才發現沒人追上來。

我努力撐起身子，咒罵自己的愚蠢，要是我沒慌了陣腳，就可以拿走他們的探針，確保自身安全了。這下子我得改採其他的防範之道。

我走回安克酒館，抵達時酒館的窗戶都是暗的，門也上鎖了。我在半醉又負傷的狀態下爬到我房間的窗口，推開閂子，用力拉開……卻開不了。

我至少有一句沒那麼晚才回酒館了，這段期間我都不需要爬窗，難道是鉸鏈生鏽了？

我靠著牆，掏出我的手提燈，開啟最低的光源，這時我才發現有個東西塞在窗框的細縫裡，是安克酒館把我的窗戶封起來了嗎？

但是我摸那個卡住的東西，發現不是木頭，而是一張折了多次的紙。我把它拉出來，窗戶就輕易打開了，我爬進房內。

我的襯衫全毀了，不過脫掉衣服看過傷勢後，我鬆了一口氣。那道傷痕不是很深，只是會疼痛且骯髒，沒有我遭到鞭刑時那麼嚴重。菲拉送我的斗篷也破了，讓我很生氣，不過縫補斗篷還是比縫補腎臟容易，我心裡暗自提醒自己，下次得好好謝謝菲拉挑了這種上等質料的厚布。

縫補斗篷的事可以先擱著，我知道那兩人已經從我的威嚇中恢復平靜，準備好再次尋找我的蹤跡了。

我從窗戶離開，沒帶走斗篷，以免它沾上血跡。我希望在夜深人靜、行動隱密下，不會有人注意到我。我沒辦法想像，要是有人看到我半夜在屋頂上跑，一身血跡，裸著上身，謠言會傳成什麼樣子。

我抓了一把樹葉，爬上大書庫附近可以俯瞰旗桿廣場的馬廄屋頂。

在暗淡的月光中，我隱約可見漆黑、雜亂的樹影在下方灰色的鋪石上舞動。我用手隨便耙了一下頭髮，手中留下幾根落髮，接著我用指甲摳屋頂上的焦油縫，用摳起來的焦油把頭髮黏到樹葉上。我重複這動作十幾次，把樹葉撒落到屋簷下，看著風在庭院上把它們吹來吹去。

如今葉子往十幾個不同的方向飛散，如果現在還有人拿探針找我，得先弄清楚十幾個矛盾的訊號才行。想到這裡，我就得意地笑了。

我特地來這個庭院，是因為這裡的風向很怪。我是在秋天看到葉子飄落時才注意到的，落葉會在鋪石上雜亂地舞動，一下子朝這邊，一下子朝那邊，走向永遠無法預測。

一旦你注意到風奇怪的打轉現象，就很難忽略它了。事實上，從屋頂觀察，更是令人看得入迷，就好像流水或營火的火焰那樣，可以吸引你的目光，讓你捨不得移開視線。

今晚我疲累又受了傷，看著風的旋轉讓我舒緩了一些。我愈看愈覺得它其實沒那麼亂，甚至逐漸察覺到風在庭院中的移動有一種基本的模式。它之所以看起來雜亂，只是因為它的整體模式相當龐雜，而且似乎千變萬化，是一種由變動模式組成的模式，那是……

「你熬夜念書到那麼晚。」我身後傳來一個溫和的聲音。

我從幻想中驚醒，身體緊繃，準備好拔腿就跑。怎麼會有人能趁我完全沒注意爬上這裡？

原來是伊洛汀，伊洛汀大師。他穿著補丁的褲子與寬鬆的襯衫，朝我的方向懶懶地揮手，接著便隨性地在屋簷邊坐了下來，盤起腿，彷彿我們是約好到酒吧喝一杯似的。

他往下方的庭院看，「今晚看起來特別棒，對吧？」

我把雙手交叉在胸前，想遮掩我赤裸又流血的胸膛，這時我才注意到手上的血乾了。我動也不動地坐在這裡看著風多久了？

「伊洛汀大師。」我說，接著又停了下來，我不知道在這種情況下該說什麼。

「拜託，我們都是朋友，你乾脆叫我大師就好，不用客氣。」他淺淺一笑，繼續往下看庭院。

他沒注意到我的狀態嗎？還是客氣話？或許……我搖頭，臆測他在想什麼也沒有用，我比誰都清楚他瘋瘋癲癲的。

「很久以前，」伊洛汀隨口說道，眼睛仍繼續盯著下方的庭院，「大家講不同的語言，那時這裡曾叫做『闊言殿』，後來改稱為『詢問廳』，學生喜歡把問題寫在紙條上，讓風把紙吹走。據說紙飄走的方向可以用來占卜答案。」他指著灰色建築之間的幾條道路，「是，否，可能，別處，不久。」

他聳肩，「不過，那都是錯的，解讀錯誤，他們以為『闊言』是『問題』的古字，其實不是，闊言是

『風』的意思。這地方取名為『風之殿』相當貼切。」

我等了一會兒，看他是不是還要繼續說。等不到他的話時，我慢慢站了起來，「大師，那很有趣。」我遲疑了一下，不確定他之前要我直呼他大師是不是認真的，「不過我得走了。」

伊洛汀漫不經心地點頭，揮了一下手，好像是道別，又好像是要打發我走。他的眼睛一直盯著庭院，看著那千變萬化的風。

我回到安克酒館，在漆黑的房裡坐在床上好一會兒，思考我該怎麼做。我的腦子一片混亂，身體疲累又受了傷，還有一點醉意。之前支撐著我的腎上腺素，開始慢慢消退，身體側邊傳來陣陣的刺痛感。

我深呼吸，試著讓自己專心，之前都是靠直覺行動，現在我需要好好把事情想清楚。

我可以去找大師們求助嗎？我心中突然燃起了希望，但是又熄了。不行，我無法證明安布羅斯是背後的主謀。況且，要是我告訴他們整個經過，我就得坦承我用共感術弄瞎與灼燒攻擊者。不管那算不算是自衛，那無疑是違紀行為。有些學生沒犯那麼嚴重的錯，校方就已經為了顧全大學院的校譽而將他們退學了。

不行，我不能冒著被退學的危險。如果我去醫護館，他們會問我很多問題，要是我到那裡縫補傷口，我受傷的事會馬上傳開，安布羅斯就知道他的伎倆差點成功了，我還是讓他以為我毫髮無傷地脫困會比較好。

我不知道安布羅斯雇用的殺手跟蹤我多久了，他們其中一人說，「我們已經跟丟他兩次了。」那表示他們知道我在安克酒館裡有個房間，我待在這裡可能不安全。

我鎖上窗戶，拉上窗簾，才打開手提燈。燈光照到剛剛塞在窗口的那張紙，我差點忘了還有那張紙，於是我把它攤開來看。

克沃思：

上來這裡，就像你當初爬上來時那麼有趣。不過，要爬進你的窗戶花了一點時間。看到你不在家，我希望你不要介意我擅自借了你的紙墨留下這張字條。你不在樓下演奏，也沒有安穩地入睡，喜歡挖苦你的人可能會心想，那麼晚了，你是去哪了，是不是在做什麼壞事。唉，今晚我得在沒有你的護送與陪伴下獨自走回家了。

上個伐日在伊歐利恩沒能見到你，等不到你的陪伴，不過我很幸運遇到了一位滿有趣的人，他很特別。我很想在下次見面時告訴你，他是怎麼樣的一個人。

現在我住在伊姆雷的天鵝地旅店（還是『天鵝狄』？），請在這個月的二十三日以前來找我，我們一起吃個飯，補上延遲的午餐約會，之後我又有事要走了。

友人兼闖空門的新手

戴娜筆

附帶一提：請放心，我沒有注意到你床單的窘樣，也不會因此對你妄下斷論。

今天是二十八日，信上又沒寫日期，不過這應該擱在那裡至少一旬半了，她可能是在工藝館發生大火後沒幾天留下紙條的。

我想了一下我對這封信的內容有什麼感想，是要對她特地來找我而感到高興？還是要為我現在才發現紙條而生氣？至於她提到的那個「人」……

現在的我既疲累又受了傷，還有點醉，實在沒辦法想那麼多東西。我迅速以臉盆清洗那道傷口，我是可以自己縫補，但沒辦法抓最好的角度。那傷口又開始流血了，我從破爛的襯衫剪下一塊比較乾淨的布，做成臨時繃帶。

血。想殺我的人仍握有探針，我一定留了一些血在他的刀子上。以探針用血來探尋會比用一根頭髮有效的多。所以即使他們還不知道我住哪裡，我再怎麼防範，他們還是可能找到我。

我迅速在房裡走動，把有價值的東西塞進行囊裡，因為我也不知道何時回來才安全。我在一疊紙下發現一把我老早就遺忘的小折刀，那是我和西蒙玩角牌時贏來的。在打鬥中應該沒什麼大用，不過聊勝於無。

接著我抓起魯特琴和斗篷，溜到樓下的廚房。我運氣不錯，發現一個空的弗雷虔酒壺，壺口很大。雖然不是什麼大不了的好運，但這個時候能找到這個，我就很高興了。

我朝東方走，渡了河，但是我沒有一路走到伊姆雷，而是稍微往南走，到歐麥西河的河岸，那裡有幾個船塢、一間簡陋的旅店，還有幾間聚集在一起的房子。那是伊姆雷的小港，小到沒有自己的名字。

我把沾滿血跡的襯衫塞進酒壺裡，用共感蠟把酒壺密封起來，把它投進歐麥西河，看著它浮浮沉沉地往下游漂。如果他們想用血探尋我的蹤影，會以為我往南逃了，希望他們就這樣跟過去。

70 徵兆

隔天早上我突然醒了過來，搞不清楚究竟身在何方，只知道自己待在不該待的地方，還記得出了事，有人要抓拿我，我一直在躲藏。

我蜷縮在小房間的角落，躺在毯子上，裹著斗篷。這是一間旅店……我慢慢想起來了，我在伊姆雷碼頭附近的旅店租了一間房間。

我站起來，小心地伸懶腰，以免又拉到傷口。我看到我把梳妝台堵在房間的門口，用繩子綁緊窗戶，即使那窗子小到成年人根本鑽不進來。

在清爽的晨光下看到我的防範措施，連我都感到不好意思。我不記得我睡在地板上是因為害怕有人追殺過來，還是怕床蚤。無論是什麼原因，顯然我昨晚最後腦筋已經糊塗了。

我拿起行囊和魯特琴，朝樓下走。我得好好計畫一下，但是在那之前，我得先吃點早餐和洗個澡。

儘管昨晚忙翻了，我幾乎是天剛亮就醒來，浴室空蕩蕩的。我洗完澡後，重新把繃帶包好，覺得自己比較像個人樣了。我吃下一盤蛋、兩條臘腸、一些炸馬鈴薯後，開始覺得可以理性地思考我的處境了。填飽肚子，腦筋運作起來也容易許多。

我坐在碼頭邊的旅店角落，啜飲著現搾的蘋果汁，不再擔心受雇的殺手會突然衝出來攻擊我。不過，我還是刻意選了一個靠牆、可以清楚看著門口的座位。

昨天我的反應驚慌失措，主要是因為事出突然，我毫無準備。在塔賓的時候，每天我都料想有人要殺我。大學院的文明氣氛讓我產生了虛幻的安全感。要是在一年前，我絕對不會這麼措手不及，不會因為遭到攻擊而吃驚。

我在塔賓辛苦累積的直覺催我快點逃離，離開這個地方，遠離安布羅斯和他的仇怨。但是我那部分的本性只在意性命安全，並沒有更多的計畫。

我不能離開這裡，我在這裡投入太多東西了。我的學業，我想找贊助人的渺茫希望，我想進大書庫的強烈欲望，幾位難得的摯友，還有戴娜……

這時船員和碼頭工人陸續踏進旅店用餐，大廳裡慢慢充滿了交談聲，我聽到遠方隱約傳來鐘聲，才想到自己在醫護館的輪班再一小時就要開始了。我要是蹺班，奧威爾就會發現，而且絕對不會原諒。我努力壓抑著跑回大學院的衝動，蹺課的學生下學期得付較高的學費是眾所皆知的事實。

我仔細思考著自己的處境，為了找點事做，便拿出斗篷和針線來縫補。昨晚的刀子在斗篷上劃了兩個手掌寬的開口，我開始用小針將它密密地縫合，以免縫得太明顯。

我一邊縫補，一邊反覆地思索，我能對抗安布羅斯嗎？我能威脅他嗎？不太可能。他知道我沒辦法指控他，但或許我可以說服幾位大師相信發生了什麼事。基爾文要是知道雇用的殺手使用探針，他會相當憤怒。或許奧威爾……

「……都是藍火，每個人都死了，就像布娃娃一樣癱掛在四處，他們周遭的房子都塌了。我只能說，我很慶幸能活著看到那地方最後的樣子。」

我無意間從大廳的談話聲中聽到這段時，針不小心戳到了手指。那聲音就在前面幾張桌子的地方，有兩個男人喝著啤酒，一個身材高大，頭快禿了。另一個體型肥胖，留著紅鬍子。

「你真像老太婆，」胖子說，「什麼八卦都聽。」

高個兒嚴肅地搔頭，「他們傳來消息時，我剛好在旅店裡。他們正在召集有車的人去運屍體，整個婚宴變得屍橫遍野，三十幾人像豬一樣被取出五臟六腑，藍焰燒毀了整個地方，那還不是最詭異的……」他放低音量，聲音淹沒在整屋子的噪音裡，我沒聽到。

我口乾舌燥，嚥了一下口水，縫完最後一針後緩緩打結，放下斗篷。我這才注意到手指流血了，心不在焉地把它放進嘴中。我深深吸了口氣，然後喝了點飲料。

接著我走到那兩個男人聊天的地方，「兩位先生碰巧來自北方嗎？」

他們抬起頭，顯然因為有人打岔而不太高興，我不該稱呼他們「先生」的，應該叫他們「大哥」才對。那位禿頭的人點頭。

「你們是由馬洛過來的嗎？」我隨便挑個北方的城鎮問。

「不是。」胖子說，「我們是從特雷邦來的。」

「喔，太好了。」我說，腦子裡拼命擠出個貌似可信的謊言，「我有些親戚住在那一帶，正想去拜訪他們。」我努力想辦法詢問剛剛無意中聽到的故事細節，但是腦子裡一片空白。

我的手心開始冒汗，「他們正準備歡慶豐收，還是我錯過慶典了？」我講得很牽強。

「還在忙。」禿頭男子說，刻意把肩膀轉向我。

「我聽說那一帶有婚禮出事了……」

禿頭男子回頭看我，「我不知道你是從哪裡聽來的，因為消息昨天才爆出來，我們也才靠岸十分鐘而已。」他狠狠地盯著我，「我不知道你想推銷什麼，小子，我是不會買的，滾開，否則我揍你。」

我回到座位，知道自己把事情搞砸了。我坐著，把手平放在桌上以免發抖。一群人慘遭殺害，藍火，詭異……

祁德林人。

不到一天前，祁德林人在特雷邦。

我下意識地把飲料喝完，然後起身走向吧台。

我急著了解事情的真相，這麼多年來，我終於有機會了解一些祁德林人的事情，而且不是從大書庫的書裡看到。我有機會親眼目睹他們的作為，這種機會一錯過，或許再也不會出現第二次了。

但是我需要迅速趕往特雷邦，趁著大家記憶猶新，好奇或迷信的村民還沒有摧毀證據以前趕到那裡。我也不知道我期待看到什麼，但無論是什麼，都會比我現在對祁德林人的了解還多。如果我有機會取得任何有用的訊息，我就得盡快趕過去，今天就得走。

大白天旅店裡人來人往，老板忙得不可開交，我得把一鐵幣放在吧台上，她才注意到我。昨晚租了一個房間，今天早上又吃了早餐，洗了澡，那一鐵幣對我來說也是不小的數目，所以我沒移開手。

「你要什麼？」她走過來問我。

「這邊離特雷邦有多遠？」我問。

「乘船北上？兩天吧。」

「我不是問多久，我想知道多遠……」我強調最後一個字。

「不用這麼凶。」她說，把手往髒兮兮的圍裙擦。「若是沿河而上，約四十哩左右。可能需要兩天以上，看你是搭駁船或帆船，還有天氣好壞而定。」

「從路上去多遠？」我問。

「我哪知道。」她低語，接著往吧台的另一端喊，「洛德，去特雷邦走內陸是多遠？」

「三、四天吧。」一位飽經風霜的男人看著酒杯，頭也不抬地說。

「我是問多遠。」她喝斥，「比走水路還遠嗎？」

「遠多了，陸路要走二十五里格，路況也不好，還要爬坡。」

老天，這年代還有誰用里格當衡量單位？里格的確切長度，還要看他是哪裡人而定，一里格介於兩哩到三哩半不等。我父親常說，里格不算是真的衡量單位，只是農人大略臆測時所用的數字。

不過，由此可知，特雷邦大概是在北方五十哩到八十哩之間。做最壞的打算或許比較穩當，也就是說至少有六十五哩遠。

老闆娘回頭看我，「聽到了吧，那你現在要點什麼？」

「我需要一個水袋，如果沒有，一瓶水也可以，還有一些上路時可以保存的食物，臘腸、乳酪、烤餅……」

「蘋果呢？」她問，「今天早上來了一些不錯的紅潔妮，適合帶著上路。」

我點頭，「以及妳這邊有的其他便宜又適合攜帶的東西。」

「一鐵幣買不了太多……」她說，低頭看著吧台。我掏出錢包，意外發現我還有四鐵幣和半銅幣沒數到，其實我還有點錢。

她收走我的錢，進了廚房。我隱忍著再次身無分文的痛苦，迅速回想一下我的行囊裡還有什麼。

她回來時，帶著兩條麵包，一條蒜味粗臘腸，一個蠟封的小塊乳酪，一瓶水，六顆鮮紅的蘋果，一小袋紅蘿蔔。我衷心地謝謝她，把東西塞進行囊裡。

六十五哩，如果有匹好馬，我今天就可以到達了，但是好馬需要錢……

我吸著腐臭的油脂味，敲戴維的門。我站在那裡一分鐘，壓抑著煩躁不安的感覺，不知道那麼早戴維起床了沒，但是我得賭賭看。

戴維開門看到我時露出微笑，「真是個意外的驚喜。」她把門開得更大一些，「進來坐吧。」

我露出最友善的笑容，「戴維，我只是……」

她皺眉，「進來，」她語氣更加堅定，「我不在門口談生意。」

我走了進去，她關上門，「坐吧，除非你想躺一下。」她開玩笑地朝房間角落掛著簾子的大床撇了一下頭，「我今天早上聽到一件事，你肯定不相信。」她話中帶著笑意。

我雖然很急，還是逼自己放鬆下來。戴維這個人不能催她，催促只會惹毛她而已，「妳聽到什麼？」

她坐到桌邊，雙手在胸前交叉，「昨晚一對流氓想要搶學生的錢包，豈料那學生是修練中的下個塔柏林，呼喚了火和閃電，把其中一人弄瞎了眼，另一個人的頭受到重擊，還沒醒來。」

我聽完她的話後，靜靜地坐了一會兒。一小時前，這會是我聽到最好的消息，現在聽起來卻似乎無足輕重。不過，即使我手邊的任務很緊急，這畢竟是和我有關的危機，我不能就這樣放棄蒐集一些相關訊息的機會。「他們不光是想搶我而已。」我說。

戴維笑了，「我就知道是你！他們對那個學生一無所知，只知道他有一頭紅髮。不過，對我來說，只要有那個線索就夠了。」

「我真的把那個人弄瞎了嗎？」我問，「另一個仍在昏迷？」

「我真的不知道。」戴維坦言，「消息在我們這種不良份子之間傳得很快，但大多是八卦謠傳。」

現在我的大腦迅速思考新的計畫，「妳想要自己散播一點八卦嗎？」我問。

「看情況而定。」她惡作劇地笑著，「很刺激嗎？」

「幫我把名字散佈出去。」我說，「讓他們知道那人究竟是誰，讓他們知道我很生氣，要是誰敢再攻擊我，我就殺了他們，也會殺了雇用他們的人、牽線者、他們的家人、他們的狗，通通殺光。」

戴維原本開心的表情逐漸轉成嫌惡，「那有點殘忍，你不覺得嗎？你那麼在意你的錢包，這點我很欣賞。」她露出開玩笑的表情，「保住錢包，我自己也有既得利益，但是沒……」

「他們不是來搶劫的。」我說，「他們是受雇來殺我的。」戴維懷疑地看著我，我拉起襯衫，露出繃帶。「我是說真的，我可以在離開前讓妳看他們其中一人割我的地方。」

戴維皺眉，站了起來，繞到桌子的對面，「好，讓我看看。」

我遲疑了一下，後來覺得我還是順著她的意比較好，畢竟我還有事相求。我脫掉襯衫，把它放在桌上。

「那繃帶好髒。」她說，彷彿我冒犯到她一樣，「快把它拆了。」她走到房間後面的櫃子，拿了一個黑色的醫藥箱和臉盆回來。她把手洗乾淨，看著我身體的側邊，「你連傷口都還沒縫？」她不敢置信地說。

「我一直在忙。」我說，「死命地衝，躲了一整晚。」

她不理會我的話，開始俐落地幫我清洗傷口，看來她也在醫護館修過課。「傷口有點髒，但不深。」她說，「有些地方甚至沒劃破皮下組織。」她站起來，從袋子裡抽出一些東西。「你還是需要縫幾針。」

「我要縫就自己縫了。」我說，「但是……」

「……但是你是個白癡，連傷口有沒有清洗乾淨都沒確定。」她把話接完，「萬一發炎了，那就是活該。」

她幫我把傷口清洗乾淨，在臉盆裡洗手，「我希望你知道，我這麼做是因為我對英俊小夥子、意志薄弱者、欠我錢的人都比較好一點，我覺得這樣可以保護我的投資。」

「是，女士！」她幫我擦消毒水時，我深深吸了一口氣。

「我以為你不會流血。」她平淡地說，「看來又有一個傳說證實有誤了。」

「說到這個。」我盡量不動到身體，伸手從行囊中抽出一本書，「我來歸還《龍蜥的交配習慣》。妳說的沒錯，版畫讓書增色不少。」

「我就知道你會喜歡。」她幫我縫傷口時，我們都沉默了一會兒。等到她又開口時，原本開玩笑的語氣已經消失了大半，「克沃思，那些傢伙真的是受雇來殺你的嗎？」

我點頭，「他們帶了探針，還有我的頭髮，所以他們才知道我是紅髮。」

「老天，基爾文要是知道，一定會氣得七竅生煙。」她搖頭，「你確定他們不是雇來嚇你的？給你一點教訓，要你別多管閒事？」她停下縫補，抬頭看我，「你該不會笨到向赫夫倫那干人借錢吧？」

我搖頭，「妳是我唯一的債主。」我微笑，「其實，那也是我今天過來的原因……」

「我還以為你只是喜歡來找我而已。」她說，繼續縫補傷口，我聽得出來她語氣裡有點不太高興，「我先把這個弄完。」

我反覆思索她剛剛說的話好一會兒。那高個兒說：「解決他。」但是那也可以有很多種意思。「有可能他們不是想殺我。」我緩緩地說，「但是他拿著刀，要揍人一頓不需要刀子。」

戴維輕蔑地哼了一聲，「我也不需要血，就可以逼人還債，但是有血比較方便。」

她幫我固定好最後一針，接著纏上新繃帶，我思索了一下那句話。或許他們只是要揍我一頓，是安布羅斯想要叫我別多管閒事的匿名訊息，或許他們只是想嚇跑我而已。我嘆氣，努力維持姿勢不動，「我也希望實情是那樣，但我覺得不是，我想他們是真的想置我於死地，我的直覺是那樣說的。」

她的表情變得嚴肅，「如果是那樣，我會幫你散播一點消息出去。」她說，「我應該不會把殺他們的狗那部分也說出去，不過我會放出一些風聲，讓想幹那勾當的人再想清楚。」她輕笑，「其實，他們昨晚之後就開始重新思考了，所以那會讓他們再多想一遍。」

「謝謝。」

「小事一樁。」她若無其事地說，站起身來，拍拍膝蓋。「只是幫朋友一個小忙。」她在洗臉盆裡洗手，然後隨意地在襯衫上擦拭。「你找我有什麼事，說來聽聽吧。」她說，坐回桌子後方，突然露出談正事的表情。

「我需要錢買匹快馬。」我說。

「離開這裡嗎？」她揚起一邊的眉毛，「我從來不覺得你是會逃跑的那種人。」

「我不是要逃跑。」我說，「但是我需要趕一些路，在天黑前跑六十五哩。」

戴維稍微睜大了眼睛，「能跑那樣路程的馬很貴。」她說，「何不買張驛馬券，一路還可換精力充沛的馬？又快又便宜。」

「我去的地方沒有驛站。」我說，「往上游走之後，還要爬坡，我要到一個叫特雷邦的小鎮。」

「好吧。」她說，「你想借多少？」

「我買快馬不能討價還價，再加上住宿費、食物，可能還要行賄……大概二十銀幣吧。」

她噗哧而笑，然後又冷靜下來，撝著嘴，「抱歉，不行，我的確對你這樣的年輕帥小子比較好，但是我沒辦法借你那麼多錢。」

「我還有魯特琴。」我用腳把琴箱推向前，「可以抵押，還有這裡的其他東西。」我把行囊放在桌上。

她吸了一口氣，彷彿要立刻回絕我的樣子，不過之後她聳肩，往袋子裡瞧，翻看裡面的東西。她抽出我的《修辭與邏輯》，不久又拿出我的攜帶式共感燈，「啊，」她好奇地說，啟動開關，把燈往牆面照。「這個有趣。」

我露出痛苦的表情，「那個除外。」我說，「我向基爾文保證過，我絕對不會讓那東西離開我身邊，我答應他了。」

她露出受不了的表情，「你聽過俗話說：『飢不擇食，寒不擇衣。』嗎？」

「我答應他了。」我重複說，我拿下斗篷上的銀笛別針，放在桌上，把它推到她面前的《修辭與邏輯》旁邊，「妳也知道那不是很容易得到的東西。」

戴維看著魯特琴、書，還有銀笛，緩緩地吸了一口氣，「克沃思，我看得出來這對你很重要，但是你借的錢遠比這些東西的價值還高，你沒有本事借那麼多錢，你連欠我的四銀幣都還沒還。」

真是一語戳到我的痛處，我也知道那是事實。

戴維想了一下，接著堅定地搖頭，「光是算利息……兩個月後你就欠我三十五銀幣了。」

「或是交換某一樣貴重的東西。」我說。

她淡淡一笑，「你有什麼東西值三十五銀幣？」

「進入大書庫的方法。」

戴維坐了下來，原本有點高傲的笑容僵住了，「你騙人。」

我搖頭，「我知道有旁門左道可以進去，只是還沒找到，但是我會把它找出來。」

「你的『假設』未免也太大了。」戴維的語氣中充滿了質疑，但眼裡不光只有單純的欲望而已，比較像是渴望或渴求。我看得出來她和我一樣想進入大書庫，或許比我還渴望也說不定。

「那是我的提議。」我說，「如果我能還錢，我會還。如果我還不起，等我找到溜進大書庫的路，我會讓妳知道。」

戴維抬頭看著天花板，彷彿在心算機率一樣，「有這些東西當抵押，以及進入大書庫的可能，我可以借你十二銀幣。」

我起身，把行囊甩到背上，「我不是來和妳討價還價的，」我說，「我只是來告訴妳借貸的條件。」我露出抱歉的微笑，「沒有二十銀幣就算了，不好意思一開始沒把話說清楚。」

71 奇妙引力

三分鐘後，我走路到最近的馬場門口，一位穿著體面的席德人笑著看我走過去，他上前來迎接我，「嗨，年輕人，」他伸出手，「我叫卡爾法，請問你要……」

「我需要一匹馬。」我說，迅速和他握手，「一匹健康、休息充分而且餵飽飼秣的好馬，足以在今天跑上六小時的艱苦路程。」

「當然，當然。」卡爾法說，搓著雙手點頭，「天意如此的話，什麼都有可能，我很樂意……」

「聽好，」我再次打斷他的話，「我很急，我們就直接跳過前面一些無謂的討論，我不會假裝我沒興趣，你也不要浪費我時間扯東扯西的。如果我無法在十分鐘內買到一匹馬，我就會換個地方買。」我看著他的眼睛，「Lhinsatva？」

那個席德人嚇了一跳，「買馬不應該那麼倉促，你挑老婆也不會在十分鐘內決定，況且上路時，馬比老婆重要。」他露出不好意思的笑容，「就連上天也……」

我再次打斷他的話，「今天要買馬的是我，不是上天。」

那位瘦削的席德人停下來思索，「好吧，」他輕聲說，比較像是對自己說，而不是對我，「來吧，來看看我們有什麼。」

他帶我繞過馬場外圍，到一個小畜欄，在柵欄邊緣比了一個手勢，「那隻有斑點的母馬是你能找到最可靠的馬了，她可以帶你……」

我不理他，看著漫不經心地站在柵欄裡的六匹老馬，我雖然沒有養馬的錢或理由，但是我知道怎麼分辨馬的好壞，這裡的馬看起來都不符合我的需要。

劇團都需要靠馬拉車，馬和我們的生活息息相關，我爸媽並沒有忽略我這方面的教育。我八歲就懂得分辨馬的好壞，這方面的知識對我來說還滿方便的。一些村民常常想把半死不活或過動的小馬賣給我們，他們知道等我們發現問題時，已經過了好幾天，也走遠了。有人要是敢賣鄰居無精打采的跛腳馬，他就麻煩大了，但是騙騙低賤的盧族人有什麼大礙？

我轉頭面對老闆，皺著眉，「你已經浪費我寶貴的兩分鐘了，我猜你還是不懂我的用意，我盡量講白一點，我今天就要買匹可以行遠路的快馬，我會二話不說，馬上付現。」我拿起剛剛才裝滿的錢包出來搖晃，我知道他可以聽得出來裡面有席德幣。

「要是你賣我那種馬蹄鐵會脫落、走沒多久就開始跛腳，或是看到影子容易受驚的馬，那會害我錯失寶貴的機會，一個丟了之後就再也找不到的機會。萬一發生那種事，我不會回來要求退錢，也不會向巡官控訴，我今晚就會走回伊姆雷，燒了你的馬場。然後你會穿著睡衣睡帽衝出大門，我會宰了你，把你煮來吃，就在你的馬場上，讓你的鄰居圍觀。」

我用非常嚴肅的表情看著他，「卡爾法，這是我提的交易條件，如果你覺得不妥，告訴我，我會去別的地方買馬。不然就不要帶我看這群拖車用的老馬，讓我看匹像樣的馬。」

那個矮小的席德人看著我，啞口無言，我看得出來他在努力思考該怎麼應付，他一定覺得我是狂妄的瘋子，不然就是某個達官顯要的兒子，或是兩者都是。

「好的。」他說，語氣中充滿了諂媚，「你剛剛說行遠路，是指多遠？」

「很遠，」我說，「我今天得跑上七十哩的泥土路。」

「你也需要馬鞍和挽具嗎？」

我點頭，「不用太好的，舊的就行了。」

他深深吸了一口氣，「好，你的預算是多少？」

我搖頭，硬擠出微笑，「讓我看你的馬，報個價錢。如果有沃德馬，那不錯。假若牠精力充沛，我不介意性子有點野。即使是雜種的沃德馬，我也可以接受，克玄奔馬也可以。」

卡爾法點頭，帶我回馬場大門，「我的確有一匹克玄馬，而且是純種的。」他向一位馬場雇傭比了一個手勢，「把我們的黑紳士帶出來，快去。」那男孩快速離開。

馬場老闆又轉頭對我說，「很棒的馬，我買之前為了確定牠的好壞，還先騎著牠跑了幾圈。騎牠飛馳整整一哩，牠一滴汗也不會冒，蹄步相當平順，這方面我絕對不會騙閣下。」

我點頭，純種的克玄馬正適合我的目的，牠們有過人的耐力，但價格也不便宜，訓練有素的奔馬要價可達十二銀幣，「你開價多少？」

「我要賣兩金幣。」他語氣中毫無抱歉或哄騙的感覺。

老天，那是二十銀幣，那匹馬的馬蹄鐵是鑲銀嗎，不然怎麼那麼貴，「卡爾法，我沒心情和你囉唆地討價還價。」我馬上說。

「閣下已經說得很清楚了，」他說，「我是告訴你我的公道價，來，你看看就會明白了。」

那男孩匆匆帶著一匹挺拔的壯馬過來，至少有六呎高，昂首闊步，從鼻首到尾巴末端都是黑的。「牠很愛奔馳。」卡爾法的語氣中透露出真心的關愛，他摸著光滑的馬頸，「你看牠的毛色，完全沒有缺乏光澤的雜毛，所以才會值二十銀幣。」

「我不在意毛色。」我心不在焉地說，一邊檢查牠有沒有受傷或老化的跡象，完全沒有。牠毛色光亮，年輕體壯。「我只需要迅速移動而已。」

「我了解。」他語帶歉意地說，「但是我不能完全不管毛色。我再等個一兩旬，其他客人可能就會為了牠挺拔的模樣而買下牠。」

我知道他說的是實話，「牠有名字嗎？」我問，一邊緩緩走向那匹黑馬，讓牠聞聞我的手，熟悉我。議價可以匆忙，但接觸馬兒則急不得，只有傻瓜才會急著與精力充沛又年輕的克玄馬攀熟。

「還沒有固定的名字。」他說。

「孩子，你叫什麼名字？」我輕聲問，讓牠熟悉我的聲音。牠小心地嗅著我的手，一隻慧黠的大眼睛一直盯著我。牠沒有退縮，當然也不是很放鬆。我一邊對牠說話，一邊挨近牠，希望牠聽到我的聲音可以放鬆。「你應該要有個好名字，我不想看到某個傻小子幫你取午夜、烏仔或短尾之類的俗氣名字。」

我又靠近一些，把一隻手放在牠的頸子上，牠的皮膚抽動了一下，不過沒有退縮。我得確定牠的性情和耐力，不能冒險騎上一匹容易受驚的馬。「自作聰明的人可能會幫你取『瀝青』或『煤桶』這種難聽的名字，或是『石板』之類的呆板名字。千萬不要被人叫『黑仔』，那名字和你這樣的王子一點都不配。」

我爸總是對新買的馬這樣說話，輕聲地反覆訴說。我摸著牠的頸子時，就一直對牠說話，也沒注意到我在說什麼。講什麼話對馬來說並不重要，語調才是關鍵。「你與眾不同，應該有個傲人的名字，大家才不會覺得你很普通，你之前的主人是席德人嗎？」我問，「Ve vanaloi. Tu teriam keta. Palan te?」

我可以感覺到牠聽了熟悉的語言後放鬆了一些，我走到牠身體的另一側，依舊仔細地觀察牠，讓牠熟悉我的存在，「Tu Ketha?」我問牠，你是煤炭嗎？「Tu mahne?」，你是黑影嗎？

我想說「暮光」，但不記得席德語怎麼說，我沒停頓下來，而是繼續閒扯，盡可能假裝和牠對話，順便觀察牠的腳蹄，看有沒有缺口或裂縫。「Tu Keth-Selhan?」，你是首夜嗎？

大黑馬低下頭，用鼻子碰我，「你喜歡那個名字，對吧？」我語氣中帶點笑意，我知道其實牠是聞到我塞在斗篷某個口袋裡的蘋果乾。重要的是，牠現在對我有感覺了。如果牠為了向我討食物，敢放心地用鼻子碰我，我們就可以在一天的辛苦路程中好好相處了。

「凱賽函似乎是很適合牠的名字。」我說，轉身面對卡爾法，「我還需要知道什麼嗎？」

卡爾法似乎有點倉皇失措，「牠右側會稍微抽一下。」

「稍微？」

「只有一點點，可能是因為牠右邊比較容易受到驚嚇一些，不過我沒看過牠抽動過。」

「牠是怎麼訓練的？綁著韁繩，還是像劇團那樣？」

「綁著韁繩。」

「好，你還剩一分鐘可以成交，這匹馬不錯，但是我不會付二十銀幣買牠。」我語氣堅定，不過內心沒抱著希望。牠的確很棒，那毛色讓牠至少值二十銀幣，但我還是希望可以殺到十九銀幣，這樣我到特雷邦至少還有一點錢吃住。

「好吧，」卡爾法說，「十六銀幣。」

他一下子把價格調降那麼多，我因為受過多年的舞台訓練，才沒有當場露出瞠目結舌的表情。「十五銀幣。」我說，假裝不太高興，「而且那還包括馬鞍、挽具，以及一袋燕麥。」我開始從錢包中掏錢，彷彿已經成交了。

沒想到卡爾法竟然點頭了，他叫手下一名男孩拿馬鞍和挽具過來。男孩安裝馬鞍時，我把錢數到卡爾法手中，他神情看似不安，不敢看我的眼睛。要不是我很懂馬匹，可能會以為自己被騙了。或許那馬是偷來的，或是這人急著賺錢。無論是什麼原因，我不在乎，我也該遇上一點好運了。更棒的是，這表示我抵達特雷邦後，或許可以將牠轉售，獲得一點利潤。坦白講，我得盡快轉售牠，即使是認賠出售也得賣。馬廄費、飼料、清洗這樣的馬，每天要花我一分錢，我養不起。

我把行囊綁在鞍袋上，檢查馬鞍繫帶和馬鐙，接著便跨上馬背，牠稍稍向右晃了一下，急著想離開，和我一樣，於是我抽了一下韁繩，就這樣上路了。

大部分的馬匹問題和馬本身無關，而是源自於騎士的疏失。有些馬蹄鐵釘得很糟，馬鞍裝得不對，沒好好的餵養，之後才來抱怨他們買到半跛、歪背、性情暴躁的馬。

我對馬還滿了解的，爸媽教過我如何騎馬與照顧牠們。雖然我以前接觸過的馬大多是比較壯碩的品種，主要是用來拖車而不是疾馳用的，但我知道必要時該如何全速前進。

很多人為了趕路，太快逼迫馬兒，馬上就要牠們全速前進，不到一小時便發現馬跛了或一副要死不活的樣子，真是傻瓜，只有大混蛋才會那樣對待馬。

不過，坦白講，如果那樣做可以讓我盡早趕到特雷邦，我也會把凱賽函操到死。有些時候我寧可當個混蛋，如果殺十二匹馬可以獲得更多關於祁德林人的訊息，以及他們殺害我雙親的理由，我也會那麼做。

不過，那樣想終究沒有意義，死馬無法載我去特雷邦，要活生生的馬才行。

所以我先騎著凱賽函緩步暖身，牠急著加快速度，可能是察覺到我的不耐，如果我只是要跑個兩三哩路，就無所謂。但我需要牠跑至少五十哩，甚至是六十五哩，那得有耐心才行。我得拉慢牠兩次，牠才肯順服。

緩步走了半哩路後，我讓牠開始快走。牠是克玄馬，但走起路來步子很平穩，不過快走時就有點搖晃了，連帶也抽動著我身上剛縫補的傷口。又走了半哩後，我讓牠開始慢跑。等我們離開伊姆雷三、四哩，走到平坦的筆直長路上，那時我才讓牠開始奔馳。

牠終於等到快跑的機會，開始奮力地向前衝。這時太陽才剛曬乾朝露，田裡收割小麥與大麥的農夫抬起頭來看我們飛馳而過。凱賽函跑得很快，快到風吹起我的斗篷，在我身後像旗子一樣飄盪。我知道那樣看起來一定很出風頭，但是沒多久，我就開始厭煩斗篷拉扯著脖子的感覺了。我脫下斗篷，把它塞進鞍袋內。

我們經過一片樹林時，我把凱賽函拉慢下來，變成快步走，讓牠可以稍稍休息一下，也避免轉彎時直接撞上倒下的樹木或是緩慢移動的推車。等我們走到牧草地，可以清楚看到前方的道路時，我又拉了一下韁繩，讓牠開始飛也似的奔馳。

就這樣衝了一個半小時後，凱賽函跑得汗流浹背，呼吸急促，不過牠的狀況比我好，我的腿整個麻了。我還年輕，身體也夠健康，但已經多年沒騎馬了。騎馬用到的肌肉和走路不一樣，除非你叫馬兒加倍努力地跑，否則騎馬奔馳就像跑步一樣辛苦。

所以當我們又碰到一片樹林時，我還滿開心的。我跳下馬鞍，和牠一起散步了一段路，讓彼此都獲得該有的休息。我把一顆蘋果切成兩半，把比較大的那一半給牠，我想我們應該跑了快三十哩了，太陽還沒完全升到頭頂上。

「剛剛是簡單的路段。」我對牠說，溫和地摸著牠的頸子，「不過你真的很棒，你還沒用到一半的氣力吧？」

我們走了約十分鐘，很幸運看到一座橫越小溪的木橋，我讓牠足足喝了一分鐘的水，然後把牠拉開，免得牠喝得太撐。

我騎上馬，慢慢讓牠加快速度，繼續奔馳。我倚向牠的頸子時，雙腳灼痛。牠的快蹄聲像是配合著風的韻律，不斷在我耳際迴響。

一小時後，我們碰上第一個障礙。那是一條大溪，得橫渡過去。溪流並不湍急，但是我得解下馬鞍，自己把所有的東西扛過去，以免東西弄濕了。萬一馬具濕了，我無法騎牠好幾個小時。

到了河的對岸，我用毯子把牠的身子擦乾，重新裝上馬鞍，前後就花了半個小時，所以牠不僅休息夠了，身體也冷了下來，我得再次從頭讓牠暖身，從緩步、快步到小跑步慢慢加快。那條溪整整耗了我一個小時，我擔心萬一又碰到一條溪，凱賽函的肌肉會受寒，連老天都無法讓牠再快速奔馳了。

一小時後，我們行經一個小村，那裡除了恰好比鄰而立的教堂和客棧以外，幾乎沒有什麼建築。我停下來，讓凱賽函從水槽喝了一點水。我舒展麻痺的雙腿，不安地抬頭看著太陽。

之後，田地與農場愈來愈少見，樹木愈來愈繁茂。路面縮小，年久失修，有的地方顛簸，有的已遭沖蝕，愈來愈難走，所以我們也跟著放慢速度。不過坦白說，我和凱賽函也沒有太多精力急速奔馳了。

後來，我們又到了另一條溪，水深不及膝，但溪水有股刺鼻的味道，可見上游有製革廠或精煉廠。溪上無橋，凱賽函緩緩走到對岸，小心把馬蹄踩在滿佈岩石的溪底。我不知道那感覺是否不錯，就像你走了一天的長路後，把腳伸進水中浸泡玩樂一樣。

那條溪沒有耽誤我們太多的時間，但是接下來的半個小時，我們得橫越它三次，因為它一直在路上彎來彎去。水深雖然不到一呎半，但實在很不方便。每次我們涉水而過，水中的刺鼻味就更加難聞，充滿了溶劑與酸劑的味道。那要不是精煉廠，就是礦坑。我手一直抓著韁繩，準備好萬一凱賽函想低頭喝水，就把牠的頭拉起來，不過牠倒是沒那麼傻。

我們又跑了一段長路，到了小山上，俯瞰下方綠色溪谷底部的十字路口。路標底下坐著一名匠販和他的兩隻驢子，其中一隻驢子馱滿了布袋與包袱，看起來好像隨時都會翻倒一樣，另一隻明顯沒扛任何東西。那隻沒負重的驢子就站在泥土路邊吃著草，旁邊放了一堆東西，堆得像小山一樣。

匠販坐在路邊的小板凳上，看起來垂頭喪氣。他看到我騎著馬下坡時，整個臉亮了起來。

我靠近看路標，發現往北是特雷邦，往南是天弗斯。我接近時，拉韁繩讓凱賽函慢慢停下來。我們都需要休息片刻，我也沒急到丟下匠販不管。況且，我至少可以請教他，這裡離特雷邦還有多遠。

「嗨！你好。」他說，一隻手遮著太陽，抬起頭來看我。「你看起來好像需要什麼東西。」他的樣子上了年紀，禿著頭，圓潤的臉看起來很和善。

我笑著說，「匠販老伯，我需要很多東西，不過我想你應該沒賣。」

他露出和藹的笑容，「先別急著下定論……」他停了下來，低頭想了一會兒，等他再次抬頭看我時，表情依舊和善，不過看起來比之前嚴肅一些，「孩子，坦白講，我的小驢前蹄受傷了，無法負重，我只能在這裡等候援助，哪裡也去不了。」

「匠販老伯，平常我會很樂意幫你。」我說，「但是我得盡快趕往特雷邦。」

「那很快就到了。」他把頭朝北方山坡一甩，「離這裡約半哩路，如果風往南吹，你可以聞到那裡傳來的煙味。」

我往他指的方向看，看到山坡後方冒出裊裊炊煙，我突然大大鬆了一口氣，我終於到了，而且現在才午後一點而已。

匠販繼續說，「我需要去易弗堂碼頭。」他朝東邊擺頭，「我訂好船往下游走了，實在很希望能趕得上。」他意味深長地看著我的馬，「但是我需要一隻新的馱獸幫我扛貨……」

看來我的好運終於來了，凱賽函是不錯的馬，但是既然我已經到了特雷邦，牠對我來說只會持續消耗我有限的資源而已。

不過，這時露出急於脫手的表情，總是不太明智。「用這隻馬來載運東西可不得了。」我說，輕拍凱賽函的頸子，「牠是純種的克玄馬，我可以告訴你，我沒見過比牠更棒的馬了。」

匠販疑惑地端詳著凱賽函，「牠看來精疲力盡。」他說，「好像已經無法再走半哩路了。」

我跳下馬，麻痺的腳害我落地時搖晃了一下，「你應該給牠一點肯定，牠今天一路從伊姆雷跑來這兒。」

匠販咯咯笑，「孩子，你看起來不像會隨便扯謊的人，但是你說話時要拿捏好分寸，如果講得太扯，沒人會相信的。」

我不需要假裝被嚇到，「抱歉，我沒有先好好自我介紹一下。」我伸出手，「我叫克沃思，是劇團演員，也是艾迪瑪盧族人，我再怎麼不顧一切，也不會對匠販撒謊。」

匠販和我握手，他似乎微微吃了一驚，「請接受我對你和你家族的道歉，很少看到你們單獨一人上路。」他仔細地端詳馬匹，「你說，你們一路從伊姆雷過來？」我點頭，「那大概有六十哩吧，滿遠的……」他對我會心一笑，「你的腳還好嗎？」

我笑著回應，「這麼說吧，我還滿高興我又可以下來走路了。我想牠應該還可以再走個十哩路，但是我自己就沒辦法了。」

匠販再次打量馬匹，大大嘆了一口氣，「就像我剛剛說的，你騎著這匹馬來的正是時候，你想以多少錢割愛？」

「凱賽函是純種的克玄馬，毛色也美，這點無可否認，身上沒有一處不是黑的，連一根白色的雜毛……」

匠販噗哧而笑，「我收回剛剛說的話。」他說，「你說謊的功力太差了。」

「我不懂為什麼你覺得那麼好笑。」我不解地問。

匠販露出奇怪的表情，「沒一根白色的雜毛嗎？」他把頭朝凱賽函的後腿一擺，「牠如果是全黑的，我就是歐倫．威爾西特。」

我轉頭看，發現凱賽函的左後腿有半截像穿上白襪一樣，我大吃一驚，走到牠後方，蹲下來看。那不是全白，比較像是褪色的灰色，我依稀可以聞到剛剛我們涉過的溪水味，是溶劑！

「那可惡的混帳！」我不敢置信地說，「他竟然賣我染色的馬。」

「牠的名字沒讓你產生警覺嗎？」匠販笑著說，「凱賽函？老天，有人擺明就是要騙你呢。」

「牠的名字是暮光的意思。」我說。

匠販搖頭，「你對席德語還不夠熟悉。Ket-Selem是『首夜』，Selhan是『襪子』的意思，牠的名字Keth-Selhan意思是『一隻襪』。」

我回想起我挑好名字時那馬商的反應，難怪他看起來那樣倉皇失措，一下子就把價錢降那麼多，他以為我看穿他的小祕密了。

匠販笑著看我的表情，拍拍我的背，「別生氣，行家偶爾也會出錯。」他轉過頭去，開始翻找他的包袱，「我想，有樣東西你會喜歡，我們可以以物易物。」他轉過身來，讓我看一樣黑色的東西，那東西外表粗糙，好似一片浮木。

我從他手上拿過來瞧，那東西感覺很重，摸起來冰涼，「一塊鐵礦渣？」我問，「你葫蘆裡賣什麼藥？」

匠販另一隻手遞出一根針，他把那根針拿到離那東西一個手掌寬的地方，然後鬆手。那根針沒有掉落，而是迅速吸附到那塊黑鐵上。

我驚訝地吸了一口氣，「洛登石？我從來沒看過這種東西。」

「理論上，它是叫特雷邦石。」他一本正經地說，「因為這東西從來沒靠近過洛登，不過你猜得差不多了。伊姆雷一帶有很多人會對這個玩意兒很感興趣……」

我心不在焉地點頭，手裡翻轉著那塊東西，我從小就一直想看引石長什麼樣子。我把針拉開，感覺到光滑的黑金屬對它有股奇妙的引力，覺得很不可思議，我的手中竟然握著一塊星鐵，「你覺得這東西值多少錢？」我問。

匠販咂了一下嘴，「我想在此時此地，它剛好就值一匹純種克玄馬的價值……」

我在手上翻轉著那塊東西，拉開針，再讓針吸回去。「但是問題是，我是向一個可怕的女人借錢，才有能力買這匹馬，如果不能賣到好價錢，我麻煩就大了。」

他點頭，「那樣大小的星鐵，如果你沒賣到十八銀幣以上，就是虧本了。珠寶商會買這東西，有錢人也會因為新奇而購買。」他輕敲鼻翼，「不過，如果你往大學院那一帶走，可以賣到更好的價錢。工藝家非常喜歡洛登石，鍊金術士也是，如果你碰到這些人剛好有意購買，可以賣到更高的價錢。」

這是滿不錯的交易條件，馬內教過我洛登石很寶貴，很難取得，不僅是因為它有電流般的特質，也因為這種星鐵裡常蘊含著罕見金屬。我伸出手，「我願意成交。」

我們慎重地握手，但是匠販正要伸手拉韁繩時，我問：「那你拿什麼換馬鞍和挽具？」

我本來有點擔心這樣得寸進尺會惹毛匠販，「你這小子真精明。」他笑著說，「我喜歡不怕爭取一點額外好處的傢伙，你想要什麼呢？我這兒有不錯的羊毛毯，還是來點繩索？」他從驢子背上的包袱裡掏出一捲繩子，「隨身帶著一捲繩子總是方便，噢，還是這個？」他轉過身來，手裡拿著一瓶東西，對我眨眨眼，「我有一些很棒的艾文水果酒，我可以用這三樣東西和你換馬具。」

「多一條毛毯備用挺好的。」我坦承，接著我突然想到，「你有適合我尺寸的衣服嗎？最近我常穿壞襯衫。」

老人拿著繩子與一瓶酒，楞了一下，接著聳肩，開始翻找他的東西。

「你聽過這附近一樁關於婚禮的消息嗎？」我問，匠販對各地的消息總是相當靈通。

「莫森家族的婚宴嗎？」他把一包東西綁好，開始翻找另一包，「我實在不想潑你冷水，不過你錯過了，昨天舉行的。」

他無動於衷的口吻讓我的胃糾結了起來，如果有大屠殺慘案，匠販肯定聽過。我突然想到我欠了一屁股債，匆匆跑到山裡，結果徒勞無功地回去有多可怕。「你也在那裡嗎？發生了什麼怪事？」

「找到了！」匠販轉身，拿起一件灰色素面的手紡襯衫，「不是很精緻，不過是新的，嗯，看起來還滿新的。」他把衣服舉到我胸前，量看看是否合身。

「你知道那婚禮嗎？」我問。

「什麼？喔，我不知道。我不在場，不過據我所知，那宴會滿大的。莫森是嫁獨生女，他們為了幫她辦個體面的婚禮，籌畫了好幾個月。」

「所以你沒聽說婚禮上發生了什麼怪事？」我問，心頭一沉。

他無可奈何地聳肩，「我剛說過，我不在場，過去兩天，我一直在鐵工場附近。」他把頭朝西邊一點，「和高山上的採礦者交易。」他輕拍一下頭的側邊，彷彿記起什麼似的，「這倒是讓我想起來了，我在山裡發現一家酒館。」他又開始翻找袋子，拿出一個又厚又扁的瓶子，「如果你不想要水果酒，或許來點更濃的……？」

我正想搖頭，但是後來又覺得或許晚上可以用點自釀酒來清傷口，「我或許……」我說，「得看價格而定。」

「像你這樣的年輕人，」他豪氣地說，「我可以給你毯子，兩瓶酒，還有一捲繩子。」

「你真大方，但是我比較想要襯衫，比較不需要繩子和水果酒，它們會增加我行囊的重量，我等一下還要走好一段路。」

他的表情變得有點失望，然後聳聳肩，「當然，你說了算，那就毯子、襯衫、白蘭地和三銅幣。」

我們握手，我也花時間幫他把重物裝到凱賽函的背上，因為我隱約覺得我回絕他剛剛的提議，好像對他不太禮貌。十分鐘後他便朝東方離去，我則是朝北方前進，越過綠色山坡，前往特雷邦。

還好最後半哩路是用走的，因為這樣走一走，幫我舒緩了雙腳與背部的僵硬感。我抵達山頂時，看到特雷邦就在下方，在山坡環繞的小盆地裡。那怎麼看都不是個大城，十幾條蜿蜒的泥土街道上，大約散佈著上百棟的建築。

以前和劇團在一起的時候，我學會如何衡量城鎮，那就好像你在酒館裡表演時，解讀觀眾的程度一樣。當然，錯估城鎮的風險比較高，在酒館裡選錯歌曲表演時，大家可能會噓你，但是誤判整個城鎮，情況可能會變得很糟糕。

所以我估量著特雷邦。它的位置偏僻，介於採礦城和農村之間，居民不太可能馬上對陌生人起疑，不過由於城鎮的規模較小，大家一看到你，就知道你不是在地人。

這裡的人在自家門口擺放用麥稈填充的蹣步人，讓我非常訝異。那表示特雷邦雖然離伊姆雷和大學院不遠，卻是一個落後的地區。每個城鎮都有某種豐收慶典，但是如今大家都是改以營火與飲酒慶祝，這裡至今卻還是依循傳統方式，那表示特雷邦人比一般人迷信。

即便如此，我還是喜歡看到蹣步人，我特別喜愛傳統的豐收慶典，還有一切迷信的說法，其實那就像一種劇場。

泰倫教教堂是鎮上最好的建築，有三層樓高，以石頭砌成，沒什麼奇怪的地方。不過，教堂前門的上方，高掛著我見過最大的鐵輪，那是真鐵打造的，不是在木頭上塗漆。鐵輪有十呎高，應該重達一噸，通常我看到那樣的東西都會感到緊張，不過既然特雷邦是礦城，我想那鐵輪是用來展現鎮民的驕傲，而不是什麼宗教狂熱。

鎮上的多數建築都比較低矮，是由原木搭建而成，覆蓋著西洋杉做成的屋頂。不過，旅店倒是挺別緻的，有兩層樓高，灰泥牆壁，紅瓦屋頂，裡頭一定有人知道比較多婚禮的消息。

旅店裡的人不多，現在離太陽下山還有五、六個小時之久，大家正忙著收割，所以人少並不令人意外。我走到老闆站的櫃臺時，盡量裝出最不安的表情。

「抱歉，」我說，「打擾一下，我想找一個人。」

旅店老闆是個看似永遠都沉著臉的深髮男子，「是誰呢？」

「我有一個親戚來這裡參加婚禮。」我說，「我聽說這裡出了一點事。」

老闆一聽到「婚禮」二字，表情馬上僵硬了起來。我可以感覺到吧台另一端有兩個男人刻意不看我這邊。看來果然真有這回事，真的發生了可怕的事情。

我看到旅店老闆把手伸出來，把手指放在吧台上，我過了一會兒才注意到他是把手放在釘在木頭裡的一根鐵釘頭上。「這事很麻煩。」他馬上說，「我不太想提。」

「拜託你。」我說，透露出擔憂的語氣，「我到天弗斯拜訪親戚，聽到消息傳來，說這裡發生事情了。大家都在忙著收割最後一批小麥，所以我答應大家過來看看發生了什麼事。」

旅店老闆上下打量我，他可以趕走打聽消息的無聊人士，但是無法拒絕我想要了解家人下落的權利。「樓上有一個人當時在場。」他突然說，「不是這裡的人，可能是你的親戚。」

目擊者！我開口想再問一個問題，但是他搖頭，「我對這事情一無所知。」他堅定地說，「也不想知道。」

他轉身，突然忙著擦拭啤酒桶的噴嘴，「二樓走到底，左邊。」

我穿過大廳上樓，可以感覺到大家都刻意不看我，從他們的緘默和旅店老闆的語氣可以明顯知道，樓上那個人不光是去過婚禮的人，更是唯一的生還者。

我走到走廊的盡頭敲門，一開始先是輕輕地敲，接著又比較大聲地敲一次，我緩緩打開門，以免驚嚇到裡頭的人。

那房間很狹小，有一張窄床，一名女子躺在床上，衣著完整，一隻手臂包著繃帶，頭朝向窗口，所以我只能看到她的身影。

但是我一眼就認出來是她，是戴娜。

我一定是製造了一些噪音，因為她轉過來看我。這下換她睜大眼睛，不知道該說什麼好。

「我聽說妳碰上麻煩了。」我若無其事地說，「我想我該來幫妳。」

她的眼睛睜大了一下子，又瞇了起來，「騙人。」她說，抿起嘴唇。

「嗯，」我承認，「不過是美麗的謊言。」我往房間裡走一步，輕輕關上門，「我要是知道妳出事了，一定會過來的。」

「任何人一聽到那消息都有可能過來。」她不屑地說，「只有特別的男人才會在不知道有麻煩的情況下出現。」她坐起來，面對我，把腿放到床下。

現在我更仔細地看她，才發現她除了手臂綁繃帶以外，一邊的太陽穴上方還有傷痕，我又走近她一步，「妳還好嗎？」我問。

「不好。」她坦白回道，「不過原本可能還更糟。」她緩緩站起來，彷彿不確定她可以站得多穩。她小心翼翼地走了一兩步，似乎有點確定了自己的狀況，「好，我可以走路了，我們離開這裡吧。」

72 波洛溪

戴娜走出房門時是左轉，而不是右轉。原本我以為她是分不清楚方向，不過我看到她走到後方的樓梯時，才明白她不想從酒吧的正門離開，她找到後門，但是門鎖著。

所以我們往前門走，一進到酒吧，我馬上就明顯注意到大家都在看我們。戴娜直直地走向前門，帶著一種暴風雨般毅然決然的堅定。

我們就快走出門口時，吧台後方的人大喊：「喂！站住！」

戴娜的眼睛迅速瞥向一邊，她的嘴巴抿成一條細線，繼續朝著門口走，彷彿沒聽到叫聲。

「我來應付他。」我輕聲說，「等我，我馬上就出去。」

我走到一臉陰沉的旅店老闆那邊，「所以那是你親戚？」他問，「巡官說她可以離開了嗎？」

「我以為你不想知道任何相關的事。」我說。

「我的確不想知道，但是她住了我的房間，在這裡用餐，我還請醫師來這裡幫她包紮了。」

我瞪著他，「這個鎮上要是有什麼像樣的醫師，我就是維塔斯國王了。」

「我總共代墊了半銀幣。」他堅稱，「繃帶不是免費的，我還請了一名女子看護她，等她清醒過來。」

我懷疑他出的錢還不到他說的一半，但是我不想招惹巡官那樣的麻煩。其實我根本不想再耽誤任何時間了，依戴娜的個性，我擔心我一分鐘沒看到她，她馬上就會像晨霧般消失。

我從錢包裡掏出五銅幣，丟在吧台上，怒斥：「趁火打劫。」便轉身離開。

我看到戴娜在門外倚著拴馬樁等我時，意外地鬆了口氣。她閉著眼睛，臉孔朝向太陽。她聽到我走近的腳步聲時，心滿意足地嘆了一口氣，把頭轉向我。

「有那麼糟嗎？」我問。

「他們剛開始還不錯，」戴娜坦言，舉起她包著繃帶的手臂，「但是有個老女人一直來找碴。」她皺眉，把黑色長髮往後撥，我因此清楚看到她額頭的瘀青從太陽穴一直往後延伸到髮際。「你知道那種人，就是那種不苟言笑、嘴巴像貓屁眼的老處女。」

我噗哧而笑，戴娜突然露出笑容，就像陽光綻露出雲層一樣。之後她的表情又沉了下來，繼續說，「她一直對我擺臭臉，好像我當初應該識相一點，和那些人一起死掉才對，好像一切都是我的錯。」

戴娜搖頭，「不過她還比那個老頭好，巡官把手放在我腿上！」她顫抖，「連鎮長都來了，在我旁邊囉囉嗦嗦一堆，好像他真的很關心一樣，但其實他只是想拿問題來煩我而已。『妳在那裡做什麼？發生什麼事？妳看到什麼？……』」

戴娜的語氣中充滿了不屑，讓我迅速吞回了我原本想問的問題，差點就咬到舌頭。我本來就愛問問題，更何況我匆忙趕來這座山區，就是為了調查發生了什麼事。但是戴娜的語氣已經表明她現在沒心情回答，我把行囊頂到肩上更高的位置，突然想到一件事，「等等，妳的東西，妳把東西都留在那房間裡了。」

戴娜遲疑了一下，「我想我沒留下任何屬於我的東西在那裡。」她那樣說，就好像她從來沒想過一樣。

「妳確定妳不想回去檢查看看？」

她堅定地搖頭，「我離開不歡迎我的地方。」她平淡地說，「其他東西可以之後再作打算。」

戴娜開始在街上走，我跟在她旁邊。她彎進一條向西的小路，路邊有個老婦人在懸掛燕麥梗紮成的蹣步人。那個蹣步人帶著麥梗編的草帽，穿著一件麻布長褲，「我們要去哪裡？」我問。

「我得去看看我的東西是不是還留在莫森農場上。」她說，「之後要去哪兒再看你有何建議吧，你找到我之前本來打算去哪裡？」

「坦白講，我本來打算獨自前往莫森農場。」

戴娜斜眼看我，「好吧，這裡離農場不到一哩半，我們走到那裡，離天黑還有很多時間。」

特雷邦周遭的土地崎嶇，大多是濃密的樹林，偶爾出現遍地的岩石。道路一轉彎，會看到小巧的黃金麥田隱匿在樹木間，或是在深色峭壁圍繞的山谷裡。農夫與助手零星地散佈在田裡，身上滿是穀殼，他們知道還得收割半天才能收工，所以慢慢移動著。

我們才走一分鐘，就聽到後方傳來熟悉的蹄聲，我轉頭看到一台敞篷貨車緩緩在路上顛簸而行。戴娜和我退到路邊的矮木叢，因為路面寬度幾乎只夠貨車通過。精疲力竭的農夫彎腰駝背地坐在車上駕馭馬車，他一臉懷疑地打量著我們。

「我們要去莫森農場。」他靠近時，戴娜對他呼喊，「可以順路搭你的車嗎？」

那人嚴肅地看著我們，接著頭朝馬車的後方示意，「我要到波洛溪對岸，你們得從那邊自己過去。」

戴娜和我爬上車，面向後方坐在車尾，兩腳在車緣外搖晃，其實搭車沒有比走路快多少，不過我們都很開心能有機會坐下來。

我們安靜地搭車，戴娜顯然不想在農夫面前談論事情，我也慶幸自己有點時間可以釐清思緒。我為了從目擊者身上取得想要的消息，本來打算說謊也無所謂的。現在戴娜讓情況變得更複雜了，我不想對她撒謊，但是我也無法冒險告訴她太多事情。我最不希望發生的，就是讓她以為我很沉迷於祁德林人的傳聞。

所以我們就這樣靜默不語，能坐在她身邊的感覺很棒，你們可能不覺得包紮著繃帶的深色眼睛女子很美，不過戴娜是真的很美，就像月亮一樣：或許不是毫無缺點，但近乎完美。

農夫開口說話，把我從沉思中拉了回來，「這裡是波洛溪。」

我環顧四周找溪水，卻看不到，覺得有點可惜，因為這樣一來，我就沒機會喝點水或梳洗一番了。辛苦趕了幾小時的路，我現在滿身是汗，渾身都是馬味。

我們向農夫道謝，跳下車尾。戴娜開始帶路，我們走在蜿蜒的山路上，穿梭於樹木與偶爾出現的黑石露頭間。戴娜看起來比剛離開旅店時鎮定多了，不過她一直看著地面，小心踩著，彷彿還不太相信自己的平衡感。

我突然想到一件事，「我收到妳留的紙條了。」我說，從斗篷的口袋裡拿出那張折起來的紙。「妳是什麼時候留下這張紙的？」

「近兩旬以前。」

我皺眉，「我昨晚才看到。」

她自顧自點頭，「你沒出現時，我就擔心你可能沒看到。我以為紙條可能掉了，或是濕了，讓你無法閱讀。」

「我最近都沒有爬窗戶進出。」我說。

戴娜不在乎地聳肩，「我以為你會從窗戶進出，我真是傻瓜。」

我想補充點什麼，解釋她在伊歐利恩看到菲拉送我斗篷的情況，卻不知該從何開口，「很抱歉，我錯過了午餐之約。」

戴娜抬頭，一臉促狹，「狄歐克說你遇上火災，整個人看起來很悲慘。」

「我覺得很悲慘，」我說，「主要是因為錯過和妳見面的機會，而不是火災……」

她翻白眼，「我想你是很心煩意亂，不過你倒是幫了一個忙，我單獨坐在那裡……逐漸憔悴的時候……」

「我說過對不起了。」

「……一位老紳士走過來自我介紹，我們聊了一下，認識彼此……」她聳肩，從旁邊看我，幾乎不太好意思的樣子，「之後我就一直和他見面。若是順利，我想年底以前，他會成為我的贊助人。」

「真的嗎？」我說，我鬆了一大口氣，覺得神清氣爽，「太棒了，早該有人贊助妳的，他是誰？」

她搖頭，深色的頭髮落到她臉旁，「我不能透露，他很注重隱私。他過了一旬才告訴我本名，即使到現在，我也不確定那名字是不是真的。」

「如果你不確定他真正的身分，」我緩緩地說，「怎麼知道他是紳士？」

這問題很蠢，我們都知道答案，不過她還是回答了，「金錢、華服、舉止。」她聳肩，「就算他只是個

有錢的商人，也可以是不錯的贊助人。」

「但不是最好的，商人世家的穩定性不如……」

「……名字也比較沒有份量。」她幫我講完後半段，會意地聳肩，「聊勝於無，我已經厭倦自食其力了。」她嘆氣，「我一直很努力博取他的青睞，不過他非常難以捉摸……我們從來不在同一個地方見第二次面，也不在公開場合見面，有時候他會約好時間卻不出現，雖然我也不是沒碰過這類情況……」

戴娜踩到石頭時，身體跟著搖搖晃晃，我連忙去扶她，她抓住我的手臂和肩膀才沒有跌倒。一瞬間，我們的身體緊緊靠著，她忙著平衡自己時，我清楚意識到她的身體靠著我。

我幫她站穩身子，然後拉開彼此的距離。不過她站穩腳步後，手一直輕輕擱在我手臂上。我緩慢地移動，彷彿有一隻野鳥停駐在上頭，努力避免我動作太大而嚇跑了牠。

我想過摟著她，一方面可以撐著她走路，另一方面當然也是為了一親芳澤，不過我很快就打消了那個念頭，我還記得她提到巡官摸她大腿時的表情，萬一她也對我有類似的反應怎麼辦？

男人對戴娜趨之若鶩，我從對話中知道她對此感到厭煩，我不能因為不知如何是好，就犯下和他們一樣的錯誤，我還是不要冒犯她比較好，謹慎為上。就像我之前說的，肆無忌憚和勇敢無懼是截然不同的。

我們沿著道路蜿蜒上坡，除了風吹動高草的聲音以外，周遭寂靜無聲。

「所以他行蹤隱密？」我溫和地探詢，擔心安靜太久會變得更不自在。

「行蹤隱密還不足以形容他保密到家的程度。」戴娜說，翻白眼，「有一次，某個女人說要給我錢，換取他的訊息，我只能裝傻。後來我把那件事告訴他，他說那是在試探我的可信度。又有一次，幾個男人威脅我，我猜那又是另一種試探。」

那傢伙聽起來不太正派，像是逃犯，或是不讓家族知道行蹤的人。我正要這麼說時，看到戴娜不安地看著我。她在擔心，擔心我因為她迎合某個有錢怪人的奇怪作風而看輕她。

我想到我和狄歐克的對話，想到我的命運雖然坎坷，她的想必更加坎坷。如果我能獲得有權有勢的貴族贊助，我會願意容忍什麼？如果有人願意出錢幫我買琴弦，供我吃穿，保護我免受安布羅斯那樣的小混蛋威脅，我會願意做什麼？

我忍住剛剛想講的話，對她露出會心的笑容：「他最好真的很有錢，值得妳如此煩心。」我說，「家裡有金山銀山之類的。」

她的嘴角向上彎起，身體似乎也因為我沒對她妄下評論而放鬆了一些。「不過那樣就太明顯了。」我說。她的眼睛閃閃發亮，似乎說著：沒錯。

「我來這裡就是因為他。」她繼續說，「他叫我出席這場婚禮，這裡比我預期的還鄉下，不過……」她再次聳肩，以沉默顯示貴族的想法令人難以捉摸，「我本來期望我的『準贊助人』也會來這裡……」她停頓，笑了起來，「這樣講很奇怪吧？」

「妳就隨便幫他取個名字吧。」我提議。

「你來選。」她說，「大學院不是會教命名嗎？」

「安娜貝爾。」我提議。

「我才不要叫我的準贊助人安娜貝爾。」她笑著說。

「有錢公爵。」

「這樣太隨便了，再想一個。」

「我說幾個，碰到喜歡的就告訴我……費多力克、法蘭克、費朗、弗盧、弗達爾……」

她對我搖頭，我們持續往山頂走。等我們終於爬到山頂時，一陣風突然吹過，戴娜抓住我的手臂保持平衡，我舉起一隻手遮住眼睛，抵擋風沙與樹葉。風直接把一片葉子吹進我嘴裡，害我嗆到了，吃驚之餘我一直咳嗽。

戴娜覺得這太好笑了，我把葉子從嘴裡掏出來，發現那是狀似矛頭的黃色樹葉，「好吧，風幫我們決定了，就叫他『梣木先生』[14]好了。」

「你確定不是『榆木先生』？」她看著那片葉子問，「大家常看錯。」

「嚐起來像梣木。」我說，「況且榆木是女的。」

她認真地點頭，不過眼睛閃閃發亮，「那就選梣木吧。」

我們走出林間，路面轉為下坡，風又吹了起來，把更多的砂石吹到我們的身上。戴娜站開一步，喃喃自語，揉著眼睛，剛剛她握住我手臂的地方突然變涼了。

「可惡。」她說，擦著臉，「我的眼睛裡跑進穀糠了。」

「不是穀糠，」我說，我望向山頂的另一邊，在不到五十呎的地方有一堆燒焦的建築，那應該就是莫森農場的原址。「是灰燼。」

我帶著戴娜到遮蔽風砂與農場景象的樹蔭下，把我的水瓶遞給她。我們坐在倒下的樹幹上休息，她用水清洗眼睛。

「嗯，」我遲疑地說，「其實妳不需要到那裡去，如果你告訴我妳的東西放在哪裡，我去幫妳找就好了。」

她的眼睛稍稍瞇了起來，「我聽不出來你是體貼，還是瞧不起人……」

「我不知道妳昨晚看到什麼，所以我不知道該怎麼做比較得體。」

「基本上，你不必把我看得太脆弱。」她馬上說，「我不是羞紅的雛菊。」

「雛菊不會羞紅。」

14　原文是Ash，有梣木和灰燼之意。

戴娜看著我，眨著發紅的眼睛。

「妳可能是想到『縮小的紫羅蘭』（即害羞的人）或『羞紅的處女』，不管怎樣，雛菊是白的，不會羞紅……」

「你這樣就是瞧不起人。」她平淡地說。

「我只是要讓妳知道瞧不起人是什麼樣子。」我說，「給妳有個比較，這樣一來，我想展現體貼時，妳就不會分不清了。」

我們盯著彼此看了一會兒，後來她看往別處，揉著眼睛。「好吧。」她把頭往後仰，把水倒到臉上，猛眨雙眼。

「其實我沒有看到很多東西。」她說，用袖子擦臉，「我在婚禮之前表演，後來他們準備吃晚餐時，又表演了一次。我一直期待我的……」她淺淺一笑，「梣木先生會出現，但我知道不能多問他的事，因為我知道那又是另一種試探。」

她聲音變小，皺起眉頭，「他自有一套暗示我的方式，讓我知道他就在附近。我離開現場，到穀倉的旁邊去找他。我們一起往林裡走了一小段，他問我問題，例如誰在現場，有多少人，他們是什麼樣子。」她若有所思，「現在我回想起來，我覺得那是真正的測試，他想知道我的觀察力有多敏銳。」

「他聽起來像個密探。」我沉思。

戴娜聳肩，「我們漫步約半個小時，聊天，接著他聽到某個聲音，叫我在原地等他，他朝農家走去，去了好一會兒。」

「多久？」

「十分鐘吧。」她聳肩，「你知道等人的時候是什麼感覺，那時天也黑了，我又冷又餓。」她抱著肚子，把身體稍微向前傾，「老天，我現在也餓了，希望我……」

我從行囊裡掏出一顆蘋果，遞給她。那顆蘋果鮮紅欲滴，又甜又脆，是那種你想了一整年，但只有秋天幾句問才有機會採收的蘋果。

戴娜好奇地看著我，「我以前常四處遊走。」我解釋，順便也拿了一個出來自己吃，「我以前也常餓肚子，所以我通常會隨身帶點吃的東西，等我們紮好晚上要休息的營地，我會為妳煮一頓真正的晚餐。」

「他也會煮東西……」她咬了一口蘋果，又喝了一口水，「總之，我想我聽到了呼喊聲，所以我朝農場走，等我從峭壁後方走出來時，我是真的聽到尖叫和呼喊了。我又走近一些，聞到了煙味，我從林縫間看到火光……」

「是什麼顏色？」我問，嘴裡還有蘋果。

戴娜突然瞪我，表情充滿了懷疑，「為什麼這麼問？」

「抱歉，我打岔了。」我吞嚥蘋果，「妳先說完，我等一下再告訴妳。」

「我已經講很多了。」她說，「你完全沒提到你為什麼會來這個偏遠地帶。」

「大學院的大師們聽到一些奇怪的傳聞，派我來看是不是真的。」我說這套謊言時，絲毫沒有彆扭或遲疑的感覺。我甚至沒事先想過，就這樣脫口而出。我不能冒險告訴戴娜我在找祁德林人，萬一她覺得我腦袋有問題就糟了。

「大學院會做那樣的事？」戴娜問，「我以為你們就只是坐著讀書而已。」

「有些人的確是在讀書，不過我們聽到奇怪的傳聞時，就需要有人出來了解真相。大家迷信時，會開始把矛頭指向大學院，心想，這附近誰在玩一些不該碰的黑暗力量？我們該把誰丟進大火裡焚燒？」

「所以你經常做這種事？」她用吃一半的蘋果隨手一比，「我是指調查事情。」

我搖頭，「我最近得罪了一位大師，他刻意讓我抽中這項差事。」

這個臨時掰出來的謊言還不賴，萬一她真的到處去問，還不會被拆穿，因為有部分是真的。必要時，我還滿會撒謊的，雖然這是搬不上檯面的技巧，卻滿實用的。扯謊和演戲與說故事息息相關，三樣技巧都是從我父親身上學來的，他可說是大師了。

「你真會胡扯。」她平淡地說。

我原本咬著蘋果，突然僵在那邊。我拿出蘋果，在紅色果皮上只留下白色的齒痕，「抱歉，妳說什麼？」

她聳肩，「如果你不想告訴我實情，沒有關係，但是不要隨意編造謊言來安撫我，或是唬弄我。」

我深呼吸，遲疑了一下，接著緩緩說，「我不想對妳謊稱我來這裡的原因，」我說，「但是我擔心，萬一我告訴妳真相，妳會怎麼想。」

戴娜的眼睛深邃、陷入沉思，看不出她在想什麼，最後她終於稍稍地點頭說，「好吧。我相信你。」她咬了一口蘋果，一邊咀嚼，一邊凝視著我，視線一直沒離開我的眼睛。她的嘴唇濕潤，比蘋果還紅。

最後我說了：「我聽到一些傳聞，我想知道這裡發生了什麼事。真的就只有這樣，我只是……」

「克沃思，抱歉。」戴娜嘆氣，撥頭髮，「我不該逼你的，那其實不干我的事，我知道有祕密是什麼感覺。」

當時，我差點就對她吐露一切了，關於我父母、黑眼與夢魘般笑容的人，還有祁德林人的一切。但是我擔心我會看起來像個撒謊被戳破的孩子，急著進一步辯解一樣，所以我乾脆懦弱地回應，沉默以對。

「你那樣永遠也無法找到真愛。」戴娜說。

我突然從沉思中醒來，充滿了疑惑，「抱歉，妳說什麼？」

「你吃蘋果核。」她笑著說，「你先吃完旁邊，然後從下往上吃，我從來沒看過這種吃法。」

「老習慣。」我隨口說，不想告訴她真相。我不想讓她知道，有段期間我只能找到蘋果核，能找到蘋果核就很開心了，「妳剛剛說的話是什麼意思？」

「你沒玩過那遊戲嗎？」她舉起蘋果核，用兩根手指抓著上方的梗，「你想一個字母，然後扭轉果核，如果梗沒斷，就想另一個字母，再扭一次，等梗斷了……」她的梗斷了，「……就會知道你即將愛上的人，名字的第一個字母。」

我低頭看著手上剩下的一小塊蘋果，已經沒有地方可以抓起來扭了，我吃掉最後一塊蘋果，把梗拋掉。「看來註定沒人愛。」

「你又講七個字了。」她笑著說，「你沒發現你每次都這樣嗎？」

我過了一會兒才明白她在說什麼，但是我還沒回應，戴娜就接著說了，「我聽說吃籽不好。」她說，「籽裡面含砷。」

「那只是迷信。」我說，阿本和我們劇團同行時，我就問過他這個問題了，「裡面不是含砷，而是含微量的氰化物，你要吃好幾桶才可能對身體有害。」

「噢。」戴娜疑惑地看著剩下的蘋果，接著開始從底部吃。

「我剛剛粗魯的打岔以前，妳提到梣木先生發生的事。」我盡量溫和地追問。

戴娜聳肩，「剩下的沒什麼好說的，我看到火，又靠近一些，聽到更多的呼喊與騷動聲……」

「那火呢？」

她遲疑了一下，「藍色的。」

我心中升起一股不祥的預感，對於終於能夠進一步揭開祁德林人之謎而感到興奮，也因為接近而感到恐懼，「攻擊妳的人長什麼樣子？妳是怎麼逃離的？」

她苦笑，「沒人攻擊我，我看到火後方的輪廓，拔腿就跑了。」她舉起包紮的手臂，觸碰頭的側邊。「我應該是一頭撞到樹木，就這樣昏過去了，今天早上醒來，發現自己在鎮上。」

「那是我需要回來的另一個原因。」她說，「我不知道梣木先生是不是還在這裡，我沒聽到鎮上有人說多找到一具的屍體，但是我又不能問，以免大家起疑……」

「因為他會不高興。」我說。

戴娜點頭，「我想他又會把這個當成另一個測試，看我能不能守口如瓶。」她意味深長地看著我，「說到這個……」

「如果我們找到任何人，我一定會裝出很意外的樣子。」我說，「別擔心。」

她緊張地微笑，「謝謝，我只是希望他還活著，我花了整整兩句的時間，想博得他的青睞。」她又喝了一口水，把水瓶還給我，「我們現在就去看看吧。」

戴娜重心不穩地站起來，我把水瓶塞進行囊裡，從眼角觀察她。我在醫護館實習快一年了，戴娜撞到左邊太陽穴，撞黑了眼圈，從耳朵到髮際都是一片瘀青，右手臂包了繃帶。從她的動作看來，我猜她的身體左側如果沒有肋骨骨折，應該也有嚴重的瘀傷。

如果她是撞上樹，那應該是形狀很奇怪的樹。

不過我沒有刻意提起，沒有逼問她。

我要怎麼逼問？我也知道有祕密是什麼感覺。

農場看起來沒有想像中那麼可怕，穀倉只剩下一堆灰燼和厚板，穀倉的一邊有個水槽，隔壁是燒焦的風車。風想要轉動風輪，但現在只剩下三扇葉片，只能前後搖擺著。

農場上空無一人，只有他們來拖運屍體時，在地上留下的深深車輪印。

「婚禮上有多少人？」我問。

「連同新郎新娘共二十六人。」戴娜懶懶地踢著穀倉附近一根半埋在灰燼裡的焦木，「還好這裡晚上通常會下雨，否則現在這整片山都燒起來了……」

「這一帶醞釀著什麼世仇紛爭嗎？」我問，「家族世仇？或是另一個追求者想要報復？」

「那當然，」戴娜輕鬆回應，「像這樣的小鎮，那些事情能讓日子過得平穩順當，這些人為了我家某某對你家某某說了什麼話，會記恨五十年。」她搖頭，「但是還不至於殺人，他們都是普通人。」

普通但有錢的人，我朝著農舍走時，心裡這麼想。那是有錢人才有能力蓋的房子。地基和樓下的牆壁都

是紮實的灰石，樓上是石膏和木材搭建的，角落以石塊補強。

不過，現在牆壁內傾，呈現即將倒塌的狀態。窗戶和門都裂開了，邊緣也燻得焦黑。我從門口往內凝視，看到牆壁的灰石都燒焦了，家具與燒焦的地板之間散落著破碎的陶器。

「如果妳的東西在裡面，」我對戴娜說，「我想已經燒光了，我可以進去看看……」

「別傻了。」她說，「這整間房子就快塌了。」她用指關節敲門框，傳出空心的聲音。

那聲音令我好奇，我靠過去看，用指甲去摳門柱，一片手掌大的細長碎片就這樣輕易剝落了。「這比較像是漂流木，而不是樑柱。」我說，「既然花了那麼多錢蓋房子，門框何必省這個錢？」

戴娜聳肩，「或許是大火把它燒成這樣的。」

我心不在焉地點頭，繼續往四處走動觀察。我彎腰揀起一片燒焦的木瓦，默唸一道縛咒，一陣寒意竄上我的手臂，那片木頭的邊緣亮起了火焰。

「那平常倒是不常見。」戴娜平靜地說，不過那語氣是一種刻意壓抑下來的平靜，彷彿努力裝得從容不迫。

我過了一會兒才明白她是指什麼，這種簡單的共感術在大學院裡很常見，我甚至沒想到這在其他人的眼中會是什麼樣子。

「這只是施展一點最好別碰的黑暗力量罷了。」我輕鬆地說，舉起燃燒的木瓦，「昨晚的火焰是藍的？」

她點頭，「像煤氣的火焰，像艾尼稜一帶使用的燈。」

現在，木瓦燃燒著一般亮眼的橘焰，一點也沒有藍焰的跡象，不過昨晚可能是藍的。我把木瓦丟在地上，用靴子把火踩熄。

我再次繞著房子走，有種東西讓我感到不安，我卻說不太上來，我想進去裡面看看，「火燒得不是很嚴重。」我對戴娜說，「妳把什麼東西留在裡面了？」

「沒有很嚴重？」她繞過角落，不敢置信地說，「這房子燒得只剩外殼而已。」

我指出，「屋頂除了煙囪旁邊以外，並沒有燒穿，那表示火應該沒有對二樓造成太大的損害，妳把什麼東西放在裡面了？」

「一些衣服，還有梣木先生送我的里拉琴。」

「妳會彈里拉琴？」我驚訝地問，「幾弦的？」

「七弦，我才剛學。」她淺淺一笑，「我還在學習，只不過已經可以到鄉下的婚禮表演了，就這樣。」

「別浪費時間學里拉琴了。」我說，「那是古樂器，沒什麼巧妙之處，我不是要貶抑妳的樂器選擇。」我馬上說，「我只是覺得妳的聲音應該搭配比里拉琴更好的樂器，如果妳想找攜帶在身邊的直弦樂器，可以選小豎琴。」

「你真會說話。」她說，「不過那不是我選的，是梣木先生選的，下次我會請他考慮豎琴。」她漫無目的地環顧四周，嘆了一口氣，「如果他還活著。」

我從裂開的窗戶往內看，結果一靠上去，窗沿就剝落一塊。「這個裡頭也爛了。」我說，把它在手中掐碎。

「沒錯。」戴娜抓住我的手臂，把我拉離窗戶。「這地方隨時都可能塌在你身上，不值得進去了。就像你說的，不過是把里拉琴。」

我讓她把我拖開，「你的贊助人可能在裡頭。」

戴娜搖頭，「他不是那種衝進火場讓自己困住的人。」她嚴肅地看著我，「你覺得你會在裡面找到什麼？」

「我不知道。」我坦承，「但是不進去的話，我不知道還能去哪裡找線索，了解真正發生了什麼事。」

「你是聽到什麼傳聞？」戴娜問。

「不多。」我坦言，回想駁船船員所說的話，「一些人在婚禮上喪生了，每個人都死了，像布娃娃一樣

撕得體無完膚，藍火。」

「他們不是真的被撕裂，」戴娜說，「我聽鎮上的人說，他們是受了很多刀傷和劍傷。」

我進城後，都沒看到有人身上配刀。頂多看到農夫在田裡持著鐮刀而已，我又回頭看著燒毀的農舍，確定我一定是錯過了某樣東西……

「所以你覺得這裡發生了什麼事？」她問。

「我不知道。」我說，「我原本預期什麼也找不到，妳也知道有時候傳聞會傳得太過火。」我環顧四周，「要不是妳確定看到藍焰，我也會覺得藍焰是謠傳。」

「昨晚其他人也看到了。」她說，「他們來運屍體，發現我時，東西還在燃燒。」

我生氣地環顧四周，還是覺得自己錯過了什麼沒注意到，可是就是想不起來，「鎮上的人怎麼想？」我問。

「大家在我身邊都不太說話。」她憤恨地說，「不過我聽到巡官和鎮長之間的一些對話，大家私下在傳有惡魔，藍焰讓他們更加肯定。有些人說是蹣步人，我預期今年的秋收慶典會比以往更傳統，會有很多火、蘋果酒、稻草人……」

我再次環顧四周，穀倉倒塌的殘跡，剩下三葉的風車，燒毀的農舍。我洩氣地抓著頭髮，依舊確定我漏掉了什麼，我預期可以找到……某樣東西的，任何東西都可以。

我站在那裡時，想到我抱持的希望有多麼愚蠢。我希望找到什麼？足跡嗎？某人的斗篷留下的殘片嗎？一張揉皺的紙，裡面正好寫了重要的事情讓我發現嗎？那種事只會出現在故事裡。

我抽出水瓶，喝光裡頭僅剩的水，「我看完了。」我說，一邊朝著水槽走去，「接下來妳打算做什麼？」

「我需要看一下這附近。」她說，「有可能我的紳士朋友在某處，受了傷。」

我望向起伏的山坡，上面佈滿了金黃色的秋葉和麥田，還有綠色的牧草、松木和杉木群，其間穿插著峭壁與露石的暗色岩礁。「要看的地方還滿廣的……」我說。

她點頭，露出莫可奈何的表情，「我至少要努力找一下。」

「需要幫忙嗎？」我問，「我懂一點山林野外的知識……」

「有人陪伴當然更好，」她說，「尤其這一帶可能真的有一群會攻擊人的惡魔。況且，你剛剛說過今晚要為我做晚飯的。」

「沒錯。」我經過燒焦的風車，走到鐵製的手壓式水泵，拉起握柄，用力一壓。結果握柄啪的一聲從底部應聲而斷，我差點就沒站穩。

我凝視著脫落的握柄，整支握柄鏽到了中央，紅鏽層層剝落。

我突然想起多年前的那個傍晚，我回去發現劇團全部遇害時的情景。我記得我伸手要抓住東西穩住自己，結果馬車輪子上的堅硬鐵棍就這樣碎成鐵鏽，我想起結實的厚木頭被我一摸就崩垮解體了。

「克沃思？」戴娜走到我旁邊，一臉擔憂，「你還好嗎？老天，坐下來，別摔倒了，你受傷了嗎？」

我移到水槽的邊緣坐下，但是水槽的厚木板被我一壓，就像斷木殘樁一樣散了，我讓重力把我拉坐到草地上。

我把鏽透了的水泵握柄舉起來給戴娜看，她看了皺眉，「那水泵是新的，這家人的父親還吹噓他在山上挖設新井花了多少錢，他一直說他絕對不讓他家女兒每天還得提水上山三次。」

「妳覺得這裡發生了什麼事？」我問，「講真的。」

她環顧四周，太陽穴上的瘀青和她的蒼白皮膚形成了強烈的對比，「我想等我找過贊助人的蹤影，我就不會再過問這地方的事了，永遠不再想起。」

「那不是答案。」我說，「妳覺得發生了什麼事？」

她凝視了我好一會兒才回應，「很糟的事。我從來沒看過惡魔，也沒想到我會見到，不過我也沒看過維塔斯國王……」

「妳聽過一首童謠嗎？」戴娜面無表情地看著我，於是我開始唱了：

爐火變藍不得了，
如何好？如何好？
門外跑，躲著好。
亮劍鏽了不得了
信誰好？信誰好？
自個兒站著，立石不倒。

戴娜知道我在暗示什麼後，臉色變得更蒼白了，她點頭，跟著一起輕輕唱：

看到女子白飄飄？
來悄悄，去悄悄，
有何計畫可知曉？
祁德林喲，祁德林喲。

戴娜和我坐在樹蔭下，這兒看不見燒毀的農場。祁德林人，祁德林人真的來過這裡。我還在整理思緒時，戴娜就開口了。

「這就是你預期找到的嗎？」她問。

「這就是我在找的東西。」我說，祁德林人不到一天前曾經在這裡，「但是我沒有預期到是這個樣子，我的意思是說，你還小的時候，你去挖寶，並不會預期你挖到什麼。你去森林裡找玳能寧和仙子，也不會找到。」他們殺了劇團的人，他們也殺了這婚禮所有的人。「我一直到伊姆雷找妳，我也沒預期會找到妳……」我發現自己在胡言亂語，就停了下來。

戴娜笑了，稍微化解了一點緊張的氣氛，她的笑聲中沒有嘲諷的意味，只是覺得有趣。「所以我也是失落的寶藏或是仙女嗎？」

「妳都是，隱匿、珍貴、遍尋不著。」我抬頭看她，我的大腦幾乎沒多想什麼就說出口了，「妳身上也有很多精靈的特質。」他們是真的，祁德林人是真的。「我每次找妳都找不到，但是之後妳又會意外出現，像彩虹一樣。」

去年，我的內心一直暗藏著一種恐懼。我擔心劇團人遇害和祁德林人的記憶，是大腦自己創造出來幫我面對整個世界離奇消失的奇怪惡夢。但是現在我看到類似的證據，他們是真的，我的記憶是真的，我並沒有瘋。

「小時候，有個傍晚我追了彩虹一個小時，然後在森林裡迷路了。爸媽非常驚慌，我以為我可以趕上彩虹，可以看到它接觸地面的地方，原來你也……」

戴娜觸摸我的手臂，透過襯衫，我可以感受到她手心的溫暖。我深呼吸，聞著她的秀髮在陽光下的味道，綠草、她的香汗、口氣、蘋果的味道。風像嘆息一樣吹著樹，吹起她的秀髮，騷動我的臉龐。

空地上突然靜了下來，我才發現我就這樣沒頭沒腦地講了幾分鐘的話，我的臉紅了起來，環顧四周，突然想起我身在何處。

「你的眼神看起來有點飄渺。」她輕聲說，「我從來沒看過你那樣。」

我緩緩吸了一口氣，「我一直都是那樣。」我說，「只是沒有顯露出來而已。」

「我就是那個意思。」她後退一步，手逐漸移開我的手臂，「所以現在要做什麼？」

「我……我也不知道。」我漫無目的地環顧四周。

「那聽起來也不像你。」她說。

「我想喝水。」我說，因為那句話聽起來很幼稚而露出尷尬的笑容。

她也對著我笑，「那是不錯的起點。」她取笑我，「之後呢？」

「我想知道為什麼祁德林人會攻擊這裡。」

「『有何計畫可知曉？』」她表情嚴肅，「你這人沒什麼折衷方案，對吧？你只想喝水，還有了解大家從……從亙古之前就一直臆測的答案……」

「妳覺得這裡發生了什麼事？」我問，「妳覺得誰殺了這些人？」

她把手交叉在胸前，「我不知道，」她說，「有各種可能……」她停了下來，咬下唇，「不，那是謊言。」最後她說了，「這麼說或許聽起來很怪，不過我覺得是他們沒錯。那聽起來像是故事中的情節，所以我不想相信，不過我覺得是那樣。」她緊張地看著我。

「那讓我覺得好多了。」我站起來，「我以為我可能有點瘋狂。」

「你可能真的有點瘋狂。」她說，「不過，要論斷你正常與否，我並不是個好的判準。」

「妳覺得自己瘋狂嗎？」

她搖頭，嘴角露出些微的笑意，「不覺得，你呢？」

「不怎麼瘋狂。」

「那有好有壞，看情況而定。」她說，「你覺得我們該如何破解這個萬年之謎？」

「我需要想一下。」我說，「在此同時，我們先去找妳那位神祕的梣木先生吧。我想問他幾個問題，問他回莫森農場時看到什麼。」

戴娜點頭，「我在想，我應該回去他留下我的那個地方，在峭壁後面，然後找找那裡和農場之間的地帶。」她聳肩，「其實也不算什麼計畫……」

「總是有個開始。」我說，「如果他回頭去找妳，發現妳不在了，或許他留下了可以追蹤的行跡。」

戴娜帶頭穿梭林間，樹木把風隔絕在外，樹林裡感覺比較溫暖，不過陽光仍可透進來，因為很多樹木的葉子都快掉光了。只有高大的橡木還保有所有的葉子，就像很在意自個兒模樣的老人一樣。

我們一邊走，我一邊思考祁德林人殺害這些人的可能理由。這個婚禮和我們劇團之間有什麼相似的地方嗎？

有人的爸媽一直在唱完全錯誤的歌……

「昨晚你為婚禮唱什麼歌？」我問。

「普通的歌曲。」戴娜說，踢著一堆落葉，「歡樂的曲子，〈錫口笛〉、〈來河裡洗滌〉、〈銅底鍋〉。」她笑了，「〈艾瑪姑姑的浴盆〉……」

「不會吧！」我驚訝地說，「在婚禮上唱這個？」

「一位酒醉的老爺爺點的。」她聳肩，穿過一叢濃密發黃的毒莓叢，「有幾個人也很訝異，不過那樣的人不多，這裡的人比較低俗一點。」

我們又默不作聲地走了好一會兒，風猛吹著頂端的樹枝，不過我們行走的樹底下只剩細細微風。「我也沒聽過〈來河裡洗滌〉那首歌……」

「我想也是……」戴娜轉頭過來看我，「你是要騙我唱給你聽嗎？」

「當然囉。」

她轉過身來，對我露出溫和的微笑，頭髮垂落在臉龐兩側，「或許待會吧，我可以為晚餐唱首歌。」她帶我繞過一大塊暗色的露石，這裡沒有陽光，感覺比較冷。「他留我在這裡。」她說，不確定地環顧四周，「白天一切看來都不太一樣。」

「妳想找回農場的路，還是以這裡為圓心，向四周以環狀尋找？」

「環狀。」她說，「但是你得告訴我，我應該注意找什麼東西，我是城裡來的女孩。」

我簡單告訴她我懂的一些山林知識，例如靴子拖過或留下足跡的地方是什麼樣子，她剛剛走過的落葉堆留下什麼明顯的痕跡，穿過的毒莓叢有哪些凹折的跡象。

我們緊跟著彼此，因為兩雙眼睛能注意到的東西比一雙眼睛多，我們都不是很想單獨行動，就這樣來回地尋找，從峭壁逐漸往外搜尋。

五分鐘後，我開始覺得這樣是在浪費時間，因為這林區太廣了，我也可以看出戴娜很快得出了同樣的想法。我們希望能找到像故事書中說的跡象，但是什麼都看不到。樹枝上沒有勾著碎布，地上也沒有深的鞋印，或是棄置的營地。我們的確看到了蘑菇、橡樹果、蚊子，還有巧妙隱匿在松葉後方的浣熊。

「你聽到水聲了嗎？」戴娜問。

我點頭，「我需要喝點水。」我說，「還有梳洗一下。」

我們不發不語地離開搜尋的路線，都不想承認自己急著放棄，其實兩人都心知肚明，那樣找下去沒有意義。我們循著流水聲走下山坡，穿過一大叢濃密的松樹，來到一條美麗的深水溪，約二十呎寬。

河水裡沒有鑄造廠排放廢水的味道，所以我們喝了一點水，我順便把水瓶裝滿了。

我知道故事都是怎麼發展的，一對年輕男女來到河邊的時候，接下來一定會發生什麼事情。戴娜會到杉木的另一側沐浴，從河岸的沙地看不到她的身影。我會刻意到另一個看不到的地方，保持一段距離，不過還在可以輕鬆對話的範圍內。然後……就會發生事情，她可能滑倒，扭到踝關節，或是被尖銳的石頭劃傷了腳，我就會衝過去，然後……

不過，這不是兩位年輕愛侶在河邊相遇的故事，所以我潑了一些水在臉上，在樹的後方換上乾淨的襯衫，戴娜把臉探進水裡涼快一下。她沾了水的秀髮閃閃發亮，像墨水般烏黑，她用手扭乾了頭髮。

接著，我們坐在石頭上，把腳伸進水裡浸泡，一邊休息，一邊享受彼此的陪伴。我們分食一個蘋果，每咬一口就遞給對方，如果你從未接吻過，那就跟接吻差不多了。

在我溫和的催促下，戴娜為我唱歌，她唱了一次〈來河裡洗滌〉，還有一首我沒聽過的歌，我猜她是臨時編的。我就不在此重複了，因為她是唱給我聽，不是給你們聽的。既然這不是兩位年輕愛侶在河邊相遇的故事，這段也不需要贅述，我自己知道就好了。

73 豬仔

吃完蘋果後不久，戴娜和我就把腳從河裡抽起，打起精神準備離去。我本來想赤腳走路，因為跑遍塔賓屋頂的腳板走在最原始的森林土地上，並沒有受傷的危險。但是我又不想顯露出未開化的樣子，所以即使襪子因為汗水而濕黏，我還是把襪子穿上。

我綁鞋帶的時候，聽到森林的另一端傳來微弱的聲音，在一片濃密的松木後方，看不見是什麼東西。我靜靜地伸手觸摸戴娜的肩膀，提醒她注意，接著把手指放在嘴唇上。

什麼？她用嘴型無聲問道。

我靠近她，小心放輕腳步，盡可能不要發出聲音，「我想我聽到一個聲音。」我說，把頭湊到她臉旁邊。「我去看一下。」

「少來！」她低語，她的臉在松木的陰影下顯得格外蒼白，「昨晚梣木先生離開時就是說這句話，萬一你也這樣消失，我就完了。」

我還沒回話，就聽到樹叢裡傳出更多的聲音，灌木叢沙沙作響，還有松木枯枝啪的斷裂聲。隨著噪音愈來愈大，我可以聽得出來某個龐然大物沉重的喘息，接著是動物低沉的鼻息。

不是人，也不是祁德林人。我稍微鬆了一口氣，但是沒多久，我又聽到鼻息和嗅聞的聲音，是野豬，可能是朝小河走來。

「到我身後。」我對戴娜說，多數人不明白野豬有多危險，尤其是秋季公豬為了稱霸而互鬥的時候。這時共感術也派不上用場，我沒有能量來源，沒有連結，連一根像樣的棍子都沒有。用剩下的幾顆蘋果可以引開牠嗎？

野豬靠在松木低垂的樹枝旁邊，嗅著味道，哈著氣，牠的重量可能是我的兩倍。牠抬起頭來看到我們的時候，發出一聲很大的喉音，然後揚起頭，蠕動鼻子，想聞看看我們是什麼味道。

「別跑，否則牠會追妳。」我輕聲說，慢慢站到戴娜前面。在不知道該怎麼做比較好之下，拿出折疊小刀，用拇指把它扳開，「後退到河裡，牠們不太會游泳。」

「我覺得她沒有危險性。」戴娜在我身後用平常的語氣說，「她看起來是好奇，不是生氣。」她停頓，「我不是要否定你的行俠仗義之舉。」

我再看一眼，發現戴娜說的沒錯，那是一隻母豬，不是公豬，而且在身體覆蓋的泥土下，是粉紅色的家豬，不是棕色豬鬃的野豬。她大概是覺得無聊，低下頭，開始在松木下的灌木叢間用鼻子拱著土。

這時我才發現自己的姿勢像半蹲的摔角選手一樣，伸出一隻手，另一隻手拿著可笑的折疊小刀，那刀子小到連切大蘋果都要切好幾次才能將它切成一半。更糟的是，我只穿一隻靴子，看起來很滑稽，就像伊洛汀瘋瘋癲癲的樣子。

我漲紅了臉，一定像甜菜一樣紅，「老天，我覺得自己像白癡。」

「其實我還滿受寵若驚的。」戴娜說，「除了在酒吧裡碰過一些討厭鬼裝模作樣以外，我沒看過有人真的跳出來保護我。」

「那當然。」我一直低著頭穿另一隻襪子和靴子，因為太尷尬了而不好意思看她，「從某人養的寵物豬面前被解救脫困，是每個女孩子的夢想。」

「我是說正經的。」她說。我抬頭，看到她露出一點好笑但不是嘲笑的表情，「你看起來……很凶，像豎起所有頸背毛髮的狼一樣。」她停了下來，抬頭看我，「或是狐狸，你的頭髮太紅了，不像狼。」

我放鬆了一些，毛髮豎立的狐狸比穿著一隻鞋的發瘋蠢蛋好多了。

「不過，你握刀的方式錯了。」她平靜地說，朝我的手擺頭，「如果你真的拿刀刺人，那樣會手滑，反而割傷自己的大拇指。」她伸出手，抓起我的手指，稍微改變我的握法。「如果你這樣握，大拇指就安全了，不過缺點是手腕的靈活度會受限。」

「妳有很多用刀子跟人打架的經驗是吧？」我疑惑問道。

「不像你想的那麼多。」她說，露出淘氣的笑容，「那是從你們男人很愛參考的求愛手冊裡學來的。」她翻白眼，「我總不能叫想要奪走我貞操的男人教我如何保護貞操吧。」

「我沒看過妳佩刀。」我指出，「為什麼？」

「我為什麼要佩刀？」戴娜問，「我是個弱女子，帶著刀到處走的女人顯然是自找麻煩。」她伸手進口袋，掏出一條細長的金屬片，其中一邊閃閃發亮。「不過，帶著刀的女人都已經準備好應付麻煩了。一般來說，裝無辜比較簡單，也比較不會惹上麻煩。」

她講得那樣一派輕鬆，是唯一沒讓我驚愕的原因。她的刀子沒有比我的大多少，但是她的不是折疊小刀，而是細長的金屬片，握柄處包著薄薄的皮套，那顯然不是設計來吃東西，或是在營火邊拿來做雜事用的，看起來比較像醫護館裡的手術刀。「妳是怎麼把它放在口袋裡，又沒割傷自己的。」我問。

戴娜轉向側邊讓我看，「我的口袋裡面是狹長的切口，我把它綁在大腿上，所以才會那麼平，你不會看到我配戴著刀。」她握著皮革柄，把刀子拿到前方讓我看。「像這樣，大拇指要沿著刀面放。」

「妳是藉著教我如何保護貞操，想要趁機奪走它嗎？」

「講的好像你有什麼貞操一樣。」她笑了，「我是在教你，下次你要從豬的面前解救女孩時，如何避免割傷你那雙優雅的手。」她把頭偏向一邊，「說到這個，你知道你生氣時，你的眼睛……」

「豬仔！」樹林間傳來一個聲音，還有低沉的鐘聲，「豬仔，豬仔，豬仔……」

大母豬一聽到聲音，活躍了起來，朝聲音的方向鑽回樹叢裡。戴娜趁機收起刀子，我則是收起行囊。我們跟著豬穿過樹林，發現下游有個人，身邊有六隻大母豬胡亂地兜著圈子，一隻毛髮豎立的老公豬，還有二十幾隻蹦蹦跳跳的小豬。

豬農用懷疑的眼神打量著我們，「哈囉。」他大喊，「別怕，他們不會咬倫。」

他身材瘦削，皮膚因長期的日曬，看起來如皮革般堅韌，留著雜亂的鬍子。他手握的長棍上，掛著一個粗製的青銅鐘，一邊的肩膀背著破爛的袋子，他聞起來沒你想的那麼臭，因為放牧的豬隻比豢養的乾淨。即使他聞起來像豢養豬那麼臭，我也不會排斥他，因為我也曾有過比他更難聞的時候。

「偶們剛剛聽到上游那邊好像有倫。」他說，口音濃到化不開。我母親說那叫低谷口音，只有在很少和外界接觸的小鎮上才聽得到。即使在特雷邦那樣的鄉下小鎮，如今大家講話也都沒什麼口音了。長期住在塔賓和伊姆雷後，我已經好幾年沒聽過口音那麼濃的方言。這位仁兄想必是在很偏遠的地方成長的，可能是在深山裡。

他來到我們站的地方，瞇著眼看我們，那飽經風霜的臉龐看起來很嚴肅。「你們兩個在這裡奏什麼？」他懷疑地問，「偶們剛剛好像聽到唱歌的聲音。」

「她速偶表妹。」我說，朝戴娜點頭，「歌聲渾悅耳吧？」我伸出手，「幸會，偶叫克窩思。」

他聽我講他的口音，嚇了一跳，原本狐疑的表情消失了大半，「幸會，克窩思先生。」他說，和我握手，「渾少碰到會講偶們話的倫，這一帶的倫講話都好像嘴裡含棉花。」

我笑了，「偶爸說過：『嘴裡含棉花，腦袋像傻瓜』。」

他露齒而笑，握我的手，「偶叫史郭分．歐蒙芬尼。」

「你的名志聽起來像國王一樣氣派。」我說，「如荀我們直接叫你歐蒙，口以嗎？」

「偶的朋友都那樣叫偶的。」他對我笑，拍我的背，「像你這樣的年輕倫叫偶歐蒙就口以了。」他的頭來回轉動看著我和戴娜。

戴娜不愧是見過世面的人，她聽到我突然換了口音，卻一點也不訝異。「抱歉。」我往她的方向比了一個手勢，「歐蒙，這速偶最喜歡的表妹。」

「偶叫蒂娜。」戴娜說。

我把聲音換成演員對觀眾的耳語，「介女孩挺乖的，但速渾害羞，你恐怕不會再聽到她說話了。」

戴娜馬上演起了她的角色，低頭看著腳，緊張地搓揉手指。她稍微抬起頭來對著豬農微笑了一下，又馬上低下頭，裝出很害羞的樣子，連我都差點被她騙了。

歇蒙禮貌地觸摸額頭，點頭致意，「幸會，蒂娜，偶這輩子沒聽過那麼悅耳的歌聲。」他說，把他那頂奇怪的帽子稍微壓回頭上。戴娜還是不敢看他時，他轉向我。

「你那群豬看起來渾棒。」我朝他的豬群示意，那些豬在樹林間遊蕩。

他笑著搖頭說，「那不叫『群』，羊和牛組成群，豬速組成『圈』。」

「速喔？」我說，「歇蒙，偶們可以向你買一頭豬嗎？今天表妹和偶錯過了用餐時間……」

「或許口以。」他謹慎地說，眼睛瞄了一下我的錢包。

「如苟你幫偶們宰好，偶可以給你四銅幣。」我說，我知道這價錢對他來說很不錯，「不過，你必需幫偶們宰殺豬仔，順便坐下來和偶們一起享用。」

這是隨性測試，牧羊人或豬農之類獨自工作的人，通常比較喜歡一個人獨處，不然就是很想和人聊天，我希望歇蒙是喜歡聊天的那種。我需要知道婚禮的相關訊息，但是鎮上的人似乎都不願多談。

我對他露出淘氣的笑容，把手伸進行囊裡，掏出我向匠販換來的白蘭地。「如苟你不介意那麼早就陪兩個陌生倫喝一杯，偶們還有好料口以增添風味……」

戴娜搭配得天衣無縫，及時抬起頭來和歇蒙四目交接，對他害羞地微笑，然後又低下頭。

「偶媽管得渾嚴。」豬農說，一手放在胸前，「偶們不喝酒，除了口渴或起風的時候以外。」他誇張地脫帽對我們鞠躬，「你們看起來速好倫，偶渾願意和你們一起共進晚餐。」

歇蒙抓起一隻小豬，從袋中取出一支長刀，把小豬帶到一旁宰殺清洗。我則是清掃樹葉，堆疊石頭做臨時的火堆。

一分鐘後，戴娜捧著一堆乾柴過來，「我想，我們是打算從那傢伙的口中盡可能地套出消息吧？」她在我肩後輕聲說。

我點頭，「抱歉剛剛說妳是害羞的表妹，但……」

「沒關係，那點子不錯。我不會說流利的方言，他對會講的人比較可能暢所欲言。」她眨眨眼，「他快好了。」她往河邊走。

戴娜把幾根分岔的柳枝拼湊成烤肉叉，我偷偷用共感術生了火。歐蒙回來時，帶回一隻支解成四等分的小豬。

我們把豬放到火上燒烤後，開始冒煙，油脂滴落到煤炭上。我把白蘭地拿出來，大家輪著喝。我只舉起酒瓶沾濕嘴巴，假裝暢飲。輪到戴娜時，她也只是傾斜瓶身，之後她的臉頰泛起些許的粉紅色。歐蒙則是說到做到，既然吹著風，沒多久他已經喝得鼻子紅通通了。

在小豬外皮烤得香脆，劈啪作響以前，歐蒙和我隨口聊了一些瑣事。我愈聽歐蒙說話，愈感覺不到他的口音，我也不需要為了維持口音而太過專注。等豬烤好時，我幾乎已經沒注意到口音的存在了。

「你的刀法渾棒。」我讚美歐蒙，「不過，你敢在其他豬的旁邊宰殺這隻小豬，偶還滿驚訝的……」

他搖頭，「豬都速壞蛋。」他指著一隻母豬，那母豬正往他剛剛宰殺小豬的地方走，「看到了嗎？她速企找介隻小豬的肺臟。豬渾聰明，他們沒有感情。」

歐蒙說豬快烤好了，拿出一個圓形的農夫麵包，分成三塊。「羊肉！」他抱怨，「有好吃的培根口以吃，隨要吃羊肉？」他站起來，開始用長刀切豬肉，「小姐，妳喜歡什麼肉？」歐蒙對戴娜說。

「偶沒有特別喜歡哪一種。」她說，「你那邊有什麼，偶都吃。」

還好戴娜說話時，歐蒙沒看著我，戴娜的口音並不完美，ㄡ音拉太長，喉音太緊，不過她說得很不錯。

「不要客氣。」歐蒙說，「肉渾多，渾夠吃。」

「偶一直渾喜歡豬屁股的地荒。」戴娜說，接著不好意思地漲紅了臉，低下頭。這次她發ㄡ的音好多了。

歇蒙展現紳士作風，沒有藉機對戴娜開黃腔，他在戴娜的麵包上放了一大塊熱騰騰的肉。「小心燙手，先晃著讓它涼一點。」

大家開始吃了起來，歇蒙又吃了第二份，第三份。沒多久，我們已經開始舔手指上的油脂，撐著肚子休息了。我決定趁這個時候切入正題。要是這時歇蒙不聊八卦，應該就永遠不會聊了。

「最近這附近粗了意外，看到你還粗來走動，偶滿驚訝的。」

「什麼意外？」他問。

他還不知道婚禮大屠殺事件，太好了。儘管他無法透露攻擊事件的細節，但是那表示，他會比較願意談婚禮之前發生的事。即使鎮上不是每個人都怕得要死，我也懷疑我能否找到有人願意坦然地談死人的事。

「偶聽說莫森農場出速了。」我說，我盡量以客觀、模糊的方式描述。

他噴鼻息說：「偶一點也不意外。」

「為什麼？」

歇蒙把口水吐到一邊，「莫森一家都速混帳，渾多道理都不懂。」他再次搖頭，「偶總速遠離古墳丘，因為偶媽教得好，莫森一家根本不懂。」

我聽到歇蒙用濃濃的口音講那個地名，才聽出那地方的真正名稱，那不是波洛溪（borro-rill），和「溪」一點關係也沒有，而是古墳丘（barrow-hill）。

「偶甚至不會帶豬去那邊晃牧，但速那個笨蛋在那裡蓋煌子……」他一臉嫌惡地搖頭。

「大家都沒阻子他嗎？」戴娜問。

豬農粗魯地哼一聲，「莫森一家不太聽別倫的建議，有錢倫都覺得自己渾厲害。」

「不過就速蓋間煌子，有什麼關係？」我不屑地說。

「老倫家希望女兒住的煌子有渾好的視野，那的確沒有湊。」歇蒙同意，「不過，你挖地基，花現骨頭，卻不停下來……那就速笨蛋了。」

「不會吧！」戴娜驚恐地說。

歇蒙點頭，把身子向前傾，「那還不速最糟的，他還一直挖，挖到了俗頭，他有停下來嗎？」他噴鼻息，「他把俗頭挖起來，還繼續挖，看會不會挖到更多的俗頭口以用來蓋煌子！」

「為什麼他不能用挖到的俗頭蓋煌子？」我問。

歇蒙看我的眼神，好像我是傻瓜一樣，「你會用古魂的俗頭蓋煌子嗎？你會從古魂裡挖東西粗來，送給女兒當嫁妝嗎？」

「他花現什麼東西了嗎？」我把酒瓶遞給他。

「那速他們最大的祕密，不速嗎？」歇蒙不滿地說，又喝了一口酒，「偶聽說，他在挖地基的俗後，挖出俗頭，後來他花現一個完全封死的小俗屋。但素他叫大家保密，因為他想把它當成婚禮的一大驚喜。」

「那速什麼寶藏之類的嗎？」我問。

「不速錢。」他搖頭，「莫森一家對錢向來不會保密，那口能速某種……」他張開嘴，又稍稍閉了起來，想挑個貼切的字眼，「……有錢倫放在架上用來向親朋好友炫耀的東西叫什麼去了？」

我聳肩，不知道是什麼。

「傳家寶？」戴娜說。

歇蒙把一根手指放在鼻翼上，接著指向她，面帶微笑，「就速那個，用來向大家炫耀的東西，莫森那個倫渾愛現。」

「所以沒倫知道速什麼東西？」我問。

歇蒙點頭，「只有幾個倫知道。莫森和他勾勾，兩個兒子，口能還有他老婆。他們隱瞞這個大祕密將近半年，踐的渾。」

這讓一切都不同了，我必須回農場一趟，重新檢查一次。

「今天你在介一帶有沒有看到什麼倫？」戴娜問，「偶們在找偶們的舅舅。」

歇蒙搖頭，「可惜偶都沒看到。」

「偶真的渾擔心他。」她又說。

「小姐，偶不會騙妳。」他說，「如苟他自己一個倫來介片森林，妳的確速應該擔心。」

「這附近有壞倫嗎？」我問。

「不速妳想的那樣。」他說，「偶通常不會來介裡，只有秋天會來一次，為了豬飼料才值得來，也只有那勾理由了。這片森林有怪東西，尤其速在北邊。」他看著戴娜，接著低頭看腳，顯然是不確定該不該繼續說下去。

這正是我想知道的消息，所以我刻意反駁他的說辭，希望能刺激他繼續說，「歇蒙，不要跟偶們講童話故速了。」

歇蒙皺眉，「兩晚前，偶上來……」他遲疑了一下，瞄了戴娜一眼，「偶為了一點私速上來，看到北邊有火光，一大片藍焰，大得像營火一樣，但突然間……」他彈指，「什麼都沒了，就這樣花生三次，讓偶直冒冷汗。」

「兩晚前？」我問，婚禮是昨晚舉行的。

「偶剛剛速說兩晚沒湊吧？」歇蒙說，「之後，偶就一直往南走，偶不想和晚上冒藍焰的任何東西扯上關係。」

「歇蒙，真的速藍焰嗎？」

「偶不速愛說謊的盧族，為了騙你一點錢而編故速把你嚇得半死。」他生氣地說，「偶這輩子都待在這個山區，每個倫都知道北邊峭壁上有口怕的東西，大家遠離那裡速有原因的。」

「那邊不速有農田嗎？」我問。

「峭壁上沒什麼好開墾的，除非你速種俗頭。」他生氣地說，「你以為偶不會分辨蠟燭和營火嗎？偶告訴你，那速藍焰，而且速一大片。」他用手臂一揮，「就好像你在火上撒酒一樣。」

我沒再追問下去，就讓話題轉換到別的地方。不久，歐蒙大嘆一口氣，站了起來，「豬應該已經把介個地方啃得差不多了。」他說，拿起手杖搖晃，讓那個粗製的鐘大聲地叮噹作響，豬隻從四面八方乖乖地走了過來，「豬仔！」他大喊，「豬仔！來點名囉！」

我用粗麻布包裹吃剩的豬肉，戴娜拿水瓶去裝了幾次水，把火澆熄。我們收拾好時，歐蒙已經把豬隻集合好了，比我原先想的還大群，有二十幾隻大母豬，還有小豬和灰色鬃毛的公豬。他稍稍揮手，沒說些什麼就離開了，他一邊走，手杖上的鐘叮噹作響，豬群鬆散地跟在他身後。

「你追問得很明顯。」戴娜說。

「我得稍微逼問他一下。」我說，「迷信的人不喜歡談他們害怕的事，他本來不想講，我需要知道他在林裡看到什麼。」

「換成是我，我應該可以讓他說出來。」她說，「想捕蒼蠅要多用點蜜。」

「妳也許真的有辦法。」我背起行囊，開始走路，「妳不是說妳不會方言。」

「我擅長聆聽模仿。」她無所謂地聳肩，「我學那樣的東西很快。」

「嚇偶一跳……」我吐了一口口水，「可惡！我可能要過一句才能完全擺脫那口音了，感覺像牙床裡多了一塊軟骨一樣。」

戴娜消沉地環顧四周，「我想，我們又得回去樹叢裡找了，找尋我的贊助人和你的答案。」

「其實沒意義了。」我說。

「我知道，但是我不能沒試過就放棄。」

「我不是那個意思，妳看……」我指著豬群為了找食物而用鼻子翻過的土和葉子。「豬群把整個地方都翻過了，即使原本有蹤跡，我們也永遠找不到了。」

她深深吸了一口氣，疲累地嘆氣，「那瓶子裡還有東西嗎？」她疲倦地問，「我的頭還在痛。」

「我真是白癡。」我說，環顧四周，「我怎麼沒早一點發現。」我走到一棵小樺樹邊，割下幾片樹皮，拿回來給她，「樹皮內層有不錯的止痛效果。」

「有你在身邊真方便。」她用手指撕下一些內層，放入嘴裡，接著皺起鼻子說：「好苦。」

「這樣妳就知道它真的是藥了。」我說，「如果吃起來是甜的，那就是糖。」

「世界不就是這樣嗎？」她說，「我們都想要甜美的東西，但是我們需要的，其實是苦澀的東西。」她微笑地說，「說到這個，我該怎麼找我的贊助人？我願意聽聽各種建議。」

「我有個點子。」我說，把行囊往上頂了一下，「但是我們必須先回農場，我得再看一次某樣東西。」

．

我們走回古墳丘，這下我明白它的名稱由來了。這附近沒有其他的石塊，但是隨處可見奇形怪狀的土堆。如今重看一次，就不會錯過那凹凹凸凸的起伏了。

「你需要看什麼？」戴娜說，「如果你想進那房子裡，我可能會強行拉住你。」

「妳看那房子。」我說，「再看那個從樹木間伸出來的峭壁。」我指，「這邊的石頭是深色的……」

「……房子的石頭是灰色的。」她接著說。

我點頭。

她仍疑惑地看著我，「那代表什麼意思？他說過，他們找到古墳的石頭。」

「這邊沒有古墳。」我說，「只有維塔斯人會依循傳統建造古墳，或是在沒辦法挖墳墓的低窪地帶才有。我們離真正的古墳可能有一百哩遠。」

我走進農舍，「況且，建古墳不需要用石頭，即使你真的用石頭，也不會用這種精緻的石頭，這是從遠處運來的。」我用手摸著牆面的平滑灰石，「因為有人想蓋能屹立許久、結實的東西。」我轉頭面對戴娜，「我想這裡面埋了古山城。」

戴娜想了一會兒，「如果這裡沒有真正的古墳，為什麼他們要稱它為古墳丘？」

「或許是因為這裡的人沒見過真正的古墳，只在故事裡聽過，所以他們發現山丘上有大土堆時……」我指著奇形怪狀的土堆，「就叫它古墳丘。」

「但是這裡那麼偏僻。」她漫無目的地環顧四周，「這個窮鄉僻壤的地方……」

「現在是這樣。」我認同，「但是以前剛建好的時候呢？」我指著燒毀農舍的北方，那裡有一片樹林分開的間隙。「過來這裡一下，我想看別的東西。」

步行穿過山丘北面的樹林後，可以看到周遭一覽無遺的美景，秋天的紅葉與黃葉美得令人屏息，我可以看到其中點綴著幾間住家與穀倉，周遭圍著金黃色的田地或是淡綠色的牧草，幾隻綿羊佇立其間。我也可以看到戴娜和我泡過腳的那條小溪。

往北看，可以看到歇蒙提到的峭壁，那土地從這裡看來比較荒蕪。

我自顧自點頭，「從這裡可以往每個方面眺望三十哩，視野比這裡還好的就只剩那個山丘了。」我指著一個遮住我觀看北方峭壁的高丘。「那地方幾乎縮成一點，頂端太窄，沒辦法蓋大型堡壘。」

她若有所思地環顧四周，然後點頭，「好吧，你說服我了，這邊有一個山城，那現在怎麼辦？」

「我想在我們今晚紮營以前，先去那個山丘的頂端。」我指著目前遮住部分峭壁的高聳狹窄山丘，「那只有一兩哩遠，如果北部峭壁有什麼怪事，從那裡可以清楚看到。」我想了一下，「而且，如果梣木先生就在方圓二十哩內，他會看到我們生的火而來找我們。如果他想保持隱密低調，不想到鎮上，或許他會接近營火。」

戴娜點頭，「那的確是比在樹叢裡漫無目的地尋找好多了。」

「偶爾我的腦筋還滿管用的。」我說，手往下坡的路大大一揮，「女士優先。」

74 道石

戴娜和我都很疲憊，不過我們還是在傍晚迅速抵達了北部山丘的頂端。山丘圍繞著樹木，但頂端倒是像僧侶的頭一樣光禿禿的。四面八方一覽無遺的景色令人為之屏息，唯一的遺憾是，我們走路的時候，吹來了幾片雲，讓天空有如灰色的石板一樣。

往南可以看到幾塊小農場，還有幾條蜿蜒的小溪和窄路穿梭在林間。西邊的山有如一面遙遠的牆，南方和東方都可以看到炊煙裊裊和特雷邦的棕色低矮建築。

轉向北方，我可以看到豬農說的沒錯，那方向毫無人跡，沒有道路、農地、炊煙，只有愈來愈崎嶇的路面、露岩，以及緊貼著峭壁的樹木。

這個山丘頂上只有幾塊灰石，三大塊石頭堆在一起，形成大拱門，像個宏偉的入口。另兩塊大石頭則是橫倒在地上，好像躺臥在茂密的草堆裡一樣。看到那些石頭給我一種放心的感覺，就像和老友不期而遇。

我眺望四周的鄉間景致時，戴娜坐在其中一塊橫倒的灰石上。我感覺到雨滴輕觸我的臉龐，不禁咒罵了一聲，拉起斗篷的帽子。

「這雨不會下太久。」戴娜說，「最近幾個晚上都是這樣，雲飄過來，下個半小時的雨，之後又飄走了。」

「太好了。」我說，「我討厭睡在雨中。」

我把行囊放在一塊灰石的背風面，接著我們便開始搭建營區，我們各自負責部分的任務，彷彿之前已經合作過了上百次。戴娜清出一個生火的地方，然後去收集石塊。我捧回一堆木柴，迅速生起火。之後我去採了一些鼠尾草，挖了一些剛剛沿途走上來時發現的野生洋蔥。

雨下得頗大，等我開始做晚餐時，雨勢就漸漸小了。我用小鍋子燉煮午餐吃剩的豬肉、一些紅蘿蔔、馬鈴薯，以及剛剛找到的洋蔥。我加鹽、胡椒、鼠尾草調味，接著在火附近溫熱一條麵包，撥開乳酪外面的蠟。最後，我把兩顆蘋果塞在火堆的石頭間，烤來當甜點。

晚餐做好時，戴娜已經找來許多木柴，堆得像小山一樣。我攤開毯子讓她坐在上面，我們用餐的時候，她對食物讚不絕口。

我們吃完之後，戴娜說：「這樣的款待會把女孩子寵壞了。」她滿足地往後靠著灰石，「如果你也帶了魯特琴來，就可以唱歌哄我入睡，那就太美好了。」

「今天早上我在路上碰到一位匠販，他想賣我一瓶水果酒。」我說，「我應該跟他買下來才對。」

「我很愛水果酒。」她說，「是草莓酒嗎？」

「我想應該是。」我說。

「上路時不聽匠販的話，就等著自作自受。」她語帶責怪，眼神看來昏昏欲睡，「像你這樣聰明的人，應該都聽過很多故事，知道該怎麼做才對……」她突然坐起來，指向我肩後，「你看！」

我轉頭，「看什麼？」我問，天空還是佈滿厚厚的雲層，四周昏暗一片。

「你就一直看著，或許它會……在那裡！」

我看到了，遠處閃爍著藍光，我站起來，來到火堆前方，以免火光模糊了我的視線。戴娜站到我身後，我們屏息等候了一會兒，又閃了一次藍光，這次更亮了。

「妳覺得那是什麼？」我問。

「我很確定所有鐵礦坑都是在西邊。」戴娜若有所思地說，「所以不可能是礦坑。」

藍光又閃了一次，看來的確是從峭壁那邊發出來的，那表示，如果那是火焰，應該是很大的火。至少比我們生的火大好幾倍。

「妳說過妳的贊助人有他自己一套暗示妳的方式。」我緩緩說道，「我無意刺探，不過那會不會是……」

「不是，那和藍焰沒有關係。」她看我一副不安的樣子，輕輕一笑，「那對他來說太不吉利了。」

我們又看了好一會兒，但是之後就沒再閃了，我拿一根和我的拇指一樣粗的樹枝，把它折成兩半，用石頭把那兩半搥打進土裡，像帳棚的支架那樣插著。戴娜揚起眉毛，一臉疑惑。

「這指向我們看到的光源。」我說，「現在這麼暗，我看不到任何地標，但是明天早上這就可以指出方向了。」

我們又回到原來的座位上，我把更多的木柴丟進火堆裡，讓火花閃爍升起。「我們其中一人可能需要熬夜看著火。」我說，「萬一有人出現，會比較方便。」

「反正我通常都無法安睡整晚。」戴娜說，「所以那應該不會有問題。」

「妳容易失眠嗎？」

「我會作夢。」她的語氣清楚表明她不太想再談這個話題。

我拔起黏附在我斗篷邊緣的棕色刺果，把它們丟進火裡，「我想我大概知道莫森農場發生什麼事了。」

她突然振作起精神，「快說。」

「問題是：為什麼祁德林人會攻擊這個地方，選這個時間點？」

「顯然是因為婚禮的關係。」

「但是為什麼是這場婚禮？為什麼是那個晚上？」

「為什麼不快點告訴我？」戴娜說，揉著前額，「你不要像老師一樣，這邊說一點，那邊提一點，就希望我能從中突然頓悟。」

我不好意思地漲紅了臉，「抱歉。」

「沒關係，通常我很喜歡和你這樣你一言我一語的機智應答，不過今天發生了太多事，我的頭又在痛，你就直接跳到結論吧……」

「那是因為莫森在挖掘古山城、找石頭的時候所發現的東西。」我說，「他從廢墟裡挖到某樣東西，閒聊了好幾個月。祁德林人耳聞風聲，便現身將它偷走了。」我講完時，語氣中帶了一點得意。

戴娜皺眉，「那說不通，如果他們只是想要那樣東西，他們大可等到婚禮結束，只殺新婚夫婦就好了，那還比較容易。」

我一聽又洩氣了，「妳說的沒錯。」

「如果他們真正想做的，是根除所有知道這件事的人，那就比較合理了，就像賽倫王認為他的攝政者要以通敵之名舉發他時，乾脆殺了他全家，焚燬他們的莊園，以免消息走漏或留下任何證據。」

戴娜指向南邊，「既然知道祕密的人都會來參加婚禮，祁德林人可以來這裡，殺光知道的人，然後毀壞或偷走那東西。」她手掌攞平一揮，「徹底根除。」

我震驚地坐在那裡，不是因為戴娜的說法，她講的當然比我猜測的好，而是因為我想起我們劇團的境遇。有人的爸媽一直在唱完全錯誤的歌，但是他們不只殺了我爸媽而已，他們把周遭聽過片段歌曲的人也都殺了。

戴娜把身體捲進毯子裡，背對著火，「我就留你慢慢思考我的巧妙分析吧，我先睡了，你想釐清其他的事情時，再叫醒我吧。」

我幾乎是靠意志力撐住才沒睡著，畢竟我今天辛苦騎了六十哩的長路，又走了六哩路。不過，戴娜受傷了，她更需要睡眠。此外，我也想注意看北方還有沒有發出藍光。

後來都沒再出現藍光了，我繼續添著柴火，心想威稜和西蒙會不會擔心我突然不見蹤影了。奧威爾、艾爾沙．達爾、基爾文不知道會怎麼想？他們會擔心我出了什麼事嗎？我應該要留張紙條才對……

我也沒辦法判斷現在的時間，因為雲層仍遮掩著星星。不過，後來戴娜身體緊繃，突然醒了過來，這時我已經添了柴火至少六、七次了。她沒有馬上坐起來，但是她突然屏住呼吸，我看到她深色的眼睛四處掃視，彷彿不知道自己身在何處。

「抱歉，」我說，主要是讓她有個熟悉的東西，以便集中注意力，「我吵醒妳了嗎？」

她放鬆，坐了起來。「沒有，我……你沒吵醒我，我已經睡過了，要換你嗎？」她揉眼睛，凝視著火堆對面的我。「我問這什麼傻問題，你看起來很累。」她掀起裹在身上的毯子，「拿去吧……」

我揮手拒絕，「妳留著，我有斗篷就夠了。」我拉起斗篷的兜帽，躺在草地上。

「你真有紳士風度。」她輕聲笑我，把毯子圍在肩上。

我枕著手臂，正在想該怎麼巧妙回應時就睡著了。

我隱約夢見自己在擁擠的道路上移動，然後就醒了，看到戴娜的臉龐就在我上方，在火光的映照下呈粉紅色。總之，是很愉悅的甦醒方式。

我正要說點什麼表達這種感受，她就把手指放在我嘴唇上，讓我完全分了心。

「安靜，」她輕聲說，「你聽。」

我坐起來。

「你聽到了嗎？」過了一會兒她問。

我偏著頭，「只有風……」

她搖頭，用手勢打斷我的話，「喏！」

我的確聽到了，原本我以為是石頭崩落，滑下山丘的聲音，但不是，那聲音沒有因為遠去而逐漸消失，聽起來比較像是有東西被拖上山坡的聲音。

我站起來，環顧四周。我睡覺時，雲已經散了，現在月亮的銀光照亮了周遭的景致，我們的營火滿是閃著火光的煤炭。

就在這個時候，在不遠的山坡處，我聽到……若是說我聽到樹枝斷裂的聲音，那可能會誤導你們。有人穿過樹林而折斷樹枝時，會清脆地發出啪的一聲，那是因為我們不小心折到的樹枝都很小，很快就斷了。

但是我聽到的不是樹枝折斷聲，而是比較長的爆裂聲，像是腿一般粗的樹枝從樹幹上折下來的聲音：喀喀咿——喀喀喀咿——喀喀喀喀咿呀。

我轉頭看戴娜時，又聽到另一個聲音，我該怎麼形容那聲音？

我小時候，我母親帶我去賽納寧的動物園，那是我這輩子唯一一次看過獅子，也是我唯一一次聽過獅子怒吼，人群中其他的小孩怕得要命，我卻笑了，非常開心。那聲音很低沉，我可以感覺到它在我胸腔內隆隆作響，我很喜歡那感覺，至今仍記得。

我在特雷邦附近的山丘上聽到的聲音，不是獅子的吼聲，但是我覺得那聲音也在我胸腔裡產生同樣的效果。那是一種咕噥聲，比獅子的吼聲還要低沉，比較像是遠方的雷鳴。

我又聽到樹枝折斷的聲音，幾乎是在山丘的頂端，我往那方向看，看到火光隱約照出一個龐大的形體，我感覺到腳下的土地稍稍震動了。戴娜轉頭看我，她驚恐地瞪大了眼睛。

我抓住她的手臂，衝向山坡另一邊。一開始戴娜跟上我的腳步，但是當她看到我往哪裡衝時，便停下了腳步。「別傻了。」她嘶聲說，「我們在黑暗中衝下去會摔斷脖子的。」她急著四處張望，接著往上看到附近的灰石，「扶我上那裡，我再拉你上去。」

我把十指交扣成一個踏階，讓戴娜踩在上面，我用力向上一舉，把她拋到空中，讓她抓到灰石的邊緣。我等了一下，讓她把腳甩上去，接著我把行囊甩在肩上，從巨石的側面攀上去。

其實我應該說，我是在巨石的側面努力想爬上去，灰石經過長年累月的日曬雨淋，表面變得格外光滑，沒有可以抓握的地方，我滑下地面，手亂抓一通。

我衝到另一邊，跳上另一塊比較低的石頭，然後再往上跳。我身體正面猛力撞上了石頭，把胸口的氣都擠出來了，也撞傷了膝蓋。我的手抓住拱門的頂部，但是我找不到任何可以支撐身體的地方。

戴娜抓住了我，如果這是某個英勇的敘事歌謠，我會告訴你她如何緊握住我的手，拉我上去。但實際上，她是一手拉住我的襯衫，另一手緊抓住我的頭髮。她用力地拉，讓我在掉落之前找到了支撐點，爬到石頭上。

我們躺在石頭上喘著氣，從石頭邊緣向外凝視。接近山坡頂端的那個模糊身影開始朝我們的營火圈移動，那東西半藏在黑影中，看起來比我見過的任何動物還大，像裝滿貨物的馬車一樣。它全身漆黑，像公牛一樣龐大。逐漸靠近火堆，拖著奇怪的腳步，不像牛，也不像馬。風搧動著火，把火吹得更大了，我看到那東西的龐大身體離地面很近，腳在身體兩側，彷如蜥蜴一般。

當它接近火光時，剛剛那比喻可說是再貼切不過了。那是一隻大蜥蜴，不是像蛇那樣細長，而是像空心磚那樣蹲伏著，粗厚的大脖子連接著狀似扁平楔子的頭。

牠一下子就從山丘頂端走到我們的火堆旁邊，再次發出咕噥聲，像隆隆雷聲般低沉，我胸口可以感受到那震動。牠逐漸靠近時，經過另一塊橫倒在草堆裡的灰石，我才發現我的眼睛沒看錯，牠真的比灰石還大。肩膀離地約六呎，身長十五呎，像馬車一樣大，有十二隻公牛合起來那麼重。

牠前後擺動著大頭，大嘴不斷地開開合合，嚐著空氣的味道。

接著冒出了藍焰，光影乍現，非常刺眼，我聽到戴娜在我身邊驚叫了一聲，我低下頭，感覺到頭頂上有一股熱氣經過。

我揉著眼睛，再次往下看，看到那東西朝火走去，牠全身漆黑，佈滿鱗片，身型巨大，再次發出如雷鳴般的咕噥聲，接著牠上下搖晃著頭，又噴出一大道藍焰。

是一條龍！

75 插曲——順從

在道石旅店裡，克沃思好像在期待什麼似的停了下來，就這樣靜默不語，直到編史家抬起頭來。

「我是給你機會說點話。」克沃思說，「例如『不可能！』或『這世上沒有龍這種東西……』之類的。」

編史家把筆尖擦乾淨，「其實我沒有立場對故事做評論。」他平靜地說，「如果你說你看到龍……」他聳肩。

克沃思對他露出非常失望的表情，「《龍蜥的交配習慣》作者，大揭密家德凡·洛奇斯，竟然會說出這種話？」

「他已經答應絕對不打斷或改變故事的一字一句了。」編史家放下筆，按摩著手。「為了聽取他非常想知道的故事，他就得遵守那唯一的條件。」

克沃思不動聲色地看著他，「你聽過一種說法叫『白叛變』[15]嗎？」

「我聽過。」編史家淡淡一笑。

「瑞希，我知道，我來說。」巴斯特開心地說，「我並非什麼事都認同。」

克沃思來回看著他們兩個，接著嘆了一口氣，「沒什麼事情比完全順從更討人厭的。」他說，「記住這句話，對你們兩個都有幫助。」他示意叫編史家再次提筆，「很好……是一條龍！」

15 White mutiny，意指人太聽話到一種毫無助益的地步。

76 龍蜥的交配習慣

「是一條龍。」戴娜低語，「老天，是一條龍。」

「那不是龍。」我說，「這世上沒有龍這種東西。」

「你看它！」她嘶聲說，「就在那裡！你沒看到那隻超大的龍嗎？」

「那是龍蜥。」我說。

「大得好誇張。」戴娜語氣中帶點歇斯底里，「那隻龍大得誇張，牠會過來這裡，把我們吃了。」

「牠不吃肉。」我說，「牠是草食動物，就像隻大牛一樣。」

戴娜看著我，笑了起來，不是歇斯底里的笑，而是那種剛聽到太好笑的事，忍不住噗嗤而笑的聲音。她摀住嘴巴，搖著頭，只聽得到從指縫間發出的微微呼氣聲。

下面又閃了一次藍焰，戴娜笑到一半僵在那裡，接著把手移開。她看著我，瞪大眼睛，用些微顫抖的聲音輕輕地說：「哞歐歐歐。」

我們因為太快從驚嚇轉成安心的狀態，差點就因為鬆了一口氣而笑出來。所以當戴娜又忍不住摀著嘴，笑得前俯後仰時，我也跟著笑了，我強忍著不出聲，肚子抖得厲害。我們就像兩個躺著傻笑的孩子一樣，下面那隻龐然大物則是不停地發出咕噥聲，在我們的火堆邊聞著氣味，偶爾噴出火焰。

過了好幾分鐘，我們平靜了下來。戴娜擦掉眼角的淚水，顫抖地深深吸了一口氣。她靠近我，直到她身體左側緊挨著我的右側，我們一起從石頭邊緣往下探時，她輕聲說：「那東西不吃草，卻那麼龐大，牠永遠不會找到足夠的食物。你看牠的嘴，還有那些牙齒。」

「沒錯，牠們的牙齒是平的，不是尖的，牠是吃樹木，整棵樹，妳看牠有多大，要去哪裡找足夠的肉？每天可能要吃十隻鹿才夠，那是不可能存活下來的！」

她轉頭看我，「你怎麼會知道這些？」

「我在大學院裡面讀過。」我說，「有一本書叫做《龍蜥的交配習慣》，牠們用火來吸引異性交配，就像鳥類展現羽毛一樣。」

「你的意思是說，下面那個東西想和我們的營火……」她思索著用字，嘴巴無聲地動了幾下，「交尾？」她看起來好像又要噗哧而笑，不過她再次深深吸了一口氣，恢復鎮靜。「那我就需要好好來觀察一下了……」

我們都感覺到趴著的那塊石頭從底下傳來晃動，在此同時，周遭明顯變暗了。

我們往下看，看到龍蜥在火堆裡打滾，像豬在泥坑裡翻滾一樣。牠扭動著身子，用身體壓著火，地面也跟著晃動。

「那東西想必重達……」戴娜一時語塞，搖搖頭。

「或許有五噸。」我猜，「至少有五噸。」

「牠可能會過來攻擊我們，推倒這些石頭。」

「不至於吧。」我拍著石頭說，試著讓自己聽起來比實際上更有自信一些，「這些石頭在這裡很久了，我們很安全。」

龍蜥在我們的營火裡滾動時，把燃燒的柴火弄得到處都是。牠現在走到草堆裡一塊悶燒的半焦木頭旁邊，聞一聞那木材，在上面滾動身體，把它壓進土裡。然後再站起來，聞一聞木材，吃掉它。牠沒有咀嚼，而是直接把整塊木頭吞下肚，就像青蛙把蟋蟀吞進咽喉裡一樣。

牠這樣做了好幾次，繞著現在幾乎快熄滅的火堆走，先聞一聞木頭，在上面滾動身體，把火弄熄後再把它吃掉。

「我想，這樣就說得通了。」戴娜看著牠說，「牠會噴火，住在森林裡。如果牠沒有滅火的習性，應該不會存活太久。」

「那或許是牠來這裡的原因。」我說，「牠看到我們的火了。」龍蜥就這樣又嗅又滾了幾分鐘，最後牠走回火堆，裡面僅剩一些煤渣。牠繞著火堆轉了幾圈，接著從上面走過，躺了下來。我畏縮了一下，牠就像母雞坐進巢裡一樣，前後搖晃。現在山坡頂端完全暗了下來，只剩下淡淡的月光。

「我怎麼可能從來沒聽過這種東西？」戴娜問。

「牠們很罕見。」我說，「大家不知道牠們其實沒什麼大害，所以看到的時候通常會加以撲殺。牠們繁殖得也慢，下面那隻可能有兩百歲了，應該是牠們體型最大的程度。」我驚嘆地說，「我想全世界那麼大隻的龍蜥應該不超過兩百隻。」

我們又看了幾分鐘，但是下方都沒什麼動靜。戴娜張嘴打呵欠，「老天，我好累。沒什麼事情比知道自己死定了還要累人的。」她翻身變成仰臥，接著又翻成側躺，後來又翻回來面向我，想找個舒服一點的姿勢。「老天，這上面還真冷。」她明顯地顫抖，「我明白牠為什麼要窩在我們的火堆裡了。」

「我們可以下去拿毯子。」我提議。

她哼著鼻子說，「不行。」她顫抖，雙手抱在胸前。

我站起來，脫下斗篷，「喏！用這個包著身子吧，雖然不是很厚，不過還是比直接靠著石頭好。」我把斗篷遞給她，「妳睡覺的時候，我會看著妳，不會讓妳滾下去。」

她凝視著我好一會兒，我本來還以為她會拒絕，但是沒過多久，她便接起斗篷，把它包在身上。「克沃思先生，你的確很懂得照顧女孩子。」

「等明天再說吧。」我說，「這才剛開始而已。」

我靜靜地坐在那裡，努力不讓自己顫抖。後來戴娜的呼吸開始平穩下來，我心滿意足地看著她入睡，像個男孩一樣渾然不知自己有多麼愚蠢，也不知道隔天會遇上什麼意外的悲劇。

77 峭壁

我醒來時，完全不記得我是什麼時候睡著的。戴娜輕輕地搖我，「別移動太快。」她說，「這裡離地面滿高的。」

我緩緩地舒展身子，幾乎每吋肌肉都在抱怨昨天遭到的對待，大小腿緊繃，有多處明顯的疼痛。

這時我才發現我又穿上斗篷了，「我叫醒過妳嗎？」我問戴娜，「我不記得……」

「算是吧。」她說，「你開始打盹，頭碰到了我。我罵你時，你眼皮張都沒張……」戴娜看著我緩緩站起來時，聲音逐漸變小，「老天，你那樣子，看起來好像某人罹患關節炎的祖父。」

「妳知道是什麼感覺。」我說，「剛醒來時，總是最硬的。」

她竊笑，「我們女人沒那樣的問題。」不過她後來仔細看我時，表情變得愈來愈正經了，「你是說真的啊？」

「昨天我見到妳以前，騎了六十哩的路。」我說，「我不習慣騎那麼遠，而且昨晚跳上來的時候，又猛力撞上了石頭。」

「你受傷了嗎？」

「當然受傷了。」我說，「全身上下都是傷。」

「噢！」她驚呼，手摀著嘴，「你那雙美麗的手！」

我低頭看，才明白她的意思，那一定是昨晚拼命爬上灰石時弄傷的。我彈琴長的硬繭保護了大半的指尖，但是指關節嚴重擦傷，佈滿了血跡。身體的其他部位實在太痛了，所以我連手受傷了都沒注意到。

我一看到手傷，胃就糾結了一下，不過我屈伸手指時，可以感覺得出來那只是一點皮肉傷，沒什麼大礙。身為樂手，我常擔心萬一手出事了怎麼辦。再加上我又做工藝，讓我更加擔心。「實際上沒有外表的傷勢那麼嚴重。」我說，「龍蜥離開多久了？」我問。

「至少兩小時了吧。太陽出來以後，牠就晃到別的地方去了。」

我從灰石拱門上往下眺望，昨晚山頂還有一片綠草，今天早上看起來像戰場一樣。有些地方的草被壓扁了，有的燒得只剩短短的梗。龍蜥滾動過或拖過龐大身體的土地上都留下了深溝。

從灰石上方下來，比當初爬上去還難。拱門頂端離地約十二呎，不太方便直接跳下去。通常我並不擔心這高度，但是現在全身僵硬，滿身是傷，我擔心我會跌得很難看，扭傷足踝。

最後我們用我的行囊背帶當臨時的繩索，戴娜奮力拉著一端，我逐漸拉著背帶下去。袋子整個被扯了開來，裡面的東西當然散得滿地，不過我到下面時都沒有受傷，頂多被草染髒了衣服而已。

接著戴娜從石頭邊垂下身子，我抓住她的腿，讓她緩緩滑下來。雖然我身體正面都是傷，這樣抱著戴娜下來，讓我的心情好了許多。

我收拾東西，拿出針線，坐下來縫合行囊。戴娜去林間晃了一下，不久便回來了，她停下來撿起我們昨晚留在下面的毯子，龍蜥踩過的地方，留下了幾個爪子扯破的大洞。

「你以前看過這個嗎？」我問，舉起我的手。

她揚起一邊的眉毛看我，「這句話我聽過幾遍了？」

我對她露齒而笑，把匠販給我的黑色鐵塊遞給她，她好奇地端詳那東西，「這是洛登石嗎？」

「妳竟然看得出來，我還滿意外的。」

「我認識一個人用這個當紙鎮。」她不屑地嘆了一口氣，「這東西雖然寶貴，也很罕見，但是他就是要特別強調他拿它來當紙鎮。」她嗤之以鼻地說，「真是蠢蛋，你那邊有沒有鐵？」

「去那邊翻找一下。」我指著我雜亂的家當，「裡面應該有。」

戴娜坐在平躺的灰石上，玩著洛登石和一個壞掉的釦環，我慢慢地縫合行囊，再把肩帶綁回去，重複縫了幾次，以免它脫落。

戴娜完全被洛登石迷住了，「為什麼會有引力？」她問，拉開釦環，讓洛登石把它吸回去，「引力是從哪來的？」

「那是一種電流。」我說，然後遲疑了一下，「其實那只是表面上好聽的說法，我也不是很清楚。」

「我在想，它會不會是鐵做的，所以只喜歡鐵。」她若有所思地說，拿她的銀戒指接近洛登石，但是毫無反應，「如果有人找到黃銅組成的洛登石，那是不是也會吸其他的黃銅？」

「或許它會吸銅和鋅。」我說，「因為黃銅是銅和鋅合成的。」我把行囊翻回正面，開始裝東西，戴娜把洛登石還給我，往火堆的殘跡走去。

「牠離開前，把所有木頭都吃光了。」她說。

我也走過去看，火堆翻得一團亂，感覺像一團騎兵部隊踩過一樣。我用鞋尖戳著一大片翻起的草皮，然後彎腰撿起一樣東西，「妳看這個。」

戴娜靠近，我把東西舉起來讓她看，那是龍蜥的鱗片，平滑黝黑，大概和我的手掌一樣大，狀如淚珠，中間約四分之一吋厚，往旁邊逐漸變薄。

我把那鱗片遞給戴娜，「親愛的女士，送給妳當紀念。」

她用手秤秤它的重量，「還滿重的。」她說，「我也找一個送你……」她跳回火堆前翻找殘跡，「我想牠除了吃木頭以外，也連帶吃了一些石頭。我記得我昨晚揀來排火堆的石頭不只這些。」

「蜥蜴常吃石頭。」我說，「那是牠們消化食物的方式，石頭會磨碎牠們腸胃裡的食物。」戴娜懷疑地看著我，「的確，雞也是那樣。」

她搖頭，看往別處，戳著翻動過的泥土。「我本來還有點希望你把這次的境遇編成一首歌，但是你愈講這東西，我就覺得還是算了。牛啊，雞的，你還真欠缺生動的想像力。」

「不用誇大就已經夠瞧的了。」我說，「除非我猜錯，不然那鱗片幾乎都是鐵。牠已經那麼驚人了，我要怎麼把牠變得更戲劇性呢？」

她拿起鱗片仔細瞧，「你開玩笑的吧？」

我對她笑，「這一帶的石頭富含鐵。」我說，「龍蜥吃下石頭，那些石頭在牠的砂囊裡慢慢磨碎，金屬逐漸滲入牠的骨頭與鱗片裡。」我拿起那鱗片，往一塊灰石走去，「年復一年，牠會脫皮，把那些皮吃掉，把鐵留在體內，這樣過了兩百年……」我用鱗片敲石頭，發出介於鈴聲與陶器之間的清脆響聲。

我又把鱗片還給戴娜，「以前還沒有現在的採礦業時，大家可能是獵捕牠們以採集鐵礦。即使是今天，我猜鍊金術士也肯出高價買牠們的鱗片或骨頭。有機鐵相當罕見，他們或許可以用有機鐵做各種東西。」

戴娜低頭看手裡的鱗片，「好吧，你贏了，可以寫首歌了。」她的眼睛突然為之一亮，「讓我看一下洛登石。」

我從袋子裡掏出洛登石，遞給她，她把鱗片拿近洛登石，那兩樣東西馬上吸在一起，發出同樣奇怪的陶器鳴聲。她笑了，走回火堆，開始用洛登石翻動殘跡，尋找更多的鱗片。

我眺望北邊的峭壁，「我實在不想告訴妳壞消息。」我說，指著從樹林冒出的輕煙，「那邊有東西在悶燒，我昨晚用來做記號的木樁不見了，但我覺得那是我們昨晚看到藍焰的方向。」

戴娜在火堆殘跡裡來回地擺動洛登石，「龍蜥不會是造成莫森農場事件的原因。」她指著翻起的土壤和草皮，「那邊沒有類似這樣的破壞。」

「我不是在想農場的事。」我說，「我在想某人的贊助人昨晚可能也在野外克難度過，升起小小的營火……」

戴娜的臉沉了下來，「然後龍蜥看到了。」

「我是不擔心。」我馬上說，「如果他像妳說的那麼聰明，他可能平安無事。」

「帶我去看可以躲得平安無事的地方。」她嚴肅地說，把洛登石還給我，「我們過去看吧。」

這邊離飄起輕煙的森林只有幾哩路，但是我們走得很慢，一來是因為我們疲累又受了傷，二來是因為我們都覺得到達目的地可能也找不到什麼。

我們一邊走，一邊分食最後一顆蘋果和半條麵包。我割了幾片樺樹皮，戴娜和我都用手指摳裡面的纖維來咀嚼。過了一個小時左右，我腳部的肌肉已經放鬆了，走起路來不再疼痛。

我們愈靠近目的地，速度愈慢。起伏的山丘地變成崎嶇的峭壁和佈滿碎石的斜坡。我們得用爬的或是繞遠路，有時還得往回走，才能找到路徑。

路上還有一些令人分神的東西，我們意外發現一片成熟的燼莓，讓我們的速度又慢了近一小時。我們發現小溪不久，就停下來喝水，休息與梳洗。那條溪深度只有六吋，所以出現小說所描述調情橋段的希望又再度幻滅，這深度連泡個澡都不夠。

午後不久，我們終於走到冒煙的地方，結果發現一切和我們預期的完全不一樣。

這是一個藏身在峭壁裡的隱匿山谷，我說它是山谷，但它其實比較像是丘陵地帶之間的巨大台階。一邊是高聳的黑岩峭壁，另一邊是斷崖。戴娜和我從兩個不同的角度想要靠近那個地方，卻都進不去，過了許久才終於找到入口。幸好今天沒風，煙像箭頭一樣垂直升上晴朗無雲的藍天。要不是有煙當指引，我們可能永遠也找不到這個地方。

這裡可能曾經是一片宜人的小森林，但是如今看來好像遭到龍捲風襲擊過一樣。樹木折斷，連根拔起，燒成焦炭，碎裂滿地。地上挖出了深深的溝槽，石頭挖得到處都是，彷彿某個人高馬大的農夫犁田時發了瘋。

兩天前，我可能完全猜不出這樣的破壞是什麼造成的，但是昨晚見識過之後……

「你不是說牠們無害嗎？」戴娜轉身對我說，「這邊彷彿經歷過一場暴動。」

戴娜和我開始小心翼翼地踏過殘跡，這裡有一棵大楓樹傾倒在地，原本樹木扎根的地方留下了一個深洞，深洞底部只剩幾塊煤炭悶燒著，白煙就是從那洞裡冒出來的。

我用鞋尖漫不經心地把幾塊土塊踢進洞裡，「好消息是，你的贊助人不在這裡。壞消息是……」我突然停下來，深深吸了一口氣，「妳聞到了嗎？」

戴娜深呼吸，點點頭，皺起鼻子。

我站到倒下的楓樹樹幹上，環顧四周，風向變了，味道愈來愈濃，有東西死亡腐爛的味道。

「你不是說牠們不吃肉？」戴娜說，緊張地環顧四周。

我從樹幹上跳下來，走回峭壁邊，那邊有一個砸成碎片的小木屋，腐爛的味道又更濃了。

戴娜望著一片破壞的殘跡說，「這看起來完全不像毫無傷害。」

「我們不知道這是不是龍蜥幹的。」我說，「如果是祁德林人攻擊這裡，龍蜥可能會被火引誘過來，一邊滅火，一邊製造破壞。」

「你覺得是祁德林人幹的？」她問，「那和我聽過的傳聞不太相符，他們應該是像閃電一樣迅速攻擊，之後就消失了。他們不會來造訪，放個火，之後又回來辦點事。」

「我也不知道是怎麼回事，但是兩間損毀的房子……」我開始仔細翻看破壞的殘跡，「似乎很有關係。」

戴娜突然倒抽一口氣，我循著她的視線望過去，看到有一隻手臂從好幾塊厚木底下伸出來。

我靠過去看，一堆蒼蠅嗡嗡飛起。我摀著嘴巴，想阻絕那臭味，卻沒什麼效果。「他已經死亡兩句了。」我彎腰揀起一團糾結在一起的木頭和金屬，「妳看這個。」

「你拿過來，我就看。」

我把那東西拿到她站的地方，那東西幾乎已經壞到難以辨識原形了。「是弩弓。」

「看來沒有保護到他。」她說。

「問題是，為什麼他會帶這個東西？」我端詳著那橫杆所用的厚重青鐵，「這不是狩獵用的弓，而是在野外為了射死遠處穿青甲的人而使用的弓，是非法武器。」

戴娜從鼻子哼著氣說，「你也知道那種法令在這裡並不適用。」

我聳肩，「總之，這是很昂貴的裝備，為什麼住在那種簡陋小木屋的人會有價值十銀幣的弩弓？」

「或許他知道有龍蜥這種東西。」戴娜緊張地環顧四周，「我也希望現在有一把弩弓。」

我搖頭，「龍蜥生性怕生，牠們會遠離人類。」

戴娜露出受不了的表情，諷刺地指著小木屋全毀的殘跡。

「想想森林裡的每一種野生動物。」我說，「野生動物都會盡量避免和人接觸，就像妳說的，妳甚至沒聽過龍蜥，那是有原因的。」

「或許牠有類似狂犬病的狂暴症？」

聽她這麼一說，我突然愣住了。「那說法滿恐怖的。」我環顧四周毀壞的景象，「你要怎麼殺那東西？蜥蜴也會得狂暴症嗎？」

戴娜不安地站著，緊張地四處張望。「你還想在這裡找什麼嗎？我覺得我已經看得差不多了，我不希望那東西回來時，我還在這裡。」

「我有部分的想法覺得，我們該好好掩埋這個人……」

戴娜搖頭，「我不要待在這裡那麼久。我們可以告訴鎮上的人，讓他們來處理。那東西隨時都可能回到這裡。」

「為什麼？」我問，「為什麼牠會一直回來這裡？」我指著樹，「那棵樹已經死了一旬，但是那棵樹幾天前才被拔起……」

「你為什麼要在意這些？」戴娜問。

「因為祁德林人。」我堅定地說，「我想知道他們為什麼來這裡，他們是不是控制龍蜥？」

「我不覺得他們來過這裡。」戴娜說，「祁德林人可能去過莫森農場，但是這裡只是發瘋的巨大蜥蜴搞的。」她凝視我好一會兒，端詳我的臉，「我不知道你來這裡想找什麼，但是我覺得你不會找到。」

我搖頭，環顧四周，「我覺得這一定和農場事件有關。」

「我覺得，你是希望他們有關。」她輕聲說，「但是這傢伙已經死了好一段時間，那是你自己說的。另外，你還記得農場的門框和水槽嗎？」她彎下腰，用指關節輕敲小木屋的木頭，發出紮實的聲音。「還有，你看那個弩弓，它的金屬也沒有鏽蝕，他們沒來過這裡。」

我心頭一沉，知道她說的沒錯，我其實心底很清楚自己是在做無謂的臆測。但我還是覺得，不把每種可能都試過以前，不該就此罷休。

戴娜拉起我的手，「我們走吧。」她微笑，拉了我一下。她的手在我手裡感覺很冰涼光滑，「還有比這更有趣的事情……」

樹林間傳來巨大的碎裂聲：喀喀咿──喀咿──喀喀咿。戴娜放下我的手，轉向我們來的方向。

「不……」她說，「不不不……」

龍蜥突如其來的威脅讓我馬上集中了精神，「我們沒事。」我望著四周說，「牠太重了，沒辦法爬上來。」

「爬什麼？樹嗎？牠連那些東西都可以拆爛了。」

「峭壁。」我指著這一小片森林邊界的峭壁，「走吧……」

我們連忙往峭壁的底部走，跨越溝槽，跳過倒下的樹。我聽到背後傳來雷鳴般轟隆隆的咕噥聲，我往肩後一瞥，不過龍蜥還在林間某處。

我們抵達峭壁底下，我開始找我們兩個都可以爬上去的區塊。過了漫長緊張的一分鐘，我們走出一片濃密的漆樹林，發現一長段被翻攪過的泥土區，龍蜥挖過那裡。

「你看！」戴娜指著峭壁的一個裂縫，約兩呎寬的深長裂縫，那寬度夠擠進一個人，但不足以擠進龐大的龍蜥。峭壁上有銳利的爪子抓過的痕跡，翻攪過的泥土上散落著碎石。

戴娜和我擠進那狹窄的裂縫中，裡面昏暗，唯一的光線是來自頭頂上細長的藍天。我鑽進去時，被迫必須側著身走，我的手離開峭壁時，掌心都是黑煤煙垢。龍蜥沒辦法鑽進狹窄的裂縫，不過牠顯然曾經噴火進來。

走了十二呎後，裂縫稍微寬了一些，「有一道梯子。」戴娜說，「我要爬上去，萬一那東西對我們噴火，會像小峽谷裡的雨水那樣灑在我們頭上。」

她爬上梯子，我跟在她後頭。那梯子雖然粗陋，但還滿穩固的，爬了約二十呎後，就抵達一片平地。那平台的三邊都圍著黑色的石頭，不過可以清楚看到下方毀壞的木屋和倒塌的樹木，峭壁邊放著一個木箱。

「你看得到那東西嗎？」戴娜問，「不要告訴我，我拼命逃，擦破皮膚，結果根本沒有東西追過來。」

我聽到低沉的重擊聲，感覺到身後傳來一陣熱氣。龍蜥再次發出咕噥聲，又在下方的狹窄裂縫裡噴了一道火。接著突然傳來像指甲刮著石板的刺耳聲音，龍蜥用爪子瘋狂地抓著峭壁底部。

戴娜白了我一眼，「還說牠無害。」

「牠不是要追我們。」我說，「妳也看到了，我們還沒來這裡以前，牠就在挖那峭壁了。」

戴娜坐下來，「這是什麼地方？」

「某種瞭望台。」我說，「從這裡可以看到整個山谷。」

「這裡顯然是瞭望台。」她嘆氣，「我問的是整片地方。」

我打開靠著峭壁的木箱，裡面有一張粗毛毯、一個皮製儲水袋、一些肉乾、十二支尖銳的弩箭。

「我也不知道。」我坦承。「或許那傢伙在逃亡吧。」

下方噪音停了，戴娜和我窺探下面的山谷。最後龍蜥終於離開峭壁，緩緩走開，龐大的身軀在地面挖出不規則的溝槽。

「牠的動作沒有昨晚快。」我說，「或許牠病了。」

「或許是因為辛苦追殺我們一天，牠已經累了。」她抬頭看我，「坐下來吧，你讓我感到緊張，我們暫時哪兒也去不了。」

我坐下來，我們看著龍蜥邁著沉重緩慢的步伐，往山谷中央走，攀向三十呎高的大樹，輕而易舉地把樹推倒。

接著牠開始吃樹，從樹葉開始吃起，然後嘎吱嘎吱地咬著和我手腕一樣粗的枝幹，就像羊吃草一樣輕鬆。牠把細枝都吃光後，我以為牠會停下來，但是牠的扁平大嘴開始啃起樹幹的一端，扭著粗大的脖子，樹幹就這樣碎裂了，分解成比較好入口的木塊，方便牠狼吞虎嚥。

戴娜和我也趁此機會吃起了午餐，我們只吃了一點麵包、臘腸和剩下的紅蘿蔔。我不太敢吃木箱裡的食物，畢竟住這裡的傢伙很可能是瘋子。

「我還是很訝異，這附近的人都沒見過牠。」戴娜說。

「有些人可能瞥見過。」我說，「豬農說大家都知道林裡有危險的東西，他們可能以為是惡魔之類的。」

戴娜看了我一眼，嘴角揚起打趣的笑容，「沒想到來鎮上找祁德林人的人竟然會這麼說。」

「那不一樣。」我激動地反駁，「我可沒有到處講妖精的故事，摸著鐵。我是來這裡了解真相，以便取得比謠傳更可靠的訊息。」

「我不是故意要激你的。」戴娜說，有點嚇到了，她又往下方看，「那真的是滿不可思議的生物。」

「我從書中看到時，其實不太相信牠會噴火。」我坦言，「我覺得那太離奇了。」

「你覺得噴火比大如馬車的蜥蜴還要離奇？」

「妳說的只是尺寸大小的問題，但是噴火不是自然現象，畢竟他的火要從哪來？他體內顯然沒有火。」

「你讀的書裡沒有解釋嗎？」戴娜問。

「作者做了一些臆測，但是他也只能臆測，無法抓一隻來解剖。」

「可以理解。」戴娜說，她看著龍蜥輕易地推倒另一棵樹，又開始吃了起來。「什麼樣的網或籠子可以抓得住牠？」

「這方面作者倒是提出一些有趣的論點。」我說，「你知道牛糞散發的氣體可以燃燒嗎？」

戴娜轉頭看我，笑著問：「我不知道，真的嗎？」

我笑著點頭，「農家小孩會在新鮮的牛糞上點火，看著它燃燒。所以農夫才需要小心儲存牛糞，不然那氣體累積多了會爆炸。」

「我是城裡小孩。」她笑著說，「我們不玩那種遊戲。」

「那妳就錯過一些好玩的事了。」我說，「作者認為，龍蜥是把氣體存放在某種囊狀體中，真正的問題在於牠是如何點燃那氣體的。作者提出一種巧妙的說法，他認為龍蜥是使用砷。這在化學上是合理的，砷和煤氣接觸時會爆炸，沼澤會冒火就是這個原因。不過，我覺得那說法有點不合理，如果牠體內真有那麼多砷，牠應該會中毒而死。」

「嗯……」戴娜說，依舊看著下面的龍蜥。

「但是如果你仔細去想，要點燃氣體，只需要一點火花。」我說，「很多動物都有足夠的電流可以產生火花，例如電鰻就能產生足以殺死人的電流，牠們才三呎長而已。」我指著龍蜥，「那麼大的生物一定有辦法產生火花。」

我原本希望戴娜會因為我的巧妙解說而對我另眼相看，但是她似乎只注意到下面的景象。

「妳其實沒在聽我講對吧？」

「我沒有仔細聽。」她說，轉向我，露出微笑，「我覺得滿合理的，牠吃木頭，木頭會燃燒，所以他為什麼不能噴火？」

我在思考怎麼回應時，她指向山谷，「你看那裡的樹，你會不會覺得那裡看起來很奇怪？」

「妳是說，除了樹木被折斷，幾乎快被吃光了以外？」我問，「沒什麼特別奇怪的地方。」

「你看它們的排列方式，現在這裡亂成一團，很難看得出來，但是它們看起來好像是成排生長的，好像是有人刻意種的。」

她這麼一說，那一帶被龍蜥破壞以前，的確看起來像一大區成排種植的樹木。大概有十二排，每排各二十棵樹，大部分的樹現在都只剩樹樁或空洞。

「為什麼會有人想在森林中種樹？」她若有所思地說，「這又不是果園……你看到任何水果嗎？」

我搖頭。

「而且龍蜥只吃那些樹。」她說，「中央有明顯的空地，牠也推倒了其他的樹，但是牠把中間的樹推倒，還吃光了。」她瞇起眼，「牠現在吃的是什麼樹？」

「我從這裡看不出來。」我說，「楓樹嗎？牠愛吃甜食？」

我們又看了好一會兒，接著戴娜站起來，「重點是，牠現在不會跑過來，往我們的背後噴火了。我們去看看狹長裂縫的另一端是什麼，我猜是離開這裡的路徑。」

我們爬下梯子，在裂縫的底部緩緩地蜿蜒前進，這裂縫彎來彎去有二十呎長，最後通到了一個箱型的小山谷，四面都是峭壁包圍著。

這裡沒有出路，但是顯然有人使用。這地方的植物都清除了，留下一片泥地，挖了兩個長型的火坑，火坑上有磚砌的平台，平台上放著金屬大鍋，就像是屠宰業者用來擷取動物油脂的提煉缸。不過這些鍋子是淺平的大鍋，像是用來煎大餅的煎鍋。

「牠的確愛吃甜食！」戴娜笑著說，「那傢伙在這裡製作楓糖，或是楓糖漿。」

我靠近一點看，發現附近擺了幾個可用來裝楓樹汁液，以便熬煮成漿的桶子。我走近一個搖搖欲墜的小棚子，拉開門，看到裡面有更多的桶子，用來攪動汁液的長木槳，把楓漿從煎鍋裡刮起的刮刀……

但是感覺不對勁，森林裡有很多楓樹，沒必要特別種植，況且何必選在這種偏僻的地方栽種？

或許那傢伙真的瘋了，我漫不經心地把一支刮刀拿起來看，邊緣都是黑黑的，像是刮過焦油一樣……

「噁！」戴娜在我身後說，「會苦，我想是燒焦了。」

我轉身，看到戴娜站在其中一個火坑旁邊，她從一支煎鍋的底部撥了一大片黏黏的東西起來，咬了一口。那東西是黑的，不是楓糖的琥珀色。

我突然明白這裡是怎麼一回事了。「不要吃！」

她一臉疑惑地看著我，「這沒那麼糟。」她說，嘴巴因為吃著黏黏的東西，講起話來聽不太清楚，「嚐起來怪怪的，但不是真的很難吃。」

我走過去，把她手上的東西撥到地上，她露出生氣的眼神，「吐掉！」我喝斥，「快吐！那有毒！」

她的表情在一瞬間從生氣轉成恐懼，她張開嘴巴，把那坨黑色的東西吐到地上，接著她開始吐口水，那口水看來又稠又黑。我把水瓶推到她手上，「用這個漱口。」我說，「漱完後吐出來。」

她接起水瓶，我才想到那是空的，我們中午用餐時喝完了。

我連忙衝過狹窄的裂縫，迅速爬上梯子，抓起水袋，爬下梯子，跑回小山谷。

戴娜坐在山谷的地上，臉色非常蒼白，瞪大著眼睛。我把水袋推到她手裡，她大口灌水，然後把水吐出來，因為喝得太急而嗆到了。

我伸手進火坑裡，往灰燼深處挖，發現底下還有一些未燃的木炭。我挖出幾塊沒燒過的木炭，拍掉大部分的灰燼，把那些黑炭遞給她，「吃這個。」我說。

她茫然地看著我。

「快吃！」我在她眼前晃動那些木炭，「妳要是不把這個東西嚼碎吞下去，我會把妳打昏，硬逼妳吞下！」我放一些木炭在我嘴裡，「妳看，這沒問題，妳就吃吧。」我的語氣緩和下來，變成懇求，而不是命令，「戴娜，相信我。」

她拿了一些木炭，放進嘴裡，臉色蒼白，眼眶開始泛滿了淚水，她把嘴裡的木頭咬碎，喝了一口水吞下去，露出痛苦的表情。

「他們在這裡收割要命的歐菲稜。」我說，「我沒早點看出來，真是白癡！」

戴娜想說話，但是我打斷她，「先別說話，繼續吃，吃到吃不下為止。」

她認真地點頭，睜大著眼睛。她又咀嚼了一下，有點噎到，又喝了一口水幫忙吞嚥木炭。她迅速連吃了十幾口，然後再次漱口。

「什麼是歐菲稜？」她輕聲問。

「一種毒品，那些是玳能樹脂，妳剛剛吃了一口玳能樹脂。」我坐到她身邊，把手平放在腿上，以掩飾我的手在發抖。

她聽了之後默不作聲，大家都知道玳能樹脂是什麼。在塔賓，殯葬業者會到塢濱的巷弄與門口，收集因為吸食過量玳能樹脂而暴斃的屍體。

「妳吞了多少？」我問。

「我才剛在咀嚼，像嚼太妃糖一樣。」她的臉再度變得蒼白，「還有一點點黏在我的齒縫裡。」

我摸了一下水袋，「繼續漱口。」她把水含在嘴裡，不斷在兩頰之間交換漱口，然後吐掉，重複這動作好幾次。我在一旁衡量她吞進了多少藥量，但是變數太多了，我不知道她吞下多少，也不知道這些樹脂的純度，不知道他們有沒有篩過或精煉過那東西。

戴娜用舌頭觸碰牙齒，「好，我清乾淨了。」

我勉強擠出笑容，「妳一點都不乾淨，整張嘴巴都是黑的，看起來像小孩子剛玩過煤倉一樣。」

「你也沒好到哪裡去。」她說，「你看起來像煙囪清掃工。」她伸手摸我裸露的肩膀，我一定是衝去拿水袋時，被石頭勾破了衣服。她露出蒼白的笑容，眼裡依舊充滿了驚恐，「為什麼我要吃得滿肚子都是木炭？」

「木炭就像化學海綿一樣。」我說，「會吸取藥性與毒性。」

她稍微放心了一些，「全部嗎？」

我本來想說謊，後來覺得還是不要比較好，「大部分，妳剛剛吃得滿快的，應該可以吸取妳吞下的大量毒性。」

「可以吸多少？」

「大概六成吧。」我說，「希望可以更多，妳現在感覺如何？」

「害怕。」她說，「發抖，但除此之外，沒有什麼不同。」她緊張地移動身子，把手伸到剛剛被我撥開的那片樹脂上。她把它彈開，緊張地把手在褲子上擦拭。「要過多久才能知道效果如何？」

「我不知道他們提煉得有多純。」我說，「如果還沒加工過，妳的身體會吸收得比較慢，那對妳來說比較好，因為藥效會分散在比較長的時間裡。」

我摸著她頸子的脈搏，跳得很快，沒辦法判斷出什麼，因為我的脈搏也跳得很快。「往上看這裡。」我把手伸高，觀察她的眼睛。她的瞳孔對光線的反應遲緩，我把手放在她頭上，假裝要稍微掀起她的眼皮，我用手指用力壓她太陽穴瘀傷的地方，她完全沒有退縮，或是顯露出疼痛的感覺。

「我之前以為我看花了。」戴娜說，抬頭看我，「你的眼睛真的會變色，平常是亮綠色，中間圍著一圈金色……」

「我遺傳自母親那邊的。」我說。

「但是我一直在觀察，你昨天折斷水泵握把時，眼睛變成渾濁的暗綠色，豬農批評盧人時，你的眼睛也暫時暗了一下。我原本以為是光線的關係，但是現在我發現不是。」

「妳會發現，我還滿意外的。」我說，「另一位曾經提過的人，是我以前的老師。他是祕術士，所以敏銳觀察是他的天性。」

「觀察你也算是我的任務。」她把頭稍微偏向一邊，「一般人可能只注意到你的髮色，你的頭髮很亮，很……很容易轉移注意力。而且你的五官表情豐富，你一直很注意掌控你的表情，就連眼神也是，但是眼睛的顏色就無法控制了。」她淡淡一笑，「你的眼睛現在是淡綠色，像綠霜一樣，你一定很害怕。」

「我猜那是因為情欲。」我用最粗獷的聲音說，「因為美女很少讓我靠那麼近。」

「你總是對我說最美的謊言。」她說，把視線從我身上移開，低頭看手。「我會死嗎？」

「不會。」我堅定地說，「絕對不會。」

「你能不能……？」她抬頭看我，再次露出微笑，她的眼睛潮濕，但沒有泛淚，「你能不能確實地告訴我？」

「妳不會死。」我說，站起來，「來吧，我們去看我們的蜥蜴朋友走了沒。」

我想讓她持續走動，轉移注意力，所以我們都喝了一點水，回到瞭望台，看到龍蜥躺在陽光下睡覺。

我趁此機會把毯子和肉乾塞進行囊裡，「之前我覺得偷死者的東西有罪惡感。」我說，「但現在……」

「至少現在我們知道，為什麼他要躲在這個偏僻的地方，配備弩弓，搭建瞭望台之類的東西了。」戴娜說，「我們解開了一點祕密。」

我開始綁緊行囊，後來我一轉念，也把弩箭一起打包了。

「你拿那些做什麼？」她問。

「這些弩箭值點錢。」我說，「我向一個危險人物借了錢，所以每分錢對我來說都很有用……」我聲音漸小，腦筋裡盤算著。

戴娜看著我，我看得出來她也在想同樣的事情，「你知道那些樹脂值多少錢嗎？」她問。

「我不清楚。」我想到三十只鍋子底部都凝結了一片像盤子一樣大的黑色黏稠樹脂，「我猜值很多錢，非常多。」

戴娜扭扭捏捏地猶豫不決，「克沃思，我不知道我該怎麼想，我看過染上這毒癮的女孩子，但是我又需要錢。」她苦笑，「我現在連第二套衣服都沒有。」她一臉擔憂，「但是我也不知道我是不是那麼缺錢。」

「我在想，我們可以把這些東西賣給藥鋪。」我馬上說，「他們可以把它精煉成藥物，這是藥效很強的止痛藥，雖然賣給他們的價格不像賣給毒品販子那麼好，不過……聊勝於……」

戴娜露出大大的微笑，「我喜歡『聊勝於無』，尤其現在我那謎樣的贊助人又不見蹤影。」

我們走回小山谷，這次我走出狹窄的通道時，對每支鍋子的看法已經不同了，現在它們每一支就相當於我褲袋裡的硬幣，下學期的學費、新衣服、無債一身輕……

我看到戴娜也是用同樣的眼神望著那些鍋子，不過她的眼神看起來比較茫然，「我可以靠這些錢舒服地過一年。」她說，「不用再受惠於人。」

我走到工具棚，幫我們各拿了一支刮刀。過了幾分鐘，我們已經把所有黑色的黏稠物體匯集成一團，像甜瓜那麼大。

戴娜稍微顫抖了一下，然後看著我微笑，她的臉頰紅了起來，「我突然覺得很棒。」她雙手抱胸，上下搓揉著手臂，「真的真的很棒，我想不只是因為那些錢的關係。」

「那是樹脂的關係。」我說，「過了那麼久才影響到妳，那是好現象。要是早點發生，我就擔心了。」我認真地看著她。「萬一妳覺得胸口鬱悶或呼吸困難，要讓我知道。只要不出現那兩種情況，妳應該就沒事了。」

戴娜點頭，接著深深吸了一口氣，然後吐出來。「老天，我覺得棒極了。」她表情看來不安，卻持續露齒而笑。「我會上癮嗎？」

我搖頭，她鬆了一口氣，「你知道最糟糕的是什麼嗎？我怕上癮，但我現在卻一點也不恐懼，我從來沒有過這樣的感覺，難怪那個滿身鱗片的龐然大物會一直回來吃這東西……」

「老天！」我說，「我都沒想到這點，難怪牠想鑽進這裡，它可以聞到樹脂的味道，牠已經啃那些樹兩旬了，一天吃三、四棵。」

「史上最巨大的毒品吸食者回來滿足毒癮。」戴娜笑了，接著她突然露出恐懼的表情，「還剩多少棵樹？」

「兩三棵吧。」我說，想著那幾列被挖空的洞和斷樹殘樁，「不過我們進來這裡後，牠可能又吃了一棵。」

「你看過吸毒者毒癮發作時的樣子嗎？」戴娜一臉驚恐地問，「他們會發瘋。」

「我知道。」我說，想到我在塔賓看過那個在雪地裡脫光衣服跳舞的女孩。

「樹都被吃光了以後，你覺得牠會怎樣？」

我想了好一會兒，「牠會去找更多，拼命地找。牠知道牠上次找到樹的地方有一間小屋，有人的味道……我們得殺了牠。」

「殺牠？」她笑了，接著摀住嘴巴，「就靠我的悅耳歌聲和你的蠻勇嗎？」她開始克制不住地咯咯笑了起來，即使她用兩手摀住了嘴巴。「老天，克沃思，對不起，我這個樣子還會再持續多久？」

「我也不知道，歐菲稜會讓人心情亢奮……」

「的確。」她對我眨眼，露齒而笑。

「接著會讓人狂躁。如果妳攝取的劑量很高，還會精神錯亂，接著是精疲力竭。」

「或許我終於有一晚可以一覺到天明了。」她說，「你不會真的以為你可以殺死那東西吧，你要用什麼武器？尖銳的棍棒嗎？」

「我不能讓牠失控抓狂，特雷邦離這裡才五哩，有一些農場離這裡更近，妳想那會造成多大的破壞。」

「但是你要怎麼做？」她再次問道，「你怎麼殺死那樣的東西？」

我轉向小棚子，「如果我們夠幸運，這傢伙應該會留下備用的弩弓……」我開始四處翻找，把東西抛出門外。攪拌槳、桶子、刮刀、鐵鍬、更多的桶子、酒桶……

那酒桶約一小桶麥酒那麼大，我把它扛出工具棚，撬開蓋子。底部是油布袋，裡面裝了一大坨黑色的玳能樹脂，至少是我和戴娜剛剛蒐集的四倍之多。

我拉起袋子，把它放在地上，打開袋子讓戴娜看。她往裡瞧，倒抽了一口氣，接著輕快地上下蹦跳，「現在我有錢買小馬了！」她笑著說。

「我是不知道要不要買小馬。」我說，開始心算，「但是我想我們平分以前，應該用這些錢先幫妳買一副好一點的小豎琴。」我說，「而不是隨便一把里拉琴。」

「太棒了！」戴娜說，接著她開心激動地抱住我，「我們也要幫你……」她好奇地看著我，沾著木炭的黑臉只和我的臉相隔幾吋，「你想要什麼？」

我還沒來得及說什麼或做任何反應，就聽到龍蜥咆哮的聲音。

78 毒

龍蜥的咆哮聲就像喇叭一樣，想像一個像房子一樣大的喇叭，由石頭、雷、熔化的鉛所構成。這次我沒有感覺到胸腔裡的共鳴了，而是從腳底下感覺到大地撼動。

那咆哮聲把我們嚇得魂不附體，戴娜的額頭直接撞上了我的鼻子，我痛得眼冒金星，搖搖晃晃。戴娜並沒有注意到她撞痛我了，因為她嚇得手忙腳亂，跌落在地，又忍不住直發笑。

我扶戴娜站起來時，聽到遠處傳來的撞擊聲，我們小心地爬回眺望台。

龍蜥正在……跳躍，像隻瘋狗一樣跳來跳去，像男孩衝進田裡踩倒玉米稈一樣，把樹撞得七零八落。

我屏息看著牠走到一棵百年的老橡樹前，那棵樹像灰石一樣巨大，龍蜥揚起前腳，把前腳跨在一根比較低的枝幹上，彷彿想爬上樹。那樹枝和樹幹一樣粗大，像爆炸一樣應聲而斷。

龍蜥再度揚起前腳，用力撲向樹木。我看著牠，覺得折斷的枝幹肯定會刺穿牠的身體，但是尖突的枝幹完全沒有刺凹牠的胸腔就裂成碎片了。牠往樹幹猛力撞擊，樹幹雖然沒斷，卻發出如雷鳴般的碎裂聲。

龍蜥到處跳躍、猛撲，在崎嶇不平的石頭上翻滾，噴出強烈的火焰，再次攻擊斷裂的橡樹，用楔型大頭猛力撞擊。這一次，牠把樹撞倒了，樹木連根拔起時，土地和石頭都隨之崩裂。

這時我腦中唯一的想法是，想要傷害這生物是不可能的，我再怎麼樣也無法與之匹敵。

「我們沒辦法殺死牠。」我說，「那就像挑戰大雷雨一樣，怎麼可能傷得了牠？」

「我們可以把她引誘到峭壁邊。」戴娜平靜地說。

「她？」我問，「為什麼妳覺得牠是母的？」

「為什麼你覺得牠是公的？」她回我，接著搖頭，彷彿要讓腦袋清醒一樣，「算了，那不重要，我們知道火可以吸引牠靠近，只要點個火，把火懸在樹枝上就行了。」她指著幾棵懸在下方峭壁上的樹木。「然後，牠衝過去滅火時……」她用雙手做出墜落的手勢。

「妳覺得那樣傷得了牠嗎？」我懷疑地問。

「你把螞蟻彈下桌時，那對牠來說就像墜落峭壁一樣，但是牠不會受傷。如果是我們從屋頂墜落，我們會受傷，因為我們比較重，愈重的東西應該會摔得愈慘才對。」她定眼望著下方的龍蜥，「那東西又那麼大隻。」

當然，她說的沒錯，她講的是「平方立方定律」，雖然她不知道那理論的名稱。

「那至少會讓牠受傷。」戴娜繼續說，「接著，或許我們可以推石頭下去。」她看著我，「怎麼了？我的想法有問題嗎？」

「不夠英勇。」我不屑地說，「我本來希望用比較震撼一點的方式。」

「我把戰袍和戰馬留在家裡了。」她說，「你不滿，是因為你那大學院的腦袋想不出辦法，而我的計畫又那麼棒。」她指著我們身後的箱型山谷，「我們可以在那些鐵鍋裡生火，那些鍋子大而淺，可以耐熱。工具棚裡有繩子嗎？」

「我……」我心裡一沉，有種熟悉的不安感，「應該沒有。」

戴娜拍我手臂，「別擺那樣的臉色，等那東西走了，我們會檢查房子的殘骸，我相信裡面應該有繩子才對。」她看著龍蜥，「坦白講，我知道牠現在的感覺，我也有點想跑來跑去，亂踩東西。」

「那就是我說的狂躁。」我說。

十五分鐘後，龍蜥離開了山谷，這時戴娜和我才從我們藏匿的地方出來，我背著行囊，她提著沉重的油布袋，裡面裝著我們找到的所有樹脂，約三十五公升。

「把你的洛登石給我。」她說，放下袋子，我把洛登石遞給她，「你找點繩子來，我要送你一個禮物。」她輕輕跳了一下，深色的頭髮在身後飛揚。

我迅速找了一下屋子，盡可能地屏住呼吸。我找到斧頭、毀壞的陶器、一桶長蟲的麵粉、發霉的布套、一球毛線，但是找不到繩子。

戴娜從樹那邊開心地呼叫，跑向我，把一塊黑色的鱗片塞給我。那鱗片因為陽光的照射，摸起來溫溫的，比她那片稍大一些，不過比較橢圓，不是淚珠的形狀。

「親愛的女士，衷心感謝妳。」

她行了一個迷人的屈膝禮，笑著問：「繩子呢？」

我拿出一球粗麻線，「這是我能找到最接近的東西了，抱歉。」

戴娜先是皺眉，之後聳聳肩，「那也沒輒了，換你來想辦法，你在大學院裡學過什麼奇妙的魔法嗎？有沒有什麼最好別碰的黑暗力量？」

我翻轉手中的鱗片，想了一下。我有蠟，這個鱗片就像頭髮一樣是不錯的連結，我可以做一個龍蜥的蠟像，但是之後呢？對可以舒服躺在火堆裡的生物來說，燙牠的腳對牠來說根本沒什麼大礙。

不過你可以對蠟像做更邪惡的事，是正派祕術士不該思考的事，用針和刀子，讓人即使在幾哩之外，依舊血流如注，那是真正的違法惡行。

我看著手中的鱗片思考，那東西幾乎都是鐵做的，中央比我的手掌還厚，即使有蠟像和熱火當能源，我也不確定我可以力透鱗片傷害到牠。

最糟的是，即使我試了，我也不知道有沒有效。我實在不敢想像我隨性地坐在火邊，用針扎著蠟像，而在數哩外，一隻犯了毒癮的龍蜥在某個無辜的農家裡打滾，大肆損毀農田。

「沒有。」我說，「我想不到什麼魔法。」

「我們可以去告訴巡官，說他需要指派約十二個人帶著弓，去殺一隻像房子一樣大、又犯了毒癮的大蜥蜴。」

我突然靈機一動，「毒藥。」我說，「我們可以毒死他。」

「你有半加侖的砷嗎？」她懷疑地問，「對那麼大的東西來說，那個量恐怕都還不夠。」

「不是用砷。」我用腳踢了一下油布袋。

她低頭，「噢。」她垂頭喪氣地說，「那我的小馬怎麼辦？」

「妳可能得放棄小馬了。」我說，「不過，我們還是有足夠的錢幫妳買一把小豎琴。其實，我相信我們可以從龍蜥的身體獲利更多。那些鱗片價值不斐，大學院的博物學者也會很想……」

「你不需要說服我。」她說，「我知道這是該做的事。」她抬起頭來看著我笑，「況且，我們也可以當殺龍英雄，其他寶物不過是附帶的好處。」

我笑了，「很好。」我說，「我想我們得回灰石山丘，在那裡生火引誘牠過來。」

戴娜一臉困惑，「為什麼？既然我們知道牠會再回來這裡，為何不在此紮營等候？」

我搖頭，「妳看這裡還剩多少玳能樹？」

她環顧四周，「牠把玳能樹都吃光了嗎？」

我點頭，「如果我們傍晚殺了牠，今晚深夜以前就可以回特雷邦。」我說，「我不想再露宿了，我想洗個澡，吃頓熱食，躺在真正的床上。」

「你又在說謊了。」她開心地說，「而且技巧愈來愈純熟，不過我一眼就可以看穿你。」她用手指戳我的胸膛，「告訴我實話。」

「我想送妳回特雷邦。」我說，「萬一妳吃下太多的樹脂，我雖然不相信那裡的醫生，但是他們可能會有一些藥，萬一出事時可以派上用場。」

「我的英雄。」戴娜微笑，「你真貼心，但我沒事了。」

我伸出手，用指尖用力彈她的耳朵。

她伸手摸著頭的側邊，露出憤怒的表情，「哎唷……」她一臉困惑。

「完全不痛，對吧？」

「不痛。」她說。

「我告訴妳實話。」我嚴肅地說，「我想妳應該會沒事，但我不確定，我不知道那東西有多少進入妳體內了。再過一小時，我會更清楚。萬一出了什麼問題，我希望我們離特雷邦的路程可以快一個小時，那樣我就不用背妳走那麼遠。」我直視她的眼睛，「我在意的人，我不會拿他們的生命開玩笑。」

她聽著我的話，表情嚴肅，接著泛起了笑容，「我喜歡你充滿男子氣概的樣子。」她說，「以後多多表現吧。」

79 甜言蜜語

我們走了約兩小時才回到灰石山丘，本來應該可以快一點的，但戴娜狂躁的現象愈來愈嚴重，她那些過剩的精力對趕路毫無幫助，反而成為一種阻礙。她很容易分心，看到什麼有趣的事物，就自顧自地玩了起來。

我們橫越之前經過的小溪，溪水深度不及腳踝，但是戴娜堅持要在那裡沐浴。我稍微梳洗了一下，刻意和她保持距離，聆聽她唱了幾首比較低俗的歌，有好幾度她還大剌剌地邀我和她一起泡水。

我當然和她保持距離。人們用各種渾名稱呼那些在女性無法自制時佔人便宜的傢伙，我永遠不想沾染那樣的名號。

我們抵達灰石山丘的頂端時，我藉著戴娜多餘的精力，派她去撿木柴，我則是在原地築起比之前更大的火堆。火勢愈大，可以盡速吸引龍蜥靠近。

我坐在油布袋的旁邊，打開袋子，那些樹脂散發出土壤的味道，像充滿煙燻香氣的護根。

戴娜回到山丘頂，放下一堆木柴，「你要用多少樹脂？」她問。

「我還在想。」我說，「這需要一點猜測。」

「全都給牠好了。」戴娜說，「寧求穩當，以免遺憾。」

我搖頭，「沒必要那麼誇張，那只會浪費而已。況且，樹脂經過適度的精煉後，有很強的止痛效果，可以當藥材……」

「……你也可以好好利用那些錢。」戴娜說。

「的確。」我坦言，「不過坦白說，我比較想幫妳買豎琴，妳的里拉琴在大火中燒毀了，我知道沒有樂器是什麼感覺。」

「你聽過一個小男孩和金箭的故事嗎？」戴娜問，「小時候，我一直對那個故事感到不解。我覺得，你一定是很想殺一個人，才會拿金箭射他，不然把金子帶回家不是很好嗎？」

「妳這麼一說，倒是給了那故事另一番新的意涵。」我說，低頭看著袋子。我猜想著，那麼多的樹脂拿去藥房至少可以賣五十銀幣，甚至多達一百銀幣，就看它的純度而定。

戴娜聳肩，又回到林中尋找更多的木材，我開始仔細思考需要用多少樹脂，才能毒死一隻五噸重的大蜥蜴。

這劑量實在很難憑經驗推測，況且我手邊沒有工具，無法做精密的估量，所以又更複雜了。我先從像小指第一節那麼大的粒狀體估算起，我猜那是戴娜不小心吞下的量。但是戴娜之後又吞了大量的木炭，有效降低了一半的毒性，所以她等於是吞下比豌豆稍大一點的樹脂。

不過，那只是讓一般女性感覺愉悅且精力充沛的劑量，我的目的是要毒死龍蜥，所以必須先放三倍的劑量，然後再三倍，才能確定無誤，所以九倍之後就得出一大顆熟成葡萄那樣的球體。

我猜測龍蜥的重量是五噸，亦即約一萬磅。我猜戴娜的重量是一百一十磅。那表示我需要那葡萄大小的一百倍劑量，才能毒死龍蜥。我做了十顆葡萄大小的圓球，然後把它們揉在一起，結果像杏子一樣大。我又做了九顆杏子大的球體，把它們放進我們從樹脂栽種區帶來的木桶裡。

戴娜又帶回一堆木柴，她探頭往桶子裡看，「就那樣？」她問，「看起來不是很多。」

她說的沒錯，和龍蜥的龐大軀體相比，那的確不是很多。我向她說明我是怎麼估出那劑量的，她點頭，「我想那應該沒錯，不過別忘了，牠已經啃那些樹快一個月了，或許已經有抗藥性。」

我點頭，又多放了五顆杏子大小的圓球到桶子裡。

「牠也可能比你想的強大，樹脂對蜥蜴產生的效用可能不一樣。」

我再次點頭，又放五顆進桶子裡。接著，我考慮了一下，又追加一顆。「這樣總共有二十一顆了。」我說，「這數字不錯，是七的三倍。」

「好運不嫌多。」戴娜附和。

「我們也希望牠快點喪命。」我說，「對牠來說比較人道，對我們來說也比較安全。」

戴娜看著我，「所以我們再加倍嗎？」我點頭，她又回樹林裡找木柴，我又做了二十一顆圓球放入桶中。我揉最後一顆球時，她剛好揀完回來。

我把樹脂塞在桶子底下，「那樣應該很夠了。」我說，「那麼多的歐菲稜可以毒死兩倍多的特雷邦人口了。」

戴娜和我看著桶子，那裡面大約是全部樹脂的三分之一。油布袋裡剩下的量應該夠戴娜買一把小豎琴，還清我欠戴維的錢，還夠我們舒服地過好幾個月。我想到我可以買新衣，為魯特琴換整套的新弦，一瓶艾文酒……

但是我又想到龍蜥穿過樹林的樣子，就像我們穿過麥捆一樣，輕而易舉地毀壞周遭的一切。

「我們應該再加倍。」戴娜說，呼應我的想法，「保險起見。」

我又放進加倍的劑量，添加四十二顆樹脂球，戴娜則是不斷捧來一堆又一堆的木柴。

開始下起雨時，我正好把火升了起來。我們把火勢弄得比上次還大，希望更大的火光可以更快把龍蜥吸引過來，我想盡快送戴娜到特雷邦裡比較安全的地方。

最後，我用找到的斧頭和麻線隨手編了一個臨時的梯子，雖然不好看，但還滿耐用的。我把它靠在灰石拱門邊，這一次，戴娜和我可以輕鬆地爬上安全的地方。

我們的晚餐不像昨晚那麼豐盛，只有走味的麵包、肉乾，並在火堆邊烘烤最後幾顆馬鈴薯，勉強湊合著吃。

我們用餐時，我告訴戴娜工藝館發生火災的全部經過，部分原因是，當時的我年少輕狂，急著想讓她對我刮目相看，不過我也想讓她明白，我之所以錯過了我們的午餐約會，是我完全無法掌控的因素所造成的。她很專注聆聽，總是在適當的時機發出驚嘆聲。

我已經不再擔心她攝入過量的歐菲稜了，她撿了一小堆的木柴後，狂躁的症狀已經減弱，現在是處於滿足、近乎作夢的慵懶狀態。不過，我知道那毒性的副作用會讓她感到疲累和虛脫，我希望她能安全地躺在特雷邦的床上恢復精力。

我們吃完東西後，她靠著一塊灰石坐著，我移到她身邊坐下。我捲起袖子，「我需要檢查一下妳的狀況。」我自負地說。

她慵懶地對我微笑，眼睛半闔著，「你的確很懂得哄女孩子。」

我輕觸她纖細的喉嚨，測量她的脈搏。她的脈搏跳得很慢，不過還算穩定。我觸摸她時，她不好意思地縮了一下身子，「會癢。」

「妳現在感覺如何？」我問。

「疲倦。」她說，聲音有點含糊，「心情不錯，疲倦，有點冷……」

儘管這不令人意外，我聽了還是有點驚訝，我們離熾熱的營火才幾呎遠。我從袋子裡拿出額外的毯子給她，她用毯子把自己舒服地包了起來。

我靠近她，以便觀察她的眼睛。她的瞳孔還是放大，反應遲緩，但不像之前那麼明顯了。

她把手放在我的臉頰上，「你的臉真美。」她說，兩眼朦朧地看著我。「就像完美的廚房一樣。」

我忍住笑意，那是神志不清的幻覺。在極度疲勞讓她不省人事之前，她會斷斷續續出現這樣的現象。如果你在塔賓看到有人在巷子裡歇斯底里地自言自語，很可能他們不是真的瘋了，而是因為吃了太多玳能樹脂而導致精神錯亂，「廚房？」

「對。」她說，「一切都搭配得剛剛好，糖罐就放在該放的地方。」

「妳呼吸時有什麼感覺？」我問。

「正常。」她輕鬆地說，「有點緊迫，不過還算正常。」

我一聽，稍微緊張了一下，「妳是指什麼？」

「呼吸有點困難。」她說，「有時候會覺得胸口有點壓迫，像是透過布丁呼吸一樣。」她笑了，「我剛說布丁嗎？我要講的是糖漿，像甜滋滋的糖漿布丁。」

我忍住生氣的衝動，不提我之前就告訴過她，萬一覺得呼吸有什麼不對勁要告訴我。「現在覺得呼吸困難嗎？」

她若無其事地聳肩。

「我得聽聽妳的呼吸。」我說，「但是我手邊沒有工具，所以妳可能需要稍微解開幾顆上衣的釦子，讓我用耳朵靠在妳胸前聽。」

戴娜翻白眼，解開比實際需要還多的釦子，「這要求倒是第一次聽到。」她淘氣地說，一時間聽起來比較像她平常的樣子，「我從來沒碰過有人提出這樣的要求。」

我轉過頭，把耳朵貼近她的胸腔。

「我心跳聽起來如何？」她問。

「緩慢，不過還滿有力的。」我說，「是不錯的心臟。」

「它說了什麼嗎？」

「我沒聽到。」我說。

「再用心聽一點。」

「做幾次深呼吸，不要說話。」我說，「我需要聽妳的呼吸。」

我聆聽著，空氣進入她的胸腔，我感覺到她一邊的胸部往我的手臂壓。她呼氣，我感受她的呼吸，覺得頸背吹過一股暖氣，全身都起了雞皮疙瘩。

我可以想像奧威爾不悅的凝視，我閉上眼睛，想要專心聆聽。聽她吸氣與呼氣，就像聆聽風在樹林間穿梭一樣，我可以聽到微弱的細碎響聲，像把紙揉皺一樣，像是微弱的嘆息，不過沒有潮濕或冒泡的感覺。

「你的頭髮聞起來味道不錯。」她說。

我坐了起來，「妳沒事。」我說，「萬一惡化，或是有其他異狀，一定要讓我知道。」

她溫和地點頭，像作夢般悠悠地微笑。

龍蜥似乎不急著現身，讓我感到煩躁，於是我在火堆裡又添了更多的柴火。我往北方的峭壁看，但是在光線昏暗下，除了樹木與石頭的輪廓以外，幾乎看不見東西。

戴娜突然笑了，「我剛剛是不是說你的臉是糖罐之類的？」她問，凝視著我，「我現在講話還對勁嗎？」

「妳只是有點幻覺。」我安慰她，「妳睡前會斷斷續續出現這樣的情況。」

「我希望你感受到的樂趣和我一樣。」她把毯子又拉緊一些，「感覺像做棉花般的夢，但是沒有那麼溫暖。」

我爬上梯子，到灰石上面我們放東西的地方，從油布袋裡取出一點玳能樹脂，再爬下梯子。我把那一小坨樹脂丟在火堆邊緣，讓它悶燒，散發出刺鼻的煙味。風把那些煙吹往北方和西方，吹向看不見的峭壁，希望龍蜥可以聞到那味道，往這兒跑。

「我還是個小嬰兒的時候得過肺炎。」戴娜說，語調沒有特別的抑揚頓挫，「所以我的肺臟不太好，有時候無法呼吸的感覺滿可怕的。」

戴娜繼續說話時，眼睛呈半閉的狀態，彷彿在自言自語。「我停止呼吸兩分鐘，昏死過去。有時我會想，這是不是某種錯誤，我是不是該這樣死去。但是如果這不是錯誤，我留在這世上應該有個理由才對。但是如果真的有理由，我不知道是什麼理由。」

很可能她現在並不知道自己在說話，更有可能的是，她的腦袋已經大致進入睡眠狀態，明天早上她就不記得此刻發生的一切了。我也不知道該怎麼回應，就只能點頭。

「那是你對我說的第一句話，我想妳為何在此，我的七個字，我想同樣的問題很久了。」躲在雲層裡的太陽終於沒入西方的山下，四周景色暗了下來，這小山丘的頂端感覺就像汪洋中的小島一樣。

戴娜開始坐著打瞌睡，她的頭緩緩沉到胸前，又抬了起來。我走過去，伸出手，「走吧，龍蜥很快就來了，我們應該到石頭上面去。」

她點頭，站起來，身上仍裹著毯子。我跟著她走到梯子邊，她搖搖晃晃地爬到灰石頂端。

灰石頂端遠離火源，所以格外冰冷，風吹過時更是刺骨。我把一條毯子鋪在石頭上，讓她裹著另一條毯子坐在上面。寒冷似乎讓她清醒一些，她沒好氣地環顧四周，顫抖著，「可惡的傢伙，快來吃你的晚餐，我冷死了。」

「我本來希望現在已經送妳到特雷邦，讓妳躺在溫暖的床上。」我坦言，「沒想到失算了。」

「你總是知道自己在哪裡。」她語焉不詳地說，「你那雙綠色的眼睛看著我時，好像很在意我說的話。你有更重要的事要做也沒關係，能和你偶爾在一起就足夠了，我知道那樣我就很幸運了，和你偶爾在一起。」

我開心地點頭，同時盯著山坡，注意龍蜥的蹤影。我們坐了好一會兒，凝視著前方的黑暗。戴娜稍微打盹，又坐直起來，努力抵抗又一波的寒顫。「我知道你不會想到我……」她聲音漸小。

碰到歇斯底里的人時，最好是順著他們，以免他們變得暴躁。「戴娜，我隨時都在想妳。」我說。

「不要捉弄我了。」她生氣地說，之後又放柔語氣。「你不會那麼想我，那沒關係。不過如果你也覺得很冷，可以靠過來抱著我，就過來一點點。」

我嚇了一跳，移到她身後坐下，從後面抱著她。「這樣感覺很好。」她放鬆地說，「我覺得我一直很冷。」

我們坐著朝北邊看，她往後愉快地靠在我懷裡，我淺淺地呼吸，不想打擾到她。

戴娜稍稍動了一下身子，低語：「你很溫柔，從來不會逼迫我……」她聲音又變小了，把重心進一步放在我胸前。之後她又醒了過來，「其實你可以逼我一下的，就一點點。」

我坐在黑暗中，抱著她入睡的身體，她柔軟又溫暖，難以形容的珍貴。我以前從來沒抱過女人。不久，我的背開始因為支撐我們兩人的重量而痛了起來，腳也開始麻了，她的頭髮搔得我鼻子發癢。不過我還是沒動，深怕破壞了這一切，這輩子最美好的一刻。

戴娜在睡夢中移動身子，開始往旁邊傾斜，接著猛然醒了過來。「躺下來吧。」她說，恢復清楚的聲音。她胡亂地摸索著毯子，把它拉開，讓我們之間不再隔著毯子。「來吧，你一定也很冷。你不是祭司，不會因為這樣而惹上麻煩，我們不會有事的，這樣在寒冷中會暖和一些。」

我摟著她，她把毯子蓋在我們兩個身上。

我們側躺著，像擺在抽屜裡緊緊相依的湯匙一樣，我的手臂像枕頭般枕在她的頭下。她舒服地依偎在我懷裡，那麼地輕鬆自然，彷彿那地方就是為她設計的。

我躺在那裡，覺得我剛剛錯了，現在才是我這輩子最美好的一刻。

戴娜在睡夢中移動，「我知道你不是有意的。」她清楚地說。

「有意？妳在說什麼？」我輕聲問，她的聲音變了，聽起來不再模糊疲累。我不知道她是不是在說夢話。

「之前，你說你要把我打昏，逼我吃下木炭，我知道你永遠都不會打我。」她稍微轉了一下頭，「你不會打我，對吧？即使是為了我好。」

我感到背脊發涼，「妳到底在說什麼？」

她停了很久，我以為她睡著了，這時她又說話了，「我沒有告訴你一切，我知道梣木先生沒死在農場上。我朝著火走過去的時候，他看到我了。他過來告訴我，大家都死了。他說，如果我是唯一的生還者，大家會起疑心……」

我感覺到體內升起一團強烈的怒火，我知道她之後會說什麼，但我還是繼續讓她說下去。我不想聽，但是我知道她需要把事情說出來。

「他不是突然動手的。」她說，「他向我確認了好幾次，確定我真的希望那樣。我知道要是我自己來，看起來不會有人相信。他確定我真的希望他那麼做，他叫我提出挨揍的要求，確定我真的希望那樣。」

「他說的沒錯。」她說話時，動也不動。「就算是這樣，大家還是覺得我和那件事有關。要不是他下手打我，我現在可能是關在牢裡，他們會對我處以絞刑。」

我的胃糾結在一起，「戴娜，」我說，「會那樣對妳的男人，不值得妳在他身上浪費時間，一刻都不值得。那和妳說的『聊勝於無』一點關係也沒有。他爛透了，妳值得遇上更好的人。」

「誰知道我值得遇上什麼？」她說，「他不是最好的對象，但是他是眼前唯一的選擇。不選他，就沒得選了。」

「妳有其他的選擇。」我說，接著我支吾了，想起我和狄歐克的對話，「妳有……妳有……」

「我有你。」她模糊地說，我聽得出她的聲音裡帶著昏昏欲睡的甜美微笑，就像舒服地躺在被窩裡的孩子一樣。「你會當我的白馬王子，保護我不受動物攻擊，對我唱歌，帶我到安全的地方嗎？」她聲音漸小。

「我會的。」我說，不過我從她沉重地躺在我懷裡的程度可以判斷，她終於睡著了。

80 觸摸鐵

我躺著沒睡，感受著戴娜在我懷裡的平緩呼吸。即使我想睡也睡不著，貼近她讓我充滿了活力，感覺到一絲的暖意，全身如琴弦般響著。我躺在那裡享受那種感覺，每分每秒都備感珍貴。

後來，我聽到遠處傳來枝幹斷裂的聲音，接著又響了一次，之前我恨不得龍蜥早點接近我們的火堆，現在我寧可牠到別處再多晃個五分鐘，我甚至願意以我的右手交換五分鐘。

不過牠還是來了，我開始輕輕地移開戴娜，她在睡夢中幾乎動也不動。「戴娜？」我輕輕搖她，接著用力一些，她都沒反應，我並不意外，吸食樹脂的人睡得比誰都沉。

我用毯子蓋著她，然後把行囊放在她身體的一邊，把油布袋放在另一邊，像書擋一樣。這樣一來，萬一她睡覺時翻身，就會先碰到那些東西，不會馬上滾到灰石的邊緣。

我移到灰石的另一端，往北方看，頭頂的雲層還是很厚，我無法看清一團火光外的東西。

我小心用手指觸摸，摸到我之前放在灰石上端的麻線，麻線的另一端是綁在下方位於火堆與灰石之間的木桶握柄上。我主要是怕龍蜥還沒聞到樹脂的味道，就意外地壓壞木桶。我打算先把木桶拉上安全的地方，待會再放下去。戴娜之前還嘲笑我的計畫，說我好像在釣魚。

龍蜥來到了山丘頂端，在樹叢間吵雜地移動著，接著停在火堆的光團裡。牠的黑色眼睛映著紅光，鱗片也是，牠發出低沉的吹氣聲，開始繞著火走，緩緩地擺著頭，噴出一道火焰，我開始覺得牠的噴火舉動要不是在打招呼，就是在宣戰。

牠衝向我們的火，雖然我觀察牠已經好一會兒了，看到這個龐然大物那樣迅速地移動時，我還是很驚訝。牠在火面前突然停了下來，再次吹氣，接著朝桶子進攻。

那桶子雖然是堅固的木頭做成的，容量至少有兩加侖，但是在龍蜥的大頭旁邊，看起來卻像個茶杯一樣小。牠先聞了一下，接著用鼻子撞桶子，把它推翻。桶子轉了半圈，不過樹脂被我壓在桶子底部，並沒有掉出來。龍蜥又上前一步，再次吹氣，把整個桶子放進嘴裡。

我大大鬆一口氣，差點就忘了把手中的麻線放掉。龍蜥開始咀嚼桶子時，從我手中扯走了麻線，接著牠的頭開始上下擺動，把整坨黏膠吞下咽喉裡。

我整個人跟著放鬆，坐下來看牠繞著火堆走動。他噴出一道藍焰，接著又一道，然後倒在火堆上翻轉，扭動身體，把火壓熄。

龍蜥把火堆擺平後，開始重複之前的行徑，尋找四散的著火木塊，壓在上面滾動，把火熄滅，然後吃掉木頭。我幾乎可以想像，牠吞進的每根木頭都把樹脂進一步地往牠胃裡塞，混合，攪散，迫使它分解。

十五分鐘後，我看著牠把火都滅了。我預期這時樹脂開始發揮毒效，根據我的估計，牠已經吞進致命劑量的六倍，應該會迅速經過安樂與狂躁的階段，接著產生幻覺，麻痺，昏迷，死亡。我算過，應該一小時內就可以結束了，希望可以更快。

我看著牠熄滅散落的火苗時，突然湧現一股後悔的感覺。牠其實是很棒的生物，毒死牠的感覺比浪費六十幾銀幣的歐菲稜更讓我難過。但不可否認的是，如果放著牠不管，後果更是不堪設想，我不希望無辜者喪命，讓我良心不安。

不久，他就不再吃東西了，只在散落的木材上打滾滅火。現在牠的動作更有活力了，是樹脂開始發揮效果的跡象。牠開始發出低沉的咕噥聲，咕嚕，咕嚕，噴出藍焰，翻滾，咕嚕，翻滾。

最後只剩下閃著微光的木炭堆，龍蜥就像以前一樣，直接走到上頭，躺下來，把山丘頂上的所有光源全都熄滅了。

牠靜靜地躺在那裡一下子，接著又發出咕噥聲。咕嚕，咕嚕，噴出火焰，蠕動身體，進一步把肚子壓進木炭堆裡，彷彿坐臥不安。如果這是狂躁症狀的開始，那出現的比我預期還慢。我本來希望這時已經進入幻覺階段，難道是我低估劑量了？

我的眼睛逐漸隨著黑暗聚焦，這時我發現還有另一個光源，一開始我以為是雲散了，灑下月光，但是我把視線移開龍蜥時，往後方一看，才發現原委。

西南方不到兩哩處，特雷邦充滿了火光。不是窗戶透出的微弱燭光，而是到處都閃著高大的火焰，一時間我以為整個城鎮都起火了。

後來我才想到發生了什麼事，是豐收慶典！鎮中央升起了大營火，家家戶戶的門口也升起了小營火，請疲憊的收割者喝蘋果酒。他們會一邊喝酒，一邊把蹒步人的人像丟進火堆裡。那些都是用麥梗、麥束、草料紮成的人偶，可以迅速引火燃燒。這是慶祝一年終了的儀式，也是為了驅趕惡魔。

我聽到身後的龍蜥發出咕噥聲，我往下看。牠和我剛剛一樣，背對特雷邦，頭朝著北方的黑暗峭壁。

我不信教，但我承認，當時我禱告了一下。我誠心地向泰魯和祂的天使禱告，祈求龍蜥快死，靜靜地沉睡，就這樣死去，不要轉身看到鎮上的火焰。

我等了好幾分鐘，原本我以為龍蜥睡著了，但是等我眼睛看清楚一些，我發現牠的頭不斷地搖晃。當我的眼睛更習慣在黑暗中觀察時，我覺得特雷邦的火似乎愈來愈亮了。距離龍蜥吃下樹脂已經過了半個小時，牠怎麼還沒死？

我很想把剩下的樹脂也丟下去，但我又不敢。萬一龍蜥轉向我，牠就會面向南方，面向鎮上。即使我把裝樹脂的袋子丟到牠面前，牠也可能重新躺回火上。或許……

這時龍蜥又吼了一聲，像之前一樣低沉有力，我想他們在特雷邦一定都聽到了，就算連伊姆雷都聽得到，我也不意外。我瞄了一眼戴娜，她在睡夢中移動了一下，但沒有醒來。

龍蜥從木炭堆中彈起，像蹦蹦跳跳的小狗一樣觀望四周，底下的木炭仍發出微光，讓我可以清楚看到這隻龐然大物滾動身體，蹦跳，對天張嘴，轉身……

「不！」我說，「不，不，不……」

牠望向特雷邦，我可以看到鎮上的火光映照在牠的大眼上。他高高噴起一大道藍焰，就像之前的動作：若不是在打招呼，就是在宣戰。

接著牠迅速移動，瘋也似的衝下山坡，我聽到牠撞斷樹枝的聲音，又一聲怒吼。

我啟動我的共感燈，走向戴娜，大力地搖醒她，「戴娜！戴娜！妳得起來了！」

她幾乎動也不動。

我掀起她的眼皮，檢查瞳孔，並沒有出現之前遲鈍的現象，看到燈光後便迅速收縮，那表示樹脂的效應終於消退了，她只是疲累，沒什麼大礙。為了確定，我掀開她兩眼的眼皮，用燈光再照一次。

沒錯，她的瞳孔正常，她沒事。戴娜彷彿也確認我的判斷似的，皺起了臉，扭動身子，躲開光源，說了一些模糊但顯然不是淑女該說的字眼。我聽不太清楚，但「嫖客」、「滾開」說了不只一次。

我把她連同毯子一起抱起來，小心走到石頭下面。我在灰石拱門間再次把她包好，她似乎稍稍醒了過來，「戴娜？」

「媽？」她說著夢話，眼睛幾乎沒動。

「戴娜！龍蜥朝特雷邦跑了！我必須……」

我停了下來，因為她顯然又失去了意識，而且我也不是很確定我該怎麼辦。

但是我得採取行動，通常龍蜥會避開城鎮，但是牠現在毒癮發作又發瘋的狀態下，我不知道牠對慶典的火會有什麼反應。萬一牠到鎮上大鬧一番，那都是我的錯，我得做點什麼才行。

我衝上灰石頂端，抓起兩個袋子，又衝下灰石。我把行囊裡的東西全倒在地上，抓起弩箭，用破爛的襯衫把它們包起來，再裝進行囊。我也把含鐵的鱗片丟進去，將白蘭地酒瓶塞進油布袋裡當填充物，也把那一袋塞進行囊裡。

我口乾舌燥，迅速從水袋喝了一口水，蓋上水袋，把它留給戴娜，她醒來時應該會很渴。

我把行囊甩到肩上，緊緊綁在我背後，然後抓起共感燈，拿起斧頭，開始跑了起來。

我得去殺一條龍。

我瘋狂衝過樹林，手上的共感燈上下搖晃，它上一秒才照亮我眼前的障礙物，我下一秒就踩在那上頭。這也難怪我會跌倒，滾下山坡。我爬起來時，很快就找到燈，但我把斧頭扔了，我很清楚它無法對龍蜥起任何作用。

我又跌了兩次才跑到路上，接著我像短跑選手一樣，埋頭往遠處鎮上的光線猛衝。我知道龍蜥的動作可能比我還快，但我希望樹木可以減緩牠的速度，或讓牠搞錯方向。如果我可以先到鎮上，我就可以警告大家，讓他們先做好準備……

但是那條路從樹林中出來時，我可以看到眼前的火光愈來愈亮，也愈來愈大了。房屋起火燃燒，我可以聽到龍蜥幾乎沒停過的咆哮聲，中間穿插著群眾的驚聲尖叫。

我抵達鎮上時，逐漸放慢成小跑步。我喘著氣，接著迅速爬上屋子側面，到少數幾棟兩層樓高的屋頂上，以便看清楚究竟發生了什麼事。

在中央廣場上，營火散得到處都是，附近幾間房子和店鋪都被撞得殘破不堪，多數已起火燃燒。好幾個屋頂的木瓦閃著火焰，要不是傍晚下過雨，整個城鎮早就陷入火海了，不會只有幾棟分散的建築起火。不過，大火吞沒全鎮是遲早的事。

我看不到龍蜥的蹤影，但我可以聽到牠在燃燒的房子上滾動，殘骸被他壓得嘎吱作響。我看到屋頂上方冒出一道藍焰，又聽到牠的怒吼聲，那聲音令我直冒冷汗，天曉得牠那精神錯亂的大腦現在在想什麼？

鎮上到處都可以看到人，有人就這樣站著，一臉疑惑，有人驚恐，衝向教堂，希望到高石砌成的建築裡避難，或是向懸掛在那裡的巨大鐵輪尋求庇護，保佑他們遠離惡魔。但是教堂上了鎖，他們被迫必須往別處逃難。有些人站在窗邊觀看，驚恐落淚。不過，竟然有不少人保持冷靜，從鎮務廳頂端的儲水塔開始排隊，把水桶傳遞到附近起火的建築去滅火。

當下，我知道該做什麼了。我就像突然站上舞台一樣，不再害怕與遲疑，我只需要扮演好我的角色就行了。

我跳上附近的屋頂，跑過其他幾棟屋子，抵達廣場附近的一間房子。一塊散落的營火讓那屋頂燒了起來，我撬起一片厚木瓦，它有一端還在燃燒，我拿著它跑向鎮務廳的屋頂。

離鎮務廳的屋頂還有兩棟建築遠時，我滑倒了。我太晚才發現我是跳到旅店的屋頂上，那裡沒有木瓦，而是陶瓦，雨後格外濕滑。我跌倒時緊抓著燃燒的木瓦，不願鬆手抓穩身子，差點就滑下了屋簷，心臟跳得飛快。

我喘著氣，躺在那裡脫下靴子。長滿厚繭的腳接觸屋頂的感覺格外熟悉，我在屋頂上又跑又跳，連跑帶滑。最後，我單手抓著屋簷的排水管，把身體甩上鎮務廳平坦的石砌屋頂。

我手上仍抓著燃燒的木瓦，上梯子到儲水塔頂端，發現水塔沒加蓋，不禁暗中感謝沒讓它蓋上的人。

我在屋頂上衝刺時，木瓦上的火焰已經沒了，只剩邊緣細細一條紅色的餘光。我小心吹氣，沒多久又升起火焰。我從中間把它折斷，把其中一半丟在下方的平面屋頂上。

我轉身環顧全鎮，記下哪幾處的火勢比較大。有六個地方燒得特別嚴重，火焰竄入天際。艾爾沙．達爾常說，所有的火都是同一個火，所有的火都聽命於共感術士。很好，所有的火都是同一個火，都是這個火，這個燃燒的木瓦。我默唸縛咒，集中珥拉，用大拇指的指甲迅速在木頭上刮了神祕符號ule，接著刮doch，然後是pesin。就在一瞬間，整個木瓦開始在我手上悶燒冒煙，燙了起來。

我把腳勾在梯子的橫木上，探入儲水塔中，用水熄滅那木瓦。我突然感覺到冰水包圍著我的手，接著水開始溫熱了起來，即使木瓦泡在水裡，我還是可以看到它邊緣微弱的紅色餘燼仍在悶燒。

我用另一隻手掏出隨身小刀，以刀子穿過木瓦，把它插在儲水塔的木牆上，這個臨時做成的符咒就固定在水裡了。我想這應該是有史以來最快、最倉促做成的降溫器。

我把身體拉回梯子上，看到整個城鎮已經暗了下來，火焰變小，多數地方都只剩下悶燒的木炭。我沒把火弄熄，只是緩和了火勢，讓鎮民有機會提水滅火。

但是我的任務才完成一半，我跳下屋頂，撿起另一半還在燃燒的木瓦，接著我滑下排水管，在黑暗的街道上跑了起來，穿過城中廣場，到泰倫教教堂的前面。

我在教堂前門的巨大橡樹下停下腳步，那棵橡樹依舊掛著滿樹的秋葉。我蹲下來，打開行囊，拿出裝著剩餘樹脂的油布袋，把整瓶白蘭地倒在上面，用燃燒的木瓦將它點燃，那整袋東西迅速起火燃燒，冒出充滿刺鼻甜味的煙。

接著我用牙齒咬住木瓦沒有燃燒的那端，跳起來抓住一根低垂的樹枝，開始爬樹。爬樹比攀爬建築物的側面簡單，樹木也夠高，我可以從樹上跳到教堂二樓的石砌窗台，我折斷橡樹的小細枝，把它放進口袋裡。

我沿著窗台走到懸掛著巨大鐵輪的地方，那個巨輪拴在石壁上，爬上巨輪比爬梯子還快，不過我潮濕的雙手握著鐵製輪輻時，覺得異常冰冷。

我爬上巨輪頂端，從那裡跳到鎮上最高屋頂的平台。此時鎮上多數地方的火勢還不大，驚叫聲也多轉成了嗚咽聲或急切的低語聲。我拿出嘴裡咬的木瓦，吹氣讓火焰再度燃起。接著我集中注意力，默唸另一個縛咒，把橡木細枝拿到火焰上，我望著整個城鎮，看到微微發亮的木炭變得更加黯淡。

過了一下子。

下方的橡樹突然爆出明亮的火焰，樹葉也一併起火燃燒，整棵樹比上千支火把還要明亮。

這突如其來的火光，讓我看到龍蜥在兩條街外抬頭咆哮，噴出藍焰，開始朝這裡的火衝了過來。牠迅速轉彎，猛力撞上店鋪的牆壁，店鋪應聲而倒。

牠接近大樹時，速度慢了下來，一再噴發火焰。樹葉燒迅速，火焰消失得也快，現在只剩數千處餘燼，讓整棵樹看起來像支熄了火的龐大燭臺。

在微弱的紅光中，龍蜥幾乎只剩下黑影，不過我還是可以看到牠注意力渙散，因為原本亮眼的火焰已熄了。牠龐大的楔形頭前後擺動，我低聲咒罵，牠靠得還不夠近……

接著龍蜥大聲吹氣，連我站在百呎外的上空都可以聽得到。他聞到燃燒樹脂的刺鼻甜味，頭猛然甩動，使勁地聞那味道，發出咕噥聲，朝冒煙的樹脂袋跨了一步。牠的動作不像之前那樣壓抑，而是猛撲過去，一口吃下悶燒的袋子。

我深深吸了一口氣，搖頭，努力擺脫些許遲緩的感覺。我連續施展了兩次大型的共感術，如今腦袋反應有點遲鈍。

不過就像俗話說的，三次定勝負。我把心思分成兩塊，接著又費盡心力分出第三塊，這種情況不靠三重縛是無法解決的。

龍蜥大口咀嚼，想要吞噬整坨樹脂，我從行囊裡翻找出黑色鱗片，從斗篷中取出洛登石，清楚念出縛咒，集中珥拉，把鱗片和洛登石拿到面前，感受到兩者相互牽引。

接著我集中意識，鎖定焦點。

我放開洛登石，洛登石吸向鱗片。這時我腳下方的石頭爆炸崩裂，巨大的鐵輪脫離了教堂牆面。

一噸重的鍛鐵就這樣墜落。如果現場有人，他們會發現鐵輪降落的速度比重力所能解釋的速度還快，而且是朝某個角度飛去，彷彿吸向龍蜥一樣。整個場景看起來幾乎就像泰魯想要親手懲罰那隻野獸，用鐵輪直擊牠。

但是現場沒人看到事情的真相，也沒有上天的指引，就只有我。

81 自豪

我往下看，看到龍蜥被壓在大鐵輪下，動也不動地躺在教堂前。儘管這一切都是逼不得已，我卻因為殺了這隻可憐的野獸而感到遺憾。

我全身疲憊，大大鬆了一口氣。即使空氣中參雜了煙霧，秋天的空氣聞起來依舊清新，腳下的教堂石砌屋頂感覺格外清涼。我滿心得意，把鱗片和洛登石塞回行囊裡，深深吸了一口氣，望著我剛拯救的城鎮。

接著我聽到摩擦聲，感覺到底下的屋頂在動，教堂的正面開始傾斜、崩解，我也因為下方建築逐漸崩垮而搖搖晃晃。我環顧四周，想找安全的屋頂跳過去，但是沒有一個屋頂的距離夠近。屋頂逐漸崩解成一堆落石時，我連忙後退。

情急之下，我跳向燒焦的橡木，抓住一根樹幹，但是樹幹被我的體重一拉，應聲而斷，我就這樣墜落，穿過樹枝，撞傷了頭，昏了過去。

82 梣木與榆木

我醒來時躺在床上，只知道自己在某個旅店的房間裡，其他就不清楚了。我當下的感覺，就像是有人搬了整座教堂砸我的頭。

有人幫我清洗包紮過了，包得很徹底，我最近大大小小的傷口都處理過了。我的頭、胸、膝蓋、一隻腳都包著白色紗布，連手上的輕微擦傷，還有三天前被安布羅斯請來的惡棍用刀子刺傷的地方也都清洗包紮好了。

我頭部的腫塊抽痛著，那裡似乎是全身傷得最嚴重的地方，一抬頭就感到頭暈。移動身體是痛苦的驗傷方式，我把腳晃到床邊，痛得我臉部扭曲，看來右腳中間有深層組織創傷。我坐起來，肋骨底部之間的軟骨有斜角度拉傷。我站起來，*底部橫什麼的……輕微扭傷，可惡！那叫什麼名稱？*我想起奧威爾的臉，圓圓的眼鏡後方皺著眉。

我的衣服也都清洗縫補好了，我穿上衣服，緩緩感覺身體傳遞給我的訊息。幸好房裡沒有鏡子，我知道我一定傷得一塌糊塗。頭上的繃帶感覺特別惱人，不過我還是決定先包著。從現在的狀況來看，繃帶可能是讓我的頭不至於四分五裂的原因。

我走向窗戶，窗外多雲陰暗，在灰濛濛的天色下，整個城鎮看來一片悽慘，到處都是煙塵與灰燼。對面的商店就像被士兵的靴子踩塌的玩具屋一樣，居民緩緩移動，在殘跡瓦礫中撿拾東西。雲層厚到我無法判斷現在是幾點。

這時門打開了，我感覺到一股微弱的空氣鑽了進來。我轉身，看到一名年輕女子站在門口。她年輕、美麗，平易近人，是這類小旅店裡常見的那種女孩，有著奈麗或奈兒之類的名字。這種女孩子永遠都活在恐懼裡，因為旅店老闆脾氣暴躁，尖酸刻薄，動不動就賞人巴掌。她看到我時，瞠目結舌，顯然很訝異我下床了。

「有人喪命嗎？」我問。

她搖頭，「里藍家的兒子摔斷了手，一些人遭到燙傷……」我整個人鬆懈下來，「先生，你不該起來的，醫生說你可能完全不會醒了，你應該多休息。」

「……我表妹回鎮上了嗎？」我問，「就是那個在莫森農場上被發現的女孩，她也在這裡嗎？」

那女子搖頭，「這裡只有你。」

「現在是幾點？」

「晚餐還沒好，不過如果你想吃點什麼，我可以幫你送來。」

我的行囊被擱在床邊，我背起行囊，裡頭只裝著鱗片和洛登石的感覺有點奇怪。我環顧四周找鞋，才想到我昨晚為了在屋頂上跑得更穩，把鞋子脫了。

我離開房間，女孩跟在我身後。我朝大廳走，吧台還是上次那個傢伙，依舊沉著一張臉。

我走向他，「我表妹在鎮上嗎？」

他沉著臉看著我後方的門，那名女孩從門裡走出來，「奈兒，妳在幹什麼，為什麼讓他起來？我看妳比狗還不如。」

所以她真的叫奈兒。換做在其他的情況下，我會覺得很有意思。

他轉頭看我，露出笑容，其實那不過是他另一種臭臉。「老天，小子，你的臉會痛嗎？連我看都覺得疼了。」他對自個兒的笑話笑了起來。

我瞪著他，「我是問我表妹。」

他搖頭，「她沒回來，衰神滾遠一點的好。」

「我要麵包、水果，還有你廚房裡有的任何肉類。」我說，「以及一瓶艾文酒，有草莓口味的最好。」

他把身體貼近吧台，對我揚起一邊的眉毛，原本沉著的臉露出一副可憐我的微笑，「孩子，不用急，既然你醒了，巡警還有話想問你呢。」

我咬牙忍著不對他發飆，深深吸了一口氣，「我這幾天特別煩躁，頭痛的程度是你無法理解的，此外還有朋友可能身陷麻煩。」我冷冷地瞪著他，「我不想把事情弄得很難堪，所以現在請你把我要的東西拿來吧。」我拿出錢包，「拜託。」

他看著我，臉上逐漸浮出怒容，「你這個囂張的小混蛋，你要是不對我客氣一點，我就把你綁在椅子上，等巡警過來。」

我把一鐵幣丟在吧台上，另一枚緊緊握在我手裡。

他沉著臉看硬幣，「那是什麼？」

我集中注意力，感覺到一股寒氣從我的手臂竄起，「那是你的小費。」我說，一縷輕煙開始從鐵幣冒出，「為了獎勵你迅速有禮的服務。」

鐵幣周邊的漆開始冒泡，外圍形成一圈焦黑的輪廓。那男人凝視著硬幣，啞口無言，一臉恐懼。

「快去把我點的東西拿來。」我看著他的眼睛說，「還有一袋水，否則我就當著你的面把這地方燒了，在灰燼和你焦黑的死人骨頭上跳舞。」

我背著滿滿的行囊走到灰石山丘的頂端，赤著腳，喘著氣，頭一直抽痛，卻看不到戴娜的身影。

我迅速找了一下那一帶，發現我當初留下來的東西幾乎都在原地。兩條毯子，水袋幾乎是空的，不過其他一切都在，戴娜可能為了上廁所，暫時離開。

我在那裡等候，等了很久。接著我呼喊她，一開始輕聲呼喚，接著愈來愈大聲，儘管呼喊時我頭抽痛得厲害。最後我就只是坐著，腦中只想到戴娜獨自一人行走，全身酸痛，口渴，迷路，不知天南地北。她不知道會怎麼想？

我吃了一點東西，努力思考我接下來該怎麼辦。我想開瓶酒，但我知道喝酒不好，因為我顯然有輕微的腦震盪。我擔心戴娜可能一時精神錯亂在森林裡迷了路，我得去找她，但我努力摒除這種不理性的擔心。我考慮生個火，讓她看到火可以回來……

這些都沒用的，我知道她已經走了。她醒來，看我不在，就走了。我們離開特雷邦的旅店時，她就說過，我離開不歡迎我的地方，其他東西可以之後再作打算。她會不會覺得我拋棄她了？

無論如何，我心知肚明她老早就走了，我開始收拾行囊。我又擔心，萬一我錯了怎麼辦，所以留下了一張紙條，解釋發生什麼事，還有我會在特雷邦等她一天。我用木炭在一塊灰石上寫下她的名字，然後畫一個箭頭指著我帶來的所有食物，一瓶水和一張毯子。

之後我就走了，心情低落，思緒混亂。

我回到特雷邦時已是黃昏。我爬上屋頂，動作比平常更小心。我得讓頭復原幾天後，才能再相信自己的平衡感。

不過，爬上屋頂撿鞋也不是什麼大不了的事。在屋頂的微光下，整個城鎮看起來很悲慘，教堂的正面全塌了，有近三分之一的房子受到大火波及。有些建築微微燒焦，有些燒得只剩灰燼。我雖然盡力了，但我撞得不省人事之後，想必大火還是肆虐得難以掌控。

我往北方看，看著灰石山丘的頂端，希望能看到火光，當然什麼也沒看到。

我走到鎮務廳的平坦屋頂上，爬梯子上儲水塔，水塔幾乎快空了，只剩底下幾呎深的水，水位比我當初把燒焦的木瓦插在牆上的位子還低許多。從這裡就可以明白整個城鎮為什麼受損那麼嚴重了，水位降到我臨時做的符咒下面時，火焰再度燃起。不過，當初那樣做還是稍微緩和了火勢，要不然，現在可能整個城鎮都沒了。

回到旅店後，我看到很多悶悶不樂、滿身燻黑的人聚在一起喝酒八卦。整天沉著一張臉的老闆不見蹤影，不過有一群人圍在吧台邊，興奮地討論他們在那裡看的東西。

鎮長和巡警也在場，他們一看到我，就連忙把我帶到一間密室談話。

我緊閉著嘴巴，表情嚴肅，過去幾天這樣折騰下來，我已經不怕這兩個肥佬的官威。他們也看得出來，所以顯得特別緊張。我頭痛，不想多做說明，房裡的異常寧靜反倒讓我覺得特別自在。他們因此說了不少話，提出問題時，也透露了大部分我想知道的事情。

鎮上居民受傷的情況幸好都不嚴重，再加上當時正值豐收慶典，沒人在睡夢中。很多人受了擦撞傷，微微燒焦了頭髮，或是吸入太多的濃煙。但是除了幾位灼傷比較嚴重，還有一位被掉下來的木頭壓斷手臂以外，我看來是傷勢最嚴重的一位。

他們都非常確定龍蜥是惡魔，是會噴火和噴毒的巨型黑色惡魔。即使有人本來還對此抱著一絲疑慮，不過他們看到那怪獸被泰魯的鐵輪擊斃時，也就不再懷疑了。

他們也都認為那隻惡魔是摧毀莫森農場的元凶。即使這結論完全錯了，不過聽起來還算合理。想要說服他們相信其他原因，只是浪費我的時間罷了。

他們發現我不省人事地躺在擊斃惡魔的鐵輪上，當地的外科醫師盡力幫我包紮了傷口，看到我的頭顱異常腫脹，對於我能否再次醒來表示非常懷疑。

一開始他們覺得我只是不幸的旁觀者，或是不知怎的把鐵輪撬離開教堂的人，但是我奇蹟似的清醒，再加上我把樓下吧台燒出一個洞，讓大家終於注意到今天一位小男孩和一位老寡婦一直在說的事：老橡樹像火把般起火燃燒時，他們看到有人站在教堂的屋頂上。下面的火光照亮了他的身影，他的手舉在前方，幾乎就像在禱告一樣……

最後鎮長和巡官終於沒有話題可說了，他倆一臉不安地坐在那裡，不斷轉頭看著我和彼此。

這時我才發現，他們並不覺得對面坐著一位身無分文、穿著破爛的男孩，而是把我當成殺了惡魔、一身襤褸的神祕人物。我也覺得沒必要澄清，好運早該降臨我身上了。如果他們要把我當成某種英雄或聖人，對我來說反倒是一大好處。

「你們怎麼處理惡魔的身體？」我問，看到他們兩人都鬆了一口氣。在這之前，我講的話幾乎不到十個字，他們怎麼試探性地問我，我都是一臉嚴肅，不發一語。

「不用擔心。」巡官說，「我們知道該怎麼處理。」

我的胃糾成一團，他們這樣說，我已經可以猜到他們怎麼處理了：他們把它燒毀了。那生物是自然界的奇觀，他們竟然把它當垃圾一樣燒毀掩埋。我知道大書庫裡研究動物學的館員為了研究這種珍禽野獸，寧可割下手來交換都在所不惜。我本來還希望，讓他們有機會接觸這種稀有動物，可以恢復我進出大書庫的權利。

還有鱗片和骨頭，鍊金術士會搶破頭的數百磅異變鐵……

鎮長熱切地點頭接著說，「我們挖了一個十乘三的洞，也放了梣木、榆木、山梨木……」他清清喉嚨，「當然，那個洞得挖得更大一些。大家輪流挖掘，盡速完成了。」他舉起手，自豪地展示手上剛冒出來的水泡。

我閉上眼睛，壓抑著想亂扔屋裡東西的衝動，心中用各種語言辱罵他們。也難怪這個城鎮還處於那麼落後的狀態，大家都忙著燒毀與掩埋價值連城的生物。

不過，木已成舟，也沒辦法挽救了。萬一他們逮到我去把龍蜥的遺體挖起來，我想我新獲得的名聲可能也保護不了我。「在莫森婚禮中倖存的女孩，」我說，「今天有人看到她嗎？」

鎮長一臉疑惑地看著巡官，「我沒聽說，你覺得她和那怪物有關嗎？」

「什麼？」他的問題是如此荒唐，一開始我還聽不太懂。「你們在亂講什麼。」我憤怒地看著他們。我最不希望的就是讓戴娜和這件事牽扯在一起，「她是幫我完成任務的人。」我說，故意不把事情講清楚。

鎮長瞪了巡官一眼，又回頭看我。「你在這裡的……任務結束了嗎？」他小心詢問，彷彿怕冒犯我一

樣。「我當然不是要刺探你的隱私……不過……」他緊張地舔了一下嘴唇，「為什麼會發生這種事？我們安全了嗎？」

「在我的能力範圍內，你們是安全了。」我模稜兩可地說。這麼說聽起來很英勇，如果我能從這件事獲得一點名聲，當然要製造一點好的名聲。

接著我靈機一動，「為了確保你們的安全，我需要一樣東西。」我把身體前傾，手指交插相合，「我得知道莫森從古墳丘裡挖出了什麼。」

我看他們兩個面面相覷，大概是心想：他怎麼會知道那件事？

我往椅背一靠，壓抑著竊笑的衝動。「我要是知道莫森在哪裡找到了什麼，就可以採取行動，確保這種事情不再發生。我知道那是祕密，但是鎮上一定有人知道比較多的消息。你們快把這些話散佈出去，讓知道相關消息的人來告訴我。」

我平穩地站了起來，刻意不顯露出身上種種的刺痛與疼痛感。「不過要快，我明晚就走了，南方還有急事等著我。」

接著我大模大樣地走出門口，斗篷在我身後誇張地飄起。我骨子裡就是個戲子，演完戲，我知道該如何退場。

隔天我吃盡了美食，在舒服的床上補眠。我洗了澡，細心處理我身上的多處傷口，好好休息了一番。有些人來告訴我一些我早就知道的事，莫森挖起了古墳石，發現裡面埋了東西。那是什麼？就是個東西，沒人知道更多的訊息。

我坐在床邊盤算著寫一首關於龍蜥的歌曲，這時我聽到有人不好意思地敲門，聲音小到我差點沒聽見，「請進。」

門開了一小縫，接著又拉開了一些，一位十三歲左右的女孩緊張地張望，匆匆地踏進房裡，輕輕關上門。她有一頭黃褐色的捲髮，臉色蒼白，顴骨的地方紅紅的，深色的眼睛看起來空洞，好像剛哭過或睡不飽似的，或是既哭過又沒睡飽。

「你想知道莫森挖起什麼嗎？」她看著我，接著看往別處。

「妳叫什麼名字？」我溫和地問。

「芙瑞尼雅．葛雷佛洛克。」她乖乖地說，接著看著地板，匆匆行個屈膝禮。

「這名字很可愛。」我說，「芙瑞尼是一種小紅花。」我微笑，希望能讓她自在一點。「妳看過嗎？」她搖頭，眼睛依舊盯著地板，「不過，我猜沒人叫妳芙瑞尼雅，大家是不是都叫妳尼娜？」

她一聽，抬起頭來，驚嚇的臉龐上露出了淺淺的笑容，「奶奶是這樣叫我的。」

「尼娜，來這兒坐下吧。」我向床的方向擺頭，因為那裡是房內唯一可以坐的地方。

她坐了下來，在大腿上緊張地扭動雙手，「我看到那東西了，他們從古墳裡挖出來的東西。」她抬頭看我，接著又低頭看手。「莫森的小兒子吉米讓我看的。」

我的心跳加快，「那是什麼呢？」

「是一個又大又美的壺。」她輕聲說，「大概這麼高。」她把手舉到離地約三呎的地方，她的手在顫抖，「上面有各種文字和圖案，真的很美，我從來沒看過那樣的顏色，有些漆像金銀般閃亮。」

「有什麼圖案？」我問，努力維持聲音的平靜。

「人的圖案。」她說，「大多是人，有一個女人拿著斷劍，一個男人在一棵枯樹旁邊，還有一隻狗咬著另一個男人的腳……」她聲音漸小。

「有白髮黑眼睛的人嗎？」

她睜大眼睛看著我，點頭，「我看得渾身發毛。」她顫抖。

祁德林人，那是顯示祁德林人和他們標記的大花瓶。

「妳還記得有哪些圖嗎？」我問，「慢慢來沒關係，仔細地想。」

她想了一下，「有一個人沒有臉，只蓋著兜帽，兜帽裡沒有東西，腳邊有一面鏡子，上面有一堆月亮，有滿月、半月、弦月。」她低下頭思考，「還有一個女人……」她漲紅了臉，「脫了衣服。」

「妳還記得其他的東西嗎？」我問，她搖頭，「那文字呢？」

尼娜搖頭，「那些都是外來文字，沒說什麼。」

「妳能畫出妳看到的任何文字嗎？」

她再次搖頭，「我才看一下子。」她說，「我和吉米都知道，萬一他爸爸抓到我們在看那個東西，會痛打我們一頓。」她的眼眶突然泛起淚水，「我看了那東西，惡魔會來抓我嗎？」

我搖頭安慰她，不過她還是哭了出來。「自從莫森家出事後，我一直很害怕。」她啜泣，「我一直做惡夢，我知道他們會來抓我。」

我移到她旁邊坐下來，摟著她，發出安慰的聲音，她逐漸停止啜泣，「不會有東西來抓妳的。」

她抬頭看我，不再哭泣，但是我可以從她眼中看出，事實上她內心依舊十分恐懼，再多溫和的話語都無法安慰她。

我站起來，走到我的斗篷旁邊，「我給妳一樣東西。」我說，伸手進口袋，拿出我在工藝館製作的共感燈，那是一個明亮的金屬圓盤，其中一面刻著精密的符咒。

我把那個燈拿回來給她，「我在維洛倫時拿到這個護身符，在遙遠的地方，越過史東瓦山。這是對抗惡魔最有效的護身符。」我拉起她的手，把燈放在她手裡。

尼娜低頭看那個燈，然後抬頭看我，「你不需要嗎？」

我搖頭，「我有其他防身的方法。」

她握著那個燈，眼淚又垂下臉龐，「喔，謝謝，我會隨時帶在身邊。」她的手因緊握著燈而發白。

她會弄丟的，不至於馬上不見，但是過了一年、兩年或十年就會不見，那是人性。這東西不見時，她可能會變得比以前還糟，「不需要那樣。」我連忙說，「它的用法是這樣。」我拉起她抓著那片金屬的手，把它包在我的手心裡，「閉上眼睛。」

尼娜闔上眼睛，我緩緩背誦〈維法洛拉頌〉的前十句，其實那內容不太適切，但那是我當時唯一能想到的東西。泰瑪語聽起來很莊嚴，尤其你又有適合演戲的男中音時，聽起來更有感覺，我剛好就有那樣的聲音。

我唸完時，她張開眼睛，眼裡充滿了驚奇，不是淚水。

「現在它和妳合而為一了。」我說，「無論發生什麼事，無論在何處，它都會保護妳，讓妳平安。即使弄壞了，或是熔化了，護身符依舊有效。」

她張開雙臂抱著我，親吻我的臉頰，她突然又站起身，漲紅了臉，不再蒼白驚恐，眼睛也亮了起來。我之前沒注意到，她其實長得滿漂亮的。

不久她就離開了，我坐在床上想了一會兒。

過去一個月，我從大火中救出一個女人，呼喚火和閃電攻擊要暗殺我的人，順利脫險。我甚至殺了可能是龍或惡魔的東西（就看你用什麼觀點來看）。

但是在那個房間裡，我第一次真的覺得自己像個英雄。如果你想找出我後來變成一號人物的原因，如果你想找那個形象的起點，就從那個房間看起吧。

83 返校

那天傍晚，我收拾好東西，走下旅店大廳。鎮上的人打量著我，興奮地低聲交談。我往吧台走時，無意中聽到一些評論，我才明白昨天他們大部分的人都看到我包著繃帶，應該傷得很嚴重，今天繃帶都拆了，只看到一點小傷，又是一個奇蹟，我努力忍住微笑。

那位總是一臉陰沉的旅店老闆說，他不敢向我收錢，因為整個鎮都欠我一份人情。我堅持要付，他說，不不，絕對不行，他不肯答應，還說希望他還能做點其他的事以表達謝意。

我裝出沉思的表情，我說，既然他這麼說了，如果他碰巧還有一瓶不錯的草莓酒……

我到易弗堂碼頭，買到一個開往下游的駁船座位。我等候開船時，問碼頭工人這幾天有沒有看到一名年輕女子來這裡搭船，一位深色髮的美麗姑娘……

他們說看到了，她昨天下午過來，搭船往下游去了。知道她平安無事，我鬆了一口氣，但除此之外，我也不知道該怎麼想了。她為什麼沒到特雷邦？她認為我拋棄她了嗎？她還記得那天晚上我們一起躺在灰石上講的話嗎？

黎明後幾小時，船在伊姆雷靠岸，我直接去找戴維。經過一番討價還價，我給了她洛登石和一銀幣，以抵銷我超短期的二十銀幣借款，我原本欠她的債務仍在，但是經過這一切，儘管我的錢包幾乎快空了，四銀幣的債務已經不再是什麼可怕的數字。

過了好一陣子，我才恢復原來的生活。我才離開四天，但是我需要向很多人致歉與解釋。我錯過一次和史瑞普伯爵的約定，兩次和馬內的會面，還有和菲拉共進午餐的約定。安克酒館有兩晚都沒有樂手表演，就連奧莉也輕聲數落我沒去找她。

我曉了基爾文、艾爾沙・達爾、奧威爾的課，他們雖然不喜歡這樣，但都仁慈地接受了我的道歉。我知道計算下學期的學費時，我會因為突然無故缺席而付出代價。

最重要的是威稜和西蒙，他們聽說有個學生在巷子裡遇襲，從最近安布羅斯比平常得意的樣子來看，他們猜我可能逃出城外，或更糟的是，被綁上石頭，投入歐麥西河裡了。

他們是唯一聽到我解釋事情真相的人，雖然我沒告訴他們我對祁德林人感興趣的真正原因，我的確告訴他們這次事件的始末，讓他們看那個鱗片，他們都相當驚訝，不過他們也明白地告訴我，下次我一定要留張紙條交代行蹤，否則我就完了。

我也繼續尋找戴娜，希望能向她做最重要的解釋，不過一如往常，我怎麼找，都找不到她的蹤影。

84 突然的風暴

最後，一如既往，我找到戴娜完全是偶然。

我匆忙地走在路上，腦中想著其他的事情，在轉角轉彎時，我得突然停下腳步，才沒撞上她。

我們都愣在那裡半秒，驚訝地說不出話來。雖然這幾天我一直在每個身影與馬車車窗裡搜尋她的臉龐，真的再見到她時，我還是嚇了一跳。我還記得她眼睛的形狀，但不記得它們的影響，我記得它們是深色的，但不記得它們有多麼深邃。她和我離得那麼近，讓我幾乎無法呼吸，就好像突然被壓進深水裡一樣。

我之前想了很久，我們見面時會是怎樣的情景，這一幕在我的腦海中已經排演上千次了，我擔心她會很疏離、冷淡，會因為我把她獨自留在林中而輕視我，會沉默不語，悶悶不樂、感覺受了傷害。我擔心她可能哭泣或是咒罵我，甚至乾脆掉頭離開。

戴娜對我露出開心的笑容，「克沃思！」她拉起我的手，用雙手緊緊包覆著，「我一直在想你，你去哪了？」

我感覺到自己因為鬆了一口氣而有點虛脫，「喔，就到處跑。」我比了一個若無其事的手勢，「就這一帶。」

「上次你讓我一人獨自在碼頭枯等。」她假裝瞪我，「我一直等，都沒等到你。」

我正要向她解釋時，戴娜指著身邊的男人說，「克沃思，抱歉，失禮了，這位是藍塔仁。」我甚至沒注意到他，「藍塔仁，這位是克沃思。」

藍塔仁身材瘦高，體格不錯，穿著體面，風度翩翩。他有令雕塑大師自豪的下巴線條，一口潔白整齊的貝齒，看起來像故事書裡的白馬王子，全身散發著有錢人的味道。

他對我微笑，態度輕鬆和善，「克沃思，幸會。」他一邊說，一邊優雅地點頭鞠躬。

我也反射性地鞠躬回禮，露出我最迷人的笑容，「藍塔仁，幸會。」

我轉向戴娜，「我們應該找機會一起吃個午飯。」我愉快地說，稍稍揚起一邊的眉毛，像是在問這是柊木先生嗎？「我有一些有趣的事情要告訴妳。」

「當然。」她稍稍搖頭，告訴我不是。「上次你還沒講完就走了，我還很失望沒能聽到結尾，其實我很難過。」

「喔，那只是妳以前聽過上百次的老故事。」我說，「白馬王子殺了龍，卻失去寶藏和女孩的故事。」

「啊，是悲劇。」戴娜低頭，「不是我希望聽到的結局，不過和我預期的差不多。」

「如果故事就這樣停了，那才是悲劇。」我坦言，「但是這要看妳怎麼看，我比較喜歡把它想成後續還有令人振奮的續集。」

一輛馬車從路上經過，藍塔仁站開讓路，剛好觸碰到戴娜，戴娜心不在焉地抓住他的手臂。「我通常不太喜歡續集。」她說，表情突然變得嚴肅，無法解讀，接著她聳肩苦笑，「不過，我確實也曾經改變心意、喜歡上續集故事。或許你能改變我的想法也說不定。」

我指著肩上的魯特琴箱，「我大多數晚上仍在安克酒館表演，有興趣妳可以過來……」

「我會的。」戴娜嘆氣，抬頭看藍塔仁，「我們已經遲到了，對不對？」

他抬頭瞇著眼看太陽，然後點頭，「嗯，不過我們快一點，還是可以趕上他們。」

戴娜轉向我，「抱歉，我們要去搭車了。」

「我不耽誤妳了。」我說，大方地退到一邊，讓他們走。

藍塔仁和我禮貌地互相點頭，「不久我就會去找你。」她說，他們走過我身邊時，她轉過頭看我。「快去吧。」我朝他們要走的方向擺頭。「別讓我耽誤了你們。」

他們就這樣走了，我看著他們一起走在伊姆雷的人行道上。

我抵達時，威稜和西蒙已經在等我了。他們找到一張可以清楚眺望伊歐利恩前方噴泉的長椅，噴泉裡雕塑的是被森林之神追逐的仙女，她們的身旁噴濺起水花。

我把魯特琴箱擱在椅子邊，心不在焉地掀開蓋子，心想魯特琴可能會喜歡琴弦曬曬太陽的感覺。如果你不是音樂家，可能無法了解這樣的想法。

我在他們的旁邊坐下，威稜遞給我一顆蘋果，風吹過廣場，我看著噴泉的水像薄紗般在風中舞動。幾片楓紅在鋪石上繞圈飛舞，我看著它們跳來跳去，旋轉盤繞，在空蕩蕩的地方畫著奇怪又複雜的圖案。

過了一會兒，威稜問：「我猜你終於找到戴娜了？」

我沒有把視線移開樹葉，默默地點頭，我不是很想細說分明。

「我可以看得出來，因為你很靜。」他說。

「不順利嗎？」西蒙溫和地問。

「不是我希望的那樣。」我說。

他們點點頭，明白是怎麼一回事，我們又靜默了一會兒。

「我在想你告訴我們的事。」威稜說，「還有戴娜說的話，她的說法有點破綻。」

西蒙和我好奇地看著他。

「她說她在找她的贊助人，」威稜指出，「她和你一起去找他，但是後來又說，她知道他很安全，因為他……」威稜刻意遲疑了一下，「……因為她往起火的農場走時，遇到了他。這裡兜不起來，如果她知道他安然無恙，為什麼還要去找他？」

我之前沒想過，我還沒想出該怎麼回應時，西蒙就搖頭，「她只是為了和克沃思在一起，才掰了一個藉口。」西蒙說得好像一切再清楚不過似的。

威稜稍稍皺眉。

西蒙看看我又看看威稜，為了他還得解釋而感到訝異，「她顯然對你有意思。」他說，接著開始扳著手指數，「她去安克酒館找你，我們在伊歐利恩喝酒那天，她也來找你。她想了一個藉口，以便和你在荒郊野外一起漫遊幾天……」

「西蒙，」我生氣地說，「她如果真的對我有意思，我找了一個月，應該不只找到她一次而已。」

「那是邏輯謬誤。」西蒙急著說，「因果錯置，那些都只證明了你不善於找她，或是她很難找而已，不是她對你沒意思。」

「其實，」威稜指出，附和西蒙的說法，「因為她比較常找到你，她可能花了不少時間在找你，你不容易找到，那表示她有興趣。」

我想到她留給我的紙條，一時間覺得西蒙可能是對的，我感覺到胸中燃起一絲希望，想起那晚我們一起躺在灰石上。

但是，我又想起戴娜當晚神智不是很清醒，想起戴娜在藍塔仁懷裡的樣子，我想到高大英俊又富有的藍塔仁，還有其他可以送她值錢的東西、不只擁有好歌喉和男性氣概的無數男子。

「你知道我的論點是對的！」西蒙把頭髮從眼睛上撥開，稚氣地笑著，「你沒辦法反駁！她顯然很迷戀你，你也一樣迷她，你們是天生一對！」

我嘆息，「西蒙，我很高興能有她這位朋友，她很討人喜歡，我也喜歡和她在一起，就這樣而已。」我故意在語氣中透露出適度的不在意，好讓西蒙相信我的話，讓話題暫時到此為止。

西蒙看了我一下，也就不再追問。「如果是那樣，」他說，拿著一塊雞肉比劃著，「菲拉倒是一直提到你，她覺得你很厲害，再加上你又救了她一命，我相信你和她滿有機會的。」

我聳肩，觀察著風吹起噴泉水霧的模式。

「你知道我們應該……」西蒙講到一半停了下來，凝視著我的後方，表情突然一片茫然。

我轉頭看他在看什麼，發現我的魯特琴箱空了，魯特琴不翼而飛。我瘋也似的望著四周，正準備起身衝出去找，不過沒那個必要了——安布羅斯和他的狐群狗黨就站在幾呎外，他一手隨性地拿著我的魯特琴。

「噢，老天慈悲！」西蒙在我身後輕聲說，接著他以正常的音量說，「安布羅斯，拿回來！」

「閉嘴，穎士。」安布羅斯喝叱，「這不干你的事。」

我站起來，眼睛看著他，還有我的魯特琴。我一直以為安布羅斯比我高，但我站起來時，發現我們的視線一樣高，安布羅斯似乎也有點意外。

「還給我。」我說，伸出手，我看到我的手沒在顫抖也很驚訝，但是我內心在抖：一半是因為恐懼，一半是因為憤怒。

我身體裡有兩個部分同時說著話，一半的我呼喊著：拜託，不要對它做任何事，不要弄壞了，請還給我，不要用那種方式抓住琴頸。另一半的我反覆地說著：我恨你，我恨你，我恨你，就像從嘴裡吐出一口口的血一樣。

我往前站一步，「還給我。」我的聲音聽在我耳裡怪怪的，毫無感情，沒有抑揚頓挫，就像我張開的手掌一樣平，我內心已經停止了顫抖。

他愣了一下，聽出我的語調有些不太尋常，我可以感覺到他的不安，因為我的反應和他預期的不一樣。我可以感受到身後的威稜和西蒙也屏氣凝神，安布羅斯身後的朋友突然變得沒那麼自信了。

安布羅斯微笑，揚起一邊的眉毛，「但是我為你寫了一首歌，需要伴奏。」他粗魯地抓著魯特琴，無視旋律或音調地撥著琴弦。他開始唱起歌時，周圍的人停下來看：

有個渾球克沃思，
譏諷別人他最樂，
大師覺得很難得，
賞他幾鞭了不得。

這時已經有不少路人停下來看熱鬧，笑著看安布羅斯的表演。安布羅斯受到鼓舞，大大地鞠了一個躬。

「大家一起唱！」他大喊，把手舉起來，像樂隊指揮那樣，把我的魯特琴當指揮棒那樣甩。

我又往前邁了一步，「還給我，否則我殺了你。」這時，我是完全認真的。

一切再次靜了下來，安布羅斯看出他無法像預期那樣激我反抗，故意裝出無動於衷的樣子，「有些人沒什麼幽默感。」他嘆口氣說，「拿去！」

他把琴丟向我，但是魯特琴本來就不該那樣拋。那把琴就在空中奇怪地扭轉。我上前抓時，手中空無一物。無論他是手拙或是惡意的，對我來說都沒有差別了。我的琴先撞上圓石砌成的盆子，發出碎裂聲。

那聲音讓我想起父親的魯特琴在塔賓的暗巷裡，被壓在我身體下所傳出的可怕聲響。我彎腰揀起魯特琴，它發出像動物受了傷的聲音，安布羅斯半轉著頭看我，我看出他臉上閃過愉悅的表情。

我張開嘴對他咆哮，大喊，詛咒他，但是我的喉嚨吼出其他的聲音，一個我不認識的字，也想不起來的字。

接著我只聽到風的聲音，就像風暴那樣突然吹進廣場，附近的馬車側著滑過地面的鋪石，馬匹驚恐地揚起前腳，有人手中的活頁樂譜被風吹起，在我們周遭像奇怪的閃電般亂舞。我被推向前一步，風推動著每個人的身子，每個人，除了安布羅斯以外。他的頭貼著地，像風車一樣團團轉，彷彿被天神的手押著轉。

接著一切又平靜了下來，紙張飄落，像秋天的落葉一樣旋轉著，大家面面相覷，頭髮蓬亂，衣衫不整，有些人搖搖晃晃地繃緊身子抵抗已經消失的暴風。

我的喉嚨疼痛，魯特琴也壞了。

安布羅斯蹣跚地站起來，兩手怪怪地垂放在身邊，血從頭皮流了下來。他恍惚困惑的表情讓我心頭暫時一樂，我本來想對他再叫一聲，心想不知會發生什麼事。風還會再來嗎？大地會把他吞沒嗎？

我聽到一匹馬驚恐的嘶叫聲，一堆人從伊歐利恩和廣場周圍的建築裡湧出來。樂手們拼命環顧四周，大家開始說起話來。

「……那是什麼？」

「樂譜散得到處都是，幫我揀一下免得……」

「……做的，他在那裡，紅頭髮……」

「……惡魔。惡魔的風和……」

我不發一語，疑惑地望著四周，威稜和西蒙匆匆把我帶離現場。

「我們不知道要把他帶去哪裡。」西蒙對基爾文說。

「把一切重說一遍。」基爾文平靜地說，「不過這次一個人講就好了。」他指著威稜，「試著用有條理的方式講清楚。」

我們在基爾文的辦公室裡，門關著，窗簾拉了起來。威稜開始解釋發生了什麼事，他愈說愈快，交錯參雜著席德語，基爾文持續點頭回應，露出深思的表情。西蒙專心聆聽，偶爾插嘴一兩句。

我坐在附近的凳子上，腦子一片混亂，裡面還有一些想到一半的問題。我的喉嚨發痛，身體疲憊，充滿了腎上腺素狂飆後的疲累感。在我心中，有部分的我怒火中燒，像冶爐裡的煤炭被搧得又紅又熱一樣。我全身充滿了麻痺感，彷彿身體被封在十吋厚的蠟裡，蠟裡頭沒有克沃思，只包著疑惑、憤怒和麻痺。我就像風暴裡的麻雀，找不到安全的枝幹可以緊抓在上頭，無法控制飛行地翻滾。

威稜快解釋完時，伊洛汀沒有敲門或報上名字就走進房裡，威稜頓時靜了下來。我瞄了命名大師一眼，又回頭繼續看著我手裡損毀的魯特琴。我在手中翻轉魯特琴時，它銳利的邊緣割傷了我的手指，我茫然地看著血流出來，滴到地上。

伊洛汀不理會其他的人，直接走到我面前，「克沃思？」

「大師，他現在不太對勁。」西蒙語氣擔憂地說，「他整個啞了，什麼也不說。」我雖然聽到那些話，知道那些話有意義，甚至知道屬於它們的意義，但是我就是無法了解。

「我想他撞到頭了。」威稜說，「他看著你，但是一臉茫然，他的眼睛像狗的眼睛一樣。」

「克沃思？」伊洛汀又叫了一次。他看我毫無回應，直楞楞地看著魯特琴時，他伸出手，輕輕地抬起我的下巴，直到我的視線看著他。「克沃思。」

我眨眼睛。

他看著我，那雙深色的眼睛讓我稍稍穩定了一些，緩和了我體內的混沌感，「Aerlevsedi，」他說，「跟著說。」

「什麼？」西蒙在後方某處說，「風嗎？」

「Aerlevsedi。」伊洛汀耐心地重複一次，深色的眼睛緊盯著我。

「Aerlevsedi。」我茫然地說。

伊洛汀暫時平靜地閉上眼睛，彷彿他想從微風中抓住一縷輕飄的音樂。我無法看到他的眼睛時，意識又開始飄移。我低頭看著手中損毀的魯特琴，在眼神飄離太遠之前，他又托起我的下巴，把我的臉抬起來。

他和我四目交接，我的麻痺感逐漸消退，但是腦中仍是一片混亂。接著伊洛汀的眼睛變了，不是看著我，而是看穿我，那是我唯一能用來形容的方式。他看到我的內在深處，不是眼裡，而是穿透我的眼睛到裡頭，穩穩地落在我胸中，好像他把兩手伸進我體內，感覺我肺臟的形狀、怒火的溫度、體內轟隆隆作響的風暴型態一樣。

他傾身向前，嘴唇拂過我的耳朵，我感覺到他的呼吸，他說話……風暴就靜止了，我找到降落的地方。

有一種遊戲，小孩子一定都玩過。你張開手臂，旋轉身體，看著世界逐漸模糊起來。一開始你會失去方向感，如果你持續轉得夠久，世界就會自行轉化，你旋轉時，即使世界在你周遭變得模糊，你也不再感到頭暈目眩。

然後你停下來，世界驟然恢復原來的樣子，那昏頭轉向的感覺像霹靂一般擊中了你，一切開始搖晃移動，世界在你周遭傾斜了起來。

伊洛汀讓我腦中的混亂靜止下來時，我也產生了同樣的感覺。我突然感到非常暈眩，大叫出聲，舉起手避免我跌向旁邊，跌向上面，跌向裡面。我的腳纏著凳子時，感覺到有手臂抓住我，我開始癱跌到地上。

那感覺很恐怖，不過正逐漸消退。等我恢復正常時，伊洛汀已經走了。

85 反對我的手

西蒙和威稜送我回安克酒館的房間，我倒在床上昏睡了十八個小時。儘管我是穿著衣服睡覺，醒來時膀胱也快漲破了，但是精神卻異常地好。

我運氣不錯，等我吃頓飯、洗好澡後，幫傑米森跑腿的男孩才找上我。他通知我去大師廳，再過半小時我就要被掛在角上了。

安布羅斯和我站在大師的桌前，他指控我犯下違紀行為。為了報復，我反告他偷竊，破壞私人財產，犯下不配當奧祕所成員的行為。有了之前被掛在角上的經驗，後來我摸清了大學院校規《瑞蘭法典》，我特地讀了兩遍，確定校規的運作方式，現在我已經背得滾瓜爛熟了。

可惜，這也表示我完全知道自己身陷多大的麻煩。違紀行為的指控相當嚴重，要是他們認為我是有意傷害安布羅斯，我會遭到鞭刑，還有退學處分。

我傷害了安布羅斯，這點幾乎是無庸置疑。他身上有挫傷，跛著腳，額頭有明顯的紅色磨傷，戴著固定手臂的懸帶，不過我很確定那懸帶是他故意裝來增加戲劇效果的。

問題是，我根本就不知道發生了什麼事，我還沒有機會和任何人談起這件事，甚至還沒向伊洛汀道謝，謝謝他昨天在基爾文辦公室幫我的事。

大師們讓我們各自陳述證詞，安布羅斯盡力展現出最佳的表現，說話時非常有禮。過了一會兒，我開始懷疑他講話慢條斯理，是因為止痛藥用太多的緣故。從他的眼神看來，我猜他是服用鴉片酊。

我們各自發言完後，校長說：「我們按嚴重程度來處理這些申訴案件吧。」

賀姆大師比了一個手勢，校長點頭請他發言，「我們應該在投票前先減少指控項目。」賀姆說，「穎士克沃思的申訴有重複之處，你不能同時指控一位學生偷竊且破壞私人財產，應該只有其中一項成立才對。」

「大師，為什麼您這麼認為？」我客氣地說。

「偷竊表示佔有別人的財產。」賀姆以合理的語調說，「你怎麼擁有你已經破壞的東西？其中一項指控應該取消。」

校長看著我，「穎士克沃思，你要取消一項申訴嗎？」

「不。」

「那麼我提議表決，是否取消偷竊的指控。」賀姆說。

校長瞪著賀姆，默默地指責他不按程序發言，接著轉頭看我，「穎士，面對道理時作出頑強抵拒，並不值得稱許。賀姆大師的確提出了合理的論點。」

「賀姆大師的論點有瑕疵。」我冷靜地說，「偷竊意指取得他人的財產，說你無法破壞你偷來的東西，這很可笑。」

我看到幾位大師點頭，但是賀姆堅持他的論點，「羅蘭大師，偷竊的罰則是什麼？」

「學生最多受到背部兩鞭的處分。」羅蘭背誦，「並歸還財產或是財產的價格，外加一銀幣的罰鍰。」

「破壞私人財產的罰則呢？」

「學生必須支付更換或修理財產的費用。」

「聽到了嗎？」賀姆說，「他可能必須為了同一把魯特琴，付兩次的價格，那不公平，等於是為同一件事處罰他兩次。」

「賀姆大師，不是那樣。」我插嘴，「而是處罰他既偷竊又破壞私人財產。」校長用他剛剛責怪賀姆不按程序發言的眼神瞪著我，不過我還是繼續說，「如果我是把魯特琴借給他，他弄壞了，那是一項罪名。如果他偷了魯特琴，維持原封不動，那又是另一項罪名。如果兩者都不是，那就是兩項罪名。」

校長以指關節敲著桌子，要我們安靜，「所以這樣聽來，你不要撤銷其中一項指控？」

「不要。」

賀姆舉手取得發言權，「我提議投票表決是否取消偷竊的指控。」

「贊同的舉手？」校長不耐煩地說。賀姆舉手，布藍德、曼椎、羅蘭也都舉手了。「五票半對四票，中訴成立。」

校長趁著沒人拖慢進度以前繼續說，「誰覺得詮士安布羅斯犯下破壞私人財產的過錯？」除了賀姆和布藍德以外，每位大師都舉手了，校長看著我，「你花了多少錢買魯特琴？」

「九銀六。」我謊稱，但是我知道那是合理的價格。

安布羅斯一聽便激動反駁，「拜託，你這輩子從來沒擁有過十銀幣吧。」

校長對於有人打岔，生氣地用指關節敲著桌子。這時布藍德舉手發言，「詮士安布羅斯的確提出了一個有趣的論點，一個當初沒錢來唸書的學生，怎麼會有那筆錢？」

幾位大師懷疑地看著我，我低頭，彷彿很不好意思一樣，「那是我玩角牌贏來的。」

房裡響起被逗樂的低語聲，伊洛汀大笑出來，校長敲著桌子，「詮士安布羅斯處以罰鍰九銀六，有大師反對這項處分嗎？」

賀姆舉手，但票數不足。

「至於偷竊的指控，提議幾鞭？」

「零鞭。」我說，幾位大師露出驚訝的表情。

「誰覺得詮士安布羅斯犯下偷竊的過錯？」校長問。賀姆、布藍德、羅蘭都沒有舉手。「詮士安布羅斯處以罰鍰九銀六，有大師反對這項處分嗎？」

這次賀姆就沒舉手了，一臉悶悶不樂。

校長深深吸了一口氣，又匆匆吐了出來，「文書大師，不配當奧祕所成員的行為應受什麼處分？」

「學生可處以罰鍰，鞭刑，奧祕所停學，或是大學院退學等處分，視犯錯的嚴重程度而定。」羅蘭平靜地說。

「原告尋求什麼處分？」

「奧祕所停學。」我說，彷彿這是世上最合理的事。

安布羅斯失去冷靜，「什麼？」他不敢置信地說，轉過來面向我。

賀姆幫腔，「荷瑪，這愈來愈可笑了。」

校長帶著一點責備的眼神看著我，「恐怕我得認同賀姆大師的看法。穎士克沃思，我認為那不足以構成停學的理由。」

「我不認同。」我說，盡力展現我的說服力，「請想想你們剛剛聽到的經過，安布羅斯因為私人恩怨，在別無其他理由下，選擇公然嘲笑我，接著偷竊又損毀我唯一有價值的東西。」

「這是奧祕所成員應該展現的行為嗎？這是你們希望培育其他詮士的態度嗎？你們贊成想當祕術士的人懷抱卑劣與惡意的人格特質嗎？上一個祕術士被燒死至今已經兩百年了，如果你們頒授繫德給這樣的孩子，」我指著安布羅斯，「幾年內，長久以來維持的和平與安全就結束了。」

我的論點影響了他們，從他們的表情就可以看得出來，安布羅斯在我身邊緊張地移動身子，眼睛不斷看著每一張大師的臉龐。

肅靜一下子後，校長提議表決，「贊成讓詮士安布羅斯停學的請舉手。」

奧威爾舉手，羅蘭、伊洛汀、艾爾沙．達爾也跟著舉手……接著出現緊張的片刻，我看著基爾文，又看了校長，希望他們其中一人也舉手。

過了一會兒，「申訴不成立。」安布羅斯鬆了一口氣，我則是有點失望。其實我能說服大家到這個程度，我已經很驚訝了。

「接著，」校長說，彷彿為了一件大事做準備似的，「指控穎士克沃思的違紀行為。」

「四至十五鞭，並從大學院強制退學。」羅蘭背誦。

「原告提議幾鞭？」

安布羅斯轉過來看我，我可以看得出來他內心的盤算，他在想如何讓我付出最大的代價，並讓大師贊同他的提議。「六鞭。」

我心頭一沉，產生一股沉重的恐懼感。我根本不在意鞭數，如果我可以避免退學，我寧可接受二十四鞭的處分。萬一我被趕出大學院，我的人生就完了，「校長？」我說。

他用疲累但溫和的眼神看著我，他的眼神說著他了解，但是他別無選擇，只能看著事情自然發展。他表情中露出的溫和憐憫讓我感到恐懼，他知道會發生什麼事了。「克沃思，什麼事？」

「我可以說一些話嗎？」

「你已經答辯過了。」他堅定地說。

「但是我連我自己做了什麼都不知道！」我脫口而出，語氣中充滿了驚恐，完全掩蓋了之前的沉著。

「六鞭並退學處分。」校長以正式的口吻繼續說，不理會我剛剛說的話，「贊成的舉手？」

賀姆舉手，布藍德和奧威爾接著舉手，校長也舉手時，我的心沉了，羅蘭、基爾文、艾爾沙．達爾、曼椎也跟著舉手。最後一個是伊洛汀，他懶懶地笑著，擺動著舉起的手指，像揮手一樣。九隻手都宣告我有罪，我即將遭到大學院開除，我的人生完了。

86 火本身

「六鞭並退學處分。」校長沉重地說。

退學，我麻木地想著，彷彿我從沒聽過那字眼。驅逐，亦即猛力驅趕。我可以明顯感受到安布羅斯稱心如意的爽快感。一瞬間，我擔心我就要在大家面前癱倒了。

我低頭看腳時，校長按照慣例問：「有大師反對這項處分嗎？」

「我。」如此讓人激昂的聲音只可能出自伊洛汀。

「贊成暫緩退學的人請舉手？」我抬起頭，剛好看到伊洛汀、艾爾沙·達爾、基爾文、羅蘭、校長舉手。大家都舉了，除了賀姆以外。我差點因為驚訝和不敢置信而笑了出來，伊洛汀再次對我露出孩子氣的笑容。

「退學取消。」校長堅定地說，我可以感受到安布羅斯的得意在我身邊消退了。「還有其他的議題嗎？」我聽出校長的語氣有點奇怪，他似乎在等待著什麼。

這時伊洛汀開口了：「我提議把克沃思升為詮士。」

「贊成的舉手？」除了賀姆之外，其他人一致舉手，「七月五日，克沃思升為詮士，由伊洛汀當指導人。散會。」他推著桌子起身，往門口走去。

「什麼？」安布羅斯大叫，他環顧四周，彷彿無法決定該問誰似的。校長和多數大師已經離去，賀姆也尾隨他們迅速離開，最後安布羅斯只好跟在賀姆身後倉惶地逃離。我發現他跛腳的程度沒像審訊開始前那麼嚴重。

我不知所措，傻傻地站在那裡。伊洛汀走過來，握了握我那反應遲鈍的手。「迷惑嗎？」他問，「跟我一起去走走吧，我來解釋。」

單的白襯衫，還有一條滿醜的褲子，以磨損的繩子綁著褲頭。這時我才發現他赤著腳，他的腳背和手臂與臉龐一樣，都是健康的古銅色。

走出幽暗涼爽的洞樓，明亮的午後陽光顯得格外刺眼。伊洛汀笨拙地從頭上拉起大師袍，底下他穿著簡

「你知道詮士是什麼意思嗎？」他隨口問我。

「字面上是指『說話者』。」我說。

「你知道那是什麼意思嗎？」他強調。

「不清楚。」我坦言。

伊洛汀深呼吸，「很久很久以前，有一所大學院，那是建造在一所古老大學院的遺址上。它不是很大，大概只有五十人，不過它是方圓數千哩內最好的大學院，所以大家都來這裡學習，然後畢業。有一小群人聚在那裡，他們的知識涵蓋數學、文法、修辭以外的東西。

「他們在大學院裡成立比較小的團體，他們稱之為奧祕所，那是很小、很祕密的團體，裡面有一個階級系統，你只能靠能力升級，別無他法。一個人想進入這個團體，就必須證明他有能力看清事物的真實本質，這樣他們就變成穎士，穎士就是『看見的人』。你覺得他們要怎樣才能升為詮士？」他一臉期待地看著我。

「用說話的方式。」

他笑了，「沒錯！」他停下來，轉頭面對我，「但是說什麼？」他的眼睛明亮銳利。

「字？」

「名字。」他興奮地說，「名字是物之形，能說出名字的人，便開啟了通往力量的道路。奧祕所剛成立時，他們是通曉各種事物的一小群人，是知道名字強大力量的人。他們教導一些學生，慢慢小心地鼓勵他們培養力量與智慧，還有魔法，真正的魔法。」他環顧四周的建築物和來來往往的學生，「那時候的奧祕所像

是濃烈的白蘭地，現在是大量稀釋的酒。」

我等到確定他講完了我才開口，「伊洛汀大師，昨天發生了什麼事？」我屏息以待，非常期待能獲得可理解的答案。

他疑惑地看著我，「你呼喚了風的名字。」他說，彷彿這答案再明顯不過了。

「但是那是什麼意思？你指的『名字』是什麼？只是像『克沃思』或『伊洛汀』那樣的名字？還是比較像『塔柏林知道萬物之名』那樣？」

「兩者都像。」他說，向一位倚在二樓窗口的美女揮手。

「但是名字為什麼會做出那樣的事？『克沃思』或『伊洛汀』只是我們發出的聲音，它們本身沒有任何力量。」

伊洛汀一聽，露出驚訝的表情，「真的嗎？你看。」他往街上看，「納森！」他呼叫，一位男孩轉頭看向我們這邊，我認出他是幫傑米森跑腿的一位男孩，「納森，過來這裡！」

那男孩小跑步過來，抬頭看著伊洛汀，「大師，什麼事？」

伊洛汀把大師袍交給他，「納森，幫我把這個拿到我辦公室好嗎？」

「沒問題。」那男孩接過大師袍，就迅速離開了。

伊洛汀看著我，「看到了嗎？我們稱呼彼此的名稱其實不算名字，但它們還是有一些力量。」

「那不是魔法。」我反駁，「他必須聽你的話，因為你是大師。」

「而你是詮士。」他嚴肅地說，「你呼喚風，風就聆聽了。」

我還是聽不太懂那個概念，「你是說風是活的？」

他比了一個含糊的手勢，「算是吧，大部分的東西都是以某種方式活著。」

我決定換個方法問，「如果我不知道方法，怎麼會呼喚風？」

伊洛汀大聲地拍了一下手，「好問題！答案是，我們每個人都有兩個心思：清醒的心思和沉睡的心思。

清醒的心思用來思考、說話與推理，但是沉睡的心思更強大，它會看到事情的核心，讓我們作夢記得事情，給我們直覺。清醒的心思無法了解名字的本質，但是沉睡的心思可以，它已經知道很多你清醒的心思所不知道的東西。」

伊洛汀看著我，「你還記得你呼喚風之名後的感覺嗎？」

我點頭，不是很喜歡那段記憶。

「安布羅斯損壞你的魯特琴時，他喚醒了你沉睡的心思，就像用火把戳著冬眠的大熊一樣，牠揚起前腳，呼喚了風之名。」他突然張開手臂，引來路過學生的異樣眼光。「之後，你清醒的心思不知道該怎麼辦，只能面對一隻發狂的熊。」

「你做了什麼？我不記得你在我耳邊說了什麼。」

「那是個名字，是用來安撫那隻發怒的大熊，哄牠入睡，不過牠現在不是睡得那麼安穩了，我們需要緩緩地喚醒牠，讓牠受你的掌控。」

「這是你提議暫緩退學的原因嗎？」

他比了一個不以為然的手勢，「你本來就沒有被退學的危險，你不是第一個在盛怒下呼喚風之名的學生，不過最近幾年你倒是第一個。強烈的情緒通常會讓你首度喚醒沉睡的心思。」他微笑，「我和艾爾沙．達爾爭執時，突然說出風之名。我一喊，他的火盆就爆炸成一團燃燒的餘燼和煤渣。」他咯咯笑。

「他做了什麼事讓你這麼生氣？」

「他拒絕教我高階縛咒，當時我才十四歲，還是穎士，他說我必須升上詮士才能學。」

「有高階縛咒？」

他笑著看我，「詮士克沃思，那是祕密，是當祕術士的重點。現在你升上詮士，就有權利接觸一些以前無法得知的事。高階共感縛，名字的本質，如果基爾文覺得你已經準備好了，他也會教你一些可疑的神祕記號。」

我胸中燃起了希望，「所以我現在可以進大書庫了嗎？」

「啊。」伊洛汀說，「不行，完全沒辦法。大書庫是羅蘭的地盤，是他的王國，那些祕密不是我能透露的。」

聽到他提起祕密，我想起一件困擾我好幾個月的事，那個在大書庫核心裡的祕密。「那大書庫裡的石牆呢？」我問，「就是那個四板門，既然我是詮士了，可以告訴我裡面是什麼嗎？」

伊洛汀笑了，「喔，不行，不行，你只在意大祕密對不對？」他拍我的背，彷彿我剛說了一個不錯的笑話，「法雷利塔斯。老天，我還記得那是什麼感覺，站在那裡看著門，滿腦子疑惑。」

他又笑了，「老天，我差點就丟了命。」他搖頭，「不行，你無法到四板門後面，不過，」他露出鬼鬼祟祟的表情，「既然你是詮士……」他觀望四周，彷彿擔心有人可能偷聽到我們講話一樣。他靠近我，「既然你是詮士，我就坦白對你說那真的存在。」他嚴肅地眨眼。

我雖然失望，卻忍不住露出微笑，我們靜靜地走過主樓，路過安克酒館，「伊洛汀大師？」

「什麼事？」他的眼睛看著一隻松鼠過馬路，爬上樹。

「我還是不太了解名字。」

「我會教你了解。」他輕鬆地說，「名字的本質很難形容，只能體驗與理解。」

「為什麼無法形容？」我問，「你了解一樣東西，就可以形容才對。」

「你可以說明你了解的所有東西嗎？」他斜眼看我。

「當然可以。」

伊洛汀往街頭一指，「那男孩的襯衫是什麼顏色？」

「藍色。」

「你說藍色是什麼意思？說明一下。」

我努力想了一下，還是想不出來，「所以藍是一種名字？」

「那是字，字是那些被遺忘的名字的淺影。名字有力量，所以字也有力量。字可以在人心裡點燃火焰，可以讓最狠的心流下眼淚，有七個字可以讓一個人愛上你，有十個字可以讓最堅強的人頓失意志，但是字不過是火的圖案，名字才是火本身。」

這時我的腦筋已經一團混亂，「我還是不懂。」

他把手放在我肩上，「用字來談字，就好像用鉛筆在鉛筆上畫一隻鉛筆一樣，那是不可能的，令人困惑，感到沮喪。」他把手高舉到頭上，像要伸手抓天一樣，「但是有其他的方式可以了解！」他大喊，像個孩子一樣。他把兩手伸向無雲的天際，依舊笑著，「你看！」他大喊，把頭往後仰。「藍！藍！藍！」

87 大膽

當天下午在伊歐利恩，我對西蒙和威稜說：「他滿……滿瘋的。」

「他是大師嘛。」西蒙巧妙回應，「也是你的指導人，而且聽你剛剛那麼說，他也是你沒遭到退學的原因。」

「我的意思不是說他不聰明，我看過他做了我無法解釋的事，但問題是他就是瘋瘋癲癲的，他講解名字、字和力量時，搞得我團團轉。他講的時候，好像很有道理，但實際上沒有任何意義。」

「不要抱怨了。」西蒙說，「即使你的指導人是瘋子，你也比我們還早升上詮士。而且你打斷安布羅斯的手，還獲得兩倍的賠償，獲得無罪開赦，我還真希望有你一半的運氣。」

「我沒有完全獲得無罪開赦。」我說，「我還是得接受鞭刑。」

「什麼？」西蒙說，「你剛剛不是說緩刑了？」

「他們延緩我退學。」我說，「但是不含鞭刑。」

西蒙瞠目結舌，「老天，為什麼？」

「違紀行為。」威稜低聲說，「他們投票表決他犯下違紀行為後，就不能讓他無罪開赦。」

「伊洛汀也這麼說。」我喝了一口酒，又再喝一口。

「我不管。」西蒙激動地說，「那太野蠻了。」他講最後那句話時，用拳頭捶桌子，震倒了他的杯子，在桌上灑了一灘深色的史卡登酒。「可惡！」他連忙站起來，用手擋住那些酒，以免酒滴到地上。

我無奈地笑，笑到眼眶都濕了，肚子也疼了。我又恢復原來呼吸時，覺得胸口輕鬆不少。「西蒙，我真是太愛你了。」我真誠地說，「有時我覺得你是我唯一認識誠實的人。」

他上下打量我，「你醉了。」

「沒有，我是說真的。你是好人，比我好太多了。」他的表情好像是無法判斷我是不是在開他玩笑一樣。

一位女侍帶了濕抹布過來，幫我們把桌子擦乾淨，酸了我們幾句，西蒙禮貌地幫我們回以尷尬的表情。

等我回大學院時，天已經完全黑了，我順道回安克酒館拿了點東西，接著就往主樓屋頂去。

看到奧莉竟然在無雲的時候上來屋頂等我，我還滿訝異的。她坐在一個磚頭砌成的短煙囪上，無所事事地晃著腳，頭髮飄起，像團薄雲飄在她嬌小的身子周邊。

她看到我走近時，從煙囪跳了下來，稍微往旁邊移了半步，幾乎像行屈膝禮一樣，「克沃思，晚安。」

「晚安，奧莉。」我說，「妳好嗎？」

「我很好。」她堅定地說，「今晚也很棒。」她把兩手放到身後，不斷移動兩腳的重心。

「今晚妳帶什麼來給我？」我問。

她露出燦爛的笑容，「你帶了什麼給我？」

我從斗篷下拿出一罐細長的瓶子，「我帶了一些蜂蜜酒給妳。」

她用兩手接了過去，「為什麼？這麼高貴的禮物。」她驚訝地低頭凝視那瓶酒，「想想那些醉醺醺的蜜蜂。」她拉開瓶塞，聞了一下，「裡面有什麼？」

「日光。」我說，「微笑和一個問題。」

「問題在瓶底。」我說。

她把瓶口拿到耳邊，對著我笑。

「很重的問題。」她說，接著把手伸向我，「我帶了一個戒指給你。」

那是用平滑溫暖的木頭做成的，「這有什麼作用？」我問。

「它會保密。」她說。

我把它放到耳邊。

奧莉嚴肅地搖頭，頭髮在身邊搖晃，「它不會說出祕密，只會保守祕密。」她往我靠近一步，拿起戒指，套上我的手指。「光有一個祕密就很多了。」她溫和地責怪我，「再多就太貪心了。」

「戴起來剛剛好。」我說，有點意外。

「那是你的祕密。」她說，彷彿對小孩子解釋一樣，「不然要適合誰戴？」

奧莉把頭髮撥到身後，再度往旁邊移了半步，像行屈膝禮一樣，也像在跳舞。「克沃思，我在想，今晚你可以和我一起用餐嗎？」她說，一臉正經，「我帶了蘋果和蛋來了，我也可以請你喝蜂蜜酒。」

「奧莉，我很樂意和妳一起共進晚餐。」我正式地說，「我帶麵包和乳酪來了。」

奧莉迅速爬下庭院，幾分鐘後，她帶回一個精緻的小瓷杯，她為我們兩個都倒了蜂蜜酒，她自己則是用一個比頂針沒大多少的銀杯，連續啜飲了幾口。

我坐在屋頂上，我們一起用餐。我帶了一大條黑麥麵包和一塊白色的達洛尼爾乳酪來，奧莉拿出幾顆熟成的蘋果和六顆帶著棕色班點的蛋，她設法把那些蛋都煮熟了。我從斗篷口袋裡掏出一些鹽，我們就沾著鹽吃。

我們用餐時大多是靜靜地吃，享受著彼此的陪伴。奧莉盤著腳坐著，背部打直，頭髮往四邊飛揚。一如既往，她慎重其事的用餐方式，讓這臨時的一餐感覺就像在某貴族的大廳裡享用正式的晚宴一樣。

「最近風把樹葉都吹進了地底世界。」奧莉用完餐後隨性地說，「從柵門和隧道吹進來，積在鳥棲區，所以那裡沙沙作響。」

「是喔？」

她點頭，「一隻母貓頭鷹也搬進來了，在灰十二的中央築巢，真是大膽。」

「所以那算是很罕見囉？」

她點頭，「當然，貓頭鷹很有智慧，小心謹慎，充滿耐心。深謀遠慮有礙膽大無畏。」她啜飲著酒，優雅地用拇指與食指握著手把，「所以貓頭鷹不太可能成為英雄。」

深謀遠慮有礙膽大無畏，最近在特雷邦的冒險經歷，讓我不得不同意這句話。「但是這隻貓頭鷹很有冒險精神？是探險家？」

「沒錯。」奧莉說，睜大眼睛，「牠什麼都不怕，有一張像邪惡月亮的臉。」

她又在小銀杯裡斟滿了蜂蜜酒，把剩下的全倒在我的杯子裡。她把瓶子整個顛倒拿起，噘起嘴，朝瓶口迅速吹兩口氣，讓瓶子發出類似貓頭鷹的叫聲。「我的問題在哪裡？」她問。

我猶豫了一下，不確定她會怎麼回應我的要求，「奧莉，我在想，妳願不願意帶我看看妳的地底世界？」

奧莉看往別處，突然有點害羞，「克沃思，我以為你是紳士。」她說，不自然地拉一下她破舊的襯衫，「你想想，要求看一個女孩子的地底世界。」她低頭，頭髮蓋住臉龐。

我愣了一下，小心選擇我接下來要講的話，以免把她嚇回地底下。我在思考的時候，奧莉從蓋住臉龐的頭髮後面偷瞄我。

「奧莉，」我慢慢說道，「妳是在和我開玩笑嗎？」

她抬起頭露出微笑，「對啊，我是。」她得意地說，「這樣不是很好嗎？」

奧莉帶我穿過廢棄庭院裡的厚重金屬柵門，走下地底世界。我拿出我的攜帶式共感燈出來照明，奧莉也有一盞她自己的燈，她把燈捧在手裡，那燈散發著柔和的藍綠光。我很好奇她拿的是什麼，但不想現在就追問，以免一次問了太多的祕密。

一開始，地底世界就像我預期的那樣，充滿了隧道和管線。有輸送污水、清水、蒸汽、煤氣的管線，有人可以鑽進去的黑色大鐵管，也有和大拇指一樣粗的細亮銅管。還有龐大的石砌隧道網，以奇怪的角度分支與交錯。如果這地方的構造蘊藏了任何道理，至少我看不出來。

奧莉帶我做了一次旋風式的參觀，就像剛升格當母親的人一樣自豪，像小女孩一樣興奮。她的熱情充滿了感染力，很快我也沉浸在那種興奮感中，完全忘了我當初想探索隧道的原因。沒什麼比自家後院有個祕密更讓人感到開心又神祕的了。

我們走下三個由黑色鍛鐵製成的螺旋式樓梯，抵達灰十二。那裡就像站在山谷底部一樣，抬起頭可以看到微弱的月光穿過頭頂上的排水柵門灑下來。母貓頭鷹不在，但奧莉帶我去看牠築的巢穴。

我們愈往深處走，四周變得愈奇怪。裝設排水管與管線的圓形隧道不見了，取而代之的是方形的走廊和樓梯，上面撒滿了粗石。腐朽的木門懸在生鏽的鉸鏈上，還有半塌的房間，裡面放滿了崩壞的桌椅。我猜這裡至少離地面有五十呎，但是有一個房間裡，竟然還有兩扇用磚頭封死的窗戶。

再往裡面走，我們到了穿底室，那房間就像教堂一樣，大到奧莉手上的藍光和我手上的紅光都無法照到天花板的最頂端。我們周邊都是龐大的古老機器，有些只剩殘破的部分：比人還大的損壞齒輪，因年代久遠而破裂的皮帶，如今長滿白色菌菇的超大樑木，菌菇大得像灌木叢一樣。

有些機器仍完好，但因為長年疏於保養而顯得老舊，我走向一塊大如農舍的鐵塊，撥下一片像盤子一樣大的鐵鏽，下面鏽得更厲害。附近有三支大圓柱，覆蓋著厚得像苔蘚般的銅綠。很多龐大機器無法從外型辨識原樣，它們看起來好像熔了，而不是鏽了。我看到一個可能是水車的東西，有三層樓高，放在貫穿房間、有如裂縫般的乾涸水道裡。

我完全猜不出來這些機器的用途，也不知道它們為什麼會放在這麼深的地底下，好幾個世紀都無人聞問，看來似乎沒有——

88 插曲——尋找

門口的木製平台傳來沉重的靴子聲，坐在道石旅店裡的男人都嚇了一跳。克沃思不顧話講到一半，馬上起身走往吧台，走到一半，前門開了，伐日夜晚習慣來這裡聚會的那群人走了進來。

「寇特，一群餓鬼來了。」老馬開門時呼喊，謝普、傑克、葛拉罕跟在他身後進來。

「我們後面可能有點東西。」寇特說，「我現在就可以去拿來，除非你們想先喝點什麼。」這幾個男人一起坐上吧台的老位子時，齊聲親切地附和，他們之間的對話就像穿舊了的鞋子一樣舒服自在。

編史家凝視著吧台後方的紅髮男子，他身上看不出任何克沃思的影子，就只是一個旅店老闆，態度友善，迎合著客人，毫無架子到幾乎隱於無形。

傑克喝了好一會兒的酒，才注意到編史家坐在店裡的另一端。「寇特，看看你！有新客人耶，還好我們運氣不錯，才有位子坐。」

謝普咯咯笑，老馬把凳子轉了過來，往巴斯特旁邊的編史家看去。編史家還握著筆，懸在紙上。「他是書記嗎？」

「對。」寇特連忙回應，「昨晚很晚才進城來。」

老馬瞇著眼看他們，「他在寫什麼？」

寇特稍稍放低音量，把客人的注意力從編史家身上拉回吧台邊，「還記得巴斯特去貝登一趟嗎？」他們專注地點頭，「結果得了水痘嚇得半死，從此以後覺得自己可能活不久，所以想找機會寫下遺囑。」

「以如今這種世道來看，那倒是滿明智的。」謝普抑鬱地說，喝光他的啤酒，把空杯砰的一聲放在桌上。「再給我一杯。」

「我生前存下的錢都留給沙吉寡婦，」巴斯特朝著房間大聲說，「幫她扶養三個女兒，還有存點女兒的嫁妝，因為她們很快就到適婚年齡了。」他疑惑地看著編史家，「『適婚』是恰當的字眼嗎？」

「小凱蒂去年的確長大了一點。」葛拉罕若有所思地說，其他人也點頭附和。

「我把最好的靴子留給我老闆。」巴斯特大方地說，「還有他覺得合身的任何褲子。」

「那孩子的確有一雙不錯的靴子。」老馬對寇特說，「我一直這麼想。」

「我請里歐登教父幫我把剩下的遺物拿到教區發送，既然已經變成不修的靈魂，我就不再需要那些東西了。」

「你是指不朽吧？」編史家不確定的問。

巴斯特聳肩，「我現在就只能想到這些了。」編史家點頭，迅速把紙筆與墨水收進他的皮革背包裡。

「那就過來吧。」老馬對他喊，「不要那麼生疏。」編史家楞了一下，接著緩緩走向吧台，「孩子，叫什麼名字？」

「德凡，」他說，接著一臉驚恐地清清喉嚨，「抱歉，卡佛森。我叫德凡．卡佛森。」

老馬介紹在場的所有人，接著又轉身面對編史家，「德凡，打哪兒來的？」老馬問。

「修院長淺灘外。」

「那一帶有什麼消息嗎？」

編史家在位子上坐立難安，寇特從吧台另一端冷冷的看著他，「嗯……路況滿糟的……」

他這麼一說，又引起大家齊聲抱怨最近常講的問題，編史家放鬆了一些。他們還在發牢騷時，門又開了，鐵匠的學徒走了進來，他看來一臉稚氣，肩膀寬大，滿頭煤煙味，肩上扛著一根鐵棒，他幫卡特把門拉開。

「孩子，你看起來像個傻子。」卡特抱怨，緩緩走進門，最近受的傷讓他走起路來有些僵硬。「你要是繼續扛著那東西走來走去，大家會開始像談論瘋子馬丁那樣談論你，大家會說你是來自雷尼許的瘋小子，你希望往後五十年都聽人家那樣講你嗎？」

鐵匠的學徒尷尬地移動握著鐵棒的手，「他們愛怎麼講都沒關係。」他語帶反抗地咕噥，「自從我處理過奈莉的遺體後，我就一直夢見那個像蜘蛛的東西。」他搖頭，「我以為你會一手拿一根鐵棒，那東西原本可能殺了你的。」

卡特不理他，他小心翼翼朝吧台走時，表情僵硬。

「卡特，看到你出來走動真好。」謝普對他喊，舉起酒杯，「我以為我們還要等一兩天才能看到你下床。」

「縫那幾針不算什麼。」卡特說。

巴斯特特地把他的凳子拿來給受傷的人坐，接著靜靜地在角落坐了下來，盡可能遠離鐵匠學徒，大家紛紛熱切地歡迎卡特。

旅店老闆鑽進後面的房間，幾分鐘後端著餐盤出來，上面盛滿了溫熱的麵包和熱騰騰的燉肉。

大家都在聽編史家說話，「……如果我沒記錯，發生那件事時，克沃思是在賽弗倫，他走路回家……」

「那不是賽弗倫。」老馬說，「是在大學院附近。」

「有可能。」編史家承認，「總之，他深夜走路回家，有些惡棍在巷子裡埋伏他。」

「那是大白天。」老馬不悅地說，「在市中心，很多人都在一旁看到了。」

編史家固執地搖頭，「我記得是在巷子裡，總之，那些惡棍突襲了克沃思，他們要他的馬。」他停頓了一下，用指尖抓抓額頭，「等等，不對，他不會把馬牽進巷子裡，或許他是在前往賽弗倫的路上。」

「我告訴過你了，不是賽弗倫！」老馬大聲說，一手拍在吧台上，一臉惱怒，「老天，你別講了，你完全弄亂了。」

編史家尷尬地紅了臉，「我只聽過一次，好幾年前。」

寇特冷冷的瞥了編史家一眼，大聲把餐盤放在吧台上，大家暫時忘記了那個故事。老馬吃得很快，差點噎住，灌了好一些啤酒才把食物沖下肚。

「既然你還在吃晚餐，」他刻意對編史家說，一邊用袖子擦嘴，「你不介意換我接著把故事講完吧？這樣孩子也可以聽聽。」

「如果你確定你知道……」編史家遲疑地說。

「我當然知道。」老馬說，同時把凳子轉過來面對更多的聽眾。「好，在克沃思還小的時候，他去大學院唸書，不過他不是住在大學院裡，因為他只是一個普通人，沒錢享用大學院裡的精緻生活環境。」

「為什麼？」鐵匠的學徒問，「你之前說過，克沃思很聰明，即使他才十歲，他們還付錢讓他留下來唸書，給他一個錢包，裡面都是金幣，還有像他大拇指關節一樣大的鑽石，配備新馬鞍、馬釘、馬蹄鐵的新馬，一袋燕麥等等東西。」

老馬點頭，像是在安撫學徒一樣，「對，沒錯，但是我現在講的是克沃思獲得那些東西一兩年後，他把很多金子都送給一些房子燒毀的窮人了。」

「在婚禮時燒毀的。」葛拉罕插嘴。

老馬點頭，「克沃思還是得吃飯，租房子，買燕麥養馬，所以那時金幣已經都用完了，因此他……」

「那鑽石呢？」孩子追問。

老馬明顯皺眉，「如果你非得知道，他把那顆鑽石送給一位特殊的朋友，一位特別的女性朋友，但那又是另一個故事了，和我現在要講的無關。」他瞪著孩子，孩子不好意思地低下頭，舀起一匙燉肉。

老馬繼續說，「由於克沃思付不起大學院的昂貴生活，他是住在附近的鎮上，一個叫阿姆雷的地方。」他瞪了編史家一眼，「克沃思在一家旅店找到一個房間，他可以免費住在那裡，因為擁有那家旅店的寡婦很喜歡他，克沃思則是幫忙做點雜務，以換取免費食宿。」

「他也在那裡彈奏音樂。」傑克補充，「他很擅長演奏魯特琴。」

「傑克，你乖乖吃你的東西，讓我來講。」老馬喝斥，「大家都知道克沃思很會彈魯特琴，所以那位寡婦才會那麼喜歡他，每晚演奏音樂算是雜務的一部分。」

老馬迅速喝了一口酒，接著繼續說，「有一天，克沃思去幫寡婦跑腿辦事的時候，一個傢伙掏出刀子威脅他，說他要是不交出寡婦的錢，就要讓他在街上穿腸破肚。」老馬假裝拿著刀子朝孩子捅過去，並對他露出威嚇的表情。「你們得記住一點，這是克沃思還小的時候，他沒有劍，即使有，他也還沒從阿頓人那裡學到劍術。」

「所以克沃思怎麼做？」鐵匠的學徒問。

老馬往後靠，「那時是中午，他們就在阿姆雷的廣場中心，克沃思正要呼叫巡官，不過他眼睛總是相當敏銳，他注意到那傢伙有很白、很白的牙齒……」

孩子睜大眼睛，「他有毒癮？」

老馬點頭，「更糟的是，那傢伙開始像跑完長路的馬一樣流汗，他瞪大著眼睛，手……」老馬也跟著張大眼睛，伸出手，故意讓手顫抖著。「所以克沃思知道那傢伙有強烈的毒癮，那表示他為了一分錢都肯殺了自己的母親。」老馬又喝了一大口酒，拉長緊張的氣氛。

「他到底做了什麼？」巴斯特從吧台遠端急切地問，誇張地扭著手。旅店老闆瞪著他的學生。

老馬繼續說，「一開始他有點遲疑，那傢伙拿著刀逼近他，克沃思看得出來那傢伙不會再問他第二遍，所以就施展了一種大學院密冊裡記載的暗黑魔法。他說了三個可怕的祕密字眼，呼叫惡魔……」

「惡魔？」學徒的聲音幾乎像是驚叫一樣，「像是那個……」

老馬緩緩搖頭，「噢不是，這個惡魔一點都不像蜘蛛，這個更恐怖，它是完全由影子構成的，附著到人身上時，會咬你的胸膛，直接咬進你的心臟，像你吸乾李子那樣，吸乾你的血。」

「夠了，老馬！」卡特說，語氣中充滿了責備，「你會讓孩子做惡夢，滿腦子想著你胡扯的東西，一整年帶著那根鐵棍到處跑。」

「我聽到的不是那樣。」葛拉罕緩緩說，「我聽說有一名女子被困在燃燒的屋子裡，克沃思呼叫惡魔保護他不被火焰灼傷，把那名女子救出火場，那女的毫髮無傷。」

「聽聽你們在講什麼。」傑克一臉嫌惡地說，「你們就像冬至時的孩子一樣，『惡魔偷了我的娃娃』、『惡魔打翻了牛奶』。克沃思才沒有和惡魔牽扯上關係，他不是在大學院學習各種名字嗎？那傢伙拿刀子威脅他，他呼叫火和閃電，就像至尊塔柏林那樣。」

「傑克，那是惡魔。」老馬生氣地說，「否則故事就完全不合理了，他是呼叫惡魔，惡魔吸光了那傢伙的血，旁觀的人都大為震驚，有人告知祭司，祭司又去告訴巡官，當晚巡官到寡婦的旅店抓拿他，以夥同黑暗勢力之類的罪名把他關進牢裡。」

「大家可能只是看到火，就認為那是惡魔。」傑克堅稱，「你們也知道一般人會怎麼想。」

「不，傑克，我不知道。」老馬喝斥，把手交叉在胸前，往後靠向吧台，「你來說說看一般人是什麼樣子？你要不要乾脆就直接把這個故事講完算了……」

老馬聽到門口外頭傳來的沉重腳步聲，停了下來，這時有人摸索著門閂。

每個人都轉過頭去，好奇地盯著門，因為平常會來的老客人都來了。「一天出現兩個新面孔。」葛拉罕輕聲說，知道這議題很敏感，「寇特，看來生意清淡的日子結束了。」

「一定是路況變好了。」謝普一邊喝酒一邊說，有點鬆了一口氣的感覺，「也該是我們獲得一點好運的時候了。」

門閂喀了一聲，門緩緩沿弧線開啟，直到碰到牆壁為止。一個男人站在黑暗中，彷彿在決定要不要進來似的。

「歡迎光臨道石旅店。」老闆從吧台後方呼喊，「我們能為您效勞嗎？」

那人踏進室內，屋裡一群興奮的農人一見零零落落的皮革盔甲和沉重的刀劍，氣氛瞬間冷卻了下來，那是典型傭兵的特徵。落單的傭兵向來不是什麼好兆頭，即使是在最平和的時代也是如此。大家都知道失業的傭兵淪為攔路的強盜只是時間早晚的問題。

況且，這名傭兵的樣子相當落魄，褲子底部和鞋帶的粗皮革上沾滿了刺果，襯衫是染成深藍色的細麻衣，但是濺滿了泥巴，被荊棘割得殘破不堪。頭髮油膩糾結，眼睛深黑，眼眶凹陷，彷彿好幾天沒睡，他又往旅店裡面走進了幾步，身後的門沒關上。

「看來你好像趕路好一陣子了。」克沃思開朗地說，「要喝一杯，或是來點吃的？」傭兵沒回答，克沃思又說：「如果你想先睡個覺也沒關係，看起來你這幾天好像過得挺辛苦的。」克沃思瞥了巴斯特一眼，他下了凳子，走過去關上旅店的前門。

傭兵緩緩地望著吧台邊的每個人，朝編史家和老馬之間的空位走去。他沉重地倚著吧台，含糊說著一些話，克沃思擺出他最佳的旅店老闆笑容。

在房間的另一端，巴斯特手握著門把，僵在那裡。

「抱歉，您說什麼？」克沃思問，傾身向前。

傭兵抬起頭，和克沃思四目交接，之後眼睛朝著吧台後方掃視。他的眼睛移動緩慢，彷彿頭遭到重擊而腦筋混亂，「Aethin tseh cthystoi scthaiven vei.」。

克沃思傾身向前，「抱歉，您剛剛說什麼？」傭兵不發一語，克沃思環顧吧台邊的其他人，「你們有人聽懂嗎？」

編史家打量著傭兵，端詳他的盔甲，空的箭筒，藍色的細麻襯衫。他緊盯著傭兵看，但是對方似乎沒注意到。

「是席德語。」老馬會意地說，「有意思，他看起來不像席德人。」

謝普搖著頭笑了，「他醉了，我叔叔以前講話就像那樣。」他用手肘輕推葛拉罕，「你記得我叔叔泰姆嗎？老天，我從來沒認識像他那樣喝酒的人。」

巴斯特從門邊偷偷比了一個慌張的手勢，但是克沃思忙著捕捉傭兵的眼神，沒注意到他。「你說艾圖語嗎？」克沃思慢慢說，「你想要什麼？」

傭兵的眼睛暫時停在旅店老闆的身上，「Avoi……」他說，然後閉上眼睛，偏著頭，彷彿在聆聽一樣。他又張開眼睛，「我……要……」他緩緩含糊地說，「我……找……」聲音漸小，眼神漫無目的地環顧四周，毫無對焦。

「我認得他。」編史家說。

每個人都轉頭看編史家，「什麼？」謝普問。

編史家的表情很生氣，「這傢伙和他的四個朋友在五天前搶了我。一開始我沒認出來是他，當時他鬍子刮得乾乾淨淨的，不過是他沒錯。」

巴斯特在那男人的背後比了一個更緊急的手勢，想引起他主人的注意，但是克沃思專心看著那個迷迷糊糊的男人。「你確定嗎？」

編史家冷笑，「他穿著我的襯衫，把它穿壞了，那是我花整整一銀幣買的，我都還沒機會穿上。」

「他之前像這樣嗎？」

編史家搖頭，「完全不是，他算是攔路強盜中比較溫和的，我當時認為他逃離軍隊以前可能是低階軍官。」

巴斯特放棄打暗號，「瑞希！」他大喊，語帶急切。

「巴斯特，等一下。」克沃思說，他想抓住那位茫然傭兵的注意力，在他的面前揮手，彈著手指，「哈囉？」

那人的眼睛跟著克沃思的手移動，但是似乎渾然不知道周遭的一切。「我……在……找……」他緩緩說，「我找……」

「什麼？」老馬不滿地問，「你在找什麼？」

「找……」傭兵含糊地附和。

「我猜他在找我，以便把馬還給我。」編史家平靜地說，往那人靠近半步，握著他那把劍的握柄。他突然扯開那把劍，或是說他想拔出那把劍。但是那把劍並沒有輕易被拔出劍鞘，拔到一半就卡住了

「不要！」巴斯特從房間的另一端大喊。

那傭兵茫然凝視著編史家，沒有作勢阻止他。編史家仍舊握著劍柄，尷尬地站著，他更用力一拉，那把劍慢慢地拔出來了，刀身是斑駁的血跡和鐵鏽。

編史家往後退了一步，恢復沉著，拿劍指著傭兵，「還我馬只是開始而已，接著我想他會還我錢，和巡官好好談談。」

傭兵看著劍在他胸前不穩地擺動，眼神跟著劍微微晃動了好一會兒。

「不要理他就好了！」巴斯特尖聲說，「拜託！」

老馬點頭，「德凡，孩子說得對。這傢伙腦筋不太正常，不要用那東西指著他，他看起來像要往劍癱下去似的。」

傭兵茫然舉起一隻手，「我在找……」他說，把劍推開，彷彿那是擋住他去路的樹枝一樣，手碰到刀緣的地方割出了血。編史家見狀，倒抽一口氣，連忙把劍抽開。

「看吧？」老馬說，「我不是告訴你了嗎？這混帳會傷了自己。」

傭兵的頭偏向一邊，他把手舉起來檢視一番，一小股深色的血緩緩從拇指冒出，血滴聚集後更為膨脹，接著滴下地板。傭兵深深吸了一口氣，他茫然凹陷的眼睛突然清晰聚焦。

他對編史家露出大大的微笑，原本渾沌不明的表情消失了，「Te varaiyn aroi Seathaloi vei mela.」他用低沉的聲音說。

「我……我聽不懂。」編史家倉皇失措地說。

那男人的笑容消失，眼神凶狠了起來，「Te-tauren sciyrloet? Amauen.」

「我聽不懂你說什麼。」編史家說，「但是我不喜歡你的語氣。」他再次把劍舉到他們之間，指著那人的胸膛。

傭兵低頭看那把劍身有凹痕的沉重刀劍，額頭疑惑地皺起。接著臉上突然浮現了解的神情，又露出大大的微笑，他把頭往後仰，笑了起來。

那不是人的聲音，而是狂野得意的聲音，如鷹一般的尖叫。

傭兵舉起他受傷的手，抓住劍的尖端，速度是如此快，劍身的金屬在他的觸碰下發出模糊的鳴響。他還在微笑，更用力緊握，弄彎了刀身。血從他手上冒出，沿著劍緣流下，滴落到地上。

在場的人全看得目瞪口呆，房裡只聽得見傭兵手指骨頭摩擦劍緣隱約傳出的嘎吱聲。

傭兵正眼看著編史家，手猛力一扭，劍就斷了，發出類似大鐘碎裂的聲音。編史家茫然地看著斷劍時，傭兵站前一步，把另一隻手輕放在編史家的肩上。

編史家含糊地尖叫，猛然抽離身子，好像被火鉗戳到一樣，他大力揮舞斷劍，甩開傭兵的手，把劍深深地插入傭兵的手臂中，那人的臉上完全沒有露出疼痛或恐懼的表情，或是任何發現自己受傷的跡象。

傭兵流著血的手仍握著折斷的劍梢，他又朝編史家走近一步。

巴斯特突然衝上前，一肩撞上傭兵，力道之強，除了把他撞倒，還壓碎吧台邊的一張凳子，然後砰地一聲撞上桃花心木的吧台。巴斯特火速用兩手抓起傭兵的頭，摜上吧台的邊緣。巴斯特面部歪扭，凶暴地把傭兵的頭往桃花心木猛擊，一次，兩次……

接著，彷彿巴斯特的行動把大家都嚇醒了，房裡突然亂成一團。老馬連忙把自己推離吧台，退後時翻倒了凳子。葛拉罕開始嚷嚷著要叫巡官，傑克想衝向前門，卻被老馬翻倒的凳子絆倒，癱在地上。鐵匠的學徒伸手抓鐵棒，卻把鐵棒撥到地上，滾了一大圈，停在桌子底下。

巴斯特驚聲尖叫，被猛然拋了出去，落在房裡一張大木桌上。木桌被他一壓，應聲而垮，他無力地癱在毀損的木桌上。傭兵站起來，左邊的臉不斷流著血。他轉身面對編史家時，似乎完全不在乎的樣子，流血的手還握著折斷的劍尖。

謝普站在傭兵身後，從吃一半的乳酪塊邊拿起一支刀子，那只是普通的廚房用刀，刀面約一個手掌寬。他一臉猙獰地站近傭兵一步，用力把刀子刺進他肩頸處，把整個刀面都插進傭兵體內。

傭兵沒有垮下，而是轉身用凹凸不平的刀緣刮過謝普的臉，血噴了出來，謝普舉起手摀著臉，接著在一瞬間，傭兵把那片金屬拿到謝普面前，往他胸口一刺，謝普踉蹌後退到吧台，接著倒臥於地，折斷的劍尖依舊插在他的肋骨之間。

傭兵伸手，好奇地摸著頸上刀子的握把，他的表情比較像是不解，而不是生氣，然後他用力拉那握柄。當握柄動也不動時，他又發出像鳥類般的狂笑。

謝普躺在地上喘氣流血時，傭兵的注意力似乎開始渙散，彷彿忘記自己做了什麼。他的眼睛漫不經心地望著四周，懶懶的掃過毀損的桌子，黑石壁爐，巨型橡木桶。最後，傭兵的視線停在吧台後方的紅髮人上。那人把注意力放到克沃思身上時，克沃思沒有臉色發白或後退，他們四目交接。

傭兵的眼神再次銳利起來，他緊盯著克沃思，再度露出邪惡的笑容，血流滿面讓他更形可怕，「Te aithiyn Seathaloi?」他問，「Rhintae?」

克沃思以近乎不經意的動作，從櫃臺抓起一支深色的瓶子扔過吧台，瓶子砸碎在傭兵的嘴上，空氣中充滿了刺鼻的木果味，弄濕了那人還在笑的臉和肩膀。

克沃思伸出一隻手，用一根手指沾著濺到吧台上的酒，他默唸著一些字眼，皺起額頭集中意識，專注地凝視那個站在吧台對面、滿身是血的男人。

結果，什麼事都沒發生。

傭兵把手伸過吧台，抓著克沃思的袖子，克沃思就只是站著，當下他的表情毫無恐懼，憤怒或驚訝，只是看來疲倦、麻木與不快。

在傭兵還沒抓住克沃思的手臂以前，巴斯特就從他身後扭得他搖搖晃晃。巴斯特設法把一隻手臂扣在傭兵的頸子上，另一隻手抓他的臉。傭兵放開克沃思，兩手抓著扣住他脖子的手臂，想要掙脫。傭兵的手一接觸到巴斯特的手臂，巴斯特的臉痛苦地糾結在一起，齜牙咧嘴，瘋狂地抓著傭兵的眼睛。

在吧台的遠端，鐵匠的學徒終於從桌下拾起鐵棒，他跨過翻倒的凳子與地上癱倒的身體，展開攻擊，一邊大吼，一邊把鐵棒高舉過肩。

這時巴斯特依舊抓著傭兵，但他看到鐵匠學徒逼近時，突然驚恐地瞪大雙眼。他鬆開手後退，腳絆到損毀的凳子，往後跌倒，瘋也似的急忙遠離他們兩位。

傭兵轉頭，看到學徒攻擊過來，他露出微笑，伸出佈滿鮮血的手，那動作優雅，近乎慵懶。

鐵匠學徒用力打他的手臂，鐵棒打到他時，傭兵的笑容消失了。他抓著自己的手臂，像隻瘋貓一樣發出嘶聲，吐著口水。

鐵匠學徒再次揮舞鐵棒，直接敲打傭兵的肋骨，力道之強，把他整個人敲離吧台，趴在地上像被宰的羔羊一樣尖叫。

鐵匠學徒兩手握著鐵棒，像劈柴一樣，把鐵棒敲在傭兵的背上，傳出骨頭裂開的聲音。鐵棒發出輕微的嗚聲，像是遠方霧裡的鐘聲。

這個全身是血的男人在背部骨折下，想爬出旅店的門，現在他一臉茫然，張嘴低聲嚎叫，就像穿梭於冬季林間的風聲。學徒一再打他，揮動沉重的鐵棒就像輕揮柳枝一樣。他在木頭地板上刮出一條深溝，接著打斷一條腿、一隻手臂，更多的肋骨。傭兵仍持續爬向前門，哀嚎尖叫，聲音愈來愈像動物。

最後學徒往他的頭部一擊，傭兵就這樣癱了，平靜了一瞬間，接著發出低沉的咳聲，吐出髒污的液體，像瀝青一樣濃稠，像墨水一樣烏黑。

過了一段時間，學徒才沒有繼續猛打那靜止不動的屍體，即使他停下來了，還是把鐵棒舉在肩上，喘著氣，四處張望。他的呼吸緩和下來時，可以聽到房間另一端傳來低聲祈禱，老馬跪在黑石壁爐前。

又過了幾分鐘，連祈禱聲也停了，道石旅店又陷入寂靜。

接下來的幾小時，道石旅店成了鎮上的焦點，大廳裡擠滿了人，充滿耳語聲，低聲提問，抽咽啜泣。比較沒那麼好奇或比較有禮貌的人待在外頭，從大窗子窺探屋內，閒聊他們聽到的傳聞。

這時還沒有完整的故事，只有謠言四起，死者是來搶劫旅店的惡棍，他是來找編史家尋仇的，因為編史家在修院長淺灘外玷污了他妹妹。死者是發瘋的林中人，編史家是旅店老闆的舊識，來這裡收債。死者是軍人，在瑞沙維克對抗叛軍時發瘋而退伍。

傑克和卡特強調傭兵的微笑，儘管吸食樹脂是城裡的問題，這一帶的人也聽過染毒癮的人是什麼樣子。三指湯姆就知道這種事，因為近三十年前他曾在老國王底下服過兵役。他說吃下四顆樹脂，即使截肢也毫無感覺；吃下八顆，可以自己鋸開骨頭；吃下十二顆，鋸了骨頭還可以去跑步，一邊笑著唱〈匠販之歌〉。

謝普的遺體蓋著毯子，一位祭司在一旁禱告，之後巡官也來看，但是那個巡官顯然搞不清楚狀況，他來只是因為他覺得他該看，而不是因為他知道該看什麼。

一個小時後，人潮逐漸消散，謝普的哥哥帶了一輛推車來運他的遺體，他們紅著眼睛、厲眼凝視的眼神，把在那裡閒晃的多數旁觀者都趕走了。

還有很多事情該做，巡官聆聽目擊者和一些比較自以為是的旁觀者詆說，試圖拼湊出事件的真相。經過幾小時的推測，故事終於開始成形。最後大家都同意那人是逃兵，又染了毒癮，進這小鎮時，毒癮剛好發作。

大家都知道鐵匠的學徒做了正確的事，相當英勇。不過，根據法令，這事件還是需要審訊，所以下個月地區法庭巡迴到本地時將會開庭審理。

巡官回家見妻小，祭司把傭兵的遺體帶回教堂，巴斯特清除損毀的桌椅，把那些木材堆在廚房門邊當柴燒。旅店老闆拖地拖了七次，直到水桶裡的水不再有些許的紅色。最後連最多事的旁觀者也走了，只留下伐日夜晚習慣來這裡聚會的那群人，其中少了一位。

傑克、老馬和其他人有一搭沒一搭的聊著，避而不談剛剛發生的事，只為了把握彼此陪伴的安心感。

後來他們紛紛覺得疲累而離開道石旅店，最後只剩鐵匠學徒還在，低頭看著手中的杯子。鐵棍放在他手肘附近的桃花心木吧台上。

過了近半個小時都沒有人說一句話，編史家坐在附近的桌邊，假裝吃著一碗燉肉，克沃思和巴斯特無精打采地工作，裝忙。他們偷瞄彼此，等鐵匠學徒離去，房裡逐漸形成一股隱約的緊繃感。

旅店老闆走到學徒旁邊，用乾淨的抹布擦拭著手，「孩子，我想……」

「艾倫。」鐵匠學徒打岔，頭沒抬起來，「我叫艾倫。」

克沃思嚴肅地點頭，「好，艾倫，我的確該以你的名字稱呼你。」

「我覺得那不是樹脂的關係。」艾倫突然說。

克沃思楞了一下，「抱歉，你剛說什麼？」

「我覺得那個人沒有毒癮。」

「所以你認同老馬的看法？」克沃思問，「覺得他是發瘋了？」

「我覺得他身體裡有惡魔。」他小心翼翼地說，彷彿他已經想那些字眼很久了，「之前我什麼都沒說，是因為我不希望大家覺得我像瘋子馬丁一樣腦筋有問題。」他抬起頭來，「但是我還是覺得他體內有惡魔。」

克沃思淡淡一笑，指著巴斯特和編史家，「你不擔心我們也那麼想嗎？」

艾倫一本正經地搖頭，「你們不是這一帶的人，去過其他的地方，知道外界有什麼東西。」他直接看著克沃思，「我想你們也知道那是惡魔。」

巴斯特在爐邊打掃，逐漸停了下來，克沃思好奇地偏著頭，依舊看著艾倫，「為什麼你這麼說？」

鐵匠學徒指著吧台後方，「我知道你吧台下方放著一大支橡木做的防醉漢棍棒，還有……」他的眼睛往上看著吧台後方掛起來挺嚇人的劍，「為什麼你剛剛會抓起酒瓶，而不是抽出那把劍，我只能想到一個理由。你不是要打斷他的牙齒，而是要讓他起火燃燒。只不過你沒有火柴，附近又沒有蠟燭。」

「我媽曾經唸《道之書》裡的故事給我聽。」他繼續說，「故事裡有很多惡魔，有些躲在人的身體裡，像我們躲在羊皮裡一樣。我想他只是普通人，體內鑽進了惡魔，所以什麼都傷不了他，就像有人在你的襯衫上挖洞一樣，所以他也毫無感覺。他講的是惡魔的話。」

艾倫的視線再次回到他手中的杯子上，兀自點頭，「我愈想，就覺得愈有道理。鐵和火，那是制惡魔的東西。」

「有毒癮的人比你想的強悍多了。」巴斯特從房間的另一端說，「有一次我看到……」

「你說的沒錯。」克沃思說，「那是惡魔。」

艾倫抬頭看著克沃思的眼睛，接著點頭，再次低頭看他的杯子，「你才剛來這裡，所以才沒說什麼，畢竟生意已經夠清淡了。」

克沃思點頭。

「我告訴大家對我也沒好處，對吧？」

克沃思深深吸了一口氣，然後緩緩呼出來，「可能吧。」

艾倫喝完杯子裡剩下的啤酒，在吧台上把空杯子推開，「好，我只是需要親耳聽聽，知道我沒瘋而已。」他站起來，轉身向門時，一手抓起沉重的鐵棒，扛在肩上。他穿過房間走出去，把門帶上時，其他人都不發一語。他沉重的靴子踏在外頭木製的平台上，發出空洞的聲音，接著就靜默無聲了。

「那小子比我想的還聰明。」最後克沃思說。

「那是因為他個頭大。」巴斯特平淡地說，不再假裝打掃。「你們人類很容易被東西的外在所迷惑，我注意他好一陣子了，他比大家想的還聰明，總是注意細節，提出問題。」他把掃帚拿回吧台，「他讓我感到緊張。」

克沃思露出打趣的表情，「緊張？你？」

「那孩子滿身鐵味，整天都在處理鐵，鍛鐵，吸那煙霧，總是帶著一雙敏銳的眼睛來這裡。」巴斯特露出很不喜歡的表情，「那不自然。」

「自然？」編史家終於開口了，語帶一點歇斯底里，「你對自然了解多少？我剛看到惡魔殺了一個人，那自然嗎？」編史家轉頭面向克沃思，「那東西究竟在這裡做什麼？」編史家問。

「顯然是在『找』東西。」克沃思說，「我只聽到這些。巴斯特，你呢？你聽得懂嗎？」

巴斯特搖頭，「瑞希，我只聽得出那聲音，那用字相當古老，我完全聽不懂。」

「好吧，它在找。」編史家突然說，「找什麼？」

「可能是我吧。」克沃思嚴肅地說。

「瑞希。」巴斯特語帶責備，「你只是覺得感傷，這不是你的錯。」

克沃思疲倦地看著他的學生好一會兒，「巴斯特，你比誰都還清楚，這些都是我的錯，斯卡瑞爾，戰爭，通通都是我的錯。」

巴斯特看起來好像想反駁，卻想不出該說什麼。過了好一會兒，他莫可奈何地看往別處。

克沃思把手肘靠上吧台，嘆了口氣。「不然你覺得那是什麼？」

巴斯特搖頭，「瑞希，看起來像魅爾烏瑞，一種皮舞者。」他說的時候皺起了眉頭，聽起來好像不確定的樣子。

克沃思揚起一邊的眉毛，「不是你們同類？」

巴斯特平常友善的表情突然轉變成怒容，「那不是我們同類。」他生氣地說，「魅爾人和我們甚至不相鄰，在精靈界裡八竿子打不著。」

克沃思點頭表示歉意，「我只是以為你知道那是什麼，你攻擊它時毫不遲疑。」

「瑞希，所有蛇都會咬人，壞蛋都會作怪。我不需要知道他們的名字才了解他們有危險性，我看出它是來自魅爾，那就夠了。」

「所以可能是皮舞者？」克沃思若有所思地說，「你不是告訴我，他們已經消失很久了？」

巴斯特點頭，「它看起來有點……笨，也沒有試圖逃進新的身體裡。」巴斯特聳肩，「況且，我們都還活著，那表示它是別種東西。」

編史家一臉疑惑地看著他們對話，「所以你們都不知道那是什麼？」他看著克沃思，「你告訴那孩子那是惡魔！」

「對孩子來說，那是惡魔。」克沃思說，「因為那是他最容易了解的東西，也和事實滿接近的。」他開始緩緩地擦拭吧台，「對鎮上其他人來說，那是有毒癮的人，因為那可以讓他們晚上睡得安穩一些。」

「那對我來說也是惡魔。」編史家激動地說，「因為他摸我的時候，我的肩膀感覺像冰一樣。」

巴斯特連忙走過去，「我忘了他摸過你，讓我看看。」

編史家脫掉襯衫時，克沃思放下百葉窗，編史家三天前被斯卡瑞爾刮傷的手臂後方包了繃帶。

巴斯特仔細端詳他的肩膀，「你手臂能動嗎？」

編史家點頭，把手臂轉了一圈，「他摸我時，痛的像是被十二個混帳打了一頓，像是裡面有東西撕裂一樣。」他搖著頭，氣惱地說，「現在只覺得怪怪的，失去感覺，像麻木了一樣。」

巴斯特用一根手指戳他的肩膀，懷疑地檢視著。

編史家看著克沃思，「那孩子對火的看法是對的，不是嗎？他沒提到以前，我還沒想……啊啊啊啊！」編史家大叫，猛然從巴斯特身旁彈開，「那到底是什麼？」他質問。

「我猜是你的手臂神經叢。」克沃思冷淡地說。

「我必須知道你受傷的程度。」巴斯特平靜地說，「瑞希？你可以幫我拿一些鵝脂、大蒜、芥末……我們有任何聞起來像洋蔥、但不是洋蔥的綠色東西嗎？」

克沃思點頭，「可維若？我想還有一些。」

「把那些拿來吧，還有繃帶，我應該在這上面塗點軟膏。」

克沃思點頭，鑽進吧台後面的門，他一離開，巴斯特就貼近編史家的耳朵，「不要問他那件事。」他連忙嘶聲說，「完全不要提。」

編史家一臉疑惑，「哪件事？」

「瓶子的事，關於他想施展共感術的事。」

「所以他是真的想讓那東西起火燃燒？為什麼沒有效？是什麼……」

巴斯特加強手握的力道，拇指壓進編史家鎖骨底下的凹洞，編史家又發出驚叫聲。「不要談那件事。」巴斯特在他耳邊嘶聲說，「不要問問題。」他抓住編史家兩邊的肩膀，搖晃了一下，像生氣的父母對待不聽話的孩子一樣。

「老天，巴斯特，我從後面就可以聽到他哀嚎了。」克沃思從廚房裡喊，當他從門口走出來時，巴斯特站直了身子，也把編史家拉直坐好。「老天，他看起來像紙一樣蒼白，他應該會沒事吧？」

「這和凍瘡差不多。」巴斯特不屑地說，「他要像小女孩那樣尖叫，可不是我的錯。」

「你對他下手還是輕一點。」克沃思說，把一罐油脂和一把大蒜放在桌上，「他還需要用那手臂至少兩天。」

克沃思剁大蒜，接著搗碎，巴斯特調製藥膏，把難聞的調和物塗在編史家的肩上，再用繃帶包紮。編史家坐著動也不動。

編史家再度穿上襯衫時，克沃思問他，「你覺得你今晚還能再寫一點嗎？我們離真正告一段落還有幾天的內容，不過我可以在今晚收工前把一些枝微末節的地方做個了結。」

「我還可以再寫幾個小時。」編史家沒看巴斯特就連忙從背包裡拿出東西。

「我也是。」巴斯特轉頭看著克沃思，表情充滿期待，「我想知道你在大學院底下發現了什麼。」

克沃思露出一絲微笑，「我想也是。」他走到桌邊，坐了下來，「在大學院底下，我找到我長久以來最想要的東西，但卻不是我預期的那樣。」他作勢請編史家提筆，「當你如願以償時，往往都是那樣。」

89 愉悅的下午

隔天，我在曾經名為「闊言殿」，亦即「風之殿」的鋪石廣場上接受鞭刑，我竟然覺得很適切。這裡如預期般聚集了大批學生圍觀，數百人擠得水洩不通，有的人從窗戶和門口向外探，有些人甚至爬上屋頂，以便看得更清楚。其實我不怪他們，錯過免費的娛樂總是可惜。

我的背部被抽了六鞭，我不想讓觀眾失望，給了他們一些話題可以聊。我再次上演同樣的橋段，不哀嚎，沒流血，也沒昏倒，我抬頭挺胸地獨自離開廣場。

莫拉幫我在背上縫了五十七針後，我去了一趟伊姆雷尋求慰藉，我拿著安布羅斯的罰鍰，買了一把很棒的魯特琴，兩套不錯的二手衣，贖回裝著我血液的罐子，也幫奧莉買了一件暖和的新連衣裙。

總之，那是一個相當愉悅的下午。

90 半成屋

每晚我都和奧莉一起去探索地下世界，我看到很多有趣的東西，有些可以等以後再提，現在我只需要說，她帶我看了地底世界裡寬廣無比、各式各樣的角落。她帶我去鳥棲區、跳躍區、林區、挖掘區、小蟋區、十鎊區、燭台區……

她取的名字，剛開始聽起來似乎毫無意義，等我親眼看到了，卻覺得非常貼切。林區其實一點也不像森林，那只是一連串的毀壞走廊和房間，天花板由厚重的樑木撐起。小蟋區裡，一面牆上流著一道涓涓細流，那濕氣吸引了許多蟋蟀在低矮的長型房間裡唱著歌。跳躍區是狹長的走廊，地板上有三條很深的裂縫，我是看到奧莉連跳三步到對面才了解它的名字。

過了好幾天，奧莉才帶我去地下區，那裡就像隧道交錯成的迷宮一樣。雖然我們是在地下至少一百呎的地方，這裡一直都有穩定吹動的風，帶著灰塵與皮革的味道。

那風就是我需要的線索，它讓我想到我已經接近了我來這裡找的東西。不過我還是不太懂這地方的名字，我想我一定是忽略了什麼。

「妳為什麼叫這裡地下區？」我問奧莉。

「那是它的名字。」她輕鬆回答，風把她的細髮吹起，彷如薄紗飄在身後。「你用名字稱呼東西，那就是名字的作用。」

我不經意露出微笑，「為什麼它會有那個名字？這裡不是所有東西都在『地下』嗎？」

她轉身看我，頭偏向一邊，頭髮吹到她臉龐上，她把頭髮撥開，「不是地下（belows）。」她說，「是底下（belows）。」

我聽不出差別在哪，「妳是說『吹風』（Blows）嗎？」我一邊問，一面鼓起兩頰作吹風狀。

奧莉開心地笑了起來，「那算是一部分。」她笑著說，「再多想想。」

我努力思考還有什麼合理的臆測，「風箱（Bellows）嗎？」我擺動兩個手臂，彷彿在操作冶鐵用的鼓風爐。

奧莉想了一下，往上看，把頭偏來偏去。「那不大好，這是個安靜的地方。」她伸出一隻手，拉起我斗篷的衣緣，讓風像吹著風帆一樣吹起斗篷。

奧莉抬頭笑著看我，彷彿她剛剛變了一個魔術似的。

吹帆（Billows），原來如此，我也對她微笑。

那個小祕密就這樣先擱著，奧莉和我開始深入探索吹帆區。幾小時後，我開始了解這個地方，知道該怎麼走了，現在我只需要找到通往那裡的隧道就行了。

尋找的過程著實令人抓狂，這裡的隧道彎彎曲曲的，很多繞了半天又回到原地，偶爾真的發現通往某處的隧道，走到最後卻封死了。很多通道突然往上或往下延伸，讓我沒辦法繼續走下去。有一條通道的四周石頭裡，嵌入了粗大的鐵棒，擋住去路。另一條通路愈來愈細，到最後只剩一個手掌寬。還有一條的終點是佈滿木頭與土壤的洞穴。

經過幾天的搜尋，我們終於找到一個老舊腐朽的門，我想開門時，潮濕的木板就這樣碎裂成片。

奧莉皺起鼻子搖頭，「我會磨破膝蓋。」

我把共感燈往壞掉的門裡照，才明白她剛剛說的話是什麼意思。門裡的房間天花板傾斜，最低的地方只有三呎高。

「妳要等我嗎？」我脫掉斗篷、捲起袖子時問她，「我不知道沒有妳，我能不能找到通往上面的路。」

奧莉點頭，看起來有點擔心，「進去比出來簡單，裡面有些地方很窄，你會卡住。」

我盡量不去想這些，「我只是進去看看，半小時內就回來。」

她把頭偏向一邊，「萬一你沒回來呢？」

我微笑，「妳得來救我。」

她點頭，表情像聽話的小孩一樣認真。

我把共感燈含在嘴裡，讓紅燈照著前方的一片漆黑，接著我趴下來，頭朝前，膝蓋磨著地板的粗石。轉了幾個彎後，天花板又更低了，低到無法用爬的，考慮許久之後，我肚皮貼地，繼續匍匐前進，用燈照著前方。我的身體每扭一下，就拉扯到背部縫補的傷口。

如果你不曾到地底深處，我想你應該無法了解那種感覺。黑暗是一定的，幾乎是有形的，就像潛伏在光線外一樣，等著像洪水那樣突然衝進裡頭。空氣靜止不動，帶著霉味，毫無噪音，只有你製造出來的聲音。你的呼吸聲聽在耳裡感覺很大聲，你的心砰砰跳，而且你一直覺得有數千噸重的土壤與石頭壓在你上頭。

不過我還是慢慢地匍匐前進，我的手都髒了，汗流進眼裡，通道愈來愈小，我不小心讓手臂卡在身體旁邊，心一慌，冒了一身冷汗。我努力掙扎，希望能把手伸到前方……

緊張地過了幾分鐘，我終於把手臂掙脫了，我又躺在那裡一下子，在黑暗中顫抖，然後繼續往前爬。

於是我找到了我要找的東西……

從地底世界出來了以後，我小心從窗戶與鎖住的門鑽進籠樓的女生宿舍，我輕敲菲拉的房門，不希望意外吵醒任何人。男性在無人陪同下，不准進入籠樓的女生宿舍，尤其是在深夜。

我敲了三次門，才聽到房裡傳出輕輕的移動聲，過了一會兒，菲拉開了門，她的長髮有點亂，眼睛半睜，一臉疑惑地朝走廊看。她看到我時，眨了眨眼，彷彿很意外竟然會看到人。

她很明顯沒穿衣服，只用被單裹住身子，我承認看著胸部豐滿又美麗的菲拉半裸站在我面前，是我年輕時最血脈賁張的時刻。

「克沃思？」她說，仍維持著相當的鎮定。她試著把身體包得更緊一點，把被單往上拉到頸部，卻讓纖長的美腿露得更多。「現在幾點？你怎麼進來的？」

「妳說過，如果我需要什麼，我可以隨時找妳幫忙。」我急著說，「妳說的是真的嗎？」

「嗯，對，當然囉。」她說，「老天，你怎麼全身髒兮兮的，發生了什麼事？」

我低頭看看自己，才發現自己的樣子，我全身髒污，身前都是因匍匐前進而沾滿的泥土，膝蓋附近的褲子都刮破了，看起來裡面的膝蓋也流著血。我剛剛太興奮了，一直沒注意到，也沒想到要先換衣服才過來。

菲拉往後站了半步，把門拉開一點，讓我進房間。門開大時，吹起一點微風，讓被單緊貼著她的身體，瞬間顯露出她身形的完整輪廓，「你要進來嗎？」

「我不能待下來，」我毫不考慮地說，壓抑著盯著她身體猛瞧的衝動，「我希望妳明天傍晚能在大書庫和我的朋友會合，五點的時候，在四板門那個地方，妳可以答應我嗎？」

「我有課。」她說，「不過如果是很重要的事，我可以蹺課。」

「謝謝。」我輕聲說，然後後退。

我在走回安克旅店的半路上，才想到我拒絕了半裸的菲拉要我進房間的邀請，可見我在大學院底下的隧道裡發現的東西有多麼重要。

隔天，菲拉蹺了高階幾何學的課，抵達大書庫。她爬下好幾層的樓梯，穿過有如迷宮的走廊與書架，走到整棟大樓裡唯一沒有擺書的一片石牆。四板門就靜靜地立在那裡，像山一樣動也不動，上面寫著法雷利塔斯。

菲拉緊張地環顧四周，侷促不安地站著。

過了好一段時間，一個戴著兜帽的身影從黑暗中站了出來，走進她紅色共感燈照亮的範圍裡。

她不安地微笑，「嗨。」她輕聲說，「一位朋友要我……」她停了下來，稍微低頭看，想瞄一眼兜帽裡的臉龐。

你可能不會對她看到的人感到意外。

「克沃思？」她不敢置信地說，突然驚慌地四處張望，「老天，你在這裡做什麼？」

「違法闖入。」我隨口回她。

她抓住我的手，拉著我穿過一堆書架，鑽進散佈在大書庫裡的讀書室。她把我推進去，關上門，用身體靠著門。「你怎麼進來的？羅蘭會氣到腦充血！你要讓我們兩個都被退學嗎？」

「他們不會把妳退學的。」我輕鬆說道，「妳頂多只犯了蓄意共謀罪，他們不會因此把妳退學，或許付點罰鍰就可以脫身了，因為他們也不鞭打女生。」我稍稍移動了一下肩膀，感覺到背部傷口隱隱拉痛著。

「這對我來說是有一點不公平。」

「你怎麼進來的？」她又問了一次，「你從櫃臺偷溜進來的嗎？」

「妳不要知道比較好。」我避免正面回應。

我當然是從吹帆區過來的。我從風中一聞到老皮革和灰塵的味道，就知道我離這裡很近了。在錯綜複雜的隧道迷宮裡暗藏著一扇門，那扇門直接通往書庫的最底層，是為了讓館員可以容易接近通風系統而設的，平常當然是鎖著，但是上鎖的門對我來說向來不是什麼阻礙，真是遺憾。

不過，我沒讓菲拉知道任何相關的內情，我知道唯有保密，我的祕密通道才能持續暢通。告訴一個館員，即使她欠我人情，也是自找麻煩。

我馬上說，「這裡非常安全，我來好幾個小時了，沒人靠近我，大家各自拿著自己的燈，所以要迴避他們很簡單。」

「你嚇我一跳。」菲拉說，她把深色頭髮撥到肩後，「不過你說的沒錯，外面或許安全一點。」她開門，窺探外面，確定外頭沒人。「館員會定時抽查閱讀室，確定沒人在裡面睡覺或發生關係。」

「什麼？」

「大書庫裡有很多事情你還不知道。」她微笑，把門完全打開。

「所以我才需要妳的幫忙。」我們走進書堆，「我不熟悉這個地方。」

「你想找什麼？」菲拉問。

「上千種東西。」我坦白說，「不過我們可以從艾密爾的歷史開始找起，或是祁德林人的真實報告，這其中任一種都可以，我一直找不到。」

我沒刻意掩飾語氣中的挫折感，等了那麼久，好不容易終於可以進到大書庫裡，結果完全找不到我想找的東西，那實在是令人抓狂。「我以為這裡面的東西會比較有組織條理一點。」我抱怨。

菲拉輕笑，「不然你會怎麼做？我是指，你會怎麼整理？」

「其實剛剛兩個小時我都在想這件事。」我說，「按主題來分是最好，例如歷史、回憶錄、文法……」

菲拉停下腳步，嘆了一口氣，「我想我們應該先把這個講清楚。」她隨手從架上抽出一本小書，「這本書的主題是什麼？」

我打開書，瞄了幾頁，那是古代編史家的手稿，筆跡細長難辨，「看起來像回憶錄。」

「哪一類的回憶錄？相對於其他的回憶錄的位置，你會怎麼擺？」

我翻著頁面，發現裡面畫了一張詳細的地圖，「其實它比較像遊記。」

「好吧。」她說，「你會把它放在回憶錄—遊記區的哪裡？」

「我會按地理區來分。」我還滿喜歡這種遊戲。我又多翻了幾頁，「艾圖、莫代格……維塔斯？」我皺眉，翻過來看書脊，「這本書多久了？三百年多前艾圖帝國就把維塔斯併入領土了。」

「是四百多年前。」她糾正我，「所以一本遊記提到已經不存在的地方，你會把它放在哪裡？」

「它其實比較偏歷史類。」我更審慎地說。

「萬一它不正確呢？」菲拉追問，「是根據傳聞寫的，而不是親身經歷呢？萬一是完全杜撰的呢？兩百年前莫代格很流行遊記類小說。」

我闔上書，緩緩把它塞回架上，「我開始明白問題所在了。」我若有所思地說。

「不，你還不明白。」菲拉坦白說，「你只看到問題的邊緣而已。」她指著我們周遭的書，「假設你明天當上文書大師，你要花多少時間整理這一切？」

我環顧四周無盡的書架，「那可能需要一輩子。」

「有證據顯示，那不只花上一輩子的時間。」菲拉淡淡地說，「這裡有超過七十五萬冊以上的藏書，那數字甚至還不包括黏土板、卷軸、來自卡路提納的殘片。」

她比了一個不屑的手勢，「所以你花了幾年，開發出完美的整理系統，裡面甚至有一類叫『歷史－虛構－遊記－回憶錄』的分類，你和館員花了數十年慢慢辨識、分類與重新排列成千上萬本書。」她直視著我，「然後你死了，接著會發生什麼事？」

我開始明白她的用意了，「在完美的世界裡，下一任文書大師會接續我未完成的工作。」我說。

「完美世界萬歲！」菲拉諷刺地說，接著她轉身，又開始帶著我在書架之間穿梭。

「我猜新任文書大師通常對於整理東西有他自己的一套想法。」

「通常不會。」菲拉說，「有時候會連續幾任都為了同一套系統努力，但是遲早會碰到一任大師覺得他有比較好的整理方式，然後一切又從頭開始。」

「目前為止有多少套不同的系統？」我發現有一盞微弱的紅燈在遠處書架邊上下擺動，便指向它。

菲拉換個方向，帶我們遠離那光線和握著那盞燈的人。「那要看你怎麼算而定。」她輕聲說，「過去三百年至少有九種。最糟的是約五十年前，每位文書大師做不到五年就換人，總共換了四任，導致館員分成三派，每一派用不同的編目系統，都覺得自己那一套是最好的。」

「聽起來有如內戰。」我說。

「是聖戰。」菲拉說，「那是非常安靜又小心慎重的改革運動，各派都確定他們是在保護大書庫不朽的靈魂。他們會去偷已經建檔編入別派系統裡的書，藏匿書籍，不讓別派看到，或是弄亂別人架上的順序。」

「那狀況持續了多久？」

「近十五年。」菲拉說，「要不是托稜大師的館員設法偷了拉金索引冊加以焚燬，可能還會延續至今。燒毀了拉金索引冊，那套系統就無法延續了。」

「所以這個故事的寓意是『書讓人熱情如火』？」我稍稍開玩笑，「所以才需要抽檢讀書室？」

菲拉對我吐舌頭，「這故事的寓意是，這裡的書一團亂，托稜大師焚燬拉金索引冊時，我們『遺失』了近二十萬冊的書，那本索引是唯一記載那些書所在位置的紀錄。五年後，托稜過世，你猜發生了什麼事？」

「新上任的文書大師又想重新來過？」

「這裡就像一連串永遠蓋不完的半成屋。」她惱怒地說，「舊系統很容易找書，所以新系統也是那樣建立。搭建新屋的人持續從以前的半成屋偷木材，舊系統仍零零散散地散落著，我們現在還會找到多年前館員為了藏匿圖書而另闢的藏書洞。」

「我感覺得出來這讓妳很頭痛。」我微笑說。

我們走到一排樓梯，菲拉轉身看我，「其實在大書庫裡工作超過兩天的人都覺得很頭痛。」她說，「我們花一小時才找到調閱的書時，卷庫的人都會抱怨。他們不知道找書並不是像去『艾密爾歷史』書架區抽一本書那麼簡單。」

她轉身，開始爬樓梯，我靜靜地跟著她，領會這個新觀點。

91 值得追尋

之後，秋季整個學期過得滿順遂的，菲拉慢慢介紹我認識大書庫的內部運作，我則是盡量找時間溜進去挖掘我想找的上千個答案。

伊洛汀給了我一些所謂的「指導」，不過大多時候他似乎比較喜歡混淆我，而不是給我真正的命名啟蒙課程。我幾乎沒學到什麼，有時我都懷疑到底有沒有進度可言。

在讀書或溜進大書庫的時間之外，我會頂著寒風，走在往返伊姆雷的路上，倒不是為了尋找風之名。伊歐利恩向來是我最有可能找到戴娜的地方，隨著天候逐漸惡化，我愈來愈常在那裡碰到她。開始下起雪後，我通常去三次都會碰到她一次。

可惜，我鮮少有機會和她獨處，因為她身邊通常都有人。就像狄歐克說的，她不是那種經常一人獨處的女孩子。

但是我還是一直來，為什麼？因為她每次看到我，內心就亮起了一些火光，讓她容光煥發了一下。她會雀躍地起身，跑向我，抓住我的手臂，接著微笑，帶我回她那桌，介紹我認識她最新的男伴。

我逐漸認識她大部分的男伴，他們沒有一個配得上她，所以我總是輕視、討厭他們，他們反過來也很討厭我、怕我。

不過，表面上我們都對彼此很客氣，一向都是如此，那也是一種遊戲。他會邀我坐下，我會請他喝一杯，我們三人一起聊天，他看到戴娜對我微笑時，眼神會慢慢充滿不悅。他看到戴娜聽我說笑、講故事、唱歌而發笑時，嘴巴便逐漸噘起。

他們的反應都一樣，總是想以一些小動作證明戴娜是他們的。他們握著她的手，親吻她，隨性地搭著她的肩。

他們無所不用其極的巴著她，有些人怨恨我的出現，把我當敵手。有些人從一開始眼裡就充滿了恐懼，他們知道她會離開，但不知道原因，所以他們像遇到船難的水手一樣，緊抓著她，即使海浪猛烈地把他們拍打在石頭上，他們依舊抓著石頭不放，我幾乎都快同情他們起來了，幾乎。

所以他們都很討厭我，戴娜沒看見時，他們的眼神表露無遺。我會提議再請他們喝一杯，但是他會堅持回請，我則大方接受，面帶微笑地謝謝他。

我認識她比較久，我的微笑說著，的確，你曾獲得她的擁抱，嚐過她的唇，感受過她的溫暖，那些我還沒體驗過，但是她心裡有一部分只屬於我，不管你再怎麼努力都摸不到。她離你而去以後，我依舊在這裡，逗她歡笑。我讓她容光煥發。她早忘了你名字的時候，我依舊在這裡。

這種人不少，她換男伴就像翻書一樣。她失望地離開他們，或他們拋棄了她，讓她心灰意冷，心碎神傷，但不曾讓她流淚。

偶爾一兩次她哭了，但不是為了她失去的男人或是甩掉的男人而流的，而是為她自己暗自流淚，因為她內心受了委屈，我也不知道是什麼委屈，也不敢問。我只能盡量說點什麼幫她忘卻痛苦，幫她閉上眼睛，隔離這個世界。

有時我會和威稜與西蒙聊起戴娜。身為真正的好友，他們既提供理性的建議，也給了我同樣多的關懷。我很感謝他們的關懷，但他們的建議比無用還糟糕。他們鼓勵我坦白，對戴娜敞開心扉，追求她，為她作詩，送她玫瑰。

玫瑰。他們真的不了解她，我雖然討厭戴娜的男伴，但是我從他們身上記取了可能永遠沒機會學到的教訓。

某天下午我們坐在旗桿下，我向西蒙解釋，「你不了解的是，男人總是為戴娜傾倒。你知道她對這一切的感覺嗎？她有多厭煩嗎？我是她少數的朋友，我不要冒那風險，拼命討好她，她不想要那樣的友誼。我不想加入那些瘋狂追求者的行列，像被愛沖昏頭的綿羊一樣，對她意亂情迷。」

「我只是不懂你看上她哪一點。」西蒙小心地說，「我知道她很迷人，充滿魅力，但是她感覺很……」他遲疑了一下，「殘忍。」

我點頭，「她是啊。」

西蒙一臉期待看著我，後來終於說，「什麼？你不幫她說話？」

「不，用殘酷來形容她很貼切，但是我覺得你嘴裡說的是殘酷，想的應該是別的。戴娜並不邪惡卑鄙，心眼也不壞，她只是殘酷而已。」

西蒙靜了好一會兒才回應，「我想她有一點你說的那些特質，外加殘酷。」

善良、誠實、溫和的西蒙，從來不說人長短，道人是非，頂多只是暗示而已。即使是暗示，對他來說都很難了。

他抬起頭來看我，「我和薩伏依談過，他還是對她無法忘懷，他真的很愛她，對她像公主一樣，什麼事情都肯為她做，但是她還是毫無理由的離開他。」

「戴娜就像野生動物一樣。」我說，「像隻麑或夏日風暴一樣，風暴吹毀你的房子或是吹斷樹木時，你不會說風暴很卑鄙，而是很殘酷，它是按本性行事，但有些東西卻不幸受到它的傷害，戴娜也是如此。」

「什麼是麑？」

「就是鹿。」

「我以為是公鹿？」

「麑是雌鹿，是一種野鹿，你知道追逐野生動物有什麼好處嗎？沒有，只會適得其反，把牠嚇跑。你只能溫和地待在你的地方，希望牠有一天自己主動接近你。」

西蒙點頭，但是我看得出來他不是真的了解。

「你知道他們曾經稱這個地方為詢問廳嗎？」我說，刻意改變話題，「學生會把問題寫在紙條上，讓風吹走紙條，根據紙條飄離廣場的方向，你會得到不同的答案。」我指向灰色建築之間的間隔，「是，否，可能，別處，不久。」

鐘樓的鐘響了，西蒙嘆了一口氣，他知道多談那話題無益，「今晚要玩角牌嗎？」

我點頭，他走了以後，我伸手進斗篷裡，拿出戴娜留在我窗口那張紙，我又慢慢讀了一次，接著小心翼翼地撕下她在那張紙底部簽名的地方。

我揉了一下那條寫著戴娜名字的紙，讓廣場上隨時都吹著的風把它從我手上吹走，在秋葉之間打轉。

那張紙條在鋪石上飛舞，轉啊轉地繞著，它的軌跡狂亂、多變，讓人無法捉摸。但是我一直等到天逐漸黑了，風還是沒有把它吹離廣場。我離開時，那問題還在風之殿裡徘徊，沒給答案，暗示著多種可能。是，否，可能，別處，不久。

最後要講的是我和安布羅斯之間的恩怨。每天我都提心吊膽等著他報復，但是經過了幾個月，什麼都沒發生，最後我推斷他終於得到教訓，知道遠離我為妙。

當然，我錯了，徹頭徹尾地錯了。安布羅斯只是學會等待時機罷了，他的確設法報仇了，當我被他出其不意地陷害時，我被迫只能離開大學院。

不過，就像俗話說的，那又是改天的故事了。

92 演奏的音樂

「我想，先講到這裡應該可以了。」克沃思說，作勢請編史家停筆，「我們已經打好故事的架構，後續就可以以那個為基礎進一步說明了。」

克沃思站起來，擺動肩膀，伸伸懶腰，「明天我們再來講一些我最喜歡的故事，例如我的阿爾弗蘭宮廷之旅，向阿頓人學打鬥的經過，菲露芮安……」他拿起一塊乾淨的麻布，轉身面對編史家，「你睡前還需要什麼東西嗎？」

編史家搖頭，他聽得出來那是主人送客的客套話，「謝謝，不用了，我這樣就夠了。」他把東西收拾到平板皮革背包裡，上樓回房間休息。

「巴斯特，你也上去吧。」克沃思說，「我來清理就好。」他做了一個噓趕的手勢，先一步阻止學生的抗議。「去吧，我需要時間思考明天的故事，這些東西不會自己理出頭緒。」

巴斯特聳肩，跟著上樓去了，他的腳步聲踩在木頭階梯上顯得格外大聲。

克沃思繼續做他晚上的例行公事，從石砌的大壁爐裡剷出灰燼，放進明天生火用的柴火。他走到外頭熄滅道石旅店招牌旁邊的燈火，這時才發現他傍晚時忘了點燈。他鎖上旅店，想了一會兒，把鑰匙放在門上，方便編史家明天早起時可以出去走走。

接著他打掃地板，清潔桌面，擦拭吧台，俐落地移動著身子。最後是擦拭酒瓶，他做的時候，目光飄忽，回憶著過往。他沒有哼著小調或吹口哨，也沒有唱歌。

編史家在房間裡不安地走來走去。他很疲累，但是不安的情緒讓他睡不著覺。他從背包裡拿出寫好的稿紙，把它們收進沉重的五斗櫃裡。接著他清洗所有筆尖，放著讓它們陰乾。他小心拆下肩膀的繃帶，把難聞的東西丟進夜壺裡，蓋上蓋子，然後到洗臉盆邊清洗肩膀。

他打呵欠，走到窗邊，望著小鎮，但什麼也看不見。外頭沒有燈，毫無動靜。他把窗戶開了一小縫，讓清新的秋風吹進來。他拉上窗簾，脫衣準備就寢，把衣服擱在椅背上。最後，他把脖子上的鐵環拿下來，放在床頭櫃上。

編史家掀開被單時，意外發現今天有人幫他換了床單，床單潔淨乾爽，散發著宜人的薰衣草香。

編史家遲疑了一下，走到房門邊，鎖上門。他把鑰匙放在床頭櫃上，接著皺眉，拿起那個風格特殊的鐵環，又戴回脖子上，之後才熄燈，上床就寢。

將近一個小時，編史家就這樣躺在散發香氣的床上，輾轉難眠。最後他嘆了一口氣，掀開被單，用硫磺火柴再次點燈，下床。接著他走到窗邊的五斗櫃，用力一推，一開始動也不動，但是後來他用背部去頂它，櫃子就慢慢在平滑的木質地板上移動了。

過了一分鐘，那沉重的五斗櫃壓在房間的門前，他又回到床上，熄燈，不久就安穩地入睡了。

編史家醒來，發現有軟軟的東西壓在他臉上，這時房裡一片漆黑。他反射性地猛力揮舞雙手，而不是真的想掙脫什麼。一隻手掌硬捂住的他的嘴，使他的驚叫聲模糊不清。

他驚慌了一會兒以後，就無力地靜了下來，用鼻子辛苦的呼吸，躺在那裡，睜大眼睛望著一片漆黑。

「是我。」巴斯特輕聲說，沒移開手。

編史家隱約說了一些話。

「我們需要談談。」巴斯特蹲到床邊，低頭看著編史家在被子裡扭曲起來的黑色身影。「我來開燈，你不可以發出任何聲音，懂嗎？」

編史家在巴斯特的手下面點頭，過了一會兒，火柴點燃了，房裡出現鋸齒狀的紅光和刺鼻的硫磺味。接著燈亮起了小火，巴斯特舔了一下手指，捻熄火柴。

編史家稍稍顫抖著身子，從床上坐了起來，背靠著牆壁。他打著赤膊，尷尬地把被單包在腰際，往門瞄了一下，沉重的五斗櫃仍在原地。

巴斯特順著他的視線看過去，「那表示你缺乏信任。」他冷淡地說，「你最好別刮壞他的地板，他會為那種事情暴跳如雷。」

「你是怎麼進來的？」編史家問。

巴斯特在編史家面前胡亂揮著手，「安靜！」他嘶聲說，「我們得小聲一點，他耳朵利得很，像鷹一樣。」

「你怎麼……」編史家輕聲說，接著停了下來，「鷹沒有耳朵。」

巴斯特疑惑地看著他，「什麼？」

「你說他耳朵像鷹一樣，那不合理。」

巴斯特皺眉，比了一個別鬧了的手勢，「你懂我的意思，不能讓他知道我在這裡。」他坐在床邊，不自然地把褲子拉平。

編史家緊抓著在腰際綴成一團的被子。「你為什麼在這裡？」

「我剛說過了，我們得談談。」巴斯特一本正經地看著編史家，「我們得談談你為什麼在這裡。」

「這是我的工作。」編史家生氣地說，「我收集故事，有機會我就調查一些奇怪的謠言，看謠言是否屬實。」

「我很好奇，你說的是什麼謠言？」巴斯特問。

「顯然是你喝醉了，對馬車夫說溜了嘴。」編史家說，「從各方面來看，這相當粗心。」

巴斯特用非常同情的眼神看著編史家，「你看看我。」巴斯特說，彷彿是對小孩子說話一樣，「你想，馬車夫可能灌醉我嗎？我？」

編史家張開嘴，然後又閉上，「那麼……」

「我放了很多瓶中信，那人是其中的一個，你只是湊巧是第一個發現、然後找上門來的人。」

編史家沉默了許久，消化著這個訊息，「我以為你們兩個在藏匿。」

「是啊，我們是藏匿起來。」巴斯特冷冷地說，「我們躲得很好，他和屋內的家具都融為一體了呢。」

「我可以了解你會覺得這一帶有點悶。」編史家說，「不過坦白講，我不明白你主人為什麼心情不好。」

巴斯特的眼神閃著怒意，「他當然心情不好。」他齜牙咧嘴地說，「而且何止是心情不好，你這個無知可悲的傢伙，這地方讓他痛苦死了。」

編史家看到巴斯特發怒，臉色發白，「我……我不是……」

巴斯特閉上眼，深深吸了一口氣，顯然是要讓自己平靜下來，「你根本不知道發生了什麼事。」他說，彷彿是對他自己說的一樣，「所以我才來解釋清楚，我已經等人來等了好幾個月。什麼人都好，即便是冤家來算帳都比他在這裡日漸憔悴的好。不過你倒是比我預期的好多了，你太完美了。」

「什麼完美？」編史家問，「我連問題是什麼都不知道。」

「那就像……你聽過面具師馬丁的故事嗎？」編史家搖頭，巴斯特失望地嘆口氣，「那我們來說戲劇好了，你看過《幽靈與鵝女》或《半分錢國王》嗎？」

編史家皺眉，「那是講國王把王冠賣給一個孤兒的故事嗎？」

巴斯特點頭，「結果那男孩變成比原來的國王更優異的領導者。鵝女穿得像女伯爵一樣，大家都對她的優雅與魅力相當驚豔。」他遲疑了一下，努力思索著他要的字眼，「也就是說，『形似』和『本體』之間有根本的關聯，每個精靈小孩都懂這個，但是你們人類似乎永遠都不懂。我們知道面具有多危險，我們都會變成我們假裝的東西。」

編史家聽到自己熟悉的領域，稍微放鬆了一些。「那是基礎心理學，你讓乞丐穿華服，大家就把他當成貴族般伺候，他也會達到大家的期許。」

「那只是最小的一部分。」巴斯特說，「事實比那還深奧，是……」巴斯特掙扎了一下，「那就像每個人在自己的腦袋裡講述自己的故事，隨時都這麼做。那故事讓你成為現在的你，我們根據那故事塑造自己。」

編史家皺眉，張開嘴巴想講話，但是巴斯特舉手阻止他，「等等，先聽我說，我知道該怎麼說了。你遇到一個害羞、沒架子的女孩子，如果你告訴她，她很美，她會覺得你嘴巴很甜，但她不會相信你，她知道情人眼裡出西施。」巴斯特不情願的聳肩，「你也沒輒。」

他的眼睛亮了起來，「不過還有更好的方法，你可以讓她看到她自己有多美，讓你的眼睛變成鏡子，讓你的手變成一種祈禱，那很難，非常難，但是當她真的相信你時……」巴斯特興奮地比手勢，「突然間，她在腦子裡對自己講述的故事就變了，她也跟著轉變了，她不是看起來很美，而是她看得出來自己很美。」

「你講這些究竟是什麼意思？」編史家喝叱，「你現在根本在胡扯。」

「是我說了太多道理，多到你無法理解。」巴斯特惱火地說，「不過你快了解我的意思了，你想想他今天所說的，大家把他當成英雄，他就扮演起那樣的角色，像戴著面具一樣扮演，但是最後連他自己也相信了，變成事實。但現在……」他聲音漸小。

「現在大家當他是旅店老闆。」編史家說。

「不。」巴斯特輕聲說，「一年前大家把他當成旅店老闆，他們離開後，他就摘下面具。他現在自認為他是旅店老闆，而且還是失敗的旅店老闆。你看到老馬一行人今晚來的時候他是什麼樣子，你也看到櫃臺後面那個消瘦的身影，以前是演出來的……」

巴斯特興奮地抬起頭，「不過你太完美了，你可以幫他回憶以前的樣子，我已經好幾個月沒看過他那麼有活力了，我知道你可以做到。」

編史家稍微皺眉，「我不確定……」

「我知道行得通的。」巴斯特熱切地說，「兩個月前我試過類似的事，我讓他開始寫回憶錄。」

編史家的精神為之一振，「他寫了回憶錄？」

「開始寫回憶錄。」巴斯特說，「他很興奮，講了好幾天，不知道該從何開始。寫了一晚後，他以前的樣子回來了，他看起來高了三呎，肩上像是多了閃電一樣。」巴斯特嘆氣，「但是隔天他重讀了一遍他寫的東西，心情又再度低落了起來，他說寫回憶錄這件事是他想過最糟的點子。」

「他寫的那些紙呢？」

巴斯特做了一個把紙揉皺的動作，把那張想像的紙拋開。

「那些紙上寫了什麼？」編史家問。

巴斯特搖頭，「他沒有丟掉，他只是把它們丟開，那些紙放在他桌上好幾個月了。」

編史家露出難以掩飾的興奮，「你能不能……」他搖晃著手指，「嗯，整理一下。」

「老天，當然不行。」巴斯特一臉驚恐，「他讀過以後就已經很生氣了。」巴斯特稍稍顫抖，「你不曉得他真的生氣是什麼樣子，我才不會笨到去做那樣的事情惹毛他。」

「我想你應該不會那麼笨。」編史家懷疑地說。

巴斯特用力地點頭，「沒錯，所以我才來找你談，因為我最清楚了。你得避免他把焦點放在抑鬱陰暗的部分，否則……」巴斯特聳肩，然後重複揉皺與拋開紙張的動作。

「但是我是在收集他的生平故事，真實的故事。」編史家比了一個莫可奈何的手勢，「沒了抑鬱陰暗的部分，那就只是一些愚蠢的精……」編史家講到一半突然停住，眼睛緊張地瞥向旁邊。

巴斯特像抓到祭司咒罵一樣，開心笑著，「繼續說啊。」他慫恿著，眼神歡樂、嚴厲又可怕，「說出來！」

「像一些愚蠢的精靈故事。」編史家把話說完，聲音微弱，臉色蒼白。

巴斯特露出大大的微笑，「如果你覺得精靈的故事缺乏陰暗的部分，你就是對精靈一無所知。但是我們回到正題，這就是精靈故事，因為你是在幫我收集故事。」

編史家努力嚥了一下口水，似乎恢復了一點沉著，「我的意思是說，他講的是真實的故事，真實的故事就會有令人不愉快的部分。我想，他的故事更是如此，混亂，充滿了糾葛……」

「我知道你無法讓他不講這些。」巴斯特說，「但是你可以讓他很快帶過這部分，幫他多沉浸在好的部分，例如冒險、女人、打鬥、旅行、音樂……」巴斯特突然停了下來，「嗯……不要談音樂，不要問起音樂，也不要問他為什麼不再施展魔法了。」

編史家皺眉，「為什麼不要？他的音樂似乎……」

巴斯特的表情變得冷酷，「不要就對了。」他堅定地說，「那話題沒什麼營養。之前我叫住你，」他意有所指地輕拍編史家的肩膀，「是因為你要問他共感術為什麼失敗，你根本還搞不清楚狀況。現在你知道了，只要鎖定他的英勇事蹟，他的聰明才智，」他揮手，「那一類的東西。」

「誘導他朝哪個方向敘述真的不是我該做的事。」編史家頑固地說，「我是記錄者，我只是來這裡收集故事的，故事是重點，就這樣。」

「去你的故事！」巴斯特厲聲說，「你就照我的話做，否則我就像折生火柴那樣，把你折成兩半。」

編史家僵在那裡，「所以你的意思是，我是幫你工作？」

「我的意思是說，你是受我的支配。」巴斯特一臉嚴肅，「你全身上下到骨髓都歸我管，我把你吸引到這裡，是為了達成我的目的。你在我的桌上吃了東西，我又救了你一命。」他指著編史家裸露的胸膛，「從三方面來看，你都歸我管，所以你完全是屬於我的，是我支配的工具，只能照我的話做。」

編史家的下巴稍稍抬起，表情變得冷酷，「我會照我覺得恰當的方式做。」他說，緩緩舉起手去摸他胸膛前的鐵環。

巴斯特的眼睛先是往下看，又揚了起來，「你以為我在跟你玩遊戲嗎？」他露出一副不敢相信的表情，

「你以為鐵就會保護你安然無恙嗎？」巴斯特傾身向前，把編史家的手拍開，在編史家可以移動前抓住那鐵環。巴斯特的手立刻僵硬了起來，眼睛牢牢閉上，露出痛苦扭曲的表情。他再度張開眼睛時，眼睛是深藍色的，像深水或天空變暗的顏色。

巴斯特傾身向前，把臉湊近編史家的臉，編史家一慌，想掙脫下床，但巴斯特抓住他的肩膀，讓他動彈不得。「給我聽好，你這個人奴。」他嘶聲說，「不要看我的面具，就誤以為那是我的本質。你看到水面閃著亮光，就忘了下面又冰又暗，深不可測。」巴斯特進一步握緊那鐵環，他手的肌腱咯吱咯吱作響。「聽好，你傷不了我的，你跑不了，也無法隱藏，別想忤逆我。」

巴斯特說話時，眼睛顏色變淡，最後變成清朗夜空的純藍色。「我以我全身的鹽份發誓，你要是忤逆我，你剩下來的短暫生命將會悲慘難耐。我也用石頭、橡木、榆木發誓，我會把你當成獵物，神不知鬼不覺地跟蹤你，摧毀你所有的歡樂。你永遠不會知道女人撫摸、休息片刻、心靈平靜是什麼感覺。」

巴斯特的眼睛現在是閃電般的淺淡藍白色，聲音嚴厲凶惡，「我也對夜空與變動不止的月亮發誓，你要是讓我的主人陷入絕望，我就撕裂你，讓大家圍觀。我會用你的腸線當小提琴的琴弦，在我跳舞時，要求你彈奏。」

巴斯特又進一步把臉湊近，直到他們的臉僅相隔幾吋，他的眼睛像貓眼石一樣整個變白，白得像滿月一樣。「你受過教育，你知道沒有惡魔這回事。」巴斯特露出可怕的笑容，「只有我這種。」巴斯特又靠得更近了。編史家聞到他的口氣裡散發著花香，「你還沒有足夠的智慧知道我有多可怕，你不知道感動我的音樂第一個音符是什麼。」

巴斯特將自己推離編史家，離開床鋪幾步，站到閃爍燭光的旁邊，他打開手，鐵環掉落到木質地板上，發出模糊的聲音。過了一會兒，巴斯特慢慢地深呼吸，撥著頭髮。

編史家依舊留在原位，臉色蒼白，冒著冷汗。

巴斯特彎腰從斷掉的繩子撿起鐵環，迅速將繩子打結，「聽好，我們沒有理由不做朋友。」他平淡地說，同時轉身把項鍊遞給編史家。他的眼睛又恢復了人類的藍色，笑容溫和，充滿魅力，「我們沒有理由不各取所需。你取得故事，他有機會說出來，你得知事實，他想起自己真正的樣子，每一方都受惠，然後大家心滿意足地各奔東西。」

編史家伸手接過鍊子，手稍稍顫抖，「那你得到什麼？」他問，聲音微弱，「你想從這一切獲得什麼？」

那問題似乎問得巴斯特有點措手不及，他僵在原地一會兒，原本沉著的優雅消失了，有一瞬間看起來像是快要哭出來。「我想要什麼？我只希望我的瑞希回來。」他的聲音悄然失落，「我希望他恢復以前的樣子。」

房裡突然陷入尷尬的寂靜，巴斯特用雙手揉著臉，努力嚥下一口氣，「我離開太久了。」他突然說，走向窗戶，打開窗子，他一腳跨出窗台時，停了下來回頭看編史家，「你睡前需要什麼嗎？睡前飲料？更多的毯子？」

編史家麻木地搖搖頭，巴斯特完全跳下窗子時，揮了一下手，接著輕輕的關上窗。

尾聲　萬籟俱寂

夜幕再次降臨，道石旅店的周遭一片寂靜，這股寂靜源自三處。

第一部分是一種萬物皆空的空蕩感。如果馬廄裡有馬，牠們會使勁跺腳，大聲咀嚼，將寂靜粉碎。如果有人群，即使只是三兩個客人投宿，他們不平靜的呼吸聲和混合的鼾聲，也會像溫暖的春風一般融化了寂靜。如果有音樂……這裡當然不會有音樂。事實上，上述一切都不存在，所以四下寂靜依舊。

在道石旅店裡，一個男人蜷縮在散發著香味的床鋪上，動也不動，等著入睡。他在黑暗中睜大著眼，他的模樣為前述較大的空蕩感增添了一點恐懼的寂靜，兩者雜揉，和諧並處。

第三股寂靜並不易察覺，仔細聆聽個一小時，你可能會開始從空蕩酒吧的厚重石牆；從掛在吧台後方的灰色金屬劍面上，感覺到它的存在。在樓上有黑影舞動著的房內，那股寂靜也存在於暗淡的燭光裡；在攤於桌上一度揉皺、但未被遺忘的回憶錄裡；在坐在那裡的男人手裡，他刻意忽略自己許久以前寫下又丟棄的隻言片語。

這男人有一頭火紅的頭髮，眼眸烏黑深邃，動作中帶有一種因為熟知諸事而衍生的疲倦平靜感。

他是道石旅店的老闆，是第三股寂靜的根源，這麼說很貼切，因為三股寂靜中以他為最，把其他的寂靜感都籠罩於內，如秋末般深廣，如河水打磨光滑的巨石般沉重，那是等候死亡的男人耐心沉潛的聲音。

中英文名詞對照

Aaron　艾倫
Abbott's Ford　修院長淺灘
Abenthy／Ben　阿本希／阿本
Aculeus　艾丘力厄斯
Adem　阿頓人
Aerueh　艾盧
Aeruh　艾儒
Aetnia　艾提亞
Alar　珥拉
Alder Whin　艾德・維恩
Aleph　阿列夫
Aleu　艾魯
Aloine　艾洛茵
Amary　阿姆雷
Ambrose Jakis　安布羅斯・賈吉斯
Amyr　艾密爾
Andan　闇丹
Anilin　艾尼稜
Anker　安克酒館
Antus　安特斯
Arcanist　祕術士
Arcanum　奧祕所
Arcanum guilder　奧祕繫德
Arliden／Arl　阿爾利登／阿爾
Aryen　阿爾炎
Ashberry　燼莓
Atur　艾圖
Aturan　艾圖語、艾圖人
Auri　奧莉
Avennish　艾文
Baedn-Bryt　貝登布萊特
Baneberry　毒莓
Banerbyre　毒莓叢
Barrowhill　古墳丘
Basil　貝佐
Bast　巴斯特
Bastas　巴斯塔斯
Belen　貝倫
Belows　地下區
Bentley　貝特里
Billows　吹帆區
Biren　畢仁
Blac of Drossen Tor　鐸拉森突岩的布拉克
Book of the Path　《道之書》
Borrorill　波洛溪
Caleb　卡雷布
Brightfield Cycle　『明域系列』
Burrum　波倫草
Caleb　卡雷布
Caluptena　卡路提納
Cammar　卡瑪
Candlebear　燭台區
Carter　卡特
Caverin　卡維倫
Ceald　席德
Cealdar　席達人
Cealdim　席定人
Celum Tinture　《瑟穹酊闋》
Centhe Sea　山瑟海

Cershaen　克杉恩
Chandrian　祁德林人
Chill-charmer　冷凍術士
Chronicler　編史家
Cinder　辛德
Cob　老馬
Commonwealth　聯邦
Conners　角牌
Copper hawk　獵幣鷹
Crates　板箱區
Crazy Martin　瘋子馬丁
Creation War　創始之戰
Cricklet　小蟋區
Crockery　療養所
Crucible　鍊爐館
Daeonica　《戴歐尼卡》
Dalonir　達洛尼爾
Dax　戴克斯
Deah　迪亞
Delving　挖掘區
Denna　戴娜
Dennais Threpe　丹納斯・史瑞普
Denner resin　玳能樹脂
Dennerling　玳能寧
Deoch　狄歐克
Deolan　迪歐蘭
Derrik　戴瑞克
Devan Carverson　德凡・卡佛森
Devan Lochees　德凡・洛奇斯
Devi　戴維
Dianne　戴安
Diken　狄肯
Dockside　塢濱
Downing　下梯區
Downings　鳥棲區
Draccus　龍蜥
Draugar　卓格
Drawstone　引石
Drover Court　畜販場
Drover's Daughters　〈畜販之女〉
Duchess Samista　薩米斯塔女公爵
Duke of Gibea　吉比亞公爵
Dulator　杜拉托
Dunstey　丹史提
Dyanae　戴內
Edema Ruh　艾迪瑪盧族
Eld　藹德
Eld Vintic　古維塔語
E'lir　穎兒
Elodin　伊洛汀
Emlen　艾孟稜
Encanis　黯坎尼斯
Engen　恩耿
Enlas　恩拉斯
Eolian　伊歐利恩
Ergen　厄根
Erlus　厄勒斯
Evesdown　易弗堂
Fae　妖精
Faen-Moite　默提妖精

Fallon　菲稜
Fallow Street　休耕街
Fallows　費羅斯
Farien the Fair　《美男子費翎》
Fela　菲拉
Felior's Fall　《費利爾的殞落》
Feltemi　費泰明
Felurian　菲露芮安
Felward's Falling　《菲瓦德之殞》
Fenton　芬頓
Feyda Calanthis　菲達・卡藍西斯
Finder　探針
Fishery　工藝館
Forth horse　奔馬
Four-plate door　四板門
Galven　蓋爾文
Gearwins　傳動器
Geisa　季莎
Gel　傑爾
Geri　傑瑞
Gerrek　蓋瑞克
Giller　繫師
Gilthe　繫斯
Glamourer　幻魅師
Grey Twelve　灰十二
Graham　葛拉罕
Gram　葛蘭
Greysdale Mead　灰谷蜜酒
Half-Mast　半旗酒館
Haliax　海力艾克斯
Hallowfell　哈洛斐
Haven　安養所
Heart of stone　石心
Heat funnels　集熱導館
Heffron　赫夫倫
Heldar　赫爾達
Heldim　赫爾汀
Heldred　赫爾卓
Herma　荷瑪
Heroborica　《草藥大典》
Hetera　赫特拉
Hollows　洞樓
Hollybush　冬青旅店
Horse and Four　馬四旅店
Hudumbran-by-Thiren　席爾蘭邊的胡敦布朗
Iax　伊艾克斯
Illien　伊利恩
Imet　伊梅特
Imre　伊姆雷
Itchroot　癬根草
Jake　傑克
Jamison　傑米森
Jarvis　查維斯
Jaspin　賈斯賓
Jaxim　傑辛
Josn　喬森
Junpui　鈞普伊
Kaerva　卡爾法
Keth-Selhan　凱賽函

Keveral　可維若
Khershaen　克玄馬
King of Tarvintas　塔凡特斯王
King of Vint　維塔斯國王
Kote　寇特
Kvothe　克沃思
Lacillium　萊希寧
Laclith　拉克里斯
Lady Lackless　拉克雷斯夫人
Lady Reythiel　雷希爾夫人
Lanre　藍瑞
Larkin　拉金
Lecelte　勒凱特
Lentaren　藍塔仁
Lightfinger　巧指
Linten　林登
Linwood　線林鎮
Loden-stone　洛登石
Loni　龍尼
Lord Greyfallow　灰綠大人
Lord Nalto　納圖大人
Lord of Trelliston　崔立斯頓領主
Lyra　莉拉
Maedre　梅卓
Maer Alveron　阿爾弗蘭大公
Mahael-uret　魅爾烏瑞
Mains　主樓
Malcaf　瑪卡夫
Manet　馬內
Marea　瑪蕾亞
Marion　馬力恩
Marrow　馬洛
Martin Maskmaker　面具師馬丁
Master Alchemist　鍊金大師
Master Archivist　文書大師
Master Arithmetician　算數大師
Master Artificer　工藝大師
Master Arwyl　奧威爾大師
Master Brandeur　布藍德大師
Master Elxa Dal　艾爾沙·達爾大師
Master Kilvin　基爾文大師
Master Linguist　語言大師
Master Lorren　羅蘭大師
Master Mandrag　曼椎大師
Master Namer　命名大師
Master Physicker　醫術大師
Master Hemme　賀姆大師
Master Tolem　托稜大師
Masters' Hall　大師廳
Mauthen　莫森
Medica　醫護館
Melcombe　麥爾肯
Meluan Lackless　梅盧恩·拉克雷斯
Menat　莫那特
Menda　曼達
Meneras　莫納拉斯
Merchant's Circle　商人圓環
Mews　籠樓
Mhenka　漫卡
Micah　麥卡

Middletown　中城
Mill Market　磨坊市場
Mill Street　磨坊街
Mnat　曼納特
Modeg　莫代格
Mola　莫拉
Motherleaf　母葉草
Mr. Ash　梣木先生
Murella　穆瑞拉
Murilla　穆里拉
Myr Tariniel　密爾塔雷尼爾
Nahlrout　納爾魯
Nalt　阿孬
Nalto　納圖
Nattie　納堤
Nell　奈兒
Nellie　奈麗
Nelly　奈莉
Nemserria　奈色痢亞
Newarre　紐沃爾
Newhall Lane　新廳巷
Nighmane　耐眠
Oaken Oar　橡槳旅店
Old King Celon　賽倫王
Omethi River　歐麥西河
Ophalum　歐菲稜
Orangestripe　橘紋草
Ordal　歐妲兒
Order Amyr　艾密爾會
Oren Velciter　歐倫・威爾西特
Orisson　歐瑞森
Pater Leoden　里歐登教父
Pater root　父根草
Peleresin　派勒瑞森
Penitent King　悔悟王
Perial　佩瑞兒
Pike　派克
Puppet　阿偶
Purvis　柏維斯
Questioning Hall　詢問廳
Quoyan Hayel　闊言殿
Ralien　瑞連
Ramston　瑞斯頓
Red Jennies　紅潔妮
Rannish　雷尼許
Reftview Asylum　奪觀療養院
Re'lar　詮士
Remmen　瑞蒙
Rengen　雷耿
Rennel tree　倫內爾樹
Rerum Codex　《瑞蘭法典》
Resavek　瑞沙維克
Reshi　瑞希
Reta　蕾塔
Rian／Ria　蕾雅恩／蕾雅
Riem　瑞姆
Roent　若恩
Rookery　巢樓所
Ruach　盧亞克人
Rudd　洛德

Sagebeard 賢者之鬚
Schiem 歇蒙
Scrael 斯卡瑞爾
Scutten 史卡登
Seamling Lane 裁縫巷
Seaward Square 臨海廣場
Seek the stone 探石
Selas flower 賽拉斯花
Selitos 賽里多斯
Semelan 席瑪蘭
Senarin 賽納寧
Sephran 瑟夫蘭
Seth 塞司
Severen 賽弗倫
Shadicar 沙地卡
Shadow-hamed 束影者
Shald 夏爾德
Shalda Mountains 夏爾達山
Shamble-men 跚步人
Shandi 珊蒂
Shep 謝普
Siaru 席德語
Silanxi 希蘭克西
Simmon 西蒙
Sithe 賽斯
Skarpi 史卡皮
Slyhth 史力斯
Solinade Game 索林納德慶典
Sounten 桑頓酒
Sovoy 薩伏依
Spara-thain 矛爵
Stacks 書庫
Stanchion 史丹勳
Staup 史滔普
Stormwal 史東瓦
straightrod 直竿草
Susquinian 撒斯圭寧獸
Swan and Swale 天鵝地
Sygaldry 符咒術
Sympathetic binding 共感縛
Sympathy 共感術
Tabetha 泰貝莎
Taborlin the Great 至尊塔柏林
Tahl 塔爾人
Tall Kirel 高個齊瑞
Tallows 蠟油區
Tam 泰姆
Tanee 泰尼
Taps 泰普斯酒館
Tarbean 塔賓
Tarsus 塔瑟斯
Tarway 瀝青道
Teccam 泰坎
Tehlin 泰倫教徒
Tehlu 泰魯
Telwyth Mael 泰維斯・魅爾
Tema 泰瑪語
Temfalls 天弗斯
Temic 泰姆語
Temper Glen 怒火谷

Tennasin　泰納辛

Tenners　十鎊區

Ten Tap Tim　〈十瓶飲〉

Teren　泰倫

The Archives　大書庫

The Basis of All Matter　《萬物基礎》

The Forging of the Path　《路徑的鍛造》

The Ghost and the Goosegirl　《幽靈與鵝女》

The Ha'penny King　《半分錢國王》

The Lay of Sir Savien Traliard　〈賽維恩・崔立亞爵士〉

The Mating Habits of the Common Draccus　《龍蜥的交配習慣》

The Wash　洗濯區

Theophany　顯靈文

The Woods　林區

Three Crossings　三岔地

Three Pennies for Wishing　《三分錢許願》

Threeweight oak　三重橡

Thria　希瑞亞

Throughbottom　穿底室

Timothy Generoy　提摩西・傑納若伊

Tinbertin　《廷柏頓》

Tinker　匠販

Tinuë　提努耶

Tinusa　提努沙

Tirani　提拉尼棋

Tomes　卷庫

Trapis　查比斯

Trebon　特雷邦城

Treya　特雷亞

Tunning　釀酒區

Underthing　地底世界

University　大學院

Unlikely Maths　超凡數學

Vaeret　斐爾雷

Valaritas　法雷利塔斯

Vaulder　沃德馬

Vaults　跳躍區

Ve Valora Sartane　維法洛拉頌

Velegen　弗雷虔

Veloran　維洛倫

Verainia Greyflock　芙瑞尼雅・葛雷佛洛克

Viari　威爾力

Vintas　維塔斯人

Viscount of Montrone　蒙特隆子爵

Waystone Inn　道石旅店

Wereth　威瑞斯

Widow Sage　沙吉寡婦

Wilem　威稜

Wydeconte Hills　懷迪康丘

Yll　伊爾

Yllish　伊爾語

風之名 弒君者三部曲：首日

The Name of the Wind（Kingkiller Chronicles, Day 1）

作　　者　派崔克・羅斯弗斯
譯　　者　洪慧芳
名詞審定　劉鈞豪（微光）
美術設計　顏伯駿
行銷企畫　林芳如、駱漢琦
業務發行　邱紹溢
業務統籌　郭其彬
特約編輯　陳琡分
責任編輯　吳佳珍、張貝雯
副總編輯　何維民
總 編 輯　李亞南

發 行 人　蘇拾平
出　　版　漫遊者文化事業股份有限公司
地　　址　台北市松山區復興北路331號4樓
電　　話　（02）27152022
傳　　真　（02）27152021
讀者服務信箱　service@azothbooks.com
漫遊者Facebook　http://www.facebook.com/azothbooks.read
劃撥帳號　50022001
戶　　名　漫遊者文化事業股份有限公司

發　　行　大雁出版基地
地　　址　台北市105松山區復興北路333號11樓之4

初版十三刷(1)　2019年8月
特　　價　499元

風之名／派崔克・羅斯弗斯（Patrick Rothfuss）著；洪慧芳 譯
初版. --台北市：漫遊者文化出版：大雁出版基地發行, 2011.03
712面；14.8 x 21 公分
譯自：The Name of the Wind（Kingkiller Chronicles, Day 1）

874.57　　100002568

ISBN　978-986-6272-51-6